मुश्ताक अहमद यूसुफ़ी

(4 सितंबर 1923—20 जून 2018)

मुश्ताक अहमद यूसुफ़ी उर्दू के प्रतिष्ठित व्यंग्य लेखक थे। इनकी व्यंग्य रचनाएँ उर्दू में मील का पत्थर हैं। इनका जन्म राजस्थान के टोंक ज़िले में एक समृद्ध परिवार में हुआ था। स्कूली शिक्षा पाने के बाद उन्होंने बी.ए. और एम.ए. आगरा यूनिवर्सिटी से और एल.एल.बी. अलीगढ़ यूनिवर्सिटी से की। 1947 में देश-विभाजन के बाद वे परिवार सहित कराची, पाकिस्तान चले गए। वहाँ वे लम्बे अरसे तक अलग-अलग बैंकों में उच्च प्रबंधक के पद पर रहे और साथ ही साथ साहित्य सृजन भी करते रहे। *आबे-गुम* के अलावा उनकी अन्य लोकप्रिय पुस्तकें हैं—*चिराग़ तले, ख़ाक़म-ब-दहन, ज़रगुज़िश्त*।

खोया पानी

मुश्ताक़ अहमद यूसुफ़ी

राजपाल

ISBN : 9789389373028

KHOYA PANI (Novel) by Mushtaq Ahmed Yusufi

राजपाल एण्ड सन्ज़
1590, मदरसा रोड, कश्मीरी गेट, दिल्ली–110006
फोन : 011-23869812, 23865483, 23867791
e-mail : sales@rajpalpublishing.com
www.rajpalpublishing.com
www.facebook.com/rajpalandsons

व्यंग्य का एकदम नया रंग

ज्ञान चतुर्वेदी

हिन्दी ही नहीं, विश्व की प्रायः अन्य बड़ी भाषाओं में भी व्यंग्य उपन्यास गिने-चुने ही लिखे गये हैं। अंग्रेज़ी में पी.जी. वुडहाउस ने अलबत्ता फ़ैंटेसी की अपनी दुनिया और जीव्स जैसे पात्र रचकर हास्य के अमर उपन्यास लिखे हैं—वो भी ढेर सारे। परंतु उनके उपन्यासों की भूमि यह धरती नहीं और इस धरती का आमजन नहीं। वो अलग ही दुनिया है, जो बेहद बांधती तो है, पर कहीं है नहीं। फिर *थ्री मैन इन ए बोट* जेरोम की अमर रचना है। जोसफ़ हेलर का *कैच ट्वेन्टी टू* नामक युद्ध विरोधी अनोखा व्यंग्य उपन्यास है। उन्हीं की *गुड एज़ गोल्ड* भी है। डॉ. रिचर्ड गॉर्डन की *डॉक्टर सीरीज़* के विख्यात व्यंग्य उपन्यास हैं। ये तो अंग्रेज़ी के तुरत-फुरत याद आने वाले अमर व्यंग्य उपन्यास हैं। इन्हीं में *एनिमल फ़ार्म* को भी गिन लूं, तो ग़लत नहीं कहा जायेगा।

इधर हिन्दी में *राग दरबारी* ने हिन्दी पाठकों को पहली बार यह बताया कि कैसे इतने बड़े कैनवस को समेट कर बड़ा उपन्यास भी विशुद्ध व्यंग्य में लिखा जा सकता है। गो कि श्रीलाल शुक्ल जी को इसे व्यंग्य-उपन्यास की संज्ञा देना नहीं भाता। पर वो है तो, क्या करें। है, तो है।

परसाई जी का *रानी नागफनी की कहानी* नामक एक फ़ैंटेसीनुमा लघु-व्यंग्य-उपन्यास था। जिसकी सीमायें *राग दरबारी* के बरक्स रखकर कभी भी जानी जा सकती हैं। व्यंग्यकार रवीन्द्रनाथ त्यागी ने भी एक आत्मकथात्मक उपन्यास (*अशेष कथा*) लिखा, जो व्यंग्य-उपन्यास नहीं था। शरद जोशी का *मैं, मैं और केवल मैं* नामक अधूरा-सा व्यंग्य-उपन्यास उनकी मृत्यु के बाद छपा और वो कथ्य, कहन तथा कैनवस के स्तर पर भी अधूरा ही रहा। मेरा विश्वास है कि शरद जी यदि जीवित होते, तो इसको इस रूप में न छपवाते। इससे पहले व्यंग्य-उपन्यास के नाम पर सुबोध कुमार श्रीवास्तव का *शहर बंद क्यों है* को भी ले सकते हैं। ज्ञान चतुर्वेदी नामक ख़ाकसार ने *नरकयात्रा, बारामासी* और *मरीचिका* नामक तीन व्यंग्य-उपन्यास लिखे, जो *राग दरबारी* की विरल परंपरा को आगे बढ़ाने की कोशिश करते हैं। यशवन्त व्यास ने *चिंताघर* और *कामरेड गोडसे* नाम के दो महत्त्वपूर्ण प्रयोगवादी व्यंग्य-उपन्यास लिखे हैं जो काफ़ी चर्चित भी रहे। गिरीश पंकज ने भी *माफ़िया* लिखकर व्यंग्य-उपन्यासों की दुनिया में क़दम रखा है। प्रदीप पंत का *इन्फ़ोकार्प का करिश्मा* उपन्यास हाल ही में आया है। दुखद है कि *राग दरबारी* के लेखक ने बाद में कोई व्यंग्य-उपन्यास लिखा ही नहीं। अब उर्दू पर आयें।

उर्दू में अपनी मिठास तो है ही और उसमें काव्यात्मक लोच भी है, जो उसके समृद्ध कविता संसार में देखी जा सकती है। शायरी की एक जगमग परंपरा है वहां। परंतु उर्दू में हास्य-व्यंग्य की जो लम्बी रिवायत है, वो तो उसे एकदम से बेहद समृद्ध भाषा बना देती है। उर्दू व्यंग्य में हिन्दी व्यंग्य से इतर बहुत-सी ऐसी बातें हैं, जो उसके व्यंग्य को अपेक्षाकृत अधिक पठनीय, तीखा और ज़मीन से जुड़ा बनाती हैं। कुछ बातों की चर्चा करना मुनासिब होगा। एक तो ये कि वहां हास्य को व्यंग्य के समकक्ष ही आदर दिया गया है, बल्कि दोनों को अलग करके देखने की अप्राकृतिक कोशिश भी वहां नहीं की गयी है। हास्य की जो समृद्ध परंपरा शौकत थानवी, पतरस बुख़ारी आदि से चली है, वो अपने उच्चतम शिखर पर यूसुफ़ी साहब के इस उपन्यास में दिखायी देती है, जो इस समय आपके हाथ में है। इम्तियाज़ अली ताज, ग़ुलाम अब्बास, कन्हैया लाल कपूर, इब्ने-इंशा, फ़िक्र तौंसवी, मुज्तबा हुसैन आदि के तीखे व्यंग्य में उसी तरह से हास्य है, जैसा हिन्दी में बड़े कौशल से शरद जोशी की रचनाओं में मिलता है या *राग दरबारी* और उसकी परंपरा के उपन्यासों में मिलता है और इस हास्य के कारण उर्दू व्यंग्य कभी कमज़ोर नहीं हुआ, बल्कि वह बेहद पठनीय और हृदयंगम हो गया। तो एक बात तो यह, दूसरी बात है उर्दू व्यंग्यकारों की जुम्लेबाज़ी और विट की बादशाहत। ये चली ही आ रही है। पतरस बुख़ारी की रचनाओं से शुरू करो तो फिर यूसुफ़ी साहब तक पहुंचो। वे बड़ी मशक़्क़त से जुम्ले तैयार करते हैं और हर जुम्ला आपको बेसाख़्ता चमत्कृत करता है। यूसुफ़ी साहब का यह उपन्यास तो जुम्लों का नायाब ख़ज़ाना है और किसी भी व्यंग्यकार के लिये एक टेक्स्ट बुक की तरह भी है कि हम विश्लेषित करें कि कैसे 'कही' को 'बतकही' बनाया जा सकता है।

तीसरी बात उनकी सहजता है। उर्दू व्यंग्य बेहद सहज है। वह प्रायः फ़ालतू के पांडित्य प्रदर्शन में नहीं पड़ता। आजकल का हिन्दी व्यंग्यकार प्रायः अपनी रचनाओं में थानेदार, वकील और न्यायाधीश तो होता ही है साथ ही कोड़े फटकारने वाला भी—और इस कोशिश में अपने लेखन में अधिकतर असहज हो जाता है। परसाईजी, शरदजी या त्यागीजी वहां महान हैं, जहां सहज हैं। हिन्दी वालों पर यह अतिरिक्त दबाव शायद आलोचकों का है कि व्यंग्य ऐसा हो, वैसा हो, इस डिज़ाइन का हो और सबसे बेहूदा बात कि कैसा न हो? इस दबाव के चलते कई बार असहजता दिखायी पड़ती है। उर्दू व्यंग्य बेहद सहज है और सहज होना कितना कठिन हो सकता है, यह कोई यूसुफ़ी साहब जैसा एक पैराग्राफ़ लिखने की कोशिश करके कभी भी देख सकता है। चौथी बात यह कि उर्दू व्यंग्यकार अपनी कविता के बेहद क़रीब है। उर्दू की शे'रो-शायरी की काव्य संपदा से बेहद परिचित और सटीक जगहों पर उसके इस्तेमाल की शाइस्तगी और तमीज़ से भी परिचित। कविता की बुनावट से उसका यह गहन लगाव और समझ उर्दू व्यंग्य को एक काव्यात्मक भाषा और अभिव्यक्ति भी देती है।

यूसुफ़ी साहब के इस उपन्यास में कई जगहों पर वे विशुद्ध कवि हैं—कहने में बेहद भावुक और भाषा में महाकवि के समकक्ष। हास्य के जुम्ले गढ़ते-गढ़ते यूसुफ़ी साहब कब कविता की भाषा के गहने गढ़ने में मुब्तिला हो जाते हैं, पता ही नहीं चलता और भी बहुत-सी बातें लिखी जा सकती हैं, पर अभी वह अवसर नहीं है।

इतना सारा लिखने का मेरा कुल तात्पर्य यह था कि हिन्दी के संसार को हम मुश्ताक़

अहमद यूसुफ़ी साहब की लिखी, उर्दू व्यंग्य की इस नायाब कृति से परिचित करायें। इसका अनुवाद 'तुफ़ैल' चतुर्वेदी ने ऐसी सहज भाषा में किया है कि यह हिन्दी की ही मूलकृति नज़र आने लगी है। 'तुफ़ैल' ने अपनी पत्रिका *लफ़्ज़* के ज़रिये जब मुश्ताक़ अहमद यूसुफ़ी साहब का परिचय हम हिन्दी वालों से कराया, तब मैंने बड़ी शिद्दत से महसूस किया था कि यदि 'तुफ़ैल' जैसे मूल्यवान पुल दो भाषाओं के बीच न हों, तो हमें तो पता ही न चले कि उस तरफ़ की दुनिया कैसी नायाब है। मैं तो *खोया पानी* की पहली क़िस्त पढ़कर ही चमत्कृत रह गया था। ऐसे अनुवाद दूसरी भाषा के ख़ज़ाने को बटोरकर अपनी भाषा की झोली में भरने जैसे होते हैं। यूसुफ़ी साहब का यह व्यंग्य-उपन्यास, हिन्दी व्यंग्य के लेखकों और पाठकों, दोनों को व्यंग्य की नयी ताक़त, तेवर और तरावट से परिचित कराता है।

यूसुफ़ी साहब के इस उपन्यास में नॉस्टेल्जिया का अद्‌भुत संसार है। पार्टीशन द्वारा हिन्दुस्तान के दो फांक हो जाने के बाद का दर्द भी और यथार्थ भी, यादें भी और बदलती दुनिया की बातें भी, फिर पात्र सारे ऐसे कि जिन्हें घनघोर यथार्थ से उठाकर उन पर फ़ैंटेसी का रंग-रोग़न कर दिया गया हो। वे लोग कि जो अभी भी उसी समय में जी रहे हैं जो गुज़र गया। वे शह्‌र जो अब वो नहीं रहे कि जैसा छोड़कर कभी पाकिस्तान जाना पड़ा।

धार्मिक कठमुल्लापन की बेलौस खिल्ली-बिना लाग-लपेट के। आम मुसलमान के जीवन की मुश्किलें, सपने और हक़ीक़तें। हास्य की पराकाष्ठा। इम्प्रोवाइज़ेशन के अद्‌भुत प्रयोग। भाषा के मायावी खेल। नायाब चरित्र। इन्सान और इन्सानियत से प्रेम करने का एक कोमल तागा, जो पूरी रचना में यहां से वहां तक। जुम्लेबाज़ी के एक से बढ़कर एक प्रयोग कि जिन्हें कंठस्थ करके किसी को भी सुनाने का मन करे।

हिन्दी के व्यंग्य-उपन्यासों की अपनी परंपरा अभी बन रही है। उसमें सीखने, समझने, करने और अपना लेने की बड़ी गुंजाइश है। यूसुफ़ी साहब का यह उर्दू व्यंग्य-उपन्यास हमें व्यंग्य उपन्यास रचने के सूक्ष्म नये तरीक़ों से परिचित कराता है—विषय, उसकी भाषा और कहन को लेकर यह उपन्यास हिन्दी के व्यंग्य उपन्यासों से अलग ज़रूर है पर बेहद ताक़तवर, दिलकश, पठनीय और बार-बार पढ़ने के लिये बाध्य करने वाला। इसमें पी.जी. वुडहाउस का फ़ैंटेसी संसार जैसा भी कुछ है, *राग दरबारी* के समकक्ष हास्य तथा विट भी है, उर्दू हास्य का अपना कलेवर भी और वे अनोखे पात्र भी, जो अभी भी इस दुनिया को दुनिया होने का अर्थ देते हैं यूं वो साहित्य से धीरे-धीरे ख़ारिज हो रहे हैं या दलित विमर्श, स्त्री विमर्श, आम आदमी आदि के तहत मात्र फ़तवे के तौर पर वहां रह पा रहे हैं।

यूसुफ़ी साहब के ज़रिये वास्तव में हम उर्दू के एक ऐसे अनोखे हास्य-व्यंग्य संसार से परिचित होते हैं, जो उर्दू में भी अद्वितीय है। यूसुफ़ी साहब जैसे लिखने वाले तो उर्दू में भी नहीं। उन्होंने उर्दू हास्य-व्यंग्य को एक नया रंग दिया है। उर्दू यूं भी हिन्दी ही तो है और उसकी कहानियां भी हिन्दुस्तान की अवाम की कहानियों जैसी। यह उपन्यास हिन्दी व्यंग्य के पाठकों की रुचि और सोच में एक नया आयाम जोड़ेगा, इस आशा के साथ यूसुफ़ी साहब का यह पहला उपन्यास आपकी नज़्र।

अनुवादक की क़लम से

मुश्ताक़ अहमद यूसुफ़ी साहब का उपन्यास *खोया पानी* मेरी पत्रिका *लफ़्ज़* में 1 से 12 अंक तक छप चुका है, किंतु उसकी भूमिका पहली बार आ रही है। व्यंग्य मूलत: करुणा से उपजता है। इस बात की पुष्टि यह भूमिका करेगी। मैंने जब छमाही संकलन *रसरंग* को *लफ़्ज़* में बदला तो यह भी सूझा कि इस बार इसे पत्रिका का रूप दिया जाये। *रसरंग* के समीक्षकों व पाठकों के अनुसार समकालीन ग़ज़ल का सर्वोत्तम रूप होने के बावजूद यह मन में था कि बाज़ार इसे स्वीकारेगा या नहीं। मैं मुश्ताक़ साहब को पढ़ चुका था और बातचीत में कहता भी था कि इनके उपन्यास समकालीन व्यंग्य के बेहतरीन दस्तावेज़ हैं।

एक फुसलाऊ और बिकाऊ नीति के तहत शायरी के साथ व्यंग्य को जोड़ने की योजना बनायी और *लफ़्ज़* के पहले अंक को बाज़ार में पटक दिया। जिन लोगों ने *लफ़्ज़* का पहला अंक देखा है वो मेरी बात समझ जायेंगे। मुझे पत्रिका में कॉलम बनाये जाने चाहिए जैसी बात का भी शऊर नहीं था। पहले अंक में पूरे पेज पर एक ही पंक्ति टाइप की गयी। नतीजा यह निकला कि जब पाठक पंक्ति ख़त्म करके अगली पंक्ति के प्रारंभ पर आता तो कई बार नज़रें फिसल कर इच्छित पंक्ति की जगह कहीं और पहुँच जातीं। फिर भी भरपूर कामयाबी मिली। *लफ़्ज़* अपने पहले अंक से ही पाठकों की ज़रूरत का हिस्सा बन गयी और अब तो ये स्थिति है कि हमारे प्रसार विभाग के लोग अगर देर से बाज़ार में पत्रिका पहुंचाते हैं तो बेचने वाले लड़ मरते हैं कि पाठक लौट-लौट कर जा रहे हैं। *लफ़्ज़* के स्टैबलिश होने के पीछे सबसे बड़ा हाथ मुश्ताक़ अहमद यूसुफ़ी साहब का है।

इस उपन्यास में आप हँस और हंस के अलावा कहीं चंद्र-बिंदु नहीं पायेंगे। हमारे विचार में इन दो शब्दों के अलावा बाक़ी सब जगह बिंदी से काम चल जाता है। आज से पन्द्रह-बीस साल पहले बहुत से शब्दों में चंद्र-बिंदु लगता था मगर अब लगभग समाप्तप्राय है। ये हिन्दी का सरलीकरण करने के तहत है। इसी तरह गई/पाई/दिखाई जैसे शब्दों को गयी/पायी/दिखायी लिखा गया है। इसी तरह के अन्य शब्दों के साथ भी यही व्यवहार किया गया है। हम लोगों की सोच इस नियम पर आधारित है कि गई/पाई/दिखाई को जब इसी क्रम में गया/पाया/दिखाया लिखा जाता है तो इसे गयी/पायी/दिखायी ही लिखा जाना चाहिए। इसी प्रकार उर्दू के शब्दों को उनके मूल उच्चारण के हिसाब से लिखा गया है। अस्ल, वज़्न, फ़त्ह जैसे बहुत से शब्द हैं जो संयुक्ताक्षर होते

हुए भी हिन्दी में असल, वज़न और फ़तह लिखे जाते हैं। शब्दों का अस्ली वज़्न केवल शायर या कवि तय कर सकते हैं, चूंकि छंद में शब्द को बांधने से ही उसका वज़्न तय होता है। फ़त्ह का वज़्न छंद में ऽ+1 (2+1) होगा, जबकि फ़तह का वज़्न 1+ऽ (1+2) होगा। ये इस तरह है कि समझना को समझ–ना भी पढ़ा जा सकता है और सम–झना भी। पहले उच्चारण में इस शब्द का वज़्न 1+ऽ+ऽ (1+2+2) होगा, दूसरे उच्चारण का वज़्न ऽ+1+ऽ (2+1+2) होगा। मैं चूंकि स्वयं शायर हूं इसलिए मेरे लिये यह विषय महत्त्वपूर्ण है और इस पुस्तक में इस बात का ध्यान रखा गया है। इस किताब की प्रूफ़रीडिंग बहुत ठोक–बजा कर, छान–फटक कर की गई है और इसमें मेरे साथी श्री कमलेश पाण्डेय ने अपनी बहुत रातें काली की हैं, दिन तो वो ऑफ़िस में काला करते हैं।

अंत में अपनी पत्नी रति का आभार कि उन्होंने मेरे अनुवाद करते समय मुझे कभी डिस्टर्ब नहीं किया जो कि हर पत्नी का वैवाहिक दायित्व होता है। बल्कि कई बार तो कई–कई हफ़्ते के लिये मायके चली गयीं। परिवार के लोग समझते रहे कि हम दोनों के बीच मन–मुटाव है मगर वो अनुवाद के लिये अनुकूल वातावरण बना रही थीं। मेरे मन से उनके लिये दुआ निकलती है, भगवान उनका सुहाग बनाये रखे।

किताब के बारे में कृपया लोगों को बतायें और ख़रीद कर पढ़ने के लिये बाध्य भी करें। क्या उपहार में देने के लिये अच्छी किताबों का चयन करना उपयुक्त होगा?

—तुफ़ैल चतुर्वेदी

पी–12 सैक्टर 1
नोएडा (उ.प्र.)
tufailchaturvedi@gmail.com

भूमिका

"अहसान भाई! मुनव्वर हुसैन भी चले गये—देहान्त से पहले," "किसके देहान्त से पहले?" मियां अहसान इलाही ने अपनी धुंधलायी हुईं आंखों से छत के पंखे को तकते और अपने फ़ालिज-ग्रस्त हाथ को दूसरे हाथ से उठाकर अपने दिल पर रखते हुए पूछा। उन्हें रह-रह कर एंजाइना के दर्द का शक हो रहा था।

ये जनवरी 1987 की बात है। मुझे अपनी बात उन तक पहुंचाने में ख़ासी कठिनाई हो रही थी। मियां अहसान इलाही पांच साल से बिस्तर पर पड़े हुए थे। फ़ालिज के हमले के बाद वो दिल की बीमारियों के अस्पताल में दस-बारह दिन कोमा में रहे। जब होश आया तो उन्हें मालूम हुआ कि उनके आधे बदन पर फ़ालिज गिर चुका है। नज़र जाती रही। ज़बान भी बुरी तरह शिकार हुई। याददाश्त आंख-मिचौनी खेलने लगी। केवल तकलीफ़ देने वाली बातें याद रह गयीं।

अगर अब उन्हें कोई पहली बार देखता तो ये सोच भी नहीं सकता था कि ये वही सवा छह फ़ुट, दो सौ दस पौंड और पहलवानी डील-डौल वाला व्यक्ति है जो बहत्तर साल की उम्र में सुब्ह चार बजे डेढ़ घंटे दंड-बैठक लगाता था। फिर एक घंटे टैनिस खेलता और दिन में चार-पांच मील पैदल चलता था। 1960 में दिल के पहले भारी दौरे के बाद उन्होंने बदपरहेज़ी, बैठकों और यारबाशी में बढ़ोतरी कर दी थी। लंदन गये तो इब्नुल हसन बर्नी की तरह उन्हें भी कहीं कोई ज़ीना दिखायी पड़ता तो उस पर चढ़ते ज़रूर थे। कहते थे कि "इससे दिल जवान होता है और बुढ़ापा हार जाता है। साठ-पैंसठ साल पहले चिन्यौट के दूर-पास में कोई पेड़ ऐसा नहीं था जिस पर मैं न चढ़ा हूं।"

डॉक्टरों ने खाने में सख़्त परहेज़ बताया। उन्होंने चिन्यौट से अस्ली घी और आम का अचार मंगवाना तो छोड़ दिया लेकिन चिन्यौटी कोफ़्ता, सिंधी बिरयानी, बर्नस रोड की तर-तराई ताफ़तान, कोयटा के सज्जी कबाब, बादाम की हैदराबादी लौज, मुल्तान के अनवर रटौल...संक्षेप में यूं कहिये कि दिल के मरीज़ के लिये आत्महत्या का कोई साधन नहीं छोड़ा। स्वयं ही नहीं, अपने डॉक्टर को भी घर बुलाकर बड़े चाव और आग्रह से खिलाते थे। कहते थे कि अच्छे खाने से बीमारी का सामना करने का हौसला और शक्ति पैदा होती है। वो बदस्तूर अपनी सी पे क़ायम रहे। रोज़े भी नहीं छोड़े, कि बचपन से रखते चले आये थे। इसी तरह पांचों समय की नमाज़ नियमानुसार छोड़ते थे।

कारण ये देते थे कि अब शुरू करूं तो लोग कहेंगे, मियां साहब एक ही हार्ट-अटैक में उठक-बैठक करने लगे। डाइबिटीज़ भी हो गयी, लेकिन सोने से पहले एक पाव फ़ुल क्रीम वाली आइसक्रीम ज़रूर खाते। जितने बुद्धिमान थे, उससे बड़ी हर विषय पर राय रखते थे। कहते थे कि ''आइसक्रीम दिल को ठंडक पहुंचाती है और ब्लड प्रेशर पर कंट्रोल रखती है, बशर्ते कम न खायी जाये। सरगोधा या साहीवाल अपने समधियाने जाता हूं तो संकोच में रात को आइसक्रीम का नाग़ा हो जाता है। रात-भर करवटें बदलता रहता हूं। जिस रात आइसक्रीम न खाऊं, उस रात मच्छर बहुत काटते हैं। 1970 में आपको मालूम है, योरोप के टूर पर गया था। कई दिन तक बिरयानी नहीं मिली। परिणामस्वरूप वियना में हर्निया का ऑप्रेशन कराना पड़ा। आप मेरे चटोरेपन और बदपरहेज़ी का मज़ाक़ उड़ाते हैं। ग़ालिब को देखिये सारी उम्र उपेक्षा, परेशानी और तंगी का रोना रोते रहे, विशेष रूप से अन्तिम दिनों में, लेकिन मौत की बीमारी से पहले की उनकी आख़िरी ख़ुराक तो देखिये। 'सुब्ह को सात बादाम की चटनी, शक्कर के शरबत के साथ, दोपहर को सेर-भर गोश्त का सूप, छह घड़ी रात गये पांच रुपये-भर शराब और इतना ही दूधिया अर्क़'। भाई मेरे! यहां अल्लाह का दिया सब कुछ है सिवाय डोमनी के, लेकिन मुझे तो मौत की बीमारी के बिना भी इतनी कैलोरीज़ नहीं मिलती। ग़ालिब पांच-रुपये भर शराब इसलिए पीते थे कि अगर उसकी मात्रा बढ़ा देते तो फिर इतना ही दूधिया अर्क़ भी निगलना पड़ता। भाई मेरे! मैं तो दूध की आइसक्रीम सब्र और चैन से खाता हूं। कभी तोला-माशा की रोक नहीं लगायी।'' डॉक्टरों से एक्सरे और बीमारी की पहचान कराने के बाद अक्सर बायोकेमेस्ट्री से स्वयं अपना इलाज करते। ऐसे संकल्प शक्ति के धनी और बेढब मरीज़ पर डॉक्टरों को क्रोध नहीं आता, तरस और प्यार आता है। दोस्तों के बीच मीठी बातचीत पर आते तो डिम्पल उनके गालों में ही नहीं, वाक्यों में भी पड़ता था। अंत में उनकी बदपरहेज़ी और लाजवाब कर देने वाली डॉक्टरी का नतीजा फ़ालिज की शक्ल में सामने आया।

मैं ड्रॉइंग रूम और बरामदे से होता हुआ उनके कमरे तक पहुंचा तो देखा कि उनके म्यूज़िक रूम में (जिसमें नौ-दस लाउडस्पीकर इस कमाल से लगाये गये थे कि एक भी दिखायी नहीं पड़ता था।) ताला पड़ा है। उनकी निजी लाइब्रेरी भी, जिसकी सैकड़ों किताबों के मूल्यवान कवर उन्होंने निज़ाम हैदराबाद के शाही जिल्द बनाने वाले से विशेष रूप से बनवाये थे, चार साल से बन्द पड़ी थी। इसी लाइब्रेरी में उन्होंने मेरा परिचय नियाज़ फ़त्हपुरी, मौलाना मुहम्मद अय्यूब देहलवी, मुहम्मद हसन अस्करी और सलीम अहमद से कराया था। यहीं से उन्होंने एक बार आधे घंटे तक मुझे फ़ोन पर उस्ताद बुन्दू ख़ां की सारंगी सुनवायी थी कि वो अपने हर शौक़ और मज़े में दोस्तों को शामिल करके अपनी ख़ुशी दुगुनी करने की ख़ूबी से परिचित थे।

फ़ोन पर सारंगी सुनवाने का क़िस्सा ये है कि उनके पिता स्वर्गीय हाजी मुहम्मद याक़ूब साहब अपने घर में ताश, औरतों की फ़ोटो (मुराद एक्ट्रेसों से थी) और पानदान रखने के विरोधी तो थे ही, गाने की बैठक को भी बर्दाश्त नहीं करते थे। कहते थे, ''बेटा जी! गाना हराम तो हइ हय, मनहूस भी होता है। जिस घर में एक बार तबला या घुंघरू

बज गये, उस घर के सामने एक-न-एक दिन दिवाले और क़ुर्क़ी का ढोल बजेगा ही बजेगा। वो घर उजड़े ही उजड़े, इसे मेरी वसीयत जानो।'' वसीयत के सम्मान में मियां अहसान इलाही इस सस्वर मनहूसियत की व्यवस्था मेरे घर करवाते थे, लेकिन ख़ुदा का करम, स्वर्गीय की भविष्यवाणी के अनुसार हमारे घर के सामने कभी क़ुर्क़ी का ढोल नहीं बजा। किसी भी घर के सामने नहीं बजा, जबकि इस अंतराल में हमने (किराये के) नौ-दस घर बदले। मियां अहसान इलाही अपने घर में गाना केवल तीन स्थितियों में उचित समझते थे। पहला, गाने वाली ज़िंदा हालत में न हो, मतलब ये कि उसके गाने का केवल रिकॉर्ड या टेप हो। दूसरे, उनके घर में गाने वाला बिलकुल तन्हा गाये, यानी न तबले की संगत हो और न उनके अलावा कोई और सुनने वाला मौजूद हो। ये आशंका भी न हो कि गाने के बोल समझ में आ जायेंगे यानी रागिनी पक्की हो। तीसरे, गाने वाले को दाद के सिवा कुछ और न देना पड़े, मतलब ये कि गाने वाला फ़्री में गाना गाये। मिर्ज़ा कहते हैं कि इन पवित्र शर्तों और नियमों के बाद जो चीज़ अस्तित्व में आयेगी वो स्वर्गीय हाजी साहब की वसीयत हो सकती है, गाना बिलकुल नहीं।

मियां अहसान इलाही इस समय कमरे के पिछले हिस्से में एक ऊंचे अस्पताली बेड पर नयी रेशमी दुलाई ओढ़े ऊंघा-नींदी की हालत में लेटे थे। दायीं दीवार पर जवानी की दो तस्वीरें टंगी थीं। एक में वो मौलाना हसरत मोहानी के साथ खड़े थे। दूसरी में वो बंदूक़ का बट मुर्दा नीलगाय की थूथनी पर रखे खड़े मुस्कुरा रहे थे। दोनों तस्वीरों के नीचे उनकी नयी व्हीलचेयर रखी थी। उनके सिरहाने एक ऊंचे स्टूल पर वो महंगी दवायें सजी थीं जिनके बेअसर और नकारा होने का वो अर्धजीवित विज्ञापन थे। उस समय तो मुझे उनकी स्मरणशक्ति का क़ायल होना पड़ा, इसलिए कि उन्होंने मेरे आतिथ्य के लिये फ़्रेस्को से मेरी पसंद की गर्म जलेबियां और नाज़िमाबाद के मुल्ला हलवाई के गुलाब जामुन मंगवाये थे। दायीं तरफ़ दीवार से लगे सागौन के किंग साइज़ बेड पर तकिये नहीं थे। उनकी बेगम की मौत को दो महीने हुए थे। दरवाज़े के सामने वाली खिड़की के कार्निस पर एक छोटा-सा कैसेट प्लेयर और उन मुशायरों के टेप रखे थे, जो बीते पैंतीस बरसों में इस लॉन पर हुए थे और जिसके लिये घास ढाका से, गुलाब और पाम के पेड़ पिंडी और श्रीलंका से मंगवाये थे। फ़ालिज के कारण पंखा, एयरकंडीशनर, खिड़कियां, बुरी ख़बरें, बच्चों का आना सब बन्द थे। मैंने सोचा कि उनको सुनायी देने में भी कठिनाई होने लगी है—मैंने ज़रा ऊंची आवाज़ में दुहराया—

''हमारे यार-जानी मुनव्वर हुसैन मर गये।''

''हां, मुझे किसी ने बताया था,'' उन्होंने बड़ी लड़खड़ाती आवाज़ में कुछ कहा, जिसका मतलब मैंने यही समझा। मुझे कुछ ऐसा लगा जैसे वो इस विषय पर बात नहीं करना चाहते थे।

मेरी बात पर वो अपना ध्यान बीस-पच्चीस सेकेण्ड से अधिक देर तक फ़ोकस नहीं कर पा रहे थे और इस छोटे से वक्त में अपनी बात कहने में मुझे कठिनाई हो रही थी।

वो बात ये थी कि अट्ठाईस साल कराची में रहने के बाद मैंने जनवरी 1979 में लंदन जाने के लिये सामान बांधा तो पहले अपने दोस्तों (जिनके नाम औपचारिकता के लिये मियां अहसान इलाही और मुनव्वर हुसैन मान लीजिये, नाम में क्या रखा है। दोस्त को किसी भी नाम से पुकारें, फूलों ही की ख़ुशबू आयेगी।) की बातें और यादें उन्हीं की आवाज़ में टेप पर सुरक्षित कीं। विस्तृत नोट भी लिये और याददाश्त पर आधारित दस चरित्र-चित्रण और लेख लंदन में बड़ी तेज़ी से लिख डाले। फिर आदत के अनुसार पाल में लगा दिये कि डेढ़-दो साल बाद निकाल के देखेंगे कि कुछ दम है भी या निरा ख़ौरा है। मियां अहसान इलाही और मुनव्वर हुसैन से दुबारा उनके छापने की अनुमति चाही तो उन्होंने बिना किसी शर्त के प्रसन्नता के साथ दे दी। मैंने साफ़ करने के लिये लेख निकाल कर देखे तो एक अजीब समस्या से दो-चार हुआ—ऐसा लगा जैसे ये सब किसी और ने लिखा है। ये तो बिलकुल स्पष्ट था कि ये दो किताबों का मैटर है। मैं एक पुलिंदे से दो किताबें निकालने का जतन कर रहा था कि मुनव्वर हुसैन का एक संक्षिप्त पत्र मिला। जिसमें उन्होंने लिखा था कि मुझे तो निजी तौर पर कोई विरोध नहीं, लेकिन सम्भव है इनका छपना मेरे निकटस्थ लोगों को अच्छा न लगे। इसलिए इन बातों और यादों को मेरे नाम से न जोड़ा जाये। इससे पहले कि मैं कराची जाकर उनसे इस विषय पर विस्तृत बातचीत करूं, दो-तीन महीने बाद उनका देहांत हो गया।

मेरी कथा सुनकर मियां अहसान इलाही ने टूटे-फूटे लहज़े में कहा कि मुझे तो कोई विरोध नहीं, आप जैसा उचित समझें करें। फिर कहने लगे बहुत दिन हो गये, अब पाकिस्तान आ भी जाइये। हमारे बाद आये तो क्या आये। आंखें भी बिलकुल जाती रहीं। कभी-कभी मुझे आपका चेहरा याद नहीं आता—ये कहकर फूट-फूट कर रोने लगे। पैंतीस साल में मैंने उन्हें दूसरी बार रोते देखा।

अब मैं अजीब परेशानी से घिर गया। दोनों की यादें और बातें एक-दूसरे में कुछ इस तरह गुंथी और गुंधी हुई थीं कि इन 'जुड़वां लेखों' को ऑपरेट करके अलग करना मेरे बस का काम न था। न ये सम्भव था कि एक के नाम, जगह और परिचय को तो प्रकट कर दूं और दूसरे के नाम और घटनाओं को बदलकर कहानी की पोशाक पहना दूं। इन हालात में मेरे लिये इसके अतिरिक्त और कोई विकल्प नहीं था कि सारे लेखों को एक बार में ही रद्द करके न केवल नाम और जगह बदल दूं बल्कि शुरू से अंत तक सब कुछ Fictionalise कर दूं, जिसका इन दोनों से कोई संबंध न हो। और मैंने यही किया।

इसलिए *खोया पानी* के पांच कहानीनुमा निबंधों में जो कुछ आप पढ़ेंगे, उसका इन दोस्तों के जीवन की घटनाओं या उनके साथियों, बुज़ुर्गों और मिलने वालों से कोई संबंध नहीं है। विनम्र निवेदन है कि फ़िक्शन को फ़िक्शन ही समझ कर पढ़ा जाये, अगर कोई घटना सच या चरित्र अस्ली नज़र आने लगे तो इसे संयोग समझा जाये। लगभग सारी घटनायें और चरित्र फ़र्ज़ी हैं। अलबत्ता जिन प्रसिद्ध लोगों की चर्चा जहां कहीं बुराई या आलोचना के लिये हुई है, उसे झूठ न समझा जाये। इतना अवश्य है कि मैंने अपनी पूरी कोशिश-भर मुनव्वर हुसैन और मियां अहसान इलाही के बातचीत के ढंग, आपस की

नोक-झोंक के बीच चिंगारी उड़ाते हुए वाक्यों को ज्यों-का-त्यों रखने की कोशिश की है।

यूं भी इससे क्या अंतर पड़ता है कि फ़िक्शन है या सच्ची घटना या इन दोनों का मिश्रण, जिसे आजकल Faction (Fact+Fiction) कहा जाता है। एक चीनी विद्वान का कथन है कि इससे कोई अन्तर नहीं पड़ता कि बिल्ली काली है या सफ़ेद—देखना ये चाहिए कि वो चूहे पकड़ सकती है या नहीं।

इस पृष्ठभूमि का वर्णन और स्पष्टीकरण मुझ पर इसलिए भी आवश्यक है कि इस किताब का अस्ली केन्द्र, प्रस्तावक और कारण—दो पुराने दोस्तों का साथ और हँसी-मजाक़ था, जो मेरे जीवन का सर्वाधिक मूल्यवान काल है। वो दोस्तों के साथ के हर क्षण को एक उत्सव समझ कर बिताते थे। इस ऋण और महान कृपा को प्रकट न करना अनुचित होगा।

जिस उखड़ी-उखड़ी बातचीत की ऊपर चर्चा हुई है, उसके कुछ ही दिन बाद मियां अहसान इलाही भी अपने रब से जा मिले और देस सूना कर गये, और अब जबकि मैं एक अन्तरराष्ट्रीय बैंक के अधीन ग्यारह साल लंदन में बिताने के बाद अपने वतन जाने की तैयारी कर रहा हूं तो उनका गिला और शिकवा सही साबित हो रहा है।

पीछे मुड़कर देखता हूं तो निजी, साहित्यिक, व्यावसायिक, राजनीतिक और सामाजिक आधार से इस नकारा-काल में घाटे के सिवा कुछ दिखायी नहीं पड़ता। हां! विदेश घूमने और देश से दूर रहने का एक लाभ यह देखा कि देश और देशवासियों से प्यार न केवल बढ़ जाता है बल्कि अहैतुक हो जाता है।

सफ़र करदम बह्र शह्री दुवेदम
बलुत्फ़ो - हुस्ने - तोकस रानदीदम

हानि ये कि हर सूचना और अफ़वाह जो उधर से आती है, दिल दहलाने और ख़ून जलाने वाली होती है। पाकिस्तान की अफ़वाहों की सबसे बड़ी बुराई यह है कि सच निकलती हैं। ये क्रम दस-ग्यारह साल तक चले तो भावुक आदमी की हालत सिस्मोग्राफ़ की सी हो जाती है—जिसका काम ही भूकम्पों के झटके रिकॉर्ड करना और हर समय कांपते रहना है। यूं लगता है कि हमारी राजनीति का मसाला ज्वालामुखी से निकला है।

लीडर भ्रष्ट, विद्वान लोग स्वार्थी, जनता भयभीत-आतंकित और हर आदेश का पालन करने वाली। जब संस्थान खोखले और लोग चापलूस हो जायें तो जनतंत्र धीरे-धीरे डिक्टेटरशिप को रास्ता देता जाता है। फिर कोई डिक्टेटर देश को कुपित आंखों से देखने लगता है। तीसरी दुनिया के किसी भी देश की स्थितियों पर दृष्टिपात कीजिये। डिक्टेटर स्वयं नहीं आता, लाया और बुलाया जाता है और जब आ जाता है तो प्रलय उसके साथ-साथ आती है। फिर वो कहानी के परम्परागत ऊंट की तरह बद्दुओं को तम्बू से निकाल बाहर करता है। बाहर निकाले जाने के बाद खिसियाने बद्दू एक-दूसरे का मुंह नोचने लगते हैं, फिर एक अनुपलब्ध बल्कि दुर्लभ वस्तु की खोज में निकल पड़ते हैं। अर्थात् ये कि अपने-वाले से अधिक आज्ञाकारी ऊंट तलाश करने और उसे बुलाने की योजना बनाने लगते हैं ताकि उसकी पीठ पर बैठकर अपने तम्बू में रह सकें और

अपने पुरस्कार-अयोग्य मालिक यानी पिछले ऊंट पर लानत भेज सकें। ये सच्चाई है कि डिक्टेटर से अधिक प्यार-भरा और कोई नहीं हो सकता, इस अर्थ में कि वो अपने दिल की गहराइयों से ये समझता है कि जनता और देश से जिस तरह टूट के वो प्यार करता है और जैसी और जितनी सेवा वो अकेला कर सकता है, पूरे देश के बूते का काम नहीं। वो सचमुच महसूस करता है कि उसके जिगर में सारे-जहां का दर्द ही नहीं इलाज भी है।

इसमें शक नहीं कि उसके पास उन non-issues और झूठे झगड़ों का सन्तुष्टिदायक हल होता है जो वो अपनी करतूतों से खड़े करता है। ये कहना ग़लत न होगा कि समाचार-पत्रों में क्रॉसवर्ड बनाने वालों की तरह पहले वो बहुत-से हल इकट्ठे कर लेता है और फिर अपनी पहेली गढ़ने वाली बुद्धि की मदद से इनसे आड़ी-तिरछी समस्यायें गढ़ता चला जाता है।

राय की सर्वोच्चता और सत्ता की निरंकुशता का अनिवार्य परिणाम ये कि वो ईश्वर की सृष्टि से इस तरह संबोधित होता है जैसे वो पाषाणकालीन जंगली हों और यह स्वयं उन्हें अंधकार से निकाल कर अपने नेतृत्व में लाने और वनमानुष से मनुष्य बनाने के ईश्वरीय काम पर है। वो हर समय अपनी सीसा पिलायी हुई दीवार से बात करता है मगर मानवाकार अक्षरों में उस पर अंकित लिखावट उसे दिखायी नहीं देती। न्याय के अपने बनाये तराज़ू के ऊंचे-नीचे पलड़ों को, कभी इस पलड़े तो कभी उस पलड़े में अपनी तलवार का पासंग डालकर, बराबर कर देता है।

फिर जैसे-जैसे साम्राज्य पर अहंकार और हवस बढ़ती जाती है, डिक्टेटर अपने निजी विरोधियों को ईश्वर का विरोधी और अपने चाकर-टोले को बुरा बताने वालों को देशद्रोही बताता है। जो उसके क़दमों में नहीं लोटते, उन पर ईश्वर की धरती का अन्न, उसकी छांव और चांदनी वर्जित कर देता है। लेखकों, कवियों को शाही बिरयानी खिलाकर ये बताता है कि लिखने वाले के क्या कर्तव्य हैं और नमकहरामी किसे कहते हैं। वो ये जानता है कि साहित्य व पत्रकारिता में बिके हुए लोगों का एक क़बीला होता है। उनसे वो गवाही दिलवाता है कि मेरे राज्य में बोलने, छपने और छापने पर कोई प्रतिबन्ध नहीं है। मतलब ये कि जिसका जी चाहे, जिस छन्द या विधा में स्तुति लिखे और पढ़े। बल्कि स्तुति-काव्य छन्द, बुद्धि से परे भी हो तो कोई बात नहीं।

जैसे और दौर बीत जाते हैं, ये दौर भी बीत गया। लेकिन कुछ लोग ऐसे आतंकित और चढ़ते सूरज की पूजा के इतने आदी हो गये थे कि सूरज डूबने के बाद भी सिजदे में पड़े रहे कि न जाने कब और किधर से निकल आये। कभी किसी ने कौली भरके ज़बरदस्ती खड़ा करना भी चाहा तो मालूम हुआ कि खड़े नहीं हो सकते। सारे जोड़ अकड़ कर रह गये हैं।

अर्जेन्टाइना हो या अलजज़ाइर, तुर्की हो या बांग्लादेश, इराक़ हो या मिस्र, इस दौर में तीसरी दुनिया के हर देश में लगभग यही ड्रामा खेला जा रहा है। सैट, डायलॉग और मास्क के परिवर्तन के साथ।

इस उपन्यास में लिखे गये लेख जो अपने स्टाइल और जानबूझकर रचे गये फैलाव, बल्कि बिखराव के कारण नॉवल के निकट हैं, इसी काल की कड़वाहटें हैं। इनमें से केवल पांच इस उपन्यास में शामिल हैं। कहते हैं कि किसी ने एमिनॉल जोज़फ़ सीज़ से पूछा कि आपने फ्रांस की क्रांति में कौन-सा कारनामा किया तो उसने जो दो शब्दों का जवाब दिया वो इतिहास का अंग बन गया! 'I survived!' यानी मैंने अपने-आप को बचा लिया। वतन और अपनों से ग्यारह साल की दूरी का जो परिणाम स्वभाव और जीवन पर पड़ता है, उसकी परछाइयां आपको जहां-तहां इन पंक्तियों में नज़र आयेंगी। यूं लंदन बहुत दिलचस्प जगह है और इसके अलावा इसमें कोई ख़राबी नज़र नहीं आती कि ग़लत जगह पर स्थित है। थोड़ी-सी कठिनाई ज़रूर है कि आसमान हर समय बादलों और कोहरे से घिरा रहता है। सुब्ह और शाम में अंतर पता नहीं लगता। इसलिए लोग A.M. और P.M. बताने वाले डायल की घड़ियां पहनते हैं। मौसम ऐसा है जैसे किसी के दिल में नफ़रत भरी हो, घर इतने छोटे और गर्म कि लगता है कमरा ओढ़े पड़े हैं। बक़ौल फ़िलिप लेकिन ये कैसी मजबूरी कि—

'No where to go but indoors'

अच्छाई और सुन्दरता और शालीनता में अंग्रेज़ों का जवाब नहीं। धर्म, राजनीति और सैक्स पर किसी और कैसी भी सभा में बात करना अशिष्टता और परले दर्जे की बुराई समझते हैं, सिवाय पब और बार के। गंभीर और आवश्यक विषयों पर बातचीत केवल नशे की हालत में ठीक समझते हैं। बेहद हमदर्द, कारवाले इतने शिष्ट कि इकलौते पैदल चलने वाले को रास्ता देने के लिये अपनी और दूसरों की राह खोटी करके सारा ट्रैफ़िक रोक देते हैं। मिर्ज़ा अब्दुल वदूद बेग, जो सदा के भावुक ठहरे, कहते हैं कि बेतहाशा जी चाहता है कि ज़ेब्रा-लाइन पर ही खड़े होकर, पहले सब को झुक-झुक कर अलग-अलग कोर्निश बजायें, फिर सड़क पार करें।

क़फ़स में कोई अजीयत नहीं मुझे सय्याद
बस एक हश्र बपा बालो-पर में रहता है

कोई लिखने वाला अपने लोगों, अपने समकालीनों, अपने देश-समाज की समस्याओं, लोक-परम्परा और कल्चर से कटकर कभी कोई जीवित और अनुभव की दहकती कुठाली से निकली हुई महान कृति का निर्माण नहीं कर सकता। ब्रिटेन में रहने वाले एशियाइयों में सौ में निन्यानवे उन सुन्दर पेड़ों के नाम नहीं बता सकते जो उनके मकानों के सामने न जाने कब से खड़े हैं। (रहा सवाल ब्रिटिश आदमी का तो उसने पेड़ों को कभी नोटिस ही नहीं किया।) न इन रंग-बिरंगे पक्षियों के नाम जो मुंह-अंधेरे और शाम-ढले इन पर चहचहाते हैं और न उस गर्लफ्रैंड के बालों का शेड बता सकते हैं, जिसके साथ रात भर बड़ी रवानी से ग़लत अंग्रेज़ी बोली। गोल्डन-ऑबर्न, कॉपर-ऑबर्न, ऐश-ब्लॉन्ड, चेस्टनट-ब्राउन, बरगंडी-ब्राउन। इनकी लालची आंखें तो 'जो कुछ भी हो, ख़ुदा की क़सम, लाजवाब हो' पर आकर ठहर जाती हैं। दूसरे देश का जीवन, उसके समाज का अनुभव, उसकी समस्याओं की समझ और पकड़ इतनी सरसरी और हल्की होती है कि कभी म्यूज़ियम, आर्ट गैलरी, थियेटर, नाइट क्लब, सोहो की चमक-दमक, वैसी गलियों

की परिक्रमा, ईस्ट-एण्ड में अपमानजनक 'मगिंग' या चियरिंग-क्रॉस पर ग्राहकों की प्रतीक्षा करती वेश्याओं के ध्यानाकर्षण से आगे नहीं बढ़ पाती। बहुत तीर मारा तो ब्रिटिश नागरिकता हासिल करके वो रहा-सहा सम्मान भी गंवा दिया, जो टूरिस्ट या मेहमान मज़दूर होने के कारण उपलब्ध था। ब्रिटिश पासपोर्ट और देशवासियों की बेबसी का प्रतिशोध लेने के लिये किसी अंग्रेज़ औरत से शादी कर ली और अपनी तरफ़ से सारे अंग्रेज़ों को नाड़े के रिश्ते में बांध कर डाल दिया। नख-शिख और जातीय-दृष्टि से अंग्रेज़ों का स्टॉक बहुत अच्छा है। क़द, काठी, रंग, रूप और तीखे-तरशाये नैन-नक़्श के कारण इनकी गिनती ख़ूबसूरतों में होती है। मिर्ज़ा कहते हैं कि बदसूरत अंग्रेज़ औरत विरली है। बड़ी मुश्किल से दिखायी पड़ती है, यानी हज़ार में एक। पाकिस्तानी और हिन्दुस्तानी इसी औरत से शादी करता है, लेकिन अंग्रेज़ औरत से शादी करने से न तो इंग्लैंड फ़त्ह होता है, न समझ में आता है, बल्कि जैसे-जैसे समय बीतता है, स्वयं औरत भी समझ में नहीं आती। इसलिए देश-निकाला दिया गया साहित्यकार (चाहे उसने अच्छे वेतन और बुरे व्यवहार की चाह में स्वयं को देश निकाला दिलवाया हो या निजी और राजनैतिक मजबूरी के कारण आर्थिक रूप से उन्नत देश-निकाला स्वीकार किया हो।) घूम-फिर के उसी छोड़ी हुई मंज़िल और बीते हुए जीवन का चित्रण करता है। जिसे दूरी, निर्वासन और नॉस्टेलजिया ने अब आउट ऑफ़ फ़ोकस करके ग्लैमेराइज़ भी कर दिया है। लंदन में निर्वासित उर्दू साहित्यकारों का भी कुछ ऐसा ही हाल है।

कोई उनकी बज़्मे-जमाल से कब उठा, ख़ुशी से कहां उठा
जो कभी उठा भी उठाये से तो इसी तरफ़ निगरां उठा

लंदन में इस दरबार से बहिष्कृत पर क्या बीती और बुद्धि को चमका देने वाले कैसे-कैसे कपाट खुले, यह एक अलग कथा है। जिसमें कुछ ऐसे पर्दानशीनों के नाम आते हैं, जो साफ़ छुपते भी नहीं, सामने आते भी नहीं। इसे जल्द ही अलग किताब के रूप में सामने लाऊंगा।

इस कथानक के अधिकतर चरित्र अतीत-पूजक, अतीत-ग्रस्त हैं। इनका मूल रोग नॉस्टेलजिया है। जब मनुष्य को वर्तमान से अतीत अधिक सुन्दर दिखायी देने लगे और भविष्य दिखायी देना बन्द हो जाये तो समझ लेना चाहिए कि वो बूढ़ा हो गया है। यह भी याद रहे कि बुढ़ापे का जवानीलेवा हमला किसी भी उम्र में...विशेष रूप से जवानी में हो सकता है। अगर अफ़ीम या हेरोइन उपलब्ध न हो तो उसे अतीत की याद और फ़ैंटेसी में, जो थके-हारों का अंतिम आश्रय-स्थल है, ख़ुशी महसूस होती है। जैसे कुछ बहादुर और कड़ियल लोग अपनी भुजाओं की शक्ति से अपना भविष्य आप बनाते हैं, इसी तरह वो अपने विचारों की शक्ति से अपना अतीत आप बना लेता है।

यादों की शोर मचाने वाली नदी अतीत के मैदान में बहते-बहते सपनों की मरीचिका में उतर जाती है फिर अन्दर-ही-अन्दर कहीं उभरती, गुम-होते स्त्रोतों और विचार-बगूलों में बोयी हुई खेती को सींचती रहती है और कहीं अचानक किसी चट्टान से जीवन का चश्मा फूट निकलता है।

कभी-कभी कोई समाज भी अपने ऊपर अतीत को ओढ़ लेता है। ध्यान से देखा जाये तो एशियाई ड्रामे का अस्ल-विलेन अतीत है। जो समाज जितना दबा, कुचला और कायर हो उसे अपना अतीत उतना ही अधिक उज्ज्वल और दुहराये जाने योग्य दिखायी पड़ता है। हर परीक्षा और कठिनाई की घड़ी में वो अपने अतीत की ओर उन्मुख होता है और अतीत भी वो नहीं, जो वस्तुतः था, बल्कि वो जो उसने अपनी इच्छा और पसंद के अनुसार तुरंत गढ़ कर बनाया है।...अतीत के इच्छुक, इस अतीत पूजा के परिदृश्य में घायल अहंकार का मोर-नाच देखने योग्य होता है कि मोर अपना नाच ही नहीं, अपना जंगल भी स्वयं पैदा करता है। नाचते-नाचते एक जादुई क्षण ऐसा आता है कि सारा जंगल नाचने लगता है और मोर चुपचाप खड़ा देखता रह जाता है।

नॉस्टेल्जिया इसी क्षण की कहानी है

घायल अहंकार अपने लिये कहां-कहां और कैसे-कैसे आश्रय-स्थल ढूंढता बनाता है। यह अपनी-अपनी रुचि, पराजय के आकार-प्रकार और भागने की क्षमता पर निर्भर है। अध्यात्मवाद, सूफ़िज़्म, समाधि, शराब, हास्य-व्यंग्य, सैक्स, हेरोइन, वैलियम, अतीत, फ़ैंटेसी...जिसको जो नशा रास आ जाये। ऑरनॉल्ड ने हार जाने वाले, मगर हार न मानने वाले, ध्यान-धूल में लथपथ पूर्व की हार की सहनसीमा के बारे में लिखा था—

The East bow'd low before the blast
In patient, deep disdain
She let the legions thunder past
And plunged in thought again

और इस घमंड-भरी समाधि में सदियां बीत जाती हैं। सबसे गहरा और सपने दिखाने वाला नशा, जो आदमी को वर्तमान और अपने अस्तित्व से विमुख कर देता है, स्वयं अपने लहू में किसी सपने या विचार की मिलावट से पैदा होता है। ये नशा चढ़ जाये तो सब कुछ स्वीकार, सब कुछ बर्दाश्त।

प्राचीनकाल में चीन में जिस व्यक्ति की खिल्ली उड़ानी होती थी उसकी नाक पर सफ़ेदी पोत देते थे, फिर वो कितनी भी गंभीर बात कहता, क्लाउन ही लगता। न्यूनाधिक यही हाल व्यंग्यकार का भी होता है। वो अपनी फ़ूलिश कैप उतार कर फेंक भी दे तो लोग उसे झाड़-पोंछ कर दोबारा पहना देते हैं। मुझे ये तो ध्यान नहीं कि बैंकरों की इस गली में सर पर पगड़ी रही या नहीं, फिर भी आप इस उपन्यास का विषय, स्वभाव और स्वाद अलग पायेंगे। अनुभव और कथानक स्वयं अपना स्टाइल तय करते चले जाते हैं। इक़बाल ख़ुदा के समक्ष मुसलमानों का शिकवा, अपने उस्ताद दाग़ देहलवी की नख़रे-चोंचले करती भाषा में नहीं लिख सकते थे। मिर्ज़ा रुसवा की *उमराव जान अदा* और वेश्याओं से संबंधित मंटो की कहानियों का अनुवाद मौलाना अबुल कलाम आज़ाद की पिशाच भाषा में करके उन्हें (वेश्याओं को) ज़बरदस्ती सुनाया जाये तो मुझे विश्वास है कि एक ही पेज सुनकर कान पकड़ लें और अपना धंधा छोड़ दें। वो तो वो, स्वयं हम अपने धंधे से तौबा कर लें कि आज वो, कल हमारी बारी है। बह्रहाल इस बार विषय,

कथानक और अनुभूतियां सब भिन्न थीं, सो वही लिखा जो देखा। क़िस्सा बयान करने वाले क़लन्दरों की पुरानी आदत है कि कहानी का ताना-बाना बुनते-बुनते अचानक उसका रंग, रूप और स्वाद बदल देते हैं। लेकिन कभी-कभी ऐसा भी होता है कि कहानी कहते-कहते स्वयं कहानी कहने वाले को कुछ हो जाता है। वो, फिर वो नहीं रहता, जो था। सो कुछ ऐसी ही लेखक के साथ बीती।

ईश्वर की कृपा से मैं अपनी शारीरिक और साहित्यिक उम्र के जिस पड़ाव पर हूं वहां मनुष्य स्तुति और निंदा दोनों से इतना विमुख हो जाता है कि न किये हुए गुनाहों को भी स्वीकार करने में संकोच अनुभव नहीं करता। चुनांचे अब मुझे ये स्वीकार करने में शर्म महसूस नहीं होती कि मैं शरीर, उसूल और स्वभाव से निराश और बहुत जल्दी हार मान लेने वाला आदमी हूं। डिप्रेशन शायद व्यंग्यकार का भाग्य है। हास्य-व्यंग्यकारों के बाबा आदम डेन सॉफ़्ट पर उन्माद के दौरे पड़ते थे और उसके नैराश्य की यह स्थिति थी कि वो अपने जन्म को एक दुर्घटना समझता था। अपनी वर्षगांठ के दिन इसलिए बड़ी धूमधाम से शोक व्यक्त करनेवाले काले कपड़े पहनता था और उपवास करता था। मार्क ट्वेन पर भी अंतिम समय में डिप्रेशन हावी हो गया था। मिर्ज़ा कहते हैं कि इन प्रसिद्ध लोगों से तुम्हारा मेल बस इतना ही है। बहरहाल समय से पहले निराश हो जाने का एक लाभ यह पाया कि नाकामी और सदमे का डंक और डर पहले ही निकल जाता है। कई प्रसिद्ध पहलवानों के घरानों में ये रीत है कि होनहार लड़के के बुज़ुर्ग उसके कान बचपन में ही तोड़ देते हैं ताकि आगे चलकर कोई प्रतिस्पर्धी पहलवान तोड़ने की कोशिश करे तो तकलीफ़ न हो। व्यंग्य को मैं बचाव का मैकेनिज़्म समझता हूं। यह तलवार नहीं उस व्यक्ति का कवच है जो बुरी तरह से घायल होने के बाद इसे पहन लेता है। ज़ेन बुद्धिज़्म में हँसी को ज्ञान की सीढ़ी समझा जाता है, लेकिन सच पूछिये तो ऊंच-नीच का सच्चा ज्ञान उस समय पैदा होता है जब खम्बे पर चढ़ने के बाद कोई नीचे से सीढ़ी हटा ले। मगर एक कहावत ये भी सुनी कि बंदर पेड़ की फुनगी पर से धरती पर गिरे तब भी बंदर ही रहता है।

'धीरजगंज का पहला यादगार मुशायरा' में एक क़स्बे के स्कूल, उसके टीचर और व्यवस्थापक के रेखाचित्र हैं। 'हवेली' की कहानी एक त्यागी हुई ढंढार हवेली और उसके उद्दंड और क्रोधी मालिक के आस-पास घूमती है। 'स्कूल मास्टर का ख़्वाब' एक दुखी घोड़े, नाई और मुंशी से संबंधित है। 'शहरे दो क़िस्सा' एक छोटे से कमरे और उसमें पिचहत्तर साल बिता देने वाले सनकी आदमी की कहानी है और 'कार, काबुलीवाला और अलादीन बेचिराग़' एक खटारा-कार, अशिक्षित पठान आढ़ती और वाचाल तथा लपाड़ी ड्राइवर का एक बड़ा रेखाचित्र है। इसमें जो केन्द्रीय या तुलनात्मक रूप से अधिक उभरने वाले चरित्र हैं वो सबके-सब बहुत आम और सामाजिक रुतबे की दृष्टि से बहुत मामूली हैं, इसलिए विशेष कृपा-दृष्टि चाहते हैं। मैंने जीवन को ऐसे ही लोगों के हवाले से देखा, समझा, परखा और चाहा है। इसे दुर्भाग्य ही कहना चाहिए कि जिन बड़े और कामयाब लोगों को निकट से देखने का अवसर मिला, उन्हें मनुष्य के रूप में बिलकुल अधूरा और हल्का पाया। किसी विद्वान का कथन है कि जितनी बड़ी मात्रा में ईश्वर ने

आम आदमी बनाये हैं उससे तो यही मालूम पड़ता है कि इन्हें बनाने में उसे विशेष रूप से आनन्द आता है वरना इतने सारे क्यों बनाता और सदियों-सदियों से क्यों बनाता चला जाता। जब हमें भी ये इतने अच्छे और प्यारे लगने लगें तो जानना चाहिए हमने अपने-आप को पहचान लिया। ये ऐसे ही आम लोगों की बात है। इनकी अलिफ़ लैला एक हज़ार एक रातों में भी ख़त्म नहीं हो सकती।

'हरेक फ़र्द जहां में वरक़े-नाख़्वांदा'

संभव है कुछ लोगों को चरित्रों की अधिकता और प्लॉट का अभाव खले। मैंने पहले किसी और संदर्भ में निवेदन किया है कि प्लॉट तो फ़िल्मों, ड्रामों, नॉविलों और षड्यंत्रों में होता है। मुझे तो दैनंदिन जीवन में दूर-दूर इसका निशान नहीं मिला। रहा चरित्र-चित्रण, तो इसमें कोई गुण नहीं और न दोष। अगर चरित्र केवल दोष निकालने पर आधारित नहीं और पात्र सच्चे एवं जानदार हैं तो अपनी कहानी अपने मुंह से कहते चले जाते हैं। इन्हें तोड़-मरोड़ कर कहानी के सांचे में डालने या किसी आदर्शी शिकंजे में कसने की आवश्यकता नहीं। गिज़गौल, चेख़ोव जीवन की छोटी-छोटी बातें अपने कैनवस पर बड़ी लापरवाही से बिखेरते चले जाते हैं। प्रोस्त ने एक पूरा नॉविल एक डिनर पार्टी की डिटेल्स बयान करने में लिख दिया है—जो *Total Recall* का बेहतरीन उदाहरण है। अंग्रेज़ी के सबसे बड़े, बिना प्लॉट के नॉविल, *Ulysses* की कहानी 16 जून 1916 को सुबह आठ बजे शुरू होकर उसी दिन ख़त्म हो जाती है। यूजीन ओ नील के ड्रामे *Long Day's Journey into Night* की भी कुछ ऐसी ही दशा है। इन प्रसिद्ध रचनाओं का हवाला देने का उद्देश्य केवल इतना है कि अगर मेरी कुछ बात नहीं बनती तो यह टैक्नीक का दोष नहीं, सरासर मेरी मूढ़ता और बेहुनरी है कि पेड़ गिनता रह गया, जंगल का दृश्य न दिखा सका। नियाग्रा प्रपात का तेज, प्रताप और ऊंचाई का अनुमान लगाने के लिये इसके नीचे खड़े होकर ऊपर देखना आवश्यक है। मैं जितनी बार देखता हूं, अभिमान का मुकुट पैरों पर आ पड़ता है।

यहां एक साहित्यिक अभद्रता का स्पष्टीकरण आवश्यक है। फ़ारसी की पंक्तियों और शे'रों के अर्थ फ़ुटनोट में देने के दो कारण हैं। पहले, नयी-नस्ल के पढ़ने वालों को उनके अर्थ मालूम नहीं। दूसरे, स्वयं मुझे भी मालूम नहीं थे। इस पीड़ा का विस्तार ये कि मैंने फ़ारसी केवल चार-दिन चौथी क्लास में पढ़ी थी और आमदनामा के व्याकरण से इतना घबराया कि ड्रॉइंग ले ली, हालांकि इसमें व्याकरण नहीं था, लेकिन रोने-पीटने के अवसर अधिक निकले। इसमें दसवीं तक मेरी महारथ सुराही और तोता बनाने से आगे न बढ़ पायी, और मैं इन दोनों ड्रॉइंगों में स्पेशलाइज़ करने से पहले भी उन्हें बिलकुल वैसी बना सकता था। ड्रॉइंग मास्टर कहता था तुम अपना नाम इतनी मेहनत और मुहब्बत से लिखते हो और तुम्हारी lettering इतनी सुंदर है कि तुम्हें फ़ेल करने का जी नहीं चाहता। अगर तुम स्केच के नीचे ये न लिखो कि ये अंगूर की बेल है तो तुम्हें घड़ौंची बनाने के सौ में से सौ नम्बर मिलें।

तीन कृपालु ऐसे हैं जो अच्छी तरह जानते हैं कि मैं फ़ारसी से अनभिज्ञ हूं इसलिए

वह अपनी चिट्ठियों और बातचीत में केवल फ़ारसी शे'रों से मेरी धुलायी करते हैं। दस-बारह साल तक तो मैं ये सब झेलता रहा, फिर सुध आयी तो ये ढंग पकड़ा कि अपने जिन दोस्तों के बारे में मुझे अच्छी तरह पता था कि फ़ारसी पर उनकी पकड़ मेरे बराबर यानी ज़ीरो है, उन्हें उन शे'रों से ढेर करने लगा। इस काम से मेरे स्तर तथा फ़ारसी ज्ञान के दबदबे में दस-गुना बढ़ोतरी और दोस्तों की संख्या में इसी अनुपात में कमी हो गयी। इस किताब में फ़ारसी के जो शे'र या पंक्तियां जहां-तहां दिखायी दें, वो इन्हीं तीन कृपालुओं की अवांछित अनुकम्पाओं में से हैं। ये हैं, बिरादरम मंज़ूर इलाही शेख़, जो स्वास्थ्य पूछने के लिये लाहौर से लंदन इंटरनेशनल कॉल भी करें तो बीमारी और उसका हाल पूछने से पहले संबंधित फ़ारसी शे'र सुनाते हैं, फिर मेरी फ़रमाइश पर उनका उर्दू अनुवाद करते हैं। इतने में समय ख़त्म हो जाता है और ऑपरेटर लाइन काट देता है। दूसरे दिन वो मुझे क्षमा और फ़ारसी शे'रों से भरा पत्र लिखते हैं कि माफ़ कीजिये कल सारा समय अनुवाद में ही नष्ट हो गया। मैंने टेलीफ़ोन दरअस्ल ये पूछने के लिये किया था कि आपका ऑप्रेशन किस चीज़ का हुआ है और तबीयत कैसी है? जब से सुना है, बहुत बेचैनी है।

समय नष्ट करने पर शेख़ सादी ने क्या ख़ूब कहा है मगर बेदिल ने इसी विषय को कहां से कहां पहुंचा दिया।...वाह वाह...दूसरे कृपालु हैं डॉक्टर जियाउद्दीन 'शकेब'। वो जब भी ब्रिटिश लाइब्रेरी जाते हैं, बुक स्टॉल से एक ख़ूबसूरत और समझ में आने वाला पिक्चर पोस्टकार्ड ख़रीदते हैं...फिर इस पर फ़ैज़ी, बेदिल या तालिब के शे'र से पानी फेर कर मुझे पोस्ट कर देते हैं और तीसरे हैं मुख़्तार मसूद, जो मेरे अज्ञान की घाटी को भरने में चौथाई सदी से जुटे हुए हैं। अपने प्रिय विषय पर घंटों मेरे आगे बीन बजाते और मजबूरन स्वयं ही झूमते रहते हैं। कई बार उनसे पूछा, "हुज़ूरे-वाला आपको यह कैसे पता लग जाता है कि मुझे यह बात मालूम नहीं," मगर वो विनम्रता से काम लेते हैं। स्वयं थोड़ा क्रेडिट नहीं लेते। बस, आसमान की ओर पहली उंगली उठा देते हैं और इसी उंगली से अपना कान माफ़ी के अंदाज़ में पकड़ कर अगर बैठे हों तो उठ खड़े होते हैं और खड़े हों तो बैठ जाते हैं। विनम्रता दिखाने की उनकी ये विशेष अदा है, जिसके दोस्त-दुश्मन सब शिकार हैं।

फ़ारसी शे'रों के जो अर्थ आप पढ़ेंगे वो इन्हीं मेहरबानों से पूछ कर लिख दिये हैं, ताकि सनद रहे और भूल जाऊं तो दुबारा उनके पास न जाना पड़े। विशेष रूप से मुख़्तार मसूद साहब से, कि जब से वो आर.सी.डी. के सिलसिले में तुर्की का सरकारी फेरा लगा आये हैं और मौलाना रूमी की क़ब्र के आस-पास दरवेशों का नाच फटी-फटी आंखों से देख आये हैं, फ़ारसी शे'रों का मतलब तुर्की के हवाले से समझाने लगे हैं। यूं तो हम अपने एक और पुराने मेहरबान प्रोफ़ेसर क़ाज़ी अब्दुल क़ुद्दूस M.A.B.T. से भी संपर्क कर सकते हैं, लेकिन वो आसान शे'र को भी अपने ज्ञान और समझ के प्रताप से अबूझ बना देते हैं। सच तो ये है कि फ़ारसी शे'र की मार आजकल के पाठक से सही नहीं जाती। विशेष-रूप से उस समय, जब वो बेतुकी जगह पर कोट किये गये हों। मौलाना अबुल कलाम आज़ाद तो गद्य का सजावटी-फ्रेम केवल अपने प्रिय फ़ारसी शे'र तानने के लिये प्रयोग करते हैं। उनके शे'र बेतुकी जगह पर कोट नहीं होते, गद्य बेतुकी जगह

पर कोट होता है। वह अपने गद्य का तमाम रेशमी कोया, अपने भेजे की लार से फ़ारसी शे'र के आस-पास बुनते हैं। लेकिन, याद रहे रेशम हासिल करने का प्राचीनकाल से एक ही ढंग है कि कोये को रेशम के जीवित कीड़े समेत खौलते पानी में डाल दिया जाये। जब तक वो मर न जाये रेशम हाथ नहीं लगता।

मिर्ज़ा कहते हैं कि ग़ालिब की शायरी की सबसे बड़ी मुश्किल उसकी व्याख्यायें हैं। वो न हों तो ग़ालिब को समझना बिलकुल मुश्किल नहीं। वो ये भी कहते हैं कि ग़ालिब दुनिया का अकेला शायर है जो समझ में न आये तो दुगुना मज़ा देता है। ख़ुदा इन तीन ज्ञानियों के बीच इस अकिंचन को सलामत रखे। जब से मेरी सेहत ख़राब हुई है, इनकी तरफ़ से चिन्तित रहता हूं।

''किसके घर जायेगा सैलाबे-बला मेरे बाद''

एक बार मैंने मंज़ूर इलाही साहब से निवेदन किया कि ''आपने अपनी दोनों किताबों में फ़ारसी के बहुत सुन्दर शे'र कोट किये हैं, लेकिन मेरी तरह पाठकों की नयी पीढ़ी भी फ़ारसी से अनभिज्ञ है। यूं ही अटकल से समझने की कोशिश करें तो अर्थ नष्ट हो जाता है। अगर अगले एडीशन में ब्रेकिट में उनका अर्थ उर्दू में लिख दें तो समझने में आसानी होगी।''

वे सोच में पड़ गये। फिर आंखें बंद करके, बंद होंठों से दिलों को जीत लेने वाले अपने विशेष ढंग से मुस्कुराये और बोले, ''मगर भाई साहब! फिर उद्देश्य नष्ट हो जायेगा।''

इस पर मिर्ज़ा कहने लगे, ''तुमने इस किताब में जो ढेर सारे अंग्रेज़ी शब्द बेधड़क इस्तेमाल किये हैं, उनके बारे में भी यही कहा जा सकता है। अंग्रेज़ तो दूसरी भाषाओं के शब्द विशेष अवसरों पर जानबूझकर और विवशता में इस्तेमाल करते हैं। जैसे, उनके खाने फीके, सीठे और बदमज़ा होते हैं, इसलिए रेस्टोरेंट में उनके नाम हमेशा फ्रेंच में दिये जाते हैं। फ्रेंच आज भी शालीनता और विनम्रता की भाषा मानी जाती है, अत: अंग्रेज़ों को कोई आर्टिस्टिक या बेहूदा बात कहनी हो तो झट फ्रेंच-वाक्य का घूंघट निकाल लेते हैं। तुम्हें तो मालूम होगा कि सेम्युअल पीपस (1633-1703) ने अपनी प्रसिद्ध डायरी (जिसमें अपनी आवारगियों और रात्रि-विजयों के हाल बड़े विस्तार से लिखे हैं) शॉर्ट हैंड में लिखी थी ताकि उसके नौकर न पढ़ सकें। जहां कोई ऐसी नाज़ुक जगह आती, जिसे अंग्रेज़ अपने परम्परागत understatement से काम लेते हुए naughty कहकर आगे बढ़ जाते हैं, तो वो उस घटना को फ्रेंच में दर्ज करता था लेकिन जहां बात इतनी अश्लील और अकथनीय हो—जो कि अक्सर होती थी—कि फ्रेंच भाषा भी सुलग उठे, तो वो उस रात की बात को धड़ल्ले से स्पेनिश-भाषा में लिखता था।

''अब थोड़ा कलाओं और ज्ञान की तरफ़ देखें। अंग्रेज़ों ने पेड़ों तथा पौधों के नाम और अधिकतर क़ानूनी बातें लैटिन से ली हैं। ज्ञान की बातें वो सामान्यत: ग्रीक भाषा में उल्टे कौमों में लिखते हैं, ताकि कोई अंग्रेज़ न समझ पाये। ऑपेरा के पक्के गानों के लिये इटेलियन और दर्शन के वाक्यों के लिये जर्मन भाषा का प्रयोग करके अबूझ को असह्य बना देते हैं।''

इस विस्तृत भूमिका के बाद फ़रमाया, "लेकिन हम अंग्रेज़ी के शब्दों का केवल उन अवसरों पर प्रयोग करते हैं, जहां हमें विश्वास हो कि इस बात को उर्दू में कहीं अच्छे ढंग से कहा जा सकता है।"

इस आवश्यक ताकीद और डांट-डपट के बावजूद आपको अंग्रेज़ी शब्द जगह-जगह दिखायी देंगे। कारण ये कि मुझे उनके उर्दू समानार्थक मालूम नहीं या वो किसी सजे-सजाये डायलॉग में चिपके हुए हैं। दूसरी तरफ़, आमतौर पर प्रयोग होने के अलावा इतने ग़लत उच्चारण के साथ बोले जाते हैं कि अब इन्हें उर्दू ही समझना चाहिए। कोई अंग्रेज़ इन्हें पहचानने या अपनाने के लिये तैयार न होगा।

'स्कूल मास्टर का ख़्वाब' और 'धीरजगंज का पहला यादगार मुशायरा' पर पुराने मेहरबान और दोस्त मुहम्मद अब्दुल जमील साहब ने दृष्टिपात किया और अपने मशवरों से लाभान्वित किया। जैसे नफ़ासत-पसंद और संकोची स्वभाव के वो स्वयं थे, वैसे ही धीमे उनके एतराज़। जिन्हें उन्होंने मेरी पांडुलिपि पर इतनी हल्की पैंसिल से नोट किया था कि उंगली भी फेर दें तो मिट जायें। कुछ ऐसी ग़लतियों की ओर भी संकेत किया था, जिनके करेक्शन पर लेखक किसी तरह राज़ी नहीं हुआ। उदाहरण के लिये, मैंने एक गर्मागर्मी के दौरान गुजराती सेठ से कहलवाया था, "हम इस साले लंगड़े घोड़े को ले के क्या करेंगा" जमील भाई की लखनवीयत इसे स्वीकार न कर सकी। पूरा वाक्य तो न काटा मगर साले को काट कर उसके ऊपर बिरादरे-निस्बती (brother-in-law) लिख दिया। फिर फ़रमाया कि साहब ये हक-दक क्या होता है? हक्का-बक्का लिखिये। हमारे यहां हक-दक नहीं बोला जाता। मैंने निवेदन किया कि हक्का-बक्का में केवल फटी-फटी आंखें और खुला हुआ मुंह नज़र आता है, जबकि हक-दक में ऐसा लगता है जैसे दिल भी धक-से रह गया हो। वे बोले, "तो फिर सीधे-सीधे 'धक-धक करने लगा' क्यों नहीं लिखते। और हां! मुझे हैरत है कि आपने एक जगह लूती (gay-जनख़ा, लौंडा) लिखा है। लेखनी के लिये अपमानजनक ही कहूंगा। क्षमा कीजिये! ये शब्द आपकी लेखनी को शोभा नहीं देते।"

पूछा, "तो फिर आपके यहां लूती को क्या कहते हैं?"

बोले, "कुछ नहीं कहते।"

मैं ज़ोर-से हँस दिया तो चौंके। दूसरे पहलू पे ध्यान गया तो स्वयं भी देर तक हँसते रहे। रूमाल से आंसू पोंछते हुए कहने लगे, "ऐसा ही है तो उसकी जगह बदतमीज़ लिख दीजिये। शालीनता का आग्रह तो यही है।" यह सुनकर मैं हक्का-बक्का रह गया। इसलिए कि मैंने ये शब्द (बदतमीज़) दूसरे चैप्टरों में तीन-चार जगह ऐसे लोगों के बारे में इस्तेमाल किया था, जो केवल शब्दकोष के अर्थों में बदतमीज़ थे। इस शालीनतायुक्त अर्थ के साथ तो वो मुझ पर अपने को अपमानित करने और मानहानि का मुक़दमा चला सकते थे।

कुछ देर बाद क़लफ़ लगे मलमल के कुर्ते की आस्तीन उलट कर पांडुलिपि के पन्ने पलटते हुए बोले, "दबावख़ाना, संगोटियां, आर और जूझना लखनऊ के शरीफ़ लोग नहीं

बोलते।'' निवेदन किया, ''मैंने इसीलिए लिखे हैं।'' फड़क उठे, कहने लगे, ''बहुत देर बाद आपने एक समझदारी की बात कही,'' फिर इस ख़ुशी में सिगरेट से सिगरेट सुलगाते हुए बोले, ''मगर मुश्ताक़ साहब, यह बोक क्या होता है? हमने नहीं सुना।'' निवेदन किया, ''जवान और मस्त बकरा, जो नस्ल बढ़ाने के काम आता है। इसके दाढ़ी होती है और बदन से सख़्त बदबू आती है। मांस भी बदबूदार और रेशेदार।'' बोले, ''वल्लाह हमने ये शब्द ही नहीं सुना, ऐसा बकरा भी नहीं देखा। शब्द, अर्थ और मांस तीनों से बदबू आती है। मक़ई है, आप इसकी जगह कोई कम बदबूदार जानवर इस्तेमाल नहीं कर सकते? कराची में इस शब्द को कौन समझेगा।'' निवेदन किया, ''वही, जो मक़ई (क़ै लाने वाला, जिससे उलटी आ जाये) को समझेगा। आपको तो ग़ालिब का दीवान कंठस्थ है। आपको तो ये शब्द मालूम होना चाहिए कि इसका वर्णन ग़ालिब ने अजीब ढंग से किया है। अलाई के नाम अपनी चिट्ठी में लिखते हैं, 'तुम ख़स्सी बकरों के मांस के क़लिये उड़ा रहे होगे, लेकिन ख़ुदा की क़सम मैं तुम्हारे पुलाव, क़लिये पर नहीं जलता। ख़ुदा करे तुम्हें बीकानेर की मिसरी का टुकड़ा न मिला हो। जब विचार करता हूं कि मीरजान साहब इस मिसरी के टुकड़े को चबा रहे होंगे तो ईर्ष्या से अपना कलेजा चबाने लगता हूं।' खोजने की बात ये कि इस मिसरी की डली से ग़ालिब का अभिप्राय क्या है। केवल मिसरी? सो वो तो अच्छी से अच्छी क़िस्म की दिल्ली में मनों उपलब्ध थी। आश्चर्य है रिसर्च करने वालों और टीकाकारों की बुरी नज़र इधर नहीं गयी। हालांकि ग़ालिब ने मिसरी के रूपक का इश्क़-आशिक़ी के सिलसिले में एक-दूसरे पत्र में भी इस्तेमाल किया है।''

''साहब! ये रूहड़ किस भाषा का शब्द है। सुनने में बुरा, बिलकुल गंवारू लगता है। क्या राजस्थानी है?'' निवेदन किया, ''स्वयं मुझे भी ये शक था इसलिए मैंने माजिद भाई से पूछा।''

''कौन माजिद भाई?''

''माजिद अली साहब—भूतपूर्व सी.एस.पी.—लंदन शिफ़्ट हो गये हैं। छोटे-बड़े, अपने-बेगाने, बॉस-जूनियर सब उन्हें माजिद भाई कहते हैं। सिवाय उनकी बेगम ज़ॅहरा निगाह के, वो उन्हें माजिद चचा कहती हैं। उनसे पूछा तो उन्होंने बताया कि लिहाफ़ की पुरानी रुई को, जिसे निर्धन लोग हाथों से धुन के दोबारा इस्तेमाल करते हैं, रूहड़ कहते हैं।''

यूं तो वो मेरे लिये पूज्य का दर्जा रखते हैं और उनका बताया हुआ हमेशा ठीक होता है, फिर भी मैंने अधिक तसल्ली के लिये पूछा, ''क्या बदाऊं में भी बोला जाता है?'' चेहरे पे बनावटी मिठास और बोली में बनावटी तुतलाहट पैदा करते हुए बोले, ''देखिये! निजी बेतकल्लुफ़ी अपनी जगह, लेकिन बदायूं को बदाऊं कहने का अधिकार केवल हम बदायूं वालों को है। यूं समझिये कि कल आप माजिद भाई को माजिद चचा कहने लगें तो लंदन पुलिस उन्हें पौली-गेमी में धर लेगी। आपका तो कुछ नहीं बिगड़ेगा। बहरहाल रूहड़ सही है। बदाऊं में तो फेरीवाले घर-घर आवाज़ लगा कर रूहड़ ख़रीदते थे और उसके बदले रेवड़ियां देते थे, जिन्हें अंधे आपस में बांट लेते थे।''

भाषाई ज्ञान की खोज मुझे अब उस जगह ले आयी थी जहां और सवाल करना अपनी पगड़ी से स्वयं फ़ुटबॉल खेलने के बराबर था। माजिद भाई की बात से बात बनाने और जोड़ने की क्षमता के सामने अच्छे-अच्छे नहीं ठहर पाते। एक बार उनके बॉस (मिनिस्टर) के ऑफ़िस के सामने, कुछ दूर पर लोग उनके ख़िलाफ़ ''अय्यूब ख़ां का चमचा, अय्यूब ख़ां का चमचा'' नारे लगा रहे थे। मिनिस्टर ने पूछा, ''ये लोग क्यों शोर मचा रहे हैं?'' उन्होंने जवाब दिया, ''सर कटलरी के बारे में कुछ कह रहे हैं।''

जमील साहब इस विस्तृत बातचीत से कुछ पसीजे—नाक से सिगरेट का धुआं निकालते हुए बोले, ''अगर आपको साफ़ रुई से एलर्जी है तो रूहड़ भी चलेगा। लेकिन एक बात है, फेंकी हुई चीज़ें आपको बहुत फ़ैसीनेट करती हैं। ख़ैर मुझे तो अच्छी लगती हैं, किस वास्ते कि मुझे एन्टीक जमा करने का शौक़ है। लेकिन संभव है, पढ़ने वालों को इतना अच्छा न लगे। ब्रेकिट में माने लिख दीजियेगा।''

अर्ज़ किया, ''मिर्ज़ा अक्सर ताना देते हैं कि तुम उन थोड़े से लोगों में हो जिन्होंने देश-विभाजन के समय अपनी छूटी हुई संपत्ति का कोई क्लेम नहीं किया। कारण यह है कि चलते समय तुम अपने साथ छूट जाने वाली चीज़ों को खोद कर, समूचा ढोकर पाकिस्तान ले आये। बदबू एक तरफ़, अगर इनमें से एक शब्द, जी हां, केवल एक शब्द भी दुबारा प्रचलित हो गया तो समझूंगा जीवन-भर की मेहनत सकारथ हुई।''

बोले, ''फिर वही।''

अफ़सोस, जमील साहब केवल दो चैप्टर देख पाये थे कि उनका बुलावा आ गया।

आख़िर में अपनी पत्नी इदरीस फ़ातिमा का शुक्रिया भी आवश्यक है कि जिन्होंने अपनी ग़लतियां बताने वाली मुस्कुराहट से जीवन-भर मेरी ग़लतियों की निशानदेही की है। वो सारी पांडुलिपि देख चुकीं तो मैंने कहा, ''राजस्थानी लहज़ा और मुहावरा किसी तरह मेरा पीछा नहीं छोड़ते—बहुत धोता हूं, पर चुनरी के रंग छुटाये नहीं छूटते।

Out, damned spot! Out, I say

''हैरत है इस बार तुमने भाषा की एक भी ग़लती नहीं निकाली।'' कहने लगी, ''पढ़ाई समाप्त होते ही इस घर में आ गयी। अब मुझे कुछ याद नहीं कि मेरी भाषा क्या थी और तुम्हारी बोली क्या—अब तो जो सुनती हूं सभी ठीक मालूम होता है।''

एक-दूसरे की छाप, तिलक सब छीन कर अपना लेने और सिंध तथा रावी का ठंडा मीठा-पानी पीने के बाद तो यही कुछ होना था और जो कुछ हुआ, बहुत ख़ूब हुआ।

—मुश्ताक़ अहमद यूसुफ़ी

धीरजगंज का पहला यादगार मुशायरा

फ़ेल होने के फ़ायदे

बिशारत कहते हैं कि बी.ए. का इम्तहान देने के बाद यह चिन्ता सर पड़ी कि अगर फ़ेल हो गये तो क्या होगा, दुआ मांगी तो ख़ुदा पर भरोसे से यह चिन्ता तो दूर हो गयी लेकिन इससे बड़ी एक और समस्या गले आ पड़ी कि ख़ुदा-न-ख़्वास्ता पास हो गये तो क्या होगा। नौकरी मिलनी कठिन, यार-दोस्त सब तितर-बितर हो जायेंगे, वालिद हाथ खींच लेंगे। बेकारी, बेरोज़गारी, बेपैसे, बेकाम...जीवन नर्क हो जायेगा। अंग्रेज़ी अख़बार केवल 'वान्टेड' के विज्ञापन देखने के लिये ख़रीदना पड़ेगा। फिर हर बौड़म मालिक के सांचे में अपनी क्वालिफ़िकेशंस को इस तरह ढाल कर प्रार्थना-पत्र देना पड़ेगा कि हम मृत्युलोक में इसी नौकरी के लिये अवतरित हुए हैं। इक-रंगे विषय को सौ-रंग में बांधना पड़ेगा। रोज़ एक कार्यालय से दूसरे कार्यालय तक अपमानित होना पड़ेगा, जब तक कि एक ही दफ़्तर में इसकी स्थाई व्यवस्था न हो जाये। हर चंद कि फ़ेल होने की संभावना थी मगर पास होने का डर भी लगा हुआ था।

कई लड़के इस अपमान को और दो साल स्थगित करने के लिये एम.ए. और एल.एल.बी. में प्रवेश ले लेते थे। बिशारत की जान-पहचान में जिन मुसलमान लड़कों ने तीन साल पहले यानी 1927 में बी.ए. किया था। वो सब जूतियां चटख़ाते फिर रहे थे, सिवाय एक सौभाग्यशाली के, जो मुसलमानों में सर्वप्रथम आया और अब मुस्लिम मिडिल स्कूल में ड्रिल मास्टर हो गया था। 1930 की भयानक विश्व-स्तरीय बेरोज़गारी और महंगाई की तबाहियां समाप्त नहीं हुई थीं। माना कि एक रुपये का गेहूं 15 सेर और देसी घी एक सेर मिलता था, लेकिन एक रुपया था किसके पास?

कभी-कभी वो डर-डर के, मगर सचमुच की इच्छा करते कि फ़ेल ही हो जायें तो बेहतर है। कम-से-कम एक साल निश्चिन्तता से कट जायेगा। फ़ेल होने पर बक़ौल मिर्ज़ा केवल एक दिन आदमी की बेइज़्ज़ती ख़राब होती है इसके बाद चैन ही चैन। बस यही होगा ना कि जैसे ईद पर लोग मिलने आते हैं उसी तरह उस दिन ख़ानदान का हर बड़ा बारी-बारी से बरसों की जमी धूल झाड़ने आयेगा और फ़ेल होने तथा ख़ानदान की नाक कटवाने का एक अलग ही कारण बतायेगा। उस काल में नौजवानों का कोई

काम, कोई हरकत ऐसी नहीं होती थी जिसकी झपट में आकर ख़ानदान की नाक न कट जाये। आजकल की-सी स्थिति नहीं थी कि पहले तो ख़ानदानों के मुंह पर नाक नज़र नहीं आती और होती भी है तो ट्यूबलेस टायर की तरह जिसमें आये दिन हर साइज़ के पंक्चर होते रहते हैं और अन्दर ही अन्दर आप-ही-आप जुड़ते रहते हैं। यह भी देखने में आया है कि कई बार ख़ानदान के दूर-पास के बुज़ुर्ग छठी-सातवीं क्लास तक फ़ेल होने वाले लड़कों की, संबंधों की निकटता व क्षमता के हिसाब से अपने निजी हाथ से पिटाई भी करते थे, लेकिन जब लड़का हाथ-पैर निकालने लगे और इतना सयाना हो जाये कि दो आवाज़ों में रोने लगे यानी तेरह, चौदह साल का हो जाये तो फिर उसे थप्पड़ नहीं मारते थे। इसलिए कि अपने ही हाथ में चोट आने और पहुंचा उतरने का अन्देशा रहता था, केवल चीख़-पुकार, डांट से काम निकालते थे। हर बुज़ुर्ग उसकी सर्टिफ़ाइड नालायक़ी की अपने झूठे शैक्षिक रिकॉर्ड से तुलना करता और नयी पौध में अपनी दृष्टि की सीमा तक कमी और गिरावट के आसार देख कर इस सुखद निर्णय पर पहुंचता कि अभी दुनिया को उस जैसे बुज़ुर्ग की आवश्यकता है। भला वो ऐसी नालायक़ नस्ल को दुनिया का चार्ज देकर इतनी जल्दी कैसे विदा ले सकता है। मिर्ज़ा कहते हैं कि हर बुज़ुर्ग बड़े सिद्ध पुरुषों के अंदाज़ में भविष्यवाणी करता था कि तुम बड़े होकर बड़े आदमी नहीं बनोगे। साहब यह तो अन्धे को भी...हद तो ये है कि स्वयं हमें भी...दिखायी दे रहा था। भविष्यवाणी करने के लिये सफ़ेद दाढ़ी या भविष्यवक्ता होना आवश्यक नहीं था। बहरहाल यह सारी farce एक ही दिन में समाप्त हो जाती थी, लेकिन पास होने के बाद तो एक उम्र का रोना था। अपमान ही अपमान, कष्ट ही कष्ट।

बिशारत और शाहजहां की तमन्ना

अन्ततोगत्वा दूसरी आशंका पूरी हुई। वो पास हो गये। जिस पर उन्हें प्रसन्नता, प्रोफ़ेसरों को आश्चर्य और बुज़ुर्गों को शॉक हुआ। उस दिन कई बार अपना नाम, उसके आगे बी.ए. लिख-लिख कर, देर तक भिन्न-भिन्न कोणों से देखा किये, जैसे हुसैन अपनी पेन्टिंग को समझने के लिये पीछे हट-हट कर देखते हैं। एक बार तो बी.ए. के बाद ब्रेकिट में 'फ़र्स्ट एटेम्प्ट' भी लिखा, मगर इसमें वाचालता और घमण्ड का पहलू दिखायी दिया। थोड़ी देर बाद गत्ते पर अंग्रेज़ी में नीली रौशनाई से नाम और लाल रौशनाई से बी.ए. लिख कर दरवाज़े पर लगा आये। पन्द्रह-बीस दिन बाद उर्दू के एक स्थानीय समाचार-पत्र में विज्ञापन देखा कि धीरजगंज के मुस्लिम स्कूल में, जहां इसी साल नवीं क्लास शुरू होने वाली है, उर्दू टीचर की जगह ख़ाली है। विज्ञापन में यह लालच भी दिया गया था कि नौकरी स्थाई, वातावरण पवित्र और शांत तथा वेतन उचित है। वेतन की उचितता का स्पष्टीकरण ब्रैकिट में ये कर दिया गया था कि एलाउन्स समेत पच्चीस रुपये मासिक होगा। सवा रुपया वार्षिक उन्नति अलग से। मुहम्मद इब्राहीम 'ज़ौक़' को बहादुर शाह ज़फ़र ने अपना उस्ताद बनाया तो पोषण की दृष्टि से चार रुपये मासिक राशि तय की। मौलाना मुहम्मद हुसैन आज़ाद लिखते हैं कि 'वेतन की कमी पर नज़र करके बाप ने अपने इकलौते बेटे को इस नौकरी से रोका...लेकिन भाग्य ने आवाज़ दी कि चार रुपये न

समझना। ये काव्य संसार के महल के चार खम्भे हैं। अवसर को हाथ से न जाने देना।' इनकी इच्छा का महल तो पूरे पच्चीस खम्भों पर खड़ा होने वाला था।

लेकिन वो शांत वातावरण पर मर मिटे। धीरजगंज कानपुर और लखनऊ के बीच में एक बस्ती थी जो गांव से बड़ी और क़स्बे से छोटी थी। इतनी छोटी कि हर एक शख़्स एक-दूसरे के बाप-दादा तक की करतूतों तक से परिचित था और न केवल ये जानता था कि हर घर में जो हांडी चूल्हे पर चढ़ी है, उसमें क्या पक रहा है, बल्कि ये भी कि किस-किस के यहां तेल में पक रहा है। लोग एक-दूसरे के जीवन में इस बुरी तरह घुसे हुए थे कि आप कोई काम छुप कर नहीं कर सकते थे। ऐब करने के लिये भी सारी बस्ती का हुनर और मदद चाहिए थी। बहुत दिनों से उनकी इच्छा थी कि भाग्य ने साथ दिया तो टीचर बनेंगे। लोगों की नज़र में शिक्षक का बड़ा सम्मान था। कानपुर में उनके पिता की इमारती लकड़ी की दुकान थी। मगर घरेलू कारोबार के मुक़ाबले उन्हें दुनिया का हर पेशा अधिक दिलचस्प और कम ज़लील लगता था। बी.ए. का नतीजा निकलते ही पिता ने उनके हृदय की शांति के लिये अपनी दुकान का नाम बदल कर 'एजुकेशनल टिम्बर डिपो' रख दिया, मगर तबीयत इधर नहीं आयी। मारे, बांधे कुछ दिन दुकान पर बैठे, मगर बड़ी बेदिली के साथ। कहते थे कि भाव-ताव करने में सुब्ह से शाम तक झूठ बोलना पड़ता है। जिस दिन सच बोलता हूं उस दिन कोई बोहनी-बिक्री नहीं होती। दुकान में गर्दा बहुत उड़ता है। ग्राहक चिल्ला-चिल्ला कर बात करते हैं।

होश संभालने से पहले वो इंजन-ड्राइवर और होश संभालने के बाद स्कूल टीचर बनना चाहते थे। क्लासरूम भी किसी सल्तनत से कम नहीं। शिक्षक होना भी एक तरह का शासन है। तभी तो औरंगज़ेब ने शाहजहां को क़ैद में पढ़ाने की अनुमति नहीं दी। बिशारत स्वयं को शाहजहां से अधिक सौभाग्यशाली समझते थे। विशेष रूप से इसलिए कि इन्हें तो बदले में पच्चीस रुपये भी मिलने वाले थे।

इसमें सन्देह नहीं कि उस समय में शिक्षण का पेशा बहुत सम्मानित और गरिमामय समझा जाता था। जीवन और कैरियर में दो चीज़ों की बड़ी अहमियत थी। पहला सम्मान और दूसरा मानसिक शांति। दुनिया के और किसी देश में सम्मान पर कभी इतना ज़ोर नहीं रहा जितना कि इस महाद्वीप में। अंग्रेज़ी में तो इसका कोई ढंग का समानार्थक शब्द भी नहीं है। इसलिए अंग्रेज़ी के कई पत्रकारों तथा प्रसिद्ध लिखने वालों ने इस शब्द को अंग्रेज़ी में ज्यों-का-त्यों इस्तेमाल किया है।

आज भी दुनिया देखे हुए बुज़ुर्ग किसी को दुआ देते हैं तो चाहे सेहत, सुख-चैन, अधिक संतान, समृद्धि का ज़िक्र करें या न करें, यह दुआ ज़रूर करते हैं कि ख़ुदा तुम्हें और हमें सम्मान के साथ रक्खे, उठाये। नौकरी के संदर्भ में भी हम गुणसम्पन्नता, उन्नति की दुआ नहीं मांगते। अपने लिये हमारी अकेली दुआ होती है कि सम्मान के साथ विदा लें। यह दुआ आपको दुनिया की किसी और भाषा या मुल्क में नहीं मिलेगी। कारण ये कि ज़लील होने के जितने प्रचुर अवसर हमारे यहां हैं दुनिया में कहीं और नहीं। नौकरी-

पेशा आदमी ज़लील होने को प्रोफ़ेशनल हेज़र्ड समझ कर स्वीकार करता है। राजसी परम्परायें और उनकी ज़लालतें जाते-जाते जायेंगी। उन दिनों नौकरी-पेशा लोग स्वयं को नमकख़्वार कहते और समझते थे। रोम में तो प्राचीनकाल में नौकरों को वेतन के बदले नमक दिया जाता था और दासों का मूल्य नमक के रूप में दिया जाता था। वेतन मेहनत के बदले नहीं बल्कि दानस्वरूप और कृपा के रूप में दिया और लिया जाता था। वेतन बांटने वाले विभाग को बख़्शीशख़ाना कहते थे।

नेकचलनी का साइनबोर्ड

विज्ञापन में मौलवी सय्यद मुहम्मद मुजफ़्फ़र ने, कि यही स्कूल के संस्थापक, व्यवस्थापक, संरक्षक, कोषाध्यक्ष और ग़बनकर्ता का नाम था, सूचित किया था कि उम्मीदवार को लिखित आवेदन करने की आवश्यकता नहीं। अपनी डिग्री और नेकचलनी के दस्तावेज़ी सुबूत के साथ सुब्ह आठ बजे स्वयं पेश हों। बिशारत की समझ में न आया कि नेकचलनी का क्या सुबूत हो सकता है। बदचलनी का अलबत्ता हो सकता है। उदाहरण के लिये चालान, मुचलका, गिरफ़्तारी-वारंट, सज़ा के आदेश की नक़्ल या थाने में दस-नम्बरी बदमाशों की लिस्ट। पांच मिनट में आदमी बदचलनी तो कर सकता है, नेकचलनी का सुबूत नहीं दे सकता। मगर बिशारत की चिंता अकारण थी। इसलिए कि जो हुलिया उन्होंने बना रक्खा था यानी मुंडा हुआ सर, आंखों में सुरमे की लकीर, एड़ी से ऊंचा पाजामा, सर पर मख़मल की काली रामपुरी टोपी, घर, मस्जिद और मुहल्ले में पैर में खड़ाऊं।...इस हुलिये के साथ वो चाहते भी तो नेकचलनी के सिवा और कुछ संभव न था। नेकचलनी उनकी मजबूरी थी, स्वयं अपनायी हुई अच्छाई नहीं और उनका हुलिया इसका सुबूत नहीं साइनबोर्ड था।

यह वही हुलिया था जो इस इलाक़े के निचले मिडिल क्लास ख़ानदानी शरीफ़ घरानों के नौजवानों का हुआ करता था। ख़ानदानी शरीफ़ से अभिप्राय उन लोगों से है जिन्हें शरीफ़ बनने, रहने और कहलाने के लिये व्यक्तिगत कोशिश बिलकुल नहीं करनी पड़ती थी। शराफ़त, जायदाद और ऊपर वर्णित हुलिया पीढ़ी-दर-पीढ़ी इस तरह परम्परा में मिलते थे जिस तरह आम आदमी को जीन्स और वंशानुगत रोग मिलते हैं। आस्था, प्रचार, ज्ञान और हुलिये के लिहाज़ से पड़पोता अगर हू-ब-हू अपना पड़दादा मालूम हो तो ये ख़ानदानी कुलीनता, शराफ़त और शुद्धता की दलील समझी जाती थी।

इन्टरव्यू के लिये बिशारत ने उसी हुलिये पर रगड़ घिस करके नोक-पलक संवारी। अचकन धुलवायी। बदरंग हो गयी थी इसलिए धोबी से कहा क़लफ़ अधिक लगाना। सर पर अभी शुक्रवार को ज़ीरो नम्बर की मशीन फिरवायी थी। अब उस्तरा और उसके बाद आम की गुठली फिरवा कर आंवले के तेल की मालिश करवायी। देर तक मिर्चें लगती रहीं। टोपी पहन कर आईना देख रहे थे कि अन्दर मुंडे हुए सर से पसीना इस तरह रिसने लगा जिस तरह माथे पर विक्स या बाम लगाने से झरता है। टोपी उतारने के बाद पंखा चला तो ऐसा लगा जैसे किसी ने हवा में पिपरमेन्ट मिला दिया हो। फिर बिशारत ने जूतों

पर फ़ौजियों की तरह थूक से पॉलिश करके अपनी पर्सनेलिटी को फ़िनिशिंग टच दिया।

सलेक्शन कमेटी का चेयरमैन तहसीलदार था। सुनने में आया था कि एप्वॉइन्टमेन्ट के मामले में उसी की चलती है। फक्कड़, जुमले, साहित्यिक, मिलनसार, निडर और भ्रष्ट है। घोड़े पर कचहरी आता है। 'नादिम' (शर्मिन्दा) उपनाम रखता है, आदमी बला का गुणी और तबीयतदार है। उसे अपनी ओर लाने के लिये बादामी काग़ज़ का एक दस्ता, छह-सात निब वाले क़लम ख़रीदे और रातो-रात अपनी शायरी का चमन यानी सत्ताईस ग़ज़लों का गुलदस्ता स्वयं तैयार किया। 'मख़मूर' उपनाम रखते थे जो उनके उस्ताद जौहर इलाहाबादी का दिया हुआ था। इसी लिहाज़ से अपनी अधूरी आद्योपान्त किताब का नाम *ख़ुमख़ाना-ए-मख़मूर कानपुरी सुम लखनवी* रखा। लखनऊ से केवल इतना सम्बन्ध था कि पांच साल पहले अपना पित्ता निकलवाने के सिलसिले में दो सप्ताह के लिये अस्पताल में लगभग अर्द्धमूर्च्छित हालत में रहे थे। फिर उसमें एक विराट संकलन भी मिला दिया।

इस विराट संकलन की कहानी यह है कि अपनी ग़ज़लों और शे'रों का चयन उन्होंने दिल पर पत्थर बल्कि पहाड़ रख कर किया था। शे'र कितना ही घटिया और कमज़ोर क्यों न हो उसे स्वयं काटना और रद्द करना उतना ही मुश्किल है जितना अपनी औलाद को बदसूरत कहना या जंबूर से स्वयं अपना हिलता हुआ दांत उखाड़ना। ग़ालिब तक से ये पराक्रम न हो सका। कांट-छांट मौलाना फ़ज़्ले-हक़ ख़ैराबादी के हवाले करके स्वयं ऐसे बन के बैठ गये जैसे कुछ लोग इंजेक्शन लगवाते समय दूसरी तरफ़ मुंह करके बैठ जाते हैं।

बिशारत ने शे'र छांटने को तो छांट दिये मगर दिल नहीं माना। इसलिए अंत में एक परिशिष्ट अपनी रद्द की हुई शायरी का सम्मिलित कर दिया। यह शायरी उस काल से संबंधित थी जब वो बिना उस्ताद के थे और 'फ़रीफ़्ता' उपनाम रखते थे। इस उपनाम की एक विशेषता यह थी कि जिस पंक्ति में भी इसे डालते वो छंद से बाहर हो जाती। चुनांचे अधिकतर ग़ज़लें बग़ैर मक़्ते के थीं। चंद मक़्तों में शे'र का वज़्न पूरा करने के लिये 'फ़रीफ़्ता' की जगह उसका समानार्थक 'शैदा' और 'दिलदादा' प्रयोग किया। उससे शे'र में कोई और दोष पैदा हो गया। बात वस्तुतः यह थी कि आकाश से जो विचार उनके दिमाग़ में आते थे उनके दैवीय जोश और तूफ़ानी तीव्रता को छंद की गागर में बंद करना इन्सान के बस का काम न था।

मौलवी मज्जन से तानाशाह तक

तहसीलदार तक सिफ़ारिश पहुंचाने में कोई कठिनाई नहीं हुई। अलबत्ता मौलवी मुज़फ़्फ़र (जो तिरस्कार, संक्षेप और प्यार में मौली मज्जन कहलाते थे) के बारे में जिससे पूछा, उसने नया ऐब निकाला। एक साहब ने कहा, ''मुसलमानों का दर्द रखता है। हाकिमों से मेलजोल रखता है पर कमीना है, बच के रहना।'' दूसरे साहब बोले, ''मौलवी मज्जन एक यतीमख़ाना (अनाथालय) शम्स-उल-इस्लाम भी चलाता है। यतीमों (अनाथों) से अपने पैर दबवाता है। स्कूल की झाड़ू दिलवाता है और मास्टरों को यतीमों की टोली के साथ चंदा इकट्ठा करने कानपुर और लखनऊ भेजता है, वो भी बिना टिकिट। मगर इसमें कोई शक

नहीं कि धुन का पक्का है। धीरजगंज के मुसलमानों की बड़ी सेवा की है। धीरजगंज के जितने भी मुसलमान आज पढ़े-लिखे और नौकरी करते नज़र आते हैं वो सब इसी स्कूल के ज़ीने से ऊपर चढ़े हैं।'' कभी-कभी लगता था कि लोगों को मौलवी मुजफ़्फ़र से ईश्वरीय बैर हो गया है। बिशारत को उनसे एक तरह की हमदर्दी हो गयी। यूं भी मास्टर फ़ाख़िर हुसैन ने एक बार बड़े काम की नसीहत की थी कि कभी अपने बुज़ुर्ग या बॉस या अपने से अधिक बदमाश आदमी को सही रास्ता बताने की कोशिश न करना। उन्हें ग़लत राह पर देखो तो तीन ज्ञानी बंदरों की तरह अंधे, बहरे और गूंगे बन जाओ! ठाठ से राज करोगे!

एक दिलजले बुज़ुर्ग, जो *ज़माना* पत्रिका में काम करते थे, ने फ़र्माया, ''वो छाकटा ही नहीं, चरकटा भी है। पच्चीस रुपये की रसीद लिखवा कर पन्द्रह रुपल्ली हाथ पे टिका देगा। पहले तुम्हें जांचेगा, फिर आंकेगा, इसके बाद तमाम उम्र हांकेगा। उसने दस्तख़त करने उस समय सीखे जब चंदे की जाली रसीदें काटने की आवश्यकता पड़ी। अरे साहब! सर सय्यद तो अब जा के बना है। मैंने अपनी आंखों से उसे अपने निकाहनामे पे अंगूठा लगाते देखा है। ठूंठ जाहिल है मगर बला का गढ़ा हुआ, घिसा हुआ भी। ऐसा-वैसा चपड़क़नात नहीं है, लुक़्क़ा भी है, लुच्चा भी और टुच्चा भी।'' बुज़ुर्गवार ने एक ही सांस में पाजीपन के ऐसे बारीक शेड्स गिनवा दिये कि जब तक आदमी हर गाली के बाद शब्दकोश न देखे या हमारी तरह लम्बे समय तक भाषाविदों के सान्निध्य के सदमे न उठाये हुए हो वो भाषा और नालायक़ी की उन बारीकियों को नहीं समझ सकता।

सय्यद एजाज़ हुसैन 'वफ़ा' कहने लगे, ''मौली मज्जन पांचों समय टक्करें मारता है। घुटने, माथे और ज़मीर पर ये बड़े-बड़े गट्टे पड़ गये हैं। थानेदार और तहसीलदार को अपनी मीठी बातचीत, इस्लाम-दोस्ती, आतिथ्य और रिश्वत से क़ाबू में कर रखा है। दमे का मरीज़ है। पांच मिनट में दस बार आस्तीन से नाक पोंछता है।'' दरअस्ल उन्हें आस्तीन से नाक पोंछने पर इतना एतराज़ न था जितना इस पर कि आस्तीन को अस्तीन कहता है, यख़नी को अख़नी और हौसला को होंसला। उन्होंने अपने कानों से उसे मिजाज़ शरीफ़ और शुबरात कहते सुना था। जुहला (गंवारों), किसानों और बकरियों की तरह हर समय मैं! मैं! करता रहता है। लखनऊ के शुरफ़ा (शरीफ़ का बहुवचन-भद्र लोग) अहंकार से बचने की ग़रज़ से स्वयं को हमेशा हम कहते हैं। इस पर एक कमज़ोर और सींक-सलाई बुज़ुर्ग ने फ़र्माया कि ज़ात का क़साई, कुंजड़ा या दिल्ली वाला मालूम होता है। किस वास्ते कि तीन बार गले मिलता है। अवध में शुरफ़ा केवल एक बार गले मिलते हैं।

ये अवध के साथ सरासर ज़ियादती थी इसलिए कि केवल एक बार गले मिलने में शराफ़त का शायद उतना कारण न था जितना नाज़ुक-मिज़ाजी का और ये याद रहे कि यह उस ज़माने के पारम्परिक चोंचले हैं, जब नाज़ुक मिज़ाज बेगमें ख़ुश्के और ओस का आत्महत्या के औज़ार की तरह प्रयोग करती थीं और यह धमकी देती थीं कि ख़ुश्कख़ार ओस में सो जाऊंगी। वो तो ख़ैर बेगमें थीं, तानाशाह उनसे भी बाज़ी ले गया। उसके बारे में मशहूर है कि जब वो बंदी बना कर दरबार में बेड़ियां पहना कर लाया गया तो सवाल ये पैदा हुआ कि इसे मरवाया कैसे जाये। दरबारियों ने एक से एक उपाय पेश किये।

एक ने तो मश्वरा दिया कि ऐसे अय्याश को तो मस्त हाथी के पैर से बांध कर शह्र का चक्कर लगवाना चाहिए। दूसरा कोर्निश बजा कर बोला, "दुरुस्त, मगर मस्त हाथी को शह्र का चक्कर कौन माई का लाल लगवायेगा। हाथी शह्र का चक्कर लगाने के लिये थोड़े ही मस्त होता है। अलबत्ता आप तानाशाह की अय्याशियों की सज़ा हाथी को देना चाहते हैं तो और बात है।" इस पर तीसरा दरबारी बोला कि तानाशाह जैसे अय्याश को इससे अधिक तकलीफ़ देने वाली सज़ा नहीं हो सकती कि इसे हिजड़ा बना कर इसी के हरम में खुला छोड़ दिया जाये। एक और दरबारी ने तजवीज़ पेश की कि आंखों में नील की सलाई फिरवा कर अंधा कर दो। फिर क़िला ग्वालियर में दो साल तक रोज़ाना ख़ाली पेट पोस्त का पियाला पिलाओ कि अपने जिस्म को धीरे-धीरे मरता हुआ स्वयं भी देखे। इस पर किसी इतिहासकार ने विरोध किया कि सुल्तान का तानाशाह से ख़ून का कोई रिश्ता नहीं है। ये बरताव तो केवल सगे भाइयों के साथ होता आया है। एक दिलजले ने कहा कि क़िले की दीवार से नीचे फेंक दो मगर यह ढंग इसलिए रद्द कर दिया गया कि इसका दम तो मारे डर के रस्ते में ही निकल जायेगा। अगर उद्देश्य पीड़ा पहुंचाना है तो वो पूरा नहीं होगा। अंत में मंत्री ने, जिसका योग्य होना साबित हो गया, ये मुश्किल हल कर दी। उसने कहा कि मानसिक पीड़ा देकर और तड़पा-तड़पाकर मारना ही लक्ष्य है तो इसके पास से एक ग्वालिन गुज़ार दो।

जिन पाठकों ने बिगड़े रईस और ग्वालिन नहीं देखी उनकी जानकारी के लिये निवेदन है कि मक्खन और कच्चे दूध की बू, रेवड़ बास में बसे हुए लहंगे और पसीने के नमक से सफ़ेद पड़ी हुई काली क़मीज के एक भबके से अमीरों और रईसों का दिमाग़ फट जाता था। फिर उन्हें हिरन की नाभि से निकली हुई कस्तूरी के लख़लख़े सुंघा कर होश में लाया जाता था।

हलवाई की दुकान और कुत्ते का नाश्ता

इन्टरव्यू की ग़रज से धीरजगंज जाने के लिये बिशारत भोर तीन बजे ही निकल खड़े हुए। सात बजे मौलवी मुजफ़्फ़र के घर पहुंचे तो वो जलेबियों का नाश्ता कर रहे थे। बिशारत ने अपना नाम-पता बताया तो कहने लगे, "आइये-आइये! आप तो कान ही पुर (कानपुर ही) के रहने वाले हैं। कानपुर को गोया लखनऊ का आंगन कहिये। लखनऊ के लोग तो बड़े घमंडी और नाक वाले होते हैं। इसलिए मैं नाश्ते के लिये झूठों भी नहीं टोकूंगा।"

"ऐ ज़ौक़ तकल्लुफ़ में हैं तकलीफ़ बराबर (जी हां उन्होंने सरासर को बराबर कर दिया था) ज़ाहिर है नाश्ता तो आप कर आये होंगे। सलेक्शन कमेटी की मीटिंग अंजुमन के दफ़्तर में एक घंटे बाद होगी। वहीं मुलाक़ात होगी और हां! जिस बेहूदे आदमी से आपने सिफ़ारिश करवायी है, वो निहायत कंजूस और घटिया है।"

इस सारी बातचीत में अधिक-से-अधिक दो मिनट लगे होंगे। मौलवी मुजफ़्फ़र ने बैठने को भी नहीं कहा, खड़े-खड़े ही भुगता दिया। घर से मुंहअंधेरे ही चले थे। मौलवी मुजफ़्फ़र को गर्म जलेबियां खाते देखकर उनकी भूख भड़क उठी। मुहम्मद हुसैन

'आज़ाद' के शब्दों में, ''भूख ने उनकी अपनी ही ज़बान में स्वाद पैदा कर दिया।'' घूम फिर के हलवाई की दुकान पता की। डेढ़ पाव जलेबियां घान से उतरती हुई तुलवायीं। दोने से पहली जलेबी उठायी ही थी कि हलवाई का कुत्ता उनके पूरे अरज के ग़रारेनुमा लखनवी पाजामे के पांयचे में मुंह डाल के बड़े आवेग से लपड़-लपड़ पिंडली चाटने लगा। कुछ देर वो चुपचाप, निःस्तब्ध और शांत खड़े चटवाते रहे। इसलिए कि उन्होंने किसी से सुना था कि कुत्ता अगर पीछा करे या आपके हाथ-पैर चाटने लगे तो भागना या शोर नहीं मचाना चाहिए वर्ना वो बेचैन होकर सचमुच काट खायेगा। जैसे ही उन्होंने उसे एक जलेबी डाली, उसने पिंडली छोड़ दी। इसी बीच में उन्होंने स्वयं भी एक जलेबी खायी। कुत्ता अपनी जलेबी समाप्त होते ही पांयचे में मुंह डाल के फिर शुरू हो गया। ज़बान भी ठीक से साफ़ नहीं की।

अब नाश्ते का ये पैटर्न बना कि पहले एक जलेबी कुत्ते को डालते तब एक स्वयं भी खा पाते। जलेबी देने में थोड़ी-सी देर हो जाती तो वो लपक कर बड़े चाव और दोस्ती से पिण्डली चिचोड़ने लगता, शायद इसलिए कि उसके अन्दर एक हड्डी थी। लेकिन अब दिल से कुत्ते का डर इस हद तक निकल चुका था कि उसकी ठंडी नाक से गुदगुदी हो रही थी। उन्होंने खड़े-खड़े दो बहुत महत्त्वपूर्ण निर्णय लिये। पहला ये कि कभी कानपुर के जाहिलों की तरह सड़क पर खड़े होकर जलेबी नहीं खायेंगे। दूसरा लखनऊ के शरीफ़ों की तरह चौड़े पांयचे का पाजामा बिलकुल नहीं पहनेंगे, कम-से-कम ज़िंदा हालत में।

कुत्ते को नाश्ता करवा चुके तो ख़ाली दोना उसके सामने रख दिया। वो शीरा चाटने में तल्लीन हो गया तो हलवाई के पास दुबारा गये। एक पाव दूध कुल्हड़ में अपने लिये और डेढ़ पाव कुत्ते के लिये ख़रीदा ताकि उसे पीता छोड़ कर सटक जायें। अपने हिस्से का दूध गटागट पी कर क़स्बे की सैर को रवाना होने लगे तो कुत्ता दूध छोड़ कर उनके पीछे-पीछे हो लिया। उन्हें जाता देख कर पहले कुत्ते के कान खड़े हुए थे, अब उनके खड़े हुए कि कमीना अब क्या चाहता है। तीन-चार जगह जहां उन्होंने थोड़ा दम लेने के लिये गति कम करने की कोशिश की या अपनी मर्ज़ी से मुड़ना या लौटना चाहा तो कुत्ता किसी तरह राज़ी न हुआ। हर मोड़ पर गली के कुत्ते उन्हें और उसे घेर लेते और खदेड़ते हुए दूसरी गली तक ले जाते। जिसकी सीमा पर दूसरे फ्रैश कुत्ते चार्ज ले लेते। कुत्ता बड़े अनमनेपन से अकेला लड़ रहा था। जब तक युद्ध निर्णायक ढंग से समाप्त न हो जाता या कम-से-कम अस्थाई युद्ध विराम न हो जाता अथवा दूसरी गली के शेरों से नये सिरे से लड़ाई शुरू न हो जाती, वो U.N.O. की तरह बीच में चुप खड़े देखते रहते। वो लौंडों को कुत्तों को पत्थर मारने से बड़ी सख़्ती से मना कर रहे थे। इसलिए कि सारे पत्थर उन्हीं के लग रहे थे। वो कुत्ता दूसरे कुत्तों को उनकी तरफ़ बढ़ने नहीं देता था और सच तो ये है उनकी हमदर्दी अब अपने ही कुत्ते के साथ हो गयी थी। दो फ़र्लांग पहले जब वो चले थे तो वह केवल एक कुत्ता था। मगर अब रिश्ता बदल चुका था। वो उसके लिये कोई अच्छा-सा नाम सोचने लगे।

उन्हें आज पहली बार मालूम हुआ कि गांव में मेहमान के आने का ऐलान कुत्ते,

चोर और बच्चे करते हैं। उसके बाद वो सारे गांव और हर घर का मेहमान बन जाता है।

टीपू नाम के कुत्ते

उन्हें यह देखकर दुख हुआ कि हलवाई और बच्चे उस कुत्ते को टीपू! टीपू! कह कर बुला और दुत्कार रहे हैं। श्रीरंगापट्टम के भयानक रक्तपात से भरे संग्राम में टीपू सुल्तान के मरने के बाद अंग्रेज़ों ने कुत्तों के नाम टीपू रखने शुरू कर दिये और एक ज़माने में यह उत्तरी भारत में इतना आम हुआ कि स्वयं भारतीय भी आवारा और बेनाम कुत्तों को टीपू कह कर ही बुलाते और हुश्कारते थे। ये जाने बिना कि कुत्तों का ये नाम कैसे पड़ा। नेपोलियन और टीपू सुल्तान के अलावा अंग्रेज़ों ने ऐसा व्यवहार अपने किसी और दुश्मन के साथ नहीं किया। इसलिए कि किसी और शत्रु का उनके दिल में ऐसा डर नहीं बैठा।

तलवार देखकर क़िस्मत का हाल बतानेवाला

हालांकि उनका घर पक्का और स्कूल आधा पक्का था लेकिन मौलवी मुज़फ़्फ़र ने अपनी ईमानदारी और इस्लाम के आरम्भिक काल के मुसलमानों की सादगी का नमूना पेश करने के लिये अपना कार्यालय एक कच्चे टीन की छत वाले मकान में बना रखा था। सैलेक्शन कमेटी का दरबार यहीं लगने वाला था। बिशारत समेत कुल तीन उम्मीदवार थे। बाहर दरवाज़े पर बायीं तरफ़ एक ब्लैक बोर्ड पर चॉक से ये निर्देश लिखे हुए थे—

1. उम्मीदवार अपनी बारी की प्रतीक्षा धैर्य और विनम्रता से करें।
2. उम्मीदवार को यात्रा-व्यय और भत्ता बिलकुल नहीं दिया जायेगा। जुहर की नमाज़ के बाद उनके खाने की व्यवस्था यतीमख़ाना शम्स-उल-इस्लाम में की गयी है।
3. इन्टरव्यू के समय उम्मीदवार को एक रुपये चंदे की यतीमख़ाने की रसीद पेश करनी होगी।
4. उम्मीदवार कृपया अपनी बीड़ी बुझाकर अन्दर दाख़िल हों।

बिशारत जब प्रतीक्षालय यानी नीम की छांव तले पहुंचे तो कुत्ता उनके साथ था। उन्होंने इशारों में कई बार उससे विदा चाही, मगर वो किसी तरह साथ छोड़ने को तैयार न हुआ। नीम के नीचे वो एक पत्थर पर बैठ गये तो वो भी उनके क़दमों में आ बैठा और अत्यधिक उचित अंतराल से दुम हिला-हिला कर उन्हें कृतज्ञ आंखों से टुकर-टुकर देख रहा था। उसका ये अंदाज़ उन्हें बहुत अच्छा लगा और उसके होने से उन्हें कुछ चैन-सा महसूस होने लगा। नीम की छांव में एक उम्मीदवार जो स्वयं को इलाहाबाद का एल.टी. बताता था, उकड़ूं बैठा तिनके से रेत पर 20 का यंत्र बना रहा था। जिसके ख़ानों की संख्यायें किसी तरफ़ से भी गिनी जायें, जोड़ 20 आता था। स्त्री-वशीकरण तथा अधिकारी को प्रभावित करने के लिये यह यंत्र सर्वोत्तम समझा जाता था। कान के प्रश्नवाचक चिन्ह '?' के अन्दर जो एक और प्रश्नवाचक चिन्ह होता है, उन दोनों के बीच उसने ख़स के इत्र का फाया उड़स रखा था। ज़ुल्फ़े-बंगाल हेयर ऑयल से की हुई सिंचाई के रेले, जो सर की तात्कालिक आवश्यकता से कहीं अधिक थे, माथे पर बह

रहे थे। दूसरा उम्मीदवार जो कालपी से आया था, स्वयं को अलीगढ़ का बी.ए.-बी.टी. बताता था। धूप का चश्मा तो समझ में आता था, मगर उसने गले में सिल्क का लाल स्कार्फ़ भी बांध रखा था। जिसका इस चिलचिलाती धूप में यही उद्देश्य मालूम पड़ता था कि चेहरे से टपका हुआ पसीना सुरक्षित कर ले।

अगर उसका वज़न 100 पौंड कम होता तो वो जो सूट पहन कर आया था, बिलकुल फ़िट आता। क़मीज़ के नीचे के दो बटन तथा पैंट के ऊपर के दो बटन खुले हुए थे। केवल सोलर हैट सही साइज़ का था। फ़ीरोज़े की अंगूठी भी शायद तंग हो गयी थी। कि जब इन्टरव्यू के लिये पुकार लगी तो उसने जेब से निकाल कर छंगुलिया में पहन ली। जूते के फ़ीते, जिन्हें वो खड़े होने के बाद नहीं देख सकता था, खुले हुए थे। कहता था—गोलकीपर रह चुका हूं। इस मोटे-ताज़ेपन के बावजूद स्वयं को नीम के दो शाख़े 'Y' में इस तरह फ़िट किया था कि दूर से एक 'V' नज़र आता था, जिसकी एक नोक पर जूते और दूसरी पर हैट रखा हो। ये साहब ऊपर टंगे-टंगे ही बातचीत में भाग ले रहे थे और वहीं से पीक की पिचकारियां और सिगरेट की राख चुटकी बजा-बजा कर झाड़ रहे थे।

कुछ देर बाद बिशारत के पास एक जटाधारी साधू आ बैठा। अपना सोंटा उनके माथे पर रखकर कहने लगा, ''क़िस्मत का हाल बताता हूं पांव के तलवे देख कर, अबे जूते उतार नहीं तो साले यहीं भस्म कर दूंगा।'' उन्होंने उसे पागल समझकर मुंह फेर लिया। लेकिन जब उसने नर्म लहज़े में कहा, ''बच्चा तेरे पेट पर तिल है और सीधी बग़ल में मस्सा है,'' तो उन्होंने घबरा कर जूते उतार दिये। इसलिए कि उसने बिलकुल ठीक बताया था। थोड़ी दूरी पर एक बरगद के पेड़ के नीचे तीसरी क्लास के बच्चे ड्रिल कर रहे थे। उस समय उनसे दंड लगवाये जा रहे थे। पहले ही दंड में ''हूं'' कहते हुए सर ले जाने के बाद केवल दो लड़के हथेलियों के बल उठ पाये। शेष वहीं धूल में छिपकली की तरह पट पड़े रह गये। सब गर्दन मोड़-मोड़ कर बड़ी लाचारी से ड्रिल मास्टर को देख रहे थे जो उन्हें ताना दे रहा था कि तुम्हारी मांओं ने तुम्हें कैसा दूध पिलाया है?

दरवाज़े पर सरकंडों की चिक़ पड़ी थी। जिसका निचला हिस्सा झड़ चुका था। सुतली की लड़ियां रह गयी थीं। सबसे पहले अलीगढ़ के उम्मीदवार को इस तरह पुकारा गया जैसे अदालत में नाम मय-वल्दियत के पुकारे जाते हैं। पुकारने के ढंग से पता लगता था कि शायद डेढ़-दो सौ उम्मीदवार हैं, जो डेढ़ दो मील दूर कहीं बैठे हैं। उम्मीदवार पहले वर्णित नीम की ग़ुलैल पर से धम्म-से कूद कर सोलर हैट समेत दरवाज़े में घुसने वाला था कि चपरासी ने रास्ता रोक लिया। उसने यतीमख़ाने के चंदे की रसीद मांगी और सिगरेट की डिबिया, जिसमें दो सिगरेट शेष थीं, लगान के तौर पर धरवा लीं। फिर जूते उतरवा कर लगभग घुटनों के बल चलाता हुआ अन्दर ले गया। पचास मिनट बाद दोनों बाहर निकले। चपरासी ने दरवाज़े के पास रक्खे हुए घड़ियाल को एक बार बजाया, जिसका उद्देश्य गांववालों और उम्मीदवारों को ख़बर करना था कि पहला इन्टरव्यू समाप्त हुआ। बाहर खड़े हुए लड़कों ने जम कर तालियां बजायीं। उसके बाद इलाहाबादी उम्मीदवार का नाम पुकारा गया जो बीसे का यंत्र मिटा कर लपक-झपक अन्दर चला गया। पचास

मिनट बाद फिर चपरासी ने बाहर आकर घंटे पर दो बार इतनी ज़ोर से चोट लगायी कि क़स्बे के सारे मोर चिंघाड़ने लगे। (हर इन्टरव्यू का समय वही था जो घंटों का) चपरासी ने आंख मार कर बिशारत को अन्दर चलने को कहा।

ब्लैक होल ऑफ़ धीरजगंज

बिशारत इन्टरव्यू के लिए अन्दर दाख़िल हुए तो कुछ नज़र न आया। इसलिए कि केवल एक गोल मोखे के अतिरिक्त, रौशनी आने के लिये कोई खिड़की या रौशनदान नहीं था। फिर धीरे-धीरे इसी अंधेरे में हर चीज़ की आउट लाइन उभरती, उजलती चली गयी। यहां तक कि दीवारों पर पीली मिट्टी और गोबर की ताज़ा लिपाई में मज़बूती और पकड़ के लिये जो कड़बी की छीलन और भुस के तिनके डाले गये थे, उनका प्राकृतिक वॉर्निश अंधेरे में चमकने लगा। दायीं तरफ़ कम-अंधेरे कोने में दो बटन चमकते नज़र आये। वो चलकर उनकी तरफ़ बढ़े तो उन्हें डर महसूस हुआ। ये उस बिल्ली की आंखें थीं जो किसी अनदेखे चूहे की तलाश में थी।

बायीं तरफ़ एक चार फ़ुट ऊंची मकाननुमा खाट पड़ी थी, जिसके पाये शायद साबुत पेड़ के तने से बनाये गये थे। बिसौले से छाल उतारने का कष्ट भी नहीं किया गया था। उस पर सलेक्शन कमेटी के तीन मैम्बर टांगें लटकाये बैठे थे। उसके पास ही एक और मेम्बर बिना पीठ के मूढ़े पर बैठे थे। दरवाज़े की तरफ़ पीठ किये मौलवी मुजफ़्फ़र एक टेकीदार मूढ़े पर विराजमान थे। एक बिना हत्थे वाली लोहे की कुर्सी पर एक बहुत हँसमुख व्यक्ति उलटा बैठा था, यानी उसकी पीठ से अपना सीना मिलाये और किनारे पर अपनी ठोढ़ी रखे। उसका रंग इतना सांवला था कि अंधेरे में केवल दांत नज़र आ रहे थे। यह तहसीलदार था जो इस कमेटी का चेयरमैन था। एक मैम्बर ने अपनी तुर्की टोपी खाट के पाये को पहना रखी थी। कुछ देर बाद जब बिल्ली उसके फुंदने से चपत मार-मार कर खेलने लगी तो उसने पाये से उतार कर सर पर रख ली। सबके हाथों में खजूर के पंखे थे। मौलवी मज्जन पंखे की डंडी गर्दन के रास्ते शेरवानी में उतार कर बार-बार अपनी पीठ खुजाने के बाद डंडी की नोक को सूंघते थे। तहसीलदार के हाथ में जो पंखा था, उसके किनारे पर लाल गोटा और बीच में गुर्दे की शक्ल का छेद था। जो उस काल में सब स्टूलों में होता था। इसका उपयोग एक अरसे तक हमारी समझ में न आया। कई लोग गर्मियों में इस पर सुराही या घड़ा रख देते थे ताकि छेद से पानी रिसता रहे और पैंदे को ठंडी हवा लगती रहे। बिशारत अंत तक ये फ़ैसला न कर सके कि वो स्वयं नर्वस हैं या स्टूल लड़खड़ा रहा है।

तहसीलदार पेड़े की लस्सी पी रहा था और शेष मैम्बर हुक़्क़ा। सबने जूते उतार रखे थे। बिशारत को ये पता होता तो निःसंदेह साफ़ मोज़े पहन कर आते। मूढ़े पर बैठा हुआ मैम्बर अपने बायें पैर को दायें घुटने पर रखे, हाथ की उंगलियों से पांव की उंगलियों के साथ पंजा लड़ा रहा था। एक उधड़ी हुई क़लई का पीकदान घूम रहा था। हवा में हुक़्क़े, पान के बनारसी तम्बाक़ू, कोरी ठिलिया, कोने में पड़े हुए ख़रबूजे के छिलकों, ख़स के

इत्र और गोबर की लिपाई की ताज़ा गंध बसी हुई थी और उन पर हावी भबका था। जिसके बारे में विश्वास से नहीं कहा जा सकता था कि यह देसी जूतों की दुर्गन्ध है, जो पैरों से आ रही है या पैरों की सड़ांध है जो जूतों से आ रही है।

जिस मोखे की चर्चा पहले की जा चुकी है, उसके बारे में यह निर्णय करना कठिन था कि वो रौशनी के लिये बनाया गया है या अंदर के अंधेरे को कन्ट्रास्ट से और अधिक अंधेरा दिखाने के लिये रखा गया है। अंदर के धुएँ को बाहर फेंकने के लिये है या बाहर की धूल को अंदर का रास्ता दिखाने के इरादे से बनाया गया। बाहर के दृश्य देखने के लिये झरोखा है या बाहर वालों को अंदर की ताक-झांक के लिये झांकी उपलब्ध करायी गयी है। रौशनदान, हवादान, दर्शनी-झरोखा, धुएं की चिमनी, पोर्ट होल...बिशारत के कथनानुसार यह एशिया का सर्वाधिक बहुउद्देशीय छेद था जो बेहद ओवरवर्क्ड था और चकराया हुआ था। इसलिए इनमें से कोई भी काम ठीक से नहीं कर पा रहा था। इस समय इसमें हर पांच मिनट बाद एक नया चेहरा फ़िट हो जाता था। हो यह रहा था कि बाहर दीवार तले एक लड़का घोड़ा बनता और दूसरा उस पर खड़ा होकर उस समय तक तमाशा देखता रहता जब तक घोड़े के पैर न लड़खड़ाने लगते और वो कमर को कमानी की तरह लचका-लचका कर यह मांग न करने लगता कि यार! उतर, मुझे भी तो देखने दे।

यदा-कदा यह मोखा ऑक्सीजन और गालियों की निकासी के रास्ते के रूप में भी इस्तेमाल होता था। इस संक्षिप्त विवरण का विस्तार यह है कि मौलवी मज्जन दमे के मरीज़ थे। जब खांसी का दौरा पड़ता और ऐसा लगता कि शायद दूसरा सांस नहीं आयेगा तो वो दौड़ कर मोखे में अपना मुंह फ़िट कर देते थे और जब सांस का पूरक रेचक ठीक हो जाता तो सस्वर अल्हम्दुलिल्लाह कह कर लौंडों को सड़ी-सड़ी गालियां देते। थोड़ी देर बाद धूप का कोण बदला तो सूरज का एक चकाचौंध लपका कमरे का अंधेरा चीरता चला गया। इसमें धुएं के बल खाते मरग़ोलों और धूलकणों का नाच देखने योग्य था। बायीं दीवार पर दीनियात (धार्मिक विषय) के छात्रों के बनाये हुए इस्तंजे (पेशाब के बाद क़तरों को सुखाने के लिये मुसलमान मिट्टी के ढेले इस्तेमाल करते हैं, उन्हें इस्तंजा कहा जाता है) के निहायत सुडौल ढेले क़रीने से तले ऊपर सजे थे जिन पर अगर मक्खियां बैठी होतीं तो बिलकुल बदायूं के पेड़े मालूम होते।

दायीं दीवार पर जार्ज-पांचवें की फ़ोटो पर गेंदे का सूखा खड़ंक हार लटक रहा था। उसके नीचे मुस्तफ़ा पाशा का फ़ोटो और मौलाना मुहम्मद अली जौहर की तस्वीर जिसमें वो चोग़ा पहने और समूरी टोपी पर चांद-तारा लगाये खड़े थे। इन दोनों के बीच मौलवी मज्जन का बड़ा-सा फ़ोटो और उसके नीचे फ्रेम किया हुआ मान-पत्र लगा था। जो अध्यापकों और चपरासियों ने उनकी सेवा में हैजे से ठीक होने की ख़ुशी में लम्बी उम्र की प्रार्थना के साथ अर्पित किया था। उनका वेतन पांच महीने से रुका हुआ था।

ये बात तो रह ही गयी। जब बिशारत इन्टरव्यू के लिये उठ कर जाने लगे तो कुत्ता भी साथ लग गया। उन्होंने रोका मगर वो न माना। चपरासी ने कहा, ''आप इस पलीद को

अन्दर नहीं ले जा सकते।'' बिशारत ने जवाब दिया, ''यह मेरा कुत्ता नहीं है।'' चपरासी बोला, ''तो आप इसे दो घंटे से बांहों में लिये क्यों बैठे थे?'' उसने एक ढेला उठा कर मारना चाहा तो कुत्ते ने झट पिण्डली पकड़ ली। चपरासी चीख़ने लगा। बिशारत के मना करने पर उसने फ़ौरन पिण्डली छोड़ दी। शुक्रिया अदा करने के बजाय चपरासी कहने लगा, ''और आप इस पर भी कहते हैं कि कुत्ता मेरा नहीं है।'' जब वो अन्दर घुसे तो कुत्ता भी उनके साथ घुस गया। रोकना तो बड़ी बात, चपरासी में इतना हौसला भी नहीं रहा कि टोक भी सके। उसके अंदर घुसते ही भूचाल आ गया। कमेटी के मेम्बरों ने चीख़-चीख़ कर छप्पर सर पर उठा लिया। लेकिन जब वो उनसे भी अधिक ज़ोर से भौंका तो सब सहम कर अपनी-अपनी पिंडलियां गोद में ले कर बैठ गये। बिशारत ने कहा कि अगर आप सब लोग बिलकुल शांत और स्थिर हो जायें तो यह भी चुप हो जायेगा। इस पर एक साहब बोले, ''आप इन्टरव्यू में अपना कुत्ता लेकर क्यों आये हैं?'' बिशारत ने क़सम खाकर कुत्ते से अपनी असम्बद्धता प्रकट की तो वही साहब बोले, ''अगर आपका दावा है कि यह कुत्ता आपका नहीं है तो आप इसकी बुरी आदतों से इतने परिचित कैसे हैं?''

बिशारत इन्टरव्यू के लिये अपनी जगह बैठ गये तो कुत्ता उनके पैरों से लग कर बैठ गया। उनका जी चाहा कि वो यूं ही बैठा रहे। अब वो नर्वस महसूस नहीं कर रहे थे। इंटरव्यू के दौरान दो बार मौलवी मज्जन ने बिशारत की किसी बात पर बड़ी तुच्छता से ज़ोरदार अट्टहास लगाया तो कुत्ता उनसे भी अधिक ज़ोर से भौंकने लगा और वो सहम कर अट्टहास बीच में ही स्विच ऑफ़ करके चुपके बैठ गये। बिशारत को कुत्ते पर बेतहाशा प्यार आया।

कोई बतलाओ कि हम बतलायें क्या?

इंटरव्यू से पहले तहसीलदार ने गला साफ़ करके सबको चुप कराया तो ऐसा सन्नाटा छाया कि दीवार पर लटकी हुई क्लॉक की टिक-टिक और मौलवी मुज़फ़्फ़र के हांफ़ने की आवाज़ स्पष्ट सुनायी देने लगी। फिर इंटरव्यू शुरू हुआ और सवालों की बौछार। इतने में क्लॉक ने ग्यारह बजाये तो सब दोबारा चुप हो गये। धीरजगंज में कुछ अर्से रहने के बाद बिशारत को मालूम हुआ कि देहात के चलन के अनुसार जब क्लॉक कुछ बजाती है तो सब चुप और सम्मानपूर्वक होकर सुनते और गिनते हैं कि ग़लत तो नहीं बजा रही।

इंटरव्यू दोबारा शुरू हुआ तो जिस शख़्स को चपरासी समझे थे, वो खाट की अदवायन पर आकर बैठ गया। वो धार्मिक विषयों का मास्टर निकला, जो उन दिनों उर्दू टीचर की ज़िम्मेदारी भी निभा रहा था। इन्टरव्यू में सबसे अधिक धर-पटक उसी ने की। मौलवी मुज़फ़्फ़र और एक मैम्बर ने भी, जो मुंसिफ़ी अदालत से रिटायर्ड पेशकार थे, ऐंडे-बेंडे सवाल किये। तहसीलदार ने अलबत्ता छिपे-तौर पर मदद और तरफ़दारी की और सिफ़ारिश की लाज रखी। चंद सवालात लिखे जा रहे हैं। जिससे सवाल करने और जवाब देने वाले दोनों की योग्यता का अनुमान हो जायेगा।

मौलवी मुज़फ़्फ़र : ('कुल्लियाते-मख़मूर' पर चुमकारने के अंदाज़ से हाथ फेरते हुए) शे'र कहने के लाभ बताइये।

बिशारत : (चेहरे पर ऐसा एक्सप्रेशन, जैसे आउट ऑफ़ कोर्स सवाल पूछ लिया हो) शायरी...मेरा मतलब है, शे'र...यानी उसका उद्देश्य...बात दरअस्ल ये है कि...शौक़िया...।

मौलवी मुज़फ़्फ़र : अच्छा ख़ालिक़े-बारी का कोई शे'र सुनाइये।

बिशारत : ख़ालिक़े-बारी सर्जनहार, वाहिद एक बिदा करतार।

पेशकार : आपके बाप, दादा और नाना किस विभाग में नौकर थे?

बिशारत : उन्होंने नौकरी नहीं की।

पेशकार : फिर आप कैसे नौकरी कर सकेंगे। चार पीढ़ियां एक के बाद एक अपना पित्ता मारें तो कहीं जा कर नौकरी की योग्यता पैदा होती है।

बिशारत : (सीधेपन से) मेरा पित्ता ऑप्रेशन के ज़रिये निकाला जा चुका है।

धार्मिक शिक्षक : ऑप्रेशन का निशान दिखाइये।

तहसीलदार : आपने कभी बेंत का इस्तेमाल किया है?

बिशारत : जी नहीं।

तहसीलदार : कभी आप पर बेंत का इस्तेमाल हुआ है?

बिशारत : अक्सर।

तहसीलदार : तब आप डिसीप्लिन क़ायम कर सकेंगे।

पेशकार : अच्छा यह बताइये दुनिया गोल क्यों बनायी गयी है?

बिशारत : (पेशकार को ऐसे देखते हैं जैसे चारों ख़ाने चित्त होने पर पहलवान अपने प्रतिद्वन्द्वी को देखता है)—

तहसीलदार : पेशकार साहब! इन्होंने उर्दू टीचर का प्रार्थना पत्र दिया है, भूगोल वालों के इंटरव्यू परसों होंगे।

धार्मिक शिक्षक : ब्लैक-बोर्ड पर अपनी राइटिंग का नमूना लिख कर दिखाइये।

पेशकार : दाढ़ी पर आपको क्या ऐतराज़ है?

बिशारत : कुछ नहीं।

पेशकार : फिर रखते क्यों नहीं?

धार्मिक शिक्षक : आपको चचा से अधिक प्यार है या मामू से।

बिशारत : कभी ध्यान नहीं किया।

धार्मिक शिक्षक : अब कर लीजिये।

बिशारत : मेरे कोई चचा नहीं हैं।

धार्मिक शिक्षक : आपको नमाज़ आती है? अपने पिता के जनाजे की नमाज़ पढ़ कर दिखाइये।

बिशारत : वो ज़िन्दा हैं।

धार्मिक शिक्षक : लाहौल विला क़ुव्वत, मैंने तो अनुमान लगाया। तो फिर अपने दादा की पढ़ कर दिखाइये। या आप अभी उनकी कृपा से भी वंचित नहीं हुए हैं।

बिशारत : (भरी आवाज़ में) उनका देहान्त हो गया है।

मौलवी मुजफ़्फ़र : मुसद्दसे-हाली का कोई बन्द सुनाइये।

बिशारत : मुसद्दस का तो कोई बन्द इस समय याद नहीं आ रहा। हाली की ही मुनाजाते-बेवा (विधवा की सर्जक से प्रार्थना) के कुछ शे'र पेश करता हूं।

तहसीलदार : अच्छा, अब अपना कोई पसन्दीदा शे'र सुनाइये जिसका विषय बेवा न हो।

बिशारत :

तोड़ डाले जोड़ सारे बांध कर बन्दे-कफ़न
गोर की बग़ली से चित है पहलवां, कुछ भी नहीं

तहसीलदार : किसका शे'र है?

बिशारत : ज़बान का शे'र है।

तहसीलदार : ऐ सुब्हानल्ला! क़ुर्बान जाइये। कैसी-कैसी शाब्दिक चपलता और बला के अलंकार बांधे हैं। तोड़ की टक्कर पे जोड़। एक तरफ़ बांधना दूसरी तरफ़ बन्द। वाह! वाह! इसके बाद बग़ली क़ब्र और बग़ली दांव की तरफ़ ख़ूबसूरत इशारा। फिर बग़ली दांव से पहलवान का चित होना। आख़िर में चित पहलवान और चित मुर्दा और कुछ भी नहीं, कह के दुनिया की नश्वरता को तीन शब्दों में भुगता दिया। ढेर सारे अलंकारों को एक शे'र में बंद कर देना चमत्कार नहीं तो और क्या है। ऐसा ठुका हुआ, इतना पुख़्ता और इतना ख़राब शे'र कोई उस्ताद ही कह सकता है।

मौलवी मुजफ़्फ़र : आप सादगी पसंद करते हैं या दिखावा।

बिशारत : सादगी।

मौलवी मुजफ़्फ़र : शादीशुदा हैं या छड़े दम।

बिशारत : जी, ग़ैर शादीशुदा।

मौलवी मुज़फ़्फ़र : फिर आप इतने सारे वेतन का क्या करेंगे? यतीमख़ाने को कितना मासिक चंदा देंगे?

तहसीलदार : आपने शायरी कब शुरू की? अपना पहला शे'र सुनाइये।

बिशारत :

है इंतज़ारे-दीद में लाशा उछल रहा
हालांकि कू-ए-यार अभी कितनी दूर है

तहसीलदार : वाह वा! 'हालांकि' का जवाब नहीं। बिलकुल ऊसर धरती में 'लाशा' ने जान डाल दी और 'इतनी दूर' में कुछ न कह कर कितना कुछ कह दिया।

बिशारत : आदाब बजा लाता हूं।

तहसीलदार : छोटी बह्र में क्या क़यामत का शे'र निकाला है। शे'र में शब्दों की मितव्ययिता के अलावा विचार की भी कृपणता पायी जाती है।

बिशारत : आदाब।

तहसीलदार : (कुत्ता भौंकने लगता है) क्षमा कीजिये, मैं आपके कुत्ते के भौंकने में विघ्न डाल रहा हूं। यह बताइये कि जीवन में आपकी क्या एम्बीशन है?

बिशारत : यह नौकरी मिल जाये।

तहसीलदार : तो समझिये मिल गयी। कल सुब्ह अपना सामान बर्तन-भाण्डे ले आइयेगा। साढ़े ग्यारह बजे मुझे आपकी ज्वॉइनिंग रिपोर्ट मिल जानी चाहिए। वेतन आपका चालीस रुपये मासिक होगा।

मौलवी मुज़फ़्फ़र चीख़ते और पैर पटकते रह गये कि सुनिये तो, ग्रेड पच्चीस रुपये का है। तहसीलदार ने उन्हें झिड़क कर चुप करा दिया और फ़ाइल पर अंग्रेज़ी में यह नोट लिखा कि इस उम्मीदवार में वो तमाम अच्छे गुण पाये जाते हैं जो किसी भी लायक़ और ambitious नौजवान को एक कामयाब पटवारी या क्लास का टीचर बना सकते हैं, बशर्ते कि उपयुक्त निगरानी और मार्गदर्शन मिले। मैं अपनी सारी व्यस्तताओं के बावजूद इसे अपना कुछ समय और ध्यान देने के लिये तैयार हूं। शुरू में मैंने इसे 100 में से 80 नम्बर दिये थे मगर बाद में पांच नम्बर सुलेख के बढ़ाये, लेकिन पांच नम्बर शायरी के काटने पड़े।

विशेष मूली और अच्छा-सा नाम

बिशारत ने दोपहर का खाना यतीमख़ाने के बजाय मौलवी बादल (इबादुल्ला) के यहां खाया, जो इसी स्कूल में फ़ारसी पढ़ाते थे। मक्खन में चुपड़ी हुई गर्म रोटी के साथ आलू का भुरता और लहसुन की चटनी मज़ा दे गयी। मौलवी बादल ने अपनी आत्मीयता और सहयोग का भरोसा दिलाते हुए कहा कि बरख़ुरदार! मैं तुम्हें खोंते रफ़ू करना, आटा गूंधना और हर तरह का सालन पकाना सिखा दूंगा। ख़ुदा की क़सम! बीवी की आवश्यकता ही

अनुभव न होगी। लगे हाथ उन्होंने मूली की भुजिया बनाने की जो विधि बतायी वो ख़ासी कठिन और भयंकर थी। इसलिए कि इसकी शुरुआत मूली के खेत में पौ फटने से पहले जाने से होती थी। उन्होंने निर्देश दिया कि देहात की सभ्यता के विपरीत लहलहाते खेत में तड़के मुंह उठाये न घुस जाओ, बल्कि मेंड़ पर पहले इस तरह खांसो-खंखारो जिस तरह बेकिवाड़ या टाट के परदे वाले शौचालय में घुसने से पहले खंखारते हैं। इसके बाद यह हिदायत की कि टख़ने से एक बालिश्त ऊंचा लहंगा और हंसली से दो बालिश्त नीची चोली पहनने वाली खेत की मालकिन धापां से ताज़ा गदरायी हुई मूली की जगह और उसे तोड़ने की अनुमति कैसे ली जाये कि नज़र देखने वाली पर न पड़े। यह भी बताया कि चमगादड़ सब्ज़ियां वायु खोलने वाली होती हैं। इससे उनका तात्पर्य उन पौधों से था जो अपने पैर आसमान की तरफ़ किये रहते हैं। जैसे गाजर, गोभी, शलग़म। फिर उन्होंने पत्ते देख कर यह पहचानना बताया कि कौन-सी मूली तीखी फुफ्फुस निकलेगी और कौन-सी जड़ेली और मछेली। ऐसी अम्लीय कि खाने वाला खाते समय मुंह पीटता फिरे और खाने के बाद पेट पीटता फिरे और कोई ऐसी सुडौल चिकनी और मीठी कि बेतहाशा जी करे कि काश गज़ भर की होती। उन्होंने यह भी बताया कि कभी भूल से अम्लीय मूली उखाड़ लो तो फेंको मत। इसका रस निकाल कर ऊंट की खाल की कुप्पी में भर लो। चालीस दिन बाद जहां दाद या एक्ज़ीमा हो वहां फुरैरी से लगाओ। अल्लाह ने चाहा तो खाल ऐसी आयेगी जैसी नवजात बच्चे की। कुछ अर्से बाद जैसे ही बिशारत ने अपने मामू के एक्ज़िमा की फुन्सियों पर इस रस की फुरेरी लगायी तो बुज़ुर्गवार बिलकुल नवजात बच्चे की तरह चीख़ें मारने लगे।

बिशारत इंटरव्यू से निवृत्त होकर प्रसन्नचित निकले तो कुत्ता उनके साथ नत्थी था। उन्होंने हलवाई से तीन पूरियां और रबड़ी ख़रीद कर उसे खिलायी। वो उनके साथ लगा-लगा मौलवी बादल के यहां गया। इंटरव्यू में आज जो चमत्कार उनके साथ हुआ उसे उन्होंने उसी के चरणों का प्रताप समझा। कानपुर वापस जाने के लिये वो बस में सवार होने आये तो वो उनसे पहले छलांग लगा कर बस में घुस गया। जिससे यात्रियों में पहले खलबली, फिर भगदड़ मच गयी। क्लीनर उसे इंजन स्टार्ट करने वाले हैंडिल से मारने दौड़ा तो उन्होंने लपक कर उसकी कलाई मरोड़ी। कुत्ता लॉरी की छत पर खड़ा उनके साथ कानपुर आया। ऐसे स्वामीभक्त कुत्ते को कुत्ता कहते उन्हें शर्म आने लगी। उन्होंने उसी समय उसका नाम बदल कर लॉर्ड डलहौज़ी रखा। जो उस जनरल का नाम था जिसका सामना करते हुए टीपू की मृत्यु हुई थी। कानपुर पहुंचकर उन्होंने पहली बार उस पर हाथ फेरा। उन्हें अनुमान नहीं था कि कुत्ते का शरीर इतना गर्म होता है। उस पर जगह-जगह लड़कों के पत्थरों से पड़े हुए जख़्मों के घाव थे। उन्होंने उसके लिये एक सुंदर कॉलर और ज़ंजीर ख़रीदी।

हुज़ूर फ़ैज़ गंजूर तहसीलदार साहब

दूसरे दिन बिशारत अपनी सारी दुनिया टीन के ट्रंक में समेट कर धीरजगंज आ गये। ट्रंक पर उन्होंने एक पेंटर को चार आने देकर अपना नाम, डिग्री, उपनाम सफ़ेदे से पेंट करवा लिये। जो बड़ी कठिनाई से दो लाइनों में (बक्से की) समा पाये। यह ट्रंक उनकी पैदाइश से पहले का था, मगर उसमें चार लीवर वाला नया पीतली ताला डाल कर लाये थे।

इसमें कपड़े इतने कम थे कि रास्ते भर, अन्दर रखा हुआ मुरादाबादी लोटा ढोलक बजाता आया। इसके शोर मचाने की एक वज्ह यह भी हो सकती है कि उनके ख़ज़ाने में यह नया क़लई किया हुआ लोटा ही सबसे मूल्यवान वस्तु था। अभी उन्होंने मुंह भी नहीं धोया था कि तहसीलदार का चपरासी एक लट्ठ और यह पैग़ाम लेकर आ धमका कि तहसीलदार साहब बहादुर ने याद किया है। उन्होंने पूछा, "अभी!" बोला, "और क्या! फ़ौरन से पेश्तर! बिलमवाज़ा, असालतन" चपरासी के मुंह से यह मुंशियाना ज़बान सुन कर उन्हें आश्चर्य हुआ और ख़ुशी भी। जो उस समय समाप्त हुई जब उसने यह पैग़ाम लाने का इनाम, दोपहर का खाना और यात्रा भत्ता इसी भाषा में मांगे। कहने लगा तहसील में यही परम्परा है। बन्दा तो चाकर है। जब तक वो इन इच्छाओं पर ग़ौर करें, वो लट्ठ की चांदी की शाम को मुंह की भाप और अंगोछे से रगड़-रगड़ कर चमकाता रहा।

झुलसती, झुलसाती दोपहर में बिशारत डेढ़-दो मील पैदल चलकर हांपते-कांपते तहसीलदार के यहां पहुंचे तो वो दोपहर की नींद ले रहा था। एक-डेढ़ घंटे प्रतीक्षा के बाद वो अंदर बुलाये गये तो ख़स की ट्टटी की महकती ठंडक जिस्म में उतरती चली गयी। लू से झुलसती हुई आंखों में एकदम ठंडी-ठंडी रौशनी-सी आ गयी। ऊपर छत से लटका हुआ झालरदार पंखा हाथी के कान की तरह हिल रहा था। धरातल पर बिछी चांदनी की उजली ठंडक उनकी जलती हुई हथेली को बहुत अच्छी लगी। जब इसकी तपन से चांदनी गर्म हो जाती तो वो हथेली खिसका कर दूसरी जगह रख देते। तहसीलदार बड़े तपाक और प्यार से पेश आया। बर्फ़ में लगे हुए तरबूज़ की एक फांक और छिले हुए सिंघाड़े पेश करते हुए बोला, "तो अब अपने कुछ शे'र सुनाइये जो बेतुके न हों, छोटी बह्र में न हों, वज़्न और शालीनता से गिरे हुए न हों।" बिशारत शे'र सुना कर दाद पा चुके तो उसने अपनी एक ताज़ा नज़्म सुनायी।

वो अपनी रान खुजाये चला जा रहा था। टांगों पर मढ़े हुए चूड़ीदार पाजामे में न जाने कैसे एक भुनगा घुस गया था और वो ऊपर ही ऊपर चुटकी से मसलने की बार-बार कोशिश कर रहा था। कुछ देर बाद एक सुन्दर कमसिन नौकरानी नाज़ो ताज़ा तोड़े हुए फ़ालसों का शर्बत लायी। तहसीलदार कनखियों से बराबर बिशारत को देखता रहा कि नाज़ो को देख रहे हैं या नहीं। मोटी मलमल के सफ़ेद कुरते में क़यामत ढा रही थी। वो गिलास देने के लिये झुकी तो उसके बदन से जवान पसीने की महक आयी और उनका हाथ उसके चांदी के बटनों के घुंघरुओं को छू गया। उसका आड़ा पाजामा रानों पर से कसा हुआ था और पैवंद के टांके दो-एक जगह इतने बिकसे हुए थे कि नीचे चमेली बदन खिलखिला रहा था। शरबत पी चुके तो तहसीलदार कहने लगा कि आज तो ख़ैर आप थके हुए होंगे। कल से मेरे बच्चों को उर्दू पढ़ाने आइये। थोड़ा खिलन्दड़े हैं। तीसरे ने तो अभी क़ायदा शुरू ही किया है। बिशारत ने आनाकानी की तो एकाएक उसके तेवर बदल गये। लहज़ा कड़ा और कड़वा होने लगा। कहने लगा, "जैसा कि आपको भली-भांति मालूम था, है और हो जायेगा, आपका मूल वेतन पच्चीस रुपये ही है। मैंने जो स्वयं पन्द्रह रुपये बढ़ाकर चालीस कर दिये तो वास्तविकता में पांच रुपये प्रति बच्चा ट्यूशन थी। वरना मेरा

दिमाग़ थोड़े ही ख़राब हुआ था कि कॉलेज के निकले हुए नये बछड़े को मुसलमानों की गाढ़ी कमाई के चन्दे से पन्द्रह रुपये की भेंट देता। आख़िर को ट्रस्टी का कुछ दायित्व होता है। आपको मालूम होना चाहिए कि स्वयं स्कूल के हैडमास्टर का वेतन चालीस रुपये है और वो तो बी.ए., बी.टी. (अलीगढ़) सैकिण्ड डिवीज़न है। अमरोहे का है मगर निहायत शरीफ़ सय्यद है। अलावा, आप की तरह सर मुंडवा के इश्क़िया शे'र नहीं कहता।''

अंतिम सात शब्दों में उसने उनके व्यक्तित्व का ख़ुलासा निकाल कर रख दिया और वो ढह गये। उन्होंने बड़ी विनम्रता से गिड़गिड़ा कर पूछा, ''क्या कोई alternative व्यवस्था नहीं हो सकती।'' तहसीलदार चिढ़ावनी हँसी हँसा। कहने लगा, ''अवश्य हो सकती है। वो ऑल्टरनेटिव व्यवस्था ये है कि आपका वेतन वही पच्चीस रुपये रहे और आप इसी में मेरे बच्चों को भी पढ़ायेंगे। आया ध्यान में? बच्चे, अभी आपने दुनिया नहीं देखी। मैं आपके हाथ में दो कबूतर देता हूं, आप यह तक तो बता नहीं सकते कि इनमें मादा कौन सी है?''

उनके जी में तो बहुत आया कि पलट कर जवाब दें कि कोलम्बस साहब, अगर इसी डिस्कवरी का नाम दुनिया देखना है, तो यह काम कबूतर कहीं बेहतर ढंग से पूरा कर सकते हैं। इतने में तहसीलदार दो-तीन बार ज़ोर-ज़ोर से खांसा तो थोड़ी दूर एक कोने में दुबका धूल में अटा क़ानूनगो लपक कर बिशारत के पास आया और उनकी ठुड्डी में हाथ देते हुए कहने लगा, आप सरकार के सामने कैसी बचकानी बातें कर रहे हैं। यह सम्मान किसे मिलता है। सरकार झूठों भी संकेत कर दें तो लखनऊ यूनिवर्सिटी के सारे प्रोफ़ेसर हाथ बांधे सर के बल चल कर आयें। सरकार को तीन बार डिप्टी कलेक्टरी ऑफ़र हो चुकी है मगर सरकार ने हर बार उपेक्षा से ठोकर मार दी कि मैं स्वार्थी हो जाऊं और डिप्टी कलेक्टर बन कर चला जाऊं तो तहसील धीरजगंज का स्टाफ़ और प्रजा कहेगी कि सरकार हमें बीच मंझधार में किस पर छोड़े जाते हो।

बिशारत स्तब्ध रह गये। मर्द ऐसे मौक़ों पर ख़ून कर देते हैं और नामर्द आत्महत्या कर लेते हैं। उन्होंने यह सब कुछ नहीं किया, नौकरी की जो हत्या और आत्महत्या दोनों से कहीं अधिक कठिन है।

यह रुत्ब-ए-बुलंद मिला जिसको मिल गया

तहसीलदार ने ज़नाने से अपने बेटों को बुलाया और उनसे कहा—चचाजान को आदाब करो। यह कल से तुम्हें पढ़ाने आयेंगे। बड़े और छोटे ने आदाब किया। मंझले ने दायें हाथ से ओक बनाया और झुक-झुक कर दो बार आदाब करने के बाद तीसरी बार झुका तो साथ ही मुंह भी चिढ़ाया।

अब तहसीलदार का मूड बदल चुका था। लड़के लाइन बना कर वापस चले गये तो वो बिशारत से कहने लगा, ''परसों ज्योग्राफ़ी की टीचर की जगह के लिये इन्टरव्यू है। मैं आपको सैलेक्शन कमेटी का मैम्बर बना रहा हूं। धार्मिक विषयों का टीचर इस योग्य

नहीं कि कमेटी का मैम्बर रहे। मौली मज्जन को ख़बर कर दी जायेगी।'' यह सुनते ही बिशारत को गुदगुदियां होने लगीं। उस समय कोई उन्हें वायसराय बना देता तब भी इतनी प्रसन्नता न होती। अब वो भी इन्टरव्यू में अच्छे-अच्छों को ख़ूब रगड़ेंगे और पूछेंगे कि मियां तुम डिग्रियां बग़ल में दबाये अरस्तू बने फिरते हो, थोड़ा यह तो बताओ कि दुनिया गोल क्यों बनायी गयी है? बड़ा मज़ा आयेगा। यह सम्मान किसे मिलता है कि अकारण अपमानित होने के तुरन्त बाद दूसरों को अकारण अपमानित करके हिसाब बराबर कर दे। उनके घायल स्वाभिमान के सारे घाव पल भर में भर गये।

मारे प्रसन्नता के वो यह भी स्पष्ट करना भूल गये कि बन्दा हर इन्टरव्यू के बाद न आवाज़ लगायेगा, न घंटा बजायेगा। चलने लगे तो तहसीलदार ने मटमैले क़ानूनगो को आंखों से कुछ इशारा किया और उसने पन्द्रह सेर गेहूं और एक हांडी गन्ने के रस की साथ कर दी। उसे यह भी निर्देश दिया कि कल मास्टर साहब के घर जवासे की एक गाड़ी डलवा देना और बेगार में किसी पन्नीगर को भेज देना कि हाथो-हाथ टट्टी बना दे। उस ज़माने में जो लोग ख़स की क्षमता नहीं रखते थे वो जवासे के कांटों की टट्टी पर सब्र करते थे और जो इस योग्य भी नहीं होते थे, वो ख़स की पंखिया पर कोरी ठिलिया का पानी छिड़क लेते। उसे झलते-झलते जब नींद का झोंका आता तो ''ख़सख़ाना-ओ-बर्फ़ाब की ख़्वाबनाक ख़ुन्कियों'' में उतरते चले जाते।

उर्दू टीचर के कर्मक्षेत्र से बाहर के दायित्व

अगले दिन बिलकुल तड़के बिशारत अपनी ड्यूटी पर उपस्थित हो गये। मौलवी मुज़फ़्फ़र ने उनसे ड्यूटी ज्वाइन करने की लिखित रिपोर्ट ली कि ''आज सुब्ह सेवक ने नियमानुसार चार्ज संभाल लिया।'' चार्ज बहुत धोके में डालने वाला शब्द है वरना सच्चाई केवल इतनी थी कि जो वस्तुएं चार्ज में दी गयी थीं वो बिना चार्ज के भी कुछ ऐसी असुरक्षित न थीं।

खादी का डस्टर—डेढ़, हाथ का पंखा—एक, रजिस्टर उपस्थिति एक, मिट्टी की दवात-दो। मौलवी मुज़फ़्फ़र ने ब्लैक बोर्ड का डस्टर उन्हें सौंपते हुए चेतावनी दी कि देखा गया है मास्टर साहिबान चॉक के मुआमले में बहुत फ़ुज़ूलख़र्ची करते हैं। इसलिए स्कूल की कमेटी ने यह फ़ैसला किया है कि आइन्दा मास्टर साहिबान चॉक स्वयं ख़रीद कर लायेंगे। खजूर के पंखे के बारे में भी उन्होंने सूचना दी कि गर्मियों में एक ही उपलब्ध कराया जायेगा। मास्टर बिलकुल लापरवाह साबित हुए हैं। दो ही हफ़्तों में सारी बुनाई उधड़ कर झंतूरे निकल आते हैं और अक्सर मास्टर साहिबान छुट्टी के दिन स्कूल का पंखा घर में इस्तेमाल करते हुए देखे गये हैं। कई तो इतने आरामतलब और काहिल हैं कि उसी की डंडी से लौडों को मारते हैं, हालांकि दो क़दम पर नीम का पेड़ बेकार खड़ा है। हां! मौलवी मुज़फ़्फ़र ने एक होल्डर (लकड़ी का निब वाला क़लम) भी उनके चार्ज में दिया जो उनके पूर्ववर्तियों ने दातुन की तरह इस्तेमाल किया था। इसका आधे से अधिक हिस्सा चिन्तन-मनन के समय लगातार दांतों में दबे रहने के कारण झड़ गया था। बिशारत को इस ग़लत इस्तेमाल पर बहुत क्रोध आया कि वो अब इससे नाड़ा नहीं डाल सकते थे।

चार्ज पूरा होने के बाद बिशारत ने कोर्स की किताबें मांगीं तो मौलवी मुज़फ़्फ़र ने सूचना दी कि स्कूल कमेटी के रिज़ोल्यूशन नं.-5 तारीख़ 3 फ़रवरी 1935 के अनुसार मास्टर को कोर्स की किताबें अपनी जेब से ख़रीद कर लानी होंगी। बिशारत ने जल कर पूछा, ''सब यानी कि पहली क्लास से लेकर आठवीं तक?'' बोले, ''तो क्या आपका विचार है, आप पहली क्लास की बाराखड़ी से आठवीं की परीक्षा दिलवा देंगे।''

मौलवी मुज़फ़्फ़र ने चलते-चलते यह भी सूचना दी कि स्कूल कमेटी अनावश्यक व्यय कम करने की सोच से ड्रिल मास्टर की पोस्ट समाप्त कर रही है। ख़ाली घंटों में आप पड़े-पड़े क्या करेंगे? स्टाफ़-रूम ठाली मास्टरों के ऐंडने और लोटें लगाने के लिये नहीं है। ख़ाली घंटों में ड्रिल करा दिया कीजिये। (पेट की तरफ़ इशारा करके) बादी भी छंट जायेगी। जवान आदमी को चाक-चौबंद रहना चाहिए। बिशारत ने विनम्र अस्वीकार से काम लेते हुए कहा, ''मुझे ड्रिल नहीं आती।'' बहुत मीठे और धीमे लहज़े में उत्तर मिला, ''कोई बात नहीं, कोई भी मां के पेट से ड्रिल करता हुआ तो पैदा नहीं होता। किसी भी लड़के से कहियेगा, सिखा देगा। आप तो माशाअल्लाह बुद्धिमान व्यक्ति हैं। बहुत जल्द सीख जायेंगे। आप तो टीपू सुल्तान और स्पेन के जीतने वाले तारिक़ का नाम लेते हैं।''

बिशारत बड़ी मेहनत और लगन से उर्दू पढ़ा रहे थे कि दो ढाई हफ़्ते बाद मौलवी मुज़फ़्फ़र ने अपने कार्यालय में बुलाया और कहा कि आप तो मुसलमान के बेटे हैं जैसा कि आपने प्रार्थना पत्र में लिखा था। अब जल्दी से जनाज़े की नमाज़ पढ़ाना और नियाज़ देना सीख लीजिये। समय-असमय आवश्यकता पड़ती रहती है। नमाज़े-जनाज़ा तो कोर्स में भी है। हमारे समय में तो स्कूल में शवस्नान भी कम्पलसरी था। धार्मिक विषय के टीचर की बीवी पर बाराबंकी में प्रेत दोबारा सवार हो गया है। रातों को चारपाई उलट देता है। उसे उतारने जा रहा है। पिछले साल एक पड़ौसी का जबड़ा और दो दांत तोड़ कर आया था। उसकी जगह आपको काम करना होगा। ज़ाहिर है! उस हरामख़ोर के बदले काम करने के लिये आकाश से देवदूत तो आने से रहे।

तीन-चार दिन का भुलावा देकर मौलवी मुज़फ़्फ़र ने पूछा, ''बेटे आप इतवार को क्या करते रहते हैं?'' बिशारत ने जवाब दिया, ''कुछ नहीं।'' फ़रमाया, ''तो यूं कहिये! केवल सांस लेते रहते हैं। यह तो बड़ी बुरी बात है। सर मुहम्मद इक़बाल ने कहा है कि, 'कभी ऐ नौजवां मुस्लिम तदब्बुर भी किया तूने।' जवान आदमी को इस तरह हाथ पर हाथ धरे बेकार नहीं बैठना चाहिए। शुक्रवार को स्कूल की छुट्टी जल्दी हो जाती है। नमाज़ के बाद यतीमख़ाने की चिट्ठी-पत्री देख लीजिये। आप तो घर के आदमी हैं आप से क्या परदा। आपका वेतन दरअस्ल यतीमख़ाने के चंदे से ही दिया जाता है। तीन महीने से रुका हुआ है। मेरे पास अलाहदीन का चराग़ तो है नहीं। दरअस्ल यतीमों पर इतना ख़र्च नहीं आता, जितना आप लोगों पर। इतवार को यतीमख़ाने के चंदे के लिये अपनी साइकिल लेकर निकल जाया कीजिये। पुण्य कार्य भी है और आपको बेकारी की लानत से भी छुटकारा मिल जायेगा, सो अलग। आस-पास के देहात में अल्लाह के करम से मुसलमानों के पर्याप्त घर हैं। तलाश करने से ख़ुदा मिल जाता है। चंदा देने वाले किस खेत की मूली हैं।''

बिशारत अभी सोच ही रहे थे कि चंदा देनेवाले को कैसे पहचानें और ढूंढेंगे कि इतने में सर पर दूसरा बम गिरा। मौलवी मुज़फ़्फ़र ने कहा कि चंदे के अलावा आस-पास के देहात से सही यतीम भी तलाश कर लाने होंगे।

आइडियल यतीम का हुलिया

यतीम जमा करना बिशारत को चंदा जमा करने से भी कठिन मालूम पड़ा। इसलिए कि मौली मज्जन ने यह पख़ लगा दी कि यतीम स्वस्थ और मुस्टण्डे न हों। सूरत से भी दीन, दरिद्र मालूम होने चाहिए। लम्बे-चौड़े न हों। न इतने छोटे टुइयां कि चोंच में चुग्गा देना पड़े। न इतने ढऊ के ढऊ और पेटू कि रोटियों की थई-की-थई थूर जायें और डकार तक न लें। पर ऐसे गुलबदन भी नहीं कि गाल पर एक मच्छर का साया पड़ जाये तो शहजादा गुलफ़ाम को मलेरिया हो जाये। फिर बुख़ार में दूध पिलाओ तो एक ही सांस में बाल्टी की बाल्टी ढकोस जायें। बाजा-बाजा लौंडा टख़ने तक पोला होता है। लड़के बाहर से कमज़ोर मगर अन्दर में बिलकुल तन्दुरुस्त होने चाहिए। न ऐसे नाजुक कि पानी भरने कुएं पर भेजो तो डोल के साथ स्वयं भी खिंचे कुएं के अन्दर चले जा रहे हैं। भरा घड़ा सर पे रखते ही कत्थकों-नचनियों की तरह कमर लचका रहे हैं। रोज़ एक घड़ा तोड़ रहे हैं। जब देखो हराम की औलाद सुबूत में टूटे घड़े का मुंह लिये चले आ रहे हैं। अबे मुझे क्या दिखा रहा है! ये हंसली अपनी मय्या-बहना को पहना। छोटे क़द और बीच की उम्र के हों। इतने बड़े और ढीठ न हों कि थप्पड़ मारो तो घंटे भर तक हाथ झनझनाता रहे और उन हरामियों का बाल भी बांका न हो। जाड़े में अधिक जाड़ा न लगता हो। यह नहीं कि थोड़ी-सी सर्दी बढ़ जाये तो सारे क़स्बे में कांपते, कंपकंपाते, दांत किटकिटाते फिर रहे हैं और यतीमख़ाने को मुफ़्त में बदनाम कर रहे हैं। यह अवश्य सुनिश्चित कर लें कि रात को बिस्तर में पेशाब न करते हों। ख़ानदान में ऐब और सर में लीखें न हों। उठान के बारे में मौली मज्जन ने स्पष्ट किया कि इतनी संतुलित बल्कि हल्की हो कि हर साल जूते और कपड़े तंग न हों। अंधे, काने, लूले, लंगड़े, गूंगे, बहरे न हों मगर लगते हों। लौंडे सुन्दर बिलकुल न हों। मुंह पर मुंहासे और नाक लम्बी न हो। ऐसे लौंडे आगे चलकर लूती (जनख़े, gay) निकलते हैं। वो आइडियल यतीम का हुलिया बयान करने लगे तो बार-बार बिशारत की तरफ़ इस तरह देखते थे कि जैसे आर्टिस्ट पोर्ट्रेट बनाते समय मॉडल का चेहरा देख-देख कर आउट लाइन उभारता है। वो बोलते रहे मगर बिशारत का ध्यान कहीं और था। उनके जह्न में एक-से-एक मनहूस तस्वीरें उभर रही थीं, जिसमें वो स्वयं को किसी तरह फ़िट नहीं कर पा रहे थे।

मसनवी मौलाना रूम और यतीमख़ाने का बैंड

पहला दृश्य : ट्रेन का गार्ड हरी झंडी हाथ में लिये सीटी बजा रहा है। छह-सात लड़के लपक कर चलती ट्रेन के थर्ड क्लास कम्पार्टमेंट में चढ़ते हैं। जिससे अभी-अभी एक सुर्मा और शिलाजीत बेचने वाला उतरा है। सब नेकर पहने हुए हैं। केवल एक लड़के की क़मीज़ के बटन सलामत हैं, लेकिन आपस की लड़ाई में दुश्मन उसकी दाहिनी आस्तीन जड़ से नोच ले गया। किसी के पैर में जूता नहीं, लेकिन टोपी सब पहने हुए हैं। एक लड़के के

हाथ में बड़ा-सा फ्रेम है। जिसमें ज़िले के एक गुमनाम लीडर का सर्टिफ़िकेट जड़ा हुआ है। कम्पार्टमेंट में घुसते ही लड़कों ने कोहिनियों और धक्कों से अपनी जगह बना ली। जैसे ही ट्रेन सिगनल से आगे निकली, सबसे बड़े लड़के ने रेज़गारी से भरा हुआ टीन का गोलक झुनझुने की तरह बजाना शुरू किया। डिब्बे में चुप्पी छा गयी। मांओं की गोद में रोते हुए बच्चे सहम कर दूध पीने लगे और दूध पीते हुए बच्चे दूध छोड़कर रोने लगे। मर्दों ने सामने बैठी औरतों को घूरना और उनके मियां ने ऊंघना छोड़ दिया। जब सब यात्री अपना-अपना काम रोक कर लड़के की तरफ़ देखने लगे तो उसने अपना गोलक-राज बन्द किया। उसके साथियों ने अपने मुंह आसमान की ओर कर लिये और आसमानी शक्तियों से सीधा संबंध बना लेने के सुबूत में सबने एक साथ आंखों की पुतलियां इतनी ऊपर चढ़ा लीं कि केवल सफ़ेदी दिखायी देने लगी। फिर सब मिलकर इन्तहाई मनहूस लय में कोरस गाने लगे—

हमारी भी फ़रियाद सुन लीजिये
हमारे भी इक रोज़ मां-बाप थे

थर्ड क्लास के डिब्बे में यतीम-ख़ाने के जो लड़के घुसे, उन सबकी आवाज़ें फट कर कभी की बालिग़ हो चुकी थीं। केवल एक लड़के का कंठ नहीं फूटा था। यही लड़का चील जैसी आवाज़ में कोरस को लीड कर रहा था। उस ज़माने में पेशावर से ट्रावनकोर और कलकत्ते से कराची तक रेल में सफ़र करने वाला कोई यात्री न होगा जो इस मनहूसियत से भरे गाने और इसकी घर बर्बाद कर देने वाली लय से अपरिचित हो। जब से उपमहाद्वीप में रेल और यतीमख़ाने आये हैं, यही एक धुन चल रही है। इसी तरह महाद्वीप के तीनों भाग हिन्दुस्तान, पाकिस्तान, बंगलादेश में आदमियों से बेज़ार कोई शख़्स मसनवी मौलाना रूम की ऐसी वाहियात मौलवियाना धुन कम्पोज़ करके गया है कि पांच सौ साल से ऊपर गुज़र गये, इसमें कोई परिवर्तन नहीं हुआ। शे'र को इस तरह नाक से गा कर केवल वही मौलवी पढ़ सकता है जो गाने को वाक़ई हराम समझकर गाता हो। किसी व्यक्ति को गाने, सूफ़िज़्म, फ़ारसी और मौलवी चारों से एक ही समय में घृणा करानी हो तो मसनवी के दो शे'र इसी धुन में गंवा दीजिये। ''सुना दीजिये'' हमने इसलिए नहीं कहा कि ये लय केवल ऐसे शख़्स के गले से निकल सकती है, जिसने जीवन में किसी ईरानी को फ़ारसी बोलते न सुना हो और जिसके गले से मुफ़्त की मुर्ग़ी के अलावा कोई चीज़ न उतरी हो।

दूसरा दृश्य : यतीमख़ाने का बैंड बज रहा है। आगे-आगे सर को दायें बायें झुलाता बैंड मास्टर चल रहा है। जिस तरह पहलवान, फ़ौज के जवान और कुछ लड़कियां सीना निकाल कर चलती हैं, उसी तरह ये पेट निकाल कर चल रहा है। कुछ लड़कों के हाथों में पीतल के भौंपूनुमा बाजे हैं। जो जलेबी और 'angry young man' की तरह बल खाके अंत में बड़ी आंत की शक्ल में समाप्त होते हैं। यूं तो इन बाजों की टोंटी लड़कों ने अपने होंठों से लगा रखी है, लेकिन उन्हें फूंकने, धौंकने का ग़रीबों में दम कहां। परिणामत: अधिकतर समय ढोल और बांसुरी ही बजती रहती है। कई बार बांसुरी की भी सांस उखड़ जाती है और अकेला ढोल सारे ऑरकेस्ट्रा के कर्तव्य पूरे करता है। मिर्ज़ा कहते हैं कि ऐसा बैंड-बाजा तो ख़ुदा दुश्मन की शादी में भी न बजवाये। बैंड की उजाड़-धुन भी सारे उपमहाद्वीप में एक

ही थी, लेकिन हिन्दुओं और मुसलमानों के बैंड में कुछ दिलचस्प अन्तर थे। उदाहरण के लिये मुसलमान आमतौर पर मंजीरे नहीं बजाते थे और हिन्दुओं के अनाथ-आश्रम के बैंड में ढोल बजाने वाला इतनी मस्ती से घूम-घूम के ढोल नहीं पीटता था कि तुर्की टोपी का फुंदना हर चोट पर 360° का चक्कर लगाये। हिन्दू अनाथ लड़के फुंदने के बजाय अपनी अस्ली चोटियां इस्तेमाल करते थे। दूसरे, हिन्दुओं में ये बैंड केवल अनाथ-आश्रम के यतीम बजाते थे। मुसलमानों में यतीम होने की शर्त नहीं थी। चुनांचे कराची के कई स्कूलों में हमने स्कूल बैंड को स्पोर्ट्स डे पर marching songs भी उसी धुन पर बजाते सुना है।

हमारे भी इक रोज़ मां-बाप थे
हमारे भी इक रोज़ मां-बाप थे

'कुछ इलाज इसका ''शहंशाहे-ग़ज़ल'' है कि नहीं?' इस लाइन (हमारे भी इक रोज़ मां-बाप थे) की ख़ूबी ये है कि इसके सात शब्द चार टुकड़ों पर आधारित हैं और ये चारों ही कुंजी (चाबी) की हैसियत रखते हैं। हमारे भी/इक रोज़/ मां-बाप/थे। आप किसी भी टुकड़े पर ज़ोर देकर पढ़ें, बेकसी और मनहूसियत की नयी पर्त उभरेगी। हद ये कि ''थे'' भी पूरी लाइन के अर्थ, दिशा, लहज़ा बदल के रख देगा। थे, ए, ए, ए! ऐसे चौमुखे मिसरे बड़े-बड़े शायरों को नसीब नहीं होते। अलबत्ता मेहंदी हसन अपनी गायकी से शे'र के जिस शब्द को चाहें केन्द्रीय बना देते हैं। इनमें जहां एक हज़ार ख़ूबियां हैं वहां एक बुरी ये पड़ गयी है कि अक्सर अपनी शायरी की समझ का सुबूत देने के लिये शे'र का कोई-सा लफ़्ज़, जिस पर उन्हें केन्द्रीय स्थिति होने का शक हो जाये, पकड़ के बैठ जाते हैं। अलाप रोक के श्रोताओं को नोटिस देते हैं कि अब थोड़ा जिगर थाम के बैठो। शब्दार्थ के ख़ज़ाने का तिलिस्म दिखाता हूं। फिर आधे घंटे तक उस शब्द को भंभोड़ते हैं। उसे तरह-तरह से पटख़ियां देकर साबित करते हैं कि सारा अर्थ इस एक शब्द में बन्द है। शेष सारे शब्द केवल तबला बजाने के लिये हैं, यानी केवल शे'र का वज़्न पूरा करने और ठेका लगाने के लिये। उद्देश्य ये जताना होता है कि मैं शे'र समझ कर ही नहीं, समझा-समझा कर गा रहा हूं। उनकी देखा-देखी औरों ने स्वयं समझे बग़ैर ही समझा-समझा कर गाना शुरू कर दिया है।

होता ये है कि मेहंदी हसन कभी इस शब्द को खदेड़ते हुए राग और ग़ज़ल की no-man's land में छोड़ आते हैं और कभी 'कबड्डी-कबड्डी' कहते हुए उसे अपने पाले में ले आते हैं। फिर फ्री स्टाइल में उसके विभिन्न हिस्सों को अपनी ताक़त और श्रोताओं की बर्दाश्त की हद तक तोड़ते, मरोड़ते और खींचते हैं। वो बेदम होके सांस छोड़ दे तो उसे फफेड़ने लगते हैं। अभी, लम्बी सी गिटकरी के बाद, अजीब सा मुंह बनाये, उसे पपोल-पपोल के ये देख रहे थे और अपने ही मज़े से आंखें बन्द किये हुए थे। थोड़ी सी देर में उसकी हड्डी तक चिंचोड़ के तबलिये के सामने फेंक दी कि उस्ताद! आओ अब कुछ देर जुगलबन्दी हो जाये। कभी सीधे-साधे राग के अंग जी भर के झिंझोड़ने के बाद उसकी छाती पे अपने कढ़े हुए रेशमी कुर्ते, ज़री की वास्कट और हार्मोनियम समेत चढ़ जाते हैं। वो उठने की कोशिश करता है तो चूम-चाट के वापस लिटा देते हैं।

चिमटे रहो सीने से अभी रात पड़ी है

और फिर वो दुर्लभ क्षण भी आता है जब ये राग भोगी उनके मुंह में अपनी ज़बान इस तरह रख देता है कि रागिनी चीख़ उठती है।

तुम अपनी ज़बां मेरे मुंह में रखे
जैसे पाताल से मेरी जां खींचते हो

अंत में, घंटों रगेदने के बाद उसे थप्पड़ मार के छोड़ देते हैं कि "जा अबके छोड़ दिया, आइंदा यारों के सामने इस तरह न आइयो।"

'जिसको हो दीनो-दिल अज़ीज़ मेरे गले में आये क्यों?'

अच्छा! आप उस लिहाज़ से कह रहे हैं

बिशारत की नियुक्ति तो उर्दू पढ़ाने के लिये हुई थी, मगर टीचरों की कमी के कारण उन्हें सभी विषय पढ़ाने पड़ते थे, सिवाय धार्मिक विषय के। जामा मस्जिद धीरजगंज के पेश-इमाम ने यह फ़त्वा दिया था कि जिस शख़्स के घर में कुत्ता हो वो धर्मशास्त्र पढ़ाये तो पढ़नेवालों को आवश्यक रूप से स्नान करना पड़ेगा। बिशारत की ज्योमेट्री, गणित और अंग्रेज़ी बहुत कमज़ोर थी, लेकिन वो इस हैंडीकैप से थोड़ा भी जो परेशान हुए हों। पढ़ाने के गुर उन्होंने मास्टर फ़ाख़िर हुसैन से सीखे थे। मास्टर फ़ाख़िर हुसैन का विषय तो इतिहास था लेकिन अक्सर उन्हें मास्टर मेंडीलाल की इंग्लिश की क्लास भी लेनी पड़ती थी। मास्टर मेंडीलाल का गुर्दा और ग्रामर दोनों जवाब दे चुके थे। अक्सर देखा गया था कि जिस दिन नवीं-दसवीं की ग्रामर की क्लास होती वो घर बैठ जाता। उसके गुर्दे में ग्रामर का दर्द उठता था। सब टीचर अपने विषय के अतिरिक्त दूसरा विषय पढ़ाने में कचियाते थे। मास्टर फ़ाख़िर हुसैन अकेले शिक्षक थे जो हर विषय पढ़ाने के लिये हर समय तैयार रहते। हालांकि उन्होंने बी.ए. वाया भटिंडा किया था। मतलब ये कि पहले मुंशी फ़ाज़िल किया था। इंग्लिश ग्रामर उन्हें बिलकुल नहीं आती थी। वो चाहते तो अंग्रेज़ी ग्रामर का घंटा हँस बोल कर या नसीहत देने में गुज़ार सकते थे लेकिन उनकी अन्तरात्मा समय ऐसे नष्ट करने के कामों की अनुमति नहीं देती थी। दूसरे मास्टरों की तरह वो लड़कों को व्यस्त रखने के लिये इमला भी लिखवा सकते थे, मगर वो इस बहाने को अपनी विद्वता का अपमान समझते थे। इसलिए जिस भारी पत्थर को सब चूम कर छोड़ देते, वो उसे अपने गले में बांध कर ज्ञान के समुद्र में कूद पड़ते। पहले ग्रामर की अहमीयत पर लैक्चर देते हुए यह बुनियादी नुक्ता बयान करते कि जैसे हमारी गायकी की नींव तबले पर है, बातचीत की नींव गाली पर रखी है। इसी तरह अंग्रेज़ी की नींव ग्रामर पर रखी है। अगर कमाल हासिल करना है तो नींव मज़बूत करो। मास्टर फ़ाख़िर हुसैन की अपनी अंग्रेज़ी, इमारत निर्माण का अद्‌भुत नमूना और संसार के सात आश्चर्यों में से एक थी। मतलब यह कि बिना नींव के थी। कई जगह तो छत भी नहीं थी और जहां थी, उसे चमगादड़ की तरह अपने पैरों की अड़वाड़ से थाम रखा था। उस काल में अंग्रेज़ी भी उर्दू में ही पढ़ायी जाती थी, इसलिए कुछ गिरती हुई दीवारों को उर्दू शे'रों के पुश्ते थामे हुए थे। बहुत ही मंझे हुए और घिसे हुए मास्टर थे। कड़े-से-कड़े समय में आसानी से निकल जाते थे। मिसाल के तौर पर Parsing करवा रहे हैं। अपनी समझ में बिलकुल सरल प्रश्न से शुरुआत करते।"

ब्लैक बोर्ड पर 'टू गो' लिखते और लड़कों से पूछते, "अच्छा बताओ यह क्या है?" एक लड़का हाथ उठा कर जवाब देता, "simple infinite!" स्वीकार में गर्दन हिलाते हुए कहते, "बिलकुल ठीक," लेकिन देखते कि दूसरा उठा हुआ हाथ अभी नहीं गिरा। उससे पूछते, "आपको क्या तकलीफ़ है?" वो कहता, "नहीं सर! noun infinite है।" फ़र्माते, "अच्छा आप उस दृष्टि से कह रहे हैं।" अब क्या देखते हैं कि क्लास का सबसे योग्य लड़का अभी तक हाथ उठाये हुए है। उससे कहते, "आपका सिगनल अभी तक डाउन नहीं हुआ। कहिये! कहिये!" वो कहता, "ये gerundial infinite है, जो reflexive verb से अलग होता है। नेस्फ़ील्ड ग्रामर में लिखा है।" इस मौक़े पर मास्टर फ़ाख़िर हुसैन को पता चल जाता कि 'गहरे समन्दरों में सफ़र कर रहे हैं हम।' लेकिन बहुत सहज और ज्ञानपूर्ण अन्दाज़ में कहते, "अच्छा तो आप गोया इस दृष्टि से कह रहे हैं।" इतने में नज़र उस लड़के के उठे हुए हाथ पर पड़ी जो एक कॉन्वेन्ट से आया था और फ़र-फ़र अंग्रेज़ी बोलता था। उससे पूछा, "वैल! वैल! वैल!" उसने जवाब दिया, "Sir I am afraid, this is an intransitive verb" फ़र्माया, "अच्छा! तो गोया आप उस दृष्टि से कह रहे हैं" फिर I am afraid के मुहावरे से अपरिचित होने के कारण बहुत प्यार भरे अंदाज़ में पूछा, "बेटे! इसमें डरने की क्या बात है?"

अक्सर बताते कि इंसान को ज्ञान की खोजबीन का दरवाज़ा हमेशा खुला रखना चाहिए। स्वयं उन्होंने सारी उम्र बारहदरी में गुज़ारी। अब ऐसे टीचर कहां जिनके अज्ञान पर भी प्यार आये।

सय्यद सय्यद लोग कहे हैं, सय्यद क्या तुम-सा होगा

अब इस रेखाचित्र में ज़लील होने के अलग-अलग शेड भरना हम आपकी विचार क्षमता पर छोड़ देते हैं। इन हालात में जैसा समय बीत सकता था, बीत रहा था। दिसम्बर में स्कूल का वार्षिक कार्यक्रम होने वाला था। जिसकी तैयारियां इतनी ज़ोर-शोर से हो रही थीं कि मौली मज्जन को इतनी फ़ुरसत भी न थी कि मास्टरों को वेतन देना तो दूर, इस विषय पर झूठ भी बोल सकें। दिसम्बर का महीना सालाना वार्षिक कार्यक्रमों, मुर्ग़ाबी के शिकार, बड़े दिन पर साहब लोगों को डालियां भेजने, पतंग उड़ाने, कुश्ते (देसी वियाग्रा) खाने और उनके परिणामों से मायूस होने का ज़माना होता था। 30 नवम्बर को मौली मज्जन ने बिशारत को बुलवाया तो वो यह समझे कि शायद निजी रूप से एकान्त में वेतन देंगे ताकि और टीचरों को कानों-कान ख़बर न हो। मगर वो छूटते ही बोले, "आप अपने शे'रों में पराई बहू-बेटियों के बारे में अपनी इच्छाओं का बयान करने के बजाय सामाजिक भावनायें क्यों नहीं उभारते। अपने मौलाना हाली पानीपती ने क्या कहा है ऐसी शायरी के बारे में? (चुटकी बजाते हुए) क्या है वो शे'र? अमां! वही संडास वाली बात।" बिशारत ने मरी-मरी आवाज़ में शे'र पढ़ा—

वो शे'र और क़साइद का नापाक दफ़्तर
उफ़ूनत में संडास है जिससे बेहतर

उनकी बीवी और मौलाना हाली की साझी ग़लतियां

शे'र सुनकर फ़र्माया, ''आपके हाथों में अल्लाह ने शे'र गढ़ने की कला दी है। इसे काम में लाइये। वार्षिक कार्यक्रम में यतीमों पर एक ज़ोरदार नज़्म लिखिये। मुस्लिम क़ौम में चेतना के अभाव, साइंस पर मुसलमानों के उपकार, सर सय्यद की क़ुरबानियां, अंग्रेज़ी-साम्राज्य में अम्न-चैन का दौर-दौरा, चंदे की अहमीयत, तारिक़ द्वारा स्पेन की विजय और तहसीलदार साहब की क्षमता और अनुभव का ज़िक्र होना चाहिए। पहले मुझे सुना दीजियेगा। समय बहुत कम है।''

बिशारत ने कहा, ''क्षमा कीजियेगा, मैं ग़ज़ल का शायर हूं। ग़ज़ल में ये विषय नहीं बांधे जा सकते।''

क्रोधित होकर बोले, ''क्षमा कीजियेगा, क्या ग़ज़ल में केवल पराई बहू-बेटियां बांधी जा सकती हैं? तो फिर सुनिये, पिछले साल जो उर्दू टीचर था वो डिसमिस इसी बात पर हुआ था। वो भी आपकी तरह शायरी करता था। मैंने कहा, 'इनआम बांटने के कार्यक्रम में बड़े-बड़े लोग आयेंगे। हर दानदाता और बड़े आदमी के आने पर पांच मिनट तक यतीमख़ाने का बैंड बजेगा। यतीमों की बुरी हालत और यतीमख़ाने के लाभ और सेवा पर एक फड़कती हुई चीज़ हो जाये। तुम्हारी आवाज़ अच्छी है, गा कर पढ़ना।' ऐन कार्यक्रम वाले दिन भिनभिनाता हुआ आया। कहने लगा, 'बहुत सर मारा, पर बात नहीं बनी। इन दिनों तबियत हाज़िर नहीं है।' मैंने कहा, 'अमां हद हो गयी। अब क्या हर चपड़क़नात कर्मचारी की तबियत के लिये एक अलग रजिस्टर हाज़िरी रखना पड़ेगा।' कहने लगा, 'बहुत शर्मिन्दा हूं। एक-दूसरे शायर की नज़्म, मौक़े के हिसाब से गा कर पढ़ दूंगा।' मैंने कहा, 'चलो कोई बात नहीं, वो भी चलेगी।' बाप रे बाप! उसने तो हद ही कर दी। भरे जलसे में मौलाना हाली पानीपती की मुनाजाते-बेवा (विधवा की ईश्वर से प्रार्थना) के बन्द पढ़ डाले। डाइस पर मेरे पास ही खड़ा था। मैंने आंख से, कुहनी के टहूके से, खंखार के, बहुतेरे इशारे किये कि अल्लाह के बंदे! अब तो बस कर। हद ये कि मैंने दायें कूल्हे पर चुटकी काटी। वो बायां भी मेरी तरफ़ करके खड़ा हो गया। स्कूल की बड़ी भद पिटी। सब मुंह पर रूमाल रखे हँसते रहे मगर वो आसमान की तरफ़ मुंह किये रांड-बेवाओं की जान को रोता रहा। एक मीरासी, जिसके ज़रिये मैंने कार्ड बंटवाये थे, ने मुझे बताया कि इस निर्लज्ज ने दो-तीन सुर मालकोंस के भी लगा दिये। लोगों ने दिल-ही-दिल में कहा होगा कि मैं शायद मौलाना हाली की आड़ में विधवा आश्रम खोलने की भूमिका बना रहा हूं। बाद को मैंने आड़े हाथों लिया तो कहने लगा, 'सबकी किताबें खंगाल डालीं। यतीम पर कोई नज़्म नहीं मिली। सितम ये है कि मीर तक़ी मीर, जो स्वयं बचपने में यतीम हो गये थे, ने मोहनी नाम की बिल्ली और कुतिया पर तो प्रशंसा में काव्य लिखे पर मासूम यतीमों पर फूटे मुंह से एक लाइन न कह के दी। इसी तरह मिर्ज़ा ग़ालिब ने सेहरे के लिये, प्रशंसा में क़सीदे लिखे। बेसनी रोटी, डोमनी की तारीफ़ में शे'र कहे, दो कौड़ी की छाली को सरे-पिस्ताने-परीज़ाद (परी के स्तन का अगला भाग) से भिड़ा दिया मगर यतीमों के बारे में एक शे'र भी नहीं कहा। अब हर

किताब से मायूस हो गया तो मुझे एकदम ध्यान आया कि यतीमों और विधवाओं का चोली-दामन का साथ है। विषय एक और दुख साझा, सो सेवक ने मुनाजाते-बेवा पढ़ दी। महान रचना है। तीन साल से आठवीं के इम्तहान में इस पर बराबर सवाल आ रहे हैं।' चुनांचे मैंने भी सेवक को उसकी महान रचना और चोली-दामन समेत खड़े-खड़े डिसमिस कर दिया। कुछ दिन बाद उस हरामख़ोर ने मेरे ख़िलाफ़ इंस्पेक्टर ऑफ़ स्कूल से शिकायत की। उसमें ये भी लिक्खा कि 'मैंने अपने नहाने के लिये पांच बार बाल्टी में पानी मंगवाया।' सरासर झूठ बोला, मैंने पन्द्रह-बीस बार मंगवाया था। घड़े में भर के छलकाता लाया था।''

मौलवी मुज़फ़्फ़र की बुराइयां बिलकुल स्पष्ट और अच्छाइयां आंखों से छुपी हुई थीं। वो बिशारत के अनुमान और आशंका से अधिक बुद्धिमान और काइयां निकले। ऐसे ठूंठ बौड़म नहीं थे, जैसा दुश्मनों ने मशहूर कर रखा था। रहन-सहन में एक सादगी और सादगी में एक टेढ़। कानों और ज़बान के कच्चे, मगर धुन के पक्के थे। उन्हीं का हौसला था कि बारह साल से बग़ैर साधन के लश्तम-पश्तम स्कूल चला रहे थे। उसे चलाने के लिये उनकी निगाह में हर क़िस्म की धांधली उचित थी। स्कूल की हालत ख़राब बतायी जाती थी। आये दिन मास्टरों से दर्द भरी अपील की जाती थी कि आप दिल खोल कर चंदा और दान दें। पांच-छः महीने की नौकरी के दौरान उन्हें कुल साठ रुपये मिले थे। जो स्कूल एकाउंट की किताबों में ऋण के तौर पर दिखाये गये थे। अब उन्हें वेतन का तक़ाज़ा करते हुए भी डर लगता था कि ऋण बढ़ता जा रहा था। इधर न मिले वेतन की राशि बढ़ती जाती, उधर मौली मज्जन का लहजा रेशम और बातें लच्छेदार होती जातीं। बिशारत ने एक दिन दबे शब्दों में तक़ाजा किया तो कहने लगे, ''बेटे! मैं तुम्हारे बाप की तरह हूं मेरी समझ में नहीं आता तुम इस अकेली देह में इतने रुपयों का क्या करोगे? छड़े-छटांक आदमी हो। अकेले घर में बेतहाशा नक़दी रखना जोखिम का काम है। रात को तुम्हारी तरफ़ से मुझे डर ही लगा रहता है। सुल्ताना डाकू ने तबाही मचा रखी है।'' बहरहाल इस तक़ाजे का इतना असर ज़रूर हुआ कि दूसरे दिन से उन्होंने उनके घर एक मटकी छाछ की भेजनी शुरू कर दी।

तहसीलदार ने कभी रुपये-पैसे से तो कोई बर्ताव नहीं किया। कभी-कभार एक-दो गड्डी पालक या चने का साग, कभी हिरन की टांग, कभी एक घड़ा गन्ने का रस या दो-चार भेलियां गुड़ की साथ कर देता। ईद पर एक हांडी सन्डीले के लड्डुओं की और बक़र-ईद पर एक नर बकरे का सर भी दिया। उतरती गर्मियों में चार तरबूज फटी बोरी में डलवा कर साथ कर दिये, जो हर क़दम पर निकल-निकल पड़ते थे। एक को पकड़ते तो दूसरा लुढ़क कर किसी और राह पर बदचलन हो जाता। जब बारी-बारी सब तड़ख़ गये तो आधे रास्ते में ही बोरी एक प्याऊ के पास पटक कर चले आये। उनके बहते रस को एक प्यासा सांड, जो पंडित जुगल किशोर ने अपने पिताजी की याद में छोड़ा था, तब तक चाव और तल्लीनता से चाटता रहा जब तक एक अल्हड़ बछिया ने उसका ध्यान उत्तम से सर्वोत्तम की ओर भटका न दिया।

जनवरी की बारिश में उनके ख़स की टट्टियों के मकान का छप्पर टपकने लगा तो तहसीलदार ने दो गाड़ी पूले मुफ़्त डलवा दिये और चार छप्पर बांधने वाले बेगार में पकड़ कर लगवा दिये। क़स्बे के तमाम छप्पर बारिश, धूप और धुएं से काले पड़ गये थे, अब केवल उनका छप्पर सुनहरा था। बारिश के बाद चमकीली धूप निकलती तो उस पर किरन-किरन अशर्फ़ियों की बौछार होने लगती। इसके अलावा तहसीलदार ने लिहाफ़ के लिये बारीक धुनकी हुई रुई की एक बोरी और मुर्ग़ाबी के परों का एक तकिया भी भेजा, जिसके ग़िलाफ़ पर नाज़ो ने एक गुलाब का फूल काढ़ा था। (बिशारत इस तकिये पर उल्टे यानी पेट के बल सोते थे...फूल पर नाक और होंठ रख कर)

लॉर्ड वेलेज़ली

बिशारत ने एक बार यह शिकायत की कि मुझे रोज़ाना धूप में तीन कि.मी. पैदल चल कर आना पड़ता है तो तहसीलदार ने उसी समय एक ख़च्चर उनकी सवारी में लगाने का हुक्म दे दिया। ये अड़ियल ख़च्चर उसने नीलामी में आर्मी ट्रांसपोर्ट से ख़रीदा था। अब बुढ़ापे में केवल इस लायक़ रह गया था कि उद्दण्ड जाटों, बेगार से बचने वाले चमारों तथा लगान और मुफ़्त दूध न देने वाले किसानों का मुंह काला करके इस पर क़स्बे में गश्त लगवायी जाती थी। पीछे ढोल, ताशे और मंजीरे बजवाये जाते ताकि ख़च्चर बिदकता रहे। इस पर से गिर कर एक घसियारे की रीढ़ की हड्डी टूट गयी, जिसने मुफ़्त में घास देने से आनाकानी की थी। इससे उसे पूरा फ़ालिज हो गया। सवारी के बजाय बिशारत को पैदल चलना अधिक गौरवशाली और शांतिदायक लगा। यह ज़रूर है कि लॉर्ड वेलेज़ली अगर साथ न होता तो तीन मील की दूरी बहुत खलती। वो रास्ते भर उससे बातें करते जाते। उसकी तरफ़ से जवाब और हुंकारा स्वयं ही भरते फिर जैसे ही नाज़ो का ध्यान आता सारी थकान दूर हो जाती। डग की लम्बाई आप-ही-आप बढ़ जाती। वो तहसीलदार के नटखट लड़कों को उस समय तक पढ़ाते रहे जब तक वो घटना न हुई जिसका ज़िक्र आगे आयेगा। क़स्बे में वो मास्टर साहब कहलाते थे और इस हैसियत से उनकी हर जगह आवभगत होती थी। लोगों को तहसीलदार से सिफ़ारिश करवानी होती तो लॉर्ड वेलेज़ली तक के लाड़ करते। वो रिश्वत की दूध जलेबी खा-खा कर इतना मोटा और काहिल हो गया था कि केवल दुम हिलाता था। भौंकने में उसे आलस आने लगा था। उसका कोट ऐसा चमकने लगा था जैसा रेस के घोड़ों का होता है। क़स्बे में वो लाट लिजलिजी कहलाता था। जलने वाले अलबत्ता बिशारत को तहसीलदार का टीपू कहते थे। नाज़ो ने जाड़े में वेलेज़ली को अपनी सदरी काट-पीट के पहना दी तो लोग उतरन पर हाथ फेर-फेर के उसपे प्यार जताने लगे। मौली मज्जन की एक बुरी आदत थी कि मास्टर पढ़ा रहे होते तो दबे पांव, सीना ताने क्लासरूम में घुस जाते, यह देखने के लिये कि वो ठीक पढ़ा रहे हैं या नहीं। लेकिन बिशारत की क्लास में कभी नहीं आते थे। इसलिए कि उनके दरवाज़े पर वेलेज़ली पहरा देता रहता था।

परिचय बढ़ा और बिशारत शिकार में तहसीलदार के साथ रहने लगे तो वेलेज़ली तैर कर घायल मुर्ग़ाबी पकड़ना सीख गया। तहसीलदार ने कई बार कहा कि यह कुत्ता

मुझे दे दो, बिशारत हर बार अपनी तरफ़ इशारा करके टाल जाते कि यह ग़ुलाम मय अपने कुत्ते के आपका सेवक है। आप कहां इसके हगने, मूतने की खखेड़ में पड़ेंगे। जिस दिन से तहसीलदार ने एक महंगा पट्टा लखनऊ से मंगवा कर उसे पहनाया तो उसकी गिनती शहर के मुसाहिबों में होने लगी और बिशारत शहर में इतराते फिरने लगे। उसके ख़ानदानी होने में कोई शक न था। उसका पिता इलाहाबाद हाईकोर्ट के एक जज का पाला हुआ प्वाइंटर था। जब वो इंग्लैंड जाने लगा तो अपने रीडर को बख़्श गया। वेलेजली उसी की औलाद था, जो धीरजगंज में आकर यूं गली-गली ख़राब हो रहा था।

मौली मज्जन को वेलेज़ली ज़हर लगता था। फ़रमाते थे कि ''पहले तो कुत्ते की ज़ात है और फिर इसे तो ऐसी ट्रेनिंग दी गयी है कि केवल शरीफ़ों को काटता है।'' इसमें शक नहीं कि जब मौली मज्जन पे भौंकता तो बहुत ही प्यारा लगता था। अब वो वाक़ई इतना ट्रेंड हो गया था कि बिशारत हुक्म देते तो स्टाफ़ रूम से उनका रूलर मुंह में दबा कर ले आता। मौली मज्जन का बयान था कि उन्होंने अपनी आंखों से इस पलीद को हाज़िरी रजिस्टर ले जाते देखा, लेकिन शायद तहसीलदार और रेबीज़ के डर से कुछ न बोले। एक चीनी विद्वान का कथन है कि कुत्ते पर खींच कर ढेला मारने से पहले यह ज़रूर पता कर लो कि इसका मालिक कौन है।

टीचर लोग यतीमख़ाने को खा गये

धीरे-धीरे मौली मज्जन ने ऋण से भी हाथ खींच लिया और स्वयं भी खिंचे-खिंचे रहने लगे। एक दिन बिशारत चॉक में लथपथ, डस्टर हाथ में लिये और रजिस्टर बग़ल में दबाये क्लास रूम से निकल रहे थे कि मौली मज्जन उन्हें आस्तीन से पकड़कर अपने दफ़्तर में ले गये और उल्टे सर हो गये। शायद 'हमला करने में पहल सबसे अच्छा बचाव है' वाली पॉलिसी पर अमल कर रहे थे। कहने लगे, ''बिशारत मियां एक मुद्दत से आपका वेतन चढ़ा हुआ है और आपके कानों पर जूं नहीं रेंगती। स्कूल इस हालत में पहुंच गया। कुछ उपाय कीजिये। यतीमख़ाने के चन्दे के मद से टीचरों का वेतन दिया जाता है। टीचर तो यतीमख़ाने को खा गये। डरता हूं, कहीं आप लोगों को यतीमों की आह न लग जाये।'' बिशारत यह सुनते ही आपे से बाहर हो गये। कहने लगे, ''सात-आठ महीने होने को आये, कुल साठ-सत्तर रुपये मिले हैं। दो बार घर से मनीऑर्डर मंगवा चुका हूं, अगर इस पर भी यतीमों की आह का अंदेशा है, तो अपनी नौकरी तह कर के रखिये।'' यह कह के उन्होंने वहीं चार्ज दे दिया। मतलब यह कि डस्टर और हाज़िरी रजिस्टर मौली मज्जन को पकड़ा दिया।

मौली मज्जन ने एकदम पैंतरा बदला और डस्टर उनके चार्ज में वापस देकर, हाथ झाड़ते हुए बोले, ''आप कैसी बातें कर रहे हैं। बेटे! क़सम है अल्लाह की! वो रक़म जिसे आप अपने हिसाब से साठ-सत्तर बता रहे हैं, वो भी यतीमों का पेट काट कर ज़कात और सदक़े से निकाल कर पेश की थी। इसका आप यह बदला दे रहे हैं। सर सय्यद को भी आख़िरी उम्र में ऐसे ही सदमे उठाने पड़े थे, जिससे वो उठ न पाये थे। मैं

सख़्त आदमी हूं। ख़ैर! सब्र से काम लीजिये। अल्लाह ने चाहा तो बक़र-ईद की खालों से सारा हिसाब बेबाक कर दूंगा। बेटे! ये आपका स्कूल है, आपका अपना यतीमख़ाना। मैं कोई अंधा नहीं हूं। आप जिस लगन से काम कर रहे हैं, वो अंधे को भी नज़र आती है। आप ज़िन्दगी में बहुत आगे जायेंगे। अगर इसी तरह काम करते रहे, अल्लाह ने चाहा तो बीस-पच्चीस बरस में इस स्कूल के हैडमास्टर हो जायेंगे। मैं ठहरा जाहिल आदमी, मैं तो हैडमास्टर बनने से रहा। स्कूल का हाल आपके सामने है। चंदा देने वालों की तादाद घट कर इतनी हो गयी कि सर सय्यद होते तो अपना सर पीट लेते। मगर आप सब अपना क्रोध मुझी पर उतारते हैं। मैं अकेला क्या कर सकता हूं। अकेला चना भाड़ तो क्या स्वयं को भी नहीं फोड़ सकता। आवश्यकता इस बात की है कि स्कूल और यतीमख़ाने को अमीरों, रईसों, तअल्लुक़ेदारों और आस-पास के शहरों में परिचित कराया जाये। लोगों को किसी बहाने बुलाया जाये। एक यतीम का चेहरा दिखाना हज़ार भाषणों और लाख विज्ञापनों से अधिक असर रखता है। विश्वास कीजिये जब से टीचरों का वेतन रुका है, मेरी नींदें उड़ गयी हैं। बराबर सलाह-मशविरे कर रहा हूं। अल्लाह के लिये अपने वेतन की अदायगी की कोई तरकीब निकालिये। बहुत चिन्तन-मनन के बाद अब आप ही के उपाय पर अमल करने का फ़ैसला किया है। स्कूल की प्रसिद्धि के लिये एक शानदार मुशायरा होना बहुत आवश्यक है। लोग आज भी धीरजगंज को गांव समझते हैं। अभी कल ही एक पोस्टकार्ड मिला। पते में गांव धीरजगंज लिखा था। गांव धीरजगंज! ख़ून खौलने लगा। लोग अर्से तक अलीगढ़ को भी गांव समझते रहे। जब तक कि वहां फ़िल्म नहीं आयी और कार के एक्सीडेंट में पहला आदमी न मरा।

काम बांटने के सिलसिले में उन्होंने बिशारत के ज़िम्मे केवल शायरों को लाना-ले जाना, ठहरने और खाने के बंदोबस्त, मुशायरे की पब्लिसिटी और मुशायरा-स्थल का इंतज़ाम दिया। शेष काम वो अकेले कर लेंगे। जिससे अभिप्राय मुशायरे की अध्यक्षता करना था।

धीरजगंज का पहला और आख़िरी मुशायरा

मुशायरे की तारीख़ तय हो गयी। धीरजगंज के आस-पास के लोगों को निमंत्रित करना, तरह की पंक्ति तय करना (पहले समय में मुशायरे काव्य पंक्ति तय करके किये जाते थे) और शायरों का चयन करना, शायरों को कानपुर से आख़िरी ट्रेन से लाना और मुशायरे के बाद पहली ट्रेन से दफ़ा करना, मुशायरे से पहले और ग़ज़ल पढ़ने तक उनकी मुफ़्त ख़ातिर किसी और से करवाना...इसी क़िस्म के कार्य जो सज़ा का दर्जा रखते थे, बिशारत के हवाले किये गये। शायरों और उनके अपने आने-जाने का रेल और इक्के का किराया, शायरों का धीरजगंज में खाने और रहने का ख़र्च, पान सिगरेट इत्यादि के ख़र्च के लिये मौली मज्जन ने दस रुपये दिये और निर्देश दिया कि अंत में जो राशि बच जाये वो उनको मय रसीद मुशायरे के अगले दिन वापस कर दी जाये। उन्होंने सख़्ती से यह भी निर्देश दिया कि शायरों को आठ आने का टिकिट स्वयं ख़रीद कर देना। नक़्द किराया बिलकुल न देना। बिशारत यह पूछने ही वाले थे कि शायरों के हाथ-ख़र्च और नज़राने का क्या होगा कि मौली मज्जन ने स्वयं ही सवाल हल कर दिया। बोले कि

शायरों से यतीमख़ाने और स्कूल के चंदे के लिये अपील ज़रूर कीजियेगा। उन्हें शे'र सुनाने में थोड़ी भी शर्म नहीं आती तो आपको इस पुण्यकार्य में काहे की शर्म। अगर आपने फूहड़पन से काम न लिया तो हर शायर से कुछ-न-कुछ वसूल हो सकता है। मगर जो कुछ वसूल करना है मुशायरे से पहले ही धरवा लेना। ग़ज़ल पढ़ने के बाद बिलकुल पकड़ में नहीं आयेंगे। 'रात गयी, बात गयी' वाला मुआमला है और जो शायर ये कहे कि वो अठन्नी भी नहीं दे सकता तो उसे तो हमारे यतीमख़ाने में होना चाहिए। कानपुर में बेकार पड़ा क्या कर रहा है।

पाठक सोच रहे होंगे इन व्यवस्थाओं के संदर्भ में स्कूल के हैडमास्टर का कहीं ज़िक्र नहीं आया। इसका एक उचित कारण यह था कि हैडमास्टर को नौकरी पर रखते समय उन्होंने केवल एक शर्त लगायी थी—वो यह कि हैडमास्टर स्कूल के मुआमलों में बिलकुल हस्तक्षेप नहीं करेंगे।

इसे आत्मश्लाघा कहिये या अनुभवहीनता, बिशारत ने मुशायरे के लिये तरह की जो पंक्ति चुनी वो अपनी ही ग़ज़ल से ली। इसका सबसे बड़ा फ़ायदा तो यह नज़र आया कि मुफ़्त में प्रसिद्धि मिल जायेगी। दूसरे उन्हें मुशायरे के लिये अलग ग़ज़ल पर माथापच्ची नहीं करनी पड़ेगी। यह सोच-सोच के उनके दिल में गुदगुदी होती रही कि अच्छे-अच्छे शायर उनकी पंक्ति पर गिरह लगायेंगे। बहुत ज़ोर मारेंगे। घंटों काव्य-चिंतन में कभी पैर पटकेंगे, कभी दिल को, कभी सर को पकड़ेंगे और शे'र होते ही एक-दूसरे को पकड़ के बैठ जायेंगे। उन्होंने अट्ठारह शायरों को सम्मिलित होने के लिये तैयार कर लिया। जिनमें जौहर चुग़ताई इलाहाबादी, काशिफ़ कानपुरी और नुशूर वाहिदी भी शामिल थे, जो इसलिए तैयार हो गये थे कि बिशारत की नौकरी का सवाल था। नुशूर वाहिदी और जौहर इलाहाबादी तो उन्हें पढ़ा भी चुके थे। उन दोनों को उन्होंने तरह नहीं दी बल्कि दूसरी ग़ज़ल पढ़ने की प्रार्थना की। ऐसा लगता था कि उन्होंने शेष शायरों के चयन में यह ध्यान रक्खा था कि कोई भी शायर ऐसा न हो जो उनसे बेहतर शे'र कह सकता हो।

इन सब शायरों को दो इक्कों में बिठाकर वो कानपुर के रेलवे स्टेशन पर लाये। जिन पाठकों को दो इक्कों में अट्ठारह शायरों की बात में अतिशयोक्ति लगे, शायद उन्होंने न तो इक्के देखे हैं न शायर। यह तो कानपुर था वरना अलीगढ़ होता तो एक ही इक्का काफ़ी था। पाठकों की आसानी के लिये हम इस लाजवाब सवारी का सरसरी वर्णन किये देते हैं। पहले शव-स्नान के तख़्ते को काट कर चौकोर और चौरस कर लें। फिर उसमें दो अलग साइज़ के बिलकुल चौकोर पहिये इस भरोसे के साथ जोत दें कि इनके चलने से अलीगढ़ की सड़कें समतल हो जायेंगी और इस प्रक्रिया में ये स्वयं भी गोल हो जायेंगे। तख़्ता सड़क के गड्ढों की ऊपरी सत्ह से छह, साढ़े छह फ़िट ऊंचा होना चाहिए ताकि सवारियों के लटके हुए पैरों और पैदल चलने वालों के सरों की सत्ह एक हो जाये। पहिये में सूरज की किरणों की शक्ल की जो लकड़ियां लगी होती हैं वो इतनी मज़बूत होनी चाहिए कि नयी सवारी इन पर पांव रख कर तख़्ते तक हाई जम्प कर सके। पांव के धक्के से पहिये को स्टार्ट मिलेगा। इसके बाद तख़्ते में दो बांसों के बम (इक्के

और तांगों के आगे लगायी जाने वाली लकड़ी, जिसमें घोड़ा जोता जाता है) लगा कर एक कमज़ोर घोड़े को लटका दें। जिसकी पसलियां दूर से ही गिनकर सवारियां संतोष कर लें कि पूरी हैं। लीजिये इक्का तैयार है।

निहारी, रसावल, जली और धुआं लगी खीर, मुहावरे, सावन के पकवान, अमराइयों में झूले, दाल, रेशमी दुलाई, ग़रारे, दोपल्ली टोपी, आल्हा-ऊदल और ज़बान के शे'र की तरह इक्का भी यू.पी. की ख़ास चीज़ों में गिना जाता है। हमारा विचार है कि इक्के का आविष्कार किसी घोड़े ने किया होगा। इसीलिए इसके डिज़ाइन में इस बात का ध्यान रखा गया है कि घोड़े से अधिक सवारी को परेशानी उठानी पड़े। इक्के की विशेषता यह है कि अधिक सवारियों का बोझ घोड़े पर नहीं पड़ता बल्कि उन सवारियों पर पड़ता है जिनकी गोद में वो आ-आ कर बैठती हैं। जोश मलीहाबादी साहब ऐसे इक्कों के बारे में लिखते हैं कि, "तमाम के तमाम इस क़दर ज़लील हैं कि उन पर सिकन्दर महान को भी बिठा दिया जाये तो वो भी किसी देहाती रंडी के भड़वे नज़र आने लगेंगे।"

धीरजगंज के प्लेटफ़ॉर्म को स्कूल के बच्चों ने रंग-बिरंगी झंडियों से इस तरह सजाया था जैसे फूहड़ मां बच्ची का मुंह धुलाये बिना बालों में शोख़ रिबन बांध देती है। ट्रेन से उतरते ही हर शायर को गेंदे का हार पहना कर गुलाब का एक-एक फूल और औटते दूध से भरा कांसे का गिलास पेश किया गया, जिसे थामते ही वो बिलबिला कर पूछता था कि इसे कहां रक्खूं? स्वागत करने वालों ने पच्चीस मील की दूरी एक घण्टे में तय कर, कानपुर से आने वालों से पूछा, "यात्रा कैसी रही! कानपुर का मौसम कैसा है?" फिर कहा, "हाथ-मुंह धो के तीन-चार घण्टे सो लें तो यात्रा की थकान उतर जायेगी।" प्रत्युत्तर में मेहमानों ने पूछा, "यहां मग़रिब (शाम की नमाज़) किस समय होती है। धीरजगंज वाले तो मेहमाननवाज़ी के लिये मशहूर हैं। यहां की कौन-सी चीज़ मशहूर है? अट्ठारह शायर और पांच मिसरा उठाने वाले जो एक शायर अपने साथ लाया था, दो बजे की ट्रेन से धीरजगंज पहुंचे। ट्रेन पहुंचने से तीन घण्टे पहले ही यतीमख़ाना शम्स-उल-इस्लाम का बैंड बजना शुरू हो गया था, लेकिन जैसे ही ट्रेन आकर रुकी तो कभी ढोल, कभी बांसुरी, कभी हाथी की सूंड़ जैसा बाजा बंद हो जाता और कभी तीनों ही मौन हो जाते। केवल बैंड मास्टर छड़ी हिलाता रह जाता। वो इस कारण कि इन बाजों को बजाने वाले बच्चों ने इससे पहले इंजन को इतने पास से नहीं देखा था। वो उसे देखने में इतने तल्लीन हो जाते कि बजाने की सुध ही न रहती। इंजन उनके इतने पास आकर रुका था कि उसका एक-एक प्रभावी पुरज़ा दिखायी दे रहा था।...सीटी बजाने वाला उपकरण, कोयला झोंकने वाला बेलचा, बॉयलर, दहकते-चटख़ते कोयलों का ताप और अंग्रेज़ी दवाओं की बू जैसा भभकता झोंका। शोलों की आंच से ऐंग्लो इण्डियन ड्राइवर का तमतमाता लाल चुक़न्दर चेहरा और कलाई पर गुदी नीली मेम, मुसलमान ख़लासी के सर पर बंधा हरा रूमाल और चेहरे पर कोयले की ज़ेबरा धारियां, पहिये से जुड़ी हुई लम्बी सलाख़ जो बिलकुल उनके हाथ की तरह चलती जिसे वो आगे-पीछे करते हुए छुक-छुक रेल चलाते थे, इंजन की टोंटी से उबलती, शोर मचाती स्टीम का चेहरे पर स्प्रे। इन बच्चों ने धुएं के मरग़ोलों को

मटियाले से हल्का सुरमई, सुरमई से गाढ़ा-गाढ़ा काला होते देखा। गले में उसकी कड़वाहट उन्हें अच्छी लग रही थी। घुंघराले धुएं का काला अजगर फुफकारें मारता अन्तिम डब्बे से भी आगे निकल कर अब आसमान की तरफ़ उठ रहा था। बैंड बजाने वाले बच्चे बिलकुल चुप होकर पास, बिलकुल पास से इंजन की सीटी को बजता हुआ देखना चाहते थे। उनका बस चलता तो जाते समय अपनी आंखें वहीं छोड़ जाते। अगर उन बच्चों से बैंड बजवाना ही था तो ट्रेन बिना इंजन के लानी चाहिए थी।

इन्हीं पत्थरों पे चल कर...

अट्ठारह शायरों का जुलूस स्कूल के सामने से निकला तो एक रहकले से 18 तोपों की सलामी उतारी गयी। ये एक छोटी-सी पंचायती तोप थी, जो सामान्य स्थितियों में पैदाइश और ख़त्नों (लिंग की खाल काटना) के अवसर पर चलायी जाती थी। चलते ही सारे क़स्बे के कुत्ते, बच्चे, कव्वे, मुर्ग़ियां और मोर कोरस में चिंघाड़ने लगे। बड़ी बूढ़ियों ने घबरा कर 'दीन जागे, कुफ्र भागे' कहा। स्वयं वो मिनी तोप भी अपने चलने पर इतनी आश्चर्यचकित और घबरायी हुई थी कि देर तक नाची-नाची फिरी। शायरों को खाते-पीते किसानों के घर ठहराया गया, जो अपने-अपने मेहमान को स्कूल से घर ले गये। एक किसान तो अपने हिस्से के मेहमान की सवारी के लिये टट्टू और रास्ते के लिये नारियल की गुड़गुड़ी भी लाया था। क़स्बे में जो गिने-चुने सम्पन्न घराने थे, उनसे मौली मज्जन की नहीं बनती थी। इसलिए शायरों के ठहरने और खाने का बन्दोबस्त किसानों और चौधरियों के यहां किया गया, जिसकी कल्पना ही शायरों की नींद उड़ाने के लिये पर्याप्त थी। शे'रो-शायरी या नॉविलों में देहाती ज़िन्दगी को रोमेंटिसाइज़ करके उसकी निश्छलता, सादगी, सब्र और प्राकृतिक सौन्दर्य पर सर धुनना और धुनवाना और बात है, लेकिन सचमुच किसी किसान के आधे पक्के या मिट्टी गारे के घर में ठहरना किसी शहरी इन्टेलेक्चुअल के बस का रोग नहीं। किसान से मिलने से पहले उसके ढोर-डंगर, घी के फ़िंगर प्रिन्ट वाले धातु के गिलास, जिन हाथों से उपले पाथे उन्हीं हाथों से पकायी हुई रोटी, हल, दरांती, मिट्टी से खुरदुराये हुए हाथ, बातों में प्यार और प्याज़ की महक, मक्खन पिलायी हुई मूंछ...इस सबसे एक ही समय में गले मिलना पड़ता है।

इन्हीं पत्थरों पे चल कर अगर आ सको तो आओ

इस क़स्बे के मुशायरे में, जो धीरजगंज का अंतिम यादगार मुशायरा साबित हुआ, बाहर के 18 शायरों के अलावा 33 स्थानीय तथा सम्बन्धित शायर भी सम्मिलित होने के लिये बुलाये गये, या बिन बुलाये आये। बाहर से आने वालों में कुछ ऐसे भी थे जो इस लालच में आये थे कि नक़्द न सही, गांव है, कुछ नहीं तो सब्ज़ियां, फ़स्ल के मेवे, फल-फलवारी के टोकरे, पांच-छह मुर्ग़ियों का झाबा तो मुशायरा कमेटी वाले अवश्य साथ कर देंगे। धीरजगंज में कुछ शरारती नौजवान ऐसे थे जिनके बारे में मशहूर था कि वो पास-पड़ोस के तीन-चार मुशायरे चौपट कर चुके हैं। उनके एक पुराने लंगोटिये थे जिन्होंने मैट्रिक में चार-पांच बार फ़ेल होने और परीक्षकों की छात्रों के गुणों को पहचानने की अयोग्यता से तंग आकर चुंगी

विभाग में नौकरी कर ली थी। इसमें इन्द्रिय-दमन के अलावा इस बदनाम महकमे को दण्ड देना भी छुपा हुआ था। चुंगी के वातावरण को उन्होंने शायरी के लिये अत्यधिक उपयुक्त पाया। अपनी वर्तमान स्थिति से इतने संतुष्ट और आनंदित थे कि इसी पोस्ट से रिटायर होने के इच्छुक थे। अधिक संतान वाले थे और आशु कविता करते थे। जो शे'रों के आने का क्रम था वही औलाद का भी, यानी कि दोनों के अवतरण का आरोप ऊपर वाले पर लगाते थे। आम-सा वाक्य भी उन पर कविता बन कर उतरता था। गद्य बोलने और लिखने में उन्हें उतनी ही उलझन होती थी जितनी एक आम आदमी को कविता लिखने में।

वो शायरी करते थे मगर मुशायरों से विरक्त और उदास थे। फ़रमाते थे, "आजकल जिस तरह शे'र कहा जाता है बिलकुल उसी तरह दाद दी जाती है, यानी मतलब समझे बग़ैर। सही दाद देना तो दूर अब लोगों को ढंग से हूट करना भी नहीं आता। शे'र मुशायरे में सुनने-सुनाने की चीज़ नहीं। एकान्त में पढ़ने, समझने, सुनने और सहने की चीज़ है। शायरी किताब की शक्ल में हो तो लोग शायर का कुछ नहीं बिगाड़ सकते। मैं 'मीर' की किताब से एक-दो नहीं, सौ-दो सौ शे'र ऐसे निकाल कर दिखा सकता हूं जो वो किसी मुशायरे में पढ़ देते तो इज़्ज़त और पगड़ी ही नहीं, सर भी सुरक्षित नहीं रहता।" उन्हें 'मीर' के केवल यही शे'र याद थे। दूसरे उस्ताद शायरों के भी उन्होंने केवल वही शे'र याद कर रखे थे जिनमें कोई कमी या गड़बड़ थी। उन साहब से बिशारत पांच-छह ग़ज़लें कहलवा कर ले आये और उन मुशायरा बिगाड़ नौजवानों में बांट दीं कि तुम भी पढ़ना। यह तरकीब काम कर गयी। देखा गया है कि जिस शायर को दूसरे नालायक़ शायरों से दाद लेने की उम्मीद हो वो उन्हें हूट नहीं करता। चोरियां बंद करने का परखा हुआ ढंग यह बताया गया है कि चोर को थानेदार बना दो। हमें इसमें इस लाभ के अलावा कि वो दूसरों को चोरी नहीं करने देगा एक अन्तर और दिखायी पड़ता है। वो ये कि पहले जो माल वो अंधेरी रातों में सेंध लगाकर बड़ी कठिनाई से प्राप्त करता था, अब दिनदहाड़े रिश्वत की शक्ल में थाने में धरवा लेगा।

इसी प्रोग्राम के तहत पांच ताज़ा ग़ज़लें हकीम अहसानुल्लाह 'तस्लीम' से इस वादे पर लिखवा कर लाये कि जाड़े में उनके कुश्तों के लिये पचास तिलेर, बीस तीतर, पांच हरियल और दो क़ाज़ें भेंट देंगे और बक़र-ईद पर पांच ख़स्सी बकरे आधे दामों में धीरजगंज से ख़रीदकर भिजवायेंगे। हकीम अहसानुल्लाह 'तस्लीम' मूलगंज की वेश्याओं के ख़ास हकीम तो थे ही, गाने के लिये उन्हें फ़रमाइशी ग़ज़ल भी लिखकर देते थे। किसी वेश्या के पैर भारी होते तो उसके लिये ख़ासतौर से छोटी बह्र (छंद) में ग़ज़ल कहते ताकि ठेका और ठुमका न लगाना पड़े। वैसे उस काल में वेश्यायें आमतौर पे 'दाग़' और फ़क़ीर बहादुरशाह 'ज़फ़र' का कलाम गाती थीं। हकीम साहब किसी वेश्या पर कृपालु होते तो मक़्ते में उसका नाम डाल के ग़ज़ल उसी को दे देते। कई वेश्यायें जैसे मुश्तरी, दुलारी, ज़ोहरा प्रसिद्ध शायरों से ग़ज़ल कहलवातीं और न केवल गाने की बल्कि ग़ज़ल कहने की भी दाद पातीं। हकीम 'तस्लीम' वेश्याओं के उच्चारण के दोष भी ठीक करते, शेष चीज़ें ठीक होने से परे थीं। मतलब ये कि वैसे दोष-सुधार चाहती थीं लेकिन सुधार

से परे थीं। उस काल में वेश्याओं और उनके श्रद्धालुओं के दोष सुधारना अदबी फ़ैशन में सम्मिलित था। वास्तव में ये समाजी से अधिक स्वयं सुधारक का ऐन्द्रिक विषय होता था। जिसका catharsis संभव हो न हो, उसका बयान आनंददायक था। पाप का वर्णन पाप से कहीं अधिक आनंददायक हो सकता है, बशर्ते कि विस्तृत हो और बयान करने वाला शारीरिक और मानसिक दोनों प्रकार से बूढ़ा हो। एमली ज़ोला की *Nana*, रुसवा की *उमराव जान अदा,* टोलार्ज़, ट्रेक और देगा (Degas) की वेश्याओं और चकलों की तस्वीरें शारीरिक वास्तविकता के सिलसिले की पहली कड़ी हैं। जबकि क़ारी सरफ़राज हुसैन की 'शाहिदे-राअना' से रंगीनी के एक-दूसरे आनंदपूर्ण सिलसिले का प्रारम्भ होता है। जिसकी कड़ियां क़ाज़ी अब्दुल ग़फ़्फ़ार के 'लैला के ख़त', ग़ुलाम अब्बास की आनन्दी की भरपूर सादगी और मंटो की प्रकट रूप में खुरदरी वास्तविकता लेकिन inverted romanticism से जा मिलती हैं। हमारे यहां वेश्या से संबंधित तमाम बचकाना आश्चर्यों, ख़ुमगुमानियों, सुनी-सुनायी बातों और रोमांटिक सोचों...जिससे मिले, जहां से मिले, जिस क़दर मिले...सबका बोझिल अम्बार इस तरह लगाया जाता है कि हर ओर शब्दों के तोता-मैना फुदकते-चहकते दिखायी देते हैं। जीवित वेश्या कहीं नज़र नहीं आती। रोमेंटिक मलबे तले उसके घुंघरू की आवाज़ तक सुनायी नहीं देती। इस वेश्या की निर्माण सामग्री उठती जवानी के मुहासों भरे अधकचरे जज़बात से ली गयी है। जिसकी महक रिसर्च स्कॉलरों की रगों में दौड़ती-फिरती रौशनाई को लम्बे समय तक गर्माती रहेगी। इस इच्छा भरे शह्र की वेश्या ने अपनी chastity belt की चाबी दरिया में फेंक दी है और अब उसे किसी से...हद ये है कि स्वयं लेखक और अपने आप से भी कोई डर नहीं।

वो सर से है ता नाख़ुने-पा, नामे-ख़ुदा, बर्फ़

बात साठ-सत्तर साल पुरानी लगती है, मगर आज भी उतनी ही सच है। जीवन के अलग-अलग क्षेत्र के लोग वेश्या को ज़लील और घृणा के योग्य समझते थे, मगर साथ ही साथ उसकी चर्चा और चिंतन से आनंदित हुए बिना नहीं रहते थे। समाज और वेश्या में सुधार के बहाने उसके जीवन की तस्वीर बनाने में उनकी प्यास की संतुष्टि हो जाती थी। इस शताब्दी के पहले आधे भाग का साहित्य, विशेष रूप से फ़िक्शन, वेश्या के साथ इसी Love-hate यानी दुलार-दुत्कार के ओलते-बदलते संबंध का परिचायक है। उसने एक द्विअर्थी बयान-शैली को जन्म दिया, जिसमें बुरा-भला कहना भी मज़े लेने का माध्यम बन जाता है। भोगे हुए यथार्थ के पर्दे में जितनी दाद वेश्या को उर्दू फ़िक्शन लिखने वालों से मिली उतनी अपने रात के ग्राहकों से भी न मिली होगी। अलबत्ता अंग्रेज़ी फ़िक्शन पिछले तीस बरसों में चर्चा के केन्द्र का घूंघट उठाकर खुल्लमखुल्ला...।

क़िबला चूं पीर शुद

मूलगंज में वहीदन बाई के कोठे पर एक बुजुर्ग, जो हिल-हिल कर सिल पर मसाला पीसते हुए देखे गये। उनके बारे में यार लोगों ने मशहूर कर रखा था कि तीस बरस पहले शुक्रवार की नमाज़ के बाद वहीदन बाई के चाल-चलन के सुधार की नीयत से कोठे के

ज़ीने पर चढ़े थे। मगर उस समय इस छप्पन-छुरी की भरी जवानी थी। इसलिए इनका मिशन बहुत लम्बा हो गया।

कारे-जवां दराज़ है, अब मेरा इन्तज़ार कर

वहीदन बाई जब फ़र्स्ट क्लास क्रिकेट से रिटायर हुई और पापों को छोड़ देने का संकल्प किया, जिसके योग्य अब वो वैसे भी नहीं रही थी तो क़िबला-आलम की दाढ़ी पेट तक आ गयी थी। अब वो उसकी बेटियों की रसोई की व्यवस्था का इन्तज़ाम तथा ग़ज़लों और ग्राहकों के चयन में मदद देते थे। 1931 में वो हज को गयी तो ये नौ सौ चूहों के अकेले प्रतिनिधि की हैसियत से उसके साथ थे।

जो पैदा किसी घर में होती थी बेटी

हकीम अहसानुल्लाह 'तस्लीम' का दावा था कि उन्होंने इमामत, हकीमी और शायरी बुज़ुर्गों से पायी है। गर्व से कहते थे कि उनके दादा हकीम अहतिशाम हुसैन राअना की क़न्नौज में इतनी बड़ी ज़मींदारी थी कि एक नक़्शे में नहीं आती थी। अब नक़्शे उनके क़ब्ज़े में और ज़मींदारी महाजन के क़ब्ज़े में थी। हकीम अहसानुल्लाह 'तस्लीम' रंगीनमिज़ाज रईसों का भी इलाज करते थे। केवल पेशाब देखकर रईस का नाम बता देते और रईस की नब्ज़ पे उंगली रखते ही ये निशानदेही कर देते कि बीमारी के कीटाणु किस कोठे के आवारा और पले हुए हैं। ये समझ में आने वाली बात है कि किसी वेश्या के यहां लड़का पैदा हो जाये तो रोना-पीटना मच जाता है। हकीम तस्लीम के पास ख़ानदानी डायरी में एक ऐसा नुस्ख़ा था कि शर्तिया लड़की पैदा होती। यह एक भस्म थी जो वेश्या उस रात के राजा या विशेष अतिथि को चुपके से पान में डाल कर खिला देती थी। इस नुस्ख़े के ठीक होने की प्रसिद्धि इतनी थी कि कानपुर में किसी गृहस्थ के भी लड़की पैदा होती तो वो मियां के सर हो जाती, हो न हो! तुम वहीं से पान खाकर आये थे। वेश्या कितनी भी हसीन हो उनकी नीयत केवल उसके पैसों पर बिगड़ती थी। वेश्यायें उनसे बड़ी आस्था और श्रद्धा रखती थीं। कहने वाले तो यहां तक कहते थे कि उनके मरने का बड़ी बेचैनी से इंतज़ार कर रही हैं ताकि संगे-मरमर का मज़ार बनवायें और हर साल धूमधाम से उर्स मनायें।

भिक्षुओं की फ़ैंटेसी

मूलगंज की चर्चा ऊपर की पंक्तियों और कानपुर से संबंधित दूसरे चित्रों में जगह-जगह बल्कि जगह-बेजगह हुई है। इस मुहल्ले में वेश्यायें रहती थीं। इसलिए थोड़ा-सा विनम्र स्पष्टीकरण आवश्यक है। ये बिशारत का पसंदीदा विषय है, जिससे हमारे पाठक पूरी तरह से परिचित हो चुके होंगे। वो हिरफिर के इसके वर्णन से अपनी संजीदा बातचीत में विघ्न डालते रहते हैं, हालांकि बिना संदेह वो हैं दूसरे ग्रुप के आदमी।

बाज़ार से गुज़रा हूं ख़रीदार नहीं हूं

जैसे कई एलर्जिक लोगों को अचानक पित्ती उछल आती है, उसी तरह उनकी बातचीत में वेश्या...अवसर देखे न जगह...छम से आन खड़ी होती है। संयमी हैं, कभी के नाना-दादा बन गये, मगर वेश्या है कि किसी तरह उनके सिस्टम से निकलने के लिये

राज़ी नहीं होती। एक बार हमने आड़े हाथों लिया। हमने कहा, ''साहब! पुरानी कहानियों में हीरो और राक्षस की जान किसी तोते में अटकी होती है।'' कहने लगे, ''अरे साहब मेरी कहानी पर मिट्टी डालिये। ये देखिये कि आजकल की फ़िक्शन और फ़िल्मों में हीरो और हीरोइन से कौन से धर्मग्रंथ पढ़वाये जा रहे हैं। जिस सोच के अनुसार पहले वेश्या कहानी में डाली जाती थी, अब उस काम के लिये शरीफ़ घराने की बहू-बेटियों को कष्ट दिया जाता है। पढ़ने वाले और फ़िल्म देखने वाले आज भी वेश्या को उस तरह उचक लेते हैं जैसे मरीज़ हकीमों के नुस्ख़े में से मुनक़्क़ा।''

निवेदन किया, ''ये हकीमी उपमा तो वेश्या से भी अधिक ancient है। कौन समझेगा?'' फ़रमाया, ''वेश्या को समझने के लिये यूनानी हिकमत से परिचय आवश्यक है।''

और बिशारत कुछ ग़लत नहीं कहते। शायद आज उस मनोस्थिति का अन्दाज़ा करना मुश्किल हो, वेश्या उस डगमगाते हुए समाज के सम्पन्न वर्ग की इन्द्रियों पर वर्जित सुख की तरह छायी हुई थी और ये कुछ उस दौर से ही संबंधित नहीं। औरंगज़ेब के बारे में मशहूर है कि उसने दुनिया के सबसे पुराने पेशे को समाप्त करने के लिये एक आदेश जारी किया था कि एक निश्चित तारीख़ तक सारी वेश्यायें शादी कर लें, वरना उन सबको नाव में भर के यमुना में डुबो दिया जायेगा। अधिकतर तवायफ़ें डूबने को हांडी-चूल्हे पर और मगरमच्छ के जबड़े को ऐसे लफंगों पर प्रमुखता देती थीं जो प्यार भी करते हैं तो उपासना की तरह, यानी बड़े नियम के साथ और अरुचि के साथ। बहुत-सी वेश्याओं ने इस धंधे को अलविदा कहकर शादी कर ली।

हो चुकीं ग़ालिब बलायें सब तमाम
एक अक़्दे - नागहानी और है

अब थोड़ा इसके दो सौ बरस बाद की एक झलक *तज़किरा-ए-ग़ौसिया* में देखिये। इसके लेखक मौलवी मुहम्मद इस्माईल मेरठी अपने श्रद्धास्पद पीरो-मुर्शिद (गुरु) के बारे में एक घटना लिखते हैं, 'एक दिन आदेश हुआ, कि जब हम दिल्ली की ज़ीनतुल-मस्जिद में ठहरे हुए थे, हमारे दोस्त कम्बलपोश (यूसुफ़ ख़ां कम्बलपोश लेखक तारीख़े-यूसुफ़ी, अजायबाते-फ़िरंग, जो उर्दू का पहला इंग्लैंड का यात्रा वर्णन है) ने हमारी दावत की। शाम की नमाज़ के बाद हमको लेकर चले। चांदनी चौक में पहुंच एक वेश्या के कोठे पर हमको बैठा दिया और आप चंपत हो गये। पहले तो हमने सोचा कि खाना इसी जगह पकवाया होगा, मगर मालूम हुआ कि यूं ही बिठा कर चल दिया है। हम बहुत घबराये, भला ऐसी जगह कमबख़्त क्यों लाया। दो घड़ी बाद हँसता हुआ आया और कहने लगा, ''मियां साहब! मैं आपकी भड़क मिटाने को यहां बैठा गया था।'' बाद में अपने घर ले गया और खाना खिलाया।'

याद रहे कि कम्बलपोश एक आज़ाद और मनमौजी आदमी था। ये घटना उस समय की है जब अपने आध्यात्मिक गुरु के सामीप्य में उसका दिल बदल चुका था। सोचिये, जिसकी पतझड़ का ये रंग हो, उसकी बहार कैसी रही होगी।

अन्त में, इस लतीफ़े के लगभग डेढ़ सौ साल बाद के एक नाख़ुनी निशान पे उचटती-सी निगाह डालते चलें। जोश जैसा शब्दों का जादूगर, ख़ानदानी, सुरुचि सम्पन्न और नफ़ासत पसंद शायर जब जीवन के स्वर्ग और असीमित सुख की तस्वीर खींचता है तो देखिये उसका क़लम क्या गुल खिलाता है—

कूल्हे पे हाथ रख के थिरकने लगी हयात

कूल्हे पे हाथ रख के थिरकने में कोई हरज नहीं, बशर्ते कूल्हा अपना ही हो। दूसरे, थिरकना पेशेवर काम हो शौक़िया न हो। मतलब ये कि कोई कूल्हे पे हाथ रख के थिरकने लगे तो किसी को क्या विरोध हो सकता है, मगर इससे ज़ात पहचानी जाती है।

तो ख़ुदा आपका भला करे...और मुझे माफ़ करे...मूलगंज रंडियों का चकला था। उस ज़माने में भी लोगों का चाल-चलन इतना ही ख़राब था, जितना अब है, मगर निगाह अभी उतनी ख़राब नहीं हुई थी कि वेश्याओं की बस्ती को आजकल की तरह 'बाज़ारे-हुस्न' कहने लगें। चकले को चकला ही कहते थे। दुनिया में कहीं और बदसूरत रंडियों के कोठों और बेडौल, बिहंगम जिस्म के साथ यौन रोग बेचने वालियों की चीकट कोठरियों को इस तरह ग्लैमराइज़ नहीं किया गया। 'बाज़ारे-हुस्न' की रोमेंटिक उपमा आगे चलकर उन साहित्यकारों ने प्रचलित की जो कभी तुरंत उपलब्ध होने वाली औरतों की बकरमंडी के पास से भी नहीं गुज़रे थे, लेकिन निजी अनुभव इतना आवश्यक भी नहीं। 'रियाज़ ख़ैराबादी' सारी उम्र शराब की तारीफ़ में शे'र कहते रहे, जबकि उनकी तरल पदार्थों की बदपरहेज़ी कभी शरबत और सिकंजबीं से आगे नहीं बढ़ी। दूर क्यों जायें, स्वयं हमारे समकालीन शायर मक़तल, फांसी घाट, जल्लाद और रस्सी के बारे में ललचाने वाली बातें करते रहे हैं। इसके लिये फांसी पे झूला हुआ होना आवश्यक नहीं। ऐश की दाद देने और रात की गलियों में चक्कर लगाने की हिम्मत या ताक़त न हो तो ''हवस सीनों में छुप-छुप कर बना लेती है तस्वीरें'' और सच तो ये है कि ऐसी ही तस्वीरों के रंग अधिक चोखे और लकीरें अधिक दिलकश होती हैं। क्यों? केवल इसलिए कि काल्पनिक होती हैं। अजंता और एलोरा की गुफाओं के frescoes (भित्ति-चित्र) और मूर्तियां इसके क्लासिक उदाहरण हैं। कैसे भरे-पूरे बदन बनाये हैं बनाने वालों ने और बनाने पर आये तो बनाते ही चले गये। मांसल मूर्ति बनाने चले तो हर sensuous लकीर बल खाती, गदराती चली गयी। सीधी-सादी लकीरें आपको मुश्किल से ही दिखायी पड़ेंगी। हद ये कि नाक तक सीधी नहीं। भारी बदन की इन औरतों और अप्सराओं की मूर्तियां अपने मूर्तिकार के विचारों की चुग़ली खाती हैं। नारंगी की फांक जैसे होंठ। बर्दाश्त से अधिक भरी-भरी छातियां जो स्वयं मूर्तिकार से भी संभाले नहीं संभलतीं। बाहर को निकले हुए भारी कूल्हे, जिन पर गागर रख दें तो हर क़दम पर पानी, देखने वालों के दिल की तरह बांसों उछलता चला जाये। उन गोलाइयों के कटाव के बीच बलखाती कमर और जैसे ज्वार भाटे में पीछे हटती लहर, फिर वो टांगें जिनकी उपमा के लिये संस्कृत शायर को केले के तने का सहारा लेना पड़ा। इस मिलन से अपरिचित और अनुपलब्ध बदन को और उसकी इच्छा की सीमा तक exaggerated लकीरों और खुल-खेलते उभारों को उन तरसे हुए ब्रह्मचारियों और भिक्षुओं ने बनाया और बनवाया है, जिन पर भोग-विलास

वर्जित था। और तो और जिन्होंने औरतों को केवल फ़ैंटेसी और सपने में देखा था और जब कभी सपने में वो इतने पास आ जाती कि उसके बदन की आंच से अपने लहू में अलाव भड़क उठता तो फ़ौरन आंख खुल जाती और वो हथेली से आंखें मलते हुए पथरीली चट्टानों पर अपने सपने लिखने शुरू कर देते।

वो सूरतगर कुछ ख़्वाबों के

पश्चिम का सारा porn और erotic art भिक्षुओं और त्यागियों की फ़ैंटेसी के आगे बिलकुल बचकाना और पतली छाछ लगता है। ऐसे छतनार बदन, इच्छाओं से निहाल स्वरूप और ध्यान-धूप में पके नारफल (तख़्ती और छातियों के लिये पुरानी उर्दू में ये शब्द बहुत आम था।) केवल और केवल वो त्यागी और भिक्षु बना सकते थे जो अपनी-अपनी यशोधरा को सोता छोड़कर सच्चाई, निर्वाण की तलाश में निकले थे, पर सारा जीवन भीगी, सीली और अंधेरी गुफाओं में जहां सपने के सिवा कुछ दिखायी नहीं देता, पहाड़ का सीना काट कर अपना सपना यानी औरत बरामद करते रहे। बरस दो बरस की बात नहीं, इन ज्ञानियों ने पूरे एक हज़ार बरस इसी मिथुन कला में बिता दिये। फिर जब सारी चट्टानें समाप्त हो गयीं और एक-एक पत्थर ने उनके जीवन-सपने का रूप धारण कर लिया तो वो निश्‍चिंत होकर अंधेरी गुफाओं से बाहर निकले तो देखा कि धर्म और सत्य का सूरज कभी का डूब चुका और बाहर अब उनके लिये जन्म-जन्म का अंधेरा ही अंधेरा है, सो वो बाहर के अंधेरे और हाहाकार से घबरा कर आंखों पर दोनों हाथ रखे फिर से भीतर के जाने-पहचाने अंधेरे में चले गये।

सदियों रूप-स्वरूप और श्रृंगार-रस की भूल-भुलइयों में भटकने वाले तपस्वी तो मिट्टी थे, सो मिट्टी में जा मिले। उनके सपने शेष रह गये। ऐसे सपने देखने वाले, ऐसे भटकने और भटकाने वाले अब कहां आयेंगे।

कोई नहीं है अब ऐसा जहान में 'ग़ालिब'
जो जागने को मिला देवे आके ख़्वाब के साथ

देखिये बात से बात बल्कि ख़ुराफ़ात निकल आयी, मतलब ये कि बात हकीम अहसानुल्लाह 'तस्लीम' से शुरू हुई और कोठे-कोठे चढ़ती उतरती अजंता और एलोरा तक पहुंच गयी। क्या कीजियेगा हमारे बांके यार का बातचीत का यही ढंग है। चांद और सूरज की किरणों से चादर बुन के रख देते हैं।

हमने इस चैप्टर में उनके विचारों को यथासंभव उन्हीं के शब्दों और ध्यान को भटकाने वाले अंदाज़ में इकट्ठा कर दिया है। अपनी तरफ़ से कोई बढ़ोतरी नहीं की। वो अक्सर कहते हैं, "आप मेरे ज़माने के घुटे-घुटे माहौल, पवित्र अभाव और इच्छाओं की पवित्रता का अन्दाज़ा नहीं लगा सकते। आपके और मेरी उम्र में एक नस्ल का...बीस साल का...गैप है।"

सही कहते हैं। उनकी और हमारी नस्ल के बीच में वेश्या खड़ी है।

मुशायरा किसने लूटा

जौहर इलाहाबादी, काशिफ़ कानपुरी और नुशूर वाहिदी को छोड़कर शेष स्थानीय और बाहरी शायरों को काव्य पाठ में आगे-पीछे पढ़वाने की समस्या बड़ी टेढ़ी निकली, क्योंकि सभी एक-दूसरे के बराबर थे और ऐसी बराबर की टक्कर थी कि यह कहना मुश्किल था कि उनमें कम बुरे शे'र कौन कहता है, ताकि उसको बाद में पढ़वाया जाये। इस समस्या का हल यह निकाला गया कि शायरों को अक्षरक्रम के उलटी तरफ़ से पढ़वाया गया, यानी पहले यावर नगीनवी को अपनी हूटिंग करवाने की दावत दी गयी। अक्षरक्रम के सीधी तरफ़ से पढ़वाने में ये मुश्किल थी कि उनके उस्ताद जौहर इलाहाबादी को उनसे भी पहले पढ़ना पड़ता।

मुशायरा स्थल पर एक अजब हड़बोंग मची थी। अनुमान के विपरीत आस-पास के देहात से लोग झुण्डों में आये। दरियां और पानी कम पड़ गया। सुनने में आया कि मौली मज्जन के दुश्मनों ने ये अफ़वाह फैलायी कि मुशायरा ख़त्म होने के बाद लड्डुओं, खजूर का प्रसाद और मलेरिया तथा रानीखेत (मुर्ग़ियों की बीमारी) की दवा की पुड़ियां बटेंगी। एक देहाती अपनी दस बारह मुर्ग़ियां झाबे में डाल के लेकर आया था कि सुब्ह तक बचने की उम्मीद नहीं थी। इसी तरह एक किसान अपनी जवान भैंस को नहला-धुला कर बड़ी उम्मीदों से साथ लाया था। उसके कट्टे ही कट्टे होते थे। मादा बच्चा नहीं होता था। उसे किसी ने जानकारी दी थी कि शायरों के मेले में वेश्याओं वाले हकीम अहसानुल्लाह 'तस्लीम' आने वाले हैं। श्रोताओं की बहुसंख्या ऐसी थी जिन्होंने इससे पहले मुशायरा और शायर नहीं देखे थे। मुशायरा ख़ासी देर से यानी दस बजे शुरू हुआ, जो देहात में दो बजे रात के बराबर होते हैं। जो नौजवान वॉलंटियर रौशनी की व्यवस्था के इंचार्ज थे, उन्होंने मारे जोश के छह बजे ही गैस की लालटेनें जला दीं। जो नौ बजे तक अपनी बहारें दिखाकर बुझ गयीं। उनमें दोबारा तेल और हवा भरने और काम के दौरान आवारा लौंडों को उनकी शरारत और आवश्यकता के अनुसार बड़ी, और बड़ी पूंछदार गाली देकर परे हटाने में एक घंटा लग गया। तहसीलदार को उसी दिन कलैक्टर ने बुला लिया था। उसकी अनुपस्थिति से लौंडों-लहाड़ियों को और शह मिली। रात के बारह बजे तक कुल सत्ताईस शायरों का भुगतान हुआ। मुशायरे के अध्यक्ष मौली मज्जन को किसी ज़ालिम ने दाद का अनोखा तरीक़ा सिखाया था। वो वाह वा! कहने के बजाय हर शे'र पर मुकर्रर इरशाद (दुबारा पढ़िये) कहते थे। नतीजा सत्ताईस शायर चव्वन के बराबर हो गये। हूटिंग भी दो से गुणा हो गयी। क़ादिर बाराबंकवी के तो पहले शे'र पर ही श्रोताओं ने तम्बू सर पर उठा लिया। वो परेशान होकर कहने लगा, ''हज़रात! सुनिये तो! शे'र पढ़ा है, गाली तो नहीं दी।'' इस पर श्रोता और नियंत्रणहीन हो गये, मगर उसने हिम्मत नहीं हारी, बल्कि एक शख़्स से बीड़ी मांग कर बड़े इत्मीनान से सुलगा ली और ऊंची आवाज़ में बोला, ''आप लोगों को थोड़ा चैन आये तो अगला शे'र पढ़ूं।'' मिर्ज़ा के अनुसार मुशायरों के इतिहास में यह पहला मुशायरा था जो श्रोताओं ने लूट लिया।

साग़र जालौनवी

रात के बारह बजे थे, चारों ओर श्रोताओं की तूती बोल रही थी। मुशायरे के शोर से सहम कर गांव की सरहद पर गीदड़ों ने बोलना बन्द कर दिया था। एक स्थानीय शायर स्वयं के हर शे'र पर हूट करवाकर सर झुकाये जा रहा था कि एक साहब चांदनी पर चलते हुए मुशायरे के अध्यक्ष तक पहुंचे। दायें हाथ से आदाब किया और बायें हाथ से अपनी मटन-चाप मूंछ जो खिचड़ी हो चली थी, पर ताव देते रहे। उन्होंने प्रार्थना की कि मैं एक ग़रीब परदेसी हूं, मुझे भी शे'र पढ़ने की अनुमति दी जाये। उन्होंने आगाह किया कि अगर पढ़वाने में देर की गयी तो उनका स्तर स्वयं ऊंचा होता चला जायेगा और वो उस्तादों से पहलू मारने लगेंगे। उन्हें अनुमति दे दी गयी। उन्होंने खड़े होकर दर्शकों को दायें, बायें और सामने घूमकर तीन-बार आदाब किया। उनकी क्रीम रंग की अचकन इतनी लम्बी थी कि भरोसे से नहीं कहा जा सकता था कि उन्होंने पाजामा पहन रक्खा है या नहीं। काले मख़मल की टोपी को जो भीड़-भड़क्के में सीधी हो गयी थी, उन्होंने उतारकर फूंक मारी और अधिक टेढ़े एंगिल से सर पर जमाया।

मुशायरे के दौरान यह साहब छटी लाइन में बैठे अजीब अन्दाज़ से "ऐ सुब्हानअल्ला-सुब्हानअल्ला" कहकर दाद दे रहे थे। जब सब ताली बजाना बन्द कर देते तो यह शुरू हो जाते और इस अन्दाज़ में बजाते जैसे रोटी पका रहे हैं। फ़र्शी आदाब करने के बाद वो अपनी डायरी लाने के लिये अचकन इस तरह ऊपर उठाये अपनी जगह पर वापस गये जैसे कुछ औरतें भरी बरसात और चुभती नज़रों की सहती-सहती बौछारों में, केवल इतने गहरे पानी से बचने के लिये जिसमें चींटी भी न डूब सके, अपने पांयचे दो-दो बालिश्त ऊपर उठाये चलती हैं और देखने वाले क़दम-क़दम पे दुआ करते हैं कि "इलाही ये घटा दो दिन तो बरसे।"

अपनी जगह से उन्होंने अपनी डायरी उठायी, जो दरअस्ल स्कूल का एक पुराना हाज़िरी रजिस्टर था। जिसमें परीक्षा की पुरानी कॉपियों के ख़ाली पन्नों पर लिखी हुई ग़ज़लें रखी थीं। उसे सीने से लगाये वो साहब वापस मुशायरे के अध्यक्ष के पास पहुंचे। हूटिंग किसी तरह बन्द होने का नाम ही नहीं लेती थी। ऐसी हूटिंग नहीं देखी कि शायर के आने से पहले और शायर के जाने के बाद भी ज़ोरों से जारी रहे। अपनी जेबी घड़ी एक बार बैठने से पहले और बैठने के बाद ध्यान से देखी। फिर उसे डमरू की तरह हिलाया और कान लगाकर देखा कि अब भी बन्द है या धक्कमपेल से चल पड़ी है। जब फ़ुरसत पायी तो श्रोताओं से बोले, "हजरात! आपके चीख़ने से मेरे तो गले में ख़राश पड़ गयी है।"

इन साहब ने अध्यक्ष और श्रोताओं से कहा कि वे एक ख़ास कारण से ग़ैर-तरही ग़ज़ल पढ़ने की इजाज़त चाहते हैं, मगर कारण नहीं बताना चाहते। इस पर श्रोताओं ने शोर मचाया। हल्ला अधिक मचा तो उन साहब ने अपनी अचकन के बटन खोलते हुए ग़ैर-तरही ग़ज़ल पढ़ने का यह कारण बताया कि जो मिसरा 'तरह' दिया गया है उसमें 'सकता' (छन्द दोष) पड़ता है। 'मरज़' शब्द को 'फ़र्ज़' के ढंग पर बांधा गया है।

श्रोताओं की आख़िरी पंक्ति से एक दाढ़ी वाले बुज़ुर्ग ने उठकर न केवल सहमति व्यक्त की बल्कि ये चिंगारी भी छोड़ी कि अलिफ़ (आ की ध्वनि को अ बांधना) भी गिरता है।

यह सुनना था कि शायरों पर अलिफ़ ऐसे गिरा जैसे फ़ालिज गिरता है, सकते में आ गये। श्रोताओं ने आसमान, मिसरा-तरह और शायरों को अपने सींगों पर उठा लिया। एक हुल्लड़ मचा हुआ था। जौहर इलाहाबादी कुछ कहना चाहते थे मगर अब शायरों के कहने की बारी समाप्त हो चुकी थी। फब्तियों, ठठ्ठों और गालियों के सिवा कुछ सुनायी नहीं दे रहा था। ऐसी स्थिति थी कि अगर उस समय धरती फट जाती तो बिशारत स्वयं को, मय कानपुर के शायरों और मौलवी मज्जन को गावतकिये समेत उसमें समा जाने के लिये ख़ुशी से ऑफ़र कर देते।

उस एतराज़ करने वाले शायर ने अपना उपनाम साग़र जालौनवी बताया।

मुशायरा कैसे लूटा गया

लोग बड़ी देर से उकताये बैठे थे। साग़र जालौनवी के धमाकेदार एतराज़ से ऊंघते मुशायरे में जान ही नहीं, तूफ़ान आ गया। दो गैस की लालटेनों का तेल पन्द्रह मिनट पहले ख़त्म हो चुका था। कुछ में समय पर हवा नहीं भरी गयी। वो फ़ुस्स होकर बुझ गयीं। साग़र जालौनवी के एतराज़ के बाद किसी शरारती ने शेष लालटेनों को झड़झड़ाया। जिससे उनके मेंटल झड़ गये और अंधेरा हो गया। अब मारपीट शुरू हुई। लेकिन ऐसा घुप्प अंधेरा था कि हाथ को शायर सुझायी नहीं दे रहा था इसलिए बेक़सूर श्रोता पिट रहे थे। इतने में किसी ने आवाज़ लगायी, भाइयो! हटो! भागो! बचो! रण्डियों वाले हकीम साहब की भैंस रस्सी तुड़ा गयी है। यह सुनते ही घमासान की भगदड़ पड़ी। अंधेरी रात में काली भैंस तो किसी को दिखायी नहीं दी लेकिन लाठियों से लैस, मगर घबराये हुए देहातियों ने एक-दूसरे को, भैंस समझ कर ख़ूब धुनाई की। लेकिन आज तक यह समझ न आया कि चुराने वालों ने ऐसे घुप्प अंधेरे में नये जूते कैसे पहचान लिये और जूते की क्या, हर चीज़ जो चुरायी जा सकती थी चुरा ली गयी। पानों की चांदी की थाली, दर्जनों अंगोछे, साग़र जालौनवी की दुगनी साइज़ की अचकन, जिसके नीचे कुरता या बनियान नहीं था। एक जाज़म, तमाम चांदनियां, यतीमख़ाने के चंदे की सन्दूक़ची, उसका फ़ौलादी ताला, यतीमख़ाने का काला बैनर, मुशायरे के अध्यक्ष का गावतकिया और आंखों पर लगा चश्मा, एक पटवारी के गले में लटकी हुई दांत कुरेदनी और कान का मैल निकालने की डोई, ख़्वाजा क़मरूद्दीन की जेब में पड़े आठ रुपये, इत्र में बसा रेशमी रूमाल और पड़ौसी की बीवी के नाम महकता ख़त (यही एक चीज़ थी जो दूसरे दिन बरामद हुई और इसकी नक़्ल घर-घर बंटी)। हद ये कि कोई बदतमीज़ उनकी टांगों में फंसे चूड़ीदार का रेशमी नाड़ा एक ही झटके में खींचकर ले गया। एक शख़्स बुझा हुआ हंडा सर पर उठा के ले गया। माना कि अंधेरे में किसी ने सर पर ले जाते हुए तो नहीं देखा, मगर हंडा ले जाने का केवल यही एक ढंग था। बीमार मुर्ग़ियों के केवल कुछ पर पड़े रह गये। साग़र जालौनवी का बयान था कि एक बदमाश ने उसकी मूंछ तक उखाड़ कर ले जाने की कोशिश की। जिसे उसने यथासमय

अपनी चीख़ से नाकाम कर दिया। यानी इस बात की चिंता किये बिना कि उपयोगी है या नहीं, जिसका जिस चीज़ पर हाथ पड़ा उसे उठाकर, उतारकर, नोच कर, फाड़ कर, उखाड़ कर ले गया। हद यह कि तहसीलदार के पेशकार मुंशी बनवारी लाल माथुर के इस्तेमाल में आते डेंचर्स भी। केवल एक चीज़ ऐसी थी जिसे किसी ने हाथ नहीं लगाया। शायर अपनी डायरियां जिस जगह छोड़ कर भागे थे वो दूसरे दिन तक वहीं पड़ी रहीं।

बाहर से आये देहातियों ने यह समझकर कि शायद यह भी मुशायरे का हिस्सा है, मार-पीट और लूट-खसोट में बढ़-चढ़ कर हिस्सा लिया और बाद को बहुत दिन तक हर आये-गये से बड़े चाव से पूछते रहे कि अगला मुशायरा कब होगा।

कई पुश्तों की नालायक़ी का निचोड़

ये शायर जो भूचाल लाया बल्कि जिसने मुशायरा अपनी मूंछों पर उठा लिया, बिशारत का ख़ानसामा निकला। पुरानी टोपी और उतरन की अचकन का तोहफ़ा उसे पिछली ईद पर मिला था। राह चलतों को पकड़-पकड़ के अपना कलाम सुनाता। सुनने वाला दाद देता तो उसे खींच कर लिपटा लेता और दाद न देता तो स्वयं आगे बढ़कर उससे लिपट जाता। अपने कलाम के दैवीय होने में उसे कोई शक न था। शक औरों को भी नहीं था क्योंकि केवल अक़्ल या ख़ाली-ख़ूली इल्म के ज़ोर से कोई शख़्स ऐसे ख़राब शे'र नहीं कह सकता। दो पंक्तियों में इतनी सारी ग़लतियां और झोल आसानी से सुमो देना दैवीय मदद के बिना सम्भव न था। काव्य चिंतन में अक्सर ये भी हुआ कि अभी पंक्ति पे ठीक से दूसरी पंक्ति भी नहीं लगी थी कि हंडिया धुआं देने लगी। सालन के भुट्टे लग गये। पांचवीं क्लास तक पढ़ाई की थी। जो उसकी निजी आवश्यकता और बर्दाश्त से कहीं अधिक थी। वो अपनी संक्षिप्त-सी अंग्रेज़ी और ताज़ा शे'र को रोक नहीं सकता था। अगर आप उससे दस मिनट भी बात करें तो उसे अंग्रेज़ी के जितने भी शब्द आते थे वो सब आप पर दाग़ देता। अपने को साग़र साहब कहलवाता लेकिन घर में जब ख़ानसामा का काम अंजाम दे रहा होता तो अपने नाम अब्दुल क़य्यूम से पुकारा जाना पसंद करता। साग़र कहके बुलायें तो बहुत बुरा मानता। कहता था, नौकरी में हाथ बेचा है, उपनाम नहीं बेचा। ख़ानसामागिरी में भी शायराना तूल देने से बाज़ न आता। स्वयं को वाजिद अली शाह, अवध के नवाब का ख़ानदानी ख़ानसामा बताता था। कहता था कि मैं फ़ारसी में लिखी डेढ़ सौ साल पुरानी डायरी देख-देख कर खाना पकाता हूं। उसके हाथ का बुरा खाना दरअस्ल कई पीढ़ियों की जमा की गयी नालायक़ी का निचोड़ होता था।

मगर इसमें पड़ती है मेहनत ज़ियादा

उसका दावा था कि मैं एक सौ एक क़िस्म के पुलाव पका सकता हूं और ऐसा ग़लत भी न था। बिशारत हर इतवार को पुलाव पकवाते थे। साल भर में कम-से-कम बावन बार अवश्य पकवाया होगा। हर बार एक अलग ढंग से ख़राब करता था। केवल वो खाने ठीक पकाता था जिनको और ख़राब करना मामूली योग्यता रखने वाले आदमी के बस

का काम नहीं। उदाहरण के तौर पर खिचड़ी, आलू का भुरता, लगी हुई खीर, रात भर की पकी देग़, खिचड़ा, अरहर की दाल और मुतंजन, जिसमें मीठे चावलों के साथ मांस और नींबू की खटाई डाली जाती है। फूहड़ औरतों की तरह खाने की तमाम ख़राबियों को मिर्च से और शायरी की ख़राबियों को गाने से दूर कर देता था। मीठा बिलकुल नहीं पका सकता था। इसलिए कि इसमें मिर्च डालने का चलन नहीं। अक्सर चांदनी रातों में जियोग्राफ़ी टीचर को उसी के बैंजो पर अपनी ग़ज़लें गा के सुनाता। जिन्हें सुनकर वो अपनी महबूबा को, जिसकी शादी मुरादाबाद में एक पीतल के पीकदान बनाने वाले से हो गयी थी, याद कर-कर के खरज में रोता था। गाने की जिस धुन का साग़र ने बिना किसी प्यास के आविष्कार किया था उससे गिरने में बहुत मदद मिलती थी।

बिशारत ने एक दिन छेड़ा कि भई, तुम ऐसी मुश्किल ज़मीनों में ऐसे अच्छे शे'र निकालते हो, फिर ख़ानसामागिरी क्यों करते हो? कहने लगा आपने मेरे दिल की बात पूछ ली। अच्छा खाना पकाने के बाद जो रूह को ख़ुशी मिलती है वो शे'र के बाद नहीं मिलती। किस वास्ते कि खाना पकाने में वज़्न का कहीं अधिक ध्यान रखना पड़ता है। खाने वाले जिसे बुरा कह दें उसे बुरा मानना पड़ता है। खाना पकाने में मेहनत भी अधिक पड़ती है। इसीलिए तो आज तक किसी शायर ने बावर्ची का पेशा नहीं पकड़ा।

शायरी को साग़र जालौनवी ने कभी इज़्ज़त का माध्यम नहीं समझा। जिसका एक कारण ये था कि शायरी के कारण अक्सर उसकी बेइज़्ज़ती होती रहती थी। खाना पकाने में जितना बुद्धिमान था, शे'र कहने में उतनी ही उदारता से काम लेता था। अक्सर बड़े खुले दिल से स्वीकार करता था कि 'ग़ालिब' उर्दू में मुझसे बेहतर कह लेता था। 'मीर' को मुझसे कहीं अधिक वेतन और दाद मिली। उदारता से इतना मानने के बाद ये ज़रूर कहता, हुज़ूर वो ज़माने और थे। उस्ताद केवल शे'र कहते और शार्गिदों की ग़ज़लें बनाते थे। कोई उनसे चपाती नहीं बनवाता था।

ये कौन हज़रते-'आतिश' का हमज़बां निकला

इसमें कोई शक नहीं कि कई-कई शे'र बड़े पके निकलते थे। कुछ शे'र तो वस्तुतः ऐसे थे कि 'मीर' और 'आतिश' भी उन पर गर्व करते। जिसका एक कारण ये था कि ये उन्हीं के थे। स्वयं को एक विद्यार्थी और अपनी शायरी को दैवीय अवतरण बताता था। चुनांचे एक अरसे तक तो उसके भक्त और शिष्यगण इसी ख़ुशगुमानी में रहे कि चोरी नहीं अवतरण में साम्य हो गया है। रुदौली में अपनी ताज़ा ग़ज़ल पढ़ रहा था कि किसी गुस्ताख़ ने भरे मुशायरे में टोक दिया कि "ये तो नासिख़ का है। चोरी है चोरी!" थोड़ा जो घबराया हो। उलटा मुस्कुराया, कहने लगा "बिलकुल ग़लत! आतिश का है।"

फिर अपनी डायरी मुशायरे के अध्यक्ष की नाक के नीचे बढ़ाते हुए बोला, "हुज़ूर! देख लें, ये शे'र डायरी में inverted commas में लिखा है और आगे आतिश का नाम भी लिख दिया है।" मुशायरे के अध्यक्ष ने इसकी पुष्टि की और एतराज़ करने वाला अपना-सा मुंह ले के रह गया।

साग़र अपने छोड़े हुए वतन जालौन के कारण प्यार में छोटा साग़र (जाम) कहलाता था। मगर वो स्वयं अपना रिश्ता शायरी के लखनऊ स्कूल से जोड़ता था और ज़बान के मामले में दिल्लीवालों और पंजाबवालों से बला का पक्षपात करता था। इसलिए केवल लखनऊ के शायरों के कलाम से चोरी करता था।

तिरे कूचे से हम निकले

हंगामे के बाद किसी को मेहमान शायरों का होश न था। जिसके जहां सींग समाये वहीं चला गया और जो स्वयं इस योग्य न था उसे दूसरे अपने सींगों पर उठा ले गये। कुछ रात की हड़बोंग की शर्मिन्दगी, कुछ रुपया न होने के कारण अव्यवस्था, बिशारत इस स्थिति में न रहे कि शायरों को मुंह दिखा सकें। मौली मज्जन के दिये दस रुपये कभी के चटनी हो चुके थे, बल्कि वो अपनी जेब के बहत्तर रुपये ख़र्च कर चुके थे और अब इतनी क्षमता न थी कि शायरों को वापसी का टिकिट दिलवा सकें। मुंह पर अंगोछा डाल कर छुपते-छुपाते धार्मिक-शिक्षा टीचर के ख़ाली घर में गये। वेलेजली उनके साथ लगा था। ताला तोड़ कर घर में घुसे और दिन भर मुंह छुपाये पड़े रहे। तीसरे पहर वेलेजली को ज़ंजीर उतार कर बाहर कर दिया कि बेटा जा, आज स्वयं ही घूम आ। कानपुर के बिफरे हुए शायरों का झुण्ड उनकी तलाश में घर-घर झांकता फिरा अन्त में थक-हारकर पैदल स्टेशन के लिये रवाना हुआ। सौ-दौ सौ क़दम चले होंगे कि लोग साथ आते गये और बाक़ायदा जुलूस बन गया। क़स्बे के तमाम अधनंगे बच्चे, एक पूरा नंगा पागल, म्यूनिसिपल बोर्ड की हद में काटने वाले तमाम कुत्ते उन्हें स्टेशन छोड़ने गये। जुलूस के अन्त में एक साधु भभूत रमाये, भंग पिये और तीन कटखनी बत्तख़ें भी अकड़ी हुई फ़ौजियों की ceremonial चाल यानी अपनी ही चाल...में चलती हुई साथ थीं। रास्ते में घरों में आटा गूंधती, सानी बनाती, रोते हुए बच्चे का मुंह दूध के ग्लैंड से बंद करती और लिपाई-पुताई करती औरतें अपना-अपना काम छोड़कर, सने हुए हाथों के तोते से बनाये जुलूस देखने खड़ी हो गयीं। एक बंदर वाला भी अपने बंदर और बंदरिया की रस्सी पकड़े ये तमाशा देखने खड़ा हो गया। बंदर और लड़के बार-बार तरह-तरह के मुंह बनाकर एक-दूसरे पर खोंखियाते हुए लपकते थे। ये कहना मुश्किल था कि कौन किसकी नक़ल उतार रहा है।

आते समय जिन शायरों ने इस बात पर नाक-भौं चढ़ायी थी कि बैलगाड़ी में लाद कर लाया गया, अब इस बात से क्रोधित थे कि पैदल खदेड़े गये। चलती ट्रेन में चढ़ते समय हैरत कानपुरी एक क़ुली से ये कह गये कि उस कमीन (बिशारत) से कह देना, थोड़ा धीरजगंज से बाहर निकले, तुझसे कानपुर में निबट लेंगे। सब शायरों ने अपनी जेब से वापसी के टिकिट ख़रीदे, सिवाय उस शायर के जो अपने साथ पांच मिसरे उठाने वाला लाया था। ये साहब अपने मिसरे उठाने वालों समेत आधे रास्ते में ही बिना टिकिट यात्रा करने के जुर्म में उतार लिये गये। प्लेटफ़ार्म पर कुछ दर्दमंद मुसलमानों ने चंदा करके टिकिट चेकर को रिश्वत दी तब कहीं जा के छूटे। टिकिट चेकर मुसलमान था वरना कोई और होता तो छहों के हथकड़ी डलवा देता।

बात एक रात की

सिर्फ़ बेइज़्ज़त हुए शायर नहीं, कानपुर की सारी शायर बिरादरी बिशारत के ख़ून की प्यासी थी। उन शायरों ने बिशारत के ख़िलाफ़ इतना प्रोपेगंडा किया कि कुछ गद्य लेखक भी इनको कच्चा चबा जाने के लिये तैयार बैठे थे। कानपुर में हर जगह इस मुशायरे के चर्चे थे। धीरजगंज जाने वाले शायरों ने अपनी ज़िल्लत और परेशानी की कहानियां बढ़ा-चढ़ाकर बतायीं। वो अगर सच नहीं भी थीं तो सुनने वाले दिल से चाहते थे कि ख़ुदा करे! सच हों कि वो इसी योग्य थे। लोग कुरेद-कुरेद के विस्तार से सुनते थे। एक शिकायत हो तो बयान करें। अब खाने को ही लीजिये। हर शायर को शिकायत थी कि रात का खाना हमें दिनदहाड़े चार बजे उसी किसान के यहां खिलवाया गया जिसके यहां सुलवाया गया। ज़ाहिर है हर किसान ने अलग तरह का खाना खिलाया। इसलिए जितनी तरह के खाने थे उतनी ही तरह की पेट की बीमारियों में शायरों ने स्वयं को उलझा पाया। हैरत कानपुरी ने शिकायत की कि मैंने नहाने के लिये गर्म पानी मांगा तो चौधराइन ने घूंघट उठा के मुझे सबसे पास के कुएं का रास्ता बता दिया। और ये भरोसा दिलाया कि उसमें से गर्मियों में ठंडा और सर्दियों में गर्म पानी निकलता है। चौधरी ने तो नहाने का कारण भी जानना चाहा (ये उस ज़माने का बहुत आम और भौंडा मज़ाक़ था) और जब मैंने नहाये बिना अचकन पहन ली और मुशायरे में जाने लगा तो चौधरी ने मेरी गोद में दो महीने का नंग-धड़ंग बेटा देकर ज़बरदस्ती पुष्टि करनी चाही कि नवजात अपने बाप पर पड़ा है। मेरा क्या जाता था मैंने कह दिया, हां और बड़े प्यार से बच्चे के सर पे हाथ फेरा जिससे बेचैन होके उसने मेरी अचकन पे पेशाब कर दिया। उसी अचकन को पहने-पहने मैंने लोकल शायरों को गले लगाया।

फिर कहा कि बन्दा आबरू हथेली पे रखे एक बजे मुशायरे से लौटा। तीन बजे तक चारपाई के ऊपर खटमल और नीचे चूहे कुलेलें करते रहे। तीन बजते ही घर में "सुब्ह हो गयी-सुब्ह हो गयी" का शोर मच गया। और ये शिकायत तो सबने की कि सुब्ह चार बजे हमें झिंझोड़-झिंझोड़ कर उठाया और एक-एक लोटा हाथ में पकड़ा के झड़बेरी की झाड़ियों के पीछे भेज दिया गया। हैरत कानपुरी ने प्रोटेस्ट किया तो उन्हें नवजात के पोतड़े के नीचे से एक चादर घसीट के पकड़ा दी गयी कि ऐसा ही है तो ये ओढ़ लेना। शायरों का दावा था कि उस दिन हमने गांव के मुर्ग़ों को कच्ची नींद उठाकर अजानें दिलवा दीं।

कुछ ने शिकायत की हमें 'ठोस' नाश्ता नहीं दिया गया। निहार मुंह फ़ुट भर लम्बे गिलास में छाछ पिलाकर विदा कर दिया। एक साहब कहने लगे कि उनकी खाट के पाये से बंधी हुई एक बकरी सारी रात मींगनी करती रही। मुंह अंधेरे उसी का दूध दुह के उन्हें पेश कर दिया गया। उनका विचार था कि ये व्यवहार तो कोई बकरी भी बर्दाश्त नहीं कर सकती। 'ख़रोश' शाहजहांपुरी ने कहा कि उनके सिरहाने रात के ढाई बजे से चक्की चलनी शुरू हो गयी। चक्की पीसने वाली दोनों लड़कियां हँस-हँस के जो गीत गा रही थीं वो देवर-भावज और नंदोई-सलहज की छेड़छाड़ से संबंधित था। जिससे उनकी नींद और नीयत में विघ्न पड़ा। 'एजाज़' अमरोही ने कहा कि भांति-भांति के परिंदों ने सुब्ह चार बजे से ही शोर मचाना शुरू कर दिया। ऐसे में कोई शरीफ़ आदमी सो ही नहीं

सकता। 'मजज़ूब' मथरावी को शिकायत थी कि उन्हें कच्चे आंगन में जामुन के पेड़ तले मच्छरों की छांव में सुलाया गया। पुरवा के हर चैन देने वाले झोंके के साथ रात भर उनके सर पर जामुनें टपकती रहीं। सुब्ह उठकर उन्होंने शिकायत की तो मकान मालिक के मैट्रिक फ़ेल लौंडे ने कहा, "ग़लत! जामुनें नहीं, फ़लेंदे थे। मैंने स्वयं लखनऊवालों को फ़लेंदे कहते सुना है।" 'मजज़ूब' मथरावी के बयान के अनुसार उनकी चारपाई के पास खूंटे से बंधी हुई भैंस रात-भर डकराती रही। तड़के एक बच्चा दिया जो सीधा उनकी छाती पे आ गिरता, अगर वो कमाल की फुरती से बीच में ही कैच न कर लेते। 'शैदा' जारचवी ने अपनी बेइज़्ज़ती में भी अनूठेपन और गर्व का पहलू निकाल लिया। उन्होंने दावा किया कि जैसी बेमिसाल बेइज़्ज़ती उनकी हुई वैसी तो एशिया भर में कभी किसी शायर की नहीं हुई। 'राअना' सीतापुरी, 'सुम' काकोरवी ने शगूफ़ा छोड़ा जिस घर में मुझे सुलाया गया बल्कि रात-भर जगाया गया, उसमें एक ज़िद्दी बच्चा सारी रात मां के दूध और उसका बाप चर्चा के पहले विषय के लिये मचलता रहा। मायल देहलवी 'अख़गर' कानपुरी के शागिर्द बोले कि उनका किसान मेजबान हर आध घंटे बाद उठ-उठकर उनसे पूछता रहा कि "जनाबे-आली कोई तकलीफ़ तो नहीं, नींद तो ठीक आ रही है ना?" ग़रज कि जितने मुंह उनसे दुगनी-तिगुनी शिकायतें। हर शायर इस तरह शिकायत कर रहा था जैसे कि उसके साथ किसी व्यवस्थित षड्यंत्र के तहत निजी ज़ुल्म हुआ है। हालांकि हुआ-हवाया कुछ नहीं। हुआ केवल ये कि उन शहरी शायरों ने देहात के जीवन को पहली बार...और वो भी चंद घंटों के लिये...थोड़ा पास से देख लिया और बिलबिला उठे। उन पर पहली बार खुला कि शह्र से केवल चंद मील की ओट में इंसान कैसे जीते हैं और अब उनकी समझ में ये नहीं आ रहा था कि यही कुछ है तो किसलिए जीते हैं।

सकते निकलवा लो

कुछ दिन बाद ये भी सुनने में आया कि जिन तरही पढ़ने वालों की बेइज़्ज़ती हुई थी उन्होंने तय किया कि आइन्दा जब तक किसी उस्ताद के दीवान में स्वयं अपनी आंख से मिसरा-ए-तरह न देख लें, बिलकुल-बिलकुल उस ज़मीन में शे'र नहीं निकालेंगे। उनमें से दो शायरों ने 'साग़र' जालौनवी से ग़ज़लें बनवानी शुरू कर दीं। इधर उस्ताद अख़गर कानपुरी, माइल देहलवी के शागिर्द की दुकान ख़ूब चमकी। उनके पास रोज़ाना दर्जनों शागिर्द आने लगे कि उन्होंने ग़ज़ल में करेक्शन की एक विशेष विधा में स्पेशलाइज़ कर लिया था। वो केवल सकते निकालते थे और इस तरह निकालते थे जैसे पहलवान लात मारकर कमर की चिक निकाल देते हैं या जिस तरह बारिश में भीगने से बान की अकड़ी हुई चारपाई पर मुहल्ले भर के लौंडों को कुदवा कर उसकी कान निकाल ली जाती है। इस तरह कान तो निकल जाती है, लेकिन लौंडों को पराई चारपाई पर कूदने का चस्का पड़ जाता है।

माई डियर मौलवी मज्जन

दिन तो जैसे-तैसे काटा लेकिन शाम पड़ते ही बिशारत एक क़रीबी गांव सटक गये। वहां अपने एक परिचित के यहां (जिसने कुछ महीने पहले एक यतीम तलाश करने में मदद दी थी) अंडरग्राउंड हो गये। अभी जूतों के फ़ीते ठीक से खोले भी नहीं थे कि

हर जानने वाले को अलग-अलग लोगों के ज़रिये, अपने गोपनीय भूमिगत स्थान की जानकारी भिजवायी। उन्होंने धीरजगंज में सवा साल रो-रो कर गुज़ारा था। देहात में समय भी बैलगाड़ी में बैठ जाता है। उन्हें अपनी सहनशक्ति पर आश्चर्य हुआ। नौकरी के सब रास्ते बंद नज़र आयें तो असहनीय भी सहन हो जाता है। उत्तरी भारत में कोई स्कूल ऐसा नहीं बचा जिसका नाम उन्हें पता हो और उन्होंने वहां प्रार्थना पत्र न भेजा हो। आसाम के एक मुस्लिम स्कूल में उन्हें जिम्नास्टिक मास्टर तक की नौकरी न मिली। चार-पांच जगह अपने ख़र्च पर जाकर इंटरव्यू में नाकाम हो चुके थे। हर असफलता के बाद उन्हें समाज में एक नयी बुराई दिखायी पड़ती थी, जिसे केवल रक्त-क्रांति से ही दूर किया जा सकता था। लेकिन जब कुछ दिन एक दोस्त की मेहरबानी से सन्डीला के हाईस्कूल में एप्वाइंटमेंट लेटर मिला तो अनायास मुस्कुराने लगे। दिल ने अनायास कहा कि मियां—

'ऐसा कहां ख़राब जहाने-ख़राब है'

दस-बारह बार पत्र पढ़ने और हर बार नयी प्रसन्नता अनुभव करने के बाद उन्होंने चार लाइन वाले काग़ज पर इस्तीफ़ा लिखकर मौलवी मज्जन को भिजवा दिया। एक ही झटके में बेड़ी उतार फेंकी। त्याग-पत्र लिखते हुए वो स्वतंत्रता के भक-से उड़ा देने वाले नशे में डूब गये, अतः त्याग-पत्र की 'त्र' की टांग 'त' के पेट में घुस गयी। बी.ए. का रिज़ल्ट आने के बाद वो अंग्रेज़ी में अपने हस्ताक्षर की जलेबी-सी बनाने लगे थे। आज वो जलेबी, इमरती बन गयी। मौलवी मज्जन को चिट्ठी का विषय पढ़ने की थोड़ी भी आवश्यकता नहीं थी कि चिट्ठी के हर स्वर से विद्रोह, हर व्यंजन से उद्दंडता और एक-एक लाइन से त्याग-पत्र टपक रहा था। बिशारत ने लिफ़ाफ़े को आश्चर्य और घृणा में थूक मिलाकर ऐसे चिपकाया जैसे मौलवी मज्जन के मुंह पर थूक रहे हों। हस्ताक्षर करने के बाद सरकारी होल्डर के दो टुकड़े कर दिये। अपने अन्नदाता मौलवी सय्यद मुहम्मद मुज़फ़्फ़र को हुज़ूर फ़ैज़ गंजूर लिखने की बजाय माई डियर मौलवी मज्जन लिखा तो वो कांटा जो सवा साल में उनके तलवे को छेदता हुआ तालू तक पहुंच चुका था, एक झटके से निकल गया। उन्हें इस बात पर हैरत थी कि वो सवा साल ऐसे फटीचर आदमी से इस तरह अपनी औक़ात ख़राब करवा रहे थे। उन्हें हो क्या गया था। मौलवी मज्जन को भी शायद इसका अहसास था। इसलिए कि जब बिशारत उन्हें ख़ुदा के हवाले करने गये, मतलब ये कि ख़ुदा हाफ़िज कहने गये तो उन्होंने हाथ तो मिलाया आंखें न मिला सके, जबकि बिशारत का ये हाल था कि 'आदाब अर्ज़' भी इस तरह कहा कि लहज़े में हज़ार गालियों का ग़ुबार भरा था।

बिशारत ने बहुत सोचा। नाज़ो को भेंट में देने के लिये उनके पास कुछ भी तो न था। जब कुछ समझ में न आया तो विदा के समय अपनी सोने की अंगूठी उतार कर उसे दे दी। उसने कहा, "अल्लाह, मैं इसका क्या करूंगी?" फिर वो अपनी कोठरी में गयी और कुछ मिनट बाद वापस आयी। उसने अंगूठी में अपने घुंघराले बालों की एक लट बांध कर उन्हें लौटा दी। वो दबी सिसकियों में रो रही थी।

तुम तो इतने भी नहीं जितना है क़द तलवार का

सन्डीला हाईस्कूल में और तो सब कुछ ठीक था, लेकिन मैट्रिक में तीन-चार लड़के उनसे भी तीन चार बरस बड़े निकले। ये लड़के जो हर क्लास में दो-दो तीन-तीन साल दम लेते हुए मैट्रिक तक पहुंचे थे, अपनी उम्र से इतने शर्मिन्दा नहीं थे जितने कि स्वयं बिशारत। जैसे ही वो गोला जो इस क्लास में पांव रखते ही उनके कंठ में फंस जाता था, घुला और स्कूल में उनके पैर जमे, उन्होंने अपने एक दोस्त से जो लखनऊ से नया-नया एल.एल.बी. करके आया था, मौलवी मुज़फ़्फ़र को एक क़ानूनी नोटिस भिजवाया कि मेरे मुअक्किल का दस महीने का चढ़ा हुआ वेतन मनीऑर्डर से भिजवा दीजिये वरना आपके ख़िलाफ़ क़ानूनी कार्रवाई की जायेगी।

इसके जवाब में दो हफ़्ते बाद मौलवी मुज़फ़्फ़र की तरफ़ से उनके वकील का रजिस्टर्ड नोटिस आया कि मुशायरे के सिलसिले में जो रक़म आपको समय-समय पर दी गयी, उसका हिसाब दिये बिना आप भाग गये। आप इन पैसों में से अपने पैसे काट के शेष मेरे मुअक्किल को भेज दीजिये। मुशायरे के व्ययों का विवरण अस्ल रसीद के साथ वापसी डाक से भेजें। शायरों को जो पेमेंट, भत्ता और मार्ग व्यय दिया गया उनकी रसीदें भी संलग्न करें और इसका कारण भी बतायें कि क्यों न आपके ख़िलाफ़ क़ानूनी कार्रवाई की जाये। इसके अतिरिक्त ये कि शायरों के स्वागत के समय आपने यतीमख़ाने के बैंड से अपनी एक ग़ज़ल बजवायी। जिसके एक से अधिक शे'र अश्लील थे और ये कि वज़्न से गिरे हुए मिसरा-तरह देने से स्कूल की और धीरजगंज के लोगों की जो मानहानि हुई है और उनको जो नुक़सान पहुंचा है उसका हर्जाना वसूल करने का अधिकार यतीमख़ाना कमेटी सुरक्षित रखती है। नोटिस में ये धमकी भी दी गयी थी कि अगर रक़म वापस न की गयी तो ग़बन के केस के पूरे विवरण से सन्डीला स्कूल की व्यवस्थापक कमेटी और गवर्नमेंट के शिक्षा विभाग को सूचित कर दिया जायेगा।

नोटिस से तीन दिन पहले मौलवी मज्जन ने एक टीचर की ज़बानी बिशारत को कहला भेजा कि बरख़ुरदार! तुम अभी बच्चे हो। गुरु घंटाल से काहे को उलझते हो। अभी तो तुम्हारे गोलियां और गिल्ली डंडा खेलने और हमारी गोद में बैठकर ईदी मांगने के दिन हैं। अगर टक्कर ली तो धज्जियां बिखेर दूंगा।

आदमी का काटा कुत्ता

बिशारत का रहा-सहा बचाव का लड़खड़ाता क़िला ढाने के लिये नोटिस के आख़िरी पैराग्राफ़ में एक टाइमबम रख दिया। लिखा था कि जहां आपने शिक्षा विभाग को अपने नोटिस की नक़्ल भेजी, वहां उसकी जानकारी में ये बात भी लानी चाहिए थी कि आपने अपने कुत्ते का नाम ब्रिटिश सरकार के गवर्नर जनरल को ज़लील करने की नीयत से लार्ड वेलेजली रखा। आपको बार-बार वार्निंग दी गयी मगर आप शासन के विरोध में एक लैंडी कुत्ते के द्वारा घृणा और विद्रोह को हवा देने पे तुले रहे। जिसकी गवाही देने को क़स्बे का बच्चा-बच्चा तैयार है। आप अंग्रेज़ दुश्मनी के उन्माद में अपने को गर्व से टीपू कहलवाते थे।

बिशारत सकते में आ गये। या अल्लाह क्या होगा। वो देर तक उदास और चिंतित बैठे रहे। वेलेजली उनके पैरों पर अपना सर रखे, आंखें मूंदे पड़ा था। थोड़ी-थोड़ी देर में आंखें खोल के उन्हें देख लेता था। उनका जी थोड़ा हल्का हुआ तो वो देर तक उस पर हाथ फेरते रहे, प्यार से अधिक कृतज्ञ भाव से। उसके बदन का कोई हिस्सा ऐसा नहीं था जहां पत्थर की चोट का निशान न हो।

मौली मज्जन ने इस नोटिस की कॉपी सूचना देने के लिये उन तमाम शायरों को भेजी जो उस यादगार मुशायरे में आये थे। तीन-चार को छोड़ के सबके सब बिशारत के पीछे पड़ गये कि लाओ हमारे हिस्से की पेमेन्ट। एक बुरे हाल शायर तो कोसनों पर उतर आया। कहने लगा। जो दूसरे शायर भाइयों के गले पर छुरी फेर के मुआवज़ा हड़प कर जाये, अल्लाह करे उसकी क़ब्र में कीड़े और शे'र में सकते पड़ें। अब वो किस-किस को समझाने जाते कि मुशायरे की मद में उन्हें कुल दस रुपये दिये गये। एक दिलजले ने तो हद कर दी। इसी ज़मीन में उनकी हिजो (खिल्ली उड़ाने वाली शायरी) कहकर उनके भूतपूर्व ख़ानसामा साग़र जालौनवी के पास सुधारने के लिये भेजी। जो उस नमकहलाल ने ये कहके लौटा दी कि हम अवध के नवाब, जाने-आलम वाजिद अली शाह पिया के ख़ानदानी ख़ानसामा हैं। हमारा उसूल है कि एक बार जिसका नमक खा लिया, उसके ख़िलाफ़ हमारी ज़बान और क़लम से एक शब्द भी नहीं निकल सकता। चाहे वो कितना भी बड़ा ग़बन क्यों न कर ले।

तपिश डिबाइवी ने उड़ा दिया कि बिशारत के वालिद ने उसी पैसे से नया हार्मोनियम ख़रीदा है जिसकी आवाज़ दूसरे मुहल्ले तक सुनायी देती है।

इस साज़ के पर्दे में ग़बन बोल रहा है

बिशारत के उस्ताद जौहर इलाहाबादी ने खुल कर अमानत में ख़यानत का इल्ज़ाम तो नहीं लगाया लेकिन उन्हें एक घंटे तक ईमानदारी पर लैक्चर देते रहे।

नसीहत में फ़ज़ीहत

सच पूछिये तो उन्हें ईमानदारी का पहला पाठ जौहर इलाहाबादी ने ही पढ़ाया था। हमारा इशारा मौलवी मुहम्मद इस्माईल मेरठी की नज़्म 'ईमानदार लड़का' की तरफ़ है। ये नज़्म दरअस्ल एक ईमानदार लड़के की प्रशंसा में है जो हमें भी पढ़ायी गयी थी। उसका क़िस्सा ये है कि उस लड़के ने पड़ोसी के ख़ाली घर में ताज़ा-ताज़ा बेर डलिया में रखे देखे। खाने को बेतहाशा जी चाहा। लेकिन बड़ों की नसीहत और ईमानदारी की सोच बेर चुरा कर खाने की इच्छा पर हावी रही। बहादुर लड़के ने बेरों को छुआ तक नहीं। नज़्म का समापन इस शे'र पर होता है।

वाह-वा, शाबाश लड़के वाह-वा
तू जवां मर्दों से बाज़ी ले गया

हाय कैसे अच्छे ज़माने और कैसे भले लोग थे कि चोरी और बुरी नीयत की मिसाल देने के लिये बेरों से अधिक क़ीमती, स्वादिष्ट चीज़ की कल्पना भी नहीं कर सकते थे। खटमिट्ठे बेरों से अधिक बड़ी और बुरी Temptation हमारी दुखियारी नस्ल

के लड़कों को उस काल में उपलब्ध न थी। एक दिन बैठे-बैठे हमें यूं ही ध्यान आया कि अगर अब हमें नयी पौध के लड़कों को नेकचलनी का उपदेश देना हो तो चोरी और बुरी नीयत का कौन-सा उदाहरण देंगे जिससे बात उनके दिल में उतर जाये। लीजिये एक मॉडर्न उदाहरण, जिस पर हम ये कहानी समाप्त करते हैं।

उदाहरण

ईमानदार लड़के ने अलमारी में ब्लू फ़िल्म और cannabis की सिगरेट रखी देखीं। वो उन्हें अच्छी तरह पहचानता था। इसलिए कि कई बार ग्रामर स्कूल में अपनी क्लास के लड़कों के बस्तों में देख चुका था। उनके मज़े का उसे ख़ूब अन्दाज़ा था, मगर वो इस समय अपने डैडी की नसीहत के नशे में था। इसलिए सूंघ कर छोड़ दीं।

स्पष्टीकरण

वास्तविकता में इसके तीन कारण थे। पहला, उसके डैडी की नसीहत थी कि कभी चोरी न करना। दूसरा, डैडी ने ये भी नसीहत की थी कि बेटा गंदी चीज़ों के पास न जाना। नज़र हमेशा नीची रखना। सबसे बावला नशा आंख का नशा होता है और सबसे गंदा गुनाह आंख का गुनाह होता है, चूंकि इसमें कायरता और नामर्दी भी शामिल होती है। कभी कोई बुरा विचार दिल में आ भी जाये तो तुरन्त अपने किसी बड़े या ख़ानदान के किसी बुज़ुर्ग की सूरत को आंखों में बांध लेना। चुनांचे ईमानदार लड़के की आंखों के सामने इस समय अपने डैडी की सूरत थी और तीसरा कारण ये कि दोनों वर्जित चीज़ें उसके डैडी की अलमारी में रखी थीं।

वाह-वा, शाबाश लड़के वाह-वा!
तू बुज़ुर्गों से भी बाज़ी ले गया

हवेली

वो आदमी है मगर, देखने की ताब नहीं

मैंने 1945 में जब क़िबला (माननीय) को पहले-पहल देखा तो उनका हुलिया ऐसा हो गया था जैसा अब मेरा है, लेकिन बात हमारे अलबेले दोस्त बिशारत अली फ़ारूक़ी के ससुर की है। इसलिए परिचय भी उन्हीं की ज़बान से ठीक रहेगा। हमने तो बहुत बार सुना, आप भी सुनिये—

''वो हमेशा से मेरे कुछ-न-कुछ लगते थे। जिस ज़माने में मेरे ससुर नहीं बने थे तो फूफा हुआ करते थे और फूफा बनने से पहले मैं उन्हें चचा हुज़ूर कहा करता था। इससे पहले भी वो मेरे कुछ और ज़रूर लगते होंगे, मगर उस समय मैंने बोलना शुरू नहीं किया था। हमारे यहां मुरादाबाद और कानपुर में रिश्ते-नाते उबली हुई सिवइयों की तरह उलझे और पेच-दर-पेच गुंथे हुए होते हैं।

ऐसा रौद्र रूप, इतने क्रोध वाला आदमी सारे जीवन में नहीं देखा। उनकी मृत्यु हुई तो मेरी उम्र, आधी इधर-आधी उधर, चालीस के लगभग तो होगी, लेकिन साहब! जैसा आतंकित मैं उनकी आंखें देखकर छुटपन में होता था, वैसा ही न केवल उनके अन्तिम समय तक रहा, बल्कि अपने अन्तिम समय तक भी रहूंगा। बड़ी-बड़ी आंखें अपने सॉकेट से निकली पड़ती थीं—लाल, सुर्ख़, ऐसी-वैसी? बिलकुल कबूतर का ख़ून। लगता था, बड़ी-बड़ी पुतलियों के गिर्द लाल डोरों से अभी ख़ून के फव्वारे छूटने लगेंगे और मेरा मुंह ख़ूनम-ख़ून हो जायेगा। हर समय क्रोध में भरे रहते थे। जाने क्यों गाली उनका तकिया-कलाम थी और जो रंग बोलचाल का था, वही लिखाई का भी।

''रख हाथ निकलता है धुआं मग़्ज़े-क़लम से''

ज़ाहिर है, कुछ ऐसे लोगों से भी पाला पड़ता था जिन्हें किसी कारण से गाली नहीं दे सकते थे। ऐसे अवसरों पर ज़बान से तो कुछ न कहते, लेकिन चेहरे पर ऐसा एक्सप्रेशन लाते कि सर से पांव तक गाली नज़र आते। किसकी शामत आयी थी कि उनकी किसी भी राय से असहमति व्यक्त करता। असहमति तो दरकिनार, अगर कोई व्यक्ति केवल डर के मारे उनसे सहमत होता तो, अपनी राय बदल कर उलटा उसके सर हो जाते।

अरे साहब! बातचीत तो बाद की बात है, कभी-कभी केवल सलाम से भड़क

उठते थे! आप कुछ भी कहें; कैसी ही सच्ची और सामने की बात कहें, वो उसका खंडन ज़रूर करेंगे। किसी से सहमत होने में अपनी हेठी समझते थे। उनका हर वाक्य 'नहीं' से शुरू होता था। एक दिन कानपुर में कड़ाके की सर्दी पड़ रही थी। मेरे मुंह से निकल गया कि आज बड़ी सर्दी है। बोले, "नहीं, कल इससे अधिक पड़ेगी।"

वो चचा से फूफा बने और फूफा से ससुर, लेकिन मेरी अन्तिम समय तक निगाह उठा कर बात करने की हिम्मत न हुई। निकाह के समय वो क़ाज़ी के बग़ल में थे, क़ाज़ी ने मुझसे पूछा "क़ुबूल है?" उनके सामने मुंह से 'हां' कहने का साहस न हुआ—अपनी ठोड़ी से दो ठोंगें-सी मार दीं, जिन्हें क़ाज़ी और क़िबला ने रिश्ते के लिये अपर्याप्त समझा। क़िबला कड़क कर बोले, "लौंडे! बोलता क्यों नहीं?" डांट से मैं नर्वस हो गया। अभी क़ाज़ी का सवाल पूरा भी नहीं हुआ था कि मैंने "जी हां! क़ुबूल है" कह दिया। आवाज़ एकदम इतनी ज़ोर से निकली कि मैं स्वयं चौंक पड़ा। क़ाज़ी उछल कर सेहरे में घुस गया, सब लोग खिलखिला कर हँसने लगे। अब क़िबला इस पर भिन्ना रहे हैं कि इतनी ज़ोर की 'हां' से बेटी वालों की हेठी होती है। बस तमाम-उम्र उनका यही हाल रहा, तमाम-उम्र मैं रिश्तेदारी के दर्द और निकटता में घिरा रहा।

हालांकि इकलौती बेटी, बल्कि इकलौती सन्तान थी और बीवी को शादी के बड़े चाव थे, लेकिन क़िबला ने 'माइयों' के दिन ठीक उस समय, जब मेरा रंग निखारने के लिये उबटन मला जा रहा था, कहला भेजा कि दूल्हा मेरी मौजूदगी में अपना मुंह सेहरे से बाहर नहीं निकालेगा। दो सौ क़दम पहले सवारी से उतर जायेगा और पैदल चलकर अक़्दगाह (निकाह के स्थान) तक आयेगा। अक़्दगाह उन्होंने इस तरह कहा जैसे अपने फ़ैज़ साहब (शायर फ़ैज़ अहमद फ़ैज़) क़त्लगाह का ज़िक्र करते हैं और सच तो यह है कि उनका आतंक दिल में कुछ ऐसा बैठ गया था कि मुझे छपरखट भी फांसी-घाट लग रहा था। उन्होंने यह शर्त भी लगायी कि बराती पुलाव-ज़र्दा ठूंसने के बाद यह बिलकुल नहीं कहेंगे कि गोश्त कम डाला और शकर ड्योढ़ी नहीं पड़ी। ख़ूब समझ लो, मेरी हवेली के सामने बैंड-बाजा बिलकुल नहीं बजेगा और तुम्हें रंडी नचवानी है तो अपने कोठे पर नचवाओ।

किसी समय में राजपूतों और अरबों में लड़की की पैदाइश अपशकुन और ख़ुदा के क्रोध की निशानी समझी जाती थी। उनका आत्माभिमान यह कैसे गवारा कर सकता था कि उनके घर बरात चढ़े। दामाद के डर से वो लड़की को जीवित गाड़ आते थे। क़िबला इस क्रूर परम्परा के विरोधी थे। वो दामाद को जीवित गाड़ देने के पक्ष में थे।

चेहरे, चाल और तेवर से शह्र के कोतवाल लगते थे। कौन कह सकता था कि बांस मंडी में उनकी इमारती लकड़ी की एक मामूली-सी दुकान है। निकलता हुआ क़द। चलते तो क़द, सीना और आंखें, तीनों एक साथ निकाल कर चलते थे। अरे साहब क्या पूछते हैं, अव्वल तो उनके चेहरे की तरफ़ देखने की हिम्मत नहीं होती थी और कभी जी कड़ा करके देख भी लिया तो बस लाल-भभूका आंखें-ही-आंखें नज़र आती थीं,

"निगहे-गर्म से इक आग टपकती है असद"

रंग गेहुआं, जिसे आप उस गेहूं जैसा बताते हैं, जिसे खाते ही हज़रत आदम एकदम जन्नत से निकाल दिये गये। जब देखो झल्लाते, तिनतिनाते रहते। स्वभाव, ज़बान और हाथ, किसी पर नियन्त्रण न था। हमेशा क्रोध से कांपते रहते। इसलिए ईंट, पत्थर, लाठी, गोली, गाली किसी का भी निशाना ठीक नहीं लगता था। गछी-गछी मूंछें, जिन्हें गाली देने से पहले और बाद में ताव देते। अन्तिम समय में भौंहों को भी बल देने लगे। गठा हुआ कसरती बदन मलमल के कुर्ते से झलकता था। चुनी हुई आस्तीन और उससे भी महीन चुनी हुई दुपलिया टोपी। गर्मियों में ख़स का इत्र लगाते। कीकरी की सिलाई का चूड़ीदार पाजामा—चूड़ियां इतनी अधिक कि पाजामा नज़र नहीं आता था। धोबी उसे अलगनी पर नहीं सुखाता था, अलग बांस पर दस्ताने की तरह चढ़ा देता था। आप रात को दो बजे भी दरवाज़ा खटखटा कर बुलायें तो चूड़ीदार में ही बाहर निकलेंगे।

वल्लाह! मैं तो यह कल्पना करने का भी साहस नहीं कर सकता कि दाई ने भी उन्हें चूड़ीदार के बग़ैर देखा होगा। भरी-भरी पिंडलियों पर ख़ूब जंचता था। हाथ के बुने रेशमी नाड़े में चाबियों का गुच्छा छनछनाता रहता था। जो ताले बरसों पहले बेकार हो गये थे, उनकी चाबियां भी इसी गुच्छे में सुरक्षित थीं। हद यह कि उस ताले की भी चाबी थी, जो पांच साल पहले चोरी हो गया था। मुहल्ले में इस चोरी की बरसों चर्चा रही, इसलिए कि चोर केवल ताला, पहरा देने वाला कुत्ता और वंशावली चुरा कर ले गया। कहते थे कि इतनी ज़लील चोरी केवल कोई रिश्तेदार ही कर सकता है। अन्तिम समय में यह नाड़े वाला गुच्छा बहुत भारी हो गया था और समय-असमय फ़िल्मी गीत के बाजूबंद की तरह खुल-खुल जाता। कभी भावातिरेक में झुककर किसी से हाथ मिलाते तो दूसरे हाथ से नाड़ा थामते। मई-जून में टेम्प्रेचर बहुत हो जाता और मुंह पर लू के थप्पड़ से पड़ने लगते तो पाजामे से एयरकंडीशनिंग कर लेते। मतलब यह कि चूड़ियों को घुटनों-घुटनों पानी से भिगो कर, सर पर अंगोछा डाले तरबूज़ खाते। ख़स की टट्टी और ठंडा पानी कहां से लाते। इसके मुहताज भी न थे। कितनी ही गर्मी पड़े, दुकान बंद नहीं करते थे। कहते थे, मियां! यह तो बिज़नेस है, पेट का धंधा है। जब चमड़े की झोपड़ी में आग लगी रही हो तो क्या गर्मी, क्या सर्दी लेकिन ऐसे में कोई शामत का मारा ग्राहक आ निकले तो बुरा-भला कहकर भगा देते थे। इसके बावजूद वो खिंचा-खिंचा दुबारा उन्हीं के पास आता था। इसलिए कि जैसी उम्दा लकड़ी वो बेचते थे, वैसी सारे कानपुर में कहीं नहीं मिलती थी। फ़र्माते थे, दाग़ी लकड़ी बन्दे ने आज तक नहीं बेची, लकड़ी और दाग़ी! दाग़ तो दो-ही चीज़ों पर सजता है, दिल और जवानी।

शब्द के लच्छन और बाज़ारी पान

तम्बाकू़, क़िवाम, ख़रबूजे और कढ़े हुए कुर्ते लखनऊ से, हुक़्क़ा मुरादाबाद और ताले अलीगढ़ से मंगवाते थे। हलवा सोहन और डिप्टी नज़ीर अहमद वाले मुहावरे दिल्ली से। दांत गिरने के बाद केवल मुहावरों पर गुज़ारा था।

गालियां अलबत्ता स्थानीय बल्कि स्वयं की गढ़ी हुई देते, जिनमें गति पायी जाती थी। सलीम शाही जूतियां और चुनरी आपके जयपुर से मंगवाते थे। साहब! आपका

राजस्थान भी ख़ूब था। क्या-क्या उपहार गिनवाये थे उस दिन आपने खांड, सांड, भांड और रांड। यह भी ख़ूब रही कि मारवाड़ियों को जिस चीज़ पर भी प्यार आता है उसके नाम में ठ, ड और ड़ लगा देते हैं मगर यह बात आपने अजीब बतायी कि राजस्थान में रांड का मतलब ख़ूबसूरत औरत होता है। मारवाड़ी भाषा में सचमुच की विधवा के लिये भी कोई शब्द है कि नहीं, लेकिन यह भी ठीक है कि सौ-सवा-सौ साल पहले तक रंडी का मतलब केवल औरत होता था। जबसे मर्दों की नीयतें ख़राब हुईं, इस शब्द के लच्छन भी बिगड़ गये।

साहब! राजस्थान के तीन उपहारों के तो हम भी क़ायल और घायल हैं। मीरा बाई, मेहंदी हसन और रेशमां। हां! तो मैं कह यह रहा था कि बाहर निकलते तो हाथ में पान की डिबिया और बटुवा रहता। बाज़ार का पान बिलकुल नहीं खाते थे। कहते थे बाज़ारी पान केवल रंडवे, ताक-झांक करने वाले और बम्बई वाले खाते हैं। साहब! यह रखरखाव और परहेज़ मैंने उन्हीं से सीखा। डिबिया चांदी की, नक़्शीन (बेल-बूटे बने हुए) भारी, ठोस। इसमें जगह-जगह डेंट नज़र आते थे जो इंसानी सरों से टकराने के कारण पड़े थे। क्रोध में अक्सर पानों भरी डिबिया फेंक के मारते। बड़ी देर तक तो यह पता ही नहीं चलता था कि घायल होने वालों के सर और चेहरे से ख़ून निकल रहा है या बिखरे पानों की लाली ने ग़लत जगह रंग जमाया है। बटुवे ख़ास-तौर से आपके जन्म-स्थान, टोंक से मंगवाते थे। कहते थे कि वहां के पटवे ऐसे डोरे डालते हैं कि इक थोड़ा घुंडी को झूठों हाथ लगा दो तो बटुआ आप-ही-आप चाटुकार लोगों की बांछों की तरह खिलता चला जाता है। गुटका भोपाल से आता था, लेकिन स्वयं नहीं खाते थे। कहते थे, मीठा पान, ठुमरी, गुटका और नावेल, ये सब अवयस्कों के व्यसन हैं। शायरी से कोई विशेष रुचि न थी। रदीफ़-क़ाफ़िये से आज़ाद शायरी से ख़ास-तौर पर चिढ़ते थे। वैसे उर्दू-फ़ारसी के जितने भी शे'र लकड़ी, आग, धुएं, हेकड़ी, लड़-मरने, नाकामी और झगड़े के बारे में हैं, सब याद कर रखे थे। स्थिति कभी क़ाबू से बाहर हो जाती तो शायरी से उसका बचाव करते। अन्तिम समय में एकांतप्रिय इंसानों से हो गये थे और केवल दुश्मनों की अर्थी को कंधा देने के लिये बाहर निकलते थे। स्वयं को कासनी और बीवी को मोतिया रंग पसंद था। अचकन हमेशा मोतिया रंग के टसर की पहनी।

वाह क्या बात कोरे बर्तन की

बिशारत की ज़बानी परिचय समाप्त हुआ। अब कुछ मेरी, कुछ उनकी ज़बानी सुनिये और रही-सही आम लोगों की ज़बान से, जिसे कोई नहीं पकड़ सकता। कानपुर में पहले बांस मंडी और फिर कोपरगंज में क़िबला की लकड़ी की दुकान थी। इसी को आप उनका रोटी-रोज़ी कमाने और लोगों को सताने का साधन कह सकते हैं। थोड़ी बहुत जलाने की लकड़ी भी रखते थे, मगर उसे लकड़ी नहीं कहते। उनकी दुकान को अगर कभी कोई टाल कह देता तो दो सेरी लेकर दौड़ते। जवानी में पंसेरी लेकर दौड़ते थे। तमाम उम्र पत्थर के बाट इस्तेमाल किये। फ़र्माते थे कि लोहे के फ़िरंगी बाट बेबरकत होते हैं। इन देसी बाटों को बांहों में भर-के, सीने से लगा-के उठाना पड़ता है। कभी किसी को यह साहस नहीं

हुआ कि उनके पत्थर के बाटों को तुलवा कर देख ले। किसकी बुरी घड़ी आयी थी कि उनकी दी हुई रक़म या लौटायी हुई रेज़गारी को गिन कर देखे। उस समय में, यानी इस शताब्दी के तीसरे दशक में इमारती लकड़ी की खपत बहुत कम थी। साल और चीड़ का रिवाज़ आम था। बहुत हुआ तो चौखट और दरवाज़े शीशम के बनवा लिये। सागवान तो केवल अमीरों और रईसों की डाइनिंग टेबल और गोरों के ताबूत में इस्तेमाल होती थी। फ़र्नीचर होता ही कहां था। भले घरों में फ़र्नीचर के नाम पर केवल चारपाई होती थी। जहां तक हमें याद पड़ता है, उन दिनों कुर्सी केवल दो अवसरों पर निकाली जाती थी। एक तो जब हकीम, वैद्य, होम्योपैथ, पीर, फ़क़ीर और सयानों से मायूस होकर डॉक्टर को घर बुलाया जाता था। उस पर बैठकर वो जगह-जगह स्टेथेस्कोप लगाकर देखता कि मरीज़ और मौत के बीच जो खाई थी, उसे इन महानुभावों ने अपनी दवाओं और तावीज़-गंडों से किस हद तक पाटा है। उस समय का चलन था कि जिस घर में मुसम्मी या महीन लकड़ी की पिटारी में रुई में रखे हुए पांच अंगूर आयें या सोला-हैट पहने डॉक्टर और उसके आगे-आगे हटो-बचो करता हुआ तीमारदार उसका चमड़े का बैग उठाये आये तो पड़ोस वाले जल्दी-जल्दी खाना खाकर स्वयं को शोक व्यक्त करने और कन्धा देने के लिये तैयार कर लेते थे। सच तो यह है कि डॉक्टर को केवल उस अवस्था में बुला कर इस कुर्सी पर बिठाया जाता था, जब वह स्थिति पैदा हो जाये जिसमें दो हज़ार साल पहले लोग ईसा मसीह को आज़माते थे। कुर्सी के इस्तेमाल का दूसरा और अन्तिम अवसर हमारे यहां ख़त्ने (लिंग की खाल काटना) के अवसर पर आता था। जब लड़कों को दूल्हा की तरह सजा, बना और मिट्टी का खिलौना हाथ में देकर इस कुर्सी पर बिठा दिया जाता था। इस जल्लादी कुर्सी को देखकर अच्छे-अच्छों की घिग्घी बंध जाती थी। ग़रीबों में इस काम के लिये भाट या लम्बे वाले कोरे मटके को उलटा करके लाल कपड़ा डाल देते थे।

चारपाई

सच तो यह है कि जहां चारपाई हो, वहां किसी फ़र्नीचर की आवश्यकता, न गुंजाइश, न तुक। इंग्लैंड का मौसम अगर इतना ज़लील न होता और अंग्रेज़ों ने समय पर चारपाई का आविष्कार कर लिया होता तो न केवल ये कि वो वर्तमान फ़र्नीचर की खखेड़ से बच जाते, बल्कि फिर आरामदेह चारपाई छोड़ कर उपनिवेश बनाने के लिये घर से बाहर निकलने को भी उनका दिल न चाहता। 'ओवरवर्क्ड' सूरज भी उनके साम्राज्य पर एक सदी तक हर समय चमकते रहने की ड्यूटी से बच जाता। कम-से-कम आजकल के हालात में अटवाटी-खटवाटी लेकर पड़े रहने के लिये उनके घर में कोई ढंग की चीज़ तो होती। हमने एक दिन प्रोफ़ेसर क़ाज़ी अब्दुल क़ुद्दूस, एम.ए.-बी.टी. से कहा कि आपके कथनानुसार सारी चीज़ों का आविष्कार अंग्रेज़ों ने किया है। सुविधा-भोगी और बेहद प्रैक्टिकल लोग हैं। हैरत है कि चारपाई इस्तेमाल नहीं करते! बोले, "अदवान कसने से जान चुराते हैं।" हमारे विचार में एक मूल अंतर ध्यान में ज़रूर रखना चाहिए, वो ये कि यूरोपियन फ़र्नीचर केवल बैठने के लिये होता है। जबकि हम किसी ऐसी चीज़ पर बैठते ही नहीं, जिस पर लेट न सकें। मिसाल में दरी, गदैले, क़ालीन, जाज़िम, चांदनी, चारपाई, माशूक़ की गली और दिलदार के पहलू को पेश किया जा सकता है। एक चीज़

हमारे यहां अलबत्ता ऐसी थी जिसे केवल बैठने के लिये इस्तेमाल किया जाता था। उसे शासकों का तख़्त कहते थे, लेकिन जब उन्हें उसी पर लटका कर, फिर नहला दिया जाता तो यह तख़्ता कहलाता था और इस काम को तख़्ता उलटना कहते थे।''

स्टेशन, लकड़ मंडी और बाज़ारे-हुस्न में बिजोग

उद्देश्य इस भूमिका का ये है कि जहां चारपाई का चलन हो वहां फ़र्नीचर का बिज़नेस पनप नहीं सकता। अब इसे इमारती लकड़ी कहिये या कुछ और, धंधा इसका भी हमेशा मंदा ही रहता था कि दुकानों की तादाद ग्राहकों से अधिक थी। इसलिए कोई भी ऐसा नज़र आ जाये जो हुलिये और चाल-ढाल से थोड़ा भी ग्राहक मालूम हो तो लकड़ मंडी के दुकानदार उस पर टूट पड़ते। ज़ियादातर ग्राहक आस-पास के देहाती होते जो ज़िन्दगी में पहली और आख़िरी बार लकड़ी ख़रीदने कानपुर आते थे। इन बेचारों का लकड़ी से दो ही बार वास्ता पड़ता था। एक, अपना घर बनाते समय, दूसरे अपना क्रिया कर्म करवाते समय।

पाकिस्तान बनने से पहले जिन पाठकों ने दिल्ली या लाहौर के रेलवे स्टेशन का दृश्य देखा है, वो इस छीना-झपटी का सरलता से अनुमान कर सकते हैं। 1945 में हमने देखा कि दिल्ली से लाहौर आने वाली ट्रेन के रुकते ही जैसे ही यात्री ने अपने शरीर का कोई हिस्सा दरवाज़े या खिड़की से बाहर निकाला। क़ुली ने उसी को मज़बूती से पकड़ कर पूरे यात्री को हथेली पर रखा और हवा में उठा लिया और उठाकर प्लेटफ़ार्म पर किसी सुराही या हुक़्क़े की चिलम पर बिठा दिया, लेकिन जो यात्री दूसरे यात्रियों के धक्के से स्वयं डिब्बे से बाहर निकल पड़े, उनका हाल वैसा ही हुआ जैसा उर्दू की किसी नयी-नवेली किताब का आलोचकों के हाथ होता है। जो चीज़ जितनी भी, जिसके हाथ लगी सर पर रखकर हवा हो गया। दूसरे चरण में यात्री पर होटलों के दलाल और एजेंट टूट पड़ते। सफ़ेद कोट-पतलून, सफ़ेद क़मीज़, सफ़ेद रूमाल, सफ़ेद कैनवस के जूते, सफ़ेद मोज़े, सफ़ेद दांत मगर इसके बावजूद मुहम्मद हुसैन आज़ाद (19वीं शताब्दी के वरिष्ठ लेखक)के शब्दों में हम ये नहीं कह सकते कि चमेली का ढेर पड़ा हँस रहा है। उनकी हर चीज़ सफ़ेद और उजली होती, सिवाय चेहरे के। हँसते तो मालूम होता तवा हँस रहा है। ये यात्री पर इस तरह गिरते जैसे इंग्लैंड में रग्बी की गेंद और एक-दूसरे पर खिलाड़ी गिरते हैं। उनके इन तमाम प्रयत्नों का उद्देश्य स्वयं कुछ पाना नहीं, बल्कि दूसरों को पाने से दूर रखना होता था। मुसलमान दलाल तुर्की टोपी से पहचाने जाते। वो दिल्ली और यू.पी. से आने वाले मुसलमान यात्रियों को टोंटीदार लोटे, पर्दादार औरतों, बहुत-से बच्चों और क़ीमे-परांठे के भबके से पहचान लेते और अस्सलामो-अलैकुम या "Brother in Islam" कहकर लिपट जाते। मुसलमान यात्रियों के साथ केवल मुसलमान दलाल ही धींगा-मुश्ती कर सकते थे। (जिस दलाल का हाथ यात्री के कपड़ों के सब से मज़बूत हिस्से पर पड़ता वो वहीं से उसे घसीटता हुआ बाहर ले आता। जिनका हाथ लिबास के कमज़ोर या फटे-गले पुराने हिस्से पर पड़ता, वो बाद में उसको रूमाल की तरह इस्तेमाल करते।) अधनंगा यात्री पग-पग पर अपने शेष कपड़े भी उतरवाने पर मजबूर होता। स्टेशन के बाहर क़दम रखता तो असंख्य पहलवान, जिन्होंने अखाड़े को अपर्याप्त

पाकर तांगा चलाने का पेशा अपना लिया था, स्वयं को उस पर छोड़ देते। अगर यात्री के तन पर कोई चीथड़ा संयोग से बच रहा होता तो उसे भी नोच कर तांगे की पिछली सीट पर रामचन्द्र जी की खड़ाऊं की तरह सजा देते। अगर किसी के चूड़ीदार के नाड़े का सिरा तांगेवाले के हाथ लग जाता तो वो ग़रीब गांठ पे हाथ रखे उसी में बंधा चला आता। कोई यात्री के कपड़े आगे से खींचता, कोई पीछे से फाड़ता।

अंतिम राउण्ड में एक तगड़ा-सा तांगेवाला सवारी का दायां हाथ और दूसरा मुस्टन्डा उसका बायां हाथ पकड़ कर खींचतान खेलने लगते, लेकिन इससे पहले कि दोनों दावेदार अपने-अपने हिस्से की रान और हाथ उखाड़ कर ले जायें, एक तीसरा फुर्तीला तांगेवाला टांगों के चिरे हुए चिमटे के नीचे बैठकर यात्री को एकाएक अपने कंधों पर उठा लेता और तांगे में जोतकर हवा हो जाता।

लगभग यही स्थिति कोपरगंज की लकड़ मंडी की हुआ करती थी, जिसके बीच में क़िबला की दुकान थी। गोदाम आमतौर पर दुकान से ही जुड़े हुए पीछे होते थे। ग्राहक पकड़ने के लिये क़िबला और दो-तीन चिड़ीमार दुकानदारों ने ये किया कि दुकानों के बाहर सड़क पर लकड़ी के छोटे-छोटे केबिन बना लिये। क़िबला का केबिन गद्दी, तकिये, हुक़्क़े, उगालदान और स्प्रिंग से खुलने वाले चाक़ू से सजा हुआ था। केबिन जैसे एक तरह की मचान थी, जहां से वो ग्राहक को मार गिराते थे। फिर उसे चूम-पुचकार कर अंदर ले जाया जाता। जहां कोशिश यह होती थी कि ख़ाली-हाथ और भरी-जेब वापस न जाने पाये।

जैसे ही कोई व्यक्ति जो अनुमानतः ग्राहक लगता, सामने से गुज़रता तो दूर और पास के दुकानदार उसे हाथ के इशारे से या आवाज देकर बुलाते : ''महाराज! महाराज!'' इन महाराजों को दूसरे दुकानदारों के पंजे से छुड़ाने और स्वयं घसीटकर अपनी कछार में ले जाने के दौरान अक्सर उनकी पगड़ियां खुलकर पैरों में उलझ जातीं। इस सिलसिले में आपस में इतने झगड़े और हाथापाई हो चुकी थी कि मंडी के तमाम व्यापारियों ने पंचायती निर्णय किया कि ग्राहक को केवल वही दुकानदार आवाज़ देकर बुलायेगा, जिसकी दुकान के सामने से वो गुज़र रहा हो, लेकिन जैसे ही वह किसी दूसरे दुकानदार के मार-क्षेत्र में प्रविष्ट होगा तो उसे कोई और दुकानदार बिल्कुल आवाज़ न देगा। इसके बाद भी छीना-झपटी और कुश्तम-पछाड़ बढ़ती ही गयी तो हर दुकान के आगे चूने से हदबंदी की लाइन खींच दी गयी। इससे यह अन्तर पड़ा कि कुश्ती बंद हो गयी और कबड्डी होने लगी। कुछ दुकानदारों ने मार-पीट, ग्राहकों का हांका और उन्हें डंडा-डोली करके अन्दर लाने के लिये बिगड़े पहलवान और शहर के छंटे हुए शुहदे और मुस्टंडे पार्ट-टाइम नौकरी पर रख लिये थे। आर्थिक मंदी अपनी चरम-सीमा तक पहुंची हुई थी। ये लोग दिन में लकड़ मंडी के ग्राहकों को डरा-धमका कर बुरा और कण्डम माल ख़रीदवाते और रात को यही काम वेश्याओं की गली में करते। बहुत-सी वेश्याओं ने हर रात अपनी आबरू को अधिक-से-अधिक असुरक्षित रखने के उद्देश्य से इनको बतौर 'पिम्प' नौकर रख छोड़ा था। क़िबला ने इस किस्म का कोई गुण्डा या दुष्चरित्र पहलवान नौकर नहीं रखा, उन्हें

अपने हाथों की शक्ति पर पूरा भरोसा था लेकिन औरों की तरह माल की चिराई-कटाई में मार-कुटाई का ख़र्चा भी शामिल कर लेते थे।

ख़ून निकालने के तरीक़े : जोंक, सींगी, लाठी

हर समय क्रोधावस्था में रहते थे। सोने से पहले ऐसा मूड बनाकर लेटते कि आंख ख़ुलते ही, क्रोध करने में आसानी हो। माथे के तीन बल सोते में भी नहीं मिटते थे। क्रोध का सबसे शुद्ध रूप वह होता है जो किसी कारण का आश्रित न हो या किसी बहुत ही साधारण-सी बात पर आ जाये। क्रोध के समाप्त होते-होते यह भी याद नहीं रहता था कि क्रोध आया किस बात पर था। बीवी उनको रोज़ा नहीं रखने देती थीं। यह शायद 1935 की बात है। एक दिन रात की नमाज़ के बाद गिड़गिड़ा-गिड़गिड़ा कर अपनी पुरानी परेशानियां दूर होने की दुआयें मांग रहे थे कि एक ताज़ा परेशानी की याद आते ही एकदम क्रोध आ गया। दुआ में ही कहने लगे कि तूने मेरी पुरानी परेशानियां ही कौन-सी दूर कर दीं, जो अब यह नयी परेशानी दूर करेगा। उस रात मुसल्ला (नमाज़ पढ़ने की चादर) तह करने के बाद फिर कभी नमाज़ नहीं पढ़ी।

उनके क्रोध पर याद आया कि उस ज़माने में कनमैलिये मुहल्लों, बाज़ारों में फेरी लगाते थे। कान का मैल निकालना ही क्या, दुनिया जहान के काम घर बैठे हो जाते थे। सब्ज़ी, गोश्त और सौदा-सुलुफ़ की ख़रीदारी, हजामत, शिक्षा, प्रसव, पीढ़ी, खट-खटोले की—यहां तक कि स्वयं अपनी मरम्मत भी घर बैठे हो जाती। बीबियों के नाख़ुन निहन्नी से काटने और पीठ मलने के लिये नाइनें घर आती थीं। कपड़े भी मुग़लानियां घर आकर सीती थीं ताकि किसी को नाप तक की हवा न लगे। हालांकि उस समय के ज़नाना कपड़ों के जो नमूने हमारी नज़र से गुज़रे हैं वो ऐसे होते थे कि किसी बड़े लेटर-बक्स का नाप लेकर सिये जा सकते थे। मतलब ये कि सब काम घर ही में हो जाते थे। हद यह कि मौत तक घर में घटित होती थी। इसके लिये बाहर जा कर किसी ट्रक से अपनी आत्मा निकलवाने की आवश्यकता नहीं पड़ती थी। ख़ून की ख़राबी से किसी के बार-बार फोड़े-फुंसी निकलें, या दिमाग़ में बुरे विचारों की भीड़ दिनदहाड़े भी रहने लगे तो घर पर ही फ़स्द (रगों से ख़ून निकलवाना) खोल दी जाती थी। अधिक और बुरा ख़ून निकलवाने के उद्देश्य से अपना सर फुड़वाने या फोड़ने के लिये किसी राजनैतिक जलसे में जाने या सरकार के विरुद्ध प्रदर्शन करके लाठी खाने की आवश्यकता नहीं पड़ती थी। उस समय में लाठी को ख़ून निकालने के हथियार के तौर पर इस्तेमाल नहीं किया जाता था। जोंक और सींगी लगाने वाली कंजरियां दैनिक फेरी लगाती थीं। अगर उस समय के किसी हकीम का हाथ आजकल के नौजवानों की नब्ज़ पर पड़ जाये तो कोई नौजवान ऐसा न बचे जिसके जहां-तहां सींगी लगी नज़र न आये। रहे हम जैसे आजकल के बुज़ुर्ग कि "की जिससे बात उसको हिदायत ज़रूर की"

तो! कोई बुज़ुर्ग ऐसा न बचेगा, जिसकी ज़बान पर हकीम लोग जोंक न लगवा दें।

हम कहानी यह सुनाने चले थे कि गर्मियों के दिन थे। क़िबला क़ोरमा और

ख़रबूज़ा खाने के बाद केबिन में झपकी ले रहे थे कि अचानक कनमैलिये ने केबिन के दरवाज़े पर बड़ी ज़ोर से आवाज़ लगायी "कान का मैल।" ख़ुदा जाने मीठी-नींद सो रहे थे या कोई बहुत-ही हसीन सपना देख रहे थे, जिसमें गाहक उनसे चौगुने दामों पर धड़धड़ा कर लकड़ी ख़रीद रहे थे, हड़बड़ा कर उठ बैठे। एक बार तो दहल गये। चिक़ के पास पड़ी हुई लकड़ी उठाकर उसके पीछे हो लिये। कमीने की यह हिम्मत कि उनके कान से केवल गज़ भर दूर, बल्कि पास, ऐसी बेतमीज़ी से चीख़े। यह कहना तो ठीक न होगा कि आगे-आगे वो और पीछे-पीछे ये, इसलिए कि क़िबला क्रोध में ऐसे भरे हुए थे कि कभी-कभी उससे आगे भी निकल जाते थे। सड़क पर कुछ दूर भागने के बाद कनमैलिया गलियों में निकल गया और आंखों से ओझल हो गया, मगर क़िबला केवल अपनी छठी-इंद्रिय की बतायी हुई दिशा में दौड़ते रहे...और यह वो दिशा थी जिस तरफ़ कोई व्यक्ति, जिसकी पांचों इंद्रियां सलामत हों, हमला करने के चक्कर में लाठी घुमाता बिलकुल न जाता कि ये थाने की ओर जाती थी। इस पागलों वाली दौड़ में क़िबला की लकड़ी और कनमैलिये का पग्गड़, जिसके हर पेच में उसने मैल निकालने के औज़ार उड़स रखे थे, धरती पर गिर गया। उसमें से एक डिबिया भी निकली, जिसमें उसने कान का मैल जमा कर रखा था। नज़र बचा कर उसी में से तोला भर मैल निकाल कर दिखा देता कि देखो तुम्हारे कान में जो भिन-भिन, तिन-तिन, की आवाज़ें आ रही थीं वो इन्हीं की थीं। लेकिन यह सच है कि वो कान की भूलभुलैयों में इतनी दूर तक सहज-सहज सलाई डालता चला जाता कि महसूस होता—अभी कान के रास्ते आंतें भी निकाल कर हथेली पर रख देगा। क़िबला ने इस पग्गड़ को बल्ली पर चढ़ा कर बल्ली अपने केबिन के सामने इस तरह गाड़ दी, जिस तरह पहले समय में कोई बेसब्र उत्तराधिकारी शहज़ादा या वो न हो तो फिर कोई दुश्मन, बादशाह सलामत का सर काट कर भाले पर हर ख़ासो-आम की सूचना के लिये उठा देता था। इसका डर ऐसा बैठा कि दुकान के सामने से बढ़ई, खटबुने, सींगी लगाने वालियों और सहरी (रमज़ान के महीने में सूरज निकलने से पहले खाया जाने-वाला खाना) के लिये जगाने वालों ने भी निकलना छोड़ दिया। पड़ोस की मस्जिद का बुरी आवाज़ वाला मुल्ला भी पीछे वाली गली से आने-जाने लगा।

कांसे की लुटिया, बाली उमरिया और चुग्गी दाढ़ी

क़िबला अपना माल बड़े आग्रह, मेहनत और मुहब्बत से दिखाते थे। मुहब्बत की बढ़ोतरी हमने इसलिए की कि वो ग्राहक को तो शे'र की नज़र से देखते थे मगर अपनी लकड़ी पर मुहब्बत से हाथ फेरते रहते थे। कोई सागौन का तख़्ता ऐसा नहीं था, जिसके रेशों का जाल और रगों का तुग़रा, (अरबी लिपि में पेचीदा मगर सुन्दर लिखाई) अगर वो चाहें तो याददाश्त से काग़ज़ पर न बना सकते हों। लकड़मंडी में वो अकेले दुकानदार थे जो ग्राहक को अपनी और हर शहतीर-बल्ली की वंशावली याद करा देते थे। उनकी अपनी वंशावली बल्ली से भी अधिक लम्बी थी। उस पर अपने परदादा को टांग रखा था। एक बल्ली की लम्बाई की तरफ़ इशारा करते हुए कहते, सवा उन्तालीस फ़ुट लम्बी है। गोंडा की है। ये दूसरी बात है, असग़र गोंडवी की शायरी ने गोंडा की बल्लियों की प्रसिद्धि का बेड़ा ग़र्क़ कर दिया। लाख कहो, अब किसी को यक़ीन नहीं आता कि गोंडा की प्रसिद्धि

का अस्ली कारण सुन्दर बल्लियां थीं। असग़र गोंडवी से पहले ऐसी सीधी बेगांठ बल्ली मिलती थी कि चालीस फ़ुट ऊंचे सिरे पर से छल्ला छोड़ दो तो बेरोक सीधा नीचे झन्न से आकर ठहरता था। एक बार हाजी मुहम्मद इसहाक़ चमड़े-वाले, शीशम ख़रीदने आये। क़िबला यूं तो हर लकड़ी की प्रशंसा में ज़मीन-आसमान एक कर देते थे, लेकिन शीशम पर सचमुच फ़िदा थे। अक्सर कहते, ''तख़्ते-ताऊस में शाहजहां ने शीशम ही लगवायी थी। शीशम के गुणग्राहक और क़द्रदान तो क़ब्र में जा सोये, मगर क्या बात है शीशम की। जितना इस्तेमाल करो, उतने ही गुण निखरते हैं। शीशम की जिस चारपाई पर मैं पैदा हुआ, उसी पर दादा मियां ने जन्म लिया था।'' इस संयोग को वो चारपाई और दादाजान दोनों के लिये मान और सम्मान का कारण समझते थे। हाजी मुहम्मद इसहाक़ बोले, ''ये लकड़ी तो साफ़ मालूम नहीं होती।'' क़िबला न जाने कितने बरसों बाद मुस्कुराये। हाजी साहब की दाढ़ी को टकटकी बांधकर देखते हुए बोले, ''यह बात हमने शीशम की लकड़ी, कांसे की लुटिया, बाली-उमरिया और चुग्गी-दाढ़ी में ही देखी कि जितना हाथ फेरो उतनी ही चमकती है। बढ़िया क्वालिटी की शीशम की पहचान ये है कि आरा, रन्दा, बरमा सब खुंडे और हाथ पत्थर हो जायें। यह चीड़ थोड़े ही हैं कि एक थोड़ा कील ठोको तो 'अलिफ़' (उर्दू वर्णमाला का पहला अक्षर) से लेकर 'ये' (अंतिम अक्षर) तक चिर जाये। पर एक बात है कि ताज़ा कटी हुई चीड़ से जंगल की महक का एक झरना फूट पड़ता है। लगता है इसमें नहाया जा रहा हूं। जिस दिन कारख़ाने में चीड़ की कटाई होने वाली हो, उस दिन मैं इत्र लगा के नहीं आता।''

क़िबला का मूड बदला तो हाजी इसहाक़ की हिम्मत बंधी। कहने लगे, ''इसमें शक नहीं कि ये शीशम तो सबसे अच्छी मालूम होती है मगर सीज़ण्ड (seasoned) नहीं लगती।'' क़िबला के तो आग ही लग गयी। कहने लगे, ''सीज़ण्ड! कितना भूखा मरने के बाद सीखा है यह शब्द? सीज़ण्ड सामने वाली मस्जिद का, शव-स्नान वाला तख़्ता है। बड़ा पानी पिया है उसने! लाऊं? उसी पे लिटा दूंगा।''

यूं तो उनका जीवन डेल कार्नेगी के हर सिद्धांत की शुरू से अन्त तक अत्यधिक कामयाब अवहेलना था, लेकिन बिज़नेस में उन्होंने अपने हथकंडे अलग आविष्कार कर रखे थे। ग्राहक से जब तक यह न कहलवा लें कि लकड़ी पसंद है, उसकी क़ीमत नहीं बताते थे। वो पूछता भी तो साफ़ टाल जाते, ''आप भी कमाल करते हैं। आपको लकड़ी पसंद है। ले जाइये, घर की बात है।'' ग्राहक जब पूरी तरह लकड़ी पसंद कर लेता तो क़िबला क़ीमत बताये बग़ैर हाथ फैला कर एडवांस मांगते। सस्ता समय था वो दुअन्नी या चवन्नी का बयाना पेश करता, जो इस सौदे के लिये पर्याप्त होता। इशारे से दुत्कारते हुए कहते, ''चांदी दिखाओ।'' (यानी कम-से-कम एक कलदार रुपया निकालो।) वो बेचारा शर्मा-हुज़ूरी एक रुपया निकालता जो उस समय में पंद्रह सेर गेहूं या सेर-भर अस्ली घी के बराबर होता। क़िबला रुपया लेकर अपनी हथेली पर इस तरह रखते कि उसे तसल्ली के लिये दिखायी तो देता रहे, मगर झपट्टा न मार सके। हथेली को अपने अधिक निकट भी न लाते। कहीं ऐसा न हो कि सौदा पटने से पहले ही ग्राहक बिदक जाये। कुछ देर

बाद स्वयं कहते, "बधाई हो! सौदा पक्का हो गया।" फिर क़ीमत बताते, जिसे सुनकर वो हक्का-बक्का रह जाता। वो क़ीमत पर बहस करता, तो कहते, "अजीब घनचक्कर हो। बयाना दे के फिरते हो। अभी रुपया दे के सौदा पक्का किया है। अभी तो इसमें से तुम्हारे हाथ की गर्मी भी नहीं गयी और अभी फिर गये। अच्छा, कह दो कि यह रुपया तुम्हारा नहीं है। कहो! कहो!" क़ीमत नाप-तौल कर ऐसी बताते कि काइयां से काइयां ग्राहक भी दुविधा में पड़ जाये और यह निर्णय न कर सके कि एडवांस डूबने में अधिक हानि है या इस भाव लकड़ी ख़रीदने में।

बहस के दौरान कितनी ही गर्मी बल्कि हाथापाई हो जाये वो अपनी हथेली को चित ही रखते। मुट्ठी कभी बंद नहीं करते थे ताकि ज़लील होते हुए ग्राहक को यह संतुष्टि रहे कि कम-से-कम एडवांस तो सुरक्षित है। उनके बारे में एक क़िस्सा मशहूर था कि एक सरफिरे ग्राहक से झगड़ा हुआ तो धोबी-पाट का दांव लगाकर धरती पर दे मारा और छाती पर चढ़कर बैठ गये, लेकिन इस पोज़ में भी अपनी हथेली जिस पर रुपया रखा था, चित ही रखी, ताकि उसे ये बदगुमानी न हो कि रुपया हथियाना चाहते हैं।

लेकिन इसमें शक नहीं कि जैसी बेदाग़ और बढ़िया लकड़ी वो बेचते थे, वैसी उनके कहे-अनुसार, "बाग़े-बहिश्त में शाख़े-तूबा (जन्नत का एक ख़ूशबूदार पेड़) से भी प्राप्त न होगी। दाग़ी लकड़ी बंदे ने आज तक नहीं बेची। सौ साल बाद भी दीमक लग जाये तो पूरे दाम वापस कर दूंगा।" बात दरअस्ल ये थी कि वो अपने उसूल के पक्के थे। मतलब यह कि तमाम उम्र 'ऊंची-दुकान, सही-माल, ग़लत-दाम,' पर सख़्ती से क़ायम रहे। सुना है कि दुनिया के सबसे बड़े फ़ैशनेबल स्टोर हेरड्ज़ का दावा है कि हमारे यहां सूई से लेकर हाथी तक हर चीज़ मिलती है। कहने वाले कहते हैं कि क़ीमत भी दोनों की एक ही होती है। हेरड्ज़ अगर लकड़ी बेचता तो ख़ुदा की क़सम ऐसी ही और इन्हीं दामों बेचता।

ये छोड़ कर आये हैं

कानपुर से उजड़ के कराची आये तो दुनिया ही और थी। अजनबी माहौल, बेरोज़गारी, सबसे बढ़कर बेघरी। अपनी पुरखों की हवेली के दस-बारह फ़ोटो खिंचवा लाये थे। "थोड़ा यह साइड पोज़ देखिये और यह शाट तो कमाल का है।" हर आये-गये को फ़ोटो दिखाकर कहते "यह छोड़ कर आये हैं।" जिन दफ़्तरों में मकान के एलॉटमेंट के प्रार्थना-पत्र दिये थे, उनके बड़े अफ़सरों को भी कठघरे के इस पार से तस्वीरी प्रमाण दिखाते, "यह छोड़ कर आये हैं।" वास्कट और शे'रवानी की जेब में और कुछ हो या न हो, हवेली का फ़ोटो अवश्य होता था। वस्तुतः यह उनका विज़िटिंग-कार्ड था। कराची के फ़्लैटों को कभी माचिस की डिब्बियां, कभी दड़बे, कभी काबुक कहते। लेकिन जब तीन महीने जूतियां चटख़ाने के बावजूद एक काबुक में भी सर छुपाने को जगह नहीं मिली तो आंखें खुलीं। दोस्तों ने समझाया, "फ़्लैट एक घंटे में मिल सकता है। कस्टोडियन की हथेली पर पैसा रखो और जिस फ़्लैट की चाहो, चाबी ले लो।" मगर क़िबला तो अपनी

हथेली पर पैसा रखवाने के आदी थे, वो कहां मानते। महीनों फ़्लैट एलॉट करवाने के सिलसिले में भूखे-प्यासे, परेशान-हाल सरकारी दफ़्तरों के चक्कर काटते रहे। जीवन भर किसी के मेहमान न रहे थे। अब बेटी-दामाद के यहां मेहमान रहने की तकलीफ़ भी सही।

"अब क्या होएगा?"

इंसान जब किसी घुला देने वाली पीड़ा या परीक्षा से गुज़रता है तो एक-एक पल, एक-एक बरस बन जाता है और यूं लगता है जैसे 'हर बरस के हों दिन पचास हज़ार।'

बेटी के घर टुकड़े तोड़ने या उस पर भार बनने की वो कल्पना भी नहीं कर सकते थे। कानपुर में कभी उसके यहां खड़े-खड़े एक गिलास पानी भी पीते तो हाथ पर पांच-दस रुपये रख देते। लेकिन अब? सुब्ह सर झुकाये नाश्ता करके निकलते तो, दिन-भर ख़ाक छान-कर मग़रिब (सूरज डूबने के बाद की नमाज़) से थोड़ा पहले लौटते। खाने के समय कह देते कि ईरानी होटल में खा आया हूं। जूते उन्होंने हमेशा रहीम बख़्श से बनवाये, इसलिए कि उसके बनाये हुए जूते चरचराते बहुत थे। इन जूतों के तले अब इतने घिस गये थे कि चरचराने के लायक़ न रहे। पैरों में ठेकें पड़ गयीं। अचकनें ढीली हो गयीं। बीमार बीवी रात को दर्द से कराह भी नहीं सकती थी कि समधियाने वालों की नींद ख़राब होने का डर था। मलमल के कुर्तों की लखनवी कढ़ाई मैल में छुप गयी। चुन्नटें निकलने के बाद आस्तीनें उंगलियों से एक-एक बालिश्त नीचे लटकी रहतीं। ख़िजाबी मूंछों का बल तो नहीं गया, लेकिन केवल बल-खायी हुई नोकें काली रह गयीं। चार-चार दिन नहाने को पानी न मिलता। मोतिया का इत्र लगाये तीन महीने हो गये। बीवी घबराकर बड़े भोलेपन से देहाती अंदाज़ में कहतीं, "अब क्या होएगा?" होगा के बजाय होएगा उनके मुंह से बहुत प्यारा लगता था। इस एक वाक्य में वो अपनी सारी परेशानी, मासूमियत, बेबसी, सामने वाले के ज्योतिष-ज्ञान और उसकी बेमांगी मदद पर भरोसा—सभी कुछ समो देती थीं। क़िबला इसके जवाब में बड़ा विश्वास से "देखते हैं" कह कर उनकी तसल्ली कर देते थे।

बाहुबल और तेज़ काट की अवस्था

हर दुःख, हर परेशानी के बाद ज़िन्दगी आदमी पर अपना एक रहस्य खोल देती है। बोधि-वृक्ष की छांव तले बुद्ध भी एक दुःख भरी तपस्या से गुज़रे थे। जब पेट पीठ से लग गया, आंखें अन्धे-कुंओं की तह में अंधेरी हो गयीं और हड्डियों की माला में बस सांस की डोरी अटकी रह गयी तो गौतम बुद्ध पर भी एक भेद खुला था। जैसा, जितना और जिस कारण आदमी दुःख भोगता है, वैसा ही भेद उस पर खुलता है। निर्वाण ढूंढने वाले को निर्वाण मिल जाता है और जो दुनिया के लिये कष्ट उठाता है, दुनिया उसको रास्ता देती चलती जाती है।

गली-गली धूल फांकने और दफ़्तर-दफ़्तर धक्के खाने के बाद क़िबला के दुखी दिल पर कुछ प्रकट हुआ तो ये कि क़ायदे-क़ानून बुद्धिमानों और ज़ालिमों ने कमज़ोर दिल

वालों को क़ाबू में रखने के लिये बनाये हैं। जो व्यक्ति हाथी की लगाम की तलाश करता रह जाये, वो कभी उस पर चढ़ नहीं सकता। जाम उसका है, जो बढ़कर स्वयं साक़ी को जाम-सुराही समेत उठा ले। दूसरे शब्दों में, जो बढ़कर ताला तोड़ डाले, मकान उसी का हो गया। कानपुर से चले तो अपनी जमा-जत्था, वंशावली, स्प्रिंग से खुलने वाला चाक़ू, अख़्तरी बाई फ़ैज़ाबादी के तीन रिकॉर्ड, मुरादाबादी हुक़्क़े और सुराही के हरे कैरियर स्टैंड के अतिरिक्त अपनी दुकान का ताला भी ढो कर ले आये थे। अलीगढ़ से ख़ासतौर पर बनवाकर मंगवाया था। तीन सेर से कम न होगा। ऊपर जो कुछ उन पर प्रकट हुआ, उसके बाद बर्नस रोड पर एक शानदार फ़्लैट अपने लिये पसन्द किया। मार्बल की टाइल्स, समुद्र की ओर खुलने वाली खिड़कियां जिनमें रंगीन शीशे लगे थे, दरवाज़े के ज़ंग लगे ताले पर अपने अलीगढ़ी ताले की एक ही चोट से फ़्लैट में स्वयं को सरकार का अहसानमंद हुए बिना आबाद कर लिया। नेम प्लेट दुबारा पेंट करवा के लगा दी। तख़्ती पर नाम के आगे 'मुज़तर कानपुरी' भी लिखवा दिया। पुराने परिचितों ने पूछा, "आप शायर कब से हो गये?" फ़रमाया, "मैंने आज तक किसी शायर पर दीवानी मुक़दमा चलते नहीं देखा, न डिग्री, क़ुर्क़ी होते देखी!" फ़्लैट पर क़ब्ज़ा करने के कोई चार महीने बाद अपने चूड़ीदार का घुटना रफ़ू कर रहे थे कि किसी ने बड़ी बदतमीज़ी से दरवाज़ा खटखटाया। मतलब ये कि नेम प्लेट को फटफटाया। जैसे ही उन्होंने हड़बड़ा कर दरवाज़ा खोला, आनेवाले ने अपना परिचय इस प्रकार करवाया जैसे अपने ओहदे की चपड़ास उठा के उनके मुंह पर दे मारी। "अफ़सर कस्टोडियन इवैकुएट प्रॉपर्टी।" फिर डपट कर कहा, "बड़े मियां! फ़्लैट का एलॉटमेंट ऑर्डर दिखाओ।" क़िबला ने वास्कट की जेब से हवेली का फ़ोटो निकाल कर दिखाया, "ये छोड़ कर आये हैं।" उसने फ़ोटो का नोटिस न लेते हुए सख़्ती से कहा, "बड़े मियां! सुना नहीं? एलॉटमेंट ऑर्डर दिखाओ।" क़िबला ने बड़ी शांति से अपने बायें पैर का सलीम-शाही जूता उतारा और उतने ही आराम से कि उसे ख़याल तक न हुआ कि क्या करने वाले हैं, उसके मुंह पर मारते हुए बोले, "यह है यारों का एलॉटमेंट ऑर्डर! कार्बन कॉपी भी देखेंगे?" उसने अब तक, यानी ज़लील होने तक, रिश्वत-ही-रिश्वत खायी थी, जूते नहीं खाये थे। फिर कभी इधर को मुंह नहीं किया।

जिस हवेली में था हमारा घर

क़िबला ने बड़े जतन से मार्किट में एक छोटी-सी लकड़ी की दुकान का डोल डाला। बीवी के दहेज़ के ज़ेवर और वैबले स्कॉट की बन्दूक़ औने-पौने में बेच डाली। कुछ माल उधार ख़रीदा, अभी दुकान ठीक से जमी भी न थी कि एक इन्कमटैक्स इंस्पेक्टर आ निकला। खाता, रजिस्ट्रेशन, रोकड़-बही और रसीद बुक मांगी। दूसरे दिन, क़िबला हमसे कहने लगे, "मियां! सुना आपने? महीनों जूतियां चटख़ाता, दफ़्तरों में अपनी औक़ात ख़राब करवाता फिरा। किसी ने पलट कर न पूछा कि भैया कौन हो! अब दिल्लगी देखिये। कल एक इन्कम टैक्स का तीसमारख़ां दनदनाता आया। लक़्क़ा कबूतर की तरह सीना फुलाये। मैंने साले को यह दिखा दी—यह छोड़ कर आये हैं। चौंक के पूछने लगा—यह क्या है! मैंने कहा हमारे यहां इसे महल कहते हैं।"

सच झूठ का हाल मिर्ज़ा जानें, उन्हीं से सुना है कि इस महल का एक बड़ा फ़ोटो, फ्रेम करवा के अपने फ़्लैट की काग़ज़ी-सी दीवार में कील ठोंक रहे थे कि दीवार के उस पार वाले पड़ोसी ने आकर निवेदन किया कि कील एक फ़ुट ऊपर ठोकिये ताकि दूसरे सिरे पर मैं अपनी शे'रवानी लटका सकूं। दरवाज़ा ज़ोर से खोलने और बंद करने की धमक से इस ज़ंग खायी कील पर सारा महल पेण्डुलम की तरह झूलता रहता था। घर में डाकिया या नयी धोबिन भी आती तो उसे भी दिखाते, "यह छोड़ कर आये हैं।"

उस हवेली का फ़ोटो हमने भी कई बार देखा था। उसे देखकर ऐसा लगता था जैसे कैमरे को मोटा नज़र आने लगा है लेकिन कैमरे की आंख की कमज़ोरी को क़िबला अपनी बातों के ज़ोर से दूर कर देते थे। यूं भी अतीत हर चीज़ के आस-पास एक रूमानी घेरा खींच देता है। आदमी का जब सब-कुछ छिन जाये तो वो या तो मस्त मलंग हो जाता है या किसी फ़ैंटेसी-लैंड में शरण लेता है। वंशावली और हवेली भी ऐसे ही शरण-स्थल थे। संभव है धृष्ट-निगाहों को यह तस्वीर में ढंढार दिखायी दे लेकिन क़िबला जब इसके नाजुक पहलुओं की व्याख्या करते थे तो इसके आगे ताजमहल बिलकुल सीधा-सपाटा, गंवारू घरौंदा मालूम होता था। मिसाल के तौर पर, दूसरे तल पर एक दरवाज़ा नज़र आता था, जिसकी चौखट और किवाड़ झड़ चुके थे। क़िबला उसे फ्रांसीसी दरीचा बताते थे। अगर यहां वाक़ई कोई यूरोपियन खिड़की थी तो यक़ीनी तौर पर ये वही खिड़की होगी जिसमें जड़े हुए कांच को तोड़ कर सारी-की-सारी ईस्ट इंडिया कम्पनी आंखों में अपने जूतों की धूल झोंकती गुज़र गयी। ड्योढ़ी में घुसने का जो बिना किवाड़ का फाटक था वो दरअस्ल शाहजहानी आर्च थी। उसके ऊपर एक टूटा हुआ छज्जा था, जिस पर तस्वीर में एक चील आराम कर रही थी। ये राजपूती झरोखे के शेष-बचे चिह्न बताये जाते थे। जिनके पीछे उनके दादा के समय में ईरानी क़ालीनों पर आज़रबाइज़ानी अंदाज़ की क़व्वालियां होती थीं। पिछले पहर जब नींद से भारी आंखें मुंदने लगतीं तो थोड़ी-थोड़ी देर बाद चांदी के गुलाबपाशों से महफ़िल में आये लोगों पर गुलाबजल छिड़का जाता। फ़र्श और दीवारें क़ालीनों से ढकी रहतीं। कहते थे कि "जित्ते फूल ग़लीचे पे थे, वित्ते ही बाहर बग़ीचे में थे। जहां इतालवी मख़मल के कारचोबी क़ालीन पर गंगा-जमुनी काम के पीकदान रखे रहते थे, जिनमें चांदी के वरक़ में लिपटी हुई गिलौरियों की पीक जब थूकी जाती तो बिल्लौरी गले में उतरती-चढ़ती साफ़ नज़र आती, जैसे थर्मामीटर में पारा।"

वो भीड़ कि अक़्ल धरने की जगह नहीं

हवेली के चन्द अंदरूनी क्लोज़-अप भी थे। कुछ कैमरे की आंख के और कुछ कल्पना की आंख के। एक तिदरी थी जिसकी दो मेहराबों की दरारों में ईंटों पर कानपुरी चिड़ियों के घोंसले नज़र आ रहे थे। दीया रखने का एक ताक़ ऐसे आर्टिस्टिक ढंग से ढहा था कि पुर्तगाली आर्च के चिह्न दिखायी पड़ते थे। फ़ोटो में उसके पहलू में एक लकड़ी की घड़ौंची नज़र आ रही थी। जिसका शाहजहानी डिज़ाइन उनके परदादा ने बादशाह के पानी रखने की जगह से, अपने हाथ से चुराया था। शाहजहानी हो या न हो, उसके मुग़ल होने में कोई शक नहीं था। इसलिए कि उसकी एक टांग तैमूरी थी। हवेली की गर्दिशें फ़ोटो में नज़र

आती थीं, लेकिन एक पड़ोसी का बयान था कि उनमें गर्दिश के मारे ख़ानदानी बूढ़े रुले फिरते थे। उत्तरी हिस्से में एक खम्भा, जो मुद्दत हुई छत का बोझ अपने ऊपर से ओछे के अहसान की तरह उतार चुका था, Roman pillars का अद्‌भुत नमूना बताया जाता था। आश्चर्य इस पर था कि छत से पहले क्यों न गिरा। इसका एक कारण यह हो सकता है कि चारों तरफ़ गर्दन तक मलबे में दबे होने के कारण उसके गिरने के लिये कोई ख़ाली जगह न थी। एक टूटी दीवार के सहारे लकड़ी की कमज़ोर सीढ़ी इस प्रकार खड़ी थी कि यह कहना मुश्किल था कि कौन किसके सहारे खड़ा है। उनके बयान के अनुसार जब दूसरा तल नहीं गिरा था तो यहां विक्टोरियन स्टाइल का grand staircase हुआ करता था। उस छत पर, जहां अब चिमगादड़ें भी नहीं लटक सकती थीं, क़िबला लोहे की कड़ियों की ओर इशारा करते। जिनमें दादा के समय में बेल्जियम के फ़ानूस लटके रहते थे। जिनकी चम्पई रौशनी में वो घुंघराली खंजरियां बजतीं जो दो कूबड़ वाले बाख़्तरी ऊंटों के साथ आयी थीं। अगर फ़ोटो उनकी रनिंग कमेन्ट्री के साथ न देखे होते तो किसी तरह यह समझ में नहीं आ सकता था कि पांच सौ स्क्वायर गज़ की एक लड़खड़ाती हवेली में इतनी वास्तु कला और ढेर-सारी संस्कृतियों का ऐसा घमासान का दंगल होगा कि अक़्ल धरने की जगह न रहेगी। पहली बार फ़ोटो देखें तो लगता था कि कैमरा हिल गया है। फिर थोड़ा ध्यान से देखें तो आश्चर्य होता था कि यह ढंढार हवेली अब तक कैसे खड़ी है। मिर्ज़ा का विचार था कि इसमें गिरने की भी शक्ति नहीं रही।

वो तिरा कोठे पे नंगे पांव आना याद है

हवेली के मुख्य दरवाज़े से कुछ क़दम की दूरी पर जहां फ़ोटो में घूरे पर एक काला मुर्ग़ा गर्दन फुलाये अज़ान दे रहा था, वहां एक टूटे चबूतरे के चिह्न नज़र आ रहे थे। उसके पत्थरों के जोड़ों और झिरियों में से पौधे रौशनी की खोज में घबरा कर बाहर निकल रहे थे। एक दिन उस चबूतरे की ओर संकेत कर कहने लगे कि यहां साफ़ पानी से भरा हुआ पत्थर का आठ कोण वाला हौज़ हुआ करता था। जिसमें विलायती गोल्डफ़िश तैरती रहती थीं। आरिफ़ मियां उसमें *पायनियर* अख़बार की कश्तियां तैराया करते थे। यह कहते-कहते क़िबला जोश में अपनी छड़ी लेकर उठ खड़े हुए। उससे फटी हुई दरी पर हौज़ का नक़्शा खींचने लगे। एक जगह काल्पनिक लकीर कुछ टेढ़ी खिंची तो उसे पैर से रगड़ कर मिटाया। छड़ी की नोक से शैतान मछली की ओर इशारा किया, जो सबसे लड़ती फिरती थी। फिर एक कोने में उस मछली की ओर भी इशारा किया जिसका जी निढाल था। उन्होंने खुल कर तो नहीं कहा क्योंकि आख़िर हम उनके छोटे थे, लेकिन हम समझ गये कि इस मछली का जी खट्टी चीज़ें और सोंधी मिट्टी खाने को चाह रहा होगा।

क़िबला कभी तरंग में आते तो अपने इकलौते बेतकल्लुफ़ दोस्त रईस अहमद क़िदवाई से कहते कि जवानी में मई-जून की ठीक दुपहरिया में एक हसीन कुंवारी लड़की का कोठों-कोठों नंगे पांव उनकी हवेली की तपती छत पर आना अब तक (मय डायलाग के) याद है। यह बात मिर्ज़ा की समझ में आज तक न आयी। इसलिए कि उनकी हवेली तीन मंज़िला थी। जबकि दायें-बायें पड़ोस के दोनों मकान एक-एक मंज़िल के थे। हसीन

कुंवारी अगर नंगे पैर हो और लाज का गहना उतारने के लिये उतावली भी हो, तब भी यह करतब संभव नहीं (जब तक कि हसीना उनके इश्क़ में दो टुकड़ों में न बंट जाये।)

पिलखन

फ़ोटो में हवेली के सामने एक ऊंची-घनी पिलखन उदास खड़ी थी। इसका बीज उनके परदादा काली टांगों वाले भूरे घोड़े पर सवार, कारचोबी काम के चोग़े में छुपाकर अकाल के ज़माने में दमिश्क़ से लाये थे। क़िबला के कहे अनुसार उनके परदादा के अब्बा जान कहा करते थे कि निर्धनता के आलम में यह नंगे-ख़लाइक़, नंगे-असलाफ़, नंगे-वतन (लोगों, बुज़ुर्गों और देश के लिये अपमान का कारण) नंगे सर, नंगे पैर, घोड़े की नंगी पीठ पर, नंगी तलवार हाथ में लिये, ख़ैबर के नंगे पहाड़ों को फलांगता हिन्दुस्तान आया। जो चित्र वो खींचते थे, उससे तो यही लगता था कि उस समय क़िबला के बुज़ुर्ग के पास बदन ढंकने के लिये घोड़े की दुम के सिवा और कुछ न था। जायदाद, महल, नौकर-चाकर, सामान, रुपया पैसा सब कुछ वहीं छोड़ आये, परन्तु सामान का सबसे क़ीमती हिस्सा यानी वंशावली और पिलखन का बीज साथ ले आये। घोड़ा जो उन्हीं की तरह ख़ानदानी और वतन से निराश था, बीज और वंशावली के बोझ से रानों-तले निकला पड़ रहा था।

ज़िन्दगी की धूप जब कड़ी हुई और पैरों-तले से ज़मीन-जायदाद निकल गयी तो आइन्दा नस्लों ने उसी वृक्ष और वंशावली की छांव-तले विश्राम किया। क़िबला को अपने पुरखों की बुद्धि और समझ पर बड़ा मान था। उनका प्रत्येक पुरखा अद्भुत था और उनकी वंशावली की हर शाख़ पर एक जीनियस बैठा ऊंघ रहा था। क़िबला ने एक फ़ोटो उस पिलखन के नीचे ठीक उस जगह खड़े होकर खिंचवाया था, जहां उनकी नाल गड़ी थी। कहते थे कि अगर किसी को मेरी हवेली की मिल्कियत में शक हो तो नाल निकाल कर देख ले। जब आदमी को यह न मालूम हो कि उसकी नाल कहां गड़ी है और पुरखों की हड्डियां कहां दफ़्न हैं, तो वो मनीप्लांट की तरह हो जाता है। जो मिट्टी के बिना केवल बोतलों में फलता-फूलता है। अपनी नाल, पुरखों और पिलखन की चर्चा इतने गर्व के साथ और इतना अधिक करते-करते हाल यह हुआ कि पिलखन की जड़ें वंशावली में उतर आयीं, जैसे घुटनों में पानी उतर आता है।

इम्पोर्टिड बुज़ुर्ग और यूनानी नाक

वो काल और शराफ़त के ढंग और थे। जब तक बुज़ुर्ग अस्ली इम्पोर्टिड यानी मध्य एशिया और ख़ैबर के उस पार से आये हुए न हों, कोई हिन्दुस्तानी मुसलमान स्वयं को सम्माननीय और सभ्य नहीं कहता था। ग़ालिब को तो शेख़ी बघारने के लिये अपना (फ़र्ज़ी) उस्ताद मुल्ला अब्दुस्समद तक ईरान से इम्पोर्ट करना पड़ा। क़िबला के पूर्वजों ने जब बेरोज़गारी और ग़रीबी से तंग आकर वतन छोड़ा तो आंखें नम और दिल पिघले हुए थे। बार-बार अफ़सोस में अपना हाथ घोड़े की रान पर मारते और एक-दूसरे की दाढ़ी पर हाथ फेर के तौबा-तौबा कहते। यह नये आने वाले, जिससे भी मिले अपने आचरण से उसका दिल जीत लिया।

"पहले जां, फिर जाने-जां, फिर जाने-जानां हो गये"

फिर यही प्यारे लोग आहिस्ता-आहिस्ता पहले ख़ां, फिर ख़ाने-ख़ां, फिर ख़ाने-ख़ानां हो गये।

हवेली के आर्किटेक्चर की भांति क़िबला के रोग भी राजसी होते थे। बचपन में दायें गाल पर शायद आमों की फ़स्ल में फुंसी निकली थी। जिसका दाग़ अभी तक शेष था। कहते थे, जिस साल मेरे यह औरंगज़ेबी फोड़ा निकला, उसी साल बल्कि उसी हफ़्ते महारानी विक्टोरिया रांड हुई। साठ के पेटे में आये तो शाहजहानी 'हब्से-बोल' (पेशाब का बंद हो जाना) में गिरफ़्तार हो गये। फ़र्माते थे कि ग़ालिब मुग़ल-बच्चा था। अन्यायी डोमनी को अपने इश्क़ के जह्र से मार डाला मगर स्वयं इसी, यानी मेरी वाली बीमारी में मरा। एक ख़त में लिखता है कि घूंट-घूंट पीता हूं और क़तरा-क़तरा बाहर निकालता हूं। दमे का दौरा थोड़ा थमता तो बड़े गर्व से कहते कि फ़ैज़ी को यही रोग था। उसने एक जगह कहा है कि दो आलम मेरे सीने में समा गये, मगर आधा सांस किसी तौर नहीं समा रहा। अपने स्वर्गवासी पिता के बारे में बताते थे कि राज-रोग यानी अकबरी संग्रहणी में स्वर्गवासी हुए। मतलब इससे, आंतों की टी.बी. था। मरज़ तो मरज़, नाक तक अपनी नहीं थी—यूनानी बताते थे।

मुर्दा अज ग़ैब बरूं आयदो-कारे-बकुनद
(मुर्दा परोक्ष से आया और काम कर गया)

क़िबला को दो दुख थे। पहले दुख का बयान बाद में आयेगा। दूसरा दुख दरअस्ल इतना उनका अपना नहीं जितना बीवी का था। वो बेटे की इच्छा में घुल रही थीं। उस ग़रीब ने बड़ी मन्नतें मानीं। शर्बत में नक़्श (*क़ुरआन* की आयतें लिखे पर्चे) घोल-घोल कर पिलाये। उनके तकिये के नीचे तावीज़ रखे। छुप-छुप कर मज़ारों पर चादरें चढ़ायीं। हमारे यहां जब जीवित लोगों से मायूस हो जाते हैं तो बस यही आस बाक़ी रह जाती है। पचास मील के दायरे में कोई मज़ार ऐसी न बची जिसके सिरहाने खड़े होकर वो इस तरह फूट-फूट कर न रोयी हों कि क़ब्र-वाले के रिश्तेदार भी दफ़्न करते समय क्या रोये होंगे। उस ज़माने में क़ब्र के अन्दर वाले चमत्कारी हों या न हों, कम-से-कम क़ब्र के भीतर अवश्य होते थे। आजकल जैसा हाल नहीं था कि मज़ार अगर मुर्दे से ख़ाली है तो ग़नीमत जानिये, वरना अल्लाह जाने अंदर क्या दफ़्न है, जिसका इस धूमधाम से उर्स मनाया जा रहा है। ख़ैर यह तो एक वाक्य था जो रवानी में फैल कर पूरा पैरा बन गया। निवेदन यह करना था कि क़िबला स्वयं को किसी सिद्ध पुरुष से कम नहीं समझते थे। उन्हें जब यह पता चला कि बीवी लड़के की मन्नत मांगने चोरी-छुपे नामहरमों (जिनके साथ निकाह उचित हो) की मज़ारों पर जाने लगी है, तो बहुत नाराज़ हुए। वो जब बहुत नाराज़ होते तो खाना छोड़ देते थे। हलवाई की दुकान से रबड़ी, मोतीचूर के लड्डू और कचौड़ी लाकर खा लेते। दूसरे दिन बीवी कासनी रंग का दुपट्टा ओढ़ लेतीं और उनकी पसंद के खाने यानी दो-प्याजा, डेढ़-गुनी शक्कर वाला ज़र्दा, बहुत तेज़ मिर्च डाल के उड़द के दही-बड़े खिला कर उन्हें मना लेतीं। क़िबला इन्हीं खानों पर अपने ईरानी और अरबी नस्ल के पुरखों की नियाज़ दिलवाते (श्राद्ध करते), लेकिन उनके दही-बड़ों में मिर्चें बस नाम को डलवाते।

मज़ारों पर जाने पर पाबंदी लगी। बीवी बहुत रोयीं-धोयीं तो क़िबला कुछ पिघले। मज़ारों पर जाने की इजाज़त दे दी, लेकिन इस शर्त पर कि मज़ार में रहने वाला जाति का कम्बोह न हो। कम्बोह मर्द और ग़ज़ल के शायर से पर्दा आवश्यक है चाहे वो मुर्दा ही क्यों न हो। "मैं इनकी रग-रग पहचानता हूं।" उनके दुश्मनों का कहना है कि क़िबला स्वयं भी जवानी में शायर और ननिहाल की ओर से कम्बोह थे। अक्सर कहते कि कम्बोह के मरने पर तो जश्न मनाना चाहिए।

कटखने बिलाव के गले में घंटी

आहिस्ता-आहिस्ता बीवी को सब्र आ गया। एक बेटी थी। क़िबला को वह अत्यन्त प्रिय होती गयी। इस हद तक सब्र आ गया कि अक्सर कहते, "ख़ुदा बड़ा दयावान है। उसने बड़ी मेहरबानी की जो बेटा न दिया। अगर मुझ पर पड़ता तो सारी उम्र परेशान होता और अगर न पड़ता तो मैं नालायक़ को निकाल बाहर करता।"

सयानी बेटी कितनी भी चहेती हो, मां-बाप की छाती पर पहाड़ होती है। लड़की, रिश्तों के विज्ञापन के अनुसार देखने में ठीक-ठाक, सुशील, हँसमुख, घरेलू काम काज में माहिर, लेकिन किसका बुरा समय आया था कि क़िबला की बेटी के लिये रिश्ता भेजे। हमें नमरूद की आग में निर्भय होकर कूदने से कहीं अधिक भयंकर काम नमरूद की वंशावली में कूद पड़ना लगता है। जैसा कि हम पहले बता चुके हैं, क़िबला हमारे मित्र बिशारत के फूफा, चचा और अल्लाह जाने क्या-क्या लगते थे। दुकान और मकान दोनों-प्रकार से पड़ोसी भी थे। बिशारत के पिता भी रिश्ते के पक्ष में थे, लेकिन सन्देशा भेजने से साफ़ मना कर दिया कि बहू के बिना फिर भी गुज़ारा हो सकता है लेकिन नाक और टांग के बिना तो व्यक्तित्व अधूरा-सा लगेगा। बिशारत ने रेल की पटरी से स्वयं को बंधवा कर बड़ी लाइन के इंजन से आत्महत्या करने की धमकी दी। रस्सियों से बंधवाने की शर्त स्वयं इसलिए लगा दी कि कहीं ठीक समय पर डर कर भाग न जायें, लेकिन उनके पिता ने स्पष्ट कह दिया कि उस कटखने बिलाव के गले में तुम्हीं घंटी बांधो।

क़िबला मुंहफट, बदतमीज़ मशहूर ही नहीं थे, थे भी। वो दिल से, बल्कि बेदिली से भी, किसी की इज़्ज़त नहीं करते थे। दूसरे को ज़लील करने का कोई-न-कोई कारण ज़रूर निकाल लेते। मिसाल के तौर पर अगर किसी की उम्र उनसे एक महीना भी कम हो तो उसे लौंडा कहते और अगर एक साल अधिक तो बुढ़ऊ।

ज्वालामुखी पहाड़ में छलांग

बिशारत ने इन दिनों बी.ए. का इम्तिहान दिया था और पास होने की संभावना फ़िफ़्टी-फ़िफ़्टी थी। फ़िफ़्टी-फ़िफ़्टी इतने गर्व और विश्वास से कहते थे जैसे अपनी कांटा-तौल की हुई आधी-नालायक़ी से इम्तिहान लेने वाले को कड़ी परीक्षा में डाल दिया है। फ़ुर्सत-ही-फ़ुर्सत थी। कैरम और कोट पीस खेलते। आत्माओं को बुलाते और उनसे ऐसे प्रश्न करते कि ज़िंदों को शर्म आती। कभी दिन-भर बैठे नज़ीर अकबराबादी के कविता संग्रह

में बिंदुओं वाले ब्लैंक भरते रहते जो मुंशी नवल किशोर प्रेस ने सभ्यता की मांग और भारतीय क़ानून के कारण से रिक्त छोड़ दिये थे। बातचीत में हर वाक्य के बाद शे'र का ठेका लगाते। कहानी लिखने का अभ्यास भी जारी था।

अन्ततः एक सुहानी सुब्ह बिशारत ने स्वयं अपने हाथ से एक पर्चा लिखा और रजिस्ट्री से भिजवा दिया। हालांकि जिसे भेजा उसके मकान की दीवार उनके मकान की दीवार से मिली हुई थी। सन्देशा 23 पृष्ठों और लगभग पचास शे'रों पर आधारित था। इनमें से आधे शे'र उनके अपने और आधे अंदलीब शादानी के थे। जिनसे क़िबला के भाइयों जैसे संबंध थे। उस ज़माने में संदेशे केसर से लिखे जाते थे। लेकिन इस संदेश के लिये तो केसर का एक खेत भी अपर्याप्त होता। इसलिए केवल सम्मानसूचक संबोधन केसर से और शेष बातें लाल-सियाही से ज़ैड के मोटे निब से लिखीं। जिन हिस्सों पर विशेष रूप से ध्यान दिलाना था, उन्हें नीली इंक से बारीक अक्षरों में लिखा। बात हालांकि धृष्टतापूर्ण थी, लेकिन भाव फिर भी विनम्रता का और अंदाज़ बेहद चापलूसी का था। क़िबला के अच्छे स्वभाव, हँसमुखपन, मुहब्बत की जी खोल कर प्रशंसा की। जिसकी परछाईं तक क़िबला के चरित्र में न थी। साथ-साथ दुश्मनों के नाम ले-ले कर डट कर बुराई की। उनकी संख्या इतनी थी कि 23 पृष्ठों की मिट्टी के पियाले में रखकर खरल करना उन्हीं का काम था। बिशारत ने जी कड़ा करके ये तो लिख दिया कि मैं शादी करना चाहता हूं, लेकिन ये कहने की हिम्मत न पड़ी कि किससे। बात बिखरी-बिखरी सही लेकिन क़िबला अपनी अच्छी आदतों और दुश्मनों की हरामज़दगियों के बयान से बहुत ख़ुश हुए। इससे पहले किसी ने उनको ख़ूबसूरत और सजीला भी नहीं कहा था। दो बार पढ़कर अपने मुंशी को पकड़ा दिया कि तुम्हीं पढ़कर बताओ कि साहबज़ादे किससे शादी करना चाहते हैं। अच्छाइयां तो मेरी बयान की हैं। ग्लेशियर था कि पिघला जा रहा था। मुस्कुराते हुए मुंशी जी से बोले, ''किसी-किसी बेउस्ताद शायर के शे'र में कभी-कभी अलिफ़ गिरता है। इसके शे'रों में तो 'अलिफ़' से लेकर 'ये' तक सारे अक्षर एक-दूसरे पर गिर पड़ रहे हैं, जैसे ईदगाह में नमाज़ी एक-दूसरे की कमर पर सिजदा कर रहे हों।''

बिशारत के साहस की कहानी जिसने सुनी, हैरान रह गया। सोच थी कि ज्वालामुखी फट पड़ेगा। क़िबला तरस खाकर सारे ख़ानदान को क़त्ल नहीं करेंगे तो कम-से-कम हरेक की टांगें ज़रूर तोड़ देंगे, लेकिन यह सब कुछ नहीं हुआ। क़िबला ने बिशारत को अपनी दासता में लेना स्वीकार कर लिया।

रावण क्यों मारा गया

क़िबला की दुकानदारी और उनकी लायी हुई परेशानियों का कोई एक उदाहरण हो तो बतायें। कोई ग्राहक ज़रा-सा भी उनकी किसी बात या भाव पर शक करे तो फिर उसकी इज़्ज़त ही नहीं, हाथ-पैर की भी ख़ैर नहीं। एक बार जल्दी में थे। लकड़ी की क़ीमत छूटते ही दस रुपये बता दी। देहाती ग्राहक ने पौने दस रुपये लगाये और ये गाली देते हुए मारने को दौड़े कि जट गंवार की इतनी हिम्मत कैसे हुई। दुकान में एक टूटी हुई चारपाई

पड़ी रहती थी। जिसके बानों को चुरा-चुरा कर आरा खींचने वाले मज़दूर चिलम में भरकर सुल्फ़े के दम लगाते थे। क़िबला जब बाक़ायदा सशस्त्र हो कर हमला करना चाहते तो इस चारपाई का सेरुवा यानी सिरहाने की पट्टी निकालकर अपने दुश्मन (ग्राहक) पर झपटते। अक्सर सेरुवे को पुचकारते हुए कहते, "अजीब कठोर-स्वभाव है। आज तक इसमें फ्रैक्चर नहीं हुआ। लठ रखना बुज़दिलों और गंवारों का काम है और लाठी चलाना क़साई, कुंजड़ों, गुंडों और पुलिस का।" प्रयोग में लाने के बाद सेरुवे की फ़र्स्टएड करके यानी अंगोछे से अच्छी तरह झाड़-पोंछ कर वापस झिलंगे में लगा देते। इस तरीक़े में ख़ास बात शायद यह थी कि चारपाई तक जाने और सेरुवा निकालने के बीच अगर क्रोध को ठंडा होना है तो हो जाये और जिस पर क्रोध किया जा रहा है वो अपनी टांगों का प्रयोग करने में कंजूसी से काम न ले। एक पुरानी चीनी कहावत है कि लड़ाई के जो तीन सौ सतरह पैंतरे ज्ञानियों ने गिनवाये हैं, उनमें जो पैंतरा सबसे उपयोगी बताया गया है वो यह है कि भाग लो। इसकी पुष्टि हिन्दू देवमाला से भी होती है। रावण के दस सर और बीस हाथ थे, फिर भी मारा गया। इसका कारण हमारी समझ में तो यही आता है—भागने के लिये टांगें केवल दो थीं। आक्रमण करने से पहले क़िबला कुछ देर खौंखियाते ताकि विरोधी अपनी जान बचाना चाहता है तो बचा ले। बताते थे, "आज तक ऐसा नहीं हुआ कि किसी की ठुकाई करने से पहले मैंने उसे गाली देकर ख़बरदार न किया हो।"

हूं तो सज़ा का पात्र, पर इल्ज़ाम ग़लत है

क़िबला का आतंक सबके दिलों पर बैठा था, बस दायीं तरफ़ वाला दुकानदार बचा हुआ था। वो क़न्नौज का रहने वाला, अत्यधिक दंभी, हथछुट, दुर्व्यवहारी और बुरी ज़बान का आदमी था। उम्र में क़िबला से बीस साल कम होगा। यानी जवान और धृष्ट। कुछ साल पहले तक अखाड़े में बाक़ायदा ज़ोर करता था। पहलवान सेठ कहलाता था। एक दिन ऐसा हुआ कि एक ग्राहक क़िबला की सीमा में 3/4 प्रवेश कर चुका था कि पहलवान सेठ उसे पकड़ कर घसीटता हुआ अपनी दुकान में ले गया और क़िबला "महाराज! महाराज!" पुकारते ही रह गये। कुछ देर बाद वो उसकी दुकान में घुसकर ग्राहक को छुड़ाकर लाने की कोशिश कर रहे थे कि पहलवान सेठ ने उनको वो गाली दी जो वो स्वयं सबको दिया करते थे।

फिर क्या था। क़िबला ने अपने विशेष शस्त्र-भंडार से यानी चारपाई से पट्टी निकाली और नंगे-पैर दौड़ते हुए उसकी दुकान में दुबारा घुसे। ग्राहक ने बीच-बचाव कराने का प्रयास किया और पहली झपट में अपना दांत तुड़वाकर बीच-बचाव की कार्यवाही से रिटायर हो गया। बुरी ज़बान वाला पहलवान सेठ दुकान छोड़कर बगटुट भागा। क़िबला उसके पीछे सरपट। थोड़ी दूर जा कर उसका पांव रेल की पटरी में उलझा और वो मुंह के बल गिरा। क़िबला ने वहां जाकर पूरी ताक़त से ऐसा वार किया कि पट्टी के दो टुकड़े हो गये। मालूम नहीं इससे चोट आयी या रेल की पटरी पर गिरने से, वो देर तक बेहोश पड़ा रहा। उसके गिर्द ख़ून की तलैया-सी बन गयी।

पहलवान सेठ की टांग के मल्टीपल फ्रैक्चर में गैंग्रीन हो गया और टांग काट दी

गयी। फ़ौजदारी का मुक़दमा बन गया। उसने पुलिस को ख़ूब पैसा खिलाया और पुलिस ने पुरानी दुश्मनी के आधार पर क़िबला का, क़त्ल की कोशिश के इल्ज़ाम में, चालान पेश कर दिया। लम्बी-चौड़ी चार्ज शीट सुनकर, क़िबला कहने लगे कि टांग का नहीं क़ानून का मल्टीपल फ्रैक्चर हुआ है। पुलिस गिरफ़्तार करके ले जाने लगी तो बीवी ने पूछा, "अब क्या होयेगा?" कंधे उचकाते हुए बोले, "देखेंगे।" अदालत में बीच-बचाव करने वाले ग्राहक का दांत और क़त्ल का हथियार यानी चारपाई की ख़ून पिलायी हुई पट्टी Exhibits के तौर पर पेश किये गये। मुक़द्दमा सेशन के सुपुर्द हो गया। क़िबला कुछ अर्से रिमांड पर न्यायिक हिरासत में रहे थे। अब जेल में बाक़ायदा ख़ूनियों, डाकुओं, जेबकतरों और आदी-मुजरिमों के साथ रहना पड़ा। तीन-चार मुचैटों के बाद वो भी क़िबला को अपना चचा कहने और मानने लगे।

उनकी ओर से यानी बचाव-पक्ष के वकील की हैसियत से कानपुर के एक योग्य बैरिस्टर मुस्तफ़ा रज़ा क़िज़िलबाश ने पैरवी की। मगर वकील और मुवक्किल की किसी एक बात पर भी सहमति न हो सकी। क़िबला को ज़िद थी कि मैं शपथ लेकर यह बयान दूंगा कि शिकायत करने वाले ने बाप का नाम ग़लत लिखवाया है। इसकी सूरत अपने बाप से नहीं, बाप के एक बदचलन दोस्त से मिलती है।

वकील साहब इस बात पर ज़ोर देना चाहते थे कि चोट रेल की पटरी पर गिरने से आयी है, मुल्ज़िम के मारने से नहीं। उधर क़िबला अदालत में फ़िल्मी बैरिस्टरों की तरह टहल-टहल कर कठघरे को झंझोड़-झंझोड़ कर ये ऐलान करना चाहते थे कि मैं सिपाही का बच्चा हूं। दुकानदारी मेरे लिये कभी मान-सम्मान पाने का ज़रिया नहीं रही, बल्कि काफ़ी समय से आमदनी का ज़रिया भी नहीं रही। टांग पर वार करना हमारी सिपाहियाना शान और मर्दानगी की तौहीन है। मैं तो दरअस्ल इसका सर टुकड़े-टुकड़े करना चाहता था। इसलिए अगर मुझे सज़ा देना ही आवश्यक है तो टांग तोड़ने की नहीं, ग़लत निशाने की दीजिये। 'सज़ा का पात्र हूं, मगर इल्ज़ाम ग़लत है।'

अंतिम समय और जूं का ब्लड टेस्ट

अदालत में फ़ौजदारी मुक़दमा चल रहा था। अनुमान यही था कि सज़ा हो जायेगी, अच्छी लम्बी होगी। घर में हर पेशी के दिन रोना-पीटना मचता। दोस्त-रिश्तेदार अपनी जगह हैरान-परेशान कि ज़रा-सी बात पर यह नौबत आ गयी। पुलिस उन्हें हथकड़ी पहनाये सारे शह्र का चक्कर दिला कर अदालत में पेश करती और पहलवान से इस सेवा का मेहनताना वुसूल करती। भोली-भाली बीवी को विश्वास नहीं आता था। एक-एक से पूछतीं, "भैया! क्या सचमुच की हथकड़ी पहनायी थी?" अदालत के अन्दर और बाहर क़िबला के तमाम दुश्मनों यानी सारे शह्र की भीड़ होती। सारे ख़ानदान की नाक कट गयी मगर क़िबला ने कभी मुंह पर तौलिया और हथकड़ी पर रूमाल नहीं डाला। गश्त के दौरान मूंछों पर ताव देते तो हथकड़ी झन-झन, झन-झन करती। रमज़ान का महीना आया तो किसी ने सलाह दी कि नमाज़ रोज़ा शुरू कर दीजिये। अपने कान ही पूर के मौलाना हसरत मोहानी तो रोज़े

में चक्की भी पीसते थे। क़िबला ने बड़ी उपेक्षा से उत्तर दिया, ''लाहौल विला क़ुव्वत! मैं शायर थोड़े ही हूं। यह नाम होगा कि दुनिया के दुख न सह सका।''

बीवी ने कई बार पुछवाया, ''अब क्या होयेगा?'' हर बार एक ही जवाब मिला ''देख लेंगे।'' क्रोधावस्था में जो बात मुंह से निकल जाये या जो काम हो जाये, उस पर उन्हें कभी लज्जित होते नहीं देखा। कहते थे कि आदमी के अस्ल चरित्र की झलक तो क्रोध के कौंदे में ही दिखायी देती है। इसलिए अपनी किसी करतूत यानी अस्ल चरित्र पर लज्जित या परेशान होने को मर्दों की शान के विरुद्ध समझते थे।

एक दिन उनका भतीजा शाम को जेल में खाना और जुएं मारने की दवा दे गया। दवा के विज्ञापन में लिखा था कि इसके मलने से जुएं अंधी हो जाती हैं। फिर उन्हें आसानी से पकड़ कर मारा जा सकता है। जूं और लीख मारने की तरकीब भी लिखी थी। यानी जूं को बायें हाथ के अंगूठे पर रखो और दायें अंगूठे के नाख़ून से चट से कुचल दो। अगर जूं के पेट से काला या गहरा लाल ख़ून निकले तो तुरन्त हमारी दवा 'अक्सीरे-जालीनूस' (ख़ून साफ़ करने वाली) पीकर अपना ख़ून साफ़ कीजिये। पर्चे में यह निर्देश भी था कि दवा का कोर्स उस समय तक जारी रखिये जब तक कि जूं के पेट से साफ़ लाल ख़ून न निकलने लगे। क़िबला ने जंगले के उस तरफ़ से इशारे से भतीजे को कहा कि अपना कान मेरे मुंह के पास लाओ। फिर उससे कहा कि बेटे! जीवन का भरोसा नहीं। दुनिया इस जेल-समेत नश्वर है। ध्यान से सुनो, यह मेरा आदेश भी है और वसीयत भी। लोहे की अलमारी में दो हज़ार रुपये बुरे समय के लिये रद्दी अख़बारों के नीचे छुपा आया था। रुपया निकाल कर अल्लन (शह्र का नामी ग़ुंडा) को दे देना। अपनी चची को मेरी ओर से तसल्ली देना। अल्लन को मेरी दुआ कहना और कहना कि छहों की ऐसी ठुकायी करे कि घरवाले सूरत न पहचान सकें। यह कहकर अख़बार का एक मसला हुआ पुर्ज़ा भतीजे को थमा दिया। जिसके किनारे पर उन छः गवाहों के नाम लिखे थे। जिनको पिटवाने की योजना उन्होंने जेल में उस समय बनायी थी, जब ऐसी ही हरकत पर उन्हें आजकल में सज़ा होने वाली थी।

एक बार रविवार को उनका भतीजा जेल में मिलने आया और उनसे कहा कि जेलर तक आसानी से सिफ़ारिश पहुंचायी जा सकती है। अगर आपका जी किसी ख़ास खाने जैसे ज़र्दा या दही बड़े, शौक़ की मसनवी (एक पुराने शायर का महाकाव्य), सिगरेट या महोबे के पान को चाहे तो चोरी-छुपे हफ़्ते में कम-से-कम एक बार आसानी से पहुंचाया जा सकता है। चची ने याद करके कहने को कहा है। ईद क़रीब आ रही है। रो-रो कर उन्होंने आंखें सुजा ली हैं। क़िबला ने जेल के खद्दर के नेकर पर दौड़ता हुआ खटमल पकड़ते हुए कहा, मुझे किसी चीज़ की कोई आवश्यकता नहीं। अगली बार आओ तो सिराज फ़ोटोग्राफ़र से हवेली का फ़ोटो खिंचवा के ले आना। कई महीने हो गये देखे हुए। जिधर तुम्हारी चची के कमरे की चिक़ है उस ओर से खींचे तो अच्छा आयेगा।

संतरी ने धरती पर ज़ोर से बूट की थाप लगाते और थ्री-नॉट-थ्री की राइफ़ल का

कुन्दा बजाते हुए डपटकर कहा कि भेंट का समय समाप्त हो चुका। ईद का ध्यान करके भतीजे की आंखें डबडबा आयीं और उसने नज़रें नीची कर लीं। उसके होंठ कांप रहे थे। क़िबला ने उसका कान पकड़ा और खींच कर अपने मुंह तक लाने के बाद कहा, "हां! हो सके तो जल्दी से एक तेज़ चाक़ू, कम-से-कम छः इंच के फल वाला, डबल रोटी या ईद की सिवैयों में छुपा कर भिजवा दो। दूसरे, बम्बई में 'pentangular' शुरू होने वाला है। किसी तरकीब से मुझे दैनिक स्कोर मालूम हो जाये तो क्या कहने! हर दिन ईद का दिन हो, हर रात शबे-बरात। विशेष रूप से वज़ीर अली का स्कोर दिन के दिन मालूम हो जाये तो क्या कहना।" सज़ा हो गयी। डेढ़ साल क़ैदे-बामुशक़्क़त (सश्रम कारावास)। निर्णय सुना, सर उठा कर ऊपर देखा। मानो आसमान से पूछ रहे हों, "तू देख रहा है! यह क्या हो रहा है?" पुलिस ने हथकड़ी डाली। क़िबला ने किसी प्रकार की प्रतिक्रिया प्रकट नहीं की। जेल जाते समय बीवी को कहला भेजा कि आज मेरे पुरखों की आत्मा कितनी प्रसन्न होगी, कितनी भाग्यशाली हो तुम कि तुम्हारा दूल्हा (जी हां! यही शब्द इस्तेमाल किया था) एक हरामज़ादे की ठुकायी करके मर्दों का आभूषण पहने जेल जा रहा है। लकड़ी की टांग लगवा कर घर नहीं आ रहा। दो रक़अत (नमाज़ में खड़े होने, झुकने और माथा टेकने को एक रक़अत कहते हैं) नमाज़ शुकराने (धन्यवाद निवेदन) की पढ़ना। भतीजे को निर्देश दिया कि हवेली की मरम्मत कराते रहना, अपनी चची का ध्यान रखना। उनसे कहना, ये दिन भी गुज़र जायेंगे। दिल भारी न करें और शुक्रवार को कासनी दुपट्टा ओढ़ना न छोड़ें।

बीवी ने पुछवाया, "अब क्या होयेगा?"

जवाब मिला, "देखा जायेगा।"

टार्जन की वापसी

दो साल तक दुकान में ताला पड़ा रहा। लोगों का विचार था कि जेल से छूटने के बाद छुपते-छुपाते कहीं और चले जायेंगे। क़िबला जेल से छूटे। थोड़ा जो बदले हों। उनकी रीढ़ की हड्डी में जोड़ नहीं थे। जापानी भाषा में कहावत है कि बन्दर पेड़ से धरती पर गिर पड़े, फिर भी बन्दर ही रहता है। सो वह भी टार्जन की तरह चिंघाड़ते जेल से निकले। सीधे अपने ख़ानदानी क़ब्रिस्तान गये। पिता की क़ब्र की पायंती की मिट्टी सर पर डाली। फ़ातिहा (दुआ) पढ़ी और कुछ सोच कर मुस्कुरा दिये। दूसरे दिन दुकान खोली। केबिन के बाहर एक बल्ली गाड़ कर उस पर एक लकड़ी की टांग बढ़ई से बनवा कर लटका दी। सुब्ह-शाम उसको रस्सी से खींच कर इस तरह चढ़ाते और उतारते थे, जिस तरह उस ज़माने में छावनियों में यूनियन जैक चढ़ाया-उतारा जाता था। जिन्होंने दो साल से पैसा दबा रखा था, उन्हें धमकी-भरे ख़त लिखे और अपने हस्ताक्षर के बाद ब्रेकेट में सज़ायाफ़्ता (सज़ा पाया हुआ) लिखा। जेल जाने से पहले पत्रों में स्वयं को बड़े गर्व से 'नंगे-असलाफ़' (पूर्वजों के अपमान का कारण) लिखा करते थे। किसी की मजाल न थी कि इससे असहमत हो। असहमत होना तो दूर की बात है, मारे डर के सहमत भी नहीं

हो सकता था। अब अपने नाम के साथ 'सज़ायाफ़्ता' इस प्रकार लिखने लगे जैसे लोग डिग्रियां या सम्मान सूचक शब्द लिखते हैं। क़ानून और जेल की झिझक निकल चुकी थी।

क़िबला जैसे गये थे, वैसे ही जेल काट कर वापस आ गये। तनतने और आवाज़ के कड़ाके में थोड़ा अंतर न आया। इस बीच अगर समय बदल गया तो उसमें उनका कोई दोष न था। उनका कहा हुआ विश्वसनीय तो पहले ही था अब अंतिम सत्य भी हो गया। काले मख़मल की रामपुरी टोपी और अधिक तिरछी हो गयी। यानी इतनी झुकाकर टेढ़ी ओढ़ने लगे कि दायीं आंख ठीक से नहीं खोल सकते थे। बीवी कभी घबरा के कहतीं, "अब क्या होयेगा?" तो वह "देखते हैं" की जगह "देख लेंगे" और "देखती जाओ" कहने लगे। रिहाई के दिन नज़दीक आये तो दाढ़ी के बाल भी गुच्छेदार मूंछों में मिला लिये। जो अब इतनी घनी हो गयी थीं कि एक हाथ से पकड़ कर उन्हें उठाते, तब कहीं दूसरे हाथ से मुंह में खाने का कौर रख पाते थे। जेल उनका कुछ न बिगाड़ सकी। कहते थे, "यहीं तीसरी बैरक में एक मुंशी फ़ाज़िल बी.ए. पास जालिया है, फ़साहत ख़ान। ग़बन और धोखाधड़ी में तीन साल की सज़ा काट रहा है, बामुशक़्क़त। पहले 'शोला' अब 'हज़्रीं' उपनाम रखा है। चक्की पीसते समय अपनी ही ताज़ा ग़ज़ल गाता रहता है। मोटा पीसता है और पिटता है। अब यह कोई शायरी तो है नहीं, तिस पर स्वयं को ग़ालिब से कम नहीं समझता। हालांकि एक जैसी बात केवल इतनी है कि दोनों ने जेल की हवा खायी।"

"स्वयं को रुहेला बताता है। होगा, लगता नहीं। क़ैदियों से भी मुंह छुपाये फिरता है। अपने बेटे से कह रखा है कि मेरे बारे में कोई पूछे तो कह देना कि अब्बा कुछ दिनों के लिये बाहर गये हैं। जेल को कभी जेल नहीं कहता, ज़िंदां कहता है। (जेल के लिये अरबी शब्द) अरे साहब! ग़नीमत है कि जेलर को अज़ीज़े-मिश्र (मिस्र का बादशाह) नहीं कहता। उसे तो चक्की को आसिया (चक्की के लिये अरबी शब्द) कहने में भी हिचक न होती, मगर मैं जानूं पाट की अरबी मालूम नहीं। अरे साहब! मैं यहां किसी की जेब काट के थोड़े ही आया हूं। शे'र को पिंजरे में क़ैद कर दो तब भी शे'र ही रहता है। गीदड़ को कछार में आज़ाद छोड़ दो और अधिक गीदड़ हो जायेगा। अब हम ऐसे भी गये गुज़रे नहीं कि जेल का घुटन्ना (घुटनों तक की निकर) पहनते ही स्वभाव बदल जाये।" बल्कि हमें तो क़िबला की बातों से ऐसा लगता था कि फटा हुआ कपड़ा पहनने और जेल जाने को सुन्नते-यूसुफ़ी समझते हैं। उनके स्वभाव में जो टेढ़ थी वह कुछ और बढ़ गयी। कव्वे पर कितनी तकलीफ़ें गुज़र जायें, कितना ही बूढ़ा हो जाये, उसके पर काले ही रहते हैं। खुरे, खुर्रे, खुरदरे, खरे या खोटे, वह जैसे कुछ भी थे, उनका बाहर और अंतर्मन एक था।

तन उजरा मन गादला, बगुला जैसा भेक
ऐसे से कागा भले, बाहर भीतर एक

कहते थे ख़ुदा का करम है मैं पाखंडी नहीं। मैंने पाप को हमेशा पाप समझकर किया।

दुकान दो साल से बंद पड़ी थी। छूट कर घर आये तो बीवी ने पूछा :

"अब क्या होयेगा?"

"बीवी, थोड़ा तुम देखती जाओ।"

माशूक़ के होंठ

अबके दुकान चली और ऐसी चली कि औरों ही को नहीं स्वयं उन्हें भी आश्चर्य हुआ। दुकान के बाहर उसी शिकार की जगह यानी केबिन में उसी ठस्से से गावतकिये की टेक लगाकर बैठते, मगर आसन पसर गया था। पैरों की दिशा अब फ़र्श की बजाय आसमान की ओर अधिक हो गयी थी। जेल में रहने से पहले क़िबला ग्राहक को हाथ से निवेदन करने वाले इशारे से बुलाते थे अब केवल तर्जनी के हल्के से इशारे से तलब करने लगे। उंगली को इस तरह हिलाते जैसे डाँवांडोल पतंग को ठुमकी देकर उसकी दिशा दुरुस्त कर रहे हों। हुक़्क़ा पीते कम गुड़गुड़ाते अधिक थे। बदबूदार धुएं का छल्ला इस तरह छोड़ते कि ग्राहक की नाक में नथ की तरह लटक जाता। अक्सर कहते, "वाजिद अली शाह, जाने-आलम पिया ने, जो ख़ूबसूरत नाम रखने में अपना जोड़ न रखते थे, हुक़्क़े का कैसा प्यारा नाम रखा था...लबे-माशूक़ (माशूक़ के होंठ)। जो व्यक्ति कभी हुक़्क़े के पास से भी गुज़रा है वो अच्छी तरह समझ सकता है कि जाने-आलम पिया का पाला कैसे होंठों से पड़ा होगा। चुनांचे अपदस्थ होने के बाद वो केवल हुक़्क़ा अपने साथ मटियाबुर्ज ले गये। परीख़ाने के सारे माशूक़ लखनऊ में ही छोड़ दिये, चूंकि माशूक़ को नली पकड़ के गुड़गुड़ाया नहीं जा सकता।"

बल्ली पे लटका दूंगा

कुछ दिन बाद उनका लंगड़ा दुश्मन यानी पहलवान सेठ दुकान बढ़ा कर कहीं और चला गया। क़िबला बात-बेबात हरेक को धमकी देने लगे कि साले को बल्ली पे लटका दूंगा। आतंक का यह हाल कि इशारा तो बहुत बाद की बात है, क़िबला जिस ग्राहक की तरफ़ निगाह उठा कर भी देख लें, उसे कोई दूसरा नहीं बुलाता था। अगर वह स्वयं दूसरी दुकान में चला भी जाये तो दुकानदार उसे लकड़ी नहीं दिखाता था। एक बार ऐसा भी हुआ कि सड़क पर यूं ही कोई राहगीर मुंह उठाये जा रहा था कि क़िबला ने उसे उंगली से अंदर आने का इशारा किया। जिस दुकान के सामने से वह गुज़र रहा था, उसका मालिक और मुनीम उसे घसीटते हुए क़िबला की दुकान में अंदर धकेल गये। उसने रुआंसा होकर कहा कि मैं तो मूलगंज पतंगों के पेच देखने जा रहा था।

वो इंतज़ार था जिसका, ये पेड़ वो तो नहीं

फिर यकायक उनका कारोबार ठप हो गया। वो कट्टर मुस्लिम लीगी थे। इसका असर उनके बिज़नेस पर पड़ा। फिर पाकिस्तान बन गया। उन्होंने अपने नारे को सच्चाई बनते देखा और दोनों का पूरा मूल्य चुकाया। ग्राहकों ने आंखें फेर लीं। दोस्त, रिश्तेदार जिनसे वो तमाम उम्र लड़ते, झगड़ते और घृणा करते रहे, एक-एक करके पाकिस्तान चले गये। एक झटके के साथ यह प्रकट हुआ कि वो इन घृणाओं के बिना जीवित नहीं रह सकते

और जब इकलौती बेटी और दामाद भी अपनी दुकान बेच के कराची सिधारे तो उन्होंने भी अपने तम्बू की रस्सियां काट डालीं। दुकान औने-पौने एक दलाल के हाथ बेची। लोगों का कहना था कि 'बेनामी' सौदा है। दलाल की आड़ में दुकान दरअस्ल उसी लंगड़े पहलवान सेठ ने ख़रीद कर उनकी नाक काटी है। हल्का सा शक तो क़िबला को भी हुआ था मगर "अपनी बला से, बूम (उल्लू) बसे या हुमा* रहे" वाली स्थिति थी। एक ही झटके में पीढ़ियों के रिश्ते-नाते टूट गये और क़िबला ने पुरखों की जन्मभूमि छोड़ कर सपनों की धरती का रास्ता पकड़ा।

सारी उम्र शीशमहल में अपने मोरपंखी अभिमान का नाच देखते-देखते क़िबला कराची आये तो न केवल धरती अजनबी लगी, बल्कि अपने पैरों पर नज़र पड़ी तो वो भी किसी और के लगे। खोलने को तो मार्किट में हरचंद राय रोड पर लश्तम-पश्तम दुकान खोल ली, मगर बात नहीं बनी। गुजराती में कहावत है कि पुराने मटके पर नया मुंह नहीं चढ़ाया जा सकता। आने को तो वह एक नयी हरी-भरी धरती में आ गये, मगर उनकी बूढ़ी आंखें पिलखन को ढूंढती रहीं। पिलखन तो दूर उन्हें कराची में नीम तक नज़र न आया। लोग जिसे नीम बताते थे, वह दरअस्ल बकाइन थी। जिसकी निंबोली को लखनऊ में हकीम साहब पेचिश और बवासीर के नुस्ख़ों में लिखा करते थे।

कहां कानपुर के देहाती ग्राहक, कहां कराची के नख़रीले सागौन ख़रीदने वाले। वास्तव में उन्हें जिस बात से सबसे अधिक पीड़ा हुई वो ये कि यहां अपने आस-पास, यानी अपने दुखों की छांव में एक व्यक्ति भी ऐसा दिखायी नहीं पड़ा जिसे वो अकारण और निर्भय होकर गाली दे सकें। एक दिन कहने लगे, "यहां तो बढ़ई आरी का काम ज़बान से लेता है। चार-पांच दिन हुए, एक बुरी ज़बान वाला, धृष्ट बढ़ई आया। इक़बाल मसीह नाम था। मैंने कहा, 'अबे परे हट कर खड़ा हो।' कहने लगा, 'ईसा मसीह भी तो बढ़ई थे।' मैंने कहा, 'क्या कुफ़्र बकता है? अभी बल्ली पे लटका दूंगा।' कहने लगा, 'ओह लोक वी ऐही कहंदे सी!' (वो लोग भी ईसा से यही कहते थे!)"

मीर तक़ी मीर कराची में

पहली नज़र में उन्होंने कराची को और कराची ने उनको रद्द कर दिया। उठते-बैठते कराची में कीड़े डालते। शिकायत का अंदाज़ कुछ ऐसा होता था। साहब! यह मच्छर हैं या मगरमच्छ? कराची का मच्छर डीडीटी से भी नहीं मरता, सिर्फ क़व्वालों की तालियों से मरता है या ग़लती से किसी शायर को काट ले तो बावला होकर निःसंतान मरता है। नमरूद (वह व्यक्ति जिसने पैग़म्बर इब्राहीम को जलाने की कोशिश की थी) की मौत नाक में मच्छर घुसने से हुई थी। कराची के मच्छरों की वंशावली कई नमरूदों से होती हुई उसी मच्छर की वंशावली से जा मिलती है और थोड़ा ज़बान तो देखिये। मैंने पहली बार एक साहब को पट्टे वाला पुकारते सुना तो मैं समझा अपने कुत्ते को बुला रहे हैं। मालूम हुआ कि यहां चपरासी को पट्टे वाला कहते हैं। हर समय कुछ-न-कुछ फ़ड्डा और लफ़ड़ा

*वह चिड़िया जो किसी के सर पर साया कर दे, तो वह राजा हो जाता है

होता रहता है। टोको तो कहते हैं उर्दू में इस स्थिति के लिये कोई शब्द नहीं है। भाई मेरे! उर्दू में यह स्थिति भी तो नहीं है। बम्बई वाले शब्द और स्थितियां दोनों अपने साथ लाये हैं। मीर तक़ी मीर ऊंट गाड़ी में मुंह बांधे बैठे रहे, अपने सहयात्री से इसलिए बात न की कि 'ज़बाने-ग़ैर से अपनी ज़बां बिगड़ती है।' मीर साहब कराची में होते तो बख़ुदा मुंह पर सारी उम्र ढाटा बांधे फिरते। यहां तक कि डाकुओं का-सा भेस बनाये फिरने पर किसी डकैती में धर लिये जाते। अमां! टोंक वालों को अमरूद को सफ़री (पित्त बनाने वाला) कहते तो हमने भी सुना था। यहां अमरूद को जाम कहते हैं और उस पर नमक-मिर्च की जगह साहब लगा दें तो अभिप्राय नवाब साहब लासबेला होते हैं। अपनी तरफ़ विक्टोरिया का मतलब मल्का टूरिया होता था। यहां किसी तरकीब से दस-बारह जने एक घोड़े पर सवारी गांठ लें तो उसे विक्टोरिया कहते हैं। मैं दो दिन लाहौर रुका था। वहां देखा कि जिस बाज़ार में कोयलों से मुंह काला किया जाता है वो हीरा मंडी कहलाती है। अब यहां नया फ़ैशन चल पड़ा है। गानेवालों को गुलूकार और लिखने वाले को क़लमकार कहने लगे हैं। मियां! हमारे समय में तो केवल नेककार (अच्छे लोग) और बदकार (बुरे लोग) हुआ करते थे। क़लम और गले से ये काम नहीं लिया जाता था। मैंने लालू खेत, बिहार-कालोनी, चाकीवाड़ा और गोलीमार का चप्पा-चप्पा देखा है। चौदह-पन्द्रह लाख आदमी ज़रूर रहते होंगे, लेकिन कहीं किताब और इत्र की दुकान न देखी। काग़ज तक के फूल नज़र न आये। कानपुर में हम जैसे शरीफ़ों के घराने में कहीं-न-कहीं मोतिया की बेल ज़रूर चढ़ी होती थी। जनाब! यहां मोतिया केवल आंखों में उतरता है। हद हो गयी, कराची में लखपति, करोड़पति सेठ लकड़ी इस तरह नपवाता है जैसे मख़मल का टुकड़ा ख़रीद रहा हो। लकड़ी दिन में दो फ़ुट बिकती है और बुरादा ख़रीदने वाले पचास! मैंने बरसों उपलों पर पकाया हुआ खाना भी खाया है लेकिन बुरादे की अंगीठी पर जो खाना पकेगा वो केवल नर्क में जाने वाले मुर्दों के चालीसवें के लिये मुनासिब है।

भर पाये ऐसे बिज़नेस से! माना कि रुपया बहुत कुछ होता है मगर सभी कुछ तो नहीं। पैसे को आवश्यकता पूरी करने वाला कहा गया है। बिलकुल ठीक। मगर जब ये स्वयं सबसे बड़ी आवश्यकता बन जाये तो वो केवल मौत से दूर होगी। मैंने तो जीवन में ऐसी कानी-खुतरी लकड़ी नहीं बेची। बढ़ई का ये साहस कि छाती पे चढ़ के कमीशन मांगे। न दो तो माल को सड़े अंडे की तरह क़यामत तक सेते रहो। हाय! न हुआ कानपुर। बिसौले से साले की नाक उतार कर हथेली पर रख देता कि जा! अपनी जुरवा (पत्नी) को महर में दे देना। वल्लाह! यहां का तो बाबा आदम ही निराला है। सुनता हूं, यहां के रेड लाइट एरिया नैपियर रोड और जापानी रोड पर वेश्यायें अपने-अपने दर्शनी झरोखों में लाल बत्तियां जलते ही कंटीली छातियों के पैड लगाकर बैठ जाती हैं। फ़िल्मों में भी इसी का प्रदर्शन होता है। यह तो वही बात हुई कि ओछे के घर तीतर, बाहर बांधूं के भीतर। इस्लामी गणतंत्र की सरकार—बेसरोकार कुछ नहीं कहती, लेकिन किसी वेश्या को शादी ब्याह में मुजरे के लिये बुलाना हो तो पहले इसकी सूचना थाने को देनी पड़ती है। रंडी को परमिट-राशनकार्ड पे मिलते हमने यहीं देखा। ऐश का सामान मांगने के समय न मिला तो किस काम का। दर्शनी मंडियों में दर्शनी हुंडियों का क्या काम।

मिर्ज़ा अब्दुल बेग इस स्थिति की कुछ और ही व्याख्या करते हैं। कहते हैं कि वेश्या को थाने से N.O.C इसलिए लेना पड़ता है कि पुलिस पूरी तरह संतोष कर ले कि वो अपने धन्धे पर ही जा रही है। धार्मिक प्रवचन सुनने या राजनीति में हिस्सा लेने नहीं जा रही।

एक दिन क़िबला कहने लगे, ''अभी कुछ दिन हुए कराची की एक नामी- गिरामी वेश्या का गाना सुनने का मौक़ा मिला। अमां! उसका उच्चारण तो चाल-चलन से भी अधिक ख़राब निकला। हाय! एक समय था कि शरीफ़ लोग अपने बच्चों को शालीनता सीखने के लिये चौक की वेश्याओं के कोठों पर भेजते थे।'' इस बारे में भी मिर्ज़ा कहते हैं कि वेश्याओं के कोठों पर तो इसलिए भेजते थे कि बुज़ुर्गों के साथ रहने और घर के माहौल से बचे रहें।

दौड़ता हुआ पेड़

कराची शह्र उन्हें किसी तरह और किसी तरफ़ से अच्छा नहीं लगा। झुंझला कर बार-बार कहते, ''अमां! यह शह्र है या नर्क?'' मिर्ज़ा किसी ज्ञानी के शब्दों में परिवर्तन करके कहते हैं, ''क़िबला इस दुनिया से कूच करने के बाद अगर ख़ुदा करे, वहीं पहुंच गये जिससे कराची की मिसाल किया करते हैं तो चारों तरफ़ नज़र दौड़ाने के बाद यह कहेंगे कि हमने तो सोचा था कराची छोटा-सा नर्क है। नर्क तो बड़ा-सा कराची निकला।''

एक बार उनके एक क़रीबी दोस्त ने उनसे कहा कि तुम्हें समाज में ख़राबियां ही ख़राबियां नज़र आती हैं तो बैठे-बैठे इन पर कुढ़ने की जगह सुधार की सोचो। बोले, ''सुनो! मैंने एक ज़माने में पी.डब्ल्यू.डी. के काम भी किये हैं, मगर नर्क की एयर-कंडीशनिंग का ठेका नहीं ले सकता।''

बात केवल इतनी थी कि अपनी छाप, तिलक और छब छिनवाने से पहले वो जिस दर्पण में स्वयं को देख-देख कर सारी उम्र इतराया किये, उसमें जब नये संसार और नये देश को देखा तो वह समय के थपेड़ों से distorting mirror बन चुका था। जिसमें हर शक्ल अपना ही मुंह चिढ़ाती नज़र आती थी। उनके व्यापार की स्थिति तेज़ी से बिगड़ रही थी। बिज़नेस, न होने के बराबर था। उनकी दुकान पर एक तख़्ती लटके देखकर हमें दु:ख हुआ।

न पूछ हाल मिरा, चोबे-ख़ुश्के-सहरा हूं
लगा के आग जिसे कारवां रवाना हुआ

(मेरा हाल न पूछ मैं रेगिस्तान की सूखी लकड़ी हूं, जिसे आग लगाकर कारवां चला गया) हमने उनका दिल बढ़ाने के लिये कहा, ''आपको चोबे-ख़ुश्क (सूखी लकड़ी) कौन कह सकता है? आपकी जवां हिम्मती और मुस्तैदी पर तो हमें ईर्ष्या ही होती है।'' अकस्मात् मुस्कुराये, जबसे डेन्चर्स टूटे, मुंह पर रूमाल रख कर हँसने लगे थे। कहने लगे, ''आप जवान आदमी हैं। अपना तो यह हाल हुआ कि

मुन्फ़इल हो गये क़वा ग़ालिब
अब अनासिर में एतदाल कहां

(सारे अंग-प्रत्यंग कमज़ोर हो गये। अब तत्वों में सामंजस्य कहां) मैं वो पेड़ हूं जो ट्रेन में जाते हुए यात्री को दौड़ता हुआ नज़र आता है।''

मेरे ही मन का मुझ पर धावा

यूं वो जहां तक सम्भव हो अपने क्रोध को कम नहीं होने देते थे। कहते थे कि मैं ऐसी जगह एक मिनट भी नहीं रहना चाहता, जहां आदमी, किसी पर क्रोधित ही न हो सके और जब उन्हें ऐसी ही जगह रहना पड़ा तो वो जीवन में पहली बार अपने आपसे रूठे। अब वो आप ही आप कुढ़ते, अंदर-ही-अंदर खौलते, जलते, सुलगते रहते :

मेरे ही मन का मुझ पर धावा
मैं ही आग हूं, मैं ही ईंधन

उन्हीं का कहना है कि याद रखो, क्रोध जितना कम होगा, उसकी जगह उदासी लेती जायेगी और यह बड़ी कायरता की बात है। कायरता के ऐसे ही उदास पलों में अब उन्हें अपना गांव जहां बचपन गुज़रा था, बेतहाशा याद आने लगता। बिखरे-बिखरे जीवन ने अतीत में शरण ढूंढ ली। जैसे एलबम खुल गया।

धुंधली, पीले से रंग की तस्वीरें विचार के दर्पण में बिखरती चली जातीं। हर तस्वीर के साथ समय का पृष्ठ उलटता चला गया। हर स्नैप शॉट की अपनी एक कहानी थी। धूप में अबरक के कणों से चिलकती कच्ची सड़क पर घोड़ों के पसीने की नर गंध, भेड़ के बच्चे को गले में मफ़लर की तरह डाले शाम को ख़ुश-ख़ुश लौटते किसान, पर्दों के पीछे हरसिंगार के फूलों से रंगे हुए दुपट्टे, अरहर के हरे-भरे खेत में पगडंडी की मांग, सूखे में सावन के थोथे बादलों को रह-रह कर ताकती निराश आंखें, जाड़े की उजाड़ रातों में ठिठुरते गीदड़ों की आवाज़ें, दीया जले बाड़े में लौटती गायों के गले में बजती हुई घंटियां, काली भंवर रात में चौपाल की जलती-बुझती घूमती चिलम पर लम्बे होते हुए कश, मोतिया के गजरों की लपट के साथ कुंवारे बदन की महक, डूबते सूरज की पीली रौशनी में ताजा क़ब्र पर जलती हुई अगरबत्ती का बल खाता धुआं, दहकती बालू में तड़कते चनों की सोंधी लपट से फड़कते हुए नथुने, म्यूनिसिपल्टी की मिट्टी के तेल की लालटेन का भभका। यह थी उनके गांव की सत सुगंध। यह उनकी अपनी नाभि की महक थी, जो यादों के जंगल में बावली फिरती थी।

ओलती की टपाटप

सत्तर साल के बच्चे की सोच में तस्वीरें गड्डमड्ड होने लगतीं। गन्धें, नर्माहटें और आवाज़ें भी तस्वीरें बन-बन कर उभरतीं। उसे अपने गांव में मेंह बरसने की एक-एक आवाज़ अलग सुनायी देती। टीन की छत पर तड़-तड़ बजते हुए ताशे, सूखे पत्तों पर करारी बूंदों का शोर, पक्के फ़र्श पर जहां उंगल भर पानी खड़ा हो जाता, वहां मोटी बूंद गिरती तो मोतियों का एक ताज-सा हवा में उछल पड़ता। तपती खपरैलों पर उड़ती बदली के झाले की सनसनाहट, गर्मी के दानों से उपेड़ बालक-बदन पर बरखा की पहली फुहार—जैसे किसी ने मेंथोल में नहला दिया हो, जवान बेटे की क़ब्र पर पहली बारिश और मां का नंगे सर आंगन में आ-आ कर आसमान की तरफ़ देखना, फबक उठने के लिये तैयार मिट्टी

पर टूट के बरसने वाले बादल की हरावल गर्म लपट, ढोलक पर सावन के गीत की ताल पर बजती चूड़ियां और बेताल ठहाके, सूखे तालाब के पेंदे की चिकनी मिट्टी में पड़ी हुई दरारों के जाल में तरसा-तरसा कर बरसने वाली बारिश के सरसराते रेले, खम्बे से लटकी हुई लालटेन के सामने जहां तक रौशनी थी, मोतियों की रिमझिम झालर, हुमक-हुमक कर पराये आंगन में गिरते परनाले, आमों के पत्तों पर मंजीरे बजाती नर्सल बौछार और झूलों पर पींगें लेती लड़कियां और फिर रात के सन्नाटे में पानी थमने के बाद, सोते-जागते ओलती की टपाटप। ओलती की टपाटप तक पहुंचते-पहुंचते क़िबला की आंखें जल-थल हो जातीं। बारिश तो हम उन्हें लाहौर और नथैया गली की ऐसी दिखा सकते थे कि बीती उम्र की सारी टपाटप भूल जाते। पर ओलती कहां से लाते ? इसी तरह आम तो हम मुलतान का एक से एक पेश कर सकते थे। दसहरी, लंगड़ा, समर बहिश्त, अनवर रटौल, लेकिन हमारे पंजाब में तो ऐसे पेड़ हैं ही नहीं जिनमें आमों की जगह लड़कियां लटकी हुई हों।

इसलिए ऐसे अवसर पर हम ख़ामोश, हमातन-गोश (पूरा शरीर कान) बल्कि ख़रगोश बने ओलती की टपाटप सुनते रहते।

क़िबला का रेडियो ऊंचा सुनता था

नदी के बहाव के विरुद्ध तैरने में तो ख़ैर कोई हानि नहीं, हमारा मतलब है नदी की हानि नहीं लेकिन क़िबला तो सैकड़ों फ़ुट की ऊंचाई से गिरते हुए नियाग्रा फ़ॉल पर तैर कर चढ़ना चाहते थे या यूं कहिये कि तमाम उम्र नीचे उतरने वाले एस्केलेटर से ऊपर चढ़ने की कोशिश करते रहे और एस्केलेटर बनाने वाले को गालियां देते रहे। एक दिन कहने लगे, ''मियां यह तुम्हारा शह्र भी अजीब शह्र है। न ख़रीदारी की तमीज़, न छोटों की शालीनता, न किसी के बड़प्पन का ध्यान। मैं जिस काल में बिशारत मियां के साथ बिहार कालोनी में रहता था, उस समय में रेडियो में कार की बैटरी लगानी पड़ती थी। बिहार कालोनी में बिजली नहीं थी। उसका रखना और चलाना एक सिर-दर्द था। बिशारत मियां दैनिक अपनी बैटरी फ़ैक्ट्री ले जाते और चार्ज होने के लिये आरा मशीन में लगा देते। सात-आठ घंटे में इतनी चार्ज हो जाती थी कि बस एकाध घंटे बी.बी.सी. सुन लेता था। इसके बाद रेडियो से आरा मशीन की आवाज़ें आने लगतीं और मैं उठ कर चला आता। घर के पिछवाड़े एक पच्चीस फ़ुट ऊंची, निहायत महंगी, बेगांठ बल्ली गाड़ कर एरियल लगा रखा था। इसके बावजूद वो रेडियो ऊंचा सुनता था। आये दिन पतंग उड़ाने वाले लौंडे मेरे एरियल से पेच लड़ाते। मतलब यह कि उसमें पतंग उलझा कर ज़ोर लगाते। डोर टूट जाती, एरियल ख़राब हो जाता। अरे साहब! एरियल क्या था, पतंगों का हवाई क़ब्रिस्तान था। उस पर यह कटी पतंगें चौबीस घंटे इस तरह फड़फड़ाती रहतीं जैसे सड़क के किनारे किसी नये मरे हुए पीर के मज़ार पर झंडियां। पच्चीस फ़ुट की ऊंचाई पर चढ़ कर एरियल दोबारा लगाना, न पूछिये कैसा कष्टदायक था। बस यूं समझिये! सूली पे लटक के बी.बी. सी. सुनता था। बहरहाल, जब बर्नस रोड वाले फ़्लैट में जाने लगा तो सोचा कि वहां तो बिजली है, चलो रेडियो बेचते चलें। बिशारत मियां भी तंग आ गये थे। कहते थे, ''इससे तो पतंगों की फड़फड़ाहट ब्रॉडकास्ट होती रहती है।'' एक दूर के

पड़ोसी से 250 रुपये में सौदा पक्का हो गया। सवेरे-सवेरे वो नक़्द रक़म ले आया और मैंने रेडियो उसके हवाले कर दिया। रात को ग्यारह बजे फाटक बंद करने बाहर निकला तो क्या देखता हूं कि वो आदमी और उसके बैल जैसी गर्दन वाले दो बेटे कुदाल, फावड़ा लिये मज़े से एरियल की बल्ली उखाड़ रहे हैं। मैंने डपट कर पूछा, ''ये क्या हो रहा है?'' सीनाज़ोरी देखिये! कहते हैं, ''बड़े मियां, बल्ली उखाड़ रहे हैं, हमारी है।''

''ढाई सौ रुपये में रेडियो बेचा है, बल्ली से क्या मतलब?''

''मतलब नहीं तो हमारे साथ चलो और बल्ली के बिना बजा के दिखा दो। रेडियो के लिए यह बल्ली ज़रूरी है।''

''न हुआ कानपुर, साले की ज़बान गुद्दी से खींच लेता और इन हरामी पिल्लों की बैल जैसी गर्दन एक ही बार में भुट्टा-सी उड़ा देता। मैंने तो जीवन में ऐसा बेईमान आदमी नहीं देखा। इस दौरान वो कमीन बल्ली उखाड़ के धरती पे लिटा चुका था। एक बार जी में आया कि अंदर जा कर 12 बोर ले आऊं और इसे भी बल्ली के बराबर लम्बा लिटा दूं, फिर ध्यान आया कि बंदूक़ का लाइसेंस तो समाप्त हो चुका है और कमीने के मुंह क्या लगना, इसकी बेक़ुसूर बीवी रांड हो जायेगी। वो अधिक क़ानून छांटने लगा तो मैंने कहा, ''जा जा, तू क्या समझता है? बल्ली की सच्चाई क्या है, ये देख, ये छोड़ के आये हैं।'' क़िबला हवेली की तस्वीर दिखाते ही रह गये और वो तीनों बल्ली उठा कर ले गये।

अपाहिज़ बीवी और गश्ती चिलम

उनके जीवन का एक पक्ष ऐसा था जिसके बारे में किसी ने उन्हें संकेतों में भी बात करते नहीं सुना। हम शुरू में बता चुके हैं कि उनकी शादी बड़े चाव-चोंचले से हुई थी। बीवी बहुत ख़ूबसूरत, नेक और सुघड़ थीं। शादी के कुछ साल बाद एक ऐसी बीमारी हुई कि कलाइयों तक दोनों हाथों से अपंग हो गयीं। निकटस्थ रिश्तेदार भी मिलने से बचने लगे। दैनिक मिलना, सुख-दुख में जाना, सभी सिलसिले आहिस्ता-आहिस्ता टूट गये। घर का सारा काम आया और नौकर तो नहीं कर सकते। क़िबला ने जिस मुहब्बत और दर्दमंदी से तमाम उम्र उनकी सेवा और देख-रेख की, इसका उदाहरण मुश्किल से मिलेगा। कभी ऐसा नहीं हुआ कि उनकी चोटी बेगुंथी और दुपट्टा बेचुना हो, या शुक्रवार को कासनी रंग का न हो। साल गुज़रते चले गये। समय ने सर पर कासनी दुपट्टे के नीचे रुई के गाले जमा दिये मगर मजाल है उनकी सेवा और प्यार में थोड़ा भी जो अन्तर आया हो। विश्वास नहीं होता था कि दोस्ती और मुहब्बत का यह रूप उसी क्रोधी आदमी का है जो घर के बाहर एक चलती हुई तलवार है। जीवन भर का साथ हो तो सब्र और स्वभाव की परीक्षा के सैकड़ों मोड़ आते हैं, मगर उन्होंने उस बीवी से कभी ऊंची आवाज़ में भी बात नहीं की।

कहने वाले कहते हैं कि उनकी झल्लाहट और क्रोध की शुरुआत इसी बीमारी से हुई। वो बीवी तो मुसल्ले (नमाज़ पढ़ने का कपड़ा) पर ऐसी बैठीं कि दुनिया ही में स्वर्ग पा लिया। क़िबला को नमाज़ पढ़ते किसी ने नहीं देखा, लेकिन जीवन भर जैसी सच्ची

मुहब्बत और रातों को उठ-उठ कर जैसी तपस्या उन्होंने की, वही उनका दुरूद वज़ीफ़ा (एक तरह की दुआ) और वही उनकी आधी रात की दुआयें थीं। वह बड़ा बख़्शन-हार है, शायद यही उनकी मुक्ति का माध्यम बन जाये। एक दौर ऐसा भी आया कि बीवी से उनकी परेशानी देखी न गयी। स्वयं कहा, "किसी रांड-बेवा से शादी कर लो।" बोले, "हां! भगवान! करेंगे। कहीं दो गज़ धरती का एक टुकड़ा है जो न जाने कब से हमारी बरात की राह देख रहा है। वहीं चार कांधों पर डोला उतरेगा। बीवी! मिट्टी सदा सुहागन है—'सो जायेंगे इक रोज़ ज़मीं ओढ़ के हम भी'।"

बीवी की आंखों में आंसू देखे तो बात की दिशा मोड़ दी। वो अपनी सारी इमेजिरी लकड़ी, हुक़्क़े और तम्बाक़ू से लिया करते थे। बोले, "बीवी! यह रांड बेवा की क़ैद तुमने क्या सोच के लगायी? तुमने शायद वो पूरबी कहावत नहीं सुनी: पहले पीवे भकुवा, फिर पीवे तमकुवा, पीछे पीवे चिलम चाट यानी जो आदमी पहले हुक़्क़ा पीता है वो बुद्धू है कि दरअस्ल वो तो चिलम सुलगाने और ताव पर लाने में ही जुटा रहता है। तम्बाक़ू का अस्ल मज़ा तो दूसरे आदमी के हिस्से में आता है और जो अन्त में पीता है वो जले हुए तम्बाक़ू से ख़ाली भक-भक करता है।"

हम जिधर जायें दहकते जायें

कराची में दुकान तो फिर भी थोड़ी बहुत चली, मगर क़िबला बिलकुल नहीं चले। काल के चक्र पर किसका ज़ोर चला है जो उनका चलता। हादसों को रोका नहीं जा सकता, हां, सोच से हादसों का ज़ोर तोड़ा जा सकता है। व्यक्तित्व में पेच पड़ जायें तो दूसरों के अतिरिक्त स्वयं अपने-आप को भी पीड़ा देते हैं, लेकिन जब वो निकलने लगें तो और अधिक कष्ट होता है। कराची आने के बाद अक्सर कहते कि डेढ़ साल जेल में रहकर जो बदलाव मुझमें न आया, वो यहां एक हफ़्ते में आ गया। यहां तो बिज़नेस करना ऐसा है जैसे सिंघाड़े के तालाब में तैरना। कानपुर ही के छुटे हुए छाकटे यहां शेर बने दनदनाते फिरते हैं और अच्छे-अच्छे शरीफ़ हैं कि गीदड़ की तरह दुम कटवा के भट में जा बैठे। ऐसा बिजोग पड़ा कि 'ख़ुद-ब-स्वयं बिल में है हर शख़्स समाया जाता' जो बुद्धिमान हैं वो अपनी दुमें छुपाये बिलों में घुसे बैठे हैं। बाहर निकलने की हिम्मत नहीं पड़ती। इस पर मिर्ज़ा ने हमारे कान में कहा—अनीस 'दुम' का भरोसा नहीं, ठहर जाओ।

एक दोस्त ने अपनी इज़्ज़त-आबरू जोखिम में डालकर क़िबला से कहा कि बीता हुआ समय लौट कर नहीं आ सकता। परिस्थितियां बदल गयी हैं। आप भी स्वयं को बदलिये। मुस्कुरा के बोले ख़रबूज़ा स्वयं को गोलकर ले तब भी तरबूज़ नहीं बन सकता। बात यह थी कि समय की दिशा पहचानने की शक्ति, क्षमता, नर्मी और लचक न उनके स्वभाव में थी और न ज़मींदाराना माहौल और समाज में इनकी गिनती गुणों में होती थी। सख़्ती, अभिमान, घमंड और क्रोध अवगुण नहीं बल्कि सामंती चरित्र की मज़बूती की दलील समझे जाते थे और ज़मींदार तो एक तरफ़ रहे, उस ज़माने के धार्मिक स्कॉलर तक इन गुणों पर गर्व करते थे।

क़िबला के हालात तेज़ी से बिगड़ने लगे तो उनके हमदर्द मियां इनआम इलाही

ने, जो छोटे होने के बावजूद उनके स्वभाव और मामलात में दख़्ल रखते थे, कहा कि दुकान समाप्त करके एक बस ख़रीद लीजिये। घर बैठे आमदनी होगी। रूट-परमिट मेरा दायित्व। आजकल इस धन्धे में बड़ी चांदी है। एकदम प्रचंड क्रोध आ गया। बोले, "चांदी तो तबला-सारंगी बजाने में भी है। एक रख-रखाव की रीत बुज़ुर्गों से चली आ रही है। जिसका तक़ाज़ा है कि बरबाद होना ही भाग्य में लिखा है तो अपने पुराने और परखे हुए ढंग से होंगे, बंदा ऐसी चांदी पर लात मारता है।"

आख़िरी गाली

व्यापार मन्दा बल्कि बिलकुल ठंडा, तबीयत में उदासी। दुकानदारी अब उनकी आर्थिक नहीं, मानसिक आवश्यकता थी। समझ में नहीं आता था कि दुकान बंद कर दी तो घर में पड़े क्या करेंगे। फिर एक दिन यह हुआ कि उनका नया पठान नौकर ज़रीन गुल ख़ान कई घंटे देर से आया। वो हर प्रकार से क्रोध को पीने की कोशिश करते थे लेकिन पुरानी आदत कहीं जाती है। चन्द माह पहले उन्होंने एक साठ साला मुंशी आधे वेतन पर रखा था। जो गेरुवे रंग का ढीला-ढाला लबादा पहने, नंगे पैर धरती पर आल्थी-पाल्थी मारे हिसाब-किताब करता था। कुर्सी या किसी भी ऊंची चीज़ पर बैठना उसके सम्प्रदाय में मना था।

वारसी परम्परा के किसी बुज़ुर्ग से दीक्षा ली थी। मेहनती, ईमानदार, रोज़े नमाज़ का पाबन्द, तुनकमिज़ाज और काम में चौपट था। क़िबला ने क्रोध में आकर एक दिन उसे हरामख़ोर कह दिया। सफ़ेद दाढ़ी का लिहाज़ भी न किया। उसने आराम से कहा, "दुरुस्त! सरकार के यहां जो चीज़ मिलती है वही तो फ़क़ीर खायेगा। सलाम अलैकुम।" और ये जा वो जा। दूसरे दिन से मुंशी जी ने नौकरी पर आना और क़िबला ने हरामख़ोर कहना छोड़ दिया। लेकिन हरामख़ोर के अलावा और भी तो दिल दुखाने वाले बहुतेरे शब्द हैं। ज़रीन गुल ख़ान को कच्चा-पक्का कहते-कहते उनके मुंह से रवानी और क्रोध में वही गाली निकल गयी जो अच्छे दिनों में उनका तकियाकलाम हुआ करती थी। गाली की भयानक गूंज दर्रा-आदम ख़ेल के पहाड़ों तक ठनठनाती पहुंची, जहां ज़रीन गुल की विधवा मां रहती थी। वो छः साल का था जब मां ने वैधव्य की चादर ओढ़ी थी। बारह साल का हुआ तो उसने वादा किया था कि मां! मैं बड़ा हो जाऊंगा तो नौकरी करके तुझे पहले वेतन से बिना पैवंद की चादर भेजूंगा। उसे आज तक किसी ने यह गाली नहीं दी थी। जवान ख़ून, क्रोधी स्वभाव, पठान के स्वाभिमान का सवाल था। ज़रीन गुल ख़ान ने उनकी तिरछी टोपी उतार कर फेंक दी और चाक़ू तान कर खड़ा हो गया। कहने लगा, "बुड्ढे! मेरे सामने से हट जा, नहीं तो अभी तेरा पेट फाड़ के कलेजा कच्चा चबा जाऊंगा। तेरा पलीद मुर्दा बल्ली पे लटका दूंगा।"

एक ग्राहक ने बढ़कर चाक़ू छीना। बुड्ढे ने झुक कर धरती से अपनी मख़मली टोपी उठायी और धूल झाड़े बिना सर पर रख ली।

कौन कैसे टूटता है

दस-पंद्रह मिनट बाद वो दुकान में ताला डालकर घर चले आये और बीवी से कह दिया, "अब हम दुकान नहीं जायेंगे।" कुछ देर बाद मोहल्ले की मस्जिद से इशा (रात की

नमाज़) की आवाज़ बुलन्द हुई और वो दूसरे ही 'अल्ला हो अकबर' पर हाथ-पांव धोकर कोई चालीस साल बाद नमाज़ के लिये खड़े हुए तो बीवी धक-से रह गयीं कि ख़ैर तो है। वो स्वयं भी धक से रह गये। इसलिए कि उन्हें दो सूरतों के अलावा कुछ याद नहीं रहा था। वितरे भी अधूरे छोड़ कर सलाम फेर लिया कि यह तक याद नहीं आ रहा था कि नमाज़ में पढ़ी जाने वाली दुआ के शुरू के शब्द क्या हैं।

वो सोच भी नहीं सकते थे कि आदमी अंदर से टूट भी सकता है और यूं टूटता है। और जब टूटता है तो अपनों-बेगानों से, हद यह कि अपने सबसे बड़े दुश्मन से भी सुल्ह कर लेता है, यानी अपने-आप से। इसी मंज़िल पर अंत:दृष्टि खुलती है। बुद्धि और चेतना के दरवाज़े खुलते हैं।

ऐसे भी लोग हैं जो जीवन की कठोरताओं, समस्याओं से बचने के लिये स्वयं को अकर्मण्यता के घेरे में क़ैद रखते हैं। ये भारी और क़ीमती पर्दों की तरह लटके-लटके ही लीर-लीर हो जाते हैं। कुछ गुम-सुम गम्भीर लोग उस दीवार की तरह तड़ख़ते हैं। जिसकी महीन-सी दरार, जो उम्दा पेंट या किसी सजावटी तस्वीर से आसानी से छुप जाती है, इस बात की चुग़ली खाती है कि नींव अंदर-ही-अंदर सदमे से धरती में धंस रही है। कुछ लोग चीनी के बर्तन की तरह टूटते हैं कि मसाले से आसानी से जुड़ तो जाते हैं, मगर बाल और जोड़ पहले नज़र आता है, बर्तन बाद में। कुछ ढीठ और चिपकू लोग ऐसे अटूट पदार्थ के बने होते हैं कि च्विंगम की तरह कितना ही चबाओ टूटने का नाम नहीं लेते। 'खींचने से खिंचते हैं, छोड़े से जाते हैं सुकड़। आप उन्हें तिरस्कार से थूक दें तो जूते से इस बुरी तरह चिपकते हैं कि छुटाये नहीं छूटते। रह-रह कर ध्यान आता है कि इससे तो दांतों तले ही भले थे कि पपोल तो लेते थे। ये च्विंगम लोग स्वयं आदमी नहीं पर आदमी की पहचान रखने वाले लोग हैं। यह सफल लोग हैं। इन्होंने इंसान को देखा, परखा और बरता है और उसे खोटा पाया तो स्वयं भी खोटे हो गये और कुछ ऐसे भी हैं कि कार की विंड स्क्रीन की तरह होते हैं। साबुत और ठीक हैं तो ऐसे पारदर्शी कि दुनिया का नज़ारा कर लो और एकाएक टूटे तो ऐसे टूटे कि न बाल पड़ा न दरके, न तड़ख़े। ऐसे रेज़ा-रेज़ा हुए कि न वो पहचान रही, न दुनिया की जलवागरी रही, न आईने का पता कि कहां था, किधर गया।

और एक अभिमान है कि यूं टूटता है जैसे राजाओं का प्रताप। हज़रत सुलेमान छड़ी की टेक लगाये खड़े थे कि मृत्यु आ गयी लेकिन उनका बेजान शरीर लम्बे समय तक उसी तरह खड़ा रहा और किसी को शक तक न हुआ कि उनका देहान्त हो चुका है। वो उसी तरह बिना आत्मा के खड़े रहे और उनके रोब व दबदबे से साम्राज्य का काम नियम के अनुसार चलता रहा। उधर छड़ी को धीरे-धीरे घुन अंदर से खाता रहा। यहां तक कि एक दिन वो चटाख़ से टूट गयी और हजरत सुलेमान की नश्वर देह धरती पर आ गयी। उस समय उनकी प्रजा पर खुला कि वो संसार से जा चुके हैं।

सो वो दीमक लगी घमंड-क्रोध की छड़ी, जिसके बल क़िबला ने जीवन बिताया

था, आज शाम टूट गयी और जीने का वो जोश और हंगामा भी समाप्त हो गया।

मैं पापन ऐसी जली कोयला भयी न राख

उन्हें उस रात नींद नहीं आयी। सूरज निकलने से पहले की नमाज़ की अज़ान हो रही थी कि टिम्बर मार्किट का एक चौकीदार हांफ़ता-कांपता आया और सूचना दी कि "साहब जी! आपकी दुकान और गोदाम में आग लग गयी है। आग बुझाने के इंजन तीन बजे ही आ गये थे। सारा माल कोयला हो गया। साहब जी! आग कोई आप ही आप थोड़ी लगती है।" वो जिस समय दुकान पर पहुंचे तो सरकारी भाषा में आग पर नियंत्रण पाया जा चुका था। जिसमें फ़ायर ब्रिगेड की मुस्तैदी और भरपूर कार्यक्षमता के अलावा इसका भी बड़ा हाथ था कि अब जलने के लिये कुछ रहा नहीं था। शोलों की लपलपाती जीभें काली हो चुकी थीं। अलबत्ता चीड़ के तख़्ते अभी तक धड़-धड़ जल रहे थे और वातावरण दूर-दूर तक उनकी तेज़ सुगन्ध में नहाया हुआ था। माल जितना था सब जलकर राख हो चुका था। केवल कोने में उनका छोटा-सा कार्यालय बचा था।

अरसा हुआ, कानपुर में जब लाला रमेश चन्द्र ने उनसे कहा था कि हालात ठीक नहीं हैं। गोदाम की इंश्योरेंस पॉलिसी ले लो, तो उन्होंने मलमल के कुर्ते की चुनी हुई आस्तीन उलट कर अपने बाजू की फड़कती हुई मछलियां दिखाते हुए कहा था, "ये रही यारों की इंश्योरेंस पॉलिसी!" फिर अपने डंटर फुला कर लाला रमेश चन्द्र से कहा, "ज़रा छूकर देखो।" लाला जी ने अचम्भे से कहा, "लोहा है लोहा!" बोले, "नहीं इस्पात कहो।"

दुकान के सामने लोगों की भीड़ लगी थी। उनको लोगों ने इस तरह रास्ता दिया जैसे अर्थी को देते हैं। उनका चेहरा एकदम भावहीन था। उन्होंने अपने दफ़्तर का ताला खोला। इन्कमटैक्स का हिसाब और रजिस्टर बग़ल में मारे और गोदाम के पश्चिमी हिस्से में, जहां चीड़ से अभी शोले और सुगन्ध की लपटें उठ रही थीं, तेज़-तेज़ क़दमों से गये। पहले इन्कमटैक्स के खाते और उनके बाद चाबियों का गुच्छा आग में डाला। फिर आहिस्ता-आहिस्ता दायें-बायें नज़र उठाये बिना दुबारा अपने कार्यालय में घुसे। हवेली का फ़ोटो दीवार से उतारा। रूमाल से पोंछकर बग़ल में दबाया और दुकान जलती छोड़ कर घर चले आये।

बीवी ने पूछा, "अब क्या होयेगा?"

उन्होंने सर झुका लिया।

अक्सर ध्यान आता है, अगर देवदूत उन्हें स्वर्ग की तरफ़ ले गये जहां मोतिया धूप होगी और कासनी बादल, तो वो स्वर्ग के दरवाज़े पर कुछ सोच कर ठिठक जायेंगे। दरबान जल्दी अंदर जाने का इशारा करेगा तो वो सीना ताने उसके पास जाकर कुछ दिखाते हुए कहेंगे :

"ये छोड़ कर आये हैं।"

स्कूल मास्टर का ख़्वाब

हर व्यक्ति के मन में ऐश्वर्य और भोग-विलास का एक नक़्शा होता है। ये नक़्शा दरअस्ल उस ठाट-बाट की नक़्ल होता है जो दूसरों के हिस्से में आया है, परन्तु जो दुख आदमी सहता है वो अकेला उसका अपना होता है, बिना किसी साझेदारी के, एकदम निजी, एकदम अनोखा। हड्डियों को पिघला देने वाली जिस आग से वो गुज़रता है, उसका अनुमान कौन लगा सकता है। नर्क की आग में ये गर्मी कहां। जैसा दाढ़ का दर्द मुझे हुआ है, वैसा किसी और को न कभी हुआ, न होगा। इसके विपरीत ठाट-बाट का ब्लू-प्रिंट हमेशा दूसरों से चुराया हुआ होता है। बिशारत के दिमाग़ में ऐश्वर्य और विलास का जो सौरंगा और हज़ार पैवंद लगा चित्र था, वो बड़ी-बूढ़ियों की उस रंगारंग रल्ली की भांति था जो वो भिन्न-भिन्न रंगों की कतरनों को जोड़-जोड़ कर बनाती हैं। उसमें, उस समय का जागीरदाराना दबदबा और ठाट, बिगड़े रईसों का जोश और ठस्सा, मिडिल-क्लास दिखावा, क़स्बाती-उतरौनापन, नौकरी-पेशा हुस्न, सादा-दिली और नदीदापन सब बुरी तरह गड्डमड्ड हो गये थे। उन्हीं का कहना है कि बचपन में मेरी सबसे बड़ी इच्छा थी कि तख़्ती फेंक-फांक, किताब फाड़-फूड़ मदारी बन जाऊं। शह्र-शह्र डुगडुगी बजाता, बंदर, भालू, जमूरा नचाता और 'बच्चा लोग' से ताली बजवाता फिरूं। जब ज़रा अक़्ल आयी अर्थात् बुरे और बहुत बुरे की समझ पैदा हुई तो मदारी की जगह स्कूल मास्टर ने ले ली और जब धीरजगंज में सच में मास्टर बन गया तो मेरी राय में अय्याशी की चरम-सीमा ये थी कि मक्खन ज़ीन की पतलून, दो-जोड़ा बोस्की की क़मीज़, डबल कफ़ों में सोने के छटांक-छटांक भर के बटन, नया सोला हैट और पेटेंट लैदर के पम्प-शूज़ पहनकर स्कूल जाऊं और लड़कों को केवल अपनी ग़ज़लें पढ़ाऊं। सफ़ेद सिल्क की अचकन जिसमें बिदरी के काम वाले बटन गले तक लगे हों, जेब में गंगा-जमनी काम की पानों की डिबिया, सर पर सफ़ेद मख़मल की रामपुरी टोपी, तिरछी मगर थोड़ा शरीफ़ाना ढंग से, लेकिन ऐसा भी नहीं कि निरे शरीफ़ ही हो के रह जायें। छोटी बूटी की चिकन का सफ़ेद कुर्ता जो मौसम के लिहाज़ से हिना या ख़स की ख़ुशबू में बसा हो। चूड़ीदार पाजामे में सुंदर लड़की के हाथ का बुना हुआ रेशमी कमरबंद। सफ़ेद सलीमशाही जूता। पैरों पर डालने के लिये इटालियन कम्बल, जो फ़िटन में जुते हुए सफ़ेद घोड़े की दुम और उससे दूर तक उड़ने वाले पेशाब-पाख़ाने के छींटों से पाजामे को सुरक्षित रखे। फ़िटन के पिछले पायदान पर "हटो! बचो!" करते और उस पर लटकने का प्रयास करने वाले बच्चों को चाबुक़ मारता हुआ साईस। जिसकी

कमर पर जरदोज़ी के काम की पेटी और टख़ने से घुटने तक ख़ाकी नम्दे की पट्टियां बंधी हों। बच्चा अब सयाना हो गया था। बचपन विदा हो गया था, पर बचपना नहीं गया था।

बच्चा अपने खेल में जिस उत्साह और सच्ची लगन के साथ तल्लीन होता है कि अपने-आप को भूल जाता है। बड़ों के किसी मिशन और मुहिम में इसका दसवें का दसवां भाग भी दिखायी नहीं पड़ता। इसमें शक नहीं कि संसार का बड़े-से-बड़ा दार्शनिक भी किसी खेल में मग्न बच्चे से अधिक गंभीर नहीं हो सकता।

खिलौना टूटने पर बच्चे ने रोते-रोते अचानक रौशनी की ओर देखा तो आंसू में इंद्रधनुष झिलमिल-झिलमिल करने लगा। फिर वो सुबकियां लेते-लेते सो गया। वही खिलौना बुढ़ापे में किसी जादू के ज़ोर से उसके सामने लाकर रख दिया जाये तो वो भौंचक्का रह जायेगा कि इसके टूटने पर भला कोई इस तरह जी-जान से रोता है। यही हाल उन खिलौनों का होता है, जिनसे आदमी जीवन भर खेलता रहता है। हां, उम्र के साथ-साथ यह भी बदलते और बड़े होते रहते हैं। कुछ खिलौने अपने-आप टूट जाते हैं, कुछ को दूसरे तोड़ देते हैं। कुछ खिलौने प्रमोट होकर देवता बन जाते हैं और कुछ देवियां दिल से उतरने के बाद गूदड़ भरी गुड़ियां निकलती हैं। फिर एक अभागिन घड़ी ऐसी आती है, जब वो इन सबको तोड़ देता है। उस घड़ी वो स्वयं भी टूट जाता है।

''तराशीदम, परस्तीदम, शिकस्तम''

(मैंने तराशा, मैंने पूजा, मैंने तोड़ दिया)

आज इन बचकानी इच्छाओं पर स्वयं उनको हँसी आती है, मगर यह उस समय की सच्चाई थी। बच्चे के लिये उसके खिलौने से अधिक ठोस और अस्ल सच्चाई पूरे ब्रह्मांड में कुछ और नहीं हो सकती। सपना चाहे वह आधी रात का सपना हो या जागते में देखा जाने वाला सपना हो, देखा जा रहा होता है तो वही और केवल वही उस क्षण की एकमात्र वास्तविकता होती है। यह टूटा खिलौना, यह आंसुओं में भीगी पतंग और उलझी डोर, जिस पर अभी इतनी मार-कुटाई हुई, यह जलता-बुझता जुगनू, यह तना हुआ ग़ुब्बारा जो अगले पल रबड़ के लिजलिजे टुकड़ों में बदल जायेगा, मेरी हथेली पर सरसराती यह मख़मली बीरबहूटी, आवाज़ की गति से भी तेज़ चलने वाली यह माचिस की डिब्बियों की रेलगाड़ी, यह साबुन का बुलबुला—जिसमें मेरी सांस थर्रा रही है, इंद्रधनुष पर यह परियों का रथ—जिसे तितलियां खींच रही हैं इस पल, इस क्षण बस यही और केवल यही सच्चाई है।

यह क़िस्सा खिलौना टूटने से पहले का है

उन दिनों वो नये-नये स्कूल मास्टर नियुक्त हुए थे और फ़िटन उनकी सर्वोच्च आकांक्षा थी। सच तो यह है कि इस यूनिफ़ॉर्म यानी सफ़ेद अचकन, सफ़ेद जूते, सफ़ेद कुर्ते-पाजामे और सफ़ेद नाड़े की खखेड़ केवल अपने आपको सफ़ेद घोड़े से मैच करने के लिये थी। वरना इस बत्तख़ा भेस पर कोई बत्तख़ ही आशिक़ हो सकती थी। उन्हें चूड़ीदार से सख़्त चिढ़ थी। केवल सुंदर कन्या के हाथ के बुने सफ़ेद नाड़े का प्रयोग करने के लिये यह सितार का ग़िलाफ़ टांगों पर चढ़ाना पड़ा। इस हवाई क़िले की हर ईंट सामंती गारे

से निर्मित हुई थी, जो संपन्न सपनों से गुंथा था। केवल इतना ही नहीं कि प्रत्येक ईंट का साइज़ और रंग भिन्न था, बल्कि उनकी आकृति भी उकेरी हुई थी। कुछ ईंटें गोल भी थीं। बारीक-से-बारीक, बात यहां तक कि शालीनता की उस सीमा को भी तय कर दिया गया था कि उनकी उपस्थिति में सफ़ेद घोड़े की दुम कितनी डिग्री के कोण तक उठ सकती है और उनकी सवारी के रूट पर किस-किस खिड़की की चिक़ के पीछे किस कलाई में किस रंग की चूड़ियां छनक रही हैं। किसकी हथेली पर उनका नाम मय बी.ए. की डिग्री, मेहंदी से लिखा है और किस-किस की सुरमई आंखें पर्दे से लगी राह तक रही हैं कि कब इंक़लाबी शाहज़ादा ये दावत देता हुआ आता है कि—

तुम परचम लहराना साथी मैं बरबत पर गाऊंगा

यहां ये निवेदन करता चलूं कि इससे बढ़िया तथा सुरक्षित कार्य विभाजन क्या होगा कि घमासान के रण में परचम (युद्ध ध्वज) तो साथी उठाये, कटता-मरता फिरे और स्वयं शायर दूर किसी संगे-मरमर के मीनार पर बैठा एक फटीचर की और वाहियात वाद्य 'बरबत' पर वैसी ही कविता यानी स्वयं अपनी-ही कविता गाये हैं। गद्य में इसी सिचुएशन को 'चढ़ जा बेटा सूली पर भली करेंगे राम' में अधिक फूहड़ ईमानदारी से बयान किया गया है।

लीजिये! प्रारंभ में ही गड़बड़ हो गयी, वरना कहना केवल इतना था कि मज़े की बात यह थी कि इस सोते-जागते सपने के दौरान बिशारत ने स्वयं को स्कूल मास्टर के ही 'शैल' में देखा। पद बदलने का साहस सपने में भी न हुआ! संभवतः इसलिए भी कि फ़िटन और रेशमी नाड़े से केवल स्कूल मास्टरों पर ही रोब डाल सकते थे। ज़मींदारों और जागीरदारों के लिये इन चीज़ों की क्या हैसियत थी। अपनी पीठ पर बीस वर्ष बाद भी उस आग की लकीर की जलन वो अनुभव करते थे जो चाबुक़ लगने से उस समय उभरी थी जब मुहल्ले के लौंडों के साथ शोर मचाते और चाबुक़ खाते वो एक रईस की सफ़ेद घोड़े वाली फ़िटन का पीछा कर रहे थे।

चौराहे बल्कि संकोच-राहे पर

शे'रो-शायरी छोड़कर स्कूल-मास्टरी अपनायी। स्कूल मास्टरी को धता बताकर दुकानदारी की और अंततः दुकान बेच-खोंच कर कराची आ गये, जहां हरचंद राय रोड पर दोबारा लकड़ी का कारोबार शुरू किया। नया देश, बदला-बदला सा रहन-सहन, एक नयी और व्यस्त दुनिया में क़दम रखा, मगर उस सफ़ेद घोड़े और फ़िटन वाली फ़ैंटेसी ने पीछा नहीं छोड़ा। दिन में सपने देखना और फ़ैंटेसी से दो ही सूरतों में छुटकारा मिल सकता है। पहली जब वह फ़ैंटेसी न रहे, वास्तविकता बन जाये, दूसरे इंसान किसी चौराहे पर अपने सारे सपने क्षमा करवा कर विदा हो जाये। Heart breaker, dreammaker, thank you for the dream और उस खूंट निकल जाये, जहां से कोई नहीं लौटा, यानी घर-गृहस्थी की ओर, परंतु बिशारत को इससे भी लाभ नहीं हुआ। वो भरा-पूरा घर औने-पौने बेचकर अपने हिसाब से लुटे-पिटे आये थे। यहां एक-दो साल में ख़ुदा ने ऐसी कृपा की कि कानपुर तुच्छ लगने लगा। सारी इच्छायें पूरी हो गयीं, अर्थात् घर अनावश्यक वस्तुओं से ठसाठस भर गया। बस एक कमी थी।

सब कुछ अल्लाह ने दे रक्खा है घोड़े के सिवा

अब वो चाहते तो नयी न सही, सेकेंड-हैंड कार आसानी से ले सकते थे। जितनी रक़म में आजकल चार टायर आते हैं, इससे कम में उस समय में कार मिल जाती थी। लेकिन कार में उन्हें वह रईसाना ठाठ और ज़मींदाराना ठस्सा नज़र नहीं आता था, जो फ़िटन और बग्घी में होता है। घोड़े की बात ही कुछ और है।

घोड़े के साथ वीरता भी गयी

मिर्ज़ा अब्दुल वुदूद बेग कहते हैं कि मनुष्य जब बिलकुल भावुक हो जाये तो उससे बुद्धिमानी की कोई बात कहना ऐसा ही है जैसे बगूले में बीज बोना। इसलिए बिशारत को इस बेतुके शौक़ से दूर रखने के बजाय उन्होंने उलटा ख़ूब चढ़ाया। एक दिन आग को पेट्रोल से बुझाते हुए कहने लगे कि जबसे घोड़ा विदा हुआ है, संसार से बहादुरी, जांबाज़ी और दिलेरी की रीत भी विदा हो गयी। जानवरों में कुत्ता और घोड़ा इंसान के सबसे पहले और पक्के मित्र हैं जिन्होंने उसके कारण हमेशा के लिये जंगल छोड़ा। कुत्ता तो ख़ैर अपने कुत्तेपन के कारण चिपटा रहा, लेकिन इंसान ने घोड़े के साथ बेवफ़ाई की। घोड़े के जाने से मानव-संस्कृति का एक सामंती-अध्याय समाप्त होता है।

वो अध्याय जब योद्धा अपने शत्रु को ललकार कर आंखों में आंखें डाल के लड़ते थे, मौत एक भाले की दूरी पर होती थी और यह भाला दोनों के हाथ में होता था। मृत्यु का स्वाद अजनबी सही, पर मरने वाला और मारने वाला दोनों एक-दूसरे का चेहरा पहचान सकते थे। असावधान सोते हुए, बेचेहरा शह्रों पर मशरूम-बादल की ओट से आग और एटमी मौत नहीं बरसती थी। घोड़ा केवल उस समय कायर हो जाता है, जब उसका सवार कायर हो। बहादुर घोड़े की टाप के साथ दिल धक-धक करते और धरती थर्राती थी। पीछे दौड़ते हुए बगूले, नालों से उड़ती चिंगारियां, भालों की नोक पर किरण-किरण बिखरते सूरज और सांसों की हांफ़ती आंधियां कोसों दूर से घुड़सवारों के आक्रमण की घोषणा कर देती थीं। घोड़ों के एक साथ दौड़ने की आवाज़ से आज भी लहू में हज़ारों साल पुराने उन्माद के अलाव भड़क उठते हैं।

हमारी सवारी : केले का छिलका

फ़िटन और घोड़े से बिशारत के लगाव की चर्चा करते-करते हम कहां आ गये। मिर्ज़ा अब्दुल वुदूद बेग ने एक बार बड़े अनुभव की बात कही कि जब आदमी केले के छिलके पर फिसल जाये तो फिर रुकने, ब्रेक लगाने का प्रयास कदापि नहीं करना चाहिए, क्योंकि इससे और अधिक चोट आयेगी। बस आराम से फिसलते रहना चाहिए और फिसलने का आनन्द लेना चाहिए। तुम्हारे उस्ताद जौक़ के कथनानुसार—

तुम भी चले चलो ये जहां तक चली चले

केले का छिलका जब रुक जायेगा तो स्वयं रुक जायेगा। just relax! इसलिए केवल क़लम ही नहीं क़दम या कल्पना भी फिसल जाये तो हम इसी नियम पर अमल

करते हैं। बल्कि साफ़-साफ़ क्यों न मान लें कि इस लम्बी जीवन-यात्रा में केले का छिलका ही हमारी एकमात्र सवारी रहा है। ये जो कभी-कभी हमारी चाल में जवानों की-सी तेज़ी और स्वस्थ प्रकार की चलत-फिरत आ जाती है तो यह उसी के कारण है। एक बार रपट जायें तो फिर यह क़दम चाल जो भी कुएं झंकवाये और जिन गलियों-गलियारों में ले जाये, वहां बिना इरादे के लेकिन बड़े शौक़ से जाते हैं। स्वयं को रोकने-थामने का थोड़ा भी प्रयास नहीं करते और जब दवात फूट कर काग़ज़ पर बिखर जाती है तो हमारी मिसाल उस बच्चे की-सी होती है, जिसकी ठसाठस-भरी जेब के सारे रहस्य कोई अचानक निकालकर सबके सामने मेज़ पर प्रदर्शनी लगा दे। सबसे अधिक संकोच बड़ों को होता है, क्योंकि उन्हें अपना भूला-बिसरा बचपन और अपनी वर्तमान मेज़ की दराज़ें याद आ जाती हैं। जिस दिन बच्चे की जेब से बेतुकी चीज़ों की बजाय पैसे बरामद हों तो समझ लेना चाहिए कि अब उसे चिंता-मुक्त नींद कभी नसीब नहीं होगी।

रेसकोर्स से तांगे तक

जैसे-जैसे बिज़नेस में लाभ बढ़ता गया, फ़िटन की इच्छा भी तीव्र होती गयी। बिशारत महीनों घोड़े की तलाश में भटकते रहे। ऐसा लगता था जैसे घोड़े के बिना उनके सारे काम बंद हैं और राजा रिचर्ड तृतीय की भांति घोड़े के लिये वह हर चीज़ का त्याग करने के लिये तैयार हैं—

"A horse! a horse! my kingdom for a horse!"

उनके पड़ौसी चौधरी करम इलाही ने सलाह दी कि ज़िला सरगोधा के पुलिस स्टड-फ़ार्म से संपर्क कीजिये। वहां पुलिस की निगरानी में धारू ब्रीड और ऊंची ज़ात के घोड़ों से नस्ल बढ़वाते हैं। घोड़ों का बाप, विशुद्ध और अस्ली हो तो बेटा उसी पर पड़ेगा। कहावत है कि बाप पे पूत, घोड़े पर घोड़ा, बहुत नहीं तो थोड़ा-थोड़ा। मगर बिशारत कहने लगे, ''मेरा दिल नहीं ठुकता। बात यह है कि जिस घोड़े की पैदाइश में पुलिस का हस्तक्षेप बल्कि गर्भक्षेप हो, वो विशुद्ध हो ही नहीं सकता। वो घोड़ा पुलिस पर पड़ेगा।''

घोड़े के बारे में यह बातचीत सुनकर प्रोफ़ेसर क़ाज़ी अब्दुल क़ुद्दूस एम.ए. बी.टी. ने वो मशहूर शे'र पढ़ा और हमेशा की तरह ग़लत अवसर पर पढ़ा, जिसमें देखने वाले की पैदाइश में होने वाली पेचीदगियों के डर से नर्गिस हज़ारों साल रोती है। मिर्ज़ा कहते हैं कि प्रोफ़ेसर क़ाज़ी अब्दुल क़ुद्दूस अपनी समझ में कोई बहुत ही बुद्धिमानी की बात कहने के लिये अगर बीच में बोलें तो मूर्ख लगने लगते हैं, अगर न बोलें तो अपने चेहरे के सामान्य भाव के कारण और अधिक मूर्ख दिखायी पड़ते हैं।

प्रोफ़ेसर साहब के सामान्य-भाव से तात्पर्य चेहरे पर वो रंग हैं जो उस समय आते और जाते हैं जब किसी की ज़िप अध-बीच में अटक जाती है।

ख़ुदा-ख़ुदा करके एक घोड़ा पसंद आया जो एक स्टील री-रोलिंग मिल के सेठ का था। तीन-चार बार उसे देखने गये और हर बार पहले से अधिक संतुष्ट लौटे। उसका

सफ़ेद रंग ऐसा भाया कि उठते-बैठते उसी के चर्चे, उसी की स्तुति। हमने एक बार पूछा, "पंच-कल्याण है?"

"पंच-कल्याण तो भैंस भी हो सकती है। केवल चेहरा और हाथ-पैर सफ़ेद होने से घोड़े की पूंछ में सुर्ख़ाब का पर नहीं लग जाता। घोड़ा वो, जो आठों-गांठ कुमैत हो। चारों टख़नों और चारों घुटनों के जोड़ मज़बूत होने चाहिए। यह भाड़े का टट्टू नहीं, रेस का ख़ानदानी घोड़ा है। यह घोड़ा उनके सर पर इस बुरी तरह सवार था कि अब उसे उन पर से कोई घोड़ी ही उतार सकती थी।

सेठ ने उन्हें एसोसिएटिड प्रिंटर्स में प्रकाशित कराची रेस क्लब की वो किताब भी दिखायी जो उस रेस से संबंधित थी, जिसमें उस घोड़े ने हिस्सा लिया और प्रथम आया था। इसमें उसकी तस्वीर और स्थिति पूरी वंशावली के साथ दर्ज थी। नाम-व्हाइट रोज़, पिता-वाइल्ड ओक, दादा ओल्ड डेविल। जब से यह ऊंची-नस्ल का घोड़ा देखा, उन्होंने अपने पुरखों पर गर्व करना छोड़ दिया। उनके कथनानुसार, इसके दादा ने मुंबई में तीन रेसें जीतीं। चौथी में दौड़ते हुए हार्ट फ़ेल हो गया। इसकी दादी बड़ी नरचुग थी। अपने समय के नामी घोड़ों से उसका संबंध रह चुका था। उनसे लाभ उठाने के परिणामस्वरूप उसकी छः पुत्र संतानें हुईं। प्रत्येक अपने संबंधित बाप पर पड़ी। सेठ से पहले व्हाइट रोज़ एक बिगड़े रईस की संपत्ति था। जो बाथ आइलैंड में 'वंडर-लैंड' नाम की एक कोठी अपनी एंग्लो इंडियन पत्नी ऐलिस के लिये बनवा रहा था। री-रोलिंग मिल से जो सरिया ख़रीद कर ले गया, उसकी रक़म कई महीने से उसके नाम पड़ी थी। रेस और सट्टे में दीवाला निकलने के कारण वंडर-लैंड का निर्माण रुक गया और एलिस उसे वंडर की लैंड में छोड़ कर, मुल्तान के एक ज़मींदार के साथ यूरोप की सैर को चली गयी। सेठ को एक दिन जैसे ही यह ख़बर मिली कि एक ऋण लेने वाला अपनी रक़म के बदले प्लाट पर पड़ी सीमेंट की बोरियां और सरिया उठवा के ले गया। उसने अपने मैनेजर को पांच लट्ठ-बंद चौकीदारों को साथ लेकर बाथ-आइलैंड भेजा कि भागते भूत की जो भी चीज़ हाथ लगे खसोट लायें। इसलिए वो यह घोड़ा अस्तबल से खोल लाये। वहीं एक सियामी बिल्ली नज़र आ गयी, उसे भी बोरी में भर कर ले आये। घोड़े की ट्रेजडी को पूरी तरह समझाने के लिये बिशारत ने हमसे हमदर्दी जताते हुए कहा, "यह घोड़ा तांगे में जुतने के लिये तो पैदा नहीं हुआ था। सेठ ने बड़ी ज़ियादती की, मगर भाग्य की बात है। साहब! तीन साल पहले कौन कह सकता था कि आप यूं बैंक में जोत दिये जायेंगे। कहां डिप्टी कमिश्नर और डिस्ट्रिक्ट मजिस्ट्रेट की कुर्सी और कहां बैंक का चार फ़ुट ऊंचा स्टूल!"

शाही सवारी

उन्हें इस घोड़े से पहली नज़र में मुहब्बत हो गयी और मुहब्बत अंधी होती है, चाहे घोड़े से ही क्यों न हो। उन्हें यह तक सुझाई न दिया कि घोड़े की प्रशंसा में उस्तादों के जो शे'र वो ऊटपटांग पढ़ते फिरते थे, उनका संबंध तांगे के घोड़े से नहीं था। यह मान लेने में कोई हरज नहीं कि घोड़ा शाही सवारी है। शाही रोब और राजसी आन-बान की कल्पना घोड़े के बिना अधूरी, बल्कि आधी रह जाती है। बादशाह के क़द में घोड़े का क़द भी

बढ़ाया जाये, तब कहीं जा के वो क़द्दे-आदम दिखायी पड़ता है। परंतु थोड़ा ध्यान से देखा जाये तो शाही सवारियों में घोड़ा दूसरे नंबर पर आता है। इसलिए कि बादशाहों और तानाशाहों की मनपसंद सवारी दरअस्ल जनता होती है। ये एक बार उस पर सवारी गांठ लें तो फिर उन्हें सामने कोई कुआं, खाई, बाड़ और रुकावट दिखायी नहीं देती। जोश में वो दीवार भी फलांग जाते हैं। ये लेख वो तब तक नहीं पढ़ सकते जब तक वो Braille में न लिखा हो।

जिसे वो अपना दरबार समझते हैं, वो वास्तव में उनका घेराव होता है। जो उन्हें यह समझने नहीं देता कि जिस उद्दंड, विद्रोही घोड़े को केवल हिनहिनाने की अनुमति देकर सरलता के साथ आगे से वश में किया जा सकता है, उसे वो पीछे से वश करने की चेष्टा करते हैं, अर्थात् लगाम की बजाय दुम मरोड़ते हैं। लेकिन इस सीधी-सादी लगने वाली सवारी का भरोसा नहीं, क्योंकि यह अबलक़ा सदा एक चाल नहीं चलती। परन्तु जो शासक होशियार, पारखी, और शासन में भले-बुरे के भेद से परिचित होते हैं वो पहले ही दिन ग़रीबों का सर कुचल कर सभी को पाठ समझा देते हैं।

वैसे बड़े और विशिष्ट व्यक्तियों को किसी और अंकुश की आवश्यकता नहीं होती। जो भी उन पर सोने का हौल, चांदी की घंटियां, सोने की कामदार झूल और पदकों की माला डाल दे, उसी के निशान का हाथी बनने के लिये कमर बांधे रहते हैं। चार दिन का जीवन मिला था, सो दो-जीहुज़ूरी की इच्छा में कट गये, दो जीहुज़ूरी में।

हमारा क़ज़ावा :

हमने एक दिन घोड़ों की शान में कुछ कह दिया तो बिशारत भिन्ना गये। हमने तो ठिठोली के उद्देश्य से एक ऐतिहासिक हवाला दिया कि जब मंगोल हज़ारों के झुण्ड बना कर घोड़ों पर निकलते तो दुर्गन्ध के ऐसे भभके उठते थे कि बीस मील दूर से पता चल जाता था। कहने लगे, ''क्षमा कीजिये, आपने राजस्थान में, जहां आपने जवानी गंवायी, ऊंट ही ऊंट देखे। जिनकी पीठ पर क़लफ़दार राजपूती साफ़े, चढ़वां दाढ़ियां और दस फ़ुट लम्बी नाल वाली तोड़ेदार बंदूकें सजी होती थीं और नीचे कंधे पर रखी लाठी के सिरे पर तेल पिलाये हुए कच्चे चमड़े के जूतों को लटकाये अर्दली में नंगे पैर जाट।''

''कमर बांधे, और हाथ पैर बांधे, फिर मुंह बांधे''

घोड़ा तो आपने यहां आन के देखा है। मियां अहसान इलाही गवाह हैं, उन्हीं के सामने आपने उन ठाकुर साहब की कथा सुनायी थी जो महाराजा की ऊंटों की पल्टन में रिसालदार थे। जब रिटायर होकर अपने पुरखों के क़स्बे...क्या नाम था उसका—उदयपुर तोरावाटी—पहुंचे तो अपनी गढ़ी में भेंट करने आने वालों के लिये दस-बारह मूढ़े डलवा दिये और अपने लिये अपने सरकारी ऊंट जंग बहादुर का पुराना क़ज़ावा, उसी पर अपनी पल्टन का लाल रंग का साफ़ा बांधे, सीने पर तमग़े सजाये, सुब्ह से शाम तक बैठे हिलते रहते। एक दिन हिल-हिल कर जंग बहादुर के कारनामे बता रहे थे और मैडल झन-झन

कर रहे थे कि दिल का दौरा पड़ा। क़ज़ावे पर ही आत्मा का पंछी पंचभूत-रूपी पिंजड़े से उड़कर अपनी यात्रा पर रवाना हो गया। वापसी के क्षणों में होंठों पर मुस्कान और जंग बहादुर का नाम, क्षमा कीजिये, ये सब आप ही के द्वारा लिये गये स्नेप शाट्स हैं। आप भी तो अपने क़जावे से नीचे नहीं उतरते। न उतरें! मगर यह क़जावा इस सेवक की पीठ पर रखा हुआ है। साहब! आप घोड़े का मूल्य क्या जानें। आप तो यह भी नहीं जानते कि ख़च्चर का 'क्रास' कैसे होता है? ख़रेरा किस शक्ल का होता है? कनौतियां कहां होती हैं? बैल के आर कहां चुभोई जाती हैं? चिल़गोजा किस भाषा का शब्द है? अन्तिम दो प्रश्न आवश्यक और निर्णायक थे, क्योंकि इनसे पता चलता था कि बहस किस नाज़ुक मोड़ पर आ चुकी है।

यह बहस हमें इसलिए और अधिक नागवार गुज़री कि हमें एक भी सवाल का जवाब नहीं आता था। स्वभाव से वो टेढ़े नहीं, बड़े धीमे और मीठे आदमी हैं, लेकिन जब इस प्रकार पटरी से उतर जायें तो हमें दूर तक कच्चे में खदेड़ते, घसीटते ले जाते हैं। कहने लगे, "जो व्यक्ति घोड़े पर न बैठा हो वो कभी संतुष्ट, स्वाभिमानी और शे'र, दिलेर नहीं हो सकता।" ठीक ही कहते होंगे, क्योंकि वो स्वयं भी कभी घोड़े पर नहीं बैठे थे।

जनाज़े से दूर रखना

लम्बे समय से उन्हें जीवन में जो एकाकीपन खटकता था वो इस घोड़े ने पूरा किया। उन्हें बड़ा आश्चर्य होता था कि इसके बिना अब तक कैसे, बल्कि काहे को जी रहे थे।

I wonder by my troth what thou and I did till we loved not.

इस घोड़े से उनका प्रेम इस हद तक बढ़ चुका था कि फ़िटन का विचार छोड़ कर सेठ का तांगा भी साढ़े चार सौ रुपये में ख़रीद लिया। हालांकि तांगा उन्हें थोड़ा-भी पसंद नहीं आया था। बहुत बड़ा और गंवारू-सा था, लेकिन क्या किया जाये। सारे कराची में एक भी फ़िटन नहीं थी। सेठ घोड़ा और तांगा साथ बेचना चाहता था। यही नहीं उसने दाने की दो बोरियों, घास के पांच पूलों, घोड़े के फ्रेम किये हुए फ़ोटो, हाज़्मे के नमक, दवा और तेल पिलाने की नाल, ख़रेरे और तोबड़े का मूल्य—साढ़े उन्तीस रुपये—अलग से धरवा लिया। वो इस धांधली को 'पैकेज-डील' कहता था। घोड़े के भी मुंहमांगे दाम देने पड़े। घोड़ा यदि अपने मुंह से दाम मांग सकता तो सेठ के मांगे हुए दामों यानी नौ सौ रुपये से कम ही होते। घोड़े के कारण बिशारत को सेठ का तकिया कलाम 'क्या' और 'साला' भी सहन करना पड़ा। हिसाब चुकता करके जब उन्होंने लगाम अपने हाथ में ले ली और उन्हें यह विश्वास हो गया कि अब संसार की कोई शक्ति उनसे उनकी इच्छा के स्वप्नफल को नहीं छीन सकती, तो उन्होंने सेठ से पूछा कि "आपने इतना अच्छा घोड़ा बेच क्यों दिया? कोई ऐब है?"

उसने जवाब दिया, "दो महीने पहले की बात है। मैं तांगे में लॉरेंस-रोड से ली-मार्किट जा रहा था। म्यूनिसिपल वर्कशॉप के पास पहुंचा हूँगा कि सामने से एक साला

जनाज़ा आता दिखायी पड़ा...क्या? किसी पुलिस अफ़सर का था। घोड़ा ऑल-ऑफ़-ए-सडन बिदक गया, पर कन्धा देने वाले इससे भी अधिक बिदके। बेफ़िज़ूल डर के भाग खड़े हुए...क्या? बीच सड़क पे जनाज़े की मिट्टी ख़राब हुई। हम साला उल्लू की तरह बैठा देखता पड़ा रहा। वो दिन है और आज का दिन, बेकार बंधा खा रहा है। दिल से उतर गया...क्या? वैसे ऐब कोई नहीं, बस जनाज़े से दूर रखना। अच्छा, सलामालेकुम।''

''आपने पहले क्यों नहीं बताया?''

''तुमने पहले क्यों नहीं पूछा? सलामालेकुम।''

जग में चले पवन की चाल

उन्होंने रहीम बख़्श नाम का एक कोचवान नौकर रख लिया। वेतन मुंह-मांगा, यानी पैंतालीस रुपये और खाना, कपड़ा। घोड़ा उन्होंने केवल रंग, दांत और घनी दुम देखकर ख़रीदा था। वो इनसे इतने संतुष्ट थे कि शेष घोड़े की जांच-पड़ताल की आवश्यकता न समझी। कोचवान भी कुछ इसी प्रकार रखा अर्थात् केवल ज़बान पर रीझ कर। बातें बनाने में माहिर था। घोड़े जैसा चेहरा, हँसता तो लगता कि घोड़ा हिनहिना रहा है। तीस वर्ष घोड़ों की संगत में रहते-रहते उनकी सारी आदतें, बुराइयां, और बदबुएं अपना ली थीं। घोड़े की अगर दो टांगें होतीं तो इसी प्रकार चलता। बच्चों को कई बार अपना बायां कान हिला कर दिखाता। फुटबाल को एड़ी से दुलत्ती मारकर पीछे की ओर गोल करता तो बच्चे ख़ुशी से तालियां बजाते। घोड़े के चने की चोरी करता था। बिशारत कहते थे, ''यह मनहूस चोरी-छुपे घास भी खाता है। वरना एक घोड़ा इतनी घास खा ही नहीं सकता। जभी तो इसके बाल अभी तक काले हैं। देखते नहीं, हरामख़ोर तीन औरतें कर चुका है!'' विषय कुछ भी हो, सारी बातचीत साईसी भाषा में करता और रात को चाबुक़ साथ लेकर सोता। दो मील के भीतर कहीं भी घोड़ा या घोड़ी हो, वो तुरन्त बू सूंघ लेता और उसके नथुने फड़कने लगते। रास्ते में कोई सुन्दर घोड़ी दिखायी पड़ जाये तो वहीं रुक जाता और आंख मार-के तांगेवाले से उसकी उम्र पूछता। फिर अपने घोड़े से कहता, ''प्यारे! तू भी जलवा देख ले, क्या याद करेगा!'' और पंकज मलिक की आवाज़, अपनी लय और घोड़े की टाप की ताल पर 'जग में चले पवन की चाल' गाता हुआ आगे बढ़ जाता। मिर्ज़ा कहते थे कि यह व्यक्ति पूर्व-जन्म में घोड़ा था और अगले जन्म में भी घोड़ा ही होगा। ऐसा केवल महात्माओं और ऋषियों, मुनियों के साथ होता है कि वो जो पिछले जन्म में थे, अगले में भी वही हों। वरना ऐसे-वैसों की तो एक ही बार में जून पलट जाती है।

घोड़े-तांगे का उद्घाटन कहिये, मुहूर्त कहिये, जो कहिये—बिशारत के पिता के हाथों हुआ। सत्तर के पेटे बल्कि लपेटे में आने के पश्चात्, लगातार बीमार रहने लगे थे। कराची आने के उपरांत उन्होंने बहुत हाथ-पांव मारे, मगर कोई मकान और जायदाद अलॉट न करा सके, न कोई ढंग का बिज़नेस शुरू कर पाये। बुनियादी तौर पर वो बहुत सीधे आदमी थे। बदली हुई परिस्थितियों में वो अपने बंधे-टिके उसूलों और आउट-ऑफ़-

डेट जीवन-शैली में परिवर्तन लाने को सरासर बदमाशी मानते थे। इसलिए असफलता के कारण दुखी अथवा शर्मिंदा होने की बजाय एक गौरव और संतोष अनुभव करते। वो उन लोगों में से थे, जो जीवन में नाकाम होने को अपनी नेकी और सच्चाई का सबसे जगमगाता प्रमाण समझते हैं।

अत्यंत भावुक और स्वाभिमानी व्यक्ति थे, किसी से अधिक मिलते-जुलते भी न थे। कभी किसी के सामने हाथ नहीं फैलाया था, पॉमिस्ट के सामने भी नहीं। अब यह भी किया। चापलूसी से जीभ को कभी दूषित नहीं किया था। यह क़सम भी टूटी मगर काम न बनना था, न बना। मिर्ज़ा अब्दुल वुदूद बेग का कहना है कि जब स्वाभिमानी और सिद्धान्तवादी व्यक्ति अपनी हिम्मतानुसार धक्के खाने के पश्चात् डीमॉरलाइज़ होकर कामयाब लोगों के हथकंडे अपनाने का भोंडा प्रयास करता है तो रही-सही बात और बिगड़ जाती है। एकाएक उनको लक़वा मार गया। शरीर के बायें भाग ने काम करना बंद कर दिया। डाइबिटीज़, एलर्जी, पर्किंसन और ख़ुदा जाने कौन-कौन से रोगों ने घेर लिया। कुछ ने कहा कि उनके घायल स्वाभिमान ने रोगों में शरण ढूंढ ली है। स्वयं स्वस्थ नहीं होना चाहते कि फिर कोई तरस नहीं खायेगा। अब उन्हें अपनी असफलता का इतना अफ़सोस नहीं था जितना कि अपनी जीवनशैली हाथ से जाने का दुख। लोग आ-आ कर उनका साहस बढ़ाते और कामयाब होने के तरीक़े सुझाते तो उनके आंसू बहने लगते।

लज्जा और अपमान की सबसे बुरी सूरत यह है कि व्यक्ति स्वयं अपनी दृष्टि में भी कुछ न रहे। सो वो इस नर्क से भी गुज़रे। उनका बायां बेजान हाथ अलग लटका इस गुज़रने की तस्वीर खींचता रहता। लेकिन बेबसी का चित्रण करने के लिये उन्हें कुछ अधिक चेष्टा करने की आवश्यकता न थी। वो सारी उम्र दाग़ की ग़ज़लों पर सर धुनते रहे थे। उन्होंने कभी किसी वेश्या को फ़ानी या मीर की ग़ज़ल गाते नहीं सुना था। दरअस्ल उन दिनों नृत्य और गायन की महफ़िलों में किसी हसीना से फ़ानी या मीर की ग़ज़ल गवाना ऐसा ही था जैसे शराब में बराबर का नींबू का रस निचोड़ कर पीना, पिलाना। गुस्ताख़ी माफ़, ऐसी शराब पीने के बाद तो आदमी केवल तबला बजाने योग्य रह जायेगा! तो साहब! बाबा सारी उम्र फ़ानी और मीर से दूर रहे। अब जो शरण मिली तो उन्हीं के शे'रों में मिली। वो मज़बूत और बहादुर आदमी थे। मैं कल्पना भी नहीं कर सकता था कि उनको कभी रोते हुए देखूंगा। मगर देखा, इन आंखों से, कई बार।

अलाहदीन अष्टम्

उनके रोग न केवल बहुत से थे, बल्कि बहुत बढ़े हुए भी थे। इनमें सबसे ख़तरनाक रोग बुढ़ापा था। उनका एक दामाद विलायत से सर्जरी में नया-नया एफ़.आर.सी.एस. करके आया था। उसने अपनी ससुराल में किसी का एपेंडिक्स शेष नहीं छोड़ा। किसी की आंख में भी तकलीफ़ होती तो उसका एपेंडिक्स निकाल देता था। आश्चर्य इस पर होता कि आंख की तकलीफ़ जाती रहती। हालांकि वो सारी उम्र पेट के दर्द से परेशान रहे लेकिन अपने पेट पर हाथ रखकर सौगंध उठाकर कहते थे कि मैंने आज तक किसी डॉक्टर को

अपने एपेंडिक्स पर हाथ नहीं डालने दिया। लंबे समय से बिस्तर पर पड़े थे लेकिन उनकी लाचारी अभी अपूर्ण थी। मतलब यह कि सहारे से चल-फिर सकते थे।

उन्होंने ताँगे का उद्‌घाटन इस तरह किया कि अपने कमरे के दरवाज़े, जिससे निकले उन्हें कई महीने हो गये थे, एक लाल-रिबन बांध कर अपने डांवांडोल हाथ से क़ैंची से काटा। ताली बजाने वाले बच्चों में लड्डू बांटने के बाद शुक्राने (धन्यवाद) की नमाज़ अदा की। फिर घोड़े को अपने हाथ से गेंदे का हार पहनाया। उसके माथे पर एक बड़ी-सी भौंरी थी। केसर में उंगली डुबोकर उस पर 'अल्लाह' लिखा और कुछ पढ़कर फूंक मारी। चारों सुमों और दोनों पहियों पर शगुन के लिये सिंदूर लगाकर दुआ दी कि जीते रहो, सदा सरपट चलते रहो। रहीमबख़्श कोचवान का मुंह खुलवा कर उसमें पूरा लड्डू फ़िट किया। स्वयं चांदी के वरक़ में लिपटा हुआ पान कल्ले में दबाया। पुरानी कश्मीरी शॉल ओढ़-लपेट कर तांगे की पिछली सीट पर बैठे और अगली सीट पर अपना बीस साल पुराना हार्मोनियम रखवा कर उसकी मरम्मत कराने मास्टर बाक़र अली की दुकान रवाना हो गये।

घोड़े का नाम बदलकर उन्होंने बलबन रखा। कोचवान से कहा, "हमें तुम्हारा नाम रहीमबख़्श बिलकुल पसंद नहीं। तुम्हें अलादीन कहकर पुकारेंगे।" जब से उनकी याददाश्त ख़राब हुई थी वो हर नौकर को अलादीन कहकर बुलाते थे। यह अलादीन—आठवां था। इससे पहले वाला अलादीन—सातवां कई बच्चों का बाप था। हुक़्क़े के तम्बाकू और रोटियों की चोरी में निकाला गया। गर्म रोटियां पेट पर बांध कर ले जा रहा था, चाल से पकड़ा गया। मान्यवर इस अलादीन अर्थात् रहीमबख़्श को आमतौर से अलादीन ही कहते थे। हां, यदि कोई ख़ास काम जैसे पैर दबवाने हों या बेवक़्त चिलम भरवानी हो या महज़ प्यार जताना हो तो अलादीन मियां कहकर बुलाते। परन्तु गाली देना हो तो अस्ल नाम लेकर गाली देते थे।

हाफ़ मास्ट चाबुक़

दूसरे दिन से तांगा सुब्ह बच्चों को स्कूल ले जाने लगा। उसके बाद बिशारत को दुकान छोड़ने जाता। तीन दिन यही नियम रहा। चौथे दिन कोचवान बच्चों को स्कूल छोड़कर वापस आया तो बहुत परेशान दिखायी पड़ा। घोड़ा फाटक से बांधकर सीधा बिशारत के पास आया। हाथ में चाबुक़ ऐसे उठा रखा था जैसे पुराने समय में ध्वजवाहक युद्धध्वज लेकर चलता था, बल्कि यूं कहना चाहिए कि जिस प्रकार न्यूयार्क की स्टेच्यू ऑफ़ लिबर्टी ने अपने हाथ को आख़िरी सेंटीमीटर तक ऊंचा करवा कर आज़ादी की मशाल बुलंद कर रखी है। आगे चलकर मालूम हुआ कि कोई बिजोग पड़ जाये या अशुभ समाचार सुनाना हो तो वो इसी प्रकार चाबुक़ का झंडा ऊंचा किये आता था। चाबुक़ को सीधी हालत में देख बिशारत ऐसे व्याकुल होते, जैसे हैमलेट घोस्ट देखकर होता था।

Here it cometh, my Lord!

बिशारत के निकट आकर उसने चाबुक़ को हाफ़-मास्ट किया और पंद्रह रुपये मांगे। कहने लगा, "स्कूल की गली के नुक़्क़ड़ पे अचानक चालान हो गया। घोड़े के बायें पैर में लंगड़ापन है! स्कूल से निकला ही था कि अत्याचार वालों ने धर लिया। बड़ी मिन्नतों

से पंद्रह रुपये देकर घोड़ा छुड़ाया है वरना उसके साथ सरकार भी बेफ़िज़ूल खिंचे-खिंचे फिरते। मेरी आंखों के सामने 'अत्याचार' वाले एक गधागाड़ी के मालिक को चाबुक़ से मारते हुए हंकाल के थाने ले गये। उसके गधे का लंग तो अपने घोड़े के मुक़ाबले कुछ भी नहीं।'' कोचवान ने गधे के लंग की बात इतने मामूली ढंग से कही और अपने घोड़े का लंग इतना बढ़ा-चढ़ा कर बयान किया कि बिशारत ने क्रोध से कांपते हाथ से पंद्रह रुपये देकर उसे चुप किया।

शेर की नीयत और बकरी की अक़्ल में फ़ितूर

उसी समय एक सलोतरी को बुलाकर घोड़े को दिखाया। उसने बायीं नली हाथ से सूंती तो घोड़ा चमका। पता चला कि पुराना लंग है। सारा घपला अब कुछ-कुछ समझ में आने लगा। संभवतः, नहीं निःसंदेह, घोड़ा इसी कारण रेस में डिसक्वालिफ़ाई हुआ होगा। ऐसे घोड़े को तो उसी समय गोली मार दी जाती है और यह उसके लिये तांगे में जुतकर ज़लील होने से कई गुना बेहतर सूरत होती है। सलोतरी ने उम्मीद दिलायी कि छः महीने तक मुर्ग़ाबी के तेल की मालिश करायें। मालिश का मेहनताना पांच रुपये रोज़! यानी डेढ़ सौ रुपया माहवार। छह महीने के नौ सौ रुपये हुए। नौ सौ का घोड़ा, नौ सौ की मालिश अर्थात् टाट की गुदड़ी में मख़मल का पैवंद! अभी कुछ दिन हुए अपने अब्बा की मालिश और पैर दबाने के लिये एक आदमी को अस्सी रुपये माहवार पर रखा था। इसका मतलब तो यह हुआ कि उनकी कमाई का आधा हिस्सा तो इन्कम टैक्स वाले रखवा लेंगे और एक-तिहाई चम्पी मालिश वाले खा जायेंगे। हलाल की कमाई के बारे में उन्होंने कभी नहीं सुना था कि वो इस अनुपात से अनाधिकारियों में बंटती है। चार बजे तांगा जुतवा कर वो सेठ से निपटने के लिये रवाना हो गये। तांगे में बैठने से पहले उन्होंने गहरे रंग का धूप का चश्मा लगा लिया, ताकि कड़ी, खरी, खोटी सुनाने में झिझकें नहीं और चेहरे पर एक रहस्यमय ख़ूंखारी का भाव आ जाये। आधा रास्ता ही तय किया होगा कि एक व्यक्ति ने बम पकड़ कर तांगा रोक लिया। कहने लगा, "आपका घोड़ा बुरी तरह लंगड़ा रहा है, चालान होगा।'' बिशारत भौंचक्के रह गये। पता चला 'अत्याचार' वाले आजकल बहुत सख़्ती कर रहे हैं। हर मोड़ पर बात-बेबात चालान हो रहा है। वो किसी प्रकार न माना तो बिशारत ने क़ानूनी पेंच निकाला कि आज सुब्ह ही इसका चालान हो चुका है। सात घंटे में एक ही अपराध में दो चालान नहीं हो सकते। इंस्पेक्टर ने यह बात भी चार्जशीट में टांक ली और कहा कि इससे तो अपराध और संगीन हो गया। बचने का कोई मार्ग न सूझा तो बिशारत ने कहा, "अच्छा बाबा! तुम्हीं सच्चे सही, दस रुपये पे मामला रफ़ा-दफ़ा करो। ब्रांड न्यू घोड़ा है, ख़रीदे हुए तीसरा दिन है।'' यह सुनते ही वो व्यक्ति आग बबूला हो गया। कहने लगा, "बड़े साब! गागल्ज़ के बावजूद आप भले आदमी मालूम होते हैं, मगर आपको पता होना चाहिए कि आप पैसे से लंगड़ा घोड़ा ख़रीद सकते हैं, आदमी नहीं ख़रीद सकते।'' चालान हो गया।

स्टील री-रोलिंग मिल पहुंचे तो सेठ घर जाने की तैयारी कर रहा था। आज इसके यहां एक पीर की याद में डेढ़-दो सौ फ़क़ीरों को पुलाव खिलाया जा रहा था। उसका मानना था कि इससे महीने-भर की कमाई पाक हो जाती है और यह laundering कोई

अनोखी बात नहीं थी। एक बैंक में पंद्रह-बीस वर्ष तक यह नियम रहा कि प्रत्येक ब्रांच में जितने नये खाते खुलते, शाम को उतने ही फ़क़ीर खिलाये जाते। यह पता नहीं चल पाया कि यह खाना, खाते खुलने की ख़ुशी में खिलाया जाता था या ब्याज के व्यापार में बढ़ोतरी के प्रायश्चित के रूप में। हमारा एक बार मुल्तान जाना हुआ। वहां उस दिन बैंक के मालिकों में से एक बहुत सीनियर सेठ इंस्पेक्शन पर आये हुए थे। शाम को ब्रांच में बराबरी का यह दृश्य देखकर हमारी ख़ुशी की सीमा न रही कि सेठ साहब पंद्रह-बीस फ़क़ीरों के साथ धरती पर पंजों के बल बैठे पुलाव खा रहे हैं और हर फ़क़ीर और उसके बीवी-बच्चों का अकुशल-अमंगल पूछ रहे हैं। परन्तु मिर्ज़ा अब्दुल वुदूद बेग को ग़ुब्बारे पंक्चर करने की बड़ी बुरी आदत है। उन्होंने यह कहकर हमारी सारी ख़ुशी किरकिरी कर दी कि जब शेर और बकरी एक ही घाट पानी पीने लगें तो समझ लो कि शेर की नीयत और बकरी की अक़्ल में खोट है। महमूद व अयाज़ का एक ही पंक्ति में बैठकर खाना भी 'ऑडिट एंड इंस्पेक्शन' का हिस्सा है। सेठ साहब वास्तव में यह पता लगाना चाहते हैं कि खाने वाले अस्ली फ़क़ीर हैं या मैनेजर ने अपने यारों-रिश्तेदारों की पंगत बिठा दी है।

हम कहां-से-कहां आ गये। बात स्टील मिल वाले सेठ की थी, जो सात-आठ वर्ष से काले धन को प्रत्येक महीने नियाज़ के लोबान की धूनी से पवित्र और 'व्हाइट' करता रहता था।

महात्मा बुद्ध बिहारी थे

सेठ ने घोड़े के लंग के बारे में एकदम अज्ञानता व्यक्त की। उलटा उन्हीं के सर हो गया कि "तुम घोड़े को देखने हाफ़-डज़न टाइम तो आये होगे। घोड़ा तलक तुमको पिछानने लगा था। दस-दफ़े घोड़े के दांत गिने...क्या? तुमने हमको यहां तलक बोला कि घोड़ा नौ हाथ लम्बा है, उस समय तुम्हें यह नौ-गज़ा दिखलायी पड़ता था। आज चार-पांच दिन बाद घोड़े के गॉगल्ज़ स्वयं पहन के इल्ज़ाम लगाने आये हो...क्या? तीन दिन में तो क़ब्र में मुर्दे का भी हिसाब-किताब बरोबर खल्लास हो जाता है। उस टेम आपको माल में यह डिफ़ेक्ट दिखलायी नहीं पड़ा। तांगे में जोत के ग़रीबख़ाने ले गये तब भी नज़र नहीं आया।" बिशारत सेठ के सामने अपने घर को इतनी बार ग़रीबख़ाना कह चुके थे कि वो यह समझा कि यह उनके घर का नाम है।

बिशारत ने कुछ कहना चाहा तो बात काटते हुए बोला—"अरे बाबा! घोड़े का कोई पार्ट, कोई पुर्ज़ा ऐसा नहीं बचा, जिसपे तुमने दस-दस दफ़े हाथ नहीं फेरा हो! क्या? तुम बिज़नेसमैन हो के ऐसी कच्ची बात मुंह से निकालेगा तो हम किधर को जायेगा? बोलो जी! हल्कट मानुस के माफ़िक़ बात नहीं करो...क्या?" सेठ ज़िम्मेदारी से बरी हो गया।

बिशारत ने तंग आकर कहा, "हद तो यह कि सौदा करने से पहले यह भी न बताया कि घोड़ा जनाज़ा उलट चुका है। आप स्वयं को मुसलमान कहते हैं," सीने पर हाथ रखते हुए सेठ बोला, "तो क्या तुम्हारे को बुद्धिष्ट दिखलायी पड़ता हूं? हमने जूनागढ़ काठियावाड़ से माइग्रेट किया है...क्या? अपने पास बरोबर सिंध का डोमेसाइल है। महात्मा

बुद्ध तो बिहारी था। (अपने मुंह के पान की ओर संकेत करते हुए) मेरे मुंह में रोज़ी है। तुम भी बच्चों की क़सम खा के बोलो। जब तुमने पूछा—घोड़ा काये को बेच रहे हो, हमने तुरंत बोल दिया। सौदा पक्का करने से पहले पूछते तो हम पहले बोल देते। तुम लकड़ी बेचते हो तो क्या ग्राहक को लक्कड़ की हर गांठ, हर दाग़ पे उंगली रख-रख के बताते हो कि पहले इसे देखो? हम साला अपना व्यापार करें कि तुम्हारे को घोड़े की बयाग्राफ़ी (बायोग्राफ़ी) बतायें। फ़ादर मेरे को हमेशा बोलता था कि ग्राहक 420 हो तो पहले देखो-भालो, फिर सौदे की टेम बोलो कम, तोलो ज़ियादा। पर तुम्हारे ऊपर तो-खोलो, अभी खोलो!-की धुन सवार थी। तुम्हारे मुंह में पैसे बज रहे थे। गुजराती में कहावत है कि पैसा तो शेरनी का दूध है! इसे हासिल करना और पचाना दोनों बरोबर मुश्किल है। पर तुम तो साला शेर को ही दुहना मांगता है। हम करोड़ों का बिज़नेस करेला है। आज दिन-तलक ज़बान दे-के नईं फिरेला। अच्छा, अगर तुम *क़ुरान* पर हाथ रख के बोल दो कि तुम घोड़ा ख़रीदते टेम पियेला था तो हम तुरंत एक-एक पाई रिफ़ंड कर देगा।''

बिशारत ने मिन्नतें करते हुए कहा, ''सेठ, सौ-डेढ़ सौ कम में घोड़ा वापस ले लो। मैं बीवी-बच्चों वाला आदमी हूं। जीवन भर एहसानमंद रहूंगा।'' सेठ आपे-से बाहर हो गया, ''अरे बाबा! ख़च्चर के माफ़िक हमसे अड़ी नईं करो। हमसे एकदम कड़क उर्दू में डायलॉग मत बोलो। तुम फ़िलम के विलन के माफ़िक़ गॉगल्ज़ लगा के इधर काये को तड़ी देता पड़ा है। भाई साहब! तुम पढ़ेला मानुस हो। कोई फ़ड्डेबाज़ मवाली, मल्बारी नईं, जो शरीफ़ों से दादागीरी करे। तुमने साइन-बोर्ड नईं पढ़ा। बाबा! यह री-रोलिंग मिल है। इसटील री-रोलिंग मिल। इधर घोड़े का धन्धा नईं होता...क्या? कल को तुम बोलेंगा कि तांगा भी वापस ले लो। हम साला अक्खा उम्र इधर बैठा घोड़े-तांगे का धन्धा करेंगा तो हमारा फ़ेमिली क्या घर में बैठा क़व्वाली करेंगा? भाई साब! अपुन का घर तो गिरस्तियों का घर है। किसी बुज़ुर्ग का मज़ार नईं कि बाई लोग गज़-गज़ भर के लम्बे बाल खोल के धम्माल डाल दें। धमा धम मस्त क़लन्दर!''

बिशारत ने तांगा स्टील री-रोलिंग मिल के बाहर खड़ा कर दिया और स्वयं एक थड़े पर पैर लटकाये प्रतीक्षा करने लगे कि अंधेरा थोड़ा गहरा हो जाये तो वापस जायें, ताकि नौ घंटे में तीसरी बार चालान न हो। क्रोध से अभी तक उनके कानों की लवें तप रही थीं और हल्क़ में केक्टस उग रहे थे। बलबन गुलमोहर के पेड़ से बंधा सर झुकाये खड़ा था। उन्होंने पान की दुकान से एक लेमोनेड की गोली वाली बोतल ख़रीदी। एक ही घूंट में उन्होंने अनुमान लगा लिया कि उनकी प्रतीक्षा में यह बोतल कई महीनों से धूप में तप रही थी। फिर अचानक याद आया कि इस परेशानी में आज दोपहर बलबन को चारा और पानी भी नहीं मिला। उन्होंने बोतल रेत पर उंड़ेल दी और गॉगल्ज़ उतार दिये।

जादू मंत्र द्वारा उपचार

रिश्वत और मालिश की रक़म अब घोड़े की क़ीमत और उनकी सहनशक्ति की सीमा को पार कर चुकी थी। पकड़-धकड़ का सिलसिला किसी प्रकार समाप्त होने में नहीं आता था। तंग आकर उन्होंने रहीम बख़्श की ज़बानी इंस्पेक्टर को यह तक कहलाया कि तुम

मेरी दुकान में उगाही की नौकरी कर लो। तुम्हारे वेतन से अधिक दूंगा। उसने कहला भेजा, ''सेठ को मेरा सलाम बोलना और कहना कि हम तीन हैं।''

उन्होंने घोड़ा-तांगा बेचना चाहा तो किसी ने सौ रुपये भी न लगाये। अंततः अपने वालिद से इस बारे में बात की। वो सारा हाल सुनकर कहने लगे, ''इसमें परेशानी की कोई बात नहीं। हम दुआ करेंगे। तांगे में जोतने से पहले एक गिलास फूंक मारा हुआ दूध पिला दिया करो। अल्लाह ने चाहा तो लंग जाता रहेगा और चालानों का सिलसिला भी बंद हो जायेगा। एक बार वज़ीफ़े का प्रभाव तो देखो।''

वालिद साहब ने उसी समय रहीमबख़्श से बिस्तर पर हार्मोनियम मंगाया। वो धोंकनी से हवा भरता रहा और वालिद साहब कंपकंपाती आवाज़ में हम्द (ईश्वर की स्तुति) गाने लगे।

आंख जहां पड़ती, वहां उंगली नहीं पड़ रही थी और जिस पर्दे पर उंगली पड़ती, उस पर पड़ी ही रह जाती। एक पंक्ति गाने और बजाने के बाद यह कहकर लेट गये कि इस हार्मोनियम के काले पर्दे के जोड़ अकड़ गये हैं। मास्टर बाक़र अली ने क्या ख़ाक मरम्मत की है!

दूसरे दिन क़िबला की चारपाई ड्रॉइंग रूम में आ गयी। क्योंकि यही ऐसा कमरा था जहां घोड़ा रोज़-सुब्ह अपने माथे पर 'अल्लाह' लिखवाने और फूंक मारने के लिये अंदर लाया जा सकता था। तड़के क़िबला ने नमाज़ के बाद गुलाब जल में उंगली डुबो कर घोड़े के माथे पर 'अल्लाह' लिखा और खुरों को लोबान की धूनी दी। कुछ देर बाद उस पर साज़ कसा जाने लगा तो बिशारत दौड़े-दौड़े क़िबला के पास आये और कहने लगे, ''घोड़ा दूध नहीं पी रहा।'' क़िबला हैरान हुए। फिर आंखें बंद करके सोच में पड़ गये। कुछ पलों के बाद आंखें अधखुली करके बोले। कोई हरज नहीं कोचवान को पिला दो। घोड़ा दांतों के दर्द से पीड़ित है। इसके बाद यह नियम बन गया कि दुआ पढ़कर फूंका गया दूध रहीमबख़्श पीने लगा। ऐसी अरुचि के साथ पीता जैसे उन दिनों यूनानी दवाओं के पियाले पिये जाते थे, अर्थात् नाक पकड़ के, मुंह बना-बना के। दूध के लिये न जाने कहां से धातु का बहुत लम्बा गिलास ले आया, जो उसकी नाभि तक पहुंचता था। क़िबला के उपचार का प्रभाव पहले ही दिन नज़र आ गया। वह इस प्रकार कि उस दिन चालान एक दाढ़ी वाले ने किया। रहीमबख़्श अपना लहराता हुआ चाबुक़ हाफ़ मास्ट करके कहने लगा, ''सरकार! बावजूद धर लिया'' फिर उसने विस्तार से बताया कि एक दाढ़ी वाला आज ही जमशेद रोड के हल्क़े से तबादला होकर आया है। बड़ा ही दयालु, अल्लाह-वाला व्यक्ति है। इसलिए केवल साढ़े तीन रुपये लिये, वह भी चंदे के तौर पर। पड़ोस में एक विधवा के बच्चे के इलाज के लिये। आप चाहें तो चल के मिल लीजिये। मिल के बहुत ख़ुश होंगे। हर समय भीतर ही-भीतर जाप करता रहता है। अंधेरी रात में सिजदे के निशान से ऐसी रौशनी निकलती है कि सूई पिरो लो। (अपनी बांह से तावीज़ खोलते हुए) घोड़े के लिये ये तावीज़ दिया है।

कहां पच्चीस रुपये, कहां साढ़े तीन रुपये! क़िबला ने रिश्वत में कमी को अपने आशीर्वाद और उसके चमत्कार का परिणाम समझा और कहने लगे कि तुम देखते जाओ। इंशाल्लाह चालीसवें दिन 'अत्याचार' के इंस्पेक्टर को घोड़े की टांग नज़र आनी बंद हो जायेगी। उनकी चारपाई के चारों ओर उनका सामान भी ड्रॉइंग रूम में सजा दिया गया। दवायें, बैडपैन, हुक़्क़ा, सिलफ़्ची, हार्मोनियम, आग़ा हश्र के ड्रामे, एनीमा का उपकरण और कज्जन एक्ट्रेस का फ़ोटो। ड्रॉइंग रूम अब इस योग्य नहीं रहा था कि उसमें घोड़े, क़िबला और इन दोनों का पाख़ाना उठाने वाली मेहतरानी के अतिरिक्त कोई और पांच मिनट भी ठहर सके। बिशारत के दोस्तों ने आना छोड़ दिया परंतु वो घोड़े की ख़ातिर क़िबला को सहन कर रहे थे।

एक घोड़ा भरेगा कितने पेट?

जिस दिन से दाढ़ी वाले मौलाना नियुक्त हुए, रहीमबख़्श हर चौथे-पांचवें दिन आ के सर पे खड़ा हो जाता, ''चंदा दीजिये।'' परन्तु ढाई-तीन रुपये या अधिक-से-अधिक पांच में आयी बला टल जाती। उससे जिरह की तो पता चला कि कराची में तांगे अब केवल इसी इलाक़े में चलते हैं। तांगेवालों का हाल घोड़ों से भी ख़राब है। उन्होंने पुलिस और 'अत्याचार' वालों का नाम-मात्र को महीना बांध रखा है। जो उनकी गुज़र-बसर के लिये बिलकुल अपर्याप्त है। उधर नंगे, भूखे गधागाड़ी वाले मकरानी सर फाड़ने पर उतर आते हैं। घायल गधा, पसीने में तर-ब-तर गधागाड़ी वाला और फटेहाल 'अत्याचार' का इंस्पेक्टर। यह निर्णय करना मुश्किल था कि इनमें कौन अधिक बदहाल और ज़ुल्म का शिकार है। यह तो ऐसा ही था जैसे एक सूखी-भूखी जोंक, दूसरी सूखी-भूखी जोंक का ख़ून पीना चाहे। नतीजा यह कि 'अत्याचार वाले' तड़के ही इकलौती मोटी आसामी यानी उनके तांगे की प्रतीक्षा में गली के नुक़्क़ड़ पे खड़े हो जाते और अपने पैसे खरे करके चल देते। अकेला घोड़ा सारे स्टाफ़ के बाल-बच्चों का पेट पाल रहा था। लेकिन करामत हुसैन (दाढ़ी वाले मौलाना का यही नाम था) का मामला कुछ अलग था। वो अपने हुलिये और फटेहाल होने के कारण ऐसे दिखायी पड़ते थे कि लगता था उन्हें रिश्वत देना पुण्य का काम है और वो रिश्वत लेकर वास्तव में रिश्वत देने वाले को पुण्य कमाने का अवसर प्रदान कर रहे हैं। वो रिश्वत मांगते भी ऐसे थे जैसे दान मांग रहे हों। ऐसा प्रतीत होता था कि उनके भाग का सारा अन्न घोड़े की लंगड़ी टांग के माध्यम से ही उतरता है। ऐसे फटीचर रिश्वत लेने वाले के लिये उनके भीतर न कोई सहानुभूति थी, न डर।

कुत्तों के चाल चलन की चौकीदारी

दोस्तों ने सलाह दी कि घोड़े को इंजेक्शन से ठिकाने लगवा दो, लेकिन उनका मन नहीं मानता था। क़िबला तो सुनते ही रुआंसे हो गये। कहने लगे, ''आज लंगड़े घोड़े की बारी है, कल अपाहिज़ बाप की होगी। शरीफ़ घरानों में आयी हुई दुल्हन और जानवर तो मर कर ही निकलते हैं।'' वो स्वयं तीन दुल्हनों के जनाज़े निकाल चुके थे, इसलिए घोड़े के बारे में भी ठीक ही कहते होंगे। रहीमबख़्श भी घोड़े की हत्या कराने का कड़ा विरोध

करता था। जैसे ही बात चलती, अपना तीस वर्ष का अनुभव बताने बैठ जाता। यह तो हमने भी सुना था कि इतिहास अस्ल में बड़े लोगों की बायोग्राफ़ी है, परंतु रहीमबख़्श कोचवान की सारी आटोबायोग्राफ़ी दरअस्ल घोड़ों की बायोग्राफ़ी थी। उसके जीवन से एक घोड़ा पूरी तरह निकल नहीं पाता था कि दूसरा आ जाता। कहता था कि उसके तीन पूर्व-मालिकों ने 'वैट' से घोड़ों को ज़हर के इंजेक्शन लगवाये थे। पहला मालिक तीन दिन के भीतर चटपट हो गया। दूसरे का चेहरा फ़ालिज से ऐसा टेढ़ा हुआ कि दाईं बांछ कान की लौ से जा मिली। एक दिन ग़लती से आईने में स्वयं पर नज़र पड़ी तो घिग्घी बंध गयी। तीसरे की बीवी जॉकी के साथ भाग गयी। देखा जाये तो इन तीनों में—जो तुरंत मर गया, उसी का अंत सम्मानजनक मालूम होता है।

उन्हीं दिनों एक साईस ने सूचना दी कि लड़काना में एक घोड़ी तेलिया कुमैत बिलकुल मुफ़्त यानी तीन सौ रुपये में मिल रही है। बस वडेरे के दिल से उतर गयी है। गन्ने की फ़स्ल की आमदनी से उसने गन्ने ही से लम्बाई नाप कर एक अमरीकी कार ख़रीद ली है। आपकी सूरत पसंद आ गयी तो हो सकता है मुफ़्त ही दे दे। इसका विरोध पहले हमने और बाद में क़िबला ने किया। उन दिनों कुत्ते पालने का नया-नया शौक़ हुआ था। हर बात उन्हीं के संदर्भ में करते थे। कुत्तों के लिये अचानक मन में इतना आदर-भाव पैदा हो गया था कि कुतिया को मादा-कुत्ता कहने लगे थे।

हमने बिशारत को समझाया कि ख़ुदा के लिये मादा घोड़ा न ख़रीदो। आमिल कालोनी में दस्तगीर साहब ने एक मादा-कुत्ता पाल लिया है। किसी शुभचिंतक ने उन्हें सलाह दी थी कि जिस घर में कुत्ते हों, वहां फ़रिश्ते, बुज़ुर्ग और चोर नहीं आते। उस ज़ालिम ने यह न बताया कि फिर केवल कुत्ते ही आते हैं। अब सारे शह्र के बालिग़ कुत्ते उनकी कोठी का घेराव करे पड़े रहते हैं। शहज़ादी स्वयं शत्रु से मिली हुई है।

ऐसी तनदाता नहीं देखी। जो ब्वॉय स्काउट का 'मोटो' है—वही उसका—'be prepared'—मतलब यह कि हर आक्रमणकारी से सहयोग के लिये पूरे तन-मन से तैयार रहती है। फाटक खोलना असंभव हो गया है। महिलाओं ने घर से निकलना छोड़ दिया। पुरुष स्टूल रखकर फाटक और कुत्ते फलांगते हैं। दस्तगीर साहब इन कुत्तों को दोनों समय नियमित रूप से खाना डलवाते हैं, ताकि आने-जाने वालों की पिंडलियों से अपना पेट न भरें। एक बार खाने में ज़हर डलवा कर भी देख लिया। गली में मुर्दा कुत्तों के ढेर लग गये। अपने ख़र्च पर उनको दफ़्न किया। एक साहब का पालतू कुत्ता जो बुरी संगत में पड़ गया था, उस रात घरवालों की नज़र बचा कर सैर-तमाशे को चला आया था, वो भी वहीं खेत रहा। इन चंद कुत्तों के मरने से जो रिक्त-स्थान पैदा हुआ, वो इसी प्रकार पूरा हुआ जैसा साहित्य और राजनीति में होता है। हम तो इतना जानते हैं कि स्वयं को indispensable समझने वालों के मरने से जो रिक्त-स्थान पैदा होता है, वह वास्तव में केवल दो गज़ धरती में होता है, जो उन्हीं के पार्थिव शरीर से उसी समय पूरा हो जाता है। ख़ैर! यह एक अलग क़िस्सा है। कहना यह था कि अब दस्तगीर साहब सख़्त परेशान हैं। ख़ानदानी मादा है। नीच ज़ात के कुत्तों से वंशावली बिगड़ने का डर है। मैंने तो दस्तगीर

साहब से कहा था कि इनका ध्यान बंटाने के लिये कोई मामूली ज़ात की कुतिया रख लीजिये ताकि कम-से-कम यह धड़का तो न रहे। रातों की नींद तो हराम न हो। इतिहास में आप पहले व्यक्ति हैं जिसने कुत्तों के चाल-चलन की चौकीदारी का बीड़ा उठाया है।

अकेलेपन का साथी

इस क़िस्से से हमने उन्हें सीख दिलायी। क़िबला ने दूसरे पैंतरे से घोड़ी ख़रीदने का विरोध किया। वो इस बात पर क्रोध से भड़क उठते थे कि बिशारत को उनके चमत्कारी वजीफ़े पर विश्वास नहीं। वो ख़ासे गलियर थे। बेटे को खुल कर तो गाली नहीं दी। बस इतना कहा कि अगर तुम्हें अपना वंश चलाने के लिये पेडिग्री घोड़ी ही रखनी है तो शौक़ से रखो, मगर मैं ऐसे घर में एक मिनट नहीं रह सकता। उन्होंने यह धमकी भी दी कि जहां बलबन घोड़ा जायेगा वो भी जायेंगे।

क़िस्सा दरअस्ल यह था कि क़िबला और घोड़ा एक-दूसरे से इस हद तक घुल-मिल चुके थे कि अगर घरवाले न रोकते तो वे उसे ड्रॉइंग रूम में अपनी चारपाई के पाये से बंधवा कर सोते। वो भी उनके पास आकर अपने-आप सर नीचे कर लेता ताकि वो उसे बैठे-बैठे प्यार कर सकें। वो घंटों मुंह-से-मुंह भिड़ाये उससे घरवालों और बहुओं की शिकायतें और बुराइयां करते रहते। बच्चों के लिये वो जीता-जागता खिलौना था। क़िबला कहते थे जब से यह आया है, मेरे हाथ का कंपकंपाना कम हो गया है और बुरे सपने आने बंद हो गये हैं। वो अब उसे बेटा कहने लगे थे। सदा के रोगी से अपने-पराये सब उकता जाते हैं। एक दिन वो चार-पांच घंटे दर्द से कराहते रहे। किसी ने ख़बर न ली। शाम को घबराहट और मायूसी अधिक बढ़ी तो रसोइये से कहा कि बलबन बेटे को बुलाओ। बुढ़ापे और बीमारी के भयानक सन्नाटे में यह दुखी घोड़ा उनका अकेला साथी था।

इक तर निवाले की सूरत

घोड़े को जोत नहीं सकते। बेच नहीं सकते। मरवा नहीं सकते। खड़े खिला नहीं सकते, फिर करें तो क्या करें। जब ब्लैक मूड आता तो अंदर-ही-अंदर खौलते और अक्सर सोचते कि सेठ, सरमायेदार, वडेरे, जागीरदार और बड़े अफ़सर अपनी सख़्ती और करप्शन के लिये संसार-भर में बदनाम हैं। मगर, यह 'अत्याचार वाले' दो टके के आदमी किससे कम हैं। उन्हें इससे पूर्व ऐसे प्रतिक्रियावादी और आक्रांतकारी विचार कभी नहीं आये थे। उनकी सोच में इंसानों से परेशान व्यक्ति की झुंझलाहट उतर आयी। ये लोग तो ग़रीब हैं, दुःखी हैं, मगर यह किसको छोड़ते हैं। पुलिस का कांस्टेबल भी तो ग़रीब है। वो रेहड़ीवाले को कब छोड़ता है और ग़रीब रेहड़ीवाले ने कल शाम आंख बचाकर एक सेर सेबों में दो दाग़दार सेब मिलाकर तोल दिये। उसकी तराजू एक छटांक कम तोलती है। केवल एक छटांक इसलिए कि एक मन कम तोलने की गुंजाइश नहीं। स्कूल मास्टर दया और आदर के योग्य हैं। मास्टर नज़मुद्दीन बरसों से चीथड़े लटकाये ज़ालिम समाज को कोसते फिरते हैं। उन्हें साढ़े-चार सौ रुपये खिलाये, तब जा के भांजे के मैट्रिक के नंबर बढ़े और रहीमबख़्श कोचवान से बढ़कर बदहाल कौन होगा?

ज़ुल्म, ज़ालिम और ज़ुल्म सहने वाले दोनों को ख़राब करता है। ज़ुल्म का पहिया जब अपना चक्कर पूरा कर लेता है और मज़लूम की बारी आती है तो वो भी वही सब करता है जो उसके साथ किया गया था। अजगर पूरे का पूरा निगलता है। शार्क दांतों से ख़ूनम-ख़ून करके खाती है। शेर डॉक्टरों के बताये नियमों के अनुसार अच्छी तरह चबा-चबा के खाता है। बिल्ली, छिपकली, मकड़ी और मच्छर अपनी-अपनी हिम्मत के अनुसार ख़ून की चुस्की लगाते हैं। वो यहां तक पहुंचे थे कि सहसा उन्हें अपने इन्कमटैक्स के डबल बहीखाते याद आ गये और वो अनायास मुस्कुरा उठे। भाई मेरे! छोड़ता कोई नहीं, हम सब एक-दूसरे का भोजन हैं। बड़े जतन से एक-दूसरे को चीरते-फाड़ते हैं। 'तब नज़र आती है इक लुक़्म-ए-तर की सूरत।'

समुद्र तल और ग़रीबी रेखा से नीचे

आये दिन के चालान, तावान से वो तंग आ चुके थे। कैसा अंधेर है। सारे देश में यही एक जुर्म रह गया है! बहुत हो चुका। अब वो इसका दो टूक फ़ैसला करके छोड़ेंगे। मौलाना करामत हुसैन से वो एक बार मिल चुके थे और सारी दहशत निकल चुकी थी। पौन इंच कम पांच फ़ुट का पोदना! उसकी गर्दन उनकी कलाई के बराबर थी। गोल चेहरे और तंग माथे पर चेचक के दाग़ ऐसे चमकते थे, जैसे तांबे के बर्तन पर ठुंके हुए खोपरे। आज वो घर का पता मालूम करके उसकी ख़बर लेने जा रहे थे। पूरा डायलॉग हाथ के इशारों और आवाज़ के उतार-चढ़ाव के साथ तैयार था।

उन्हें मौलाना करामत हुसैन की झुग्गी तलाश करने में काफ़ी परेशानी हुई। हालांकि बताने वाले ने बिलकुल सही पता बताया था कि झुग्गी बिजली के खंबे नम्बर-23 के पीछे कीचड़ की दलदल के उस पार है। तीन साल से खंबे बिजली के इंतज़ार में खड़े हैं। पते में उसके दायीं ओर एक ग्याभिन भैंस बंधी हुई बतायी गयी थी। सड़कें न रास्ते, गलियां न फुटपाथ। ऐसी बस्तियों में घरों के नंबर या नाम का बोर्ड नहीं होता। प्रत्येक घर का एक इंसानी चेहरा होता है। उसी के पते से घर मिलता है। खंबा तलाश करते-करते उन्हें अचानक एक झुग्गी के टाट के पर्दे पर मौलाना का नाम लाल इंक से लिखा दिखायी दिया। बारिश के पानी के कारण रंग बह जाने से नाम की लकीरें खिंची रह गयी थीं। चारों ओर टख़नों-टख़नों बजबजाता कीचड़, सूखी धरती कहीं दिखायी नहीं पड़ती थी। चलने के लिये लोगों ने पत्थर और ईंटें डालकर पगडंडियां बना ली थीं। एक नौ-दस साल की बच्ची सर पर अपने से अधिक भारी घड़ा रखे अपनी गर्दन तथा कमर की हरकत से पैरों को डगमगाते पत्थरों और घड़े को सर पर संतुलित करती चली आ रही थी। उसके चेहरे पर पसीने के रेले बह रहे थे। रास्ते में जो भी मिला, उसने बच्ची को संभलकर चलने का सुझाव दिया। थोड़ी-थोड़ी दूरी पर पांच-छः ईंटों का ट्रैफ़िक आईलैंड आता था। जहां जाने-वाला आदमी खड़े रहकर आने-वाले को रास्ता देता था। झुग्गियों के भीतर भी कुछ ऐसी ही स्थिति थी। बच्चे, बुज़ुर्ग और बीमार दिन भर ऊंची-ऊंची खाटों और खट्टों पर टंगे रहते। *क़ुरान-शरीफ़*, लिपटे हुए बिस्तर, बर्तन-भांडे, मैट्रिक के सर्टिफ़िकेट, बांस के मचान पर तिरपाल तले और तिरपाल के ऊपर मुर्ग़ियां। मौलाना करामत हुसैन ने झुग्गी के

एक कोने में खाना पकाने के लिये एक टीकरी पर चबूतरा बना रखा था। एक खाट के पाये से बकरी भी बंधी थी। कुछ झुग्गियों के सामने भैंसें कीचड़ में धंसी थीं और उनकी पीठ पर कीचड़ का प्लास्टर पपड़ा रहा था। यह भैंसों की जन्नत थी। इनका गोबर कोई नहीं उठाता था, क्योंकि उपले थापने के लिये कोई दीवार या सूखी धरती नहीं थी। गोबर भी इंसानी गंदगी के साथ इसी कीचड़ में मिल जाता था। इन्हीं झुग्गियों में टीन की चादर के सिलेंडरनुमा डिब्बे भी दिखायी दिये। जिनमें दूध भरने के बाद सदर की सफ़ेद टाइलों वाली डेरी की दुकानों में पहुंचाया जाता था। एक लंगड़ा कुत्ता झुग्गी के बाहर खड़ा था। उसने अचानक स्वयं को झड़झड़ाया तो उसके घाव पर बैठी हुई मक्खियां और अध-सूखे कीचड़ के छर्रे उड़-उड़ कर बिशारत की क़मीज़ और चेहरे पर लगे।

मुग़ल वंश का पतन

बिशारत ने झुग्गी के बाहर खड़े होकर मौलाना को आवाज़ दी। हालांकि उसके 'अंदर' और 'बाहर' में कुछ ऐसा अंतर नहीं था। बस चटाई, टाट और बांसों से अंदर के कीचड़ और बाहर के कीचड़ के बीच हदबंदी करके एक काल्पनिक एकांत, एक संपत्ति की लक्ष्मण रेखा खींच ली गयी थी।

कोई जवाब न मिला तो उन्होंने हैदराबादी अंदाज़ से ताली बजायी, जिसके जवाब में अंदर से छः बच्चों का तले ऊपर की पतीलियों का-सा सेट निकल आया। इनकी आयु में नौ-नौ महीने से भी कम का अंतर दिखायी दे रहा था। सबसे बड़े लड़के ने कहा, "मग़रिब की नमाज़ पढ़ने गये हैं। तशरीफ़ रखिये।" बिशारत की समझ में न आया, कहां तशरीफ़ रखें? उनके पैरों-तले ईंटें डगमगा रही थीं। सड़ांध से दिमाग़ फटा जा रहा था। "जहन्नुम अगर इस धरती पर कहीं हो सकता है तो यहीं है, यहीं है, यहीं है।"

वो दिल-ही-दिल में मौलाना को डांटने का रिहर्सल करते हुए आये थे—यह क्या अंधेर है मौलाना? किचकिचा कर मौलाना कहने के लिये उन्होंने बड़े कटाक्ष और कड़वाहट से वह स्वर कम्पोज़ किया था—जो बहुत सड़ी गाली देते समय अपनाया जाता है, लेकिन झुग्गी और कीचड़ देखकर उन्हें अचानक ध्यान आया कि मेरी शिकायत पर इस व्यक्ति को अगर जेल हो भी जाये तो इसके तो उल्टे ऐश हो जायेंगे। मौलाना पर फेंकने के लिये लानत-मलामत के जितने पत्थर वो जमा करके आये थे, उन सब पर दाढ़ियां लगाकर नमाज़ की चटाइयां लपेट दी थीं ताकि चोट भले ही न आये, शर्म तो आये। वो सब ऐसे ही धरे रह गये।

उनका हाथ जड़ हो गया था। इस व्यक्ति को गाली देने से लाभ? इसका जीवन तो स्वयं एक गाली है। उनके आस-पास बच्चों ने शोर मचाना शुरू किया तो सोच का सिलसिला टूटा। उन्होंने उनके नाम पूछने शुरू किये। तैमूर, बाबर, हुमायूं, जहांगीर, शाहजहां, औरंगज़ेब। या अल्लाह! पूरा मुग़ल वंश इस टपकती झुग्गी में ऐतिहासिक रूप से क्रमानुसार उतरा है।

ऐसा लगता था कि मुग़ल बादशाहों के नामों का स्टॉक समाप्त हो गया, मगर

औलादों का सिलसिला समाप्त नहीं हुआ। इसलिए छुटभैयों पर उतर आये थे। मिसाल के तौर पर एक जिगर के टुकड़े का प्यार का नाम मिर्ज़ा कोका था, जो अकबर का दूध-शरीक भाई था। जिसको उसने क़िले की दीवार पर से नीचे फिंकवा दिया था। अगर सगा भाई होता तो इससे भी कड़ी सज़ा देता यानी समुद्री डाकुओं के हाथों क़त्ल होने के लिये हज पर भेज देता या आंखें निकलवा देता। वो रहम की अपील करता तो भाई होने के नाते दया और प्रेम की भावना दिखाते हुए जल्लाद से एक ही वार में सर कटवा कर उसकी मुश्किल आसान कर देता।

हम निवेदन यह कर रहे थे कि तैमूरी ख़ानदान के जो शेष कुलदीपक झुग्गी के अंदर थे, उनके नाम भी तख़्त पर बैठने, बल्कि तख़्ता उलटने के क्रम की दृष्टि से ठीक ही होंगे। इसलिए कि मौलाना की स्मरण शक्ति और इतिहास का अध्ययन बहुत अच्छा प्रतीत होता था। बिशारत ने पूछा, ''तुममें से किसी का नाम अकबर नहीं?'' बड़े लड़के ने जवाब दिया, ''नहीं जी, वो तो दादा जान का शायरी का उपनाम है।''

बातचीत का सिलसिला कुछ उन्होंने...कुछ बच्चों ने शुरू किया। उन्होंने पूछा, ''तुम कितने भाई-बहन हो?'' जवाब में एक बच्चे ने उनसे पूछा, ''आपके कितने चचा हैं?'' उन्होंने पूछा, ''तुममें से कोई पढ़ा हुआ भी है?'' बड़े लड़के तैमूर ने हाथ उठा कर कहा, ''जी हां, मैं हूं।'' मालूम हुआ यह लड़का जिसकी उम्र तेरह-चौदह साल होगी, मस्जिद में बग़दादी क़ायदा पढ़कर कभी का निबट चुका। तीन साल तक पंखे बनाने की एक फ़ैक्ट्री में मुफ़्त काम सीखा। एक साल पहले दायें हाथ का अंगूठा मशीन में आ गया, काटना पड़ा। अब एक मौलवी साहब से अरबी पढ़ रहा है। हुमायूं अपने हमनाम की भांति अभी तक आवारागर्दी की मंज़िल से गुज़र रहा था। जहांगीर तक पहुंचते-पहुंचते पाजामा बार-बार हो रहे राजगद्दी परिवर्तन की भेंट चढ़ गया। हां! शाहजहां का शरीर फोड़ों, फुंसियों पर बंधी पट्टियों से अच्छी तरह ढंका हुआ था। औरंगज़ेब के शरीर पर केवल अपने पिता की तुर्की टोपी थी। बिशारत को उसकी आंखें और उसे बिशारत दिखायी न दिये। सात साल का था, मगर बेहद बातूनी। कहने लगा, ''ऐसी बारिश तो मैंने सारे जीवन में नहीं देखी।'' हाथ-पैर माचिस की तीलियां, लेकिन उसके ग़ुब्बारे की तरह फूले हुए पेट को देखकर डर लगता था कि कहीं फट न जाये। कुछ देर बाद नन्ही नूरजहां आयी। उसकी बड़ी-बड़ी आंखों में काजल और कलाई पर नज़र-गुज़र का डोरा बंधा था। सारे मुंह पर मैल, काजल, नाक, और धूल लिपी हुई थी। केवल वो हिस्से इससे अलग थे जो अभी-अभी आंसुओं से धुले थे। उन्होंने उसके सर पर हाथ फेरा। उसके सुनहरे बालों में गीली लकड़ियों के कड़वे-कड़वे धुएं की गंध बसी हुई थी। एक भोली-सी सूरत का लड़का अपना नाम शाह आलम बता कर चल दिया। आधे रास्ते से लौटकर कहने लगा कि मैं भूल गया था। शाह आलम तो बड़े भाई का नाम है। ये सब मुग़ल शहज़ादे कीचड़ में ऐसे मज़े से फचाक-फचाक चल रहे थे जैसे इनकी वंशावली अमीर तैमूर के बजाय किसी राजहंस से मिलती हो।

हर कोने-खुदरे से बच्चे उबले पड़ रहे थे। एक कमाने वाला और यह टब्बर! दिमाग़ चकराने लगा।

कोई दीवार सी गिरी है अभी

कुछ देर बाद मौलाना आते हुए दिखायी दिये। कीचड़ में डगमग-डगमग करती ईंटों पर संभल-संभल कर क़दम रख रहे थे। इस डांवांडोल पगडंडी पर इस तरह चलना पड़ता था जैसे सरकस में करतब दिखाने वाली लड़की तने हुए तार पर चलती है। लेकिन क्या बात है, वो तो अपने आप को खुली छतरी से संतुलित करती रहती है। थोड़ी भी डगमगा कर गिरने लगती है तो दर्शक पलकों पर झेल लेते हैं। मौलाना ख़ुदा जाने बिशारत को देखकर बौखला गये या संयोग से उनकी खड़ाऊं ईंट पर फिसल गयी। वो दायें हाथ के बल जिसमें नमाज़ियों की फूंकें मारे हुए पानी का गिलास था—गिरे। उनका तहबंद और दाढ़ी कीचड़ में लथपथ हो गयी और हाथ पर कीचड़ की जुराब-सी चढ़ गयी। एक बच्चे ने बिना क़लई के लोटे से पानी डालकर उनका मुंह-हाथ धुलाया, बिना साबुन के। उन्होंने अंगोछे से तस्बीह, मुंह और हाथ पोंछकर बिशारत से हाथ मिलाया और सर झुका कर खड़े हो गये। बिशारत ढह चुके थे, इस कीचड़ में डूब गये। अनायास उनका जी चाहा कि भाग जायें। मगर दलदल में व्यक्ति जितनी तेज़ी से भागने का प्रयास करता है, उतनी ही तेज़ी से धंसता चला जाता है।

उनकी समझ में न आया कि अब शिकायत और चेतावनी की शुरुआत कहां से करें। इसी सोच एवं संकोच में उन्होंने अपने दाहिने हाथ से जिससे कुछ देर पहले हाथ मिलाया था, होंठ खुजाया तो उबकाई आने लगी। इसके बाद उन्होंने उस हाथ को अपने शरीर और कपड़ों से एक बालिश्त की दूरी पर रखा। मैलाना आने का उद्देश्य भांप गये। स्वयं पहल की। यह मानने के साथ कि मैं आपके कोचवान रहीमबख़्श से पैसे लेता रहा हूं—लेकिन पड़ोसन की बच्ची के इलाज के लिये। उन्होंने यह भी बताया कि मेरी नियुक्ति से पहले यह नियम था कि आधी रक़म आपका कोचवान रख लेता था। अब जितने पैसे आपसे वसूल करता है, वो सब मुझ तक पहुंचते हैं। उसका हिस्सा समाप्त हुआ। हुआ यूं कि एक दिन वो मुझसे अपनी बीवी के लिये तावीज़ ले गया। अल्लाह ने उसका रोग दूर कर दिया। उसके बाद वो मेरा भक्त हो गया। बहुत दुखी आदमी है।

मौलाना ने यह भी बताया कि पहले आप चालान और रिश्वत से बचने के लिये जब भी उसे रास्ता बदलने का आदेश देते थे, वो महकमे वालों को इसका एडवांस नोटिस दे देता था। वो हमेशा अपनी इच्छा, अपनी मर्ज़ी से पकड़ा जाता था। बल्कि यहां तक हुआ कि एक बार इंस्पेक्टर को निमोनिया हो गया और वो तीन सप्ताह तक ड्यूटी पर नहीं आया तो रहीमबख़्श हमारे ऑफ़िस में ये पता करने आया कि इतने दिन से चालान क्यों नहीं हुआ, ख़ैरियत तो है? बिशारत ने कोचवान से संबंधित दो-तीन प्रश्न तो पूछे, परंतु मौलाना को कुछ कहने-सुनाने का साहस अब उनमें न था। उनका बयान जारी था, वो चुपचाप सुनते रहे।

मेरे वालिद के कूल्हे की हड्डी टूटे दो बरस हो गये। वो सामने पड़े हैं। बैठ भी नहीं सकते। चारपाई काट दी है। लगातार लेटे रहने से नासूर हो गये हैं। पड़ोसी आये दिन

झगड़ता है कि "तुम्हारे बुढ़ऊ दिन भर तो ख़र्राटे लेते हैं और रातभर चीख़ते-कराहते हैं, नासूरों की सड़ांध के मारे हम खाना नहीं खा सकते।"

वो भी ठीक ही कहता है। ख़ाली चटाई की दीवार ही तो बीच में है। चार माह पहले एक और बेटे ने जन्म लिया। अल्लाह की देन है। बिन मांगे मोती मिले, मांगे मिले न भीख। जापे के बाद ही पत्नी को Whiteleg हो गयी। मौला की मर्ज़ी! रिक्शे में डालकर अस्पताल ले गया। कहने लगे, "तुरंत अस्पताल में दाख़िल कराओ," मगर कोई बेड ख़ाली नहीं था। एक महीने बाद फिर ले गया। अब की बार बोले—"अब लाये हो, लम्बी बीमारी है, हम ऐसे मरीज़ को दाख़िल नहीं कर सकते।" फ़ज्र और मग़रिब की नमाज़ से पहले दोनों का गू-मूत करता हूं। नमाज़ के बाद स्वयं रोटी डालता हूं तो बच्चों के पेट में कुछ जाता है। एक बार नूरजहां ने मां के लिये बकरी का दूध गर्म किया तो कपड़ों में आग लग गयी थी। अल्लाह का लाख-लाख शुक्र है, मेरे हाथ-पांव चलते हैं।

पलीद हाथ

मौलाना को जैसे कोई बात अचानक याद आ गयी। वो 'एक्सक्यूज़ मी' करके कुछ देर के लिये अंदर चले गये। इधर बिशारत अपने विचारों में खो गये। इस एक आर-पार झुग्गी में, जिसमें न कमरे हैं, न पर्दे, न दीवारें, न दरवाज़े, जिसमें आवाज़, टीस और सोच तक नंगी है। जहां लोग शायद एक-दूसरे का सपना भी देख सकते हैं। यहां एक कोने में बूढ़ा बाप पड़ा दम तोड़ रहा है। दूसरे कोने में बच्चा पैदा हो रहा है और बीच में बेटियां जवान हो रही हैं। भाई मेरे! जहां इतनी रिश्वत ली थी, वहां थोड़ी-सी और लेकर पत्नी को अस्पताल में भरती करा देते तो क्या बुरा था। जान पर बनी हो तो शराब तक हराम नहीं रहती, लेकिन फिर हांडी, चूल्हा, बुहारी कौन करता? इस टब्बर का पेट कैसे भरता? मौलाना ने बताया था कि उन्होंने बच्चों के लिये रोटी पकायी और कपड़े धोये थे। बिशारत सोचने लगे कि उन योद्धा तातारी स्त्रियों की प्रशंसा से तो इतिहास भरा पड़ा है जो अरब शाह के कथनानुसार तैमूर की सेना में कंधे से कंधा मिलाकर लड़ती थीं। अगर यात्रा के दौरान किसी स्त्री को प्रसव पीड़ा आरम्भ हो जाती तो वो दूसरे घुड़सवारों के लिये रास्ता छोड़कर एक तरफ़ खड़ी हो जाती। घोड़े से उतर कर बच्चा जनती। फिर उसे कपड़े में लपेट कर अपने गले में लटकाती और घोड़े की नंगी पीठ पर सवार होकर सेना से जा मिलती। मगर झुग्गियों में चुपचाप जान से गुज़र जाने वाली इन महिलाओं का शोकगीत कौन लिखेगा?

बिशारत का दम घुटने लगा। अब तलक मौलाना ने कुल मिलाकर यही सौ, डेढ़ सौ रुपये वसूल किये होंगे। वो बेकार यहां आये। उन्होंने विषय बदला और फूंकें मारे हुए पानी के प्रभाव के बारे में सोचने लगे कि अभी तो ये बेचारी एक रोग से ग्रस्त है। सौ आदमियों का फूंका हुआ पानी पीकर सौ नयी बीमारियों में घिर जायेगी।

कुछ देर बाद मौलाना ने अंदर पर्दा कराया, यानी जब नूरजहां ने अपनी बीमार मां को सर से पैर तक चीकट लिहाफ़ उढ़ा कर लिटा दिया तो मौलाना ने बिशारत से झुग्गी में चलने को कहा। दोनों एक चारपाई पर पैर लटका कर बैठ गये। अदवान पर दो कप

रखे थे। कप के किनारे पर मक्खियों की कुलबुलाती झालर। मौलाना ने कप में थोड़ी सी चाय डाली और उंगली से अच्छी तरह रगड़ कर धोया। फिर उसमें चाय बनाकर बिशारत को पेश की। अगर वो उस उंगली से न धोते जो कुछ देर पहले कीचड़ में सनी हुई थी तो शायद इतनी उबकाई न आती। मौलाना चाय देने के लिये झुके तो उनकी दाढ़ी से गटर की गंध आ रही थी।

मौलाना का बयान चालू था। बिशारत में अब इतना साहस शेष नहीं रहा था कि आंखें उठाकर उनकी सूरत देखें। ''मुझे महकमा साठ रुपये वेतन देता है। एक बेटा सात बरस का है। दिमाग़, डील डौल और शक्ल-सूरत में सबसे अच्छा। चार-पांच महीने हुए, उसे तीन दिन बड़ा तेज़ बुख़ार रहा। चौथे दिन बायीं टांग रह गयी। डॉक्टर को दिखाया। बोला, 'पोलियो है।' इंजेक्शन लिख दिये। ख़ुदा का शुक्र किस मुंह से अदा करूं कि मेरा बच्चा केवल एक ही टांग से अपाहिज हुआ। पड़ोस में चार झुग्गी छोड़कर एक बच्ची की दोनों टांगें रह गयीं। महामारी फैली हुई है। जो रब चाहता है वही होता है। बिन बाप की बच्ची है। डॉक्टर की फ़ीस कहां से लायें। मैंने अपने बेटे के तीन इंजेक्शन उस बच्ची के लगवा दिये। क्या बताऊं उस विधवा ने कैसी दुआयें दीं। हर नमाज़ में उस बच्ची के लिये भी दुआ करता हूं। प्रत्येक शुक्रवार को जंगली कबूतर के ख़ून, लौंग तथा बादाम के तेल से बेटे और उस बच्ची की टांगों की मालिश करता हूं। वैसे डॉक्टरी उपचार भी चल रहा है। आपके कोचवान से जितनी बार पैसे लिये उसी के लिये लिये।''

बिशारत को ऐसा लगा, जैसे दिमाग़ सुन्न हो गया हो। बीमारी, बीमारी, बीमारी! यहां लोग कचर-धान बच्चे पैदा करने और बीमार पड़ने के अतिरिक्त कुछ और भी करते हैं या नहीं? इस आधे घंटे में उनके मुंह से मुश्किल से दस-बारह वाक्य निकले होंगे। मौलाना ही बोलते रहे। बिशारत की ज़बान पर एक प्रश्न आ-आ कर रह जाता था। क्या सब झुग्गियों में यही हाल है? क्या हर घर में लोग इसी तरह रिंझ-रिंझ कर जीते हैं?

मौलाना जारी थे, ''आपके कोचवान ने धमकी दी थी कि हमारा साब कहता है दढ़ियल को बोल देना ऐसा ज़लील करूंगा, ऐसा मटियामेट करूंगा कि याद करेगा। आप देख रहे हैं, बरसता बादल हमारा ओढ़ना और कीचड़ हमारा बिछौना है। इसके बाद अब और क्या होगा? मौला से दुआ की थी, इज़्ज़त की रोटी मिले। पापी हूं, दुआ स्वीकार न हुई। उससे कुछ छुपा नहीं। आज सुब्ह नाश्ते में एक रोटी खायी थी। उसके बाद खील का दाना भी मुंह में गया हो तो सुअर खाया हो। वो जिसको चाहता है बेहिसाब देता है। वो कहता है, तुम इतने बेबस और लाचार हो कि तुम्हारे हाथ से मक्खी भी एक कण उठाकर ले जाये तो तुम उससे छीन नहीं सकते।''

मौलाना ने कुर्ता उठाकर अपना पेट दिखाया जिसमें ग़ार पड़ा हुआ था। धोंकनी सी चल रही थी। बिशारत ने नज़रें झुका लीं।

''अर्से से हज़रत ज़हीन शाह ताज़ी का शिष्य होना चाहता हूं। एक पड़ोसी ने, जो उस विधवा से शादी करने का इच्छुक है और मुझे इसमें रुकावट समझता है, पीर साहब

को एक गुमनाम पत्र भेजा कि मैं रिश्वत लेता हूं। अब वो फ़र्माते हैं कि हज़रत बाबा फ़रीदुद्दीन गंजे-शकर ने हलाल के खाने को इस्लाम का छठा स्तंभ माना है। जब तक तुम रिश्वत का एक-एक पैसा वापस न कर दोगे दीक्षा नहीं दूंगा। ख़ुदा मुझ पर रहम करे। मेरे लिये दुआ कीजिये।''

दो अकेले

एक सप्ताह बाद देखा कि मौलाना करामत हुसैन बिशारत की दुकान पर मुंशी की ड्यूटी अंजाम दे रहे हैं और फ़ीता 'पैन' हाथ में लिये 'देवदार' लकड़ी नापते ख़ुश-ख़ुश फिर रहे हैं। उनका वेतन तिगुना हो गया। तीन-चार दिन बाद बिशारत ने केवल इतना कहा कि मौलाना ईमानदारी अच्छी चीज़ है, मगर आप ग्राहक के सामने लकड़ी की गांठ को इस तरह न तका कीजिये जैसे घोड़े की गर्दन के घाव को देख रहे हों। रहीम कोचवान को निकालने की आवश्यकता न पड़ी। मौलाना के आते ही वो बिना कहे-सुने ग़ायब हो गया।

घोड़े के बिकने की कोई सम्भावना दिखायी नहीं पड़ती थी। मौलाना के लिहाज़ में 'अत्याचार' वालों ने सताना छोड़ दिया। बिशारत ने आदरणीय से इशारों में कहा कि आपकी दुआ से चालानों का सिलसिला समाप्त हो गया है। अब आप ड्रॉइंग रूम से अपने कमरे में तशरीफ़ ले जा सकते हैं। लेकिन आदरणीय घोड़े के इतने आदी हो गये थे कि किसी प्रकार वज़ीफ़ा छोड़ने के लिये तैयार नहीं थे। घोड़ा उन्हें देखते ही (कोचवान के कहे अनुसार) बुचियाने लगता था, यानी मारे ख़ुशी के अपने कान खड़े करके दोनों सिरे मिला देता था। तड़के घोड़ा ड्रॉइंग रूम में आग्रह करके आवश्यक तौर पर बुलवाया जाता। जैसे ही 'घोड़ा आ रहा है!' का शोर होता तो जिसे दीनो-दिल या कुछ और भी अज़ीज़ होता, रास्ता छोड़कर तमाशा देखने दूर खड़ा हो जाता। यह दृश्य दूल्हा दुल्हन के आईने में एक-दूसरे को देखने की रस्म की याद दिलाता था। जब दूल्हा को ज़नाने में बुलवाया जाता है तो बार-बार ऐलान किया जाता है 'लड़का आ रहा है! लड़का आ रहा है!' यह सुनकर लड़कियां बालियां और पर्दा करने वाली बीबियां नक़ाब उलट कर चेहरे खोलकर बैठ जाती हैं।

यह धारणा अकारण प्रतीत नहीं होती कि कुछ मर्द बुढ़ापे में शादी केवल 'लड़का आ रहा है' सुनने के लालच में करते हैं। वरना जहां तक महज़ निकाह या स्त्री का संबंध है तो इससे ग़रज़ निशात है किस रू-सियाह को (इससे खुशी कौन कलमुंहा हासिल करना चाहता है—ग़ालिब)।

क़िबला उसके माथे पर तर्जनी से 'अल्लाह' लिखते। कुछ अर्से से उसके पैर पर दुआ पढ़के, फूंक मार के हाथ भी फेरने लगे थे। जिस दिन से वो उसकी दुम में उंगलियों से कंघी करते हुए उससे घरवालों की शिकायतें नाम ले-लेकर करने लगे, उस दिन से रिश्ता इंसान और जानवर का नहीं रहा। जब वो अपनी नयी तकलीफ़ों का हाल सुनाकर चुप हो जाते तो वो बड़े प्यार से अपना मुंह उनके फ़ालिज-ग्रस्त शरीर से रगड़ता और फिर सर झुका लेता। जैसे कह रहा हो कि बाबा! आप तो मुझसे भी अधिक दुखी निकले। वो कहते थे कि मुझे ऐसा महसूस होता है, मेरी बायीं टांग में फिर से सेंसेशन आ रही है।

ग़रज़ यह कि आदरणीय अब उसे घोड़ा समझकर बात नहीं करते थे। उधर घोड़ा भी उनसे इतना हिल गया और ऐसा अपनापन दिखाने लगा मानो वो इंसान न हों। वो अब उसे कभी घोड़ा नहीं कहते थे बलबन या बेटा कहकर बुलाते। वो आता तो दोनों के मिलने का दृश्य देखने-सुनने वाला होता।

क़िबला एक दिन कहने लगे कि घोड़े की टांगों के जोड़ अकड़ गये हैं। फिर उसके जोड़ खोलने के लिये ड्रॉइंग रूम में अंगीठी जलवा कर अपनी निगरानी में तीन सेर खोये और अस्ली घी में घीक्वार का हलवा बनवा कर चालीस दिन तक स्वयं खाया। जिससे उनकी अपनी ज़बान और भूख खुल गयी। इधर कुछ दिनों से वो यह भी कहने लगे थे कि घोड़े में जिन्न समा गया है। उसे उतारने के लिये हर बृहस्पतिवार को मिर्चों की धूनी देते और आधा सेर दानेदार क़लाक़ंद पर नियाज़ देकर बांट देते। मतलब यह कि आधा स्वयं खाते, आधा अपने दोस्त चौधरी करम इलाही के यहां भिजवाते। क़लाक़ंद खाते जाते और फ़र्माते जाते कि कुछ जिन्नों की नीयत किसी तरह नहीं भरती। पूर्व कोचवान रहीमबख़्श भी कहता था कि यह घोड़ा नहीं जिन्न है। जिन्न नापाक पलीद लोगों को दिखायी नहीं देते।

उसी का कहना है कि एक दिन मैं बलबन को सुब्ह ड्रॉइंगरूम में न ले जा सका तो शाम को नमाज़ के बाद रस्सी तुड़ाकर स्वयं ही दुआ पढ़वा के वापस आ गया। मैं दाना-चारा ले के गया तो उधर कुछ और ही दृश्य था। देखा कि उसके खुर कपूर के हो गये हैं और उनमें से ऐसी चकाचौंध करने वाली किरणें निकल रही हैं कि आप उधर आंख भर-कर देख नहीं सकते। नथुनों से लोबान का धुआं निकल रहा है। इस पर अब्दुल्लाह गज़कवाले ने रहीमबख़्श के सर की क़सम खाकर कहा, "जिस समय यह घटना घटी, ठीक उसी समय मैंने घोड़े को हज़रत अब्दुल्लाह शाह ग़ाजी की दरगाह के सामने खड़ा देखा। उस पर एक चमकीली दाढ़ी वाले हरे कपड़े पहने बुज़ुर्ग सवार थे।"

आदरणीय ने घोड़े के चमत्कार को अपना चमत्कार समझा। कुरेद-कुरेद कर कई बार बुज़ुर्ग का हुलिया पूछा और हर बार उन्हें झुंझलाहट हुई, क्योंकि बुज़ुर्ग का हुलिया उनसे नहीं मिलता था। अब वो बलबन बेटे को शाम की नमाज़ के बाद भी अपने पास बुलवाने लगे। दोनों रात तक सर जोड़े ऐसी बातें करते कि 'लोग सुन पायें तो दोनों ही को दीवाना कहें।'

इस घटना के पश्चात् कोचवान घोड़े को बलबन साहब और शाह जी कहने लगा। आदरणीय अक्सर कहते कि घोड़ा शुभ है। बिशारत के यहां पुत्र जन्म को वो घोड़े के आने से जोड़ते थे। मोहल्ले की कुछ बांझ औरतें शाह जी के दर्शन को आयीं।

घटना घट गयी

हम यह बताना भूल ही गये कि रहीमबख़्श के जाने के बाद उन्होंने एक नया कोचवान रखा। नाम मिर्ज़ा वहीदुज़्ज़मां बेग, मगर नौकरी की शर्तों के अनुसार क़िबला इसे भी अलादीन ही बुलाते थे। बातचीत और शक्ल सूरत से भलामानुस लगता था। उसने अपना हुलिया ऐसा बना रखा था कि उसके साथ चाहे न चाहे भलाई करने को जी चाहता।

मंगोल नैन नक़्श, सांवला रंग, गठा हुआ बदन, छोटे-छोटे कान, ऊंचा माथा, काठी ऐसी ठांठी कि उम्र कुछ भी हो सकती थी। सदरी की अंदरूनी जेब में पिस्तौल के बजाय एक घिसी हुई नाल का शेरपंजा तेज़ करके रख छोड़ा था। बंदर रोड के पीछे ट्राम डिपो के पास जहां थियेटर कंपनी थी, उसके खेल-रुस्तम सोहराब में वो डेढ़ महीने तक रुस्तम का घोड़ा 'रख़्श' बना था। स्टेज पर पूरी ताक़त से हिनहिनाता तो थियेटर के बाहर खड़े हुए तांगों की घोड़ियां अंदर आने के लिये लगाम तुड़ाने लगतीं। उसकी एक्टिंग से खुश होकर एक दर्शक ने यह नाल स्टेज पर फेंकी थी। छोटे से शरीर पर बड़ी पाटदार आवाज़ पायी थी। आग़ा हश्र के धुआंधार ड्रामों के गरजते-कड़कते संवाद ज़बानी याद थे, जिन्हें घोड़े के साथ बोलता रहता था। जिस समय की यह चर्चा है, उस समय तांगेवाले, मिलों के मज़दूर और ख़ोमचेवाले तक आपस में इन्हीं संवादों के टुकड़े बोलते फिरते थे।

मिर्ज़ा वहीदुज़्ज़मां बेग, जिसके नाम के आगे या पीछे कोचवान लिखते हुए कलेजा ख़ून होता है, अपना हर वाक्य 'क़ुसूर माफ़' से शुरू करता था। इंटरव्यू के दौरान उसने दावा किया कि मैं मोटर ड्राइविंग भी बहुत अच्छी जानता हूं। बिशारत ने जल कर कहा, "तो फिर तुम तांगा क्यों चलाना चाहते हो?" दुआ के अंदाज़ में हाथ उठाते हुए कहने लगा, "अल्लाह आपको कार देगा तो कार भी चला लेंगे।"

बिशारत ने उसे यह सोचकर नौकरी पर रखा था कि चलो सीधा-सादा आदमी है। क़ाबू में रहेगा। मिर्ज़ा अब्दुल वुदूद बेग ने टिप दी कि बुद्धिमानी पर रीझकर कभी किसी को नौकर नहीं रखना चाहिए। नौकर जितना ठस होगा उतना अधिक आज्ञाकारी और सेवा करने वाला होगा। उसने कुछ दिन तो बड़ी आज्ञाकारिता दिखायी फिर यह हाल हो गया कि स्कूल से कभी एक घंटा लेट आ रहा है, कभी दिन में तीन-तीन घंटे ग़ायब। एक बार उसे एक आवश्यक इन्वाइस लेकर भेजा। चार घंटे बाद लौटा। बच्चे स्कूल के फाटक पर भूखे-प्यासे खड़े रहे। बिशारत ने डांटा तो अपनी पेटी, जिसे राछ औज़ार की पेटी बताता था और तांगे में हर समय साथ रखता था, की ओर इशारा करके कहने लगा, "क़ुसूर माफ़, घटना घट गयी। म्यूनिसिपल कार्पोरेशन की बग़लवाली सड़क पर घोड़ा ठोकर खाकर गिर पड़ा। एक तंग टूट गया था। नाल भी झांझन की तरह बजने लगी। क़ुसूर माफ़, नाल की एक भी कील ढीली हो तो एक मील दूर से केवल टाप सुनकर बता सकता हूं कि कौन सा खुर है।" बिशारत ने आश्चर्य से पूछा, "तुम स्वयं नाल बांध रहे थे?" बोला, "और नहीं तो क्या, कहावत है, 'खेती, पानी, बिंती और घोड़े का तंग, अपने हाथ संवारिये चाहे लाखों हों संग,' घोड़े की चाकरी तो स्वयं ही करनी पड़ती है।"

वो हर बार नयी कहानी, नया बहाना गढ़ता था। झूठे लपाड़ी आदमी की मुसीबत यह है कि वो सच भी बोले तो लोग झूठ समझते हैं। अक्सर ऐसा हुआ कि उसी की बात सच निकली, फिर भी उसकी बात पर दिल नहीं ठुकता था। एक दिन बहुत देर से आया। बिशारत ने आड़े हाथों लिया तो कहने लगा, "जनाबे-आली मेरी भी तो सुनिये। मैं रेस क्लब की घुड़साल के सामने से अच्छा-भला गुज़र रहा था कि घोड़ा एकदम रुक गया। चाबुक़ मारे तो बिलकुल ही अड़ गया। राहगीर तमाशा देखने खड़े हो गये। इतने

में अंदर से एक बूढ़ा सलोतरी निकल के आया। घोड़े को पहचान के कहने लगा, 'अरे, अरे! तू इस शहज़ादे को काये को मार रिया है। इसने अच्छे दिन देखे हैं। क़िस्मत की बदनसीबी को सैयाद क्या करे। यह तो अस्ल में दुर्रे-शहवार (घोड़ी का नाम) की बू लेता यहां आन के मचला है। जिस रेस में इसकी टांग में मोच आयी, दुर्रे-शहवार भी इसके साथ दौड़ी थी। दो इतवार पहले फिर पहले नंबर पर आयी है। अख़बारों में फ़ोटो छपे थे। भागवान ने मालिक को लखपती कर दिया।' फिर उसने इसके पुराने साईस को बुलाया। हम तीनों इसे तांगे से खोल के भीतर ले जाने लगे। इसे सारे रास्ते मालूम थे। सीधा हमें अपने थान पर ले गया। वहां एक बेडौल, काला भुजंग घोड़ा खड़ा दुलत्ती मार रहा था। थोड़ा दूर पे दूसरी ओर दुर्रे-शहवार खड़ी थी। वो इसे पहचान के बेचैन हो उठी। कहां तो ये इतना मचल रहा था और कहां यह हाल कि बिलकुल चुपका, बेसुध हो गया। गर्दन के घाव की मक्खियां तक नहीं उड़ायीं। साहब जी! इसका घाव बहुत बढ़ गया है। साईस ने इसे बहुत प्यार किया। कहने लगा, 'बेटा इससे तो अच्छा था कि तुझे उसी समय इंजेक्शन देकर सुला देते। ये दिन तो न देखने पड़ते, पर तेरे मालिक को तरस आ गया।' फिर उसने इसके सामने क्लब का रातिब रखा। साहब, ऐसा चबेना तो इंसान को भी नसीब नहीं पर क़सम ले लो जो उसने चखा हो। बस सर झुकाये खड़ा रहा। साईस ने कहा, 'इसे तो बुख़ार है।' उसने इसका सब सामान खोल दिया और लिपट के रोने लगा।

"साहब जी, मेरा भी जी भर आया। हम दोनों जने मिलके रो रहे थे कि इतने में रेस क्लब का डॉक्टर आन टपका। उसने हम तीनों को निकाल बाहर किया। कहने लगा, 'अबे भिनकती हत्या को यहां काये को लाया है? और घोड़ों को भी मारेगा?' "

नथ का साइज़

एक और अवसर पर देर से आया तो इससे पूर्व कि बिशारत डांट डपट करें, स्वयं ही शुरू हो गया, "साहब जी! क़ुसूर माफ़, घटना घट गयी। म्यूनिसिपल कार्पोरेशन के पास एक मुश्की घोड़ी बंधी हुई थी। उसे देखते ही दोनों बेक़ाबू हो गये। आगे-आगे घोड़ी उसके पीछे घोड़ा। फिर क्या नाम, यह कलमुंहा। चौथे नंबर पे घोड़ी का धनी। साहब जी, अपना घोड़ा इस तरियो जा रिया था जैसे गले से मलाई उतर रही हो।" यहां उसने चाबुक़ अपनी टांगों के बीच में दबाया और दौड़कर बताया कि किस तरह घोड़ा, आपका ग़ुलाम और घोड़ी का मालिक, इसी क्रम से घोड़े की इच्छा का पीछा करते सरपट जा रहे थे। "जनाबे-आला उस आदमी ने पहले तो मुझे, क्या नाम कि, नर्गिसी कोफ़्ते जैसी आंखों से देखा। फिर उलटा मुझी पे ग़ुर्राया, हालांकि मेरे घोड़े का क़ुसूर नहीं था। सारे रस्ते उसी की घोड़ी मुड़-मुड़ के अपुन के घोड़े को देखती रही कि पीछे बरोबर आ रहा है कि नहीं। मैंने उसको बोला कि ऐसा ही है तो अपनी बेनथनी शंखनी को संभाल के क्यों नहीं रखता। मालिक की इज़्ज़त तो घोड़ी के हाथ में होती है। राह चलते घोड़े के साथ छेड़छाड़ करती है। जिनावर को पैग़म्बरी इम्तिहान में डालती है। आख़िर को मर्द ज़ात है। बर्फ़ का पुतला तो है नहीं। साहब जी! मैंने क्या नाम कि उस हरामी को बोला कि जा-जा! तेरी जैसी घोड़ियां बहुत देखी हैं। इस ठेटर (थियेटर) कम्पनी में इस जैसी

ही एक उछाल छक्का छोकरी है पर उसकी नायिका मां उसे अब भी कुंवारपने की नथ पहनाये रहती है। जैसे-जैसे उस पटाख़ा का चाल-चलन ख़राब होता जाये है, नथ का साइज़ बड़ा होता जाता है। साहब जी! यह सुनते ही उसका क्रोध रफ़ूचक्कर हो गया। मुझसे ठेटर कम्पनी का पता और छोकरी का नाम पूछने लगा। कहां तो गाली पे गाली बक रहा था और अब मुझे उस्ताद! उस्ताद! कहते ज़बान सूख रही थी। बोला, 'उस्ताद! ग़ुस्सा थूको, यह पान खाओ!' क़सम से अपुन का घोड़ा तो नज़रें नीची किये, तोबड़े में मुंह डाले, म्यूनिसिपल कार्पोरेशन के पास खड़ा जुगाली कर रहा था। जनाबे-आला! सोचने की बात है, उसकी घोड़ी तो बहुत ऊंची थी, ढऊ की ढऊ! जबकि घोड़ा बहुत से बहुत आपके क़द के बराबर होगा।" बिशारत के आग ही तो लग गयी "अबे क़द के बच्चे! तेरे घोड़े के साथ हर घटना म्यूनिसिपल कार्पोरेशन के पास ही घटती है।"

हाथ जोड़ के बोला "क़ुसूर माफ़ हो! अबकी बार घटना घोड़े के साथ नहीं घटी बल्कि..."

बिशारत हेयर कटिंग सैलून

म्यूनिसिपल कार्पोरेशन वाली गुत्थी भी अन्ततः खुल गयी। उन दिनों बिशारत अपनी दुकान में सड़क वाली साइड पर कुछ परिवर्तन करना और बढ़ाना चाहते थे। नक़्शा पास कराने के सिलसिले में म्यूनिसिपल कार्पोरेशन जाने की आवश्यकता पड़ी, मगर कोचवान का कहीं पता न था। थक हार कर वो तीन बजे रिक्शे में बैठकर म्यूनिसिपल कार्पोरेशन चल दिये। वहां क्या देखते हैं कि फुटपाथ पर मिर्ज़ा वहीदुज़्ज़मां बेग कोचवान फटी दरी का टुकड़ा बिछाये एक आदमी की हजामत बना रहा है। वो ओट में खड़े होकर देखने लगे। हजामत के बाद उसने अपनी कलाई पर लगे साबुन और शेव के टुकड़े उस्तरे से साफ़ किये और उस्तरा चिमोटे और अपनी कलाई पर तेज़ किया। फिर घुटनों के बल आधे खड़े होकर बग़लें लीं। उन्हें अपनी आंखों पर विश्वास नहीं हुआ। लेकिन औज़ारों की जानी-पहचानी पेटी से फ़िटकरी की डली और तिब्बत टैल्कम पाउडर निकालते देखा तो अपनी आंखों पर विश्वास बहाल हो गया। अब जो ग़ौर से देखा तो दरी के किनारे पर गत्ते का एक साइन बोर्ड भी नज़र आया, जिस पर बड़े सुंदर ढंग से मोटे-मोटे अक्षरों में लिखा था—

बिशारत हेयर-कटिंग सैलून हैडऑफ़िस

हरचंद राय रोड पर बीच बाज़ार में उसे अपमानित करना उचित न जाना। क्रोध में भरे, रिक्शा लेकर दुकान वापस आ गये। उस रोज़ वो स्कूल से बच्चों को लेकर शाम को सात बजे घर लौटा। बिशारत ने आव देखा न ताव। उसके हाथ से चाबुक़ छीनकर धमकी भरे अंदाज़ में लहराते हुए बोले, "सच-सच बता, वरना अभी चमड़ी उधेड़ दूंगा। हरामख़ोर, तुम नाई हो! पहले क्यों नहीं बताया? हर बात में झूठ, बात-बेबात झूठ। अब देखता हूं कैसे झूठ बोलता है। सच-सच बता कहां था?" वो हाथ जोड़ कर खड़ा हो गया और थर-थर कांपते हुए कहने लगा, "क़ुसूर माफ़! सरकार सच फ़र्माते हैं। आज से, क़सम अल्लाह पाक की, हमेशा सच बोलूंगा।"

इसके बाद जीवन में उसकी जितनी भी बेइज़्ज़ती हुई, सब-सच बोलने के कारण हुई। मिर्ज़ा कहते हैं कि सच बोल कर ज़लील होने की तुलना में झूठ बोल कर अपमानित होना बेहतर है। आदमी को कम-से-कम सब्र तो आ जाता है कि किस बात की सज़ा मिल रही है।

बिशारत के सवालों पर पहला सच जो उसने बोला वो ये था कि म्यूनिसिपल कार्पोरेशन के बंधे हुए ग्राहकों को निपटा कर मैं साढ़े चार बजे बर्नस रोड पर ख़त्ने करने गया। ख़त्ने के बरातियों को जमा होने में ख़ासी देर हो गयी फिर लौंडा किसी तरह राज़ी नहीं होता था। इकलौता लाड़ला है, आठ साल का धींगड़ा। उसके बाप ने बहुतेरा बहलाया-फुसलाया कि बेटा! मुसलमान डरते नहीं। थोड़ी तकलीफ़ नहीं होगी, मगर लौंडा अड़ा हुआ था कि पहले आप! आपके तो दाढ़ी भी है। बिशारत का चेहरा ग़ुस्से से लाल हो गया।

एक और सच चाबुक़ के ज़ोर पर उससे यह बुलवाया गया कि उसका अस्ल नाम बुद्धन है। उसके मैट्रिक पास बेटे को उसके नाम और काम दोनों पर आपत्ति थी। बार-बार आत्महत्या की धमकी देता था। उसने बहुत समझाया कि बेटा! बुज़ुर्गों के नाम ऐसे ही होते हैं। नाम में क्या धरा है। झुंझला के बोला, "अब्बा! यह बात तो शेख़ पीर (शेक्सपियर) ने कही थी, पर उसके बाप का नाम बुद्धन थोड़े ही था। वो क्या जाने। तुम और कुछ नहीं बदल सकते तो कम-से-कम नाम तो बदल लो।" इसलिए जब कुछ दिन उसने ईस्टर्न फ़ैडरल इंश्योरेंस कंपनी में चपरासी की नौकरी की तो अपना नाम मिर्ज़ा वहीदुज़्ज़मां बेग लिखवा दिया। बस उसी समय से चला आ रहा है। दरअस्ल यह उस अफ़सर का नाम था, जिसकी वो बीस बरस पहले हजामत बनाया करता था। वो निःसंतान मरा। रिश्वत से बनायी हुई जायदाद पर भतीजियों, भांजों ने और नाम पर उसने अधिकार जमा लिया।

अब जो कमबख़्त सच बोलने पर आया तो बोलता ही चला गया। मिर्ज़ा अब्दुल वुदूद बेग का कहना है कि आज के युग में 100 प्रतिशत सच बोलकर जीना ऐसा ही है जैसे बजरी मिलाये बिना केवल सीमेंट से मकान बनाना। कहने लगा, "क़ुसूर माफ़! अब मैं सारा सच एक ही झटके में बोल देना चाहता हूं। मेरा ख़ानदान इज़्ज़तदार है। अल्लाह का शुक्र है, मैं जाति का साईस नहीं। सौ वर्षों से बुज़ुर्गों का पेशा हज्जामी है। माशाअल्लाह, दस-बारह खाने वाले हैं। सरकार जानते हैं कि एक घोड़े पर जितना ख़र्च आता है उससे आधा वेतन मुझे मिलता है। सत्तर रुपये से किस-किस की नाक में धूनी दूं। झक मार कर यह प्राइवेट प्रेक्टिस करनी पड़ती है। बरसों अपना और बीवी बच्चों का पेट काट के बड़े लड़के को मैट्रिक करवाया।"

"अलीमुद्दीन साहब के बाल बीस बरस से काट रहा हूं। सरकार! सर पे तो अब कुछ रहा नहीं। बस भौंहे बना देता हूं। सरकार! इस फ़न के क़द्रदान तो सब अल्लाह को प्यारे हो गये। अब तो बाल्बर (बार्बर) इस तरह बाल उतारे हैं, जैसे भेड़ मूंड रहे हों। मेरी नज़र मोटी हो गयी है, मगर आज भी पैर के अंगूठे के नाख़ून निहरनी रोके बिना एक बार में काट लेता हूं। अलीमुद्दीन साहब के हाथ-पैर जोड़ के लौंडे को बैंक में क्लर्क लगवा

दिया। अब वो कहता है कि मुझे तुम्हारे नाई होने में शर्म आती है। पेशा बदलो। सरकार! मेरे बाप-दादा नाई थे, नवाब नहीं। मेहनत-मशक़्क़त से हक़-हलाल की रोटी कमाता हूं। पर साब जी, मैंने देखा है कि जिन कामों में मेहनत अधिक पड़ती है लोग उन्हें नीचा और घृणित समझते हैं। बेटा कहता है कि मेरे साथ के सब लड़के एकाउंटेंट हो गये। तिजोरी की चाबियां बजाते फिरते हैं। केवल बाप के कारण मेरी तरक़्क़ी रुकी हुई है। अगर तुमने नाई का धंधा नहीं छोड़ा तो तुम्हारे ही उस्तरे से अपना गला काट लूंगा। कभी-कभी अपनी मां को डराने के लिये रात गये ऐसी आवाज़ें निकालने लगता है, जैसे बकरा काटा जा रहा हो। वो भागवान मुझे ख़ुदा-रसूल के वास्ते देने लगी। मजबूर हो के मैंने कोचवानी शुरू कर दी। यह प्राइवेट प्रेक्टिस उससे लुक-छुप के करता हूं। उसकी बेइज़्ज़ती के डर से पेटी, औज़ार आदि कभी घर नहीं ले जाता। यक़ीन कीजिये, इसी कारण अपने हेयर ड्रेसिंग-सैलून के साइन-बोर्ड पे हुज़ूर का नाम पता लिखवाया, बड़ी बरकत है आपके नाम में—क़ुसूर माफ़!''

अलादीन बेचिराग़

वो हाथ जोड़कर धरती पर बैठ गया और फिर हिल-हिल के उनके घुटने दबाने लगा। जैसे ही वो पसीजे उसने एक और सच बोला। कहने लगा कि सरकार के चेहरे को रोज़ाना सुब्ह देखकर उसका दिल ख़ून हो जाता है। देसी ब्लेड बाल कम और खाल अधिक उतारता है, खूंटियां रह जाती हैं। क़ुसूर माफ़! क़लमें भी ऊंची-नीची। जैसे नौ बजकर बीस मिनट हुए हों। उसने अनुरोध किया कि उसे घोड़े का ख़रेरा करने से पहले उनकी शेव बनाने की इजाज़त दे दी जाये। अन्य सेवायें ये कि बच्चों के बाल काटेगा। निहारी, कबाब, बम्बइया बिरयानी, मुर्ग़ का क़ोरमा और शाही टुकड़े लाजवाब बनाता है। देग़ का हलीम और ढिबरियों की फ़िरनी ऐसी कि उंगलियां चाटते रह जायें। सौ-डेढ़ सौ आदमियों की दावत के लिये तीन घंटे में पुलाव, ज़र्दा बना सकता है। बिशारत चटोरे आदमी ठहरे। यूं भी अंग्रेज़ी मुहावरे के अनुसार, आदमी के दिल तक पहुंचने का रास्ता पेट से होकर गुज़रता है। कार्ल मार्क्स भी यही कहता है—

हर रह जो उधर को जाती है
मेदे से गुज़र कर जाती है

उन्हें यह हज्जाम अच्छा लगने लगा। उसने यह भी कहा कि घोड़े के ख़रेरे के बाद वो उनके वालिद के पैर दबायेगा और रात को उनकी (बिशारत की) मसाज करेगा। गर्दन के पीछे जहां से रीढ़ की हड्डी शुरू होती है, एक रग ऐसी है कि नर्म-नर्म उंगलियों से हौले-हौले दबायी जाये तो सारे बदन की थकान उतर जाती है। यह आंख को दिखायी नहीं देती। उसके उस्ताद स्वर्गवासी लड्डन मियां कहते थे कि मालिशिया अपनी उंगली की पोर से देखता है। यही उसकी दूरबीन है, जो छूते ही बता देती है कि दर्द कहां है। फिर उसने बिशारत को लालच दिया कि जब वो रोग़न-बादाम से सर की मालिश करेगा और अंगूठे से हौले-हौले कनपटियां दबाने के बाद दोनों हाथों को सर पर परिंदे के बाजुओं की तरह फड़फड़ायेगा तो यूं महसूस होगा जैसे बादलों से नींद की परियां क़तार-बांधे रुई के परत-दर-परत झुंड बनाकर हौले-हौले उतर रही हैं। हौले-हौले, हौले-हौले।

बिशारत दिन भर के थके हारे थे। उसकी बातों से आंखें आप-ही-आप बंद होने लगीं।

और अंतिम नॉक आउट वार उस ज़ालिम ने ये किया कि "माशाल्लाह से नन्हे मियां तीन महीने के होने को आये। ख़त्ले जित्ती कम उम्र में हो जायें वित्ती जल्दी खुरंड आयेगा।"

अब तो चेहरे का गुलाब खिल उठा। बोले, "भई, ख़लीफ़ा जी! तुमने पहले क्यों न बताया, अमां हद कर दी! तुम तो छुपे रुस्तम निकले!" इस पर उसने जेब से वो नाल निकाल कर दिखायी जो उसे रुस्तम का घोड़ा बनने पर इनआम में मिली थी।

मिर्ज़ा वहीदज़्ज़मां बेग उस दिन से ख़लीफ़ा कहलाये जाने लगे। वैसे यह अलादीन नवम् था। काम कम करता था, डींगें बहुत मारता था। मिर्ज़ा अब्दुल वुदूद बेग उसे अलादीन बेचिराग़ कहते थे। आदरणीय ने उसको अलादीन के बजाय ख़लीफ़ा कहना इस शर्त पर स्वीकार कर लिया कि आइंदा उसकी जगह कोई और कोचवान या नौकर रखा जायेगा तो उसे भी ख़लीफ़ा ही कहेंगे।

घोड़े के आगे बीन

आहिस्ता-आहिस्ता मौलाना, ख़लीफ़ा, घोड़ा और बुज़ुर्गवार महत्त्व के लिहाज़ से इसी क्रम में परिवार के सदस्य समझे जाने लगे। यह मेलजोल इतना संपूर्ण था कि घोड़े की लंगड़ी टांग भी कुनबे का अटूट अंग बन गयी। घोड़े के कारण घर के मामलात में आदरणीय का दुबारा अमल-दख़्ल हो गया। अमल-दख़्ल हमने मुहावरे में कह दिया, वरना सरासर दख़्ल ही दख़्ल था।

सब घरवाले बलबन को चुमकारते, थपथपाते। दाना-चारा तो शायद अब भी उतना ही खाता होगा। प्यार की नज़र से उसकी दुम और चमड़ी ऐसी चमकीली और चिकनी हो गयी कि निगाहें और मक्खियां फिसलें। बच्चे छुप-छुप कर उसे अपने हिस्से की मिठाई खिलाने आते और उसी की तरह कान हिलाने का प्रयास करते। कुछ बच्चे अब फुटबाल को आगे किक करने के बजाय एड़ी से दुलत्ती मार कर पीछे की ओर गोल करने लगे थे। बैतबाज़ी के मुक़ाबले में जब किसी लड़के का गोला बारूद समाप्त हो जाता या कोई ग़लत शे'र पढ़ देता तो विरोधी टीम और श्रोतागण मिलकर हिनहिनाते। स्वयं आदरणीय कोई अच्छी ख़बर सुनते या सूरज के सामने बादल का कोई टुकड़ा आ जाता तो तुरंत घोड़े को हार्मोनियम सुनाने बैठ जाते। अक्सर कहते कि जब वाक़ई अच्छा बजाता हूं तो ये अपनी दुम चनोर की तरह हिलाने लगता है। हमें उनके दावे की सच्चाई में न तब संदेह था न अब है। आश्चर्य इस पर है कि उन्होंने कभी यह ग़ौर नहीं किया कि घोड़ा उनकी कला की दाद किस अंग से दे रहा है!

बलबन आदरणीय का खिलौना, संतान का विकल्प, अकेलेपन का साथी, आंसुओं से भीगा तकिया—सभी कुछ था। उसके आने से पहले वो सारा समय अपनी ज़ंग खायी चूल पर अनघड़ किवाड़ की भांति कराहते रहते। चाहे दर्द हो या न हो, अगर उनके सामने कोई दूसरा बोझ उठाता तो मुंह से ऐसी आवाज़ें निकालते मानो स्वयं भी बोझा भर रहे हों। कोई पूछता, तबियत कैसी है तो उत्तर में दायां हाथ आसमान की ओर उठाकर नकारात्मक

ढंग से डुगडुगी की तरह हिलाते और दो-तीन मिनट तक सुर बदल-बदल कर खांसते। ऐसा लगता था जैसे वो अपनी बीमारी को 'एंज्वाय' करने लगे हैं।

कुछ अभ्यासी रोगी यह मानना अपने रोग की शान के विरुद्ध समझते हैं, कि अब दर्द में आराम है। आदरणीय बड़ी ज़बर्दस्त आत्मशक्ति के मालिक थे। यदि रोग कभी दूर हो जाता तो महज़ अपनी आत्मशक्ति के बल पर दुबारा पैदा कर लेते। आपने उन्हें नहीं देखा, मगर उन जैसे चिररोगी बुज़ुर्ग अवश्य देखे होंगे जो अपनी पाली-पोसी बीमारियों का हाल इस तरह सुनाते हैं जैसे निन्यानवे पर आउट होने वाला बैट्समैन अपनी अधूरी सेंचुरी और देहात की औरतें अपने प्रसवों के क़िस्से सुनाती हैं। मतलब ये कि हर बार नयी कॉमेंट्री और नये पछतावे के साथ। बलबन के आने से पूर्व तबीयत बेहद चिड़चिड़ी रहने लगी थी। लोग उनका हाल-चाल पूछने आने से कतराने लगे थे। सबने उनको अपने हाल पर छोड़ दिया। किसी का साहस नहीं था कि उनके रोग के आनन्द में विघ्न डाले।

नश्शा बढ़ता है शराबी जो शराबी से मिले

उनके एक पुराने, बड़े रख-रखाव वाले मित्र फ़िदा हुसैन ख़ां 'तायब' हर शुक्रवार मिलने आते थे। किसी समय बड़े ज़िंदादिल और रंगीनमिज़ाज हुआ करते थे। चोरी-छुपे पीते भी थे, मगर फ्री की। गुनाह समझकर चोरी-छुपे पीने में लाभ ये है कि एक पैग में सौ बोतलों का नशा चढ़ जाता है। लेकिन एक अजीब आदत थी। जब बहुत चढ़ जाती तो सारे विषय छोड़कर केवल इस्लाम पर बातचीत करते। इस पर तीन-चार बार शराबियों से पिट भी चुके थे। वो कहते थे कि हमारा नशा ख़राब करते हो, लेकिन शेख़ हमीदुद्दीन, जिनके साथ तायब पीते थे, उनके विषय पर कोई एतराज़ नहीं करते थे। शेख़ साहब बड़े रखरखाव से पीते और यारों को पिलाते थे। बढ़िया व्हिस्की, चेकोस्लोवाकिया के क्रिस्टल के गिलास, तेज़ मिर्चों की भुनी कलेजी और कबाब, रियाज़ ख़ैराबादी के शे'र और एक तौलिये से मदिरापान आरम्भ होता। तायब को जैसे ही चढ़ती अपनी पहली पत्नी को याद करके भूं-भूं रोते और तौलिये से आंसू पोंछते जाते। कभी लम्बा नाग़ा हो जाता तो शराब पर केवल इसलिए टूट पड़ते कि 'इक उम्र से हूं लज़्ज़ते-गिरिया से भी महरूम।'

कभी नशा अधिक चढ़ जाता और घर या मुहल्ले में जाकर चांदनी रात में स्वर्गवासी पत्नी को याद करके दहाड़ें मारते या ग़ुल-ग़पाड़ा करते तो मौजूदा बीवी और मुहल्लेवाले मिलकर उनके सर पर भिश्ती से एक मशक छुड़वा देते। एक बार जनवरी में ठंडी बर्फ़ मशक से उन्हें ज़ुकाम हो गया, जिसने बाद में निमोनिया का रूप धारण कर लिया। इसके बाद पत्नी उनको तुर्की टोपी उढ़ाकर मशक छुड़वाती थीं।

फ़िदा हुसैन ख़ां तायब

फ़िदा हुसैन ख़ां तायब की उम्र यही साठ के लगभग होगी, लेकिन ताकने-झांकने का लपका नहीं गया था। जिस नज़र से वो परायी बहू-बेटियों को देखते थे, उस नज़र के लिये उनकी अपनी बीवी एक उम्र से तरस रही थी। तीसरे बच्चे के बाद उनके पति प्रेम

में कुछ अंतर आ गया था कि हमारे यहां गृहस्थी, मुहब्बत के लिये बच्चे स्पीड ब्रेकर्ज़ का काम देते हैं। उदार स्वभाव ने एक ही पत्नी तक सीमित न रहने दिया। मुद्दतों शीघ्र-प्राप्त सुंदरियों के बिस्तरों में निर्वाण ढूंढते रहे। जब तक बादशाह होने की हिम्मत रही, निकाह की तंग गली से निकल-निकल कर रात के अंधेरे में छापामारी करते रहे। उधर बेज़बान बीवी यह समझकर सब सहती रही—

'कुछ और चाहिए वुसअत मिरे मियां के लिये'

तायब किसी समय एक सहकारी बैंक में नौकरी और शायरी करते थे। अंकों, संख्याओं के साथ भी शायरी करने की कोशिश की और ग़बन के आरोप में निकाले गये। शायरी अब भी करते थे, मगर साल में केवल एक बार। पचासवीं वर्षगांठ के उपरांत यह नियम बना लिया था कि हर साल पहली जनवरी को अपनी मरण-तिथि मानकर इस मौक़े पर क़ित्आ कहकर रख लेते, जो बारह-तेरह बरस से उनके काम आने से वंचित था। साल के दौरान किसी मित्र या परिचित का निधन हो जाता तो उसका नाम किसी मिसरे में ठूंस कर अपनी कविता उसे बख़्श देते। Thy need is yet greater than mine.

नाम परिवर्तन की वज्ह से बहुत से क़ित्ओं का छंद टूटता। जिसे वो काव्य की आवश्यकता तथा मृत्यु के तक़ाज़े के तहत उचित समझते थे। कुछ दोस्त, जिनके पैर क़ब्र में लटक रहे थे, महज़ उनकी कविता के डर से मरने से बच रहे थे। आदरणीय को तायब साहब का आना भी नागवार गुज़रने लगा। एक दिन कहने लगे, "यह मनहूस क्यों मंडराता रहता है। मैं तो जानूं, इसकी नीयत मुझ पे ख़राब हो रही है। इस बरस का क़ित्आ मेरे सर, मेरे सरहाने चिपकाना चाहता है।" फिर विशेष रूप से वसीयत की कि अव्वल तो मैं ऐसा होने नहीं दूंगा। परंतु मान लो अगर मैं फ़िदा हुसैन ख़ां तायब से पहले मर जाऊं, अगरचे मैं बिलकुल ऐसा होने नहीं दूंगा—तो इसका क़ित्आ मेरी पांयती लगाना।

जिन क़ब्रों के समाधिलेख पर यह क़ित्ए स्वर्गवासियों के नामों और उनके उपनाम 'तायब' के साथ लिखे थे, उनसे यह पता नहीं चलता था कि वास्तव में क़ब्र में कौन दफ़्न है। बक़ौल क़ाज़ी अब्दुल क़ुद्दूस, निधन क़ब्र वाले का हुआ है अथवा शायर का?

कुछ लोग ये शिलालेख देखकर आश्चर्य करते कि एक ही शायर को बार-बार क्यों क़ब्र में उतारा गया, लेकिन जब क़ित्आ पढ़ते तो कहते कि ठीक ही किया। किसी शायर ने ही कहा है कि बहुत से लोग ऐसे होते हैं जो मृत्यु के उपरांत भी जीवित रहते हैं। शायर मर जाता है, मगर कलाम शेष रह जाता है। उर्दू शायरी को यही चीज़ ले डूबी।

कानों को कष्ट देने वाली सभा

यूं कोई दिन ऐसा नहीं जाता था कि आदरणीय मरने की धमकी न देते हों। क़ब्रिस्तान में एक भूखंड ख़रीद कर अपना पक्का मज़ार बनवा लिया था जो काफ़ी समय से ख़ाली पड़ा था, क्योंकि उस पर क़ब्ज़ा लेने से वो अभी तक कतराते थे। अक्सर स्वयं पर निराशा तारी करके यह शे'र पढ़ते—

देखते ही देखते दुनिया से उठ जाऊंगा मैं
देखती की देखती रह जायेगी दुनिया मुझे

शे'र में अपनी चटपट मौत पर ज़बान का खेल दिखाया गया है। इससे तो मिर्ज़ा अब्दुल वुदूद बेग के कथनानुसार यही पता चलता है कि आदरणीय की मृत्यु ज़बान के चटख़ारे के कारण हुई, यानी ज़बान से अपनी क़ब्र खोदी।

जिस दिन से घोड़ा उनकी संगीत की महफ़िल में आने लगा, उन्होंने पुरानी किमख़्वाब की अचकन उधड़वा कर हार्मोनियम का ग़िलाफ़ बनवा लिया। ख़लीफ़ा धोंकनी संभालता और वो लरजती कांपती उंगलियों से हार्मोनियम बजाने लगते। कभी बहुत जोश में आते तो मुंह से अनायास गाने के बोल निकल जाते। यह फ़ैसला करना मुश्किल था कि उनकी आवाज़ अधिक कंपकंपाती है या उंगलियां। जैसे ही अंतरा गाते सांस झकोले खाने लगती। उनके पड़ोसी चौधरी करम इलाही, रिटायर्ड एक्साइज़ इंस्पेक्टर टिलकते हुए आ निकलते। अर्सा हुआ पानी उतर आने के कारण उनकी दोनों आंखों की रौशनी जाती रही थी। उन्होंने विशेष रूप से गुजरात से एक घड़ा मंगवाकर उसके चटख़ रंग पर सिंधी टाइल्स के चित्र पेंट करवा लिये थे। कहते थे—औरों को तो नज़र आता है। वो जब अपनी आस्तीन चढ़ाकर चौड़ी कलाई पर चमेली का गजरा लपेटे घड़े पर संगत करते तो समां बांध देते। वो अक्सर कहते थे कि जब से आंखें गयी हैं मालिक ने मुझ पर सुर, संगीत और सुगंध के अनगिनत भेद खोल दिये हैं। गम्मत हो चुकती और राग ख़ुशबू बनकर सारे में रच बस जाता तो आदरणीय कहते, "वाह वा! चोई साहब! भई ख़ूब बजाते हो," और चौधरी साहब अपनी अंधेरी आंखें आनंद में बंद करते हुए कहते, "लो जी! तुसी भी अज वड्डा कमाल कीता ए" और यह वास्तव में कला की पराकाष्ठा नहीं तो और क्या थी कि दोनों अपाहिज बुज़ुर्ग जब झूम-झूम के अपने-अपने साज़ पर एक साथ अपने-अपने राग यानी राग दरबारी और तीन ताल बेताल में माहिया की धुन बजाकर एक-दूसरे की संगत करते तो यह कहना बहुत कठिन होता कि कौन किसका साथ नहीं दे रहा।

क्या-क्या मची है यारों, बरसात की बहारें

आदरणीय अपनी लक़वाग्रस्त टांग की पोज़ीशन चौधरी करम इलाही से बदलवाते हुए अक्सर कहते कि जवानी में ऐसा हार्मोनियम बजाता था कि अच्छे-अच्छे हार्मोनियम मास्टर कान पकड़ते थे। उनका यह शौक़ उस दौर की यादगार था जब वो बम्बई से आयी हुई थियेट्रिकल कंपनी का एक ही खेल एक महीने तक रोज़ देखते और शेष ग्यारह महीने उसके डायलॉग बोलते फिरे। 1925 से वो हर खेल आर्केस्ट्रा के पिट में बैठकर देखने लगे थे जो उस काल में शौक़ीनी और रईसाना ठाठ की चरम सीमा समझी जाती थी। हार्मोनियम एक कंपनी के रिटायर्ड हार्मोनियम बजाने वाले से सीखा था, जो पेटी मास्टर कहलाता था। कहते थे कि पोरों के जोड़ों और उंगलियों के रग-पट्ठों को नर्म और रवां रखने के लिये मैंने महीनों उंगलियों पर बारीक सूजी का हलवा बांधा। उनका रंग गोरा और त्वचा अत्यंत साफ़ तथा कोमल थी। इतनी लम्बी बीमारी के बावजूद अब भी जाड़े में गालों पर सुर्ख़ी झलकती थी। ग़िलाफ़ी आंखें बंद कर लेते तो और ख़ूबसूरत लगतीं।

सफ़ेद अचकन, भरी-भरी पिंडलियों पर फंसा हुआ चूड़ीदार। जवानी में वो बहुत सुंदर थे। हर प्रकार के कपड़े उन पर सजते थे। अपनी जवानी का ज़िक्र आते ही तड़प उठते।

इक तीर तूने मारा जिगर में कि हाय हाय!

वो भी कैसे अरमान भरे दिन थे। जब हर दिन, एक नये कमल की भांति खिलता था—

जब साये धानी होते थे
जब धूप गुलाबी होती थी

उनकी कल्पना से ही सांस तेज़-तेज़ चलने लगती। बीते हुए दिन, महीना और साल पतझड़ के पत्तों की तरह चारों ओर उड़ने लगते। हाय! वो उस्ताद फ़य्याज ख़ां का वहशी बगूले जैसा उठता हुआ आलाप, वो गौहरजान की ठिनकती-ठिंकारती आवाज़ और मुख़्तार बेगम कैसी भरी-भरी संतुष्ट आवाज़ से गाती थी। उसमें उनकी अपनी जवानी तान लेती थी। फिर स्वप्न पियाले पिघलने लगते। यादों का दरिया बहते-बहते स्वप्न मरीचिका के खोये पानियों में उतरता चला जाता। मोटी-मोटी बूंदें पड़ने लगतीं। धरती से लपट उठती और बदन से एक गर्म मदमाती महक फूटती। बारिश में भीगे महीन कुर्ते कुछ भी तो न छुपा पाते। फिर बादल बाहर-भीतर ऐसा टूट के बरसता कि सभी कुछ बहा ले जाता।

सीने से घटा उट्ठे, आंखों से झड़ी बरसे
फागुन का नहीं बादल जो चार घड़ी बरसे
ये बरखा है यादों की बरसे तो बड़ी बरसे

झमाझम मेंह बरसता रहता और वो हार्मोनियम पर दोनों हाथों से कभी बीन, कभी उस्ताद झंडे ख़ां की चहचहाती धूम मचाती सलामियां बजाते तो कहने वाले कहते कि काले नाग बिलों से निकल के झूमने लगते। दरीचों में चांद निकल आते, कहीं अधूरे छिड़काव से कोरे बदन की तरह सनसनाती छतों पर लड़कियां इन्द्रधनुष को देख-देख कर उसके रंग अपनी लहरियों में उतारतीं और कहीं चंदन बांहों पर से चुटकी और कच्ची चुनरी के रंग छुटाये नहीं छूटते। अंतरे की लय तेज़ होती तो वातावरण कैसा झन-झनन-झनन गूंज उठता, जैसे किसी ने मस्ती में धरती और आकाश को उठा कर मंजीरे की तरह टकरा दिया हो और अब रंग-तारों की झलक-झंकार है कि किसी तौर थमने का नाम नहीं लेती।

अख़बारी टोपी

तीन-चार महीने बड़ी शांति से बीते, बच्चों का स्कूल गर्मियों की छुट्टियों में बंद हो गया था। एक दिन बिशारत ने तांगा जुतवाया और कोई दसवीं बार नक़्शा पास करवाने म्यूनिसिपल कॉर्पोरेशन गये। चलते-चलते मौलाना से कह गये कि आज नक़्शा पास करवा के ही लौटूंगा। बहुत हो चुका। देखता हूं, आज बास्टर्ड कैसे पास नहीं करते। यह केवल गाली भरी शेख़ी नहीं थी। अब तक वो तर्क और उदाहरण साथ ले के जाते थे, लेकिन आज पांच हरे नोटों से सशस्त्र हो के जा रहे थे कि पैसे की तलवार हर गुत्थी और गिरह को काट के रख देती है। तांगा गलियों-गलियों, बड़े लंबे रास्ते से ले जाना पड़ा। इसलिए कि बहुत कम सड़कें बची थीं, जिन पर तांगा चलाने की अनुमति थी। तांगा अब रिक्शे

से अधिक फटीचर चीज़ समझा जाने लगा था, इसलिए केवल अत्यंत ग़रीब इलाक़ों में चलता था जो शह्र में होते हुए भी शह्र का हिस्सा नहीं थे।

समय के उलटफेर को क्या कहिये। कानपुर से यह सपना देखते हुए आये थे कि अल्लाह एक दिन ऐसा भी लायेगा, जब फ़िटन में टांगों पर इटालियन कंबल डाल के निकलूंगा तो लोग एक-दूसरे से पूछेंगे, किस रईस की सवारी जा रही है? परंतु जब सपने की परिणिति सामने आयी तो दुनिया इतनी बदल चुकी थी कि न केवल तांगा छुपकर निकलता बल्कि वो स्वयं भी उसमें छुपकर बैठते। उनका बस चलता तो इटालियन कम्बल सर से पैर तक ओढ़-लपेट कर निकलते कि कोई पहचान न ले। दिन में जब भी तांगे में बैठते तो अख़बार के दोनों पृष्ठ अपने चेहरे और सीने के सामने इस प्रकार फैलाकर बैठते कि उनकी लटकी हुई टांगें अख़बार का ही परिशिष्ट प्रतीत होती थीं। मिर्ज़ा अब्दुल वुदूद बेग ने तो एक दिन कहा भी कि तुम अख़बार की एक टोपी बनवा लो जिसमें अपना मुंह छुपा सको। वैसी ही टोपी जैसी मुजरिम को फांसी पर लटकाने से पहले पहनायी जाती है। बल्कि वो तो यहां तक कहते हैं कि मुजरिम को अख़बारी टोपी ही पहना कर फांसी देनी चाहिए ताकि अख़बारवालों को भी तो सीख मिले।

घोड़े की इक छलांग ने...

म्यूनिसिपल कॉरपोरेशन की इमारत चार-पांच सौ गज़ दूर रह गयी होगी कि अचानक गली के मोड़ से एक जनाज़ा आता दिखायी दिया। ख़लीफ़ा को नौकरी पर रखते समय उन्होंने सख़्ती से निर्देश दिया था कि घोड़े को हर हाल में जनाज़े से दूर रखना, परंतु इस समय उसका ध्यान कहीं और था और जनाज़ा था कि घोड़े पर चढ़ा चला आ रहा था। बिशारत अख़बार फेंककर संपूर्ण शक्ति के साथ चीख़े, "जनाज़ा! जनाज़ा!! ख़लीफ़ा!!!" यह सुनते ही ख़लीफ़ा ने चाबुक़ मारने शुरू कर दिये। घोड़ा वहीं खड़ा हो के हिनहिनाने लगा। ख़लीफ़ा और बदहवास हो गया। बिशारत ने स्वयं लगाम पकड़ कर घोड़े को दूसरी ओर मोड़ने का प्रयास किया, लेकिन वो अड़ियल होकर दुलत्तियां मारने लगा। उन्हें मालूम नहीं था कि अस्ल में यही वो जगह थी, जहां ख़लीफ़ा रोज़ घोड़े को बांध कर हजामत करने चला जाता था। वो चीख़े, "ज़रा ताक़त से चाबुक़ मारा।" उधर ख़तरा, यानी जनाज़ा पल-प्रतिपल निकट आ रहा था। उन पर अब घबराहट हावी हो गयी। उनके बौखलाये अनुमान के अनुसार जनाज़ा अब उसी 'रेंज' में आ गया था जहां चंद माह पूर्व, बक़ौल स्टील मिल सेठ के—

घोड़े की इक छलांग ने
तय कर दिया क़िस्सा तमाम

इस समय वो स्वयं घोड़े से भी अधिक बिदके हुए थे। इसलिए कि घोड़े के पेट पर लात मारने की कोशिश कर रहे थे। उसकी हिनहिनाहट उनकी चीख़ों में दब गयी। घोड़े के उस पार ख़लीफ़ा दीवानों की तरह चाबुक़ चला रहा था। चाबुक़ ज़ोर से पड़ता तो घोड़ा पिछली टांगों पर खड़ा हो-हो जाता। ख़लीफ़ा ने क्रोध में बेक़ाबू होकर दो बार

उसे 'तेरा धनी मरे!' की गाली दी तो बिशारत सन्नाटे में आ गये परंतु फ़िलहाल वो घोड़े को नियंत्रित करना चाहते थे। ख़लीफ़ा को डांटने लगे, "अबे क्या ढीले-ढीले हाथों से मार रहा है। ख़लीफ़े!"

यह सुनना था कि ख़लीफ़ा फ़ास्ट बॉलर की तरह स्टार्ट लेकर दौड़ता हुआ आया और दांत किचकिचाते हुए, आंखें बंद करके पूरी ताक़त से चाबुक़ मारा जिसका अंतिम सिरा बिशारत के मुंह और आंख पर पड़ा। ऐसा लगा, जैसे किसी ने तेज़ाब से लकीर खींच दी हो। कहते थे, "यह कहना तो ठीक न होगा कि आंखों तले अंधेरा छा गया। मुझे तो ऐसा लगा जैसे दोनों आंखों का फ़्यूज़ उड़ गया हो।" ख़लीफ़ा से ख़लीफ़े, ख़लीफ़े से अबे और अबे से उल्लू के पट्ठे की सारी मंज़िलें एक ही चाबुक़ में तय हो गयीं। क्रोध की स्थिति में वो ख़लीफ़ा तक कैसे पहुंचे, घोड़े को छलांगकर गये या टांगों के नीचे से, याद नहीं। ख़लीफ़ा के हाथ से चाबुक़ छीनकर दो-तीन उसी के मारे। उसने अपनी चीख़ों से घोड़े को सर पर उठा लिया।

एक आंख में इतनी जलन थी कि उसके असर से दूसरी भी बंद हो गयी और वो बंद आंखों से घोड़े पर चाबुक़ चलाते रहे। कुछ देर बाद अचानक महसूस हुआ कि चाबुक़ को रोकने के लिये सामने कुछ नहीं है। घायल आंख पर हाथ रखकर बायीं खोली तो नक़्शा ही कुछ और था। जनाज़ा बीच सड़क पर डायग्नल रखा था। तांगा बगटुट जा रहा था। कंधा देने वाले ग़ायब, ख़लीफ़ा लापता। अलबत्ता एक शोकाकुल बुज़ुर्ग, जो अमलतास के पेड़ से लटके हुए थे, घोड़े की वंशावली में पिता की हैसियत से दाख़िल होने की इच्छा व्यक्त कर रहे थे।

कुछ मिनट के बाद लोगों ने अपनी-अपनी घुड़पनाह से निकल कर उन्हें घेरे में ले लिया। जिसे देखो अपनी ही धांय-धांय कर रहा था। उनकी सुनने को कोई तैयार नहीं। तरह-तरह की आवाज़ें और वाक्य सुनायी दिये। "इस पर साले अपने आप को मुसलमान कहते हैं", "घोड़े को शूट कर देना चाहिए", "थाने ले चलो"। (बिशारत की टाई पकड़ कर घसीटते हुए) "हमारी मय्यत की बेइज़्ज़ती हुई है।" "इसका मुंह काला करके इसी घोड़े पे जुलूस निकालो।" बिशारत ने उसी समय फ़ैसला कर लिया कि वो इंजेक्शन से बलबन को मरवा देंगे।

घर आकर उन्होंने बलबन को चाबुक़ से इतना मारा कि मोहल्लेवाले जमा हो गये।

उस रात वो और बलबन दोनों न सो सके। इससे पहले उन्होंने नोटिस नहीं किया था कि ख़लीफ़ा ने चाबुक़ में बिजली का तार बांध रखा है।

बलबन को सज़ा-ए-मौत

सुब्ह उन्होंने ख़लीफ़ा को बर्ख़ास्त कर दिया। वो पेटी बग़ल में मार के जाने लगा तो हाथ जोड़ के बोला, "बच्चों की क़सम! घोड़ा बेक़ुसूर था। वो तो चुपका खड़ा था। आप नाहक में पिटवा रहे थे। इतनी मार खा के तो मुर्दा घोड़ा भी तड़प के सरपट दौड़ने

लगता। अस्सलामअलैकुम (लौट कर आते हुए) क़ुसूर माफ़! हजामत बनाने शुक्रवार को किस समय आऊं?''

एक दोस्त ने राय दी कि घोड़े को 'वैट' से इंजेक्शन न लगवाओ। जानवर बड़ी पीड़ा सह के तड़प-तड़प के मरता है। मैंने अपने अल्सेशियन कुत्ते को अस्पताल में इंजेक्शन से मरते देखा तो दो दिन तक ठीक से खाना न खा सका। वो मेरे कठिन समय का साथी था। मुझे बड़ी बेबसी से देख रहा था। मैं उसके माथे पर हाथ रखे बैठा रहा। ये बड़ा बदनसीब, बड़ा दुखी घोड़ा है। इसने अपनी अपंगता और पीड़ा के बावजूद तुम्हारी, तुम्हारे बच्चों की बड़ी सेवा की है।

उसी दोस्त ने किसी से फ़ोन पर बात करके बलबन को गोली मारने की व्यवस्था कर दी। बलबन को ठिकाने लगवाने का काम मौलवी करामत हुसैन के सुपुर्द हुआ। वो बहुत उलझे, बड़ी बहस की। कहने लगे, ''पालतू जानवर, सेवा करने वाला जानवर, जानवर नहीं रहता, वो तो बेटा-बेटी की तरह होता है।'' बिशारत ने उत्तर दिया, ''आपको मालूम है घोड़े की उम्र कितनी होती है? इस लंगड़दीन को आठ-नौ बरस तक खड़ा कौन खिलायेगा? मैंने सारी उम्र इसे ठुंसाने, जीवित रखने का ठेका तो नहीं लिया।'' मौलाना अपनी नौकर की हैसियत भूलकर एकाएक क्रोध में आ गये। धरती के झगड़े की दिशा आसमान की ओर मोड़ते हुए कहने लगे कि ''इंसान की यह ताक़त, यह मजाल कहां कि किसी को रोज़ी दे सके। अन्नदाता तो वही है जो पत्थर के कीड़े को भी खाना देता है। जो बंदा यह समझता है कि वो किसी को रोज़ी देता है वो दरअस्ल ख़ुदाई का दावा करता है। प्रत्येक प्राणी अपना खाना अपने साथ लाता है। अल्लाह का वादा सच्चा है। वो हर हाल में हर सूरत में खाना देता है।''

''बेशक! बेशक! रिश्वत की सूरत में भी!'' बिशारत के मुंह से निकला और मौलाना के दिल में तीर की तरह उतर गया। मौलाना ही नहीं स्वयं बिशारत भी धक से रह गये कि क्या कह दिया। जिस कमीने, प्रतिशोधी वाक्य को व्यक्ति वर्षों सीने में दबाये रखता है, वो एक-न-एक दिन उछल कर अचानक मुंह पर आ ही जाता है। पट्टी बांधने से कहीं दिल की फांस निकलती है और जब तक वो न निकल जाये, आराम नहीं आता।

मौलाना तड़के बलबन को लेने आ गये। ग्यारह बजे गोली मारी जाने वाली थी।

बिशारत नाश्ते पर बैठे तो ऐसा महसूस हुआ जैसे हलक में फंदा लग गया हो। आज उन्होंने बलबन की सूरत नहीं देखी। 'गोली तो ज़ाहिर है माथे पर ही मारते होंगे,' उन्होंने सोचा, 'बायीं आंख के ऊपर वाली भौंरी सच में मनहूस निकली। जान लेके रहेगी।' मौलाना को उन्होंने रात ही को समझा दिया था कि लाश को अपने सामने ही गढ़े में दफ़्न करायें। जंगल में चील कौओं के लिये पड़ी न छोड़ दें। उन्हें झुरझुरी आयी और वो कबाब-परांठा खाये बिना अपनी दुकान रवाना हो गये। रास्ते में उन्होंने उसका सामान और पुरानी रुई का वो ख़ून से भरा पैड देखा जो उसकी घायल गर्दन पर बांधा जाता था। ऐसा लगा जैसे उन्हें कुछ हो रहा है। वो तेज़-तेज़ क़दम उठाते हुए निकल गये।

आदरणीय को वास्तविक स्थिति नहीं बतायी गयी। उन्हें केवल यह बताया गया कि

बलबन दो ढाई महीने के लिये चराई पर पंजाब जा रहा है। वो कहने लगे, ''गाय भैंसों को तो चराई पर जाते सुना था मगर घोड़े को घास खाने के वास्ते जाते आज ही सुना!'' यह उनसे उलझने का अवसर नहीं था! उनका ब्लड प्रेशर पहले ही बहुत बढ़ा हुआ था। उन्हें किसी ज़माने में अपनी ताक़त और कसरती बदन पर बड़ा घमंड था। अब भी बड़े गर्व से कहते थे कि मेरा ब्लड प्रेशर दो आदमियों के बराबर है। दो आदमियों के बराबर वाले दावे की पुष्टि हम भी करेंगे। हमने अपनी आंखों से देखा कि उन्हें मामूली-सा दर्द होता तो दो आदमियों की ताक़त से चीख़ते थे। इसलिए बिशारत अपने झूठ पर डटे रहे और ठीक ही किया। मिर्ज़ा अक्सर कहते हैं कि अपने छोटों से कभी झूठ नहीं बोलना चाहिए, क्योंकि इससे उन्हें भी झूठ बोलने की प्रेरणा मिलती है, परंतु बुज़ुर्गों की और बात है, उन्हें किसी बाहरी प्रेरणा की आवश्यकता नहीं होती।

मौलाना रास पकड़े बलबन को आदरणीय से मिलवाने ले गये। उनका आधे से अधिक सामान उनके अपने कमरे में शिफ़्ट हो चुका था। हार्मोनियम रहीमबख़्श के लाल खेस में लपेटा जा रहा था। बलबन का फ़ोटो जो रेस जीतने के बाद अख़बार में छपा था, अभी दीवार से उतारना शेष था। वो रात से बहुत उदास थे। अपने नियम के विरुद्ध रात की नमाज़ के बाद दो बार हुक़्क़ा भी पिया। अब वो सुब्ह शाम कैसे काटेंगे? इस समय जब बलबन उनके पास लाया गया तो वो सर झुकाये देर तक अपनी दुम में उंगलियों से कंघी कराता रहा। आज उन्होंने उसके पांव पर दुआ पढ़के फूंक नहीं मारी। जब वो उसके माथे पर अल्लाह लिखने लगे तो उनकी उंगली चाबुक़ के उपड़े हुए लंबे निशान पर पड़ी और वो चौंक पड़े। जहां तक यह दर्द की लकीर जाती थी वहां तक वो उंगली की पोर से स्वयं को जख़्माते रहे। फिर दुख-भरे स्वर में कहने लगे, ''किसने मारा है, हमारे बेटे को?'' मौलाना उसे ले जाने लगे तो उसके सर पर हाथ रखते हुए बोले, ''अच्छा बलबन बेटे! हमारा तो चल-चलाव है। ख़ुदा जाने वापसी पर हमें पाओगे भी या नहीं। जाओ अल्लाह की हिफ़ाजत में दिया।'' बलबन की जुदाई के विचार से वो ढह गये। अब वो अपने मन की बात किससे कहेंगे? किसकी सेहत की दुआ को हाथ उठेंगे? उन्होंने सोचा भी न था कि प्रकृति को इतना-सा आसरा, एक जानवर की दुसराथ तक स्वीकार न होगी। जो कभी स्वयं अकेलेपन की जान को घुला देने वाली पीड़ा से न गुज़रा हो, वो अनुमान नहीं लगा सकता कि अकेला आदमी कैसी-कैसी दुसराथ का सहारा लेता है।

मौलाना दिन भर अनुपस्थित रहे, दूसरे दिन वो बंद-बंद और खिंचे-खिंचे से नज़र आये। कई सवाल होंठों पर कांप-कांप कर रह गये। किसी को उनसे पूछने की हिम्मत न हुई कि बलबन को गोली कहां लगी। कहते हैं जानवरों को मौत का पूर्वाभास हो जाता है। तो क्या जब वो वीरान पहाड़ियों में ले जाया जा रहा था तो उसने भागने की कोशिश की? और कभी अंतिम क्षण में चमत्कार भी तो हो जाता है। वो बहुत मेहनती, सख़्त जान और साहसी था। दिल नहीं मानता था कि उसने आसानी से मौत से हार मानी होगी।

Do not go gentle into that good night,
Rage, rage against the dying of the light.

आहा आहा! बरखा आयी!

कोई दो सप्ताह बाद बिशारत की ताहिर अली मूसा भाई से मुठभेड़ हो गयी। मूसा भाई वोहरी था और उसकी लकड़ी की दुकान उनसे इतनी दूरी पर थी कि पत्थर फेंकते तो ठीक उसकी सुनहरी पगड़ी पर पड़ता। यह हवाला इसलिए भी देना पड़ा कि कई बार बिशारत का दिल उस पर पत्थर फेंकने को चाहा। वो कभी सीधे मुंह बात नहीं करता था। उनके लगे हुए ग्राहक तोड़ता और तरह-तरह की अफ़वाहें फैलाता रहता। दरअस्ल वो उनका बिज़नेस ख़राब करके उनकी दुकान ख़रीदना चाहता था। उसकी छिदरी दाढ़ी तोते की चोंच की तरह मुड़ी रहती थी।

वो कहने लगा, ''बिशारत सेठ! लास्ट मंथ हमको किसी ने बोला आप घोड़े को शूट करवा रहे हो। हम बोला, बाप रे बाप! ये तो एकदम हत्या है। वो घोड़ा तो मुहर्रम में जुलजिनाह बना था। हमारी आरा मशीन पे एक मजूर काम करता है तुराब आली, उसने हमको आ के बोला कि मेरी झुग्गी के सामने से दुलदुल की सवारी निकली थी। आप ही का घोड़ा था सेम टू सेम सोला आने। तुराब अली ने उसको दूध जलेबी खिलायी। आपके कोचवान ने उसका पूरा भाड़ा वसूल किया। पचास रुपये, बोलता था कि बिशारत सेठ दुलदुल को भाड़े टैक्सी पे चलाना मांगता है। दुलदुल के आगे-आगे वो शाहे-मर्दां, शे'रे-यजदां वग़ैरा वग़ैरा गाता जा रहा था। उसके पंद्रह रुपये अलग से। घोड़े को हमारे पास भी सलाम कराने लाया था। ग़रीब बाल-बच्चेदार मानुस है।''

उसके अगले रोज़ मौलाना काम पर नहीं आये। दो दिन से मुसलसल बारिश हो रही थी। आज सुब्ह घर से चलते समय कह आये थे, ''बेगम आज तो कड़ाही चढ़नी चाहिए। कराची में तो सावन के पकवान को तरस गये। ख़स्ता समोसे, करारे पापड़ और कचौरियां। कराची के पपीते खा-खा के हम तो बिलकुल पिलपिला गये।'' शाम को जब दुकान बंद करने वाले थे, एक व्यक्ति सूचना लाया कि कल शाम मौलाना के पिता का देहांत हो गया। आज दोपहर के बाद जनाज़ा उठा। चलो अच्छा हुआ, अल्लाह ने बेचारे की सुन ली। बरसों का कष्ट समाप्त हुआ। मिट्टी सिमट गयी। बल्कि यूं कहिये कीचड़ से उठा के सूखी मिट्टी में दबा आये। वो पुर्से के लिये सीधे मौलाना के घर पहुंचे। बारिश थम चुकी थी और चांद निकल आया था। आकाश पर ऐसा लगता था जैसे चांद बड़ी तेज़ी से दौड़ रहा है और बादल अपनी जगह खड़े हैं। ईंटों, पत्थरों और डालडा के डिब्बों की पगडंडियां जगह-जगह पानी में डूब चुकी थीं। नंग-धड़ंग लड़कों की एक टोली पानी में डुबक-डुबक करते एक घड़े में बारी-बारी मुंह डाल कर फ़िल्मी गाने गा रही थी। एक ढही हुई झुग्गी के सामने एक बहुत बुरी आवाज़ वाला आदमी बारिश को रोकने के लिये अज़ान दिये चला जा रहा था। हर लाइन के आख़िरी शब्द को इतना खींचता जैसे अज़ान के बहाने पक्का राग अलापने की कोशिश कर रहा हो। कानों में उंगली की पोर ज़ोर से ठूंस रखी थी ताकि अपनी आवाज़ की यातना से बचा रहे। एक हफ़्ते पहले इसी झुग्गी के सामने इसी आदमी ने बारिश लाने के लिये अज़ानें दी थीं। उस समय बच्चों

की टोलियां घरों के सामने 'मौला मेघ दे! मौला पानी दे! ताल, कुएं, मटके सब ख़ाली मौला! पानी! पानी! पानी!' गाती और डांट खाती फिर रही थीं।

अजीब बेबसी थी। कहीं चटाई, टाट और अख़बार की रद्दी से बनी हुई छतों के पियाले पानी के लबालब बोझ से लटके पड़ रहे थे और कहीं घर के मर्द फटी हुई चटाइयों में दूसरी फटी चटाइयों के जोड़ लगा रहे थे। एक व्यक्ति टाट पर पिघला हुआ तारकोल फैलाकर छत के उस हिस्से के लिये तिरपाल बना रहा था, जिसके नीचे उसकी बीमार मां की चारपाई थी। दूसरे की झुग्गी बिलकुल ढेर हो गयी थी। उसकी समझ में नहीं आ रहा था कि मरम्मत कहां से शुरू करे, इसलिए वो एक बच्चे की पिटायी करने लगा।

एक झुग्गी के बाहर बकरी की आंतों पर बरसाती मक्खियां खुजलटे कुत्ते के उड़ाये से नहीं उड़ रही थीं। ये दूध देने वाली मगर बीमार और दम तोड़ती हुई बकरी की आंतें थीं, जिसे थोड़ी देर पहले उसके दो महीने के बच्चे से एक गज़ दूर तीन पड़ौसियों ने मिलकर हलाल किया था ताकि छुरी फिरने से पहले ही समाप्त न हो जाये। इसका ख़ून नालों और नालियों के ज़रिये दूर-दूर तक फैल गया था। वो तीनों एक-दूसरे को बधाई दे रहे थे कि एक मुसलमान भाई की मेहनत की कमाई को हराम होने से बाल-बाल बचा लिया। मौत के मुंह से कैसे निकाला था उन्होंने बकरी को। झुग्गियों में महीनों बाद गोश्त पकने वाला था। जगह-जगह लोग नालियां बना रहे थे, जिनका उद्देश्य अपनी गंदगी को पड़ौसी की गंदगी से अलग रखना था।

एक साहब आटे की भीगी बोरी में बग़ल तक हाथ डाल-डाल कर देख रहे थे कि अंदर कुछ बचा भी है या सारा ही पेड़े बनाने योग्य हो गया। सबसे अधिक आश्चर्य उन्हें उस समय हुआ जब वो उस झुग्गी के सामने से गुज़रे, जिसमें लड़कियां शादी के गीत गा रही थीं। बाहर लगी हुई काग़ज़ की रंग-बिरंगी झंडियां तो अब दिखायी नहीं दे रही थीं लेकिन उनके कच्चे रंगों के लहरिये टाट की दीवार पर बन गये थे। एक लड़की आटा गूंधने के तस्ले पर संगत कर रही थी कि बारिश से उसकी ढोलक का गला बैठ गया था।

अम्मा! मेरे बाबा को भेजो री के सावन आया!
अम्मा! मेरे भैया को भेजो री के सावन आया!

हर बोल के बाद लड़कियां अकारण बेतहाशा हँसतीं, गाते हुए हँसतीं और हँसते हुए गातीं तो राग अपनी सुर सीमा पार करके जवानी की दीवानी लय में लय मिलाता कहीं और निकल जाता। सच पूछिये तो कुंवारपने की किलकारती, घुंघराली हँसी ही गीत का सबसे अलबेला हरियाला अंग था।

एक झुग्गी के सामने मियां-बीवी लिहाफ़ को रस्सी की तरह बल दे कर निचोड़ रहे थे। बीवी का भीगा हुआ घूंघट हाथी की सूंड की तरह लटक रहा था। बीस हज़ार की इस बस्ती में दो दिन से बारिश के कारण चूल्हे नहीं जले थे। निचले इलाक़े की कुछ झुग्गियों में घुटनों-घुटनों पानी खड़ा था। बिशारत आगे बढ़े तो देखा कि कोई झुग्गी ऐसी

नहीं जहां से बच्चों के रोने की आवाज़ न आ रही हो। पहली बार उन पर खुला कि बच्चे रोने का आरम्भ ही अंतरे से करते हैं। झुग्गियों में आधे बच्चे तो इसलिए पिट रहे थे कि रो रहे थे और शेष आधे इसलिए रो रहे थे कि पिट रहे थे।

वो सोचने लगे, 'तुम तो एक व्यक्ति को धीरज बंधाने चले थे। यह किस दुख सागर में आ निकले।' तरह-तरह के विचारों ने घेर लिया। 'बड़े मियां को तो कफ़न भी भीगा हुआ नसीब हुआ होगा। यह कैसी बस्ती है, जहां बच्चे न घर में खेल सकते हैं, न बाहर। जहां बेटियां दो गज़ धरती पर एक ही जगह बैठे-बैठे पेड़ों की तरह बड़ी हो जाती हैं, जब ये दुल्हन ब्याह के परदेस जायेगी तो इसके मन में बचपन और मायके की क्या तस्वीर होगी?' फिर विचार आया, 'कैसा परदेस, कहां का परदेस। यह तो बस लाल कपड़े पहन कर यहीं कहीं एक झुग्गी से दूसरी झुग्गी में पैदल चली जायेगी। यही सखियां सहेलियां "काहे को ब्याही बिदेस रे! लिखी बाबुल मोरे!" गाती हुई इसे दो गज़ पराई धरती के टुकड़े तक छोड़ आयेंगी। फिर एक दिन मेंह बरसते में जब ऐसा ही समां होगा, वहां से अंतिम दो गज़ धरती की ओर डोली उठेगी और धरती का बोझ धरती की छाती में समा जायेगा। मगर सुनो! तुम काहे को यूं जी भारी करते हो? पेड़ों को कीचड़ गारे से घिन थोड़े ही आती है। कभी फूल को भी खाद की बदबू आयी है?'

उन्होंने एक फुरेरी ली और उनके होंठों के दायें कोने पर एक कड़वी-सी, तिरछी-सी मुस्कुराहट का भंवर पड़ गया। जो रोने की ताक़त नहीं रखते वो इसकी तरह मुस्कुरा देते हैं।

उन्होंने पहले इस अघोरी बस्ती को देखा था तो कैसी उबकाई आयी थी। अब डर लग रहा था। भीगी-भीगी चांदनी में यह एक भुतहा नगर प्रतीत हो रहा था। जहां तक नज़र जाती थी ऊंचे-नीचे बांस ही बांस और टपकती चटाइयों की गुफायें, बस्ती नहीं बस्ती का पिंजर लगता था, जिसे परमाणु धमाके के बाद बच पाने वालों ने खड़ा किया हो। हर गढ़े में चांद निकला हुआ था और भयानक दलदलों पर भुतहा किरणें अपना छलावा नाच नाच रही थीं। झींगुर हर जगह बोलते सुनायी दे रहे थे और किसी जगह नज़र नहीं आ रहे थे। भुनगों और पतंगों के डर से लोगों ने लालटेनें गुल कर दी थीं। ठीक बिशारत के सर के ऊपर से चांद को काटती हुई एक टिटहरी बोलती हुई गुज़री और उन्हें ऐसा लगा जैसे उसके परों की हवा से उनके सर के बाल उड़े हों। नहीं! यह सब कुछ एक भयानक सपना है। जैसे ही वो मोड़ से निकले, अगरबत्तियों और लोबान की एक उदास-सी लपट आयी और आंखें एकाएकी चकाचौंध हो गयीं, 'या ख़ुदा! होश में हूं या सपना है?'

क्या देखते हैं कि मौलाना करामत हुसैन की झुग्गी के दरवाज़े पर एक पेट्रोमेक्स जल रही है। चार-पांच पुर्सा देने वाले खड़े हैं और बाहर ईंटों के एक चबूतरे पर उनका सफ़ेद बुर्राक़ घोड़ा बलबन खड़ा है। मौलाना का पोलियो-ग्रस्त बेटा उसको पड़ोसी के घर से आये हुए मौत के खाने की नान खिला रहा था।

खंडहर में दीवाली

कम-अधिक 45 बरस का साथ था। आधी सदी ही कहिये। बीवी की मौत के बाद बिशारत बहुत दिन खोये-खोये से गुम-सुम रहे। जैसे उन्होंने कुछ खोया न हो स्वयं खो गये हों। जवान बेटों ने मय्यत क़ब्र में उतारी। उस समय भी सब्र, धीरज की तस्वीर बने ताज़ा खुदी मिट्टी के ढेर पर चुपचाप खड़े देखते रहे। अभी उनके बटुए में स्वर्गीया के हाथ की रखी हुई इलाइचियां शेष थीं और डीप फ्रीजर में उसके हाथ के पकाये हुए खानों की तहें लगी थीं।

क्रोशिये की जो टोपी वो उस समय पहने हुए थे, वो इस स्वर्गीया बीवी ने चांद-रात को दो बजे पूरी की थी ताकि वो सुब्ह इसे पहन कर ईद की नमाज़ पढ़ सकें। सब मुट्ठी भर-भरकर मिट्टी डाल चुके और क़ब्र गुलाब के फूलों से ढक गयी तो उन्होंने स्वर्गीया के हाथ के लगाये हुए मोतिया की चन्द कलियां जिनके खिलने में अभी एक पहर शेष था, कुर्ते की जेब से निकाल कर अंगारा फूलों पर बिखेर दीं। फिर ख़ाली-ख़ाली नज़रों से अपना मिट्टी में सना हुआ हाथ देखने लगे।

अचानक ऐसी दुर्घटना हो जाये तो कुछ अर्से तक तो विश्वास ही नहीं होता कि ज़िन्दगी भर का साथ यूं अचानक आनन-फ़ानन बिछड़ सकता है। नहीं, अगर वो सब कुछ सपना था तो ये भी सपना ही होगा। ऐसा लगता था जैसे वो अभी यहीं किसी दरवाज़े से मुस्कुराती हुई आ निकलेंगी। रात के सन्नाटे में कभी-कभी तो क़दमों की परिचित आहट और चूड़ियों की खनक तक साफ़ सुनायी देती और वो चौंक पड़ते कि कहीं आंख तो नहीं झपक गयी। किसी ने उनकी आंखें भीगी नहीं देखीं। अपने-बेगाने सभी ने उनके सब्र और धीरज की दाद दी। फिर अचानक एक दरार डालने वाला क्षण आया और एकदम यक़ीन आ गया। फिर सारे भरोसे, सारे आंसुओं के बांध और तमाम धीरज की दीवारें एक साथ ढह गयीं और वो बच्चों की तरह फूट-फूट कर रोये।

लेकिन हर दु:ख बीतने वाला है हर सुख समाप्त होने वाला। जैसे और दिन गुज़र जाते हैं ये दिन भी गुज़र गये। लारोश फ़ोको के अनुसार प्रकृति ने कुछ ऐसी जुगत रखी है कि इंसान मौत और सूरज को अधिक देर तक टकटकी बांध कर नहीं देख सकता। धीरे-धीरे सदमे की जगह दु:ख और दु:ख की जगह उदास तन्हाई ने ले ली।

मैं जब मियामी से कराची पहुंचा तो वो इसी दौर से गुज़र रहे थे, बेहद उदास, बेहद अकेले। ज़ाहिर में वो इतने अकेले नहीं थे जितना महसूस करते थे मगर आदमी उतना ही अकेला होता है जितना महसूस करता है। तन्हाई आदमी को सोचने पर विवश कर देती है। वो जिधर नज़र उठाता है, आईने को सामने पाता है। इसलिए वो तन्हाई यानी अपने साथ से ही बचता है और डरता है। अकेले आदमी की सोच उसकी अंगुली पकड़कर खींचती हुई, हर छोड़े राजपथ, एक-एक पगडंडी, गली-कूचे और चौराहे पर ले जाती है। जहां-जहां रास्ते बदले थे वहां खड़े होकर इंसान पर ये बात प्रकट होती है कि वस्तुतः रास्ते नहीं बदलते इंसान बदल जाता है। सड़क कहीं नहीं जाती वो तो वहीं की वहीं रहती है। यात्री स्वयं कहां से कहां पहुंच जाता है। राह कभी गुम नहीं होती, राह चलने वाले गुम हो जाते हैं।

बुढ़ापे में पुरानी कहावत के अनुसार सौ बुराइयां हो न हों, एक बुराई ऐसी है जो सौ बुराइयों पर भारी है और वो है नॉस्टेलजिया। बुढ़ापे में आदमी आगे अपनी अप्राप्य और अनुपलब्ध मंज़िल की तरफ़ बढ़ने के बजाय उल्टे पैरों उस तरफ़ जाता है जहां से यात्रा शुरू की थी। बुढ़ापे में अतीत अपनी तमाम रौशनियों के साथ जाग उठता है। बूढ़ा और अकेला आदमी एक ऐसे खंडहर में रहता है जहां भरी दोपहर में दीवाली होती है और जब रोशनियां बुझाकर सोने का समय आता है तो यादों के फ़ानूस जगमग-जगमग रौशन होते चले जाते हैं। जैसे-जैसे उनकी रौशनी तेज़ होती जाती है खंडहर की दरारें, जाले और टूटी-फूटी ढही दीवारें उतनी अधिक रौशन होती जाती हैं। सो उनके साथ भी यही कुछ हुआ।

खोये अतीत की तलाश

कराची में अल्लाह ने उन्हें इतना दिया था कि सपने में भी अपने छूटे, बल्कि छोड़े हुए वतन कानपुर जाने की इच्छा नहीं हुई, मगर इस दुर्घटना के बाद अचानक एक हूक सी उठी और उन्हें कानपुर की याद बेतहाशा सताने लगी। इससे पहले अतीत ने उनके अस्तित्व पर यूं पंजे गाड़ कर क़ब्ज़ा नहीं जमाया था। वर्तमान से मुंह फेरे प्रत्यक्ष और प्रकट से आंखें मूंदे भविष्य से निराश अब वो केवल अतीत में जी रहे थे। वर्तमान में कोई विशेष बुराई नहीं थी, सिवाय इसके कि बूढ़े आदमी के वर्तमान की सबसे बड़ी बुराई उसका अतीत होता है जो भुलाये नहीं भूलता।

हर घटना बल्कि सारी ज़िंदगी की फ़िल्म उलटी चलने लगी। जटाधारी बरगद क्रोध में आकर फुंगी के बल अपनी भुजंग-जटायें और पाताल-जड़ें आसमान की तरफ़ करके शीर्षासन में उलटा खड़ा हो गया। 35 बरस बाद उन्होंने अपनी खोयी जन्नत कानपुर जाने का फ़ैसला किया। वो गलियां, बाज़ार, मुहल्ले, आंगन, चारपाई, अधूरे छिड़काव से रात गये तक जवान बदन की तरह सुलगती छतें, वो दीवानी ख़्वाहिशें जो रात को ख़्वाब बनकर आतीं और ख़्वाब जो दिन में सचमुच ख़्वाहिश बन जाते...एक-एक करके बेतहाशा याद आने लगे। हद ये कि वो स्कूल भी जन्नत का टुकड़ा मालूम होने लगा जिससे भागने में इतना मज़ा आता था। सब मज़ों, सब यादों ने एकाएक हमला कर दिया। दोस्तों से

चरचराती चारपाइयां और हरी-हरी निबोलियों से लदे-फंदे नीम की छांव, आमों की बौर, महुए की महक से बोझिल पुरवा, इमली पर गदराये हुए क़तारे और उन्हें ललचायी नज़रों से देखते हुए लड़के, हिरनों से भरे जंगल, छर्रे से ज़ख़्मी होकर दो-तीन सौ फ़िट की ऊंचाई से गद से गिरती हुई मुर्ग़ाबी, ख़स की टट्टियां, सिंघाड़ों से पटे तालाब, गले से फिसलता मख़मल फ़लूदा, मौलश्री के गजरे, गर्मियों की दोपहर में जामुन के घने पत्तों में छुपे हुए गिरगिट की लपलपाती महीन ज़बान, अपने चौकन्ने कानों को हवा की दिशा के साथ ट्यून किये टीले पर अकेला खड़ा हुआ बारहसिंघा, उमड़-घुमड़ जवानी और पहले प्यार की घटाटोप उदासी, ताज़ा कलफ़ लगे हुए दुपट्टे की करारी महक, धूम मचाते दोस्त...अतीत के पहाड़ों से ऐसे बुलावे, ऐसी आवाज़ें आने लगीं कि—

इक जगह तो घूम के रह गयी
एड़ी सीधे पांव की

वो बच्चे नहीं रहे थे। हमारा मतलब है कि सत्तर के आस-पास थे। लेकिन उन्हें एक पल के लिये भी ये ध्यान नहीं आया कि तमाम रंगीन और रोमांटिक चीज़ें...जिन्हें याद करके वो सौ-सौ decibel की आहें भरने लगे थे, पाकिस्तान में न केवल उपलब्ध थीं बल्कि बेहतर क्वालिटी की थीं। हां! केवल एक चीज़ पाकिस्तान में न थी और वो थी उनकी जवानी, जो तलाश करने के बाद कानपुर में भी न मिली।

ये बच्चे कितने बूढ़े हैं, ये बूढ़े कितने बच्चे हैं

उन्होंने अपने नार्थ नाज़िमाबाद वाले घर के सामने मौलश्री का पेड़ लगाने को तो लगा लिया, लेकिन यादों की मौलश्री की भीनी-भीनी महक, फबन और छब-छांव कुछ और ही थी। अब वो पहली सी क़िस्म के फूल कहां कि हर फूल से अपनी ही ख़ुशबू आये। उन पर भी वो मुक़ाम आया जो बुढ़ापे के पहले हमले के बाद हर शख़्स पर आता है। जब अचानक उसका जी बचपन की दुनिया की एक झलक...आख़िरी झलक...देखने के लिये बेक़रार हो जाता है, लेकिन उसे ये मालूम नहीं होता कि बचपन और बुढ़ापे के बीच कोई दैवीय हाथ चुपके-से सौगुनी ताक़त का magnifier (बड़ा दिखाने वाला शीशा) रख देता है। बुद्धिमान लोग कभी इस शीशे को हटाकर देखने की कोशिश नहीं करते। इसके हटते ही हर चीज़ स्वयं अपना miniature मालूम होने लगती है। कल के राक्षस बिलकुल बालिश्तिये नज़र आने लगते हैं। अगर आदमी अपने बचपन के locale से लम्बे समय तक दूर रहा है तो उसे एक नज़र आख़िरी बार देखने के लिये बिलकुल नहीं जाना चाहिए, लेकिन वो जाता है। वो दृश्य उसे एक अदृश्य चुम्बक की तरह खींचता है और वो खिंचा चला जाता है। उसे क्या मालूम कि बचपन के सारे इन्द्रजाल, अगर प्रौढ़ आंख पड़ जाये तो टूट जाते हैं। रूपनगर की सारी परियां उड़ जाती हैं और शीशमहल पर कालिख पुत जाती है और इस जगह तो अब सुगंधों की जगह धुआं ही धुआं है। यहां जो कामदेव का दहकता इन्द्रधनुष हुआ करता था वो क्या हुआ?

ये धुआं जो है ये कहां का है
वो जो आग थी वो कहां की थी

आदमी को किसी तरह अपनी आंखों पर यक़ीन नहीं आता, वो सौन्दर्य क्या हुआ? वो चहकती-बोलती महक कहां गयी? नहीं, ये तो वो चित्रकारों की बनायी गलियां और बाज़ार नहीं जहां हर चीज़ अचम्भा लगती थी। ये हर चीज़, हर चेहरे को क्या हो गया? Was this face that launched a thousand ships and burnt the topless towers of Ilium! जिस घड़ी ये इंद्रजाल टूटता है, अतीत के तमन्नाई का स्वप्न महल ढह जाता है। फिर उस शख़्स की गिनती न बच्चों में होती है न बूढ़ों में। जब ये पड़ाव आता है तो आंखें अचानक कलर ब्लाइंड हो जाती हैं। फिर इंसान को सामने नाचते मोर के केवल पैर दिखायी देते हैं और वो उन्हें देख-देख कर रोता है। हर तरफ़ बेरंगी और बेदिली का राज होता है।

बेहलावत उसकी दुनिया और मुज़बज़ब उसका दीं
जिस शह्र में भी रहना, उकताये हुए रहना

सो इस बच्चे-बूढ़े ने कानपुर जाकर बहुत आंसू बहाये। 35 बरस तक तो इस पर रोया किये कि हाय ऐसी जन्नत छोड़कर कराची क्यों आ गये। अब इस पर रोये कि लाहौल विला क़ूव्वत! इससे पहले ही छोड़कर क्यों न आ गये। ख़्वामख़्वाह प्यारी ज़िंदगी का एक तिहाई हिस्सा ग़लत बात पर रोने में गंवा दिया। रोना ही आवश्यक था तो इसके लिये 365 मुनासिब कारण मौजूद थे, इसलिए कि साल में इतनी ही मायूसियां होती हैं। अपनी ड्रीमलैंड का चप्पा-चप्पा छान मारा लेकिन—

वो लहर न दिल में फिर जागी
वो रंग न लौट के फिर आया

35 साल बाद पुराना नॉस्टेल्जिया अचानक टूटा तो हर जगह उजाड़, हर चीज़ खंडहर नज़र आयी। हद ये कि जिस मगरमच्छ भरे दरिया में जिसका ओर न छोर, वो आसमान चूमने वाले बरगद की फुंगी से बिना डरे छलांग लगा दिया करते थे, अब उसे जाकर पास से देखा तो वो एक मेंढक भरा बरसाती नाला निकला। अब वो विराट बरगद तो निरा बोंज़ाई पेड़ लग रहा था।

कबूतरख़ाने की नक़्ल

यूनानी कोरस (Greek chorus) बहुत दर्शन बघार चुका। अब इस कहानी को स्वयं इसके हीरो बिशारत की जुबानी सुनिये कि इसका मज़ा ही कुछ और है—

ये अफ़साना अगरचे सरसरी है
वले उस वक़्त की लज़्ज़त भरी है

साहब, मैं तो अपना मकान देखकर भौंचक्का रह गया कि हम इसमें रहते थे और इससे अधिक हैरानी इस पर कि बहुत ख़ुश रहते थे। मिडिल क्लास ग़रीबी की सबसे दयनीय और असह्य क़िस्म वो है, जिसमें आदमी के पास कुछ न हो लेकिन उसे किसी चीज़ की कमी महसूस न हो। ईश्वर की कृपा से हम तले-ऊपर के नौ भाई थे और चार बहनें और तले-ऊपर तो मैंने मुहावरे की मजबूरी के कारण कह दिया वरना खेलकूद, खाने और लेटने-बैठने के समय ऊपर-तले कहना अधिक सही होगा। सबके नाम 'त' पर

समाप्त होते थे। इतरत, इशरत, राहत, फ़रहत, इस्मत, इफ़्फ़त वग़ैरा। मकान स्वयं वालिद ने मुझसे बड़े भाई की स्लेट पर डिज़ाइन किया था। सवा सौ कबूतर भी पाल रखे थे। हर एक की नस्ल और ज़ात अलग-अलग। किसी कबूतर को दूसरी ज़ात की कबूतरी से मिलने नहीं देते थे। लकड़ी की दुकान थी। हर कबूतर की काबक उसकी लम्बाई बल्कि दुम की लम्बाई-चौड़ाई और बुरी आदतों को ध्यान में रखते हुए स्वयं बनाते थे। साहब अब जो जाके देखा तो मकान के आर्किटेक्चर में उनके फ़ालतू शौक़ का प्रभाव और दबाव नज़र आया, बल्कि यूं कहना चाहिए कि सारा मकान दरअस्ल उनके कबूतरख़ाने की भौंडी सी नक़्ल था। वालिद बहुत प्रैक्टिकल और दूर की सोचने वाले थे। इस भय से कि उनकी आंख बंद होते ही औलाद घर के बंटवारे के लिये झगड़ा करेगी, वो हर बेटे के पैदा होते ही अलग कमरा बनवा देते थे। कमरों के बनाने में ख़राबी की एक से अधिक सूरत छिपी हुई थी, यानी बड़े-छोटे का लिहाज़-पास था कि हर छोटे भाई का कमरा अपने बड़े भाई के कमरे से लम्बाई-चौड़ाई दोनों में एक-एक गज़ छोटा हो। मुझ तक पहुंचते-पहुंचते कमरे की लम्बाई-चौड़ाई लगभग पंजों के बल बैठ गयी थी। मकान पूरा होने में पूरे सात साल लगे। इस अरसे में तीन भाई और पैदा हो गये। आठवें भाई के कमरे की दीवारें उठायीं तो कोई नहीं कह सकता था कि क़दमचों की नींव रखी जा रही है या कमरे की। हर नवजात के आने पर स्लेट पर पिछले नक़्शे में आवश्यक परिवर्तन और एक कमरे में बढ़ोतरी करते। धीरे-धीरे सारा आंगन ख़त्म हो गया। वहां हमें विरसे में मिलने वाली कोठरियां बन गयीं।

साहब! कहां कराची की कोठी, उसके एयरकंडीशंड कमरे, क़ालीन, ख़ूबसूरत पेंट और कहां ये ढंढार कि खांस भी दो तो प्लास्टर झड़ने लगे। चालीस बरस से रंग-सफ़ेदी नहीं हुई। फुफेरे भाई के मकान में एक जगह तिरपाल की छत बंधी देखी। कराची और लाहौर में तो कोई छतगीरी और नमगीरी के अर्थ भी नहीं बता पायेगा।

छतगीरी पर तीन जगह नेल पॉलिश से X का निशान बना है, मतलब ये कि इसके नीचे न बैठो। यहां से छत टपकती है। कानपुर और लखनऊ में जिस दोस्त और रिश्तेदार के यहां गया, उसे परेशान हाल पाया। पहले जो सफ़ेदपोश थे, वो अब भी हैं मगर सफ़ेदी में पैवन्द लग गये हैं। अपने स्वाभिमान पर कुछ अधिक ही घमंड करने लगे हैं। एक छोटी-सी महफ़िल में मैंने इस पर उचटता-सा जुमला कस दिया तो एक जूनियर लैक्चरर, जो किसी स्थानीय कॉलेज में इकोनोमिक्स पढ़ाते हैं, बिगड़ गये। कहने लगे, ''आपकी अमीरी अमेरिका और अरब देशों की देन है। हमारी ग़रीबी हमारी अपनी ग़रीबी है। (इस पर उपस्थित लोगों में से एक साहब ने गाकर अल्हम्दुलिल्लाह कहा) क़र्जदारी का सुख आप ही को मुबारक हो। अरब अगर थर्ड वर्ल्ड को भिखारी कहते हैं तो ग़लत नहीं कहते।'' मैं मेहमान था उनसे क्या उलझता। देर तक जौ की रोटी, कथरी, चटाई, सब्र, ग़रीबी और स्वाभिमान की आरती उतारते रहे और इसी तरह के शे'र सुनाते रहे। लिहाज़ में मैंने भी दाद दी।

कोई चीज़ ऐसी नहीं जो हिन्दुस्तान में नहीं बनती हो। एक कानपुर ही क्या सारा देश कारख़ानों से पटा पड़ा है। कपड़े की मिलें, फ़ौलाद के कारख़ाने, कार

और हवाई जहाज़ की फ़ैक्ट्रियां। टैंक भी बनने लगे। एटम बम तो बहुत दिन हुए फोड़ लिया। सैटेलाइट भी अंतरिक्ष में छोड़ लिया। अजब नहीं कि चांद पर भी पहुंच जायें। एक तरफ़ तो ये है, दूसरी तरफ़ ये नक़्शा भी देखा कि एक दिन मुझे इनआमुल्ला बरमलाई के यहां जाना था। एक पैडल-रिक्शा पकड़ी। रिक्शेवाला टी.बी. का मरीज़ लग रहा था। बनियान में से भी पसलियां नज़र आ रहीं थीं। मुंह से बनारसी क़िवाम वाले पान के भबके निकल रहे थे। उसने उंगली का आंकड़ा-सा बनाकर माथे पर फेरा तो पसीने की तलल्ली बंध गयी। पसीने ने मुंह और हाथों पर लसलसी चमक पैदा कर दी थी जो धूप में ऐसी लगती थी जैसे वैसलीन लगा रखी हो। नंगे पैर, सूखी कलाई पर कलाई से अधिक चौड़ी घड़ी, हैंडिल पर परवीन बॉबी का एक सैक्सी फ़ोटो। पैडिल मारने में दोहरा हो हो जाता और पीसने में तर माथा बार-बार बॉबी पर सिजदे करने लगता। मुझे एक मील ढोकर ले गया मगर अनुमान लगाइये कितना किराया मांगा होगा? जनाब! कुल पिचहत्तर पैसे, ख़ुदा की क़सम! पिचहत्तर पैसे। मैंने उनके अलावा चार रुपये पच्चीस पैसे का टिप दिया तो पहले तो उसे यक़ीन नहीं आया फिर बांछें खिल गयीं। कद्दू के बीज जैसे पान में लिथड़े दांत निकले के निकले रह गये। मेरे बटुए को ललचाई नज़रों से देखते हुए पूछने लगा, ''बाऊजी आप कहां से आये हैं?'' मैंने कहा—''पाकिस्तान से। मगर 35 बरस पहले यहीं हीरामन के पुरवे में रहता था।'' उसने पांच का नोट अंटी से निकाल कर लौटाते हुए कहा, ''बाबूजी मैं आपसे पैसे कैसे ले सकता हूं? आपसे तो मुहल्लेदारी निकली। मेरी खोली भी वहीं है।''

ग़रीब ग़ुर्राने लगे

और आबादी, ख़ुदा की पनाह। बारामासी मेले का-सा हाल है। धरती से उबले पड़ते हैं। बाज़ार में आप दो क़दम नहीं चल सकते। जब तक कि दायें-बायें हाथ और कुहनियां न चलायें। सूखे में खड़ी तैराकी कहिये। जहां कोहनी मारने की भी गुंजाइश न हो वहां धक्के से पहुंच जाते हैं। लाखों आदमी फ़ुटपाथ पर सोते हैं और वहीं अपनी जीवन की सारी यात्रा पूरी कर लेते हैं। मगर फ़ुटपाथ पर सोने वाला किसी से दबता है—न डरता है। न सरकार को बुरा कहने से पहले मुड़कर दायें-बायें देखता है। हमारे ज़माने के ग़रीब वास्तव में दयनीय होते थे। अब ग़रीब ग़ुर्राते बहुत हैं। रिक्शे को तो फिर भी रास्ता दे देंगे मगर कार के सामने से थोड़ा जो हट जायें।

अज़ीज़ुद्दीन वकील कह रहे थे कि हमारे यहां राजनैतिक जागरूकता बहुत बढ़ गयी है। ख़ुदा जाने, मैंने तो यह देखा कि जितनी ग़रीबी बढ़ती है उतनी ही हेकड़ी भी बढ़ती जाती है। ब्लैक का पैसा वहां भी बहुत है, मगर किसी की मजाल नहीं कि बिल्डिंग में नुमाइश करे। शादियों में खाते-पीते घरानों तक की औरतों को सूती साड़ी और चप्पलें पहने देखा। मांग में अगर सिंदूर न हो तो विधवा-सी लगें। चेहरे पर बिलकुल मेकअप नहीं। जबकि अपने यहां ये हाल कि हम मुर्ग़ी की टांग को भी हाथ नहीं लगाते जब तक उस पर रूज़ न लगा हो। साहब आपने तारिक़ रोड के लाल-भबूका चिकन सिकते देखे होंगे? कानपुर में मैंने अच्छे-अच्छे घरों में दरियां और बेंत के सोफ़ा-सेट देखे हैं और

कुछ तो वही हैं जिन पर हम 35 साल पहले ऐंड़ा करते थे। साहब रहन-सहन के मामले में हिन्दुओं में इस्लामी सादगी पायी जाती है।

जो होनी थी सो बात हो ली, कहारो!

कहने को तो आज भी उर्दू बोलने वाले उर्दू ही बोलते हैं, मगर मैंने एक अजीब परिवर्तन महसूस किया। आम आदमी का ज़िक्र नहीं, उर्दू के प्रोफ़ेसरों और लिखने वालों तक का वो ढंग नहीं रहा जो हम-आप छोड़कर आये थे। करारापन, खड़ापन, वो कड़ी कमान वाला खटका चला गया। देखते-देखते ढुलक कर हिन्दी के पंडताई लहज़े के क़रीब आ गया है। 'Sing-Song' लहज़ा You know what I mean. विश्वास न हो तो ऑल इंडिया रेडियो की उर्दू ख़बरों के लहज़े की, कराची रेडियो या मेरे लहज़े से तुलना कर लीजिये। मैंने पाइंट आउट किया। इनामुल्ला बरमलाई सचमुच नाराज़ हो गये। अरे साहब! वो तो आक्षेपों पर उतर आये। कहने लगे, ‘‘और तुम्हारी ज़ुबान और लहज़े पर जो पंजाबी छाप है तुम्हें नज़र नहीं आती, हमें आती है। तुम्हें याद होगा, 2 अगस्त 1947 को जब मैं तुम्हें ट्रेन पर सी-ऑफ़ करने गया तो तुम काली रामपुरी टोपी, सफ़ेद चूड़ीदार पाजामा और जोधपुरी जूते पहने हाथ का चुल्लू बना-बना कर आदाब-तस्लीमात कर रहे थे, कहो हां! कल्ले में पान, आंखों में ममीरे का सुरमा, मलमल के चुने हुए कुर्ते में इत्रे-गिल! कहो, हां! तुम यहां से चाय को चांय, घास को घांस और चावल को चांवल कहते हुए गये! कहो हां! और जिस समय गार्ड ने सीटी बजायी तुम चमेली का गजरा गले में डाले थर्मस से गर्म चाय प्लेट में डालकर, फूंकें मार-मार कर सुटर-सुटर पी रहे थे। उस समय भी तुम कराची को किरांची कह रहे थे। कह दो कि नहीं। और अब तीन Decades of decadence के बाद सर पर सफ़ेद बालों का टोकरा रखे, टख़ने तक हाजियों जैसा झाबड़ा-झिल्ला कुर्ता पहने, टांगों पर घेरदार शलवार फड़काते, कराची के कंक्रीट जंगल से यहां तीर्थयात्रा को आये हो तो हम तुम्हें पंडित-पांडे दिखायी देने लगे। भूल गये? तुम यहां ‘अमां! और ऐ साहब’ कहते हुए गये थे और अब सांईं-सांईं कहते लौटे हो।’’ साहब मैं मेहमान था। बक़ौल आपके, अपनी बेइज़्ज़ती ख़राब करवा के चुपके से उठकर रिक्शे में घर आ गया।

जो होनी थी सो बात हो ली, कहारो
चलो ले चलो मेरी डोली, कहारो

हम चुप रहे, हम हँस दिये

लखनऊ और कानपुर उर्दू के गढ़ थे। अनगिनत उर्दू अख़बार और पत्रिकायें निकलती थीं। ख़ैर आप तो मान कर नहीं देते। मगर साहब, हमारी ज़बान प्रामाणिक थी। अब हाल यह है कि मुझे तो सारे शहर में एक भी उर्दू साइन बोर्ड नज़र नहीं आया। लखनऊ में भी नहीं। मैंने ये बात जिससे भी कही वो आह भर के या मुंह फेर के चुप हो गया। मत मारी गयी थी कि ये बात एक महफ़िल में दोहरा दी तो एक साहब बिखर गये। शायद ज़हीर नाम है। म्यूनिसिपलिटी के मैंबर हैं। वकालत करते हैं। न जाने कब से भरे बैठे थे। कहने लगे, ‘‘ख़ुदा के लिये हिन्दुस्तानी मुसलमानों पर रहम कीजिये। हमें अपने हाल पर छोड़ दीजिये। पाकिस्तान से जो भी आता है। हवाई जहाज़ से उतरते ही अपना फ़ॉरेन

एक्सचेंज उछालता, यही रोना रोता हुआ आता है। जिसे देखो, आंखों में आंसू भरे शह्‌र का मर्सिया पढ़ता चला आ रहा है। अरे साहब! हम आधी सदी से पहले का कानपुर कहां से लाकर दें। बस, जो कोई भी आता है, पहले तो हर मौजूदा चीज़ की तुलना पचास बरस के पहले के हिन्दुस्तान से करता है। जब ये कर चुकता है तो आज के हिन्दुस्तान की तुलना आज के पाकिस्तान से करता है। दोनों मुक़ाबलों में चाबुक दूसरे घोड़े के मारता है, जितवाता है अपने ही घोड़े को।" वो बोलते रहे। मैं मेहमान था क्या कहता, वरना वही सिंधी कहावत होती कि गयी थी सींगों के लिये, कान भी कटवा आयी।

लेकिन एक सच्चाई को स्वीकार न करना बेईमानी होगी। हिन्दुस्तान का मुसलमान मिलनसार, मुहब्बत-भरा, स्वाभिमानी और आत्मविश्वासी है। नुशूर भाई से लम्बी-लम्बी मुलाक़ातें रहीं। साक्षात् मुहब्बत, साक्षात् प्यार, साक्षात् रोग। उनके यहां लेखकों और शायरों का जमाव रहता है। पढ़े-लिखे लोग भी आते हैं। पढ़े-लिखे हैं मगर बुद्धिमान नहीं। सब एक सुर में कहते हैं कि उर्दू बड़ी सख़्त जान है। पढ़े-लिखे लोगों को उर्दू का भविष्य अंधकारपूर्ण दिखायी देता है। बड़े-बड़े मुशायरे होते हैं। सुना है कि एक मुशायरे में तो तीस हज़ार से अधिक श्रोता थे। साहब! मैं आपकी राय से सहमत नहीं कि जो शे'र एक साथ पांच हज़ार आदमियों की समझ में आ जाये वो शे'र नहीं हो सकता, कोई और चीज़ है।

अनगिनत सालाना कॉन्फ्रेंस होती हैं। सुना है कई उर्दू लेखकों को पद्मश्री और पद्मभूषण के अवार्ड मिल चुके हैं। मैंने कइयों से पद्म और भूषण के अर्थ पूछे तो जवाब में उन्होंने वो रक़म बतायी जो अवार्ड के साथ मिलती है। आज भी फ़िल्मी गीतों, द्विअर्थी डायलॉग, क़व्वाली और आपस की मारपीट की ज़बान उर्दू है। संस्कृत शब्दों पर बहुत ज़ोर है मगर आप आम आदमी को संस्कृत में गाली नहीं दे सकते। इसके लिये सम्बोधित का पंडित और विद्वान होना आवश्यक है। साहब! गाली, गिनती और गंदा लतीफ़ा तो अपनी मादरीज़बान में ही मज़ा देता है। तो मैं कह रहा था कि उर्दू वाले काफ़ी उम्मीद से भरे हैं। कठिन हिन्दी शब्द बोलते समय इंदिरा गांधी की ज़बान लड़खड़ाती है तो उर्दू वालों को कुछ आस बंधती है।

कौन ठहरे समय के धारे पर

नुशूर वाहिदी उसी तरह तपाक और मुहब्बत से मिले। तीन-चार घंटे ग़प के बाद जब भी मैंने ये कहकर उठना चाहा कि अब चलना चाहिए तो हाथ पकड़कर बिठा लिया। मेरा जी भी यही चाहता था कि इसी तरह रोकते रहें। याददाश्त ख़राब हो गयी है। एक ही बैठक में तीन-चार बार आपके बारे में पूछा, "कैसे हैं? सुना है हास्य-व्यंग्य लेख लिखने लगे हैं। भई हद हो गयी।" रोगी तो आप जानते हैं सदा के थे। वज़्न 75 पौंड रह गया है। उम्र भी इतनी ही होगी। चेहरे पर नाक ही नाक नज़र आती है। नाक पर याद आया, कानपुर में चुनिया केले, इसी साइज़ के अब भी मिलते हैं। मैंने ख़ासतौर पर फ़रमाइश करके मंगवाये। मायूसी हुई। अपने सिंध के चित्तीदार केलों के आस-पास भी नहीं। एक दिन मेरे मुंह से निकल गया कि सरगोधे का मालटा, नागपुर के संतरे से बेहतर होता है। नुशूर तड़प कर बोले, "ये कैसे मुमकिन है?" वैसे नुशूर माशाअल्लाह चाक-चौबंद हैं।

सूरत बहुत बेहतर हो गयी है। इसलिए कि आगे को निकले हुए लहसुन की गांठ जैसे ऊबड़-खाबड़ दांत सब गिर चुके हैं।

आपको तो याद होगा, सुरैया एक्ट्रेस क्या क़यामत का गाती थी? मगर लम्बे दांत सारा मज़ा किरकिरा कर देते थे। सुना है कि हमारे पाकिस्तान आने के बाद सामने के दांत निकलवा दिये थे। एक फ़िल्मी मैगज़ीन में उसका ताज़ा फ़ोटो देखा तो स्वयं पर बहुत क्रोध आया कि क्यों देखा? फिर उसी डर के मारे उसके रिकॉर्ड नहीं सुने। एजाज़ हुसैन क़ादरी के पास उस ज़माने के सारे रिकॉर्ड मय भोंपू वाले ग्रामोफ़ोन के अभी तक सुरक्षित हैं। साहब! विश्वास नहीं हुआ कि यह हमारे लिये साइंस, गायकी और ऐश की इन्तहा थी। उन्होंने उस ज़माने के सुर-संगीत सम्राट सहगल के दो-तीन गाने सुनाये। साहब! मुझे तो बड़ा शॉक लगा कि माननीय के नाक से गाये हुए गानों से मुझ पर ऐसा रोमांटिक मूड कैसे तारी हो जाता था।

मोती बेगम का मुंह झुरिया कर बिलकुल किशमिश हो गया है। नुशूर कहने लगे, ''मियां तुम औरों पर क्या तरस खाते फिरते हो। थोड़ा अपनी सूरत तो 47 के पासपोर्ट फ़ोटो से मिलाकर देखो। कोई अखिल भारतीय मुशायरा ऐसा नहीं होता, जिसमें नुशूर न बुलाये जायें। शायद किसी शायर को इतना पारिश्रमिक नहीं मिलता, जितना उन्हें मिलता है। बड़ी इज़्ज़त की नज़र से देखे जाते हैं। अब तो माशाअल्लाह घर में फ़र्नीचर भी है मगर अपनी पुरानी परंपरा पर डटे हुए हैं। तबियत हमेशा की ही तरह थी, यानी बहुत ख़राब।''

मैं मिलने जाता तो बान की खुर्री चारपाई पर लेटे से उठ बैठते और तमाम समय बनियान पहने तकिये पर उकड़ूं बैठे रहते। अक्सर देखा कि पीठ पर चारपाई के बानों का नालीदार पैटर्न बना हुआ है। एक दिन मैंने कहा, ''प्लेटफ़ॉर्म पर जब एनाउंस हुआ कि ट्रेन अपने निर्धारित समय से ढाई घंटा विलंब से प्रवेश कर रही है तो ख़ुदा की क़सम मेरी समझ में ही नहीं आया कि ट्रेन क्या कर रही है। आ रही है या जा रही है, या ढाई घंटे से महज़ कुलेलें कर रही है।'' ये सुनना था कि नुशूर बिगड़ गये।

जोश में बार-बार तकिये पर से फिसल पड़ते थे। एक बेचैन पल में अधिक फिसल गये तो बानों की झिरी में पैर के अंगूठे को जड़ तक फंसा के फ़ुट ब्रेक लगाया और एकदम तन कर बैठ गये। कहने लगे, ''हिन्दुस्तान से उर्दू को मिटाना आसान नहीं। पाकिस्तान में पांच बरस में उतने मुशायरे नहीं होते होंगे जितने हिन्दुस्तान में पांच महीने में हो जाते हैं। पंद्रह-बीस हज़ार की भीड़ की तो कोई बात ही नहीं। अच्छा शायर आसानी से पांच-सात हज़ार पीट लेता है। रेल का किराया, ठहरने-खाने का इंतज़ाम और दाद इसके अलावा। जोश ने बड़ी जल्दबाज़ी की। बेकार चले गये, पछताते हैं।'' अब मैं उन्हें क्या बताता कि जोश को 7-8 हज़ार रुपये महीना...और कार...दो बैंकों और एक इंश्योरेंस कंपनी की तरफ़ से मिल रहे हैं। शासन की तरफ़ से मकान अलग से। यूं इसकी शक्ल कृपा की जगह कष्ट की-सी है।

गाकर पढ़ने में अब नुशूर की सांस उखड़ जाती है। ठहर-ठहर कर पढ़ते हैं, मगर

आवाज़ में अब भी वही दर्द और गमक है। बड़ी-बड़ी आंखों में वही चमक। तेवर और लहज़े में वही खरज और निडरपन, जो केवल उस समय आता है जब आदमी पैसे ही नहीं, ज़िंदगी और दुनिया को भी हेच (तुच्छ) समझने लगे। दस-बारह ताज़ा ग़ज़लें सुनायीं। क्या कहने। मुंह पर आते-आते रह गया कि डेंचर लगाकर सुनाइये। आपने तो उन्हें बहुत बार सुना है। एक ज़माने में 'ये बातें राज़ की हैं क़िबला-ए-आलम भी पीते हैं' वाली ग़ज़ल ने सारे हिन्दुस्तान में तहलका मचा दिया था, मगर अब 'दौलत कभी ईमां ला न सकी, सरमाया मुसलमां हो न सका' वाले शे'रों पर दाद के डोंगरे नहीं बरसते। सुनने वालों का मूड बदला हुआ है। श्रोताओं का मौन भी एक प्रकार की बेआवाज़ हूटिंग है। अगर उस्ताद दाग़ या नवाब साइल देहलवी भी अपनी वो तोप ग़ज़लें पढ़ें जिनसे 70-80 बरस पहले छतें उड़ जाती थीं तो श्रोताओं की अरसिकता से तंग आकर उठ खड़े हों, मगर अब नुशूर का रंग बदल गया। मुशायरे अब भी लूट लेते हैं। हमेशा के मस्त-मलंग हैं। कह रहे थे कि अब कोई तमन्ना, कोई हसरत शेष नहीं। मैंने तो हमेशा उन्हें बीमार, कमज़ोर, बुरे हाल और निश्चिंत पाया। उनके स्वाभिमान और रुतबे में कोई फ़र्क़ नहीं आया। धनी-मानी लोगों से कभी चिपक कर नहीं मिले। साहब ये नस्ल ही कुछ और थी। वो सांचे ही टूट गये जिनमें ये मस्त और दीवाने चरित्र ढलते थे। भला बताइये, असग़र गोंडवी और जिगर मुरादाबादी से अधिक दिमाग़ वाला और स्वाभिमानी कौन होगा? पेशा, चश्मे बेचना। वो भी दुकान या अपने ठिये पर नहीं...जहां पेट का धंधा ले जाये। नुशूर से मेरी दोस्ती तो अभी हाल में चालीस बरस से हुई है, वरना इससे पहले दूसरा रिश्ता था। मैंने क़साइयों के मुहल्ले में स्थित मदरसा-उल-इस्लाम में फ़ारसी इन्हीं से पढ़ी थी। और हां! अब इस मुहल्ले के क़साई पोथ की अचकन और लाल पेटेंट लेदर के पंप-शू नहीं पहनते। उस ज़माने में कोई शख़्स अपनी बिरादरी का लिबास छोड़ नहीं सकता था। उसका हुक़्क़ा-पानी बंद कर दिया जाता।

दुबारा रिश्वत देने को जी चाहता है

जाने-पहचाने बाज़ार अब पहचाने नहीं जाते। ऐसे मिलनसार दुकानदार नहीं देखे। बिछे जाते थे। दुकान में पैर रखते ही ठंडी बोतल हाथ में थमा देते थे। मेरा ऐसी ज़ालिम सेल्समैनशिप से वास्ता नहीं पड़ा था। बोतल पीकर दुकान से ख़ाली हाथ निकलना बड़ा ख़राब मालूम होता था, इसलिए सेल्समैनों की पसंद की चीज़ें ख़रीदता चला गया। अपनी आवश्यकता और फ़रमाइश की चीज़ें ख़रीदने के पैसे ही नहीं रहे। यक़ीन नहीं आया कि जहां इस समय धक्कम-पेल, चीख़म-दहाड़ मच रही है और बदबुओं के बगोले मंडरा रहे हैं, ये वही चौड़ी, साफ़-सुथरी 'मॉल' बल्कि 'दी मॉल' है। साहब! अंग्रेज़ ने हर शह्र में 'दी मॉल' ज़रूर बनाया। फ़ैशनेबल ऊंची दुकानों वाला मॉल। धनी लोगों की धन-राह कहिये, अभी कल की-सी बात मालूम होती है। मॉल के किनारे काफ़ी दूर तक बबूल की छाल बिछी होती थी, ताकि कोतवाल के लौंडे के घोड़े को दुलकी चलने में आसानी रहे। दायें-बायें दो साईस नंगे पैर साथ-साथ दौड़ते जाते कि लौंडा गिर न जाये। वो हांफ़ने लगते तो हँसी से दोहरा हो जाता। हमारी उससे दोस्ती हो गयी थी।

एक बार हम पन्द्रह बीस दोस्तों को बहराइच के पास अपने गांव शिकार पे ले

गया। हर पांच लोगों के लिये एक अलग ख़ेमा। ख़ेमों के पीछे एक सम्मानित फ़ासले पर नौकरों की छोलदारी। हम ख़ेमों में सोते थे। क्या बताऊं, जंगल में कैसे ऐश रहे। एक रात मुजरा भी हुआ। सूरत इतनी अच्छी थी कि ख़ुदा की क़सम! ग़लत सोच पर भी प्यार आने लगा। पेशेवर शिकारी रोज़ शिकार मार कर ले आते थे। जिसे बावर्ची लकड़ियों और छपटियों की आग पर भूनते। हमारे ज़िम्मे तो केवल पचाना और ये बताना था कि कल कौन किस जानवर का गोश्त खाना पसंद करेगा। सांभर का गोश्त पहले-पहल वहीं चखा। आख़िरी शाम चार भुने हुए पूरे काले हिरन दस्तरख़्वान पर सजा दिये गये। हर हिरन के अन्दर एक क़ाज और क़ाज में तीतर और तीतर के पेट में मुर्ग़ी का अंडा। हमारी आंखें फटी की फटी रह गयीं। खाते क्या ख़ाक।

कानपुर का वो कोतवाल हद दर्जा लायक़, सूझ-बूझ वाला, इंतहाई मिलनसार और उसी दर्जे का बेईमान था। साहब आप रिश्वतख़ोर, व्यभिचारी और शराबी को हमेशा मिलनसार और मीठे स्वभाव का पायेंगे। इस वास्ते कि वो अक्खड़पन, सख़्ती और बदतमीज़ी एफ़ोर्ड कर ही नहीं सकता। इस लड़के ने कुछ करके नहीं दिया। लिवर के सिरोसिस में मरा। उसका छोटा भाई पाकिस्तान आ गया। लोगों से कह सुनकर मारीपुर के स्कूल में टीचर लगवा दिया। कोई तीन बरस हुए मेरे पास आया था। कहने लगा कि मैं बी.टी. नहीं हूं। थोड़े-से वेतन में गुज़ारा नहीं होता। सऊदाबाद से मारीपुर जाता हूं। दो जगह बस बदलनी पड़ती है। आधा वेतन तो बस के किराये में निकल जाता है। अपने यहां मुंशी रख लीजिये। उसकी तीन जवान बेटियां कुंवारी बैठी थीं। एक के कपड़ों में आग लग गयी, वो जल कर मर गयी। लोगों ने तरह-तरह की बातें बनायीं। स्वयं उसे दो बार हार्ट अटैक हो चुके थे। जिन्हें उसने स्कूल वालों से छिपाया, वरना वो गयी-गुज़री नौकरी भी जाती रहती। कोतवाल सारे शह्र का, ग़ुंडों समेत, बादशाह होता था। मतलब यह जिसे चाहे ज़लील कर दे। साहब मिर्ज़ा ठीक ही कहते हैं कि डेढ़ सौ साल के हालात पढ़ने के बाद हम इस नतीजे पर पहुंचते हैं कि तीन डिपार्टमेंट ऐसे हैं जो पहले दिन से बेईमान हैं। पहला पुलिस, दूसरा पी.डब्ल्यू.डी., तीसरा इन्कमटैक्स। अब इनमें मेरी तरफ़ से एंटीकरेप्शन विभाग को और बढ़ा लीजिये। ये केवल रिश्वत लेने वालों से रिश्वत लेता है। रिश्वत हिन्दुस्तान में भी ख़ूब चलती है। मुझे भी थोड़ा-बहुत निजी अनुभव हुआ मगर साहब हिन्दू रिश्वत लेने में ऐसी नम्रता, ऐसी शालीनता और गंभीरता बरतता है कि ख़ुदा की क़सम दुबारा देने को जी चाहता है।

और साहब विनम्रता का ये हाल कि क्या हिन्दू-क्या मुसलमान, क्या बूढ़ा-क्या जवान सब बड़ी नम्रता से हाथ जोड़कर सलाम-प्रणाम करते हैं। बड़े-बड़े लीडर स्पीच से पहले और स्पीच के बाद और बड़े से बड़ा संगीत सम्राट भी पक्के राग गाने से पहले और गाने के बाद इंतहाई विनम्रता के साथ श्रोताओं के सामने हाथ जोड़कर खड़ा हो जाता है। मैंने स्वयं अपनी आंखों और कानों से एक मुशायरे में साहब, अली सरदार जाफ़री को दस-बारह बहुत लम्बी नज़्में सुनाने के बाद हाथ जोड़ते हुए स्टेज से उतरते देखा। ख़ैर ऐसी वारदात के बाद तो हाथ जोड़ने का कारण हमारी समझ में भी आता है।

बाज़ारे-हुस्न पे क्या गुज़री

और साहब मूलगंज देखकर तो कलेजा मुंह को आ गया। ये हुस्न का बाज़ार हुआ करता था। आप भी दिल में कहते होंगे, अजीब आदमी है। डबल हाजी, माथे पर गट्टा मगर हर क़िस्से में रंडी को ज़रूर कांटों में घसीटता है। क्या करूं, हमारी नस्ल तो तरसती-फड़कती बूढ़ी हो गयी। उस ज़माने में रंडी साहित्य और स्नायु-समूह पर बुरी तरह सवार थी। कोई जवानी और कहानी उसके बग़ैर आगे नहीं बढ़ सकती थी। ये भी ध्यान रहे कि रंडी अकेली वो परायी औरत थी, जिसे आप नज़र भरकर देख सकते थे। वरना हर वो औरत जिससे निकाह सम्भव हो, मुंह ढांके रखती थी। मैंने देखा कि अब वेश्याओं ने गृहस्थिनों के से शरीफ़ाना लिबास और ढंग अपना लिये हैं। अब उन्हें कौन समझाये कि इसी चीज़ से तो घबराकर दुखियारे तुम्हारे पास आते थे। गृहस्थी, पवित्रता और एकरंगी के उकताये हुए लोग अजनबी बदन-सराय में रात-बिरात विश्राम के लिये आ जाते थे। यह आसरा भी न रहा।

तो मैं कह रहा था कि मूलगंज में हुस्न का बाज़ार हुआ करता था। ज़माने भर की दुर-दुर, हुश-हुश के बाद वेश्याओं ने अब रोटी वाली गली में पनाह ली है। बाज़ार काहे को है, बस एक गटर है, यहां से वहां तक। वो जगह भी देखी जहां पचास बरस पहले मैं और मियां तज़म्मुल हुसैन दीवार की तरफ़ मुंह करके सीख़ से उतरे कबाब खाया करते थे। जैसे चटख़ारेदार कबाब वेश्याओं के मुहल्ले में मिलते थे, कहीं और नहीं देखे। सिवाय लखनऊ के मौलवी मुहल्ले के। गजरे भी ग़ज़ब के होते थे और हां! आपके लिये असलम रोड का एक कबाबिया डिस्कवर किया है। आपके लंदन जाने से पहले बानगी पेश करूंगा। साहब! कबाब मैंने बाहर का और पान हमेशा घर का खाया है। आपने कभी वेश्या के हाथ की गिलौरी खायी है, मगर आप तो कहते हैं कि आपने अपने ख़त्नों पर (लिंग की खाल काटना) मुजरे के बाद कभी रंडी का नाच ही नहीं देखा और बरसों इसी इंप्रेशन में रहे कि मुजरा देखने से पहले हर बार इस पड़ाव से गुज़रना होता है। रंडी के हाथ का पान कभी नहीं रचता। मैंने देखा है कि बुड्ढों, भड़भड़ियों और शायरों को पान नहीं रचता। मगर आप नाचीज़ के होंठ देख रहे हैं। आदाब!

मियां तज़म्मुल घर जाने से पहले रगड़-रगड़ के होंठ साफ़ करते और कबाब, प्याज़ के भबके को दबाने के लिये जिंतान की गोली चूसते। हाजी साहब (उनके बाप) ताज़ा-ताज़ा चिन्यौट से आये थे। सीख़ के कबाब और पान को यू.पी. की अय्याशियों में गिनते थे। कहते थे, ''बेटो! तुम्हें जो कुछ करना है मेरे सामने करो।'' लेकिन अगर उनके सामने ये काम किया जाता तो कुल्हाड़ी से सर फाड़ देते। जो उनके लिये बायें हाथ का खेल था कि वो एक अरसे से रोज़ कसरत के तौर पर सुब्ह की नमाज़ के बाद दस सेर लकड़ी फाड़ते थे। आंधी-पानी हो तो मर्दाना बैठक में दस-दस सेर के मुगदर घुमा लेते। वो चिन्यौट से रोज़ी-रोटी की तलाश में निकले थे। उनके वालिद यानी मियां तज़म्मुल के दादा ने बुरी राह पे भटकने से रोकने के लिये एक हज़ार दाने की जपने की माला, एक जोड़ी मुगदर, कुल्हाड़ी और बीवी सफ़र के सामान में रख दी और कुछ ग़लत

नहीं किया। इसलिए कि इन उपकरणों पे अभ्यास करने के बाद बुराई तो एक तरफ़ रही, आदमी अच्छाई करने के लायक़ भी नहीं रहता।

मगर ख़ुदा के लिये आप मेरी बातों से कुछ और न समझ बैठियेगा। बार-बार वेश्या और कोठे का ज़िक्र आता है, मगर 'तमाम हो गयीं सब मुश्किलात कोठे पर' वाला मामला नहीं। ख़ुदा गवाह है, बात कभी पान, कबाब खाने और कोठे पर जाने वालों को ईर्ष्या की नज़र से देखने से आगे न बढ़ी। कभी-कभी मियां तजम्मुल बड़ी हसरत से कहते, ''यार! ये लोग कितने लकी हैं। इनके बुजुर्ग या तो मर चुके हैं या अंधे हैं।''

बात ये है कि वो ज़माना और था। नयी पौध पर जवानी आती थी तो बुज़ुर्ग-नस्ल दीवानी हो जाती थी। सारे शह्‌र के लोग एक-दूसरे के चाल-चलन पर पहरा देना अपना फ़र्ज समझते थे।

हम उसके पासबां हैं वो पासबां हमारा

बुज़ुर्ग क़दम-क़दम पर हमारी इस्तेमाल में न आयी जवानी की चौकीदारी करते थे। बल्कि यूं कहना चाहिए कि हमारी भटकनों और लड़खड़ाहटों को पकड़ने के लिये अपना सारा बुढ़ापा चौकन्ने विकेटकीपर की तरह घुटनों पर झुके-झुके गुज़ार देते थे। समझ में नहीं आता था कि अगर यही सब कुछ होना था तो हम जवान काहे को हुए।

साहब अपनी तो सारी जवानी-दीवानी दंड पेलने और भैंस का दूध पीने में गुज़र गयी। अब इसे दीवानापन नहीं तो और क्या कहें?

खुली आंखों से गाना सुनने वाले

मेरे वालिद, अल्लाह-बख़्शे, थियेटर और गाने के रसिया थे। ऐसे-वैसे! जब मौज में होते और बैठक में हार्मोनियम बजाते तो रस्ता चलते लोग खड़े हो जाते। बजाते में आंखें बंद रखते। उस ज़माने में शौक़ीन सुनने वाले भी गाना सुनते समय आंखें बंद ही रखते थे ताकि ध्यान केवल सुरों पर ही केन्द्रित रहे। अलबत्ता वेश्या का गाना खुली आंखों से सुनना उचित था। उस्ताद बुंदू ख़ां की तरह वालिद के मुंह से कभी-कभार अनायास गाने का बोल निकल जाता जो कानों को भला लगता था। वैसे बाक़ायदा गाते भी थे मगर उसके सामने, जो स्वयं भी गाता हो। ये उस ज़माने के शरीफ़ों का ढंग था। शाहिद अहमद देहलवी भी यही करते थे।

आपने तो वालिद साहब का आख़िरी जमाना देखा जब वो बिलकुल बिस्तर पर लेट चुके थे। जवानी में हीराबाई के गाने के आशिक़ थे। 'दादर कंठिया' थी यानी दूसरों में क़यामत ढाती थी। 'बेशतर मुजरई', मेरा मतलब है बैठ कर गाती थी। सौ मील के दायरे में कहीं उसका गाना हो, तो सारा काम-धंधा छोड़ कर पहुंच जाते। इत्तफ़ाक़न किसी महफ़िल में न पहुंच पायें तो स्वयं भी बेचैन-सी रहती। राजस्थानी मांड और भैरव थाट केवल उन्हीं के लिये गाती थी। धैवत और रिषभ सुरों को लगाते समय थोड़ा थम-थम के

उन्हें झुलाती तो एक समां बांध देती। जैसी चौंचाल तबियत पायी, वैसी ही गायकी थी। दादरा गाते-गाते कभी चंचल सुर लगा देती तो सारी महफ़िल फड़क उठती। आपको बख़ूबी मालूम है कि वालिद घर के रईस नहीं थे। इमारती लकड़ी की छोटी-सी दुकान थी। मेरी मौजूदा दुकान की एक चौथाई समझिये। बस काम-चलाऊ। लकड़मंडी में किसी की दुकान तीन दिन तक बंद रहे तो उसका ये मतलब होता था कि किसी क़रीबी रिश्तेदार की मौत हो गयी है। चौथे दिन बंद होने का मतलब था कि स्वयं उसकी मौत हो गयी है लेकिन वालिद साहब की दुकान सात दिन भी बंद रहे तो लोग चिंतित नहीं होते थे। समझ जाते कि हीराबाई से अपनी गुणग्राहकता की दाद लेने गये हैं, लेकिन उनके बंधे ग्राहक लकड़ी उन्हीं से ख़रीदते। हफ़्ते-हफ़्ते भी वापसी का इंतज़ार करते, बल्कि आख़िर-आख़िर तो ये हुआ कि तीन-चार ग्राहकों को भी चाट लगा दी। वो भी उनकी अर्दली में हीराबाई का गाना सुनने जाने लगे। जब उन्हें पूरी तरह चस्का लग गया तो सवारी का इंतज़ाम, सेहरा गाने पर बेल और हर अच्छे शे'र या मुरकी पर रुपया देने का काम भी उन्हीं के सुपुर्द कर दिया। हीराबाई रुपया उनसे लेती, सलाम वालिद को करती। ये तो मुझे मालूम नहीं कि उन दुखियारों को संगीत की भी कुछ सूझ पैदा हुई कि नहीं लेकिन आख़िर में वो लकड़ी ख़रीदने के लायक़ नहीं रहे थे। एक ने तो दीवाला निकालने के बाद हार्मोनियम मरम्मत करने की दुकान खोल ली। दूसरा इस लायक़ भी न रहा। क़र्ज़दारों से इज़्ज़त बचा कर बंबई चला गया जहां बग़ैर टिकट के रोज़ थियेटर देखता और मुख़्तार बेगम, मास्टर निसार का गाना सुनता था। मतलब यह कि थियेटर में पर्दा खींचने का औनरेरी काम करने लगा। दिन में तुर्की टोपी के फुंदने बेचता था। उस ज़माने में दाऊद सेठ भी बम्बई में फुंदने बेचा करता था, हालांकि उसने तो हीराबाई का गाना भी नहीं सुना था।

और ये जो आप ठुमरी, दादरा और ख़याल में मेरा शौक़ देख रहे हैं, ये बाबा की ही मेहरबानी है। इक़बाल बानो, सुरैया और फ़रीदा ख़ानम अब मेरी सूरत पहचानने लगी हैं, मगर मियां तज़म्मुल कहते हैं कि सूरत से नहीं सफ़ेद बालों से पहचानती हैं। अरे साहब! पिछले साल जो डांस टॉप आया था, उसके शो में ख़ुदा झूठ न बुलवाये हज़ार आदमी तो होंगे। मियां तज़म्मुल का टिकट भी मुझी को ख़रीदना पड़ा। तीसरा हज करने के बाद उन्होंने अपने पैसे से नाच-गाना और सिनेमा देखना छोड़ दिया है। कहने लगे, ''इस भीड़ में एक आदमी तुम जैसा नहीं,'' मैंने शुक्रिया अदा किया ''आदाब'' तो बोले, ''मेरा मतलब तुम्हारी तरह झड़ूस नहीं। एक आदमी नहीं, जिसके तमाम बाल और भवें तुम्हारी तरह सफ़ेद हों। भाई मेरे या तो इन्हें काले कर लो या डांस मुजरे से तौबा कर लो।''

मैंने कहा, ''भाई तज़म्मुल मुंह काला करने के लिये तुम्हारे साथ इस गली की परिक्रमा मेरे लिये काफ़ी है। मैं एक साथ अपना मुंह और बाल काले नहीं करना चाहता।''

कोई नमाज़ और मुजरा नहीं छोड़ा

वैसे तो आपको मालूम ही है कि वालिद पाक-साफ़, पांचों समय नमाज़ पढ़ने वाले आदमी थे। हम सब भाई-बहन पांचों समय नमाज़ पढ़ते हैं, ये सब उन्हीं के कारण है। उन्होंने कभी

कोई नमाज़ और मुजरा नहीं छोड़ा। 1922-23 का ज़िक्र है जब एक पारसी थ्येट्रिकल कंपनी आयी तो एक महीने तक एक ही खेल रोज़ाना...बिना नाग़ा...इस तरह देखा जैसे पहली बार देख रहे हैं। कुछ ही दिनों में थियेटरवालों से ऐसे घुल-मिल गये कि डायलॉग में तीन-चार जगह मूड के हिसाब से परिवर्तन करवाया। एक मौक़े पर दाग़ के बजाय उस्ताद जौक़ की ग़ज़ल 'राग यमन' कल्याण में गवायी। बिब्बू को समझाया कि तुम डायलॉग के दौरान एक ही समय में आंखें भी मटकाती हो, कमर और कूल्हे भी। मौक़े की आवश्यकता के हिसाब से तीनों में से केवल एक हथियार चुन लिया करो। दो मर्तबा हीरो को स्टेज पर पहनने के लिये अपना साफ़ पाजामा दिया। मैनेजर को आगाह किया कि तुमने जिस शख़्स को लैला का बाप बनाया है उसकी उम्र मजनूं से भी कम है। नक़ली दाढ़ी की आड़ में वो लैला को जिस नज़र से देखता है उसे बाप का प्यार बिलकुल नहीं कहा जा सकता।

एक दिन पेटी मास्टर गुर्दे के दर्द से निढाल हो गया तो हमारे बाबा हार्मोनियम बजाने बैठ गये। हिना के इत्र में बसा रूमाल सर पर डाल लिया और मान लिया कि कोई नहीं पहचानेगा। लाली मिला हुआ सफ़ेद रंग, सफ़ेद चमकदार दांत, पतले होंठ। कम हँसते थे, मगर जब हँसते थे तो गालों पर लाली और आंखों से आंसू छलकने लगते। हर लिबास उन पर फबता था। चुनांचे शीरीं बात फ़रहाद से करती मगर नज़रें हमारे बाबा पर ही जमाये रखती। थियेटर से उनका ये लगाव मां को बुरा लगता था। हम भाई-बहन सयाने हो गये तो एक दिन मां ने उनसे कहा, "अब तो ये शौक़ छोड़ दीजिये। औलाद जवान हो गयी है।" कहने लगे, "बेगम! तुम कमाल करती हो। जवान वो हुए हैं और नेक-चलनी का उपदेश मुझे दे रही हो।"

उन्हें ये शौक़ पागलपन की हद तक था। आग़ा हश्र कश्मीरी को शेक्सपियर से बड़ा ड्रामा लिखने वाला समझते थे। इस तुलना में जानबूझकर डंडी मारने या धार्मिक भेदभाव का थोड़ा भी हाथ न था। उन्होंने शेक्सपियर सिरे से पढ़ा ही नहीं था। इसी तरह अपने दोस्त पंडित सूरज नारायण शास्त्री से इस बात पर लड़ मरे कि 'दाग़' देहलवी कालीदास से बड़ा शायर है। तुलना के समय दलील में ज़ोर पैदा करने के लिये उन्होंने कालीदास को एक गाली भी दी। जिसका पंडितजी पर गहरा असर हुआ और उन्होंने 'दाग़' देहलवी के शागिर्द नवाब 'साइल' देहलवी तक को कालीदास से बड़ा मानने के लिये अपनी तरफ़ से प्रतिबद्धता प्रकट की।

जिस दिन आग़ा हश्र कश्मीरी की मौत की ख़बर आयी तो वालिद की जेबी घड़ी में दस बज रहे थे। दुकान पर ग्राहकों का झुण्ड था, मगर उसी समय दुकान में ताला डालकर घर आ गये। दिन भर मुंह-औंधे पड़े रहे। पंडितजी ढांढस बंधाने आये तो चादर से मुंह निकालकर बार-बार पूछते कि पंडितजी! मुख़्तार बेगम (जो आग़ा हश्र कश्मीरी की सम्भावित बीवी थीं) का क्या बनेगा? पहाड़ सी जवानी कैसे कटेगी? आख़िर में पंडितजी ने जवाब दिया। हर पहाड़ को कोई-न-कोई काटने वाला फ़रहाद मिल ही जाता है। कला का सुहाग भी कभी उजड़ा है? उसकी मांग तो सदा सिंदूर और सितारों से भरी रहेगी। वालिद जैसे ही सुब्ह घर में दुखी और उदास दाख़िल हुए, बरामदे की चिक़ें डाल

दीं और मां से कहा, "बेगम! हम आज लुट गये। आज घर में चूल्हा नहीं जलेगा।" सरे-शाम ही क़लाक़ंद खा कर सो गये।

पंडितजी को गाने का बिलकुल शौक़ नहीं था, लेकिन बला के मुहब्बती और उतने ही दूसरे के दुःख में शरीक होने वाले थे। दूसरे दिन सुब्ह तड़के वालिद साहब से भी अधिक उदास, रोनी सूरत बनाये, आहें भरते आये। शेव भी बढ़ी हुई थी। घर से हलवा, पूरी और काशीफल की तरकारी बनवा कर लाये थे। वालिद को नाश्ता करवाया। हमें तो आशंका हो गयी थी कि वालिद के डर के मारे पंडितजी कहीं भदरा (किसी निकट संबंधी की मृत्यु के बाद सर, दाढ़ी और मूंछ के बाल मुंडवाना) न करवा लें।

आसमान से उतरा, कोठे पर अटका

माफ़ कीजिये ये क़िस्सा शायद मैं पहले भी सुना चुका हूं। आप बोर तो नहीं हो रहे? हर बार वर्णन में कुछ अन्तर आ जाये तो याददाश्त का क़ुसूर है, ग़लत बताना उद्देश्य नहीं है। बाबा से कभी हम नाटक देखने की फ़रमाइश करते तो वो मैनेजर को चिट्ठी लिख देते कि बच्चों को भेज रहा हूं। अगली सीटों पर जगह दे दीजियेगा। बाद को तो मैं स्वयं चिट्ठी लिखकर बाबा के दस्तख़त बना देता था। ये बात उनकी जानकारी में भी थी, इसलिए कि एक दिन झुंझला कर कहने लगे, "जाली दस्तख़त बनाते हो तो बनाओ मगर ग़लतियों से तो मुझे शर्मिन्दा मत करो। सही शब्द 'बराहे-करम' है 'बराए-करम' नहीं।"

हमेशा मैटिनी शो में भेजते थे। उनका विचार था कि मैटिनी शो में खेल देखने से होने वाली बरबादी और बिगड़ने का असर, टिकट की क़ीमत की तरह आधा रह जाता है। सब मुझे बच्चा समझते थे, मगर अन्दर क़यामत की खद-बद मची थी। मुन्नी बाई जब स्टेज पर गाती तो एक समां बंध जाता। ये वो उस्ताद दाग़ वाली मुन्नी बाई हिजाब नहीं, जिस पर उन्होंने पूरा महाकाव्य लिख डाला। ग़ज़ब की आवाज़, बला की ख़ूबसूरत। पलक झपकने, सांस भी लेने को जी नहीं चाहता कि इससे भी ख़लल पड़ता था। क्या शे'र है वो अच्छा-सा, आपको तो याद होगा, "वो मुख़ातिब भी हैं, क़रीब भी हैं" लुक़्मा, "उनको देखूं कि उनसे बात करूं।" शुक्रिया, साहब! याद्दाश्त तो बिलकुल चौपट हो गयी है। महफ़िल में पहले तो शे'र याद नहीं आता और आ भी जाये तो पढ़ने के बाद पता लगता है कि बिलकुल ग़लत मौक़े का शे'र पढ़ा, जैसा कि उस समय हुआ। दोगुनी झुंझलाहट होती है। दरअस्ल उस समय 'नज़्ज़ारे को ये जुम्बिशे-मिज़गां भी बार है' (दृश्य को पलक झपकना भी बोझ है) वाला शे'र पढ़ना चाहता था। ख़ैर, फिर कभी। आपने उस दिन बड़े अनुभव और पते की बात कही कि पचपन के बाद शे'र की केवल एक पंक्ति पर सब्र करना चाहिए। तो साहब! जिस समय मुन्नी बाई उस्ताद दाग़ की ग़ज़ल गाती तो न उसे होश रहता, न सुनने वालों को।

माना कि 'दाग़' आशिक़ की हैसियत से निरा लौंढिहार है और उसका माशूक़ बाज़ारी, मगर इश्क़ की बातचीत बाज़ारी नहीं है। ज़बान जमुना में धुली क़िला मुअल्ला की है। मुहावरा और रोज़ाना की बातचीत की ज़बान 'दाग़' की शायरी का ओढ़ना-बिछौना

है, मगर ग़ज़ब ये किया कि बिछाने की चीज़ ओढ़कर सार्वजनिक जगह पर लम्बे हो गये। हजरते-दाग़ जहां लेट गये, लेट गये। बक़ौल आपके मिर्ज़ा वदूद बेग के, दाग़ का कलाम सरल भाषा के आसमान से उतरा तो कोठे पर अटका, वहां से फिसला तो कूल्हे पे आके अटका। लेकिन ये फ़िराक़ गोरखपुरी की सरासर ज़ियादती है कि, 'उस शख़्स ने हरमज़दगी को जीनियस की जगह बिठा दिया।' आपने तो ख़ैर वो समय नहीं देखा, मगर आज भी...किसी भी गायकी की सभा में दाग़ की ग़ज़ल पिट नहीं सकती। देखने वालों ने दाग़ की सर्वप्रियता का वो समय भी देखा है जब मौलाना अब्दुल सलाम नियाज़ी जैसे अद्वितीय विद्वान को शायरी का शौक़ चर्राया तो दाग़ के शिष्य हो गये। श्रद्धा की यह स्थिति कि कोई उस्ताद का शे'र पढ़ता तो सुब्हानअल्लाह कहकर वहीं सिजदे में चले जाते।

तो मैं ये कह रहा था कि जह्रे-इश्क़ में मुन्नी बाई ने दाग़ की पांच ग़ज़लें गायीं। पांचों लाजवाब और पांचों की पांचों बेमौक़ा। साहब! सन् 47 के बाद रंडियां तो ऐसी गयीं जैसे कभी थीं ही नहीं, मगर ये भी सही है कि अब वैसे क़द्रदान भी नहीं रहे।

चांदी का कुश्ता और चिन्यौट की चिलम

ख़ूब याद आया। हमारे एक जानने वाले थे, मियां नज़ीर अहमद, चिन्यौट बिरादरी से तअल्लुक़ रखते थे। चमड़े के कारोबार के सिलसिले में बम्बई जाते रहते थे। वहां रेस का चस्का लग गया। घोड़ों से जो कमाई बच रहती, उसी से घर-परिवार का ख़र्चा चलता। गुलनार रंडी से निकाह पढ़वा लिया था। हज करने के बाद जो तौबा की सो की बल्कि मियां नज़ीर अहमद को भी बहुत-सी इल्लतों से तौबा करवा दी और उनके दिन फिर गये। जो अधेड़ उम्र में वेश्याओं की सूरत पे फिटकार बरसने लगती है और आवाज़ फटा बांस हो जाती है वो हालत क़तई नहीं थी। मीलाद (धार्मिक प्रवचन के काव्य) ख़ूब पढ़ती थी, आवाज़ में ग़ज़ब का दर्द था। जब सफ़ेद दोपट्टे से सर ढांके जामी (एक शायर) की नात (पैग़म्बर मुहम्मद की प्रशंसा की कविता) या अनीस का मर्सिया (शोक काव्य) पढ़ती तो माहौल में आस्था तैर जाती।

हम छुप-छुप कर सुनते। मुहर्रम में काले कपड़े उस पर फबते थे। पाकिस्तान आ गयी थी। बर्नस रोड पर अदीब सहारनपुरी के फ़्लैट से थोड़ा दूर तीन कमरों का फ़्लैट था। मियां साहब जाड़े में भी मलमल का कुरता पहनते और सुब्ह ठंडे पानी से नहा कर लस्सी पीते थे। मशहूर था कि तुरन्त ताक़त हासिल करने के हौके में ढेर सारा रूप-रस यानी चांदी का अधकच्चा कुश्ता (उस ज़माने की वियाग्रा) खा बैठे थे।

गुलनार की छोटी बहनें मुन्नी और चुन्नी भी आफ़त की परकाला थीं। आपने भी तो एक बार किसी छोटी इलायची और बड़ी इलायची का ज़िक्र किया था। बस वैसा ही कुछ नक़्शा था। अफ़सोस कि अब खानों में बड़ी इलायची का इस्तेमाल समाप्त होता जा रहा है। हालांकि इसकी महक, इसका ज़ायक़ा ही और है। आप तो ख़ैर बड़ी इलायची से चिढ़ते हैं। मुझे तो किसी तरफ़ से भी कौकरोच जैसी नहीं लगती। तो साहब, मुन्नी बेगम का चेहरा और भरे-भरे बाज़ू कुछ ऐसे थे कि कुछ भी पहन ले, नंगी-नंगी सी लगती थी।

यू नो व्हाट आई मीन। चुन्नी बेगम फ़ारसी की ग़ज़लें गाती थी। लोग बार-बार फ़रमाइश करते। वो भी आमतौर पर बैठकर गाती।

कभी दाद कम मिलती या यूं ही तरंग आती तो अचानक उठ खड़ी होती। दोनों सारंगे और तबलची भी अपने-अपने ज़री के कामदार पटके कस लेते और खड़े होकर संगत करते। महफ़िल में दो-तीन चक्कर तो नाचती हुई लगाती, फिर एक जगह खड़ी होकर फिरकी की तरह तेज़ी से घूमने लगती। ज़रदोज़ी की लश्कारा मारती पिशवाज़ (लहंगा) हर चक्कर के बाद ऊंची उठती-उठती कमर तक पहुंच जाती। यूं लगता कि जुगनुओं का एक झुण्ड नाचता हुआ घूम रहा है। लय और चाल तेज़ होती। किरन से किरन में आग लगती चली जाती। फिर नाचने वाली नज़र न आती, केवल नाच नज़र आता था।

और जब अचानक रुकती तो पिशवाज़ सुडौल टांगों पर अमरबेल की तरह तिरछी लिपटी चली जाती। साज़िन्दे हांफ़ने लगते और ख़िरन (तबले की सियाही) पर तबलची की तन्नाती उंगलियों से लगता कि ख़ून अब टपका कि अब टपका।

देखिये, मैं फिर भटक कर उसी लानत के मारे बाज़ार में जा निकला। आपने notes लेने बंद कर दिये। बोर हो गये? या मैं घटनाओं को दुहरा रहा हूं। वादा है, अब किसी वेश्या को चाहे वो कितनी आफ़त की परकाला क्यों न हो, अपने और आपके बीच नहीं पड़ने दूंगा। साहब, हमारी बातें ही बातें हैं।

बातें हमारी याद रहें, फिर बातें न ऐसी सुनियेगा

परसों आप लंदन चले जायेंगे। मीर ही ने अस्थिर दुनिया पर अपने एक शे'र में यारों की महफ़िल को जाने वाली महफ़िल कहा है, कि यहां हर यार यात्री और हर साथ बीतने वाला है। तो साहब! ज़िक्र मियां नज़ीर अहमद साहब का हो रहा था। मियां साहब कानपुर के 104 डिग्री टेम्प्रेचर से घबराकर मई का महीना हमेशा से चिन्यौट की 104 डिग्री टेम्प्रेचर की गर्मी में गुज़ारते थे। उनका दावा था कि चिन्यौट की लू कानपुर की लू से बेहतर होती है। हम लोग आपस में शेक्सपियर के गीत की दुर्गति बनाते थे—

Blow thou Chinyot loo'
Thou art not so unkind
As local specimens of mankind,
Who could not care who is who!

मियां साहब अक्सर कहते थे कि प्रकृति का कोई भी काम अकारण नहीं होता। चिन्यौट की गर्मी में साल भर के इकट्ठे, गन्दे विचार पसीने के रास्ते बह जाते हैं। रोज़े कभी रेस और बीमारी की हालत में भी नहीं छोड़े। मई-जून में भी एक डली लाहौरी नमक की चाट कर हुक़्क़े के आंतों तक उतर जाने वाले कश से रोज़ा खोलते।

पहले तीन-चार बार यूं ही चैक करने के लिये गुड़गुड़ाते जैसे संगत करने से पहले सितार बजाने वाले मिज़राब से तारों की कसावट को और तबलची हथौड़ी से तबले के

रग-पट्ठों को ठोक बजाकर टैस्ट करता है। फिर एक ही सिसकी भरे कश में सारे तम्बाक़ू की जान निकाल लेते, बल्कि अपनी जान से भी गुज़र जाते। सु सु सु, शूअ शूअ, सू सू, वू वू वू...वह। हाथ-पैर ढीले पड़ जाते। ठंडे पसीने आने लगते। पुतलियां ऊपर चढ़ जातीं। पहले बेसत, फिर बेसुध होकर वहीं पड़े रह जाते। गुलनार उन्हें अनार का शर्बत पिला कर नमाज़ के लिये खड़ा करती।

हुक़्क़े की नय पर चमेली का हार और नेचे पर ख़स लिपटी होती। तम्बाक़ू तेज़ और कड़वा बेबना पसन्द करते थे। क़िवाम लखनऊ से मंगवाते थे। चांदी की मुंहनाल दिल्ली के कारीगर से गढ़वायी थी। मिट्टी की चिलम और तवा हमेशा चिन्यौट से आता था। फ़र्माते थे, "बादशाहो! इस मिट्टी की ख़ुशबू अलग से आती है।"

लाहौर में आज बसंत है।

मियां नज़ीर अहमद संक्रान्ति के दिन कड़कड़ाते जाड़े में मलमल का कुरता पहने, नंगे सर छत पर पतंग ज़रूर उड़ाते थे। यह भी उनका भोलापन ही था कि मलमल के कुरते को जवानी का सर्टिफ़िकेट बल्कि पोस्टर समझकर पहनते थे। मियां साहब लिहाफ़ केवल उस समय ओढ़ते जब हिल-हिला कर जाड़ा-बुख़ार चढ़ता। यू.पी. के जाड़े को कुछ नहीं समझते थे। हिक़ारत से कहते, "ये भी कोई सर्दी है।" दरअस्ल वो लाहौर के जाड़े के बाद केवल मलेरिया के जाड़े के क़ायल थे।

आपके मिर्ज़ा अब्दुल वुदूद बेग भी तो यही इल्ज़ाम लगाते हैं ना कि यू.पी. के कल्चर में जाड़े को रज के सैलिब्रेट करने की कोई सोच ही नहीं, जबकि पंजाब में गर्मी के इस तरह चोंचले और नख़रे नहीं उठाये जाते जिस तरह यू.पी. में। साहब यू.पी. में जाड़े और पंजाब में गर्मी को केवल सालाना सज़ा के तौर पर बर्दाश्त किया जाता है। कमो-बेश इसी तरह का अन्तर बरसात में दिखायी देता है। पंजाब में बारिश को केवल इसलिए सह लेते हैं कि इसके बग़ैर फ़स्लें नहीं उग सकतीं। जबकि यू.पी. में सावन का एकमात्र उद्देश्य ये होता है कि कड़ाही चढ़ेगी। पेड़ों पर आम और झूले लटकेंगे। झूलों में कुंवारियां। पंजाब में पेड़ों पर आम या कुछ और लटकने की ख़ुशी केवल तोतों को होती है।

और इंग्लैंड में बारिश का फ़ायदा, जो साल के 345 दिन होती है (शेष बीस दिन बर्फ़ पड़ती है) आप यह बताते हैं कि इससे शालीनता और विनम्रता को बढ़ावा मिलता है। मतलब ये कि जो गालियां अंग्रेज़ एक-दूसरे को देते, अब मौसम को देते हैं। संक्रान्ति के दिन मियां नज़ीर अहमद पेंच तो क्या ख़ाक लड़ाते, बस छह-सात पतंगें कटवा और डोर लुटवा कर अपना...और अपनों से अधिक दूसरों का...जी ख़ुशकर लेते थे। हर पतंग कटवाने के बाद लाहौर के मांझे को बेतहाशा याद करते, "अरे साहब, पतंग कटती नहीं तो और क्या।" पेच कानपुर में लड़ाते और क़िस्से लाहौर के बसंत के रंगीले आसमान के सुनाते जाते। आंखें भी अच्छी-ख़ासी कमज़ोर हो चली थीं, लेकिन चश्मा केवल नोट गिनने और मछली खाते समय सावधानी और परेशानी के कारण लगा लेते थे। चश्मा न लगाने का एक नतीजा ये निकलता कि जिस पतंग को वो प्रतिस्पर्धी की पतंग समझ कर

बेतहाशा खेंच करते, वो दरअस्ल उनकी अपनी ही पतंग निकलती जो कुछ क्षणों बाद विरोधी रगड़ से कटकर हवा में लालची की नीयत की तरह डांवांडोल होने लगती। डोर अचानक लिजलिजी पड़ जाती तो अचानक उन्हें पता चलता।

कटी पतंग तिरी डोर अब समेटा कर

मियां साहब अक्सर फ़र्माते कि पतंग और कनकव्वे बनाने में तो बेशक लखनऊवालों का जवाब नहीं, लेकिन बादशाहो! हवा लाहौर ही की बेहतर है। सच पूछो तो पतंग लाहौर ही की हवा में पेटा छोड़े (झोल खाये) बिना डोर पे डोर पीती और ज़ोर दिखाती है। पतंग के रंग और मांझे के जौहर तो लाहौर ही के आसमान में खुलते और निखरते हैं। कानपुर में 'वो काटा' इस तरह कहते हैं जैसे क्षमा मांग रहे, बल्कि शोक व्यक्त कर रहे हों। लाहौर में 'वो काटा' में पिछड़े हुए पहलवान की छाती पर चढ़े हुए पहलवान का नारा सुनायी देता है, बल्कि पसीने में डूबे हुए बदन से चिपटी हुई अखाड़े की मिट्टी तक दिखायी देती है।

मियां साहब की चर्ख़ी लाहौर ही के एक ज़िन्दादिल पकड़ते थे, जो हलीम कॉलेज कानपुर में लेक्चरर थे। अब्दुल क़ादिर नाम था। शायरी भी करते थे। दोनों मिलकर पतंग को लन्तरानी का मांझा और यादों की उलझी-सुलझी तल चांवली (दुरंगी) डोर ऐसी पिलाते कि चर्ख़ियां ख़ाली हो जातीं और पतंग आसमान पे तारा होकर लाहौर की चौबुर्जी पे जा निकलती।

यहां से बिशारत का बयान समाप्त और दोपहर का सपना शुरू होता है।

दोपहर का सपना : अब यह चढ़ी पतंग जो कुछ रावी पार देखती, उसका हाल कुछ इन दोनों लाहौर के ज़िन्दादिलों, कुछ बिशारत और रहा-सहा तीनों से दुखी क़िस्सा कहने वाले की ज़बानी सुनिये।

आज लाहौर में बसंत है। रंग हवा से यूं टपके हैं जैसे शराब चुवाते हैं। बसंत और बरसात में लाहौर का आसमान आपको कभी बेरंग, उकताया हुआ और निचला नज़र नहीं आयेगा। लाड़ले बच्चे की तरह हर समय चीख़-चीख़ कर अपनी मौजूदगी का अहसास दिलाता है और ध्यान खींचता है कि इधर देखो, इस समय मुझे एक और शोख़ी सूझी है। कैसे-कैसे रंग बदलता है। कभी तारों भरा...बच्चों की आंखों की तरह जगमग-जगमग, कभी प्रकाश वर्षों की दूरी पर आकाशगंगा-सा झिलमिलाता, कभी सांवली घटाओं से सोने के तार-सा बरसता हुआ, कभी तांबे की तरह तपता-तपता एकाएकी अमृत बरसाने लगा और सूखी खेतियों और उदास आंखों को जल-थल कर गया। अभी कुछ और था, अभी कुछ और है। घड़ी भर को चैन नहीं। कभी कृपालु, कभी अनिष्टकारी।

पल में अग्निकुंड, पल में नील-झील, पल भर पहले बीहड़ रेगिस्तानों की धूल-धमास उठाये, लाल-पीली आंधियों से भरा बैठा था, फिर आप-आप धरती के गले में बांहें डालकर खुल गया, जैसे कुछ हुआ ही न था। समुद्री झाग जैसे बादलों के बजरे पिघले नीलम में फिर तैरने लगे। कल शाम ढले जब क्षितिज लाल हुआ तो यूं लगा जैसे

आसमान और धरती का मलगिजा संगम जो सूरज को निगल गया, अब यूं ही तमतमाता रहेगा। फिर गर्म हवा एकाएकी थम गयी, सारा वातावरण ऐसे दम साधे खड़ा था कि पत्ता नहीं हिलता था। देखते-देखते बादल घिर आये और पिछले पहर तक बिजली के त्रिशूल आसमान पर लपकते, लहराते रहे। पर आज दोपहर से न जाने क्या दिल में आयी कि अचानक ऐसा मोरपंखी नीला हुआ कि देखे से रंग छूटे। पहर रात गये तक अपनी धुली-धुलायी नीलाहट रावी की चांदी में घोलता रहा।

लाहौर के आसमान से अधिक सुन्दर और अधिक रंगों से भरी, चंचल कोई चीज़ है तो वो है केवल लाहौर की फूलों भरी धरती। चार सौ साल पहले भी ये धरती और आसमान ऐसे ही थे। तभी तो नूरजहां ने जान के बदले में लाहौर की जन्नत में दो गज़ धरती ख़रीद ली, मगर लाहौर के ज़िन्दादिल लोगों ने लाहौर को इस क़दर चाहने वाले को याद रखने की तरह याद न रखा। नूरजहां की क़ब्र में अब अबाबीलों का डेरा है।

दोपहर का सपना तो समाप्त हुआ। अब शेष कहानी बिशारत की ज़बानी उन्हीं के अंदाज़ में सुनिये। जहां तक क़लम और याददाश्त साथ देगी हम उनका ख़ास मुहावरा और लहज़ा...और लहज़े की ललक और लटक ज्यों की त्यों बरक़रार रखने की कोशिश करेंगे। वो एक बार कहानी सुनाना शुरू करें तो विवादी स्वर भी अपना अलग संवाद करने लगते हैं। हुंकार भरने की भी मुहलत नहीं देते। मिर्ज़ा ऐसे शिकंजे में जकड़े जाने को कहानी-काठ कहते हैं।

तो साहब! मियां नज़ीर अहमद का मकान भी देखने गया। कैसी-कैसी यादें जुड़ीं हैं मकान से, मगर अब पहचाना नहीं जाता। अच्छी-ख़ासी फ़ेस लिफ़्टिंग हुई है। तीन एयरकंडीशनर चल रहे थे। बरामदे में एक बूढ़े सरदार जी कंघा हाथ में पकड़े जूड़ा बांध रहे थे। केवल यही ऐसा मकान है जो पहले से बेहतर दिखायी दिया। मैंने अपना परिचय दिया और अपने आने का कारण बताया तो ख़ुशी-ख़ुशी अन्दर ले गये। बड़ी आवभगत की। देर तक अपनी जन्मभूमि गुजरानवाला का हाल पूछते रहे। मैं गढ़-गढ़ के सुनाता रहा और क्या करता? एक साल पहले मिनी बस में गुजरानवाला से गुज़रा था, उस एक स्नैप शॉट को एनलार्ज करके उर्दू का बैस्टसेलर यात्रा वृत्तान्त बना दिया।

गुजरानवाला गुजरानवाला है : सरदार जी कुरेद-कुरेद कर बड़े चाव से पूछते रहे और मैं बड़े भरोसे के साथ गुजरानवाला का झूठा-सच्चा हाल सुनाता रहा। उन्होंने आवाज़ देकर अपने बेटों, पोतों और बहुओं को बुलाया, "इधर आओ। बिशारत जी को सलाम करो। ये नवम्बर में अपने गुजरानवाला होकर आये हैं।" इधर मेरी ये मुसीबत कि मैंने लाहौर के अलावा केवल एक क़स्बा टोबा टेक सिंह क़रीब से देखा है। वहां मेरा एक रिश्तेदार, अक्खन ख़ाला का पोता, एग्रीकल्चर बैंक में तीन महीने नौकरी करने के बाद, ग्यारह महीने से निलम्बित पड़ा था। बस इसी क़स्बे के भूगोल को ध्यान में रख कर गुजरानवाला को याद करते हुए सरदार जी की प्यास बुझाता रहा।

आश्चर्य इस बात पर हुआ कि सरदार जी मेरे झूठे विस्तृत विवरण से न केवल संतुष्ट

हुए बल्कि एक-एक बात की पुष्टि भी की। मैंने उस नहर का भी काल्पनिक चित्रण कर दिया जिसमें सरदार जी कपड़े उतारकर पुल पर से छलांग लगाते थे और कुंवारी भैंसों के साथ तैरा करते थे। मैंने उनके उस प्रश्न के उत्तर में यह भी स्वीकार किया कि पुल की दायीं तरफ़ कैनाल के ढलवान पर जिस टाहली थले वो अपनी हरक्यूलिस साइकिल और कपड़े रखते थे, वो जगह मैंने देखी है। यहां से एक बार चोर उनके कपड़े उठाकर ले गया मगर साइकिल छोड़ गया। इस घटना के बाद सरदार जी ने एहतियातन साइकिल लानी छोड़ दी।

मैंने जब ये टुकड़ा बताया कि अब वो शीशम बिलकुल सूख गया है और कोई दिन जाता है कि बूढ़े तने पर नीलामी का आरा चल जाये तो बूढ़े सरदार जी की आंखें डबडबा आयीं। उनकी मंझली बहू ने जो बहुत सुन्दर और शोख़ थी मुझसे कहा, ''बाबू जी को अभी पिछले महीने ही हार्ट अटैक हुआ है। आप उन्हें मत रुलायें अंकल।'' उसका मुझे अंकल कहना थोड़ा भी अच्छा नहीं लगा और यह तो मुझे आप ही से पता लगा कि नहर में भैंस नहीं तैर सकती चाहे वो कुंवारी ही क्यों न हो।

सरदार जी मेरी किसी बात या सुन्दर वाक्य पर ख़ुश होते तो मेरी जांघ पर हाथ मारते और अन्दर से लस्सी का एक गिलास और मंगा कर पिलाते। तीसरे गिलास के बाद मैंने टॉयलेट का पता पूछा। अपनी जांघों को उनके कृपापूर्ण हाथों से बचाया और बातचीत में एहतियात बरतनी शुरू कर दी कि बेध्यानी में कोई चपल वाक्य न निकल जाये। सरदार जी कहने लगे, ''इधर अपना ट्रांसपोर्ट का बड़ा शानदार बिज़नेस है। सारा हिन्दुस्तान घूमा हूं, पर गुजरानवाला की बात ही और है। यहां की मकई और सरसों के साग में वो स्वाद, वो सुगन्ध नहीं और गुड़ तो बिलकुल फीका-फूक है।'' उन्होंने यहां तक कहा कि यहां के पानी में पानी बहुत है, जबकि गुजरानवाला के पानी में शराब की ताक़त है। वो शरीर को शक्ति देने वाली हर वस्तु की उपमा शराब से देते थे।

विदा होते हुए मैंने कहा कि मेरे योग्य कोई सेवा हो तो निःसंकोच कहें। बोले, ''तो फिर किसी आते-जाते के हाथ लाहौरी नमक के तीन-चार बड़े से डले भेज देना।'' उनकी इच्छा थी कि मरने से पहले एक बार अपने बेटों-पोतों को साथ लेकर गुजरानवाला जायें और अपने मिडिल स्कूल के सामने खड़े होकर फ़ोटो बनवायें। उपहार में उन्होंने मुझे हिन्दुस्तानी सिल्क का छोटा थान दिया। चलने लगा तो मंझली बहू ने मुझे आदाब किया। इस बार अंकल नहीं कहा।

सरदार जी ने मुझे सारा घर दिखाया। बहुओं ने लपक-झपक बिखरी हुई चीज़ें बड़े क़रीने से ग़लत जगह पर रख दी थीं। जो चीज़ें जल्दी में रखी न जा सकीं उन्हें समेट कर बिस्तर पर डाल दिया और ऊपर सफ़ेद चादर डाल दी। इसलिए घर में जहां-जहां साफ़ चादर नज़र आयी मैं ताड़ गया कि नीचे काठ-कबाड़ दफ़्न है। साहब curiosity (जिज्ञासा) भी बुरी बला है। एक कमरे में मैंने नज़र बचाकर चादर का कोना सरकाया तो नीचे से सरदार जी के मामा निहायत संक्षिप्त कच्छा पहने केश खोले बरामद हुए। उनकी दाढ़ी इतनी लम्बी और घनघोर थी कि कच्छे के तकल्लुफ़ की थोड़ी भी आवश्यकता नहीं थी।

घर का नक़्शा बदल गया है। सह्न अब पक्का करवा लिया है। चमेली की बेल और अमरूद का पेड़ नहीं दिखायी दिया। यहां मियां साहब शाम को छिड़काव करके मूढ़े बिछवा दिया करते थे। अपने लिये ख़राद पर बने चिन्यौट के रंगीन पायों वाली चारपाई बिछवाते थे। वतन की याद अधिक सताती तो हमें लोकल गंडेरियां खिलाते। उनका गला लायलपुर की गंडेरियों की याद करके रुंध जाता। चांदनी रातों में अक्सर ड्रिल मास्टर की आवाज़ में मिर्ज़ा साहिबां और जुगनी चिमटा बजाकर सुनाते। स्वयं भी रोते और हमें भी रुलाते। यूं हमारे रोने का कारण दूसरा होता। कुछ देर बाद स्वयं ही अपने बेसुरेपन का अहसास होता तो चिमटा बड़ी खिन्नता से सह्न में फेंककर कहते कि बादशाहो! कानपुर के चिमटे गाने की संगत के लिये नहीं, चिलम भरने के लिये ही स्यूटेबिल हैं।

सरदार जी से झूठ-सच बोलकर बाहर निकला तो सारा नॉस्टेल्जिया हिरन हो चुका था। पुराना मकान दिखाने मुझे इनआमुल्ला बरमलाई ले गये थे। वापसी में एक गली के नुक़्क़ड़ पर मिठाई की दुकान के सामने रुक गये। कहने लगे, ''रमेश चंद अडवानी एडवोकेट के यहां भी झांकते चलें। जैकबाबाद का रहने वाला है। सत्तर का है, मगर लगता नहीं। अस्सी का लगता है। जब से सुना है, कोई साहब कराची से आये हैं, मिलने के लिये तड़प रहा है। जैकबाबाद और सक्खर की ख़ैरियत मालूम करना चाहता है। सितार पर तुम्हें काफ़िया सुनायेगा। अगर तुमने प्रशंसा की तो और सुनायेगा, न की तो भी और सुनायेगा कि शायद ये बेहतर हों। शाह अब्दुल लतीफ़ भट्टाई का रसालू ज़बानी याद है। हिन्दी सीख ली है मगर जोश में आता है तो अजीब प्रेत-भाषा में बात करने लगता है। खिसका हुआ है मगर है दिलचस्प।''

तो साहब अडवानी से भी बातचीत रही। बातचीत क्या monologue कहिये। 'कंधा भी कहारों को बदलने नहीं देते' वाला मामला है। उन्होंने यह पुष्टि चाही कि जैकबाबाद अब भी उतना ही हसीन है या नहीं, जैसा वो जवानी में छोड़कर आया था? यानी क्या अब चौदहवीं को पूरा चांद होता है? क्या अब भी सिंध नदी की लहरों में लश-लश करती मछलियां दूर से ललचाती हैं? मौसम वैसा ही हसीन है? (यानी 115 डिग्री गर्मी पड़ती है या उस पर भी उतार आ गया है) और क्या अब भी ख़ैरपुर से आने वाली हवायें लू से पकती हुई खजूरों की महक से बोझल होती हैं? सब्बी में सालाना दरबार मेला मवेशियां लगता है कि नहीं।

मैंने जब उसे बताया कि मेला मवेशियां में अब मुशायरा भी होता है तो देर तक मेले के पतन पर अफ़सोस करता रहा और पूछने लगा कि सिंध में अच्छे मवेशी इतने कम हो गये? उसे गंगा-जमनी मैदान थोड़ा नहीं भाता। कहने लगा, ''सांईं! हम सीधे, खुरदरे, रेगमाली, रेगिस्तानी लोग हैं। अपने रिश्ते, प्यार और सम्बन्धों पर काई नहीं लगने देते। आप सफ़ाचट दोआबे और दलदली मैदानों में रहने वाले, आप क्या जानें कि रेगिस्तान में गर्म हवा रेत पर कैसी चुलबुली लहरें, कैसे-कैसे चित्र बना-बना के मिटाती और मिटा-मिटा के बनाती हैं। सांईं, हमारा सारा sand scape अंधड़, आंधियां तराशती हैं।

गर्म हवा, झक्कड़ और जेठ के मीनार बगूले सारे रेगिस्तान को मथ के रख देते हैं। आज जो रेत की वादी है, कल वहां से लाल आंधी की धूम सवारी गुज़रती थी। जलती दोपहर में भूबल, धूल बरसाती रेत पहाड़ियां। पिछले पहर की ठंडी होती मख़मल बालू पर धीमी-धीमी पवन पखावज, जवान बलवान बांहों की मछलियों की तरह रेत की उभरती, फड़कती लहरें, एक लहर दूसरी लहर जैसी नहीं। एक टीला दूसरे टीले से, एक रात दूसरी रात से नहीं मिलती। बरसात की रातों में जब थोथे बादल सिन्ध के रेत सागर से आंख मिचौली खेलते गुज़रते हैं तो उदास चांदनी अजब इन्द्रजाल रचती है। जिसको सारा रेगिस्तान एकसार लगता है, उसकी आंख ने अभी देखना ही नहीं सीखा। सांईं! हम तुम्हारे पैरों की धूल, हम रेत महासागर की मछली ठहरे। आधी रात को भी रेत की तहों में उंगली गड़ा के ठीक-ठाक बता देंगे कि आज पोछांड़ू कहां था। (यानी टीले का वो हिस्सा जिस पर सूरज की पहली किरन पड़ी) दोपहर को हवा का रुख़ क्या था। ठीक इस समय शह्र की घड़ियों में क्या बजा होगा। धरती ने हमें फूल, फल और हरियाली देते समय हाथ खींच लिया तो हमने इन्द्रधनुष के सारे चंचल रंगों की पिचकारी अपनी अजरकों, रल्लियों, ओढ़नियों, शलूकों, चोलियों और सजावटी टाइलों पर छोड़ दी।''

वो अपनी आंसू-धार पिचकारी छोड़ चुका तो मैंने बाहर आकर इनामुल्ला बरमलाई से कहा, ''भाई मेरे, बहुत हो चुका, ये कैसा हिन्दू है जो गंगा-किनारे खड़ा रेगिस्तान के सपने देखता है।

कहीं दिल और कहीं नगरी है दिल की
ये सारी उम्र का वनवास देखो

''ऐसा ही है तो उसे ऊंट पर बिठा कर बीकानेर ले जाओ और किसी टीले या कीकर के ठूंठ पर बिठाओ कि 'ऊपर छांव नहीं-नीचे ठांव नहीं।' अबके तुमने मुझे किसी अतीत में खोये आदमी से मिलाया तो क़सम ख़ुदा की लोटा, डोर, चटाई, नज़ीर अकबराबादी की किताब और फ्रूटसाल्ट बग़ल में मारकर बियाबान को निकल जाऊंगा और कान खोलकर सुन लो, अब मैं किसी ऐसे व्यक्ति से हाथ भी मिलाना नहीं चाहता जो मेरा हमउम्र हो। साहब! मुझे तो आपसे क़ै आने लगी। आपके मिर्ज़ा साहब ने कुछ ग़लत नहीं कहा था कि अपने हमउम्र बूढ़ों से हाथ मिलाने से आदमी की उम्र हर बार एक साल घट जाती है।''

मुल्ला आसी भिक्षु : कानपुर में जी भर कर घूमा। एक-एक से मिला। एक ज़माना आंखों के आगे से गुज़र गया मगर यात्रा की उपलब्धि मुल्ला आसी अब्दुल मन्नान से भेंट रही। अब्दुल मन्नान के नाना अपने हस्ताक्षर से पहले आसी लिखा करते थे। उन्होंने उचक लिया और सातवीं क्लास से अपना नाम आसी अब्दुल मन्नान लिखना शुरू कर दिया। आठवीं में ही दाढ़ी निकल आयी थी। दसवीं तक पहुंचते-पहुंचते मुल्ला आसी कहलाने लगे। ये ऐसा चिपका कि इसी नाम से पहचाने और पुकारे जाते हैं। नेम प्लेट पर भी A. Asi A. Mannan लिखा है।

अजीब तमाशा है। इकहरा गठा हुआ बदन। खुलता हुआ गेहुंआ रंग, मंझोला क़द।

आजानुभुज यानी असाधारण लम्बे हाथ, जैसे बन्दर के होते हैं। कोट हैंगर के से ढलके हुए कन्धे। घने बाल अब सफ़ेद हो गये हैं मगर घुंघरालापन शेष है। बाहर निकली हुई मछली जैसी गोल-गोल आंखें, दायीं आंख और मुंह के दायें कोने में बचपन में ही tick था। अब भी इसी तरह फड़कते रहते हैं। दाढ़ी निकलने के दस साल बाद तक रेज़र नहीं लगने दिया। सच पूछिये तो दाढ़ी से बहुत बेहतर लगते थे। लम्बी गर्दन, छोटा और गोल-मटोल चेहरा, जिस रोज़ दाढ़ी मुंडवा आये तो ऐसे लगे जैसे हुक़्क़े पर चिलम रक्खी है।

मुल्ला आसी स्वयं कहते हैं कि समझ आने और बालिग़ होने के बाद मैंने कभी नमाज़ नहीं पढ़ी। अलबत्ता कहीं नमाज़ के समय फंस जाता और लोग ज़िद करते तो पढ़ देता था। दाढ़ी का ये बड़ा हैण्डीकैप था। आख़िर तंग आकर मुंडवा दी। जब से उन्होंने बुद्धिज़्म का ढोंग रचाया, लोगों ने मुल्ला भिक्षु कहना शुरू कर दिया। अभी तक 'र' साफ़ नहीं बोल सकते थे मगर उनके मुंह से अच्छा लगता है। बातचीत का लहज़ा जैसे मिसरी की डली। सनकी जैसे तब थे, अब भी हैं। बल्कि और उभार पर हैं। क़रीब से देखा तो देखता-ही रह गया। जीवन ऐसे भी गुज़ारा जा सकता है। सारा काम छोड़कर साये की तरह साथ रहे, मज़ा आ गया। क्या बताऊं ऐसी दरिया मुहब्बत, ऐसा बरखा प्यार।

यक़ीन कीजिये सन् 48 में जैसा छोड़ कर आये थे वैसे के वैसे ही हैं। पिचहत्तर से कुछ ऊपर ही होंगे, लगते नहीं। मैंने पूछा, ''इसका क्या राज़ है?'' बोले, ''कभी शीशा नहीं देखता, कसरत नहीं करता। कल के बारे में नहीं सोचता।'' आख़िरी बात उन्होंने कुछ अधिक ही बढ़ा-चढ़ा कर कही। इसलिए कि कल तो बाद की बात है, ऐसा लगता है वो आज के बारे में भी नहीं सोचते। जिस पीड़ा से जीवन शुरू किया, उसी से बिता दिया। बड़ी गर्मजोशी से मिले। सीने से क्या लगाया, अचानक twenties में पहुंचा दिया। ऐसा लगा जैसे अपने ही जवान स्वरूप से भेंट हो गयी है। वैसे मैं आपकी इस राय से सहमत हूं कि कुछ लोग इस तरह सीने से लगते हैं कि उसके बाद आप वो नहीं रहते जो इससे पहले थे, लेकिन आपने जिस चपड़क़नात बुज़ुर्ग की मिसाल दी, मैं उससे सहमत नहीं। दिल नहीं ठुकता।

आप आज भी मुल्ला आसी को हर एक का काम, हर तरह का काम करने के लिये तैयार पायेंगे, सिवाय अपने काम के। शह्र में हर अफ़सर से उनकी जान-पहचान है। किसी को आधी रात को भी सिफ़ारिश की आवश्यकता हो तो वो साथ हो लेते हैं। कोई बीमार बेआसरा हो तो दवा-दारू, हाथ-पैर की सेवा के लिये पहुंच जाते हैं। होम्योपैथी में भी दख़्ल रखते हैं। होम्योपैथिक दवा में असर हो या न हो उनके हाथ में शिफ़ा ज़रूर है। बीमार घेरे रहते हैं। मशवरे और दवा का कुछ नहीं लेते।

जवानी में भी ऐसे ही थे। इलाहदीन के जिन्न की तरह हर काम करने के लिये तैयार। बला के इन्तज़ाम करने वाले। सन् 47 की घटना है, गर्मियों के दिन थे, मियां तज़म्मुल हुसैन को दूर की सूझी, किसलिए कि उनके वालिद कलकत्ता गये हुए थे। कहने लगे, ''यार मुल्ला, मुजरा देखे अरसा हुआ, आख़िरी मुजरा जमाल साहब के बेटे की शादी

पर देखा था। सात महीने होने को आये। दस बारह जने मिलकर चन्दा कर लेंगे। बस तुम बिल्ली की गर्दन बल्कि पैरों में घुंघरू बांध कर लिवा लाओ तो मज़ा आ जाये।''

कोर्निश बजा लायेगी : शनिवार को देखा कि दोपहर की नमाज़ के बाद अपनी ज़िम्मेदारी को इक्के में बिठाये लिये आ रहे हैं। स्वयं इक्के के पर (तख़्ते का बाहर निकला किनारा) पे टिके हुए थे। पानदान, तबले, सारंगी, चौरासी (घुंघरू) और बुड्ढे तबलची को अपने हाथों से उतारा। मेरे कान में कहने लगे, ''दाढ़ी के कारण वेश्या को मेरे साथ आने में संकोच था।'' रुपया तो ख़ैर हम सबने चन्दा करके इकट्ठा किया मगर शेष सारा इन्तज़ाम उन्हीं पर था। इसमें शह्र के बाहर इस सरकारी बंगले का चयन और अनुमति भी सम्मिलित थी जहां ये महफ़िल होनी थी। डिप्टी कलक्टर से उनकी यारी थी।

दस्तरख़्वान पर खाना उन्होंने अपने हाथ से चुना। कानपुर से सफ़ेद और लाल रसगुल्लों के कुल्हड़ स्वयं ख़रीद कर लाये, मीठे में मिलाकर खाने के लिये मलाई ख़ासतौर से लखनऊ से मंगवायी। उनका कहना था कि गिलौरियां भी वहीं की एक बांकी तम्बोलिन के हाथ की हैं। करारे पान की गिलौरी इस तरकीब से बनाती है कि किसी के खींच के मारे तो बिलबिला उठे। गिलौरी टुकड़े-टुकड़े भले ही हो जाये लेकिन मजाल है कि खुल जाये। दस्तरख़्वान बिछाने से थोड़ा पहले अपनी निगरानी में तन्दूरी रोटी पर गुड़ और नमक का छींटा दिलवाया। कानपुर में इसे छींटे की रोटी कहते थे। दो ताज़ा क़लई की हुईं सिलफ़चियों में नीम के पत्ते डालकर रखवा दिये। मुजरे और दावत का सारा इन्तजाम कर दिया। सब खाने पर बैठ गये तो किसी ने पूछा, ''मुल्ला कहां हैं?'' ढुंडैया पड़ी। कहीं पता न था। महफ़िल तो हुई मगर उकताई हुई रही। दूसरे दिन उनसे पूछा गया तो तुनक कर बोले, ''आपने मुझे इन्वाइट कब किया था। मेरे सुपुर्द इन्तज़ाम किया गया था, सो मैंने कर दिया।''

क्या छिपकली दूध पिलाती है : स्वभाव का सदैव से यही रंग रहा। जो टेढ़ और सनक तब थी, वो अब भी है। कुछ बढ़ ही गयी है। एक घटना हो तो सुनाऊं। पढ़ाई का ज़माना था। वो कोई असामान्य बौड़म नहीं थे। मेरा मतलब है सामान्य श्रेणी के नॉर्मल नालायक़ थे। परीक्षाओं में तीन महीने रह गये थे, दिसम्बर का महीना-कड़कड़ाते जाड़े। उन्होंने क्रिसमस के दिन से पढ़ाई की तैयारियां प्रारम्भ कीं।

वो इस तरह कि आंखों और दिमाग़ को तरावट पहुंचाने के लिये सर मुंडवा कर तेल से सिंचाई की। जो एक मील दूर से पहचाना जाता था कि विशुद्ध सरसों का है। पहली ही रात उनके सर पर नजला गिरा तो दूसरे दिन चहकते हरे रंग का रुई का टोपा सिलवाया जिसे पहनकर पान खाते तो बिलकुल तोता लगते थे। बृहस्पतिवार को तड़के सफ़ेद बकरी की सिरी और कलेजी ख़रीद लाये। सिरी पकवा कर शाम को फ़क़ीरों को खिलायी। उस ज़माने में बेपर्दगी की आशंका से मुहल्ले के मर्दों को छत पर चढ़ना मना था। इसके बावजूद छत पर खड़े होकर देर तक चील, चील, चील, पुकारा किये। फिर हवा में उछाल-उछाल कर चीलों को कलेजी की बोटियां और स्वयं को पर्देवाले घरों

के मर्दों की गालियां खिलवायीं। दोपहर को बान की चारपाई बाहर निकाली और औटते पानी से उन खटमलों को जिन्हें बरसों अपना ख़ून पिलाकर बड़ा किया था, अन्तिम स्नान कराया। फिर चारपाई धूप में उलटी करके मुर्दों और अधमरों पर ढेरों गर्म मिट्टी डाली।

मच्छरदानी के बांस में झाड़ू बांध कर ततैया के छत्ते और जाले उतारे। रात को अलग-अलग समय पर छत पर टॉर्च से रौशनी डाल-डाल कर छिपकलियों की संख्या की गिनती की। उनमें तीन छिपकलियां शायद छिपकले थे। शायद इसलिए कि मिर्ज़ा के कथनानुसार पक्षियों, छिपकलियों, मछलियों, पंक्स और उर्दू शब्दों में नर-मादा पहचान पाना मनुष्य के बस का काम नहीं। पक्षी, छिपकलियां, मछलियां और पंक्स तो फिर भी शारीरिक आवश्यकताओं के वशीभूत अपने-अपने विपरीत लिंग को पहचान कर क्रिया और कार्य करते हैं लेकिन उर्दू शब्दों के केस में तो यह सुविधा भी उपलब्ध नहीं। उनके लिंग तय करना और स्त्री-पुरुष की पहचान करना, टटोलना संभव ही नहीं।

उस्ताद 'जलील' मानकपुरी ने कभी एक शोधपरक लेख-स्त्रीलिंग और पुलिंग पर लिखा था। जिनमें सात हज़ार शब्दों के यौन-परीक्षण के बाद हर एक के बारे में दो टूक फ़ैसला कर दिया था कि वे स्त्री हैं या पुरुष। साथ ही उन शब्दों की भी पहचान कर दी थी, जिनके लिंग के बारे में असमंजस था और जिन पर लखनऊवाले और दिल्लीवाले एक-दूसरे का सर फोड़ने को तैयार हो जाते थे।

वो तीन रंगीन स्वभाव के छिपकले, जिनके कारण यह बात निकली, टर्राते थे। रात भर डबल-डैकर बने छत पर छुटे फिरते थे। जिसके कारण पढ़ाई और मानसिक शान्ति के भंग होने का भय था। इन सब कुकर्मियों को उनके अन्तिम बुरे परिणाम तक पहुंचाने के लिये वो एक दोस्त से डायना एयर-गन मांग कर लाये। मगर चलायी नहीं क्योंकि उनके अनुसार, लिबलिबी पर हाथ रखते ही ध्यान आया कि उनमें कइयों के दूध पीते बच्चे हैं।

मैंने टोका कि यार, छिपकली अपने बच्चों को दूध नहीं पिलाती। बोले, ''तो फिर जो कुछ पिलाती है वो समझ लो।'' छत की झाड़-पोंछ के बाद दीवार की बारी आयी। लिखने की मेज़ के ऊपर टांगी हुई माधुरी, कज्जन और सुलोचना एक्ट्रेसों की तस्वीरें हटायीं तो नहीं, मगर उलटी कर दीं। स्वयं को सही मार्ग पर रखने और ख़ुदा का ख़ौफ़ दिलाने की ग़रज से तस्वीरों के बीचो-बीच अपने वालिद गिरामी (पूज्य पिता) का, जो बड़े हथछुट और विकट बुज़ुर्ग थे, फ़ोटो टांग दिया। ड्रेकुला की तरह शीशे भी कपड़े से ढंक दिये ताकि चेहरे पर इम्तहान की घबराहट देखकर और न घबरायें। उनके दोस्त हरि प्रकाश पाण्डे ने इम्तहान के ज़माने में सात्विक रहने और ब्रह्मचर्य का बड़ी सख़्ती से पालन करने की ताकीद की जो बिलकुल बेतुकी थी। कारण कि उनकी और हमारी नस्ल के लिये असात्विक रहना प्रॉबलम नहीं, हार्दिक इच्छा थी।

स्वयं को ठंडा और शान्त रखने का उन्होंने यह गुर बताया कि मन में कोई ऐसी-वैसी कामना आ जाये, तो फ़ौरन अपने अंगूठे में पिन चुभो लिया करो और जब तक इच्छा पूरी तरह दिल से निकल न जाये पिन चुभोये रखो, मगर हुआ ये कि उनके मुंह से

हमेशा चीख़ निकल गयी लेकिन इच्छा नहीं निकली। पहले ही दिन यह नौबत आ गयी कि दोनों pin cushions यानी दोनों अंगूठों में पिन चुभोने की जगह न रही। पांव के अंगूठे प्रयोग करने पड़े। दूसरे दिन जब वो जूते पहनने के क़ाबिल न रहे तो पिन चुभोने की बजाय मुस्कुरा देते और कपड़ा हटा कर शीशा देख लेते थे।

बुरी आदतों से तौबा कर ली थी, मतलब यह कि रात गये तक अनुपस्थित दोस्तों की बुराई, ताश, शतरंज, बाइस्कोप और बुरी सुहबत यानी अपने-ही जैसे दोस्तों की सुहबत से मीयादी तौबा की, यानी क्रिसमस के दिन से परीक्षा के दिन तक और दिल में both days inclusive कहकर मुस्कुरा दिये। मसनवी *ज़ह्‌रे-इश्क़,* जो एक प्रतिबन्धित किताब थी और दस-बारह बदनाम मसनवियों के वृहद संस्करण, जिनकी गिनती उन दिनों porn में होती थी, ताला बन्द अलमारी से निकाले। यह सब उनके हाथ की लिखी नक़्लें थीं। इन सबको ताश की दो गड्डियों के साथ, जिनमें से एक नयी थी, जलाने के लिये सह्‌न में ले गये।

लालटेन से तेल निकाल कर अभी पुरानी गड्डी जलायी ही थी कि बड़ों की एक नसीहत याद आ गयी कि कोई भी काम हो, जल्दबाज़ी नहीं करनी चाहिए। जल्दी का काम शैतान का। अत: शैतान के काम पर लानत भेजी और नयी गड्डी और मसनवियां वापस ले आये। फिर दो पेन्सिलें और छह रबर ख़रीदे कि उनके यहां इन चीज़ों के इस्तेमाल का यही अनुपात था। आप भी तो पेन्सिल से लिखते हैं कि पाण्डुलिपि फ़ेयर करने के झमेले से बच जायें, मगर दुश्मनों का कहना है—"लिखते कम हैं, मिटाते अधिक हैं।" आपने पेन्सिल की लत मुख़्तार मसऊद को भी लगा दी। अब वो भी आपकी तरह रबर से लिखते हैं।

फिर मुल्ला आसी 'रफ़-वर्क' के लिये रद्दीवाले के यहां से रेलवे की बड़ी रसीदों और बिल्टियों की पांच सेर कॉपियां एक आने में ख़रीद लाये। उस समय के मितव्ययी लड़के उनकी पीठ पर रफ़-वर्क करते थे। आधा सेर सौंफ़ भी लाये। उसके कंकर मुहल्ले की एक कुंवारी लड़की से बिनवा कर एक शीशी में इस तरह सुरक्षित कर लिये, जिस तरह ऑप्रेशन के बाद कुछ वाचाल मरीज़ गुर्दे और पित्ते की पथरियां सजा कर रखते हैं और दिखाते, बताते हैं। कुंवारी लड़की की अलग कहानी है, कभी और सही। फिर सौंफ़ में एक पाव धनिये के बीज मिलाकर दोनों मर्तबान में भर दिये। हरि प्रकाश पाण्डे ने कहा था कि धनिये के अर्क़ की दो बूंदें भी मस्त सांड या भड़कते ज्वालामुखी पे डाल दो तो वहीं बुलबुले की तरह बैठ जायेगा। सौंफ़ से आंखों की ज्योति बढ़ती है और दिमाग़ को तरावट पहुंचती है। अत: एक फुंकी नींद के झोंके से पहले और एक बाद में मार लेते थे।

जब पढ़ाई का माहौल बन गया तो पढ़ाकू लड़कों से पूछताछ करके कोर्स की किताबों की लिस्ट बनायी। कुछ नयी, मगर अधिकतर सेकिन्ड-हैण्ड ख़रीदीं। सैकिन्ड-हैण्ड किताबों को कम क़ीमत के कारण नहीं, बल्कि केवल इसलिए प्रमुखता दी कि कई एडीशन ऐसे मिल गये जिनमें फ़ेल होने वाली दो-तीन अनुभवी पीढ़ियों ने एक के बाद

दूसरे आवश्यक हिस्सों पर निशान लगाये थे। कई निशान तो लाइट हाउस की तरह थे, जहां ज्ञान की तलाश में निकले हुए बेध्यान लड़कों की उदास नस्लों का बेड़ा ग़र्क़ हुआ था।

एक अद्‌भुत किताब ऐसी भी हाथ लगी जिसमें केवल अनावश्यक हिस्से अंडरलाइन किये गये थे ताकि उन्हें छोड़-छोड़ कर पढ़ा जाये। उन्हें विश्वास था कि कोर्स की किताबों की उपलब्धता के बाद परीक्षक के विरुद्ध युद्ध में आधी विजय तो प्राप्त कर ही चुके हैं। इसके बाद वो हरि प्रकाश पाण्डे के घर गये, जो गवर्नमेन्ट कॉलेज में हमेशा फ़र्स्ट आता था। चिरौरी, विनती करके उसकी सारी किताबें दो दिन के लिये उधार लीं और इक्के में ढोकर घर लाये। फिर छठी क्लास के एक ग़रीब लड़के को एक आने दैनिक की दिहाड़ी पर इस काम के लिये तैनात किया कि हरि प्रकाश पाण्डे की किताबों में जो हिस्से अंडरलाइन किये हुए हैं, उन्हीं के अनुसार मेरी तमाम किताबें हरी पेन्सिल से अंडरलाइन कर दो। फिर एक आने में रबर की दो मुहरें 'ज़रूरी' और 'सबसे ज़रूरी' की खड़े-खड़े बनवायीं और अपनी किताबों के सैट पाण्डे को दे आये कि जिन-जिन हिस्सों को तुम परीक्षा की दृष्टि से आवश्यक समझते हो, आवश्यकता के हिसाब से मुहरें लगा दो।...—प्लीज़!

किताबों की क़िस्में और नकटे दुश्मन : सब निशान लग गये तो उन्होंने अनावश्यक और फ़ालतू ज्ञान से छुटकारा पाने के लिये एक और हंगामी टैक्नीक का आविष्कार किया, जिसे वो selective study कहते थे। इसका उर्दू पर्यायवाची तो मुझे मालूम नहीं।

विस्तृत विवरण ये कि जो सवाल पिछले साल आ चुके थे, उनसे सम्बन्धित चैप्टर पूरे के पूरे क़ैंची से काटकर फेंक दिये कि उनके कारण ध्यान भटकता था और दिल पर किताब की मोटाई देख-देख कर घबराहट बैठती थी। यही नहीं उनकी अमरबेल की-सी जड़ें जो दूसरे चैप्टरों में कैंसर की secondaries की तरह फैली हुईं जहां-जहां नज़र आयीं, काट कर फेंक दीं। फिर वो चैप्टर भी निकाल फेंके जिनके बारे में उनके परामर्शदाताओं और शुभचिन्तकों ने कहा कि इनमें से कोई सवाल आ ही नहीं सकता। थोड़ा-बहुत अपने अन्तर्ज्ञान से भी काम लिया। अन्त में जी कड़ा करके वो कठिन हिस्से भी निकाल फेंके जिन्हें वो दस बार भी पढ़ते तो कुछ पल्ले न पड़ता। इस शल्यक्रिया से किताबें छंट-छंटा कर एक-चौथाई से भी कम रह गयीं।

इनमें से तीन के चिथड़े तो ऐसे उड़े कि उनके अवशेषों को क्लिप से दूसरी किताबों के नेफ़े में उड़सना पड़ा। एक किताब का तो केवल गत्ता ही शेष रह गया। इसके कुछ अनावश्यक पन्ने शगुन और परीक्षक का दिल बहलाने के लिये रख लिये। उनका प्रोग्राम था कि जीवन और आंखों ने साथ न छोड़ा तो इन चयनित पन्नों के ख़ास-ख़ास हिस्सों पर एक उचटती-सी नज़र डाल लेंगे। आख़िर हर किताब एक ही ढंग से तो नहीं पढ़ी जा सकती। फिर ईश्वरीय कृपा और स्वाभाविक समझ-बूझ भी तो कोई चीज़ है। रही फ़ेल होने की आशंका तो 'इस तरह तो होता है, इस तरह के कामों में' बहरहाल अपनी शक्तिशाली बांहों से मेहनत करके सम्मानित ढंग से फ़ेल होना, नक़्ल करके पास होने से हज़ार-गुना बेहतर है।

किसी ने इन्हें किताबों के बारे में बेकन का मशहूर कथन सुनाया जो उनके दिल को बहुत भाया। मज़े की बात यह है कि बेकन का यह निबन्ध उनके कोर्स में शामिल था और उसे उन्होंने बेकार समझते हुए काट कर फेंक दिया था। वो 'कोटेशन' आपको तो याद होगा। कुछ इस तरह है कि कुछ किताबें केवल चखी जानी चाहिए, कुछ को निगल जाना चाहिए। कुछ इस लायक़ होती हैं कि आहिस्ता-आहिस्ता चबा-चबा कर हज़्म की जायें। कुछ ऐसी होती हैं, जिन्हें किसी वैकल्पिक व्यक्ति से पढ़वा कर संक्षिप्त करवा लेना चाहिए। मुल्ला आसी ने इस अन्तिम निष्कर्ष में इतना जोड़ अपनी ओर से किया कि अगर सब नहीं तो अधिकतर किताबें इस लायक़ होती हैं कि सूंघकर ऐसों के लिये छोड़ दी जायें, जो नाक नहीं रखते।

इतिहास का कलेजा : इतिहास की समस्या को भी उन्होंने पानी कर दिया। वो इस तरह कि हरि प्रकाश पाण्डे से कहा कि परीक्षक की दृष्टि से जितने सन् आवश्यक हों उनकी list बना कर मुझे दे दो, ताकि एक ही हल्ले में सबसे निपट लूं, लेकिन बीस से अधिक न हों। अब तक वो केवल पांच-छह सनों से काम चला रहे थे। मास्टर फ़ाख़िर हुसैन ने एक बार कहा था कि इतिहास, जैसा कि इसके नाम से ही प्रकट है, सनों के संकलन के अतिरिक्त कुछ नहीं। अपने जवाब में जितने अधिक सन् लिखोगे, उतने ही अधिक नम्बर मिलेंगे। लेकिन जब मास्टर फ़ाख़िर हुसैन ने यह कहा कि हमारे यहां बड़े आदमियों का मरण दिवस उनके जन्म दिवस से अधिक महत्त्वपूर्ण होता है तो मुल्ला आसी का माथा ठनका कि दाल में कुछ काला है। मास्टर साहब ने ये टिप भी दिया कि परीक्षक अपना मन तुम्हारे पहले उत्तर के पहले पैराग्राफ़ से बना लेता है। इस आंखें खोल देने वाले ज्ञानार्जन के बाद दसवीं क्लास की जो छहमाही परीक्षा हुई, उसमें मुल्ला आसी ने पहले ही सवाल में कॉपी पर इतिहास का कलेजा निकाल कर रख दिया। मतलब ये कि पहले पन्ने के पहले पैराग्राफ़ की गागर में वो सारे सन् भर दिये जो वो अपनी हथेली और 'Swan ink' के डिब्बे के पेंदे पर लिख कर ले गये थे।

इन सनों का मूल प्रश्न से कोई सम्बन्ध नहीं था, बल्कि आपस में भी कोई संबंध नहीं था। उन सबको एक लड़ी में इस तरह पिरो देना कि मास्टर फ़ाख़िर हुसैन पर अपनी नसीहत के परिणाम प्रकट हो जायें, केवल उन्हीं का काम था।

सवाल लार्ड डलहौज़ी की पॉलिसी पर आया था। उनका जवाब मुझे पूरा तो याद नहीं, लेकिन उसका पहला पैराग्राफ़ जिसमें उन्होंने धर्म-सम्प्रदाय की चिन्ता, परवाह किये बिना सारे बादशाहों को एक ही लाठी से हांककर मौत के घाट उतारा, कुछ इस तरह था—

अशोक महान (मृत्यु 232 ई.पू.) के बाद सबसे बड़ा साम्राज्य औरंगज़ेब (मृत्यु 1680) का था जो 1658 ई. में अपने बाप का तख़्ता उलट कर सिंहासन पर बैठा। इस बीच में पानीपत में घमासान की जंग हुई, मगर उथल-पुथल समाप्त न हुई। हालांकि औरंगज़ेब ने अपने भाइयों के साथ दुश्मनों का-सा सुलूक़ किया, यानी एक के बाद दूसरे को मौत के घाट उतारा, अगर वो ये न करता तो भाई उसके साथ यही करते। दरअस्ल,

अकबर (जन्म 1542, मृत्यु 1605) की चौकस आंख बन्द होते ही साम्राज्य के बिखराव के आसार शुरू हो गये जो लगातार शाही मौतों के बाद 1757 में प्लासी के युद्ध और 1799 में श्रीरंगा पट्टम के युद्ध के बाद प्रखर हुए। उधर योरोप में नेपोलियन (मृत्यु 18 52) की तूती रुक-रुक कर बोलने लगी थी। (यहां उन्हें दो सन् और याद आ गये चुनांचे उन्हें भी आग में झोंक दिया) यह नहीं भूलना चाहिए कि फ़ीरोज तुग़लक (मृत्यु 1388) ई.) और बलबन (मृत्यु 1287) भी साम्राज्य को स्थिरता नहीं दे सके थे। यहां हमें यह भी नहीं भूलना चाहिए कि 1757 से 1857 तक...।

सन् को परीक्षक को ढेर कर देने के उपकरण के तौर पर प्रयोग करने और इतिहास का सही मूल्यांकन करने से सम्बन्धित मास्टर फ़ाख़िर हुसैन की नसीहत उन्होंने पल्ले में बांध ली। उन्हें अपनी सही जन्मतिथि मालूम नहीं थी, अतः उसके ख़ाने में 'नामालूम' लिख दिया करते थे। लेकिन जिस दिन मास्टर फ़ाख़िर हुसैन ने कचोका दिया कि बेटे! हमारे यहां नामालूम तो केवल वल्दियत हुआ करती है तब से अपने अनुमानित जन्म-वर्ष 1908 के बाद A.D. भी लिखने लगे ताकि भ्रम न रहे और कोई बौड़म B.C. न समझ बैठे।

जिस ज़माने का यह ज़िक्र है, उनकी याददाश्त ख़राब हो चली थी। कोई बात या जवाब दिमाग़ पर ज़ोर डालने के बावजूद याद न आये तो 'इस समय मन एकाग्र नहीं है' इस तरह कहते कि हम अपनी नालायक़ी पर लज्जित होते कि कैसे ग़लत समय पर सवाल कर बैठे। साहब! अगले वक़्तों के शिक्षकों की शान ही कुछ और थी।

परीक्षा सम्बन्धी चालाकियों पर मास्टर फ़ाख़िर हुसैन का एक पाइन्ट और याद आया। फ़र्माते थे कि जहां मुश्किल शब्द प्रयोग कर सकते हो वहां आसान शब्द न लिखो। तुम विद्यार्थी हो। सादगी तो केवल विद्वानों को शोभा देती है।

मुल्ला अब्दुल मन्नान और नेपोलियन : इसी तरह के एक शुभचिन्तक ने एक ज़माने में टिप दिया था कि अगर तीन Essays और तीन ऐतिहासिक युद्ध रट लो तो अंग्रेज़ी और इतिहास में फ़ेल होना असम्भव है, बशर्ते कि परीक्षक ज्ञान-गुण-अग्राही और मूर्ख न हो। ये वो ज़माना था, जब वो हर मशवरे पर शब्द-शब्द अमल करते थे। इसलिए हर बार एक भिन्न ढंग से फ़ेल होते और परीक्षक की नालायक़ी पर रह-रह कर अफ़सोस करते। वाटरलू का परिणामकारी संग्राम, जिसमें उनके हीरो नेपोलियन को चूर-चूर कर देने वाली पराजय हुई, उन तीन युद्धों में, जो उन्होंने युद्ध के नक़्शे समेत रट लिये, उनका फ़ेवरेट था। दोस्तों को अपने फ़ेल होने की सूचना भी इन्हीं ऐतिहासिक शब्दों में देते थे जिसमें विद्यार्थी की लज्जित विनम्रता की जगह जनरली घमंड पाया जाता था।

I have met my Waterloo

बाद में अपने जीवन की अन्य असफलताओं का ऐलान भी इन्हीं ऐतिहासिक शब्दों में करने लगे थे, मगर साहब! नेपोलियन की और उनकी असफलताओं में ज़मीन-आसमान का अन्तर था। नेपोलियन तो एक ही पराजय में ढेर हो गया था, मगर उनके पराजय के ऐलान में दुबारा पराजित होने का फ़ौलादी संकल्प पाया जाता था।

ताला नहीं खुलता : जब परीक्षक को जाल में फांसने के तमाम हथकंडे और शॉर्टकट पूरे हो गये तो परीक्षा में कुल चार हफ़्ते शेष रह गये थे। शॉर्टकट दरअस्ल उस रास्ते को कहते हैं जो बुद्धिमान मगर सुस्त लोग कम-से-कम दूरी को अधिक-से-अधिक समय में तय करने के लिये ढूंढते हैं। साहब! दूरी को मीटर से नहीं, समय से नापना चाहिए। ख़ैर अब मुल्ला आसी सचमुच पढ़ाई में जुट गये। सुब्ह सात-आठ पूरियों, पाव भर कड़ाही से उतरती जलेबियों और रात भर तारों की छांव में भीगे दस बादामों की ठंडाई का नाश्ता करने के बाद वो स्वयं को कमरे में बंद करके बाहर से ताला डलवा देते कि स्वयं भी अगर चाहें तो बाहर न निकल सकें। शाम के समय ताला खुलता था। दो ढाई हफ़्ते यही चलता रहा, मगर परीक्षा नहीं दी। कहने लगे, ''दिमाग़ का ताला नहीं खुलता।''

और साहब! ताला खुलता भी कैसे? परीक्षा के कुछ दिन पहले यह ढंग बना लिया कि शाम होते ही साइकिल लेकर निकल जाते और पौ-फटे लौटते। परचे आउट करने की मुहिम में लगे हुए थे। जिन-जिन प्रोफ़ेसरों के बारे में उन्हें थोड़ा भी शक हुआ कि उन्होंने परचा बनाया होगा, उनके चपरासियों, रसोइयों, मेहतरों, यहां तक कि उनके दूध पीते बच्चों को आयाओं समेत cultivate कर रहे थे। जैसे ही कहीं से हिंट मिलती या guess-paper हाथ लगता, उसे रातो-रात घर-घर बांट रहे थे।

जब वो अधिकारी लोगों, यानी शह्र के तमाम नालायक़ छात्रों तक पहुंच जाता तो किसी दूसरे परचे को आउट करने की मुहिम पर साइकिल और मुंह उठाये निकल जाते। एक रात देखा कि एक प्रिंटिंग प्रेस के बाहर जो काग़ज़ की कतरनें, प्रूफ़ की रद्दी और कूड़ा-करकट पड़ा था, उसे उनमें आस्था रखने वाले ख़ास नालायक़ से दो बोरियों में भरवा कर बारीक मुआयने के लिये अपने घर ले आये। उन्हें किसी ने बहुत ख़ुफ़िया हिंट दी थी कि एक परचा इसी प्रेस में छपा है।

उनके जासूस शह्र के अलग-अलग हिस्सों में काम कर रहे थे। उनके कथनानुसार आगरा, मेरठ, बरेली, राजपूताना और सेन्ट्रल इण्डिया के शह्रों में, जिनका आगरा यूनिवर्सिटी से सम्बन्ध था, उनके गुप्तचरों ने जासूसी का जाल बिछा रक्खा था। जिससे किसी परीक्षक का सम्मानित ढंग से बच निकलना असम्भव था। ये सब वो थे जो कई सालो से अलग-अलग विषयों में फ़ेल हो रहे थे। हर जासूस उसी विषय के परचे में स्पेशलाइज़ किये हुए था जिसमें वो पिछले साल लुढ़का था। leakage और गुप्त सूचनाओं के सोते सूखने लगे तो उन्होंने हिम्मत नहीं हारी, अपनी अंतरात्मा की आवाज़ और अंतर्ज्ञान से इस कमी को पूरा किया।

पहला परचा सैट करने वाले परीक्षक के घर के बाहर थड़े पर गरदन और पैर लटकाये दो घंटे तक परचे की बू लेते रहे। तीन प्रश्न इसी हालत में सूझे। घर आकर इनमें तीन प्रश्नों की वृद्धि इस तरह की कि दस प्रश्नों की काग़ज़ की गोलियां बनायीं और उसी कुंवारी लड़की के, जिसका ज़िक्र पहले कर चुका हूं, पांच साला भाई से कहा कि कोई-सी तीन उठा लो। सोमवार की सुब्ह पहला परचा था। इतवार की रात को सुब्ह

चार बजे तक दस सवालों पर आधारित अपना आउट किया हुआ परचा हर उस छात्र के घर पहुंचाया, जो पिछले सालों में लगातार फ़ेल होता रहा था या जिसमें उन्हें आइन्दा फ़ेल होने की थोड़ी भी योग्यता दिखायी दी।

इस परमार्थ से सुब्ह साढ़े तीन बजे निवृत्त हुए। घर आकर ठंडे पानी से नहाये। बाहर निकलकर भोर के तारे की तरफ़ टकटकी बांधे देर तक देखा किये। एक हिन्दू पड़ौसी से जो कुएं की मन पर लुटिया से स्नान कर रहा था और हर लुटिया के बाद जितनी अधिक सर्दी लगती उतने ही ज़ोर से 'हरि ओम', 'हरि ओम' पुकार रहा था, बाहर से ताला लगाने को कहा। फिर अन्दर आकर सो गये, किसलिए कि दिमाग़ का ताला नहीं खुला था।

मुल्ला आसी की सिद्धि और चमत्कार : जितनी मेहनत और साधना, परोपकार के लिये परचे आउट करने में की, उसकी 1/100 भी अपनी पढ़ाई में कर लेते तो फ़र्स्ट डिवीज़न में पास हो जाते। बहरहाल अफ़सोस इसका नहीं कि उन्होंने ऐसे वाहियात काम में समय नष्ट किया। रोना इस बात का है कि परीक्षा के पहले परचे में आठ में से पांच सवाल ऐसे थे जो इनके आउट किये हुए परचे में मौजूद थे। ऐसा लगता था कि परीक्षक ने उनका परचा सामने रख कर परचा सैट किया है। ये भी सुनने में आया कि परीक्षक के ख़िलाफ़ इन्क्वायरी हो रही है। मुल्ला आसी ने तो यहां तक कहा कि परीक्षक ने वो थड़ा ही तुड़वा दिया जिस पर बैठे-बैठे उन्हें अन्तर्ज्ञान (बोध) हुआ था। एक अर्से तक वो जगह सूफ़ियों में चर्चा का विषय रही, ख़ुदा जाने।

अब क्या था, सारे शह्र में उनकी धूम मच गयी। दूसरे दिन उनके घर के सामने परीक्षा में बैठने वाले छात्रों के ठठ लग गये। इसके बाद परीक्षा में चार दिन का नाग़ा था। इस बीच में पास और दूर के छात्रों ने...कोई बस, कोई ट्रेन, कोई पैदल...झुंड के झुंड आ कर उनके घर के सामने पड़ाव डाल दिया। यू.पी. के नालायक़ लड़कों का ऐसा विराट सम्मेलन आसमान ने न कभी इससे पहले, न उसके बाद देखा। ये भी सुनने में आया कि पुलिस ने केस अपने हाथ में ले लिया है। भीड़ में सी.आई.डी. के आदमी बापों का भेस बनाये फिर रहे हैं। मुल्ला आसी का बयान था कि दो बुरक़े वाली लड़कियां भी आयी थीं। उनमें से लम्बी वाली लड़की के बारे में शकील अहमद ने, जो क्लास का सबसे छोटा और चिकना लड़का था, ये गवाही दी कि उसने मेरे कूल्हे पे चुटकी ली और उसकी नक़ाब के पीछे मुझे ताव दी हुई मूंछ नज़र आयी, ख़ुदा जाने।

हालांकि मुल्ला आसी अब स्वयं इम्तहान में नहीं बैठ रहे थे, लेकिन औरों की ख़ातिर दिन-रात एक किये हुए थे। कहते थे, "अगर स्वयं इम्तहान में बैठ जाऊं तो सारी सिद्धि समाप्त हो जायेगी।" छात्रों में ये अफ़वाह आग की तरह फैल गयी कि जब से बोध हुआ है, मुल्ला आसी दुनिया से किनारा करके सूफ़ी हो गये हैं और लगातार चमत्कार घटित हो रहे हैं। उनसे पूछा गया तो जवाब दिया, "मैं इस अफ़वाह का खंडन नहीं कर सकता।"

वो कमरे में ताला डलवाकर दिन-भर छटी इन्द्रिय की मदद से परचा बनाते। रात को ठीक बारह बजे और फिर ढाई बजे अपने मामू स्वर्गीय सज्जाद अहमद वकील का

पुराना काला गाउन पहने सिद्धि स्थान से बाहर तशरीफ़ लाते और परचा आउट करते। तीन दिन तक यही नक़्शा रहा। सिद्धि, विद्धि के बारे में मैं कुछ नहीं कह सकता। मुझे तो उनके चेहरे पर तपस्या करने वाले साधुओं की गम्भीर शान्ति नज़र आयी। आंखें एक चौथाई से अधिक नहीं खोलते थे। गोश्त, लहसुन और झूठ छोड़ दिया था। सुब्ह तड़के ऐसे ठंडे पानी से स्नान करते कि चीख़ को रोकने के लिये पूरा ज़ोर लगाना पड़ता। निगाहों की पवित्रता का ये आलम कि औरत तो औरत, मुर्ग़ी या बकरी भी सामने आ जाये तो ब्रह्मचारियों की तरह शरमा कर नज़रें नीची कर लेते। विपरीत लिंग से इतना एहतियात और परहेज़ कि कई ऐसे शब्दों को भी पुल्लिंग बोलने लगे जो अंधे को भी नज़र आते हैं कि स्त्रीलिंग हैं। ग़रज कि परचे आउट करने के लिये अपनी सारी दैहिक, दैविक और भौतिक ताक़तें दांव पर लगा दीं।

पहले परचे को छोड़कर, शेष परचों में उनका बताया हुआ एक सवाल भी नहीं आया। वो मुंह दिखाने के क़ाबिल न रहे। उनके पक्ष में बस यही कहा जा सकता है कि उन्होंने अच्छे इरादे से ईश्वर की सृष्टि की रेड़ मारी। इस साल कानपुर और इसके आस-पास पचास-साठ मील के दायरे में जितने भी लड़के फ़ेल हुए उन सबका यही कहना था कि मुल्ला आसी के आउट किये हुए परचों के कारण लुढ़के हैं। हद ये कि आदी फ़ेल हो जाने वाले लड़के, जो हर साल क़िस्मत और परीक्षक को गालियां दिया करते थे, वो भी मुल्ला आसी की जान के पीछे पड़ गये। नौबत गाली-गलौच पर आने लगी तो वो चुपके से अपने ननिहाल अमरोहा सटक गये। एक लड़के के मामा ने तो मुल्ला आसी के मामा को सरे-बाज़ार मारा-पीटा। एक-डेढ़ महीने तक उनके ख़ानदान का कोई बुज़ुर्ग घर से बाहर नहीं निकल सका।

तो साहब ये थे हमारे मुल्ला आसी अब्दुल मन्नान। चंद सनकों को छोड़ दें तो जवानी उनकी भी वैसी गुज़री, जैसी उस ज़माने में आम छात्रों की गुज़रती थी। आपने उस दिन मिर्ज़ा अब्दुल वुदूद बेग का एक चिरांदा सा जुमला सुनाया। किस-किस बवाल, बल्कि आफ़त से जुड़ी होती थी जवानी उस ज़माने में।

साल-भर ऐश, इम्तिहान से पहले चिल्ला (चालीस दिन की साधना) मुंहासे, मुशायरों में हूटिंग, आग़ा हश्र कश्मीरी के ड्रामे, रिनॉल्ड और मौलाना अब्दुल हलीम शरर के इस्लामी नॉविल, सोने से पहले आधा-सेर औटता दूध, बिना-नाग़ा दंड-बैठक, जुमे के जुमे नहाना, रातों की ग़पशप, रेलवे स्टेशन पर लेडीज़ कम्पार्टमेन्ट के सामने solo goose step (बत्तख़ की-सी अकड़ी चाल में चहलक़दमी) अंग्रेज़ के ख़िलाफ़ नारे और उसी की नौकरी की इच्छा।

मुल्ला आसी ने सारी ज़िन्दगी इसी तरह गुज़ार दी। सेह्रा बंधा, न शहनाई बजी, न छुआरे बंटे, स्वयं ही छुहारा हो गये। मैंने बहुत कुरेदा, पुट्ठे पर हाथ नहीं रखने देते। गढ़े-गढ़ाये विकट वाक्य लुढ़काने लगे, जो उनके अपने नहीं मालूम होते, "बस तमाम उम्र ऐसी अफ़रा-तफ़री रही कि इस सुख-चैन के बारे में सोचने की फ़ुर्सत ही न मिली, मुझे

तो औरतों के बग़ैर ज़िंदगी में कोई कमी महसूस न हुई। अलबत्ता उनका कोई अधिकार छिना हो तो मुझे जानकारी नहीं, अल्लाह मुआफ़ करे वग़ैरा-वग़ैरा।'' अब भी इसी कमरे में रहते हैं जिसमें पैदा हुए। मेरा तो सोचकर ही दम घुटने लगा कि कोई शख़्स, अपनी सारी ज़िन्दगी, सत्तर-पिचहत्तर बरस एक ही मुहल्ले, एक ही मकान, एक ही कमरे में कैसे बिता सकता है। कराची में तो इतने साल आदमी क़ब्र में भी नहीं रह सकता। जहां क़ब्र खोदनेवालों ने देखा, अब के शबे-बरात, ईद, बक़रीद पर भी कोई फ़ातिहा पढ़ने नहीं आया। वहीं हड्डियां और पिंजर निकालकर फेंक दिये और ताज़ा मुर्दे के लिये जगह बना ली।

साहब वैसे तो दुनिया में एक-से-एक सनकी पड़ा है, लेकिन मुल्ला आसी का सवा लाख में एक वाला मामला है। इनके एक परिचित का कहना है कि ''आख़िरी 'वाटरलू' के बाद खिसक गये हैं। नमाज़ इस तरह पढ़ते हैं जैसे बहुत से मुसलमान शराब पीते हैं यानी चोरी छिपे।'' एक साहब बोले—''मुद्दत हुए इस्लाम को छोड़े।'' इस पर दूसरे साहब बोले कि—''मुसलमान थे कब जो छोड़ते।'' हैदर मेहंदी ने बताया कि एक दिन मैंने पूछा—''मुल्ला, क्या ये सच है कि तुम बुद्धिस्ट हो गये हो?'' हँसे, कहने लगे, ''जब मैंने पचासवें साल में क़दम रखा तो विचार आया। ज़िंदगी का कोई भरोसा नहीं, क्यों न अपनी आस्था का करेक्शन कर लूं।''

एक दिन बहुत अच्छे मूड में थे, मैंने घेरा। पूछा कि ''मौलाना, बुद्धिज़्म में तुम्हें इसके अलावा और क्या ख़ूबी नज़र आयी कि महात्मा बुद्ध अपनी बीवी यशोधरा को सोता छोड़कर रातोंरात सटक गये?'' मुस्कुराये, कहने लगे, ''मेरी यशोधरा तो मैं स्वयं हूं, वो भाग-भरी तो, अब अगले जन्म में जागेगी।'' एक रहस्य से परिचित ने तो यहां तक कहा, ''मुल्ला आसी ने वसीयत की है कि मेरी लाश तिब्बत ले जायी जाये। हालांकि तिब्बतवालों ने उनको कभी कोई नुक़सान नहीं पहुंचाया।'' प्रोफ़ेसर बिलगिरामी, जो एक स्थानीय कॉलेज में अंग्रेज़ी पढ़ाते हैं, इस अफ़वाह का सख़्ती से खंडन करते हैं। वो कहते हैं कि मुल्ला आसी ने वसीयत लिखी है कि मेरी लाश को बग़ैर नहलाये जला दिया जाये। ग़रज कि जितने मुंह, उतने इल्ज़ाम, उतनी लानतें। लेकिन इतना तो मैंने भी देखा कि कोने में उनकी मां की नमाज़ की चौकी पर नमाज़ की चटाई उलटी बिछी थी, यानी चटाई के डिज़ाइन का मुंह पश्चिम की जगह पूरब की तरफ़ था।

सुना है इस पर आसन मार के ध्यान और तपस्या करते हैं। तूंबी भी पड़ी देखी, जिसके बारे में एक दोस्त ने कहा, ''अगर उन्होंने कभी संजीदगी से कोई होल-टाइम पेशा अपनाया तो इसी तूंबी में घर-घर भीख मांगेंगे।'' मेज़ पर ज़ेन बुद्धिज़्म पर पांच-छह किताबें पड़ी थीं। मैंने यूं ही पन्ने पल्टे, अल्लाह जाने उन्हें किसने अंडरलाइन कराया है। कमरे में केवल एक डैकोरेशन पीस है। ये एक इंसानी खोपड़ी है जिसके बारे में मशहूर है कि गौतमबुद्ध की है निर्वाण से पहले की।

सलीक़े से तह की हुई एक गेरुवा चादर पर गज़ भर लम्बा चिमटा रखा था। मुझे तो बजाने वाला, अपने आलम लाहौर वाला चिमटा लगा। पास ही लकड़ी की साधुओं वाली

खड़ावें पड़ी थीं। वही जिनके पंजे पर शतरंज का ऊंट बना होता है। नमाज़ की चौकी पर एक मिट्टी का पियाला, इकतारा, बासी-तुलसी और बुद्ध की मूर्ति रखी थी। संक्षिप्त कथा ये कि कमरे में बुद्धिज़्म के उपकरण धूल में अंटे इधर-उधर पड़े थे। मुझे तो ऐसा लगा कि उनका उद्देश्य केवल नुमाइश है। शायद दूसरों का मुंह चिढ़ाने के लिये अपनी नाक काट ली।

खुल जा सिम-सिम : आप थोड़ा गैस कीजिये वो क्या करते हैं। मैं आपको दो मिनट देता हूं। (आधे मिनट बाद ही) जनाब! वो ट्यूशन करते हैं। ग़रीब लड़कों को मैट्रिक की तैयारी करवाते हैं। रात को बारह-एक बजे लौटते हैं। पांच-छह मील चलकर जाना तो कोई बात ही नहीं, कहते हैं, ''सवारी से मिज़ाज मोटा होता है सिवाय गधे की सवारी के। इसीलिए इज़राईल के पैग़म्बरों ने गधे की सवारी की है।'' मगर सुना है पढ़ाने का पैसा एक नहीं लेते। कहते हैं—''पूरब की हज़ारों साल पुरानी रीत है कि पानी, उपदेश और ज्ञान का पैसा नहीं लिया जाता। पैसा ले लो तो अंग नहीं लगता और अंततः पैसा भी नहीं बचता। आज तक ऐसा नहीं हुआ कि पैसा देकर बदले में प्राप्त किये हुए ज्ञान से कोई आत्मिक परिवर्तन आया हो। सच्चा परिवर्तन केवल नज़र से आता है और नज़र का कोई मोल नहीं।''

अल्लाह जाने गुज़र-बसर कैसे होती है? ईश्वरीय कृपा तो हो नहीं सकती, चूंकि बुद्धिस्ट ईश्वर और उसकी कृपा को मानते नहीं, भीख को प्रधानता देते हैं। दर्शन का एक पूरा क़िला खड़ा कर लिया है मुल्ला आसी ने। हम जैसों के पल्ले तो ख़ाक नहीं पड़ता। अब इसे पागलपन कहिये, झक कहिये, बस है तो है। कौन कह सकता था कि पढ़ाई से भागने वाला लड़का, पढ़ाने में अपना निर्वाण तलाश करेगा। याद नहीं आपका कथन है कि मेरा, कि पाकिस्तान में जो लड़के पढ़ाई में फिसड्डी होते हैं वो फ़ौज में चले जाते हैं और जो फ़ौज के लिये medically unfit होते हैं, वो कॉलिजों में प्रोफ़ेसर बन जाते हैं। साहब, प्रकृति जिससे जो चाहे काम ले। आप भी तो एक ज़माने में लेक्चरर बनने की तमन्ना रखते थे। ख़ुदा ने आप पर बड़ा एहसान किया कि इच्छा पूरी न होने दी। वैसे आपको मालूम ही है। मैंने भी कई बरस टीचरी की है। दिल की बात पूछिये तो जीवन का सुनहरा काल वही था।

लेकिन ख़ूब बात है, सभी कहते हैं कि पढ़ाते बहुत अच्छा हैं। अच्छा शिक्षक होने के लिये शिक्षित होने की शर्त नहीं है। कुछ समय तब गवर्नमेंट स्कूल में भी पढ़ाया। लेकिन जब एजुकेशन डिपार्टमेन्ट ने ये पख़ लगायी कि तीन साल के अन्दर B.T.C. पास करो वरना डिमोट कर दिये जाओगे, तो ये कहकर इस्तीफ़ा दे दिया कि, ''मैं बेसब्रा आदमी हूं, तीन साल इस घटना के इन्तज़ार में नहीं गुज़ार सकता। मैं हमेशा बी.टी. पास टीचरों से पढ़ा और फ़ेल हुआ।'' इसके बाद कहीं नौकरी नहीं की। अलबत्ता अंधों के स्कूल में मुफ़्त पढ़ाने जाते हैं। लहज़े में मिठास और धीरज बला का है, हमेशा से था। शब्दों से बात समझ में आती है। लहज़े से दिल में उतर जाती है। जादू शब्दों में नहीं लहज़े में होता है। अलिफ़ लैला के ख़ज़ानों का दरवाज़ा हर ऐरे-ग़ैरे के, 'खुल जा सिम सिम' कहने से नहीं खुलता। वो इलाहदीन का लहज़ा मांगता है। दिलों के ताले की ताली भी शब्द में नहीं, लहज़े में होती है। अपनी बात दुहरानी पड़े या दूसरा उलझने लगे तो

उनका लहज़ा और भी रेशम हो जाता है। लगता है फ़ालूदा गले से उतर रहा है। हर अच्छे शिक्षक के अन्दर एक बच्चा बैठा होता है, जो हाथ उठा-उठा कर, सर हिला-हिला कर बताता जाता है कि बात समझ में आयी कि नहीं। अच्छे शिक्षक का पढ़ाना बस उस बच्चे से वार्तालाप है जो उम्र भर चलता रहता है। उन्होंने उस बच्चे को बच्चा ही रहने दिया।

वो कमरा बात करता था : मुल्ला आसी से उसी कमरे में घमासान की मुलाक़ातें रहीं, जहां पैंतीस बरस पहले उन्हें ख़ुदा-हाफ़िज़ कहकर पाकिस्तान आया था। उस ज़माने में सभी पाकिस्तान खिंचे चले आ रहे थे...ज़मीन-जायदाद, भरे-बतूले घर...,लगे-लगाये रोज़गार और अपने यारों-प्यारों को छोड़ कर। उसी कमरे में मुझे गले लगाकर विदा करते हुए कहने लगे, "जाओ, सिधारो मेरी जान, तुम्हें ख़ुदा के सुपुर्द किया।" आज भी उन्हें इतना ही आश्चर्य होता है कि भला ठीक-ठाक होशो-हवास वाला कोई शख़्स कानपुर कैसे छोड़ सकता है। कमरे में वही पंखा, उसी डगमग-डगमग कड़े में लटका, उसी तरह चर्ऱख-चूं करता रहता है।

मुझे तो जब बात करनी होती थी तो पंखा ऑफ़ कर देता था। ये पंखा चलते ही आंधी-सी आ जाती है और किताबों, दीवारों और दरी पर जमी हुई धूल कमरे में उड़ने लगती है, जिससे मच्छरों का दम घुटने लगता है। वो पंखा गर्मी से नहीं मच्छरों से बचने के लिये चलाते हैं, मगर कम बहुत ही कम। इसलिए नहीं कि बिजली की बचत होती है, बल्कि चलाने से पंखा घिसता है। इसकी लाइफ़ कम होती है। माशाअल्लाह! चालीस-पैंतालीस बरस का तो होगा, इन हिसाबों सौ तक तो घसीट ही ले जायेंगे।

कई साधुओं और जोगियों का मानना है कि इंसान के भाग्य में भगवान ने गिनती की सांस लिखी हैं। इसलिए अधिकतर समय सांस रोके बैठे रहते हैं, ताकि ज़िंदगी दम घुटने से लंबी हो जाये। मजबूरी और तकलीफ़ में सांस इसलिए ले लेते हैं कि इसे रोक सकें। बस पंखे की उम्र भी इसी तरह लम्बी की जा रही है।

उनके कमरे में गोया एक दुनिया की सैर हो गयी। संसार-दर्शन का कमरा कहिये। हर चीज़ वैसी की वैसी है बल्कि वहीं की वहीं है। क़सम से मुझे तो ऐसा लगा कि मकड़ी के जाले भी वही हैं, जो छोड़कर आया था। केवल एक परिवर्तन देखा, दाढ़ी फिर मुंडवा दी है। पूछा तो गोल कर गये। कहने लगे, "दाढ़ी उस समय तक ही बरदाश्त है जब तक काली हो।" इस पर इनआम साहब आंख मारते हुए कहने लगे—"महात्मा जी भी तो मुंडवाते थे।" कमरे का नक़्शा वही है, जो सन् 47 में था। अलबत्ता दीवारों पर चीकट चढ़ गयी है। केवल वो हिस्से साफ़ नज़र आये जिनका प्लास्टर हाल में झड़ा है। बायीं दीवार पर पलंग से दो फ़िट ऊपर, जहां पैंतालीस साल पहले मैंने पेन्सिल से पिकनिक का हिसाब लिखा था, उनकी ऊपर की चार लाइनें अभी तक ज्यों-की-त्यों हैं। साहब रुपये में 192 पाई होती थीं और एक पाई आजकल के रुपये के बराबर थी। हैरत इस पर हुई कि दीवार पर भी हिसाब करने से पहले मैंने 786 लिखा था।

बक़ौल आपके मिर्ज़ा अब्दुल वुदूद वेग के, उस ज़माने में मुसलमान लड़के हिसाब

में फ़ेल होने को अपने मुसलमान होने की दलील समझते थे। हिसाब, किताब, व्यापार और हर वो काम जिसमें फ़ायदे की ज़रा सी भी संभावना हो, बनियों, बक्कालों और यहूदियों का काम माना जाता था मगर मुझे चक्रवर्ती अर्थमेटिक कंठस्थ थी। पौना, सवाया और ढाई का पहाड़ा मुझे अब तक याद है। इनका फ़ायदा-वायदा तो समझ में ख़ाक नहीं आया। दरअस्ल ये उनकी उच्छृंखलता को मारने, बल्कि स्वयं उन्हीं को उच्छृंखलता समेत मारने का एक बहाना था। मुसलमान पर याद आया कि यह जो पांच समय टक्करें मारने का गट्टा आप देख रहे हैं, ये पच्चीस-छब्बीस बरस की उम्र में पड़ चुका था। मियां तज़म्मुल हुसैन की दोस्ती और नियाज फ़त्हपुरी के लेख भी नमाज़ न छुड़वा सके। आपको विश्वास नहीं होगा दो-तिहाई बाल भी उसी उम्र में सफ़ेद हो गये थे।

ख़ैर तो ये कह रहा था शीशम की मेज़ के ऊपर वाली दीवार पर मैट्रिक की फ़ेयरवैल पार्टियों के ग्रुप फ़ोटो लगे हैं, लगातार पांच सालों के। ख़ुदा-ख़ुदा करके पांचवें साल उनका बेड़ा उस समय पार लगा, जब उनका एक क्लासफ़ेलो बी.ए. करके उन्हें अंग्रेज़ी पढ़ाने लगा। पांचों में वो हैडमास्टर के पीछे कुर्सी की पीठ मज़बूती से पकड़े खड़े हैं। मशहूर था कि वो इस कारण पास नहीं होना चाहते कि पास हो गये तो मॉनीटरी समाप्त हो जायेगी, कॉलेज में मॉनीटर का क्या काम।

एक फ़ोटो सीपिया रंग का है। मैं तो इसमें अपना हुलिया देखकर भौंचक्का रह गया। या अल्लाह ऐसे होते थे हम जवानी में? कैसे उदास होते थे लड़के उस दिन, अन्तिम सांस तक दोस्ती निभाने का वादा, दुखी मानवता की सेवा और एक-दूसरे को सारी उम्र हर तीसरे दिन ख़त लिखने की कैसी-कैसी क़समें। मेज़ पर अभी तक वही हरी बनात मढ़ी हुई है। रौशनाई के धब्बों से 9/10 नीली हो गयी है। टूट के जी चाहा कि बाक़ी 1/10 पर भी दवात उंडे़ल दूं ताकि ये रंग किसी तरह समाप्त तो हो। चपरासियों की वर्दी भी इसी बनात की बनती थी। सर्दी कड़ाके की पड़ने लगती तो कभी-कभी स्कूल का चपरासी बशीर डांटकर हमें घर वापस भेज देता कि मियां! कोट, लंगोट से काम नहीं चलेगा। क़मरी, मिरजई (रुई की बास्कट) डाट के आओ। मगर स्वयं घर से एक पतली मिरजई पहनकर आता जो इतनी पुरानी हो गयी थी कि पैटर्न के चारख़ाने के हर ख़ाने में रुई का अलग गूमड़ा बन गया था। यूनिफ़ार्म की अचकन घर पहनकर नहीं जाता था। मैंने उस पर कोई सिलवट या दाग़ नहीं देखा। छुट्टी का घंटा इस तरह बजाता कि घड़ियाल खिलखिला उठता।

बड़े काम और छोटा आदमी : मछली बाज़ार की मस्जिद शहीद होने पर मौलाना शिबली की 'हम कुश्तगाने-मारक़ा-ए-कानपुर हैं' वाली अद्‌भुत नज़्म अभी तक उसी कील पर लटक रही है, जो ठोंकने में दुहरी हो गयी थी। साहब, जिस शख़्स ने कील ठोकते समय हथौड़ा कील के बजाय अपने अंगूठे पर कभी भी नहीं मारा मुझे उसकी वल्दियत में शक है। ऐसे चौकस, चालाक आदमी से होशियार रहना चाहिए। इस मस्जिद के बारे में ख़्वाजा हसन निज़ामी ने लिखा था कि ये वो मस्जिद है जिसके सामने हमारे बुज़ुर्गों की लाशें तड़प-तड़प कर गिरीं और उनकी सफ़ेद दाढ़ियां ख़ून से लाल हो गयीं।

नज़्म के फ्रेम का शीशा बीच में ऐसा तड़ख़ा है कि मकड़ी का जाला-सा बन गया

है। मैंने कोई पचास साल बाद ये पूरी नज़्म और 'बोलीं अम्मा मुहम्मद अली की, जान बेटा ख़िलाफ़त पे दे दो' वाली नज़्म पढ़ी। क्या निवेदन करूं। दिल पर वो असर न हुआ। उस काल के कई जनान्दोलन। मसलन, रेशमी-रूमाल वाला आंदोलन, ख़िलाफ़त, बलकान का युद्ध (लुत्फ़ मरने का अगर चाहे तो चल बलकान चल), स्त्रियों की शिक्षा और साइंसी शिक्षा का विरोध (जिसमें अकबर इलाहाबादी आगे-आगे थे), शारदा एक्ट के विरोध में मुसलमानों का मौलाना मुहम्मद अली के नेतृत्व में आंदोलन...ये और बहुत ऐसे ही काम, जिनके लिये कभी जान की बाज़ी लगा देने का जी चाहता था, अब अजीब लगते हैं।

ख़िलाफ़त मूवमेन्ट ही को लीजिये। उसका समर्थन तो गांधीजी ने भी किया था। इससे अधिक जोशीले, देशव्यापी, व्यवस्थित, उल्टे और बेतुके आंदोलन की कल्पना भी नहीं की जा सकती है। मगर वो बड़े लोग थे। आज काम तो बड़े हो रहे हैं, मगर आदमी छोटे हो गये हैं। वो अजीब भावनात्मक काल था। मुझे याद है बद्री नारायण ने एक बार महमूद गज़नवी को लुटेरा मुल्लड़ कह दिया तो जवाब में अब्दुल मुक़ीत ख़ां ने शिवाजी को mountain rat कहा। इस पर बात बढ़ी और बद्री नारायण ने मुग़ल बादशाहों का नाम ले लेकर बुरा-भला कहना शुरू कर दिया। औरंगज़ेब की बेटी पर तो बहुत ही गंदा आरोप लगाया। जवाब में अब्दुल मुक़ीत ख़ां ने पृथ्वीराज चौहान, महाराणा प्रताप, मिर्ज़ा सवाई मान सिंह को तूम के रख दिया। लेकिन जब महाराजा रणजीत सिंह पर हाथ डाला तो ब्रदी नारायण तिलमिला उठा। हालांकि वो सिख नहीं था, गौड़ ब्राह्मण था। दोनों वहीं गुत्थमगुत्था हो गये। मुक़ीत ख़ां का अंगूठा और ब्रदी नारायण की नाक का बांसा टूट गया। दोनों एक ही लौंडे पर आशिक़ थे।

चिड़िया की दुसराहट : दीवारों पर वही पलस्तर में उभरी हुई नसें, वही उपदेशात्मक पोस्टर और चारपाई भी वही, जिसके सिरहाने वाले पाये पर अब्दुल मुक़ीत ख़ां ने चाक़ू से उस लौंडे का नाम खोदा था और उसी से उंगली में चीरा लगाकर ख़ून अक्षरों में भरा था। आप भी दिल में कहते होंगे कि अजीब आदमी है, इसकी कहानी में वेश्या ख़ुदा-ख़ुदा करके विदा होती है तो लौंडा दर्राता चला आता है। साहब, क्या करूं? इन पापी आंखों ने जो देखा, वही तो बयान करूंगा।

आप मीर की समग्र रचनावली उठाकर देख लीजिये। उनकी आत्मकथा पढ़ लीजिये। मुसहफ़ी के दीवान देखिये। आपको जगह-जगह इसकी तरफ़ खुल्लमखुल्ला इशारे मिलेंगे। साहब! औरतों के बारे में तो बात करने की जुगत बी.ए. में आकर लगती थी। अब उस लौंडे का नाम क्या बताऊं? कांग्रेस की टिकिट पर मिनस्टर हो गया था। करप्शन में निकाला गया। एक डिप्टी सेक्रेट्री की बीवी से शादी कर ली जो डिसमिस होने के तीन महीने बाद एक सिख बिज़नेसमैन के साथ भाग गयी। उस ज़माने के शारीरिक आनन्द के अभाव और घोर-घुटन का आप बिलकुल अनुमान नहीं लगा सकते। इसलिए कि आप उस समय तक बालिग़ नहीं हुए थे। मजाज़ ने झूठ नहीं कहा था—

मौत भी इसलिए गवारा है
मौत आता नहीं है, आती है

साहब! विश्वास कीजिये, उस ज़माने का हाल ये था कि औरत का एक्सरे भी दिख जाता तो लड़के उसी पर दिलो-जान से फ़िदा हो जाते।

रौशनदान में अब शीशे की जगह गत्ता लगा हुआ है। उसके छेद में से एक चिड़िया बड़े मज़े से आ-जा रही थी। नीचे झिरी में घोंसला बना रक्खा है। उसके बच्चे चूं-चूं करते रहते हैं। एक दिन मुल्ला आसी कहने लगे कि बच्चे जब बड़े होकर घोंसला छोड़ देंगे तो हमारा घर बहुत सुनसान हो जायेगा। धूल में दरी की लाइनें मिट गयी हैं।

मियां तज़म्मुल के सिग्रेट से चालीस, पैंतालीस बरस पहले छेद हो गया था, वो अब बढ़कर इतना बड़ा हो गया है कि उसमें से तरबूज़ निकल जाये। छेद के हाशिये पर फूसड़ों की झालर-सी बन गयी है। उसके पीछे से वही रेलवे वेटिंग-रूम और डाक-बंगलों वाला कत्थई रंग का सीमेन्ट का फ़र्श काट खाने को दौड़ता है। मियां तज़म्मुल हुसैन की उम्र उस समय कुछ नहीं तो तीस बरस होगी। तीन बच्चों के बाप बन चुके थे, मगर बड़े हाजी साहब (उनके पिता) का रौब इतना था कि सिग्रेट की तलब होती तो किसी दोस्त के यहां जाकर पी आते थे। हाजी साहब सिग्रेट की गिनती आवारगी में करते थे। स्वयं हुक़्क़ा पीते थे। बाइस्कोप की गिनती बदमाशी में करते थे चुनांचे मियां तज़म्मुल हुसैन को तन्हा सिनेमा देखने नहीं जाने देते थे। स्वयं साथ जाते थे।

छिपकली की कटी हुई दुम : छत बिलकुल ख़स्ता, दीमक की खायी हुई कड़ियां, पंखे का कड़ा घिसते-घिसते चूड़ी बराबर रह गया है। मैं ज्योतिषी तो हूं नहीं, ये कहना मुश्किल है कि इन तीनों में पहले कौन गिरेगा। मिलने आने वाले को ऐन पंखे के नीचे बिठाते हैं। उस ग़रीब की आंखें हर समय पंखे पर ही जमी रहती हैं। एयरगन से मैंने जहां छिपकली मारी थी और हां, छिपकली पर याद आयी, आपके उस दोस्त की, जिसकी चिट्ठी हॉस्टल के लड़कों ने चुराकर पढ़ ली थी। उसकी बीवी ने क्या लिखा था? हिन्दी में थी शायद। जगत नारायण श्रीवास्तव नाम था। नयी-नयी शादी हुई थी। लिखा था, 'राम क़सम, तुम्हारे बिना रातों को ऐसे तड़पती हूं, जैसे छिपकली की कटी हुई दुम।'

वाह! इस उपमा के आगे बिना पानी की मछली की उपमा पानी भरती है, मगर आप इसे नॉस्टेल्जिया के मारे लोगों के लिये सिम्बल के तौर पर इस्तेमाल करते हैं। ये ज़ियादती है। ये तो मैं आपको बता चुका हूं कि मुल्ला आसी की कमाई का कोई साधन नहीं है, न कभी था मगर ठाली भी नहीं रहे। बेरोज़गार हमेशा रहे, मगर बेकार कभी नहीं। शायद सन् 50-51 की बात है। उनकी मां उनकी नौकरी लगने तथा बुद्धिज़्म से छुटकारे की मिन्नत दूसरी बार मांगने अजमेर-शरीफ़ गयीं। वहीं किसी ने कहा, अम्मां! तुम साहब दाता गंजबख़्श के मज़ार पर जाओ। वहां स्वयं ख़्वाजा अजमेरी ने चिल्ला खींचा था। सो वो छह महीने बाद मिन्नत मांगने लाहौर चली गयीं। मज़ार पर चढ़ाने के लिये जो कामदार रेशमी चादर वो साथ ले गयी थीं, उसमें न जाने कैसे शाम को आग लग गयी। लोगों ने कहा कि वज़ीफ़ा उलटा पड़ गया। कृपा-दृष्टि न होनी हो तो भेंट स्वीकार नहीं होती। वो रात उन्होंने रोते गुज़ारी। सुब्ह को नमाज़ पढ़ते हुए सिजदे की हालत में परलोक सिधार गयीं। दमे और दिल की बीमारी थी। लाहौर में ही मियानी साहब क़ब्रिस्तान में दफ़्न हैं।

मां की मौत के बाद उनके घर में चूल्हा नहीं जला। उन्होंने मकान का शेष हिस्सा किराये पर उठा दिया। किरायेदार ने पन्द्रह साल से वो भी देना बंद कर दिया है। सुना है, अब उलटा इनको कमरे से निकालने के लिये क़ानूनी कार्रवाई करने वाला है।

चपरासी की नौकरी का स्वर्णकाल : बशीर चपरासी से मिलने गया। बिलकुल बूढ़ा फूस हो गया है, मगर बन्दूक़ की नाल की तरह सीधा। थोड़ा जोश में आ जाये तो आवाज़ में वही कड़का। कहने लगा, "मियां! बेग़ैरत हूं। अब तो इसलिए जिन्दा हूं कि अपने छोटों को, अपनी गोद में खिलाये हुओं को कन्धा दूं। हमारा भी एक ज़माना था। अब तो पसीना और सपने आने भी बन्द हो गये। छटे-छमाहे कभी सपने में स्वयं को घंटा बजाते देख लेता हूं तो तबियत दिन-भर चोंचाल रहती है। अल्लाह का शुक्र है अभी हाथ-पैर चलते हैं। मास्टर समी 'उल' हक़ मुझसे उम्र में पूरे 12 बरस छोटे हैं। तिस पर ये हाल कि याददाश्त बिलकुल ख़राब, पेट उससे अधिक ख़राब। लोटा हाथ में लिये खड़े हैं और यह याद नहीं आ रहा कि पाख़ाने जा रहे हैं या होकर आ रहे हैं। अगर आ रहे हैं तो पेट में गड़गड़ाहट क्यों हो रही है? और जा रहे हैं तो लोटा ख़ाली क्यों है?"

"मुझे हर लड़के का हुलिया और हरकतें याद हैं। मियां! आपकी गिनती ठीक-ठाक शक्ल वालों में होती थी। हालांकि सर मुंडाते थे। मुल्ला आसी औरतों की तरह बीच की मांग निकालता था। आपका दोस्त आसिम गले में चांदी का तावीज़ पहनता था। जिस दिन उसका मैट्रिक का पर्चा था, उसी दिन सुब्ह उसके वालिद की मौत हुई। जब तक वो पर्चा करता रहा, मैं खड़ा अलहम्द और आयतुल-क़ुर्सी पढ़ता रहा। दो बार आधा-आधा गिलास दूध पिलाया और जिस साल कोयटा में भूकम्प आया, उसी साल आपके दोस्त गज़नफ़र ने इंजन के सामने आकर आत्महत्या की थी। अपने बाप का इकलौता बेटा था। पर मेरे तो सैकड़ों बेटे हैं। कौन भड़वा कहता है—बशीर बेऔलादा है।"

शराफ़त से गाली देने वाले : फिर कहने लगा कि ये भी मालिक का करम है कि सही समय पर रिटायर हो गया, नहीं तो कैसी दुर्गत होती। अल्लाह का शुक्र है चाक-चौबन्द हूं। बुढ़ापे में बीमारी लानत है। फ़ालतू तंदुरुस्ती को आदमी काय पे ख़र्च करे। मियां! हट्टा-कट्टा बुड्ढा, न घर का न घाट का। उसे तो घाट की हेरा-फेरी में ही मज़ा आवे है। चुनांचे पिछले साल टिलकता हुआ स्कूल जा निकला। देखता-का-देखता रह गया। चपरासी साहब बिना चपरास, बिना अचकन, बिना पगड़ी-टोपी के कुदकड़े मारते फिर रहे थे। मियां! मैं तो आज तक पाख़ाने भी बिना टोपी के नहीं गया और न कभी बग़ैर लंगोट के नहाया।

एक दिन हमीदुद्दीन चपरासी ने अपनी अचकन रफ़ूगर को रफ़ू करने के लिये दी और केवल कुरता पहने ड्यूटी करने लगा। हैड मास्टर साहब बोले कि आज तुम बच्चों के सामने काय को नंगी तलवार से फिर रहे हो? हमारे ज़माने में चपरासी का बड़ा रौब हुआ करता था। हैड मास्साब सलाम करने में हमेशा पहल करते। आपने तो देखा ही है। मुझे आज तक किसी टीचर ने बशीर या तुम कहकर नहीं पुकारा और मैंने भी किसी छोटे को तुम नहीं कहा।

एक बुरी ज़बान वाले हैडकांस्टेबल ने मुझे एक बार भरे बाज़ार में "अबे परे हट" कह दिया। मैं उस टेम अपनी सरकारी यूनिफ़ॉर्म में था। मैंने उसे दोनों कान पकड़ के हवा में उठा लिया। ढाई मन की लाश थी। मैंने ज़िन्दगी में बड़े-से-बड़े तीसमारख़ां का घड़ियाल बजा दिया। आजकल के तो चपरासी शक्ल-सूरत से चिड़ीमार लगे हैं। हमारे ज़माने के रख-रखाव, अदब-आदाब कुछ और ही थे। शरीफ़ लोगों की ज़बान पर तू और तेरी नहीं आता था। गाली भी देते तो आप और आपकी कहते थे। मियां! आपके दादा बड़े ग़ुस्सैल थे पर बड़ी तहज़ीब से गाली देते थे। सम्बोधित के स्तर के अनुसार भोंदू, भटियारा, भड़भूजा, भांड। कोई बहुत ही बेशर्म हुआ तो भाड़, भड़वा कह दिया। एक दिन उर्दू टीचर कहने लगा कि वो बड़े भारी विद्वान हैं, गाली नहीं बकते, अलंकार पहनाते हैं। कमाल के टीचर थे। उनकी बातें दिल में ऐसे उतरती थीं जैसे बावली में सीढ़ियां। किस कारण कि मुझ जैसे कम पढ़े-लिखे का आदर करना जानते थे। मियां! आजकल के घमंडी मास्टर अपने-आपको सबसे बड़ा समझते हैं। नया ज्ञान इन्हें यूं चुभे है जैसे नया जूता। पर सारा समन्दर डकोस के और सारी सीपियां निगल के एक भी मोती नहीं उगल सकते।

आख़िरी घंटा : ये कह के बशीर चचा देर तक पोपले मुंह से हँसता रहा। अब तो मसूढ़े भी घिस चले मगर आंख में अभी तक वही ट्विंकल, फिर टूटे मूढ़े पर अकड़ कर बैठ गया। शेख़ी ने थोड़ी देर के लिये ही सही गर्दन, हाथ और आवाज़ का कांपना दूर कर दिया। कहने लगा, "मियां! यक़ीन जानो, घंटा सुन के मुझे तो हौल आने लगा। अब हर घसियारा-डोम दिहाड़ी घंटा बजाने लगा है। अब तो सत्यानासी ऐसे घंटा बजावे हैं, जैसे दारू पी के होली का ढोल पीट रहे हों। ऐसे में बच्चे क्या ख़ाक पढ़ेंगे। पांचवां घंटा तो मैंने जैसे-तैसे सुना, फिर फ़ौरन से पहले भाग लिया। किस वास्ते कि छटा घंटा सुनना बर्दाश्त से बाहर था। बूढ़ा ख़ून एक बार खौल जाये तो फिर बड़ी मुश्किल से जाकर ठंडा होवे है।

मुझे पन्द्रह साल की नौकरी और जूतियां सीधी करने के बाद घंटा बजाने के अधिकार मिले थे। उस ज़माने में घंटा बजाने वाला सम्मानित और अधिकार वाला होता था। एक दिन हैडमास्टर साहब के घर से ख़बर आयी कि घरवाली के यहां बाल-बच्चा लगभग हुआ चाहता है, हड़बड़ी में वो सालाना इम्तहान के परचे मेज़ पर खुले छोड़ गये। उस रात मैं घर नहीं गया। रात भर परचों पर सरकारी वर्दी पहने सांप बनकर बैठा रहा। इसी तरह एक बार की बात है—भूगोल के मास्टर को मुझसे और मुझे उनसे अकारण दुश्मनी हो गयी। मियां अनुभव की बात बताता हूं। अकारण दुश्मनी और बदसूरत औरत से प्यार, वास्तव में दुश्मनी और प्यार की सबसे निख़ालिस और ख़तरनाक क़िस्म हैं। किस वास्ते कि ये शुरू ही वहां से होती है जहां अक़्ल समाप्त हो जावे है।

मतलब ये कि मेरी मत तो दुश्मनी में मारी गयी थी मगर उसकी अक़्ल का दीया एक बदसूरत औरत ने बुझाया। जो मेरे ही मुहल्ले में रहती थी। मुहब्बत अंधी होती है, चुनांचे औरत का सुन्दर होना आवश्यक नहीं। बस मर्द का अंधा होना काफ़ी होता है। ये कहकर बशीर चचा पेट पकड़ कर पोपले मुंह से हँसा। आंखों से भी हँसा। फिर कहने लगा कि हमारी जवानी में काली-कलूटी औरत को काली नहीं कहते थे, सांवली कहते

थे। काली से अफ़ीम और शक्ति की देवी अभिप्रेत होती थी। तो मैं कहने यह चला था कि जब भूगोल का मास्टर नवीं-दसवीं का घंटा लेता तो मैं घंटा दस मिनट देर से बजाने लगा। वो तीसरे ही दिन चीं बोल गया। दूसरे टीचर भी त्राहि-त्राहि करने लगे। मुझे स्टाफ़ रूम में कुर्सी पे बिठाल के बोले, "बशीर मियां, अब ग़ुस्सा थूक भी दो, घुन के साथ हमें काय को पीस रहे हो।"

मैंने हमेशा अपनी मर्ज़ी और अटकल से घंटा बजाया। बन्दा कभी घड़ी का ग़ुलाम नहीं रहा। मेरे अन्दर की टिक-टिक ने मुझे कभी धोखा नहीं दिया। अपनी मर्ज़ी का मालिक था। मजाल है कोई मेरे काम में टांग अड़ाये। अपने कानपुर के मौलाना हसरत मोहानी की मौत हुई तो क़सम ख़ुदा की, किसी से पूछे-पाछे बग़ैर मैंने छुट्टी का घंटा बजा के स्कूल बन्द करवा दिया। ग़ुलाम रसूल एक डरपोक क्लर्क था। बोला कि बशीर! तेरी ख़ैर नहीं। डायेरक्टर ऑफ़ एजुकेशन तुझसे जवाब-तलब करेगा। मैं बोला, सेवक का जवाब ये होगा कि महामहिम निश्चिंत रहें। जब आप स्वर्गवासी होंगे तब भी बिना पूछे छुट्टी का घंटा बजाकर स्कूल बन्द कर दूंगा।

पर जब वल्लभ भाई पटेल के मरने की सूचना मिली तो हैड मास्साब ने कहा कि बशीर! छुट्टी का घंटा बजा दो। मैंने दो बार सुनी-अनसुनी कर दी। तीसरी बार उन्होंने फिर कहा तो उधर को मुंह फेर के लुंज-लुंजे हाथ से बजा दिया। किसी ने सुना किसी ने नहीं सुना। सन् सैंतालीस के बाद तो केवल हाते की दीवार की परछाईं देखकर घंटा बजाने लगा था। पास-पड़ौस वाले घंटे से अपनी घड़ियां मिलाते थे। रिटायर हुए अब तो पन्द्रह बरस होने को आये पर अब भी पहले और आख़िरी घंटे के समय सीधे हाथ में चुल-सी उठती है। बुरी तरह फड़कने लगता है।

कोई सोच नहीं सकता कि नौकरी का आख़िरी दिन आदमी पे कितना भारी होवे है। मेरा आख़िरी दिन था और मैं आख़िरी घंटा बजाने जा रहा था कि रस्ते में एकाएकी जी भर आया। वहीं बैठ गया। मजीद चपरासी को मूंगरी थमाते हुए बोला, "बेटा, मुझमें इसकी ताक़त नहीं, अपना चार्ज यहीं संभाल ले। कूच-नगाड़ा तू ही बजा।" फिर हैड मास्साब से मिलने गया तो वो बोले कि बशीर मियां , मास्टर लोग तुम्हें विदाई भेंट के रूप में एक अच्छी-सी घड़ी देना चाहते हैं। मैंने कहा, "जनाबे-आली, मैं घड़ी ले के क्या करूंगा? मुझे कौन-सी टाइमकीपरी करनी है। जब घंटा ही घड़ी देखे बिना बजाता रहा तो अब अन्तिम समय में कौन-सा काम है, जो घड़ी देख के करूंगा। अलबत्ता कुछ देना ही है तो ये चपरास (वर्दी) दे दीजिये। चालीस साल पहनी है।" कहना पड़ेगा कि हैड मास्साब का दिल बड़ा था। वे त्योरी पे बल डाले बिना बोले, "ले जाओ।" वो सामने खूंटी पर टंगी है। तीन-चार महीने में एक बार इसके पीतल को नींबू से झमाझम चमका लेता हूं। अब हाथों में पहली-सी ताक़त नहीं रही। चपरास के बिना कन्धा बिलकुल ख़ाली-ख़ाली उलार-सा लगे है। कभी-कभी पॉलिश के बाद गले में डाल लेता हूं तो आप ही मेरा कूबड़ निकल जाता है। घड़ी भर के लिये पहले की तरियों चल-फिरत आ जावे है।

मियां! 1955 की बात है। ज़बरदस्ती स्कूल बन्द करवाने पे तुले सैकड़ों हड़ताली

ग़ुण्डों ने धावा बोल दिया। हाथापाई-मारामारी पे उतारू थे। मासूम बच्चे रुआंसे, टीचर हरियान, हैड मास्साब परेशान, मुझसे न देखा गया। मैंने ललकारा कि किसी माई के लाल की ताक़त नहीं कि मेरे घंटा बजाये बिना स्कूल बंद करा दे। मनहूसो! मेरे सामने से हट जाओ, नईं तो अभी तुम सब का घड़ियाल बजा दूंगा। हैड मास्साब ने पुलिस को फ़ोन किया। थानेदार ने कहा, ''आपकी आवाज़ साफ़ सुनायी नहीं दे रही। मैंने ग़ुस्से में आन के रिसीवर एक गज़ डोरी समेत जड़ से उखाड़ लिया। फिर मैं एक हाथ में काग़ज़ काटने का नंगी तलवार का-सा चाक़ू और दूसरे में रिसीवर लठ की तरह यूं हवा में दायें-बायें, शायें-शायें घुमाता, फ़ुल सरकारी यूनिफ़ॉर्म डाटे, बंकारता-डंकारता आगे बढ़ा तो जनाबे-आला! काई-सी छंट गयी। सरों पे मौत मंडरा रई थी। कोई यहां गिरा, कोई वहां गिरा, जो नहीं गिरा उसे मैंने जा लिया।

उस समय बशीर चाचा की आंख में वही ट्विंकल थी जो सारी उम्र शरीर बच्चों की संगत में रहने से पैदा हो गयी है। बच्चों ही की तरह जागते में सपने देखने की आदत पड़ गयी है।

पांयती बैठने वाला आदमी : उसने घंटा बजाने की कला की कई ऐसी बारीकियों की तरफ़ ध्यान आकर्षित किया, जिनकी तरफ़ कभी ध्यान नहीं गया था। जैसे यही कि पहले घंटे में वो मूंगरी खींच कर घड़ियाल के ठीक दिल में मारता था। एक अटलपन और आदेशात्मक संक्षेप के साथ। खेल के घंटे का ऐलान तेज़ सरगम में किनारे की झन-झन से करता। सोमवार के घंटों का ठनाका सनीचर की ठठ्ठे मारती ठनठन से बिलकुल अलग होता था। कहने लगा मियां, नयी पीढ़ी के peons को सुब्ह, दोपहर और तीन पहर के मिज़ाज का फ़र्क़ मालूम नहीं। उसने खुल कर तो दावा नहीं किया, मगर उसकी बातें सुनकर मुझे सचमुच महसूस होने लगा कि वो सुब्ह का पहला घंटा अपने हिसाबों भैरवी में ही बजाता होगा।

जितनी देर मैं वहां बैठा वो हिर-फिर के अपने काम का बखान करता रहा। वो चपरासी न होता, कुछ और होता तो भी अपना काम इतना जी-लगा कर ही नहीं बल्कि जी-तोड़ कर करता। जब आदमी अपने काम पर गर्व करना छोड़ दे तो बहुत जल्दी शिथिल और निकम्मा हो जाता है। फिर वो अपने काम को भी सचमुच ज़लील और घटिया बना देता है। बशीर चाचा कहने लगा कि मेरे रिटायरमेन्ट से कुछ महीने पहले हैड-मास्साब ने सिफ़ारिश की कि पुराना नमकख़्वार है इसका वेतन ख़ास तौर से बढ़ा दिया जाये। इस पर महकमे से उलटा हुक्म आया कि इसकी पेंशन कर दी जाये। ये तो वही कहावत हुई कि मियां नाक काटने को फिरें, बीवी कहे नथ गढ़ा दो। रिटायरमेंट का कारण ये बताया कि एक चपड़क़नात इंस्पेक्टर ने मेरे बारे में अपनी रिपोर्ट में लिखा कि ये चपरासी बहुत बूढ़ा हो गया है। कमर झुक गयी है और लंगड़ाने भी लगा है। मियां! ख़ुदा की शान देखो कि छः महीने बाद इसी कुबड़े और लूले-लंगड़े बूढ़े ने उसे कंधा देकर आख़िरी मंज़िल तक पहुंचाया। रहे नाम अल्लाह का।

फिर कहने लगा, ''हमारे ज़माने में पलंग, चारपाई पर ही चौपाल जमती थी। बुज़ुर्गों

की नसीहत थी कि चारपाई पर कभी सिरहाने की तरफ़ मत बैठो, ताकि कोई तुमसे बड़ा आ जाये तो जगह न छोड़नी पड़े। सो सारी ज़िन्दगी पांयती बैठे गुज़ारी। मियां, अब तो नैया किनारे आन लगी। ग़रीब पैदा हुआ, ग़रीब ही मरूंगा। पर मौला का करम है किसी का दबैल नहीं। मैंने अपनी चपरास को हमेशा ज़ेवर समझा और यूनिफ़ॉर्म को ख़िलअत (शाही बख़्शीश की पोशाक) जान कर पहना।''

उसने ये भी कहा कि हर साल लड़कों की एक नयी खेप आती। पर एक लड़का ऐसा नहीं कि जिसे इसने नसीहत न की हो। अपने सुनहरे चपरासी-काल में नौ हैड-मास्टरों और तेरह इंस्पेक्टरों को भुगता दिया। सब अपनी-अपनी बोलियां बोलकर उड़नछू हो गये। फ़क़ीर ने बड़े-बड़ों का घड़ियाल बजा दिया। यह कहते हुए उसकी हिलती हुई गर्दन अकड़ गयी और उसने सीना तान लिया। अपनी खांसी रोकते हुए बोला, ''हैड मास्साब ने कई बार कहा कि मैं तुमको प्रोमोट करके सब चपरासियों, भिश्ती, मेहतरों वगैरह मुलाज़िमों के ऊपर अफ़सर बनाना चाहता हूं। पर मैंने कह दिया कि ज़िन्दगी में बड़े-बड़े अफ़सर टांग के नीचे से निकाल दिये। अफ़सरी, घमंड का ताज है। आपका ग़ुलाम इसे जूती की नोक पे रखता है।'' कहानियां गढ़ते-गढ़ते बशीर चाचा उन्हें सच भी समझने लगा है। बुढ़ापे में कपोल कल्पनायें सच मालूम देती हैं।

अब भी हमारे आगे यारो जवान क्या है : मैंने उसका दिल ख़ुश करने के लिये कहा, ''चचा, तुम तो बिलकुल वैसे के वैसे ठांठे रखे हो, क्या खाते हो?'' ये सुनते ही लाठी फेंक, सचमुच सीना तान के, बल्कि पसलियां तान के खड़ा हो गया। कहने लगा, ''सुब्ह निहार-मुंह चार गिलास पानी पीता हूं। एक फ़क़ीर का टोटका है। कुछ दिन हुए मुहल्लेवाले मेरे कने झुण्ड बना के आये। आपस में खुसर-फुसर करने लगे। मेरे सामने बात करने का हिसाब नहीं पड़ रहा था। मैंने कहा, 'बरख़ुरदारो! कुछ मुंह से फूटो, अर्ज़ और ग़रज़ में काहे की शर्म।' कहने लगे, 'चचा, तुम्हारे औलाद नहीं है, दूसरी शादी कर लो। अभी तुम्हारा कुछ भी तो नहीं बिगड़ा। जिस कुंवारी की तरफ़ भी नज़रों से इशारा कर दो, कच्चे धागे में बंधी चली आयेगी। हम स्वयं रिश्ता लेकर जायेंगे।' मैं बोला, 'पंचायत का फ़ैसला सर-आंखों पर। पर ''जवान जोखों'' का काम है। सोच कर जवाब दूंगा। किस वास्ते कि मेरी एक बीवी मर चुकी है। ये भी मर गयी तो सह नहीं सकूंगा।' ज़रा दिल्लगी देखो। उनमें का एक बकबक करने वाला लौंडा बोला कि चचा, ऐसा ही है तो किसी पक्की उम्र की सख़्त-जान लुगाई से निकाह कर लो। बिलक़ीस दो बार रांड हो चुकी है। मैंने कहा कि हुश्त! क्या ख़ूब! 'घर के पीरों का, तेल का मलीदा।' साहब! मलीदे के जुमले को अब कौन समझेगा। यूं कहिये कि मुर्दे का शिकार करने के लिये घुड़सवार होने की ज़रूरत नहीं होती।''

मैंने छेड़ा, ''चचा! अब बुढ़ापे में नयी विचारों की बीवी से निकाह करना, उसे क़ाबू में रखना बड़ा मुश्किल काम है।'' बोला, ''मियां, आपने वो पुरानी कहावत नहीं सुनी कि हज़ार लाठी टूटी हो मगर घर-भर के बरतन-बासन तोड़ने को बहुत है।'' ये कह के लाठी पे सर टेक के इतनी ज़ोर से हँसा कि दमे का दौरा पड़ गया। दस मिनट तक

खूं-खूं, खुस-खुस करता रहा। मुझे तो हौल आने लगी कि सांस आयेगी भी कि नहीं।

गौतम बुद्ध बतौर पेपर वेट : एक दिन मुल्ला आसी से तय हुआ कि इतवार को लखनऊ चलेंगे और वो हसीन शह्र देखेंगे जिस पर अवध की शाम समाप्त हुई। लखनऊ के आशिक़ और शब्दों में मोती पिरोने वाले मौलाना अब्दुल हलीम 'शरर' ने शालीनता के शह्र का ये अध्याय डूबते हुए सूरज की लाली से लिखा है। चालीस बरस बाद अकेले देखने का किसमें हौसला था। लोगों ने डरा दिया था कि ज़िन्दगी और ज़िन्दादिली का वो संगम जिस पर सारी रौनक़ें और रंगीनियां समाप्त थीं, हज़रतगंज...अब हसरतगंज दिखलाई देता है साहब! लखनऊ हॉन्टिड (भुतहा) शह्र हो न हो, अपना दिमाग़ तो हॉन्टिड हई है। मुझे तो एक साहब ने ये कह के भी दहला दिया कि तुम्हें चारबाग़ रेलवे स्टेशन का नाम अब केवल हिन्दी में लिखा नज़र आयेगा। अलबत्ता क़ब्रों के पत्थर अब भी निहायत ख़ूबसूरत उर्दू में लिख जाते हैं। ऐसी ख़ूबसूरत लिखाई और ऐसे मोती पिरोने वाले लेखक तुम्हें पाकिस्तान में ढूंढे से ही मिलेंगे। मैं मेहमान था। चुपका हो रहा। दो दिन पहले मैंने एक दिल्ली वाले से सीधे सुभाव कहीं ये कह दिया कि दिल्ली की निहारी और गोले के कबाब दिल्ली के मुक़ाबले कराची में बेहतर होते हैं। अरे साहब! वो तो सर हो गये। मैंने कान पकड़े।

आसी तय समय पर नहीं आये। पहले तो क्रोध आया फिर चिन्ता होने लगी। उनके कमरे पर गया। दरी पर पुराने पीले काग़जात, फ़ाइलें, तीस बरस के सैकड़ों बिल और रसीदें फैलाये, उनके बीचो-बीच पंजों के बल बैठे थे। मेंढक की तरह फुदक कर वांछित काग़ज़ तक पहुंचते, जिस काग़ज़ का बाद में ग़ौर से मुआयना करना हो उस पर बुद्ध की मूर्ति रख देते थे। तीन बुद्ध थे उनके पास। आंखें मूंदे हौले-हौले मुस्कुराते हुए बुद्ध। बीवी को सोता छोड़ कर घर से जाते हुए जवान बुद्ध। महीनों की लगातार भूख से हड्डियों का पिंजर बुद्ध। इन तीनों बुद्धों को वो इस समय बतौर पेपरवेट इस्तेमाल कर रहे थे। मैं तेज़-तेज़ पैदल चलकर आया था। पसीने में सराबोर मलमल का कुर्ता प्याज़ की झिल्ली की तरह चिपक गया। कमरे में घुसते ही मैंने पंखा ऑन किया तो स्विच के शॉक से पछाड़ खाकर फ़र्श पर गिरा। ख़ैर साहब, इसे ऑन करना था कि कमरे में आंधी आ गयी और सैकड़ों पतंगें उड़ने लगीं। यहां तक कि हम एक-दूसरे को नज़र आने बन्द हो गये। उनका तीस साला फ़ाइलिंग सिस्टम उड़ान भर रहा था।

उन्होंने लपक कर लकड़ी की खड़ावें पहनीं और पंखा बन्द किया। चालीस-पचास साल पुराना पीतल का स्विच शॉक मारता है। ऑन और ऑफ़ करने से पहले खड़ाऊं न पहनो तो मृत्यु घटित होने की संभावना रहती है। फिर उन्होंने दौड़-दौड़ कर अपने दफ़्तर के बल्कि जिगर के टुकड़े इस तरह जमा किये जिस तरह लौंडे पतंग लूटते हैं। कहने लगे, ''भाई! माफ़ करना, आज लखनऊ साथ न जा सकूंगा। एक आकस्मिक उलझट्टे में फंस गया हूं।''

मुर्ग़ा बनने की ख़ासियत : साहब! वो उलझट्टा ये था कि नगर पालिका ने पानी का जो बिल उन्हें कल भेजा था, उसमें उनके पिता का नाम एजाज़ हुसैन के बजाय एजाज़ अली

लिखा था। इससे पहले उन्होंने लिखाई की ये ग़लती नोट नहीं की थी। अब वो बीते तीस साल के सारे बिल चैक कर रहे थे कि इस ग़लती की शुरुआत कब हुई। किसी और विभाग के बिल या सरकारी लिखा-पढ़ी में ये वल्दियत है कि नहीं। अगर है तो क्यों है? और नहीं है तो क्यों नहीं है?

खोजबीन के क्षेत्र का एक विस्तार ये भी निकला कि जल विभाग को वल्दियत से क्या सरोकार। इसी का एक उपप्रश्न ये भी निकला कि और विभागों के बिल में सम्बन्धित बाप की निशानदेही होती है कि नहीं। मैंने कहा कि मौलाना! बिल पैक कीजिये और ख़ाक डालिये। क्या फ़र्क पड़ता है। बोले, ''फ़र्क की भी एक ही कही। अगर बाप के नाम से फ़र्क नहीं पड़ता तो दुनिया की किसी भी चीज़ से नहीं पड़ेगा।''

''पांचवीं क्लास में मैंने शाहजहां के बाप का नाम हुमायूं बता दिया तो मास्टर फ़ाख़िर हुसैन ने मुर्ग़ा बना दिया। वो समझे, मज़ाक़ कर रहा हूं। यह ग़लती न करता तो और किसी बात पर मुर्ग़ा बना देते। अपनी पढ़ाई का काल तो इसी पोज़ में गुजरा। बैंच पर आना तो उस समय होता था जब मास्टर कहता कि अब बैंच पर खड़े हो जाओ। अब भी कभी पढ़ाई के काल के सपने देखता हूं तो या तो स्वयं को मुर्ग़ा बना देखता हूं या वो अख़बार पढ़ता हुआ देखता हूं, जिसमें मेरा रोल नम्बर नहीं होता था। मिस्टर द्वारिका दास चतुर्वेदी, डायरेक्टर ऑफ़ एजुकेशंस हाल में योरोप और अमरीका का दौरा करके आये हैं। सुना है, उन्होंने अपनी रिपोर्ट में लिखा है कि दुनिया के किसी और देश ने मुर्ग़ा बनाने का पोज़ डिस्कवर ही नहीं किया है। मैंने तंग आकर तुर्की-टोपी ओढ़नी छोड़ दी थी। मुर्ग़ा बनता तो उसका फुंदना आंखों से एक इंच की दूरी पर पूरे समय पेंडुलम की तरह झूलता रहता था—दायें-बायें! पीरियड के आख़िर में टांगें बुरी तरह कांपने लगतीं तो फुंदना आगे-पीछे झूलने लगता। इसमें तुर्कों की तौहीन का पहलू भी निकलता था जिसे मैं बर्दाश्त न कर पाया। वो दिन है और आज का दिन, मैंने किसी-भी तरह की टोपी नहीं ओढ़ी।''

मैंने वाक्य चिपकाया, ''महात्मा बुद्ध भी तो नंगे सिर रहते थे।'' वाक्य को इग्नोर करते हुए कहा, ''आपने कभी ध्यान दिया, जब से लड़कों का मुर्ग़ा बनाना बंद हुआ है, शिक्षा और शालीनता का स्तर गिर गया है। वैसे तो मैं अपने छात्रों की हर नालायक़ी बर्दाश्त कर लेता हूं लेकिन अशुद्ध उच्चारण पर आज भी खट-से मुर्ग़ा बना देता हूं। जिस्म से चिपकी हुई जींस पहनने की अनुमति नहीं देता। इसलिए कि इससे फ़ारसी शब्दों के उच्चारण, पेशाब करने और मुर्ग़ा बनने में दिक़्क़त आती है मगर आजकल के लौंडों की टांगें पांच मिनट में लड़खड़ाने लगती हैं।''

''मैं अपने ज़माने के ऐसे लौंडों को जानता हूं जो बीस-बीस बेंत खाने पर भी 'सी' नहीं करते थे। एक तो एस.पी. होकर रिटायर हुआ। दूसरा देहात सुधार विभाग में डायरेक्टर हो गया था। अब वैसे शरारती और तगड़े लड़के कहां? दरअस्ल तब करैक्टर बहुत मज़बूत होता था। बस यूं समझो, जैसे रसायन बनाने में एक आंच की कसर रही जाती है? इसी तरह आजकल की शिक्षा में एक बेंत की कसर रह जाती है।''

एक कटोरा चांदी का : उस दिन सख़्त गर्मी थी। कोई चौथाई शताब्दी के बाद नारियल के डोंगे से पानी निकाल कर उसी कटोरे से पिया। अन्दर सूरे-यासीन (*क़ुरआन* की आयत) खुदी हुई है। ठोस चांदी का है। आपने कटोरे-सी आंख का मुहावरा सुना है? साहब मैंने देखी हैं। शाम को जब हम फ़ुटबाल खेल कर लौटते तो इसके पतले किनारे को होंठों के बीच में लेते ही लगता था कि ठंडक रग-रग में उतर रही है। मुल्ला आसी को पैदा होते ही इसी कटोरे में शहद घोलकर मां के दूध से पहले चटाया गया। इसी कटोरे से अन्तिम समय में उनके दादा और पिता के मुंह में आबे-ज़मज़म चुवाया गया था। अब भी आये दिन लोग मांगकर ले जाते हैं और बीमार को पानी पिलाते हैं। मैंने पीने को तो पानी पी लिया मगर अजीब-सा लगा। खुदे हुए अक्षरों में काला सियाह मैल भरा हुआ था।

साहब, सच्ची बात ये कि पानी आज भी उतना ही ठंडा है, कटोरा भी वही। पीनेवाला भी वही मगर वो पहले-सी प्यास कहां से लायें।

यूं तो घर में एक मुरादाबादी काम का गिलास भी है। उन्हीं का हमउम्र होगा। पहली बार उनसे मिलने गया तो एक शिष्य को दौड़ाया। वो कहीं से एक पुड़िया में शक्कर मांग कर लाया। उन्होंने इसी गिलास में उलटी पेंसिल से घोलकर शरबत पिलाया। मैं तो शक्कर के शरबत का स्वाद भी भूल चुका था। हमारे बचपन में अक्सर इसी से मेहमान की ख़ातिर होती थी। सोडे और जिंजर की बोतल तो केवल बदहज़्मी और हिन्दू-मुस्लिम दंगों में इस्तेमाल की जाती थीं।

शेर (शाह) लोहे के जाल में है : देखिये मैं कहां आ निकला। बात बिलों से शुरू हुई थी। जब उन्होंने अपना बिखरा हुआ दफ़्तर समेट लिया तो मैंने फिर पंखा ऑन करना चाहा, मगर उन्होंने रोक दिया। कहने लगे, "माफ़ करना, शेरशाह बीमार है। पंखे से बुख़ार और तेज़ हो जायेगा।" मैंने चारों तरफ़ नज़र दौड़ायी। इस नाम का बल्कि किसी भी नाम का, कोई बीमार नज़र नहीं आया। और आता भी कैसे, शेरशाह दरअस्ल उस बीमार कबूतर का नाम था, जो कोने में एक जालीदार नेमतख़ाने में बन्द था। ऐसे नेमतख़ाने, उस ज़माने में रेफ़्रिजरेटर की जगह इस्तेमाल होते थे। लम्बाई-चौड़ाई भी लगभग वही। लकड़ी के दो-तीन मंज़िला फ्रेम पर चारों तरफ़ लोहे की महीन जाली मढ़ी रहती थी। जिसका प्रत्यक्ष उद्देश्य हवा पहुंचाना, लेकिन वास्तविक उद्देश्य मक्खियों, बिल्लियों, चूहों और बच्चों को खाने से दूर रखना था। उसके पायों के नीचे पानी से भरी चार पियालियां रखी होती थीं। जिसमें उन चटोरी चींटियों की लाशें तैरती रहती थीं जो जान पर खेलकर, यह ख़ंदक़ पार करके वर्जित खाद्य-सामग्री तक पहुंचना चाहती थीं। ये नेमतख़ाने डीप फ्रिज और रेफ़्रिजरेटर से इस लिहाज़ से बेहतर थे कि इनमें रखा हुआ बेस्वाद खाना नौ-दस घंटे बाद ही सड़ जाता था। उसे रोज़ निकालकर हफ़्तों नहीं खिलाया जाता था। ऐसे नेमतख़ाने उस समय में हर खाते-पीते घराने में होते थे। निचले, कम आमदनी वाले तबक़े में छींका इस्तेमाल होता था। जबकि ग़रीबों के यहां रोटी की स्टोरेज के लिये आज भी सबसे सुरक्षित जगह पेट ही होती है।

उल्लिखित नेमतख़ाना 1953 से मुल्ला आसी के बीमार कबूतरों का इंटेंसिव केयर यूनिट है। उस दिन लखनऊ जाने का एक कारण ये भी था कि वो बीमार कबूतर को

अकेला छोड़कर सैर-सपाटे के लिये जाना नहीं चाहते थे। एक कबूतरी नूरजहां अचानक मर गयी तो दस-बारह दिन तक घर से नहीं निकले, क्योंकि उसके बच्चे बहुत ही छोटे और गाउदी थे। उन्हें सेते रहे। द्रोपदी नाम की एक अनारा (लाल आंखों वाली) कबूतरी की चोंच टूट गयी। उसे महीनों अपने हाथ से चुग्गा खिलाया। उन्होंने हर कबूतर का एक नाम रख छोड़ा है। इस समय एक लक़्क़ा कबूतर, रंजीत सिंह नाम का, दरवाज़े के सामने सीना और दुम फुलाये, दूसरे सम्प्रदाय की कबूतरियों के आस-पास इस तरह चक्कर लगा रहा था कि अगर वो इंसान होता तो साम्प्रदायिक दंगों में कभी का मारा जा चुका होता। ''न कभी जनाज़ा उठता न कहीं शुमार होता।''

कबूतरों की छतरी : कबूतरबाज़ी इनका पुराना शौक़ है। इनके वालिद को भी था। मेरे वालिद भी पालते थे। कबूतर की श्रेष्ठता के तो आपके मिर्ज़ा अब्दुल वदूद बेग भी क़ायल हैं। सच्चे शौक़ और हॉबी की पहचान ये है कि बिलकुल फ़ज़ूल और निरर्थक हो। जानवर को इंसान किसी-न-किसी फ़ायदे और स्वार्थ के तहत पालता है। उदाहरण के लिये कुत्ता वो दुखियारे पालते हैं, जो मुसाहिब और दरबारी अफ़ोर्ड नहीं कर सकते। कई लोग कुत्ता इस भ्रम में पाल लेते हैं कि उसमें छोटे भाई की ख़ूबियां होंगी। बकरी इस विचार से पालते हैं कि उसकी मेंगनी दूध में मिलाकर जवाब में उर्दू आलोचकों को पिलायेंगे। हाथी अधिकतर वो अमीर लोग पालते थे, जिन्हें बादशाह कुपित होकर सज़ा के तौर पर हाथी मय-हौदा-चांदी के बख़्श देता था कि जाओ! अब इसे सारी उम्र खिलाते, ठुंसाते रहो। तोते को अरमानों से इसलिए पालते हैं कि बड़ा होकर अपनी बोली भूल जायेगा और सारी उम्र हमारा सिखाया हुआ बोल दुहराता रहेगा। मौलवी मुर्ग़े की अज़ान केवल मुर्ग़ी के लालच में बरदाश्त करते हैं और 1963 में आपने बन्दर केवल इसलिए पाला था कि उसका नाम डार्विन रख सकें।

लेकिन साहब! कबूतर को केवल इसलिए पाला जाता है कि वो कबूतर है और बस, लेकिन मुल्ला आसी के एक पड़ौसी सैदुल्ला ख़ां आशुफ़्ता ने क़सम खाकर कहा कि एक दिन कड़ाके की सर्दी पड़ रही थी। वो सुब्ह छह बजे गर्म कश्मीरी चाय की केतली लेकर उनके यहां गये तो देखा कि कमरा ठंडा बर्फ़ हो रहा है और वो गरमाई के लिये हाथों में एक-एक कबूतर दबाये बोधिसत्व की मूर्ति के सामने ध्यान में डूबे हुए हैं। गुलू-ओ-ग़ीबत, बर गरदने-रावी। (झूठ हो तो पाप, बताने वालों की गरदन पर)

एक दिन साथ में कबूतरों का ज़िक्र छिड़ गया तो कहने लगे, ''मैंने सुना है, वैसे विश्वास नहीं होता कि कराची में कबूतरों की एक भी छतरी नहीं। यारो! तुमने कैसा शह्र बनाया है? जिस आसमान पर कबूतर, उषा की लाली, पतंग और सितारे न हों तो ऐसे आसमान की तरफ़ नज़र उठा के देखने को जी नहीं चाहता। भाई अबरार हुसैन दिसम्बर 1973 में कराची में थे। दो महीने रहे होंगे। आसमान हमेशा बादलों से घिरा रहा। केवल एक दिन दूरबीन की मदद से एक तारा नज़र आया। वो पुच्छल तारा था। कह रहे थे कि कराची में लोग हम लखनऊवालों की तरह पतंग, तीतर, मुर्ग़े और मेढ़े नहीं लड़ाते। स्वयं लड़ लेते हैं, मगर सच तो ये है कि इस मुहल्ले में भी अब न कोई पतंग उड़ाता है न

कबूतर। ले दे कर यही एक छतरी रह गयी है। लखनऊ का हाल इससे भी बुरा है और एक वो ज़माना था कि तुम्हारे जाने के बाद, दिसम्बर 1947 में अलीमुद्दीन ने, भाई! वही अपना शेख़चिल्ली लड्डन—पाकिस्तान जाने के लिये बोरिया-बिस्तर बांध लिया था, मगर ऐन समय पर इरादा छोड़ दिया, किसलिए कि मास्टर अब्दुल शकूर बी.ए.बी.टी. ने उसे डरा दिया कि तुम ट्रेन में कबूतरों की छतरी साथ नहीं ले जा सकते और चोरी-छुपे ले भी गये तो वाहिगा बॉर्डर पर पाकिस्तान कस्टमवाले न जाने क्या समझकर तुमको धर लें। भाई बिशारत! तुम तो पाकिस्तान जाकर परदेसी हुए। हम तो अपने शह्र में बैठे-बैठे ही अजनबी हो गये। ये वो शह्र थोड़ा ही है। वो शह्र तो क़िस्सा कहानी हो गया। आकार बदल चुका है। अब इस मुहल्ले में 95 फ़ीसद घरों में वैजिटेरियन रहते हैं। उनकी बिल्लियां गोश्त को तरस गयी हैं। चुनांचे सारा दिन मेरी छतरी के चारों तरफ़ मंडराती रहती हैं।''

''भई तुम्हें तो याद होगा, कोपर एलन एंड कम्पनी का बड़ा साहब। क्या नाम था उसका? सर आर्थर अंस वूथ? उसकी मेम जब विलायत से सियामी बिल्ली लायी तो सर आर्थर ने कानपुर शहर के सारे बिल्लों को ख़स्सी करा दिया ताकि बिल्ली कुंवारी और पवित्र रहे। दो बंगले छोड़कर अजमल बैरिस्टर रहते थे। कहने वाले तो यहां तक कहते थे कि एक रात उनके कुत्ते को भी पकड़ कर एहतियातन ख़स्सी करवा दिया। सन् इकतालीस का क़िस्सा है—क्विट इंडिया आंदोलन से थोड़ा पहले।''

हम दोनों देर तक हँसते रहे। वो अब भी हँसते हैं तो बच्चों की तरह हँसे चले जाते हैं। फिर आंखें पोंछकर एकाएक गम्भीर हो गये। कहने लगे, ''अब मुझमें इतना दम नहीं रहा कि छत पर आवाज़ लगाकर सबको काबुकों में बन्द करूं। सधे-सधाये कबूतर तो दीया-जले स्वयं आ-आ कर काबुक में दुबक जाते हैं। शेष को शागिर्द घेर-घार के बन्द कर देते हैं। वही दाना-चुग्गा डालते हैं। शरीफ़ों (उच्च वर्ग) के जितने शौक़ हैं, सब पर उतार आ गया है। शह्र में जवार तक नहीं मिलती। पचास मील दूर एक गांव से मंगाता हूं। पटवारी मेरा शिष्य रह चुका है। आजकल के किसी ग्रेजुएट को पकड़ कर पूछ देखो। ज्वार, बाजरे और कंगनी का फ़र्क़ बता दे तो उसी के पेशाब से अपनी भवें मुंडवा दूं। 99 प्रतिशत ने ज़िन्दगी में जौ नहीं देखे होंगे। अमां! क्या कराची का भी यही हाल है?''

काला कबूतर और कुंवारी की बिल्ली : उनके सिड़ीपन की एक घटना हो तो सुनाऊं। मैट्रिक के समय ही (जब वो अपनी बाईसवीं सालगिरह मना चुके थे) उन्होंने यह ढंग चुन लिया था कि परीक्षाफल अख़बार में नहीं देखते थे। चुनांचे अख़बार लेना और पढ़ना और पढ़नेवालों से मिलना छोड़ देते थे। सम्भव है, इसका कारण उपेक्षा हो। डर भी हो सकता है। मिर्ज़ा का विचार है कि अपनी सालाना नालायक़ी को 'कोल्ड-प्रिंट' में फ़ेस नहीं कर सकते थे। बहरहाल, परीक्षाफल आने से एक हफ़्ता पहले अपने एक जिगरी दोस्त इमदाद हुसैन ज़ैदी को अपना एक काला गिरहबाज़ और एक सफ़ेद लोटन कबूतर दे आते। इमदाद हुसैन को ये इंस्ट्रक्शन थे कि जैसे ही अख़बार में मेरे पास होने की ख़बर पढ़ो, फ़ौरन सफ़ेद लोटन कबूतर छोड़ देना और फ़ेल हो जाऊं तो काला। फिर दिन भर खिड़की से आधा धड़ निकाल कर कभी आसमान और कभी छतरी को देखते कि कबूतर ख़बर लाया

कि नहीं। हर साल मनहूस काले कबूतर को हलाल करके मरज़ीना (कुंवारी की बिल्ली का नाम) को खिला देते। ये बादशाहों वाली रीत उन्होंने बी.ए. तक बनाये रखी कि पुराने ज़माने में बादशाह भी बुरी ख़बर लाने वाले एलची का सर धड़ से अलग करवा देते थे।

रिज़ल्ट वाले हफ़्ते में घर में रोज़ कई बार रोना-पीटना मचता था। इसलिए कि उनकी मां और बहनें जैसे ही कोई काला कबूतर देखतीं, रोना-पीटना शुरू कर देतीं। यूं तो छतरी पर दिन में कई बार सफ़ेद कबूतर भी आते थे, मगर वो उनका कोई नोटिस नहीं लेती थीं। उन्हें भरोसा था कि ग़लती से आन बैठे हैं। आख़िर में तीन-चार साल बाद रुला-रुला कर वो सफ़ेद लोटन कबूतर आता जिसका इन्तज़ार रहता था, तो इस ख़ुशी में अपने तमाम कबूतरों को, जिनकी तादाद सत्तर-अस्सी के लगभग होगी, ज्वार की बजाय गेहूं खिलाते और सबको एक साथ उड़ाते।

दूसरे दिन उस कबूतर के पांव में चांदी की मुन्नी-सी पैंजनी (कबूतर की झांझन) डाल देते और उसकी काबुक में दस ताफ़्ता (सफ़ेद चमकीले रंग का कबूतर) पठोर कबूतरियां बढ़ा देते। कबूतरख़ाना तो हम रवानी में लिख गये, वर्ना हालत तो ये थी, जब उन्होंने बी.ए. पास किया तो मैट्रिक, इन्टरमीडियेट और बी.ए. तीनों को मिलाकर तीस अदद कबूतरियों की बढ़ोतरी के बाद उनका सारा घर इस सुसंवाद लाने वाले कबूतर के निजी हरम में बदल चुका था। घरवालों की हैसियत उन कबूतरों के सेवक और बीट उठाने वालों से अधिक नहीं रही थी।

वो एक फ़ौज जो इस तरह फ़ौज से कम है

जिस दिन वो शेरशाह नाम के कबूतर की बीमारी के कारण मेरे साथ लखनऊ न जा सके, मैंने कुछ झुंझलाते हुए उनसे कहा, "ख़ुदा के बन्दे! दुनिया कहां से कहां पहुंच गयी है, अब इस कबूतरबाज़ी पे ख़ाक डालो।" बोले, "तुम्हारे वालिद भी तो बड़े पाये के कबूतरबाज़ थे। मैं तो उनके सामने बिलकुल अनाड़ी हूं। अब लोग इसे घटिया शौक़ समझने लगे हैं वर्ना ये केवल शरीफ़ों का शौक़ हुआ करता था। मैंने कहीं पढ़ा था कि बहादुरशाह ज़फ़र की सवारी निकलती थी तो दो सौ कबूतरों की टुकड़ी ऊपर हवा में सवारी के साथ उड़ती जाती और बादशाह पर छांव किये रहती। जब वाजिद अलीशाह मटियाबुर्ज में बन्दी बनाये गये तो उस गयी-गुज़री हालत में भी उनके पास चौबीस हज़ार से अधिक कबूतर थे। जिनकी देख-रेख पर सैकड़ों कबूतरबाज़ तैनात थे।"

मैंने निवेदन किया, "इसके बावजूद लोगों की समझ में नहीं आता, साम्राज्य समाप्त क्यों हुआ। तलवारों की छांव में पलने वाले सरों पर जब कबूतर मंडराने लगें तो सवारी मटियाबुर्ज और रंगून जाकर दम लेती है। बहादुरशाह ज़फ़र ने कबूतरख़ाने पर जितना पैसा और ध्यान दिया उसका दसवां हिस्सा भी तोपख़ाने पर देते तो फ़ौज बल्कि कबूतरफ़ौज की यह दुर्गत न बनती कि डटकर लड़ना तो दूर, उसके पास हथियार डालने के लिये भी हथियार न निकले।"

"वो एक फ़ौज जो इस तरह फ़ौज से कम है।"

बिगड़ गये, ''तो आपके विचार में मुग़ल साम्राज्य का पतन कबूतरों के कारण हुआ। यह बात तो यदुनाथ सरकार तक ने नहीं कही। मिस्टर चतुर्वेदी कह रहे थे कि ब्रिटेन में पिचहत्तर लाख कुत्ते हैं। फ्रांस में सवा तीन करोड़ पैट्स हैं। सरकारी गणना के अनुसार ब्रिटेन में हर तीसरा बच्चा बिना मां-बाप की शादी के होता है। इसके अलावा वहां पिछले दस साल में पच्चीस लाख गर्भपात कराये गये। आख़िर उनका पतन क्यों नहीं होता?''

चड़या

मुल्ला आसी के खट्मिट्ठे स्वभाव का अनुमान एक घटना से लगायें, जो एक साहब ने मुझे सुनायी। उनके पड़ौसी ने कई बार शिकायत की, ''आपके किरायेदार ने एक नयी खिड़की निकाल ली है जो मेरे दालान में खुलती है, औरतों की बेपर्दगी होती है।'' उन्होंने कई दिन नोटिस नहीं लिया तो एक दिन धमकी दी, ''आपने खिड़की न चुनवायी तो ठीक न होगा। नालिश कर दूंगा। अगर घर के सामने क़ुर्क़ी का ढोल न बजवाया तो मेरा नाम नहीं। सारा बुद्धिज़्म धरा रह जायेगा।''

ये बेचारे स्वयं किरायेदार के सताये हुए थे, क्या कर सकते थे। अलबत्ता, पर्दे के नुक़्सान बयान कर दिये, जिससे वो और बिगड़ गया। दो-तीन दिन बाद उसने एक नवम्बर को क़ानूनी नोटिस दिया कि अगर एक महीने के अन्दर-अन्दर आपने खिड़की बन्द न करवायी तो आपके ख़िलाफ़ मुक़द्दमा दायर कर दिया जायेगा। उन्होंने नोटिस पढ़कर फाड़ दिया। उसका समय तीस नवम्बर को समाप्त होता था। पहली दिसम्बर को सुब्ह पांच बजे उन्होंने उस पड़ौसी के दरवाज़े पर दस्तक दी। वो हड़बड़ा कर आंखें मलता हुआ नंगे पैर बाहर आया तो कहने लगे, ''हुज़ूर! गुस्ताख़ी माफ़, मैंने कच्ची नींद से जगा दिया। मैं केवल ये याद कराने आया हूं कि आज आपको मेरे ख़िलाफ़ मुक़द्दमा दायर करना है। आदाब!''

हम कराची वालों की नज़र में 'चड़या' (खिसके हुए) तो वो सदा के थे, मगर अब सुधार और बर्दाश्त की सीमा से पार निकल गये हैं। आठवीं क्लास से लेकर बी.ए. तक कोर्स की तमाम किताबें, जो इन्होंने पढ़ी थीं, बल्कि यूं कहना चाहिए कि नहीं पढ़ी थीं, एक अलमारी में सजा रखी हैं। परीक्षा के परचों की एक अलग फ़ाइल है। इनके अन्नप्राशन पर जिस चांदी की पियाली में केसर घोला गया और ख़त्ने के समय ज़रदोज़ी के काम की जो टोपी इन्हें पहनायी गयी और इसी तरह की दूसरी, प्रसाद का दर्जा रखने वाली वस्तुएं दूसरी अलमारी में सुरक्षित हैं। वो तो ग़नीमत है कि पैदाइश के समय अपना काम आप न कर सकने में सकारण असमर्थ थे वरना अपना नाल भी दूसरी यादगार चीज़ों की तरह सिंगवा कर रख लेते। इस बात का विस्तृत विवरण देने चलें तो पन्ने कम पड़ जायेंगे। संक्षेप में यूं समझें कि आमतौर पर इतिहासकारों या रिसर्च करने वालों को बड़े आदमियों के जीवन के बारे में बारीक विवरण खोद-खोद कर निकालने में जो मेहनत करनी पड़ती है, उन्होंने वो अपनी तमाम वाहियात चीज़ें उनकी हथेली पर रख कर आसान कर दी हैं। मैंने ऐसा आदमी नहीं देखा। मेरा विचार था कि अपनी कोई चीज़ नहीं फेंक सकते, अपनी आस्था के अलावा अपने कूड़े को भी एंटीक बना देते

हैं। कमरा क्या है—यादों का मलबा है, जिसे बेलचे से खोदें तो अन्तिम परत के नीचे से स्वयं बरामद होंगे।

छोटी बीवी के नाम

इसी तरह बीते तीस-चालीस सालों में इन्हें जितनी चिट्ठियां दोस्तों, रिश्तेदारों ने लिखी हैं, वो सबकी सब खड़े सूओं में दिनांक, सप्ताह, महीना, बरस के क्रम में पिरोयी हुई सुरक्षित हैं। अधिकांश पोस्टकार्ड हैं। उस ज़माने में पिचानवे प्रतिशत चिट्ठियां पोस्टकार्ड पर लिखी जाती थीं। एक कोना ज़रा-सा काट दिया जाये तो यह एलार्म होता था कि किसी के मरने की ख़बर आयी है। अनपढ़ घरानों की औरतें नामालूम मुरदे के झूठे गुणों को बयान करके रोना-पीटना शुरू कर देती थीं। इसी कालक्रम में कोई पड़ौसी पोस्टकार्ड पढ़ देता तो बैन में मृतक के नाम की बढ़ोतरी और गुणों में कमी कर दी जाती थी। पोस्टकार्ड पर एक तरफ़ तीस-तीस लाइनें तो मैंने स्वयं लिखी देखी हैं। जिन्हें शायद घड़ी ठीक करने वालों की एक आंख वाली ख़ुर्दबीन लगा कर ही लिखा और इसी तरह पढ़ा जा सकता था।

मैं एक चमड़े के व्यापारी शेख़ अता मुहम्मद को जानता था, जो माल बुक कराने कलकत्ता जाता तो अपनी नयी और सुन्दर छोटी बीवी को (जिसे मुहल्ले वाले प्यार में केवल छोटी कहते थे) ख़र्च बचाने के लिये पोस्टकार्ड पर चिट्ठी लिखता, लेकिन निजी बातों के प्रकरण में बिलकुल बचत नहीं करता था। दूसरों की चिट्ठी पढ़ने का लपका उस ज़माने में बहुत आम था। पोस्टमैन हमें यानी मुझे, मियां तज़म्मुल हुसैन और मुल्ला आसी को पोस्टकार्ड पढ़वा देता था। हम उसे हिरन के कोफ़्ते खिलाते थे। साहब! ज़बान का चटख़ारा बुरी बला है।

मैं जब इटावा के स्कूल में तैनात होकर गया तो उसने मेरी चिट्ठी, जो मैंने शादी के कुछ दिनों बाद आपकी भाभी को लिखी थी, मुल्ला आसी और मियां तज़म्मुल हुसैन को पढ़वा दी। चिट्ठी का विवरण हैज़े की तरह सारे शह्र में फैल गया। मैंने कई सुलगते हुए वाक्य और बेक़रार पैरे चमड़े के व्यापारी के पोस्टकार्डों से उड़ाये थे। हालांकि वो कच्चा चमड़ा बेचता था और निबंध लेखन उसके व्यावसायिक गुणों और पतिपन में सम्मिलित नहीं था, लेकिन चौधरी मुहम्मद अली रुदौलवी ने बीवी के नाम सर्वोत्तम चिट्ठी की जो प्रशंसा की है उस कसौटी पर शेख़ अता मुहम्मद की चिट्ठी खरी उतरती थी, यानी ऐसी हो कि दोनों किसी को दिखा न सकें। किसी दुष्ट ने शेख़ अता मुहम्मद को भी मेरी चिट्ठी की जानकारी दे दी। कहने लगा अगर कोई मेरी बिलकुल अंतरंग भावनाओं को अपनी बीवी तक पहुंचाना चाहता है तो मेरा सौभाग्य है। धीरे-धीरे आपकी भाभी तक जब इस चोरी की ख़बर पहुंची तो उन्हें महीनों मेरे ओरीजनल वाक्यों से भी कच्चे चमड़े की बू आती रही। अजीब घपला था। वो और छोटी एक-दूसरे को अपनी सौतन समझने लगे, जो हम दोनों मर्दों के लिये डूब मरने की बात थी।

दिसम्बर की छुट्टियों में जब मैं कानपुर गया तो इस हरमज़दगी पर पोस्टमैन को आड़े हाथों लिया और धमकी दी कि अभी पोस्टमास्टर को रिपोर्ट करके तुझे डिसमिस

करा दूंगा। मैंने चीख़ कर कहा, ''बेईमान! अब तुझे वो दोनों हिरन के कोफ़्ते खिला रहे हैं।'' कहने लगा, ''क़सम *क़ुरआन* की, जब से आप गये हैं, हिरन के कोफ़्ते खाये हों तो सुअर खाया हो।'' मैं जूता लेकर पीछे दौड़ा तो बदमाश क़ुबूला कि नीलगाय के खाये थे।

ब्लैक बॉक्स

हां, तो मैं क्या कह रहा था? सूओं में पिरोयी चिट्ठियों के बारे में बता रहा था। हर सूए पर पांच-पांच साल के काल खंड को सूली दी है। लकड़ी के गोल पेंदे में ठुके हुए यह सूए उस समय में फ़ाइलिंग कैबिनेट के स्थानापन्न के रूप में प्रयोग होते थे। काले पेंदे का एक सूआ स्वर्गवासियों के लिये सुरक्षित है। कहने लगे जब किसी के देहान्त का समाचार मिलता है तो उसकी तमाम चिट्ठियां अलग सूओं से निकालकर इसी काले पेंदे वाले सूए में लगा देता हूं और ये ब्लैक बॉक्स बहुत ही अहम और निजी काग़ज़ों के लिये रख छोड़ा है। मैंने वसीयत की है कि मरने के फ़ौरन बाद जला दिया जाये। मेरा मतलब है काग़ज़ात को।

पलंग के नीचे रखे जिस काले सन्दूक़ की तरफ़ उन्होंने इशारा किया था, वो दरअस्ल एक कैश बॉक्स था। उनके पिता के दिवाले और उसके परिणाम में उनकी मौत के बाद बस यही जमा-जथा उन्हें विरसे में मिली। अब भी अक्सर बताते हैं कि इसमें एक लाख नक़दी की जगह है। लोगों का विचार है कि इस बॉक्स में उनकी वसीयत है, जिसमें स्पष्ट हिदायत है कि उनके शव का क्या किया जाये। मतलब यह कि मुसलमानों की तरह दफ़्न किया जाये या पारसियों की तरह लाश चील-कव्वों को खिला दी जाये या बौद्ध परम्परा के अनुसार ठिकाने लगायी जाये। जहां आस्थाओं का इतना घालमेल हो वहां यह स्पष्टीकरण आवश्यक है। ग़ालिब को उसकी, ''गलियों में मेरी लाश को खींचे फिरो कि मैं'' वाली इच्छा के विपरीत उसके सुन्नी शिष्य सुन्नी तरीक़े से गाड़ आये। जबकि उस ग़रीब का सम्प्रदाय शिया था। साहब! इस बात पर याद आया कि ग़ालिब ने कैसी ज़ालिम बात कही है,

''हैफ़ काफ़िर मुर्दनो-आदख़ मुसलमां जीस्तन''

यानी हे ईश्वर! मुझे काफ़िरों की तरह से मरने और मुसलमानों की तरह जीने से बचा। सब कुछ छह शब्दों की एक लाइन में सुमो दिया।

उनके एक निकट के दोस्त सय्यद हमीदुद्दीन का बयान है कि वसीयत में यह लिखा है कि मैं मुसलमान था, मुसलमान ही मरा। शेष सब ढोंग था, जो मुसलमानों को चिढ़ाने के लिये रचना पड़ा, यानी उनका कुफ़्र अस्ल में मक्कारी थी। ये भी सुनने में आया कि उन्होंने ये भी हिदायत की है कि मेरी वसीयत उसी दिन खोली जाये जब मौलाना अबुल कलाम आज़ाद की किताब के अनछपे हिस्से बैंक के सेफ़ डिपॉज़िट लॉकर से निकाले जायें। इस पर एक दिलजले ने ये नीम चढ़ाया कि वसीयत में मुल्ला आसी ने मौलाना आज़ाद के बारे में अपनी गाली-भरी राय लिख दी है। जिसका प्रकटन वो अपने जीवन में पब्लिक से पंगे और पिटने के डर से नहीं कर सकते थे। मगर सोचिये तो सही मुल्ला आसी ने कौन-सी तोप चलायी होगी? बुरे-से-बुरा अनुमान यही हो सकता है कि सच बोला होगा। लेकिन साहब! वो सच्चाई क्या, जिसके ऐलान की जीते-जी जुर्रत न हुई हो।

हर पल की अपनी सच्चाई, अपनी सूली और अपना ताज होता है। इस सच्चाई का ऐलान इसी और इसी पल आवश्यक होता है। सो, जो चुप रहा, उसने इस पल से और अपने-आप से कैसी दग़ा की। बक़ौल मिर्ज़ा अब्दुल वुदूद बेग के, सारे जीवन आवश्यकता के कारण समझौते करने और हँसी-ख़ुशी बिताने के बाद क़ब्र में पहुंचकर, कफ़न फाड़कर सच बोलने और मुंह चिढ़ाने की कोशिश करना मर्दों ही को नहीं, मुर्दों को भी शोभा नहीं देता।

प्रेम पत्र और गौतम बुद्ध के दांत

शहर में ये भी मशहूर है कि बॉक्स में उस शरणार्थी लड़की की चिट्ठियां और फ़ोटो हैं जिसे वो ट्यूशन पढ़ाते थे। पता नहीं। ये बुद्धिज़्म से पहले की बात है। मैं तो उस ज़माने में कराची आ चुका था। सब उसकी टोह में हैं मगर बक्से पे पीतल का सेर-भर का ताला पड़ा है। जिसकी चाबी वो अपने नाड़े में बांधे फिरते हैं। लोगों की ज़बान किसने पकड़ी है। किसी ने कहा, ''लड़की ने ब्लेड से कलाई की नसें काट कर आत्महत्या की।'' किसी ने इसका एक अकथनीय कारण बताया। ये भी सुनने में आया कि लड़की को एक दूसरा ट्यूटर भी पढ़ाता था। कहने वाले तो कहते हैं कि श्मशान तक अर्थी से जीता-जीता ख़ून टपकता गया। उसी रात उसका बाप नींद की तीस-चालीस गोलियां खाकर ऐसा सोया कि फिर सुब्ह उसकी भी अर्थी ही उठी। लेकिन देखा जाये तो न लड़की मरी न उसका बाप। मौत तो उस विधवा और छह बच्चों की हुई जो उसने छोड़े। तीन-चार दिन बाद किसी ने गली के मोड़ पर मुल्ला आसी के पेट में छुरा घोंप दिया। आंतें कटकर बाहर निकल पड़ीं। चार महीने गुमनामी की मौत और बदनामी की ज़िन्दगी के बीच झूलते हुए अस्पताल में पड़े रहे। सुना है कि जिस दिन डिस्चार्ज हुए, उसी दिन से जोग ले लिया। मगर साहब! जोगी तो वो जन्म-जन्म के थे। एक कहावत है कि जोगी का लड़का खेलेगा तो सांप से। सो, ये नागिन न भी होती तो किसी और सांप से स्वयं को डंसवा लेते।

अल्लाह जाने! मजाक़ में कहा या सच ही हो। इनआमुल्लाह बरमलाई कहने लगे कि ब्लैक बॉक्स में मुल्ला आसी के चार टूटे हुए दांत सुरक्षित हैं। जो अपने श्रद्धालुओं और भविष्य की नस्लों के लिये बतौर relic छोड़ कर मरना चाहते हैं। आख़िर महात्मा बुद्ध के भी तो कम-से-कम सौ दांत विभिन्न पवित्र स्थानों पर दर्शनार्थियों के लिये भारी पहरे में रखे हुए हैं।

कमरे में केवल एक चीज़ नयी देखी। पत्रिका *इरफ़ान* का नया अंक। अल्लाह जाने किसी ने डाक से भेजा या कोई शरारतन छोड़ गया। जहां-तहां से पढ़ा। साहब! परम्परा का इस पत्रिका पर अन्त है। पचास साल पहले और आज की *इरफ़ान* में जो थोड़ा अन्तर आया हो। वही क्रम, वही छपाई और गैटअप, मज़ाल है जो पचास बरस पहले थे, अल्लाह के करम से आज भी है। विषय और समस्यायें भी वही हैं जो सर सय्यद और शिबली के ज़माने में थीं। मुझे तो छापाख़ाना और कातिब भी वही मालूम देता है। काश ये अंक सत्तर-अस्सी साल पहले छपा होता तो बिलकुल 'अप टू डेट' मालूम देता। मौलाना शिबली नोमानी और डिप्टी नज़ीर अहमद एल.एल.डी. इसे देख के कैसे ख़ुश होते।

सांभर का सींग

कमरे में सांभर का सर अभी तक वहीं टंगा है। इस अजायबघर बल्कि पिरामिड में केवल यही लाइफ़ लाइक दिखायी देता है। लगता है अभी दीवार से छलांग लगाकर जंगल की राह लेगा। उसके नीचे उनके दादा की सीपिया रंग की तस्वीर है। साहब, उस ज़माने में सभी के दादाओं का हुलिया एक जैसा होता था। भरवां दाढ़ी, पग्गड़ बांधे, फूलदार अचकन पहने, एक हाथ में फूल और दूसरे में तलवार पकड़े खड़े हैं। 1857 के बाद बल्कि इससे बहुत पहले भद्र लोग तलवार को वॉकिंग स्टिक के तौर पर और शायर बतौर प्रतीक यानी अप्राप्य मिलन की कामना के आरोप में स्वयं को माशूक़ के हाथों क़त्ल करवाने के लिये इस्तेमाल करने लगे थे। उपमहाद्वीप में यह शालीनता और शर्म का काल था। प्रयाण-गीत के दफ़ डफ़ली बन चुके थे और युद्ध के तब्ल (नगाड़ा) की जगह तबले ने ली थी। साम्राज्य की महानता के सुबूत में केवल खंडहर पेश किये जाते थे।

यह सांभर सत्तर-अस्सी साल का तो होगा। दादा ने नेपाल की तराई में गिराया था। लोगों की सेवा के लिये एक सींग आधा काटकर रख लिया है। घिसकर लगाने से गुर्दे के दर्द में आराम आ जाता है। दूर-दूर से लोग मांग कर ले जाते हैं। एक बेईमान मरीज़ ने एक इंच काट कर लौटाया। उसके दोनों गुर्दों में दर्द रहता था। मुल्ला आसी अब सींग को अपनी निजी निगरानी में कुरंड की सिली पर घिसवाते हैं। हिन्दोस्तान में अभी तक ये जाहिलों के टोटके ख़ूब चलते हैं। वो इसके लेप की तारीफ़ें करने लगे तो मैंने चुटकी ली, ''मगर मुल्ला गुर्दा तो बहुत अन्दर होता है।'' बोले, ''हां, तुम्हारे वालिद ने भी पाकिस्तान जाने से पहले तीन-चार बार लेप लगाया था। एक सींग काट कर अपने साथ ले जाना चाहते थे। मैंने मना कर दिया।'' मैंने कहा कि क़िब्ला! बारहसिंहों के देस में इस घिसे-घिसाये सींग से काम नहीं चलने का।

नटराज और मुर्दा तीतर

मुल्ला आसी ने एक और यादगार फ़ोटो दिखाया जिसमें मियां तज़म्मुल हुसैन नटराज का-सा विजयी पोज़ बनाये खड़े हैं, यानी नीलगाय के सर पर अपना पैर और 12 बोर का कुन्दा रखे, खड़े मुस्कुरा रहे हैं और मैं गले में जस्ते की नमदा-चढ़ी छागल, दोनों हाथों में एक-एक मेलर्ड मुरग़ाबी (नीलसर) और अपना मुंह लटकाये खड़ा हूं। मियां तज़म्मुल हुसैन का दावा था कि थूथनी से दुम की नोक तक नीलगाय की लम्बाई वही है जो बड़े-से-बड़े आदमख़ोर बंगाल टाइगर की होती है। नीलगाय का शिकार हिन्दुस्तान में बहुत दिन तक प्रतिबन्धित रहा, अब खुल गया है। जब वो फ़स्लों की फ़स्लें साफ़ करने लगे तो नीलगाय को घोड़ा कहकर मारने की इजाज़त मिल गयी है। जैसे इंग्लैंड में कालों और सांवलों को ब्लैक नहीं कहते एथनिक्स कहकर ठिकाने लगाते हैं।

ये फ़ोटो चौधरी गुलज़ार मुहम्मद फ़ोटोग्राफ़र ने मिनट कैमरे से मियां तज़म्मुल हुसैन के घर के अहाते में खींचा था। फ़ोटो खिंचवाने में इतनी देर सांस रोकनी पड़ती थी कि सूरत कुछ-से-कुछ हो जाती थी। इसलिए केवल मुर्दा नीलगाय का फ़ोटो अस्ल के मुताबिक़ था। गुलज़ार मुहम्मद अक्सर शिकार में साथ लग लेता था। शिकार में मुझे कोई

दिलचस्पी नहीं रही। मेरा मतलब शिकार करने से है, खाने से नहीं। बस! मियां तज़म्मुल हुसैन हर समय अपनी अर्दली में रखते थे। ख़ुदा न ख़्वास्ता कभी नर्क में भेजे गये तो मुझे यक़ीन है, अकेले बिलकुल नहीं जायेंगे। एलची के तौर पर पी.आर. के लिये पहले मुझे भेज देंगे। शह्र से सात-आठ मील पर शिकार-ही-शिकार था। आमतौर पर तांगे में जाते थे।

घोड़ा अपने ही वज़्न, अपनी ही शक्ल और अपने ही रंग की नीलगाय को ढोकर लाता था। सिवाय बन्दूक़ चलाने के शिकार के तमाम कर्तव्य और व्यवस्था इस दुखियारे के ज़िम्मे थी। उदाहरण के लिये, न केवल ठसाठस भरा हुआ टिफ़िन-कैरियर उठाये फिरना, बल्कि अपने घर से सुब्ह चार बजे ताज़ा तरतराते परांठे और कबाब बनवा कर ठसाठस भर-कर लाना और सब को ठुंसाना। दिसम्बर के कड़कड़ाते जाड़े में तालाब में उतर कर छर्रा खायी हुई मुर्ग़ाबी का पीछा करना। हिरन पर निशाना चूक जाये, जो कि आमतौर पर होता रहता था, तो मियां तज़म्मुल हुसैन को क़समें खा-खा कर यक़ीन दिलाना कि गोली बराबर लगी है। हिरन बुरी तरह लंगड़ाता हुआ गया है। थोड़ा ठंडा होगा तो बेशर्म वहीं पछाड़ खाकर ढेर हो जायेगा। तीतर हलाल होने से पहले दम तोड़ दे तो उसके गले पर पहले हलाल हुए तीतर का ख़ून लगाना भी मेरे दायित्वों में सम्मिलित था। इसलिए कि अगर छुरी फेरने से पहले मर जाये तो हफ़्तों मुझे बुरा-भला कहते थे। लिहाज़ा छर्रा या गोली लगने के बाद मैं ज़ख़्मी जानवर की उम्र बढ़ने की प्रार्थना करता था ताकि उसे ज़िन्दा हालत में हलाल कर सकूं।

मुर्दा तीतर और मुर्ग़ाबियां वो सर आर्थर के बंगले पर भिजवा देते थे। भिजवा क्या देते थे, मुझी को साइकिल पर लादकर ले जाना पड़ता था। पीछे वो कैरियर पर शिकार को स्वयं अपनी गोद में लेकर बैठते थे कि साइकिल पर बोझ न पड़े। उनका अपना वज़्न (ख़ाली पेट) 230 पौंड था। इसके बावजूद मैं बहुत तेज़ साइकिल चलाता था, वर्ना शिकार की बू पर लपकते कुत्ते फ़ौरन आ लेते। मियां तज़म्मुल कहते थे—बन्दूक़ मेरी, कारतूस मेरे, निशाना मेरा, शिकार मेरा, छुरी मेरी, साइकिल मेरी। हद ये कि साइकिल में हवा भी मैंने ही भरी। अब अगर इसे चलाऊं भी मैं ही तो आप क्या करेंगे? *वफ़ा भी हुस्न ही करता तो आप क्या करते?*

ध्यान दिया आपने। बस! क्या अर्ज़ करूं! इस यारी में कैसी-कैसी मिट्टी पलीद हुई है। ये तो कैसे कहूं कि मियां तज़म्मुल हुसैन ने सारी उम्र मेरे कंधे पर रखकर बंदूक़ चलायी है। अरे साहब, कंधा ख़ाली था ही कहां कि बंदूक़ रखते। कंधे पर तो वो स्वयं मय-बंदूक़ सवार रहते थे। ख़ुदा की क़सम! सारी उम्र उनके नाज़ नख़रे ही नहीं literally स्वयं उन्हें भी उठाया है।

ऊंट की मस्ती की सज़ा भी मुझको मिली

ये तो शायद मैं पहले भी बता चुका हूं कि बड़े हाजी साहब, यानी तज़म्मुल के वालिद तांगा और मोटर कार रखने को घमंड और काहिली की निशानी समझते थे। साइकिल और ऊंट की सवारी पर अलबत्ता एतराज़ नहीं करते थे। इसलिए कि वो इनकी गिनती

इन्द्रिय-दमन के साधनों में करते थे। अक्सर फ़र्माते कि, "मैं पच्चीस साल का हो गया, उस समय तक मैंने हिजड़ों के नाच के अलावा कोई नाच नहीं देखा था, वो भी तज़म्मुल (अपने बेटे) की पैदाइश पर। छब्बीसवें साल में चोरी-छिपे एक शादी में मुजरा देख लिया तो वालिद साहब ने हंगामा खड़ा कर दिया। मुझे बेदख़्ल करने की धमकी दी, हालांकि विरसे में मुझे सिवाय उनके क़र्ज़ों के और कुछ मिलने वाला नहीं था।" कहने लगे कि "लौंडा बदचलन हो गया है। चिन्यौट बिरादरी में मैं पहला बाप हूं जिसकी नाक बेटे के हाथों कटी।" इसलिए बतौर सज़ा मुझे उधार कपास ख़रीदने चिन्यौट से झंग एक मस्ती में आये हुए ऊंट पर भेजा। जिसके माथे से बदबूदार मद रिस रहा था। चलता कम, बिलबिलाता अधिक था। डूबते सूरज की रौशनी में सरगोधे के पेड़ों के झुंड और हद दिखायी देने लगी तो एकाएक बिदक गया। उसे एक ऊंटनी नज़र आ गयी। उसका पीछा करने में सरगोधा पार करके मुझे अपने कूबड़ पर हाथ-हाथ भर उछालता पांच मील आगे निकल गया। मुझे तो एक मील बाद ही ऊंटनी दिखायी देनी बन्द हो गयी। इसलिए कि मैं ऊंट नहीं था मगर वो मादा की गन्ध पर लपका जा रहा था। मैं एक मस्त भूकम्प पर सवार था। अन्त में ऊंट इन्तहाई जोश की हालत में एक दलदल में मुझ समेत घुस गया और तेज़ी से धंसने लगा। मैं न ऊपर बैठा रह सकता था, न नीचे कूद सकता था। गांववाले रस्से, सीढ़ी और क़ब्र खोदने वाले को लेकर आये तो जान बची।

हौदा गज़ भर चौड़ा था। एक हफ़्ते तक मेरी टांगें एक दुखती ग़ुलैल की तरह चिरी-की-चिरी रह गयीं। इस तरह चलने लगा जैसे ख़तरनाक ख़ूनी-क़ैदी डंडा-बेड़ी पहनकर चलते हैं या लड़के ख़त्नों के बाद। मेहतर से कहकर क़दमचे एक-एक गज़ की दूरी पर रखवाये। ऊंट की मस्ती की सज़ा भी मुझी को मिली। क़िब्ला का विचार था कि बेटे की चाल देख कर ऊंट भी सुधर गया होगा।

अलीगढ़ कट पाजामा, अरहर की दाल

हाजी साहब क़िबला ने कानपुर में एक हिन्दू सेठ के यहां 1907 में 4 रुपये महीना की नौकरी से शुरुआत की। इन्तहाई ईमानदार, दबंग, लंबे और डील-डौल के मज़बूत आदमी थे। सेठ ने सोचा होगा कि उगाही में आसानी रहेगी। दूसरे विश्व युद्ध के बाद हाजी साहब करोड़पति हो गये। मगर रखरखाव में थोड़ा जो बदलाव आया हो। मतलब ये कि स्वयं को यातना देने तक पहुंची हुई कंजूसी। विनम्रता, बातचीत और ढंग से यही लगता था कि अब भी 4 ही रुपये मिलते हैं। गाढ़ी मलमल का कुरता और टख़ने से ऊंची चारख़ाने की लुंगी बांधते थे। शलवार केवल किसी फ़ौजदारी मुक़दमे की पैरवी के लिये अदालत में जाने और जनाज़े में सम्मिलित होने के अवसर पर पहनते थे। गॉगल्स लगाने वाले, पतलून और चूड़ीदार पाजामा पहनने वाले को कभी उधार माल नहीं देते थे।

कुछ नहीं तो चालीस-पैंतालीस बरस तो यू.पी. में ज़रूर रहे होंगे, मगर लगी हुई फ़िरनी, निहारी और अरहर की दाल दुबारा नहीं खायी। न कभी दुपल्ली टोपी और पाजामा पहना। अलबत्ता 1938 में ऑप्रेशन हुआ तो नर्सों ने बेहोशी की हालत में पाजामा पहना दिया, जो उन्होंने होश में आते ही उतार फेंका। बक़ौल शायर—

बेहोश ही अच्छा था, नाहक़ मुझे होश आया

अक्सर फ़र्माते कि अगर चिमटे को किसी शरई तक़ाज़े (धार्मिक निर्देश) के तहत या फुकनी के फुसलावे में कुछ पहनना पड़े तो इसके लिये अलीगढ़ कट पाजामे से अधिक उपयुक्त कोई पहनावा नहीं।

नीलगाय और परी जैसे चेहरे वाली नसीम

मैंने मुल्ला आसी को छेड़ा, ''अब भी शिकार पर जाते हो?'' कहने लगे, ''अब न फ़ुरसत, न शौक़, न गवारा। हिरन अब केवल चिड़ियाघर में दिखायी पड़ते हैं। मैं तो अब मुर्ग़ाबी के परों का तकिया तक इस्तेमाल नहीं करता।'' फिर उन्होंने अलगनी पर से एक लीर-लीर बनियान उतारी। कुछ देर रगड़ा तो बातचीत के दूसरे subject के नीचे से एक शीशा और शीशे के नीचे से फ़ोटो बरामद हुआ। ये फ़ोटो चौधरी गुलज़ार मुहम्मद ने जंगल में शिकार के दौरान खींचा था। इसमें ये दुखियारा और एक चमार काले हिरन को डंडा-डोली करके तांगे तक ले जा रहे हैं। ग़नीमत है इसमें वो चील-कव्वे नज़र नहीं आ रहे जो हम तीनों के सरों पर मंडरा रहे थे। क्या बताऊं साहब! हमारे यार ने हमसे क्या-क्या बेगार ली है। मगर सब कुछ गवारा था।

फ़रिश्तों को कुएं झंकवा दिये इस इश्क़ ज़ालिम ने

बड़ा ख़ूबसूरत और कड़ियल हिरन था वो। उसकी बड़ी-बड़ी आंखें बहुत उदास थीं। मुझे याद है, उसे हलाल करते समय मैंने मुंह फेर लिया था। अच्छे शिकारी आमतौर पर काला हिरन नहीं मारते। सारी डार बेआसरा, बेसिरी हो जाती है। आपने वो कहावत तो सुनी होगी, 'काला हिरन न मारो सत्तर हो जायेंगी रांड' चौधरी गुलज़ार मुहम्मद पिण्डी भटियां का रहने वाला। पन्द्रह-बीस साल से कानपुर में आबाद और नाशाद था। अपने स्टूडियो में ताजमहल और कुतुबमीनार के फ़ोटो, जो उसने स्वयं खींचे थे, बेचता था। अपने मकान की दीवारों को पिण्डी भटियां के दृश्यों से सजा रक्खा था। इसमें उसका फूस के छप्पर वाला घर भी शामिल था, जिस पर तुरई की बेल चढ़ी थी। दरवाज़े के सामने एक झिलंगे पर एक बुढ्ढन टाइप के बुजुर्ग हुक़्क़ा पी रहे थे। पास ही एक खूंटे से ग़ुब्बारा थनों वाली बकरी बंधी थी। हर दृश्य लैला की तरह था जिसे केवल मजनूं की आंख से देखना चाहिए।

वो देग़ची को देचग़ी और तमग़ा को तग़मा कहता तो हम सब उस पर हंसते थे। लंबा-चौड़ा आदमी था। बड़ी-से-बड़ी हड्डी तोड़ने के लिये भी बुगदा केवल एक बार मारता था। चार-मन वज़्नी नीलगाय की खाल आधे घंटे में उतार तिक्का-बोटी करके रख देता था। कबाब लाजवाब बनाता था। हर समय बम्बई के सपने देखता रहता था। खाल उतारते समय अक्सर कहता कि कानपुर में नीलगाय के अलावा और क्या धरा है? देख लेना एक दिन मिनर्वा मूवीटोन में कैमरामैन बनूंगा। माधुरी और महताब के क्लोज़-अप लेकर भेजूंगा। फिर स्वयं ही नृत्य करके सैक्सी पोज़ बनाता और स्वयं ही काले कपड़े के बजाय अपने सिर पर ख़ून में लिथड़ा हुआ झाड़न डालकर फ़र्ज़ी कैमरे से स्वयं का क्लोज़-अप लेता हुआ इमैजिन करता। एक बार इसी तरह परी-चेहरा नसीम का क्लोज़-अप लेते-लेते

उसकी छुरी बहककर नीलगाय की खाल में घुस गयी। मियां तज़म्मुल चीख़े, ''परी चेहरा गयी भाड़ में। ये तीसरा चरका है। तेरा ध्यान किधर है। खाल दाग़दार हुई जा रही है,'' कानपुर में एक लाजवाब कारीगर था जो मरे जानवरों की खाल को सजावट के लिए भरने का काम करता था। शेर का सर अलबत्ता बंगलौर भेजना पड़ता था। रईसों के फ़र्श पर शेर की और मिडिल क्लास घरानों में हिरन की खाल बिछी होती थी। ग़रीबों के घरों में औरतें गोबर की लिपाई के कच्चे फ़र्श पर पक्के रंगों से क़ालीन के से डिज़ाइन बना लेती थीं।

क़िस्सा एक मृगछाला का

मुल्ला आसी के कमरे में दरी पर अभी तक निसार अहमद ख़ां की मारी हुई हिरनी की खाल बिछी है। ख़ां साहब के चेहरे, स्वभाव और लहज़े में ख़ुशवंत थी। आस्था में हमेशा से वहाबी प्रसिद्ध थे, ख़ुदा जाने। शिकार के धती। मुझ पर बहुत मेहरबान थे। मियां तज़म्मुल कहते थे, ''तुम्हें पसन्द करने का कारण तुम्हारा मुंडा हुआ सर और टखने से ऊंचा पाजामा है। ग़र्राब जहां लगा था, उसका छेद खाल पर ज्यों का त्यों मौजूद है। उसके पेट से पूरे दिनों का बच्चा निकला। किसी ने मांस नहीं खाया।'' स्वयं निसार अहमद दो रातें नहीं सोये। इतना असर तो उनके दिल पर उस समय भी नहीं हुआ था जब तीतर के शिकार में उनके फ़ायर के छर्रों से झाड़ियों के पीछे बैठे हुए किसान की दोनों आंखें जाती रही थीं। दो सौ रुपयों में मामला रफ़ा-दफ़ा हुआ।

हिरनी वाली घटना के तीन महीने के अन्दर-अन्दर उनका इकलौता बेटा जो बी.ए. में पढ़ रहा था, जख़्मी मुर्ग़ाबी को पकड़ने की कोशिश में तालाब में डूब कर मर गया। कहने वालों ने कहा कि ग्याभन, गर्भवती का श्राप लग गया। जनाज़ा दालान में लाकर रखा गया तो ज़नाने में कोहराम मच गया। फिर एक भिंची-भिंची चीख़ कि सुनने वाले की छाती फट जाये। निसार अहमद ख़ां ने भर्रायी हुई आवाज़ में कहा, ''बीवी! सब्र, सब्र, सब्र ऊंची आवाज़ में रोने से अल्लाह के रुसूल ने मना किया है।'' वो बीवी चुप हो गयी, पर खिड़की के जंगले से सर टकरा-टकरा के लहूलुहान कर लिया। मांग ख़ून से भर गयी। लाश क़ब्र में उतारने के बाद जब लोग क़ब्र पर मिट्टी डाल रहे थे तो बाप दोनों हाथों से अपने सफ़ेद सर पर मुट्ठी भर-भर के मिट्टी डालने लगा। लोगों ने बढ़कर हाथ पकड़े।

मुश्किल से छह महीने बीते होंगे कि बीवी को सब्र के लिये समझाने वाला कफ़न ओढ़ के मिट्टी में जा सोया। वसीयत के मुताबिक़ क़ब्र बेटे के पहलू में बनायी गयी है। उनकी पांयती बीवी की क़ब्र है। बड़ी मुश्किल से क़ब्र मिली। शह्र तो फिर भी पहचाना जाता है, क़ब्रिस्तान तो बिलकुल बदल गया है। पहले हर क़ब्र को सारा शह्र पहचानता था कि मरने वाले से जन्म-जन्म का नाता था। साहिब! क़ब्रिस्तान भी सीख लेने की जगह है। कभी जाने का मौक़ा मिलता है तो हर क़ब्र को देखकर ध्यान आता है कि जिस दिन इसमें लाश उतरी होगी, कैसा कुहराम मचा होगा। रोने वाले कैसे बिलख-बिलख कर, तड़प-तड़प कर रोये होंगे। फिर यही रोने वाले दूसरों को रुला-रुला कर यहीं बारी-बारी मिट्टी का पैवंद होते चले गये। साहब! यही सब कुछ होना है तो फिर कैसा शोक, किसका दुख, काहे का रोना।

बात दरअस्ल मृगछाला से निकली थी। एक बार मैंने लापरवाही से होल्डर झटक दिया था। रौशनाई के छींटे अभी तक खाल पर मौजूद हैं। मैंने देखा कि आसी खाल पर पांव नहीं रखते। सारे कमरे में यही सबसे क़ीमती चीज़ है। आपने भी किसी बिज़नेस एक्ज़ीक्यूटिव का ज़िक्र किया था। जिसके इटालियन मार्बल के फ़्लोर पर हर साइज़ के ईरानी क़ालीन बिछे हैं। कमरे के एक सिरे से दूसरे सिरे तक जाना हो तो वो इन पर क़दम नहीं रखते। इनसे बच-बच कर नंगी राहदरियों पर इस तरह क़दम रखते आड़े-तिरछे जाते हैं जैसे वो स्वयं सांप-सीढ़ी की गोट हों। अरे साहब! मैं भी एक बिज़नेसमैन को जानता हूं। उनके घर पर क़ालीनों के लिये फ़र्श पर जगह न रही तो दीवारों पर लटका दिये। क़ालीन हटा-हटा कर मुझे दिखाते रहे कि इनके नीचे निहायत क़ीमती रंगीन मारबल है।

मैं भी किन यादों की भूल-भुलैया में आ निकला। वो मनहूस बंदूक़ निसार अहमद ख़ां ने मुल्ला आसी को बख़्श दी कि उनके बेटे के जिगरी दोस्त थे। दंगों के समय पुलिस ने सारे मुहल्ले के हथियार जमा कराये तो ये बंदूक़ भी मालख़ाने पहुंच गयी। फिर उसकी शक्ल देखनी भी नसीब नहीं हुई। केवल मुहर लगी रसीद हाथ में रह गयी। दौड़-धूप तो बहुत की। एक वकील भी किया, मगर थानेदार ने कहला भेजा कि, ''डी.आई.जी. को पसंद आ गयी है। अधिक ऊधम मचाओगे तो बंदूक़ तो मिल जायेगी मगर पुलिस तुम्हारे यहां से शराब खेंचने वाली भट्टी बरामद करवा लेगी। तुम्हारे सारे रिश्तेदार पाकिस्तान जा चुके हैं। तुम्हारा मकान भी इवेक्वेट प्रोपर्टी घोषित किया जा सकता है, सोच लो।''

अतः उन्होंने सोचा और चुप हो रहे। अल्लाह, अल्लाह, एक समय था शह्र कोतवाल उनके बाबा से मिलने तीसरे-चौथे आता था। परडी की बड़ी नायाब बंदूक़ थी। आजकल छह लाख क़ीमत बतायी जाती है। मगर साहब मुझसे पूछिये तो छह लाख की बंदूक़ से नरभक्षी शेर, नरभक्षी राजा या स्वयं से कुछ कम मारना, इतनी क़ीमती बंदूक़ का अपमान है। मुल्ला आसी अभी तक ज़ब्त की हुई बंदूक़ की मुहर लगी रसीद और लाइसेंस दिखाते हुए कहते हैं कि आधा मील दूर से उसका ग़र्राब उचटता हुआ भी लग जाये तो काला हिरन (ब्लैक बक) पानी न मांगे।

स्वाभाविक मृत्यु

पुराने दोस्त जब मुद्दतों के बाद मिलते हैं तो कभी-कभी बातों में अचानक एक पीड़ादायक मौन का अन्तराल आ जाता है। कहने को इतना होता है कि कुछ भी तो नहीं कहा जाता। हज़ार यादें, हज़ार बातें उमड़ कर आती हैं और कुहनी मार-मार कर, कंधे पकड़-पकड़ कर एक-दूसरे को आगे बढ़ने से रोकती हैं। पहले मैं, पहले मैं। तो साहब! मैं एक ऐसे ही अन्तराल में उनकी बदहाली और कंगाली पर दिल-ही-दिल में तरस खा रहा था और सोच रहा था कि अगर वो हमारे साथ पाकिस्तान आ गये होते तो सारे दलिद्दर दूर हो जाते। अचानक उन्होंने मौन तोड़ा। कहने लगे, ''तुम वापिस क्यों नहीं आ जाते। तुम्हारे हार्ट अटैक की जिस दिन ख़बर आयी तो यहां रोनी पड़ गयी। तुम्हें ये राजरोग, रईसों की बीमारी कैसे लगी। सुना है, मैडिकल साइंस को अभी तक इसका कारण पता नहीं

चला। मगर मुझे विश्वास है कि एक-न-एक दिन ऐसा माइक्रोस्कोप ज़रूर बना लिया जायेगा जो इस बीमारी के कीटाणु करैंसी नोटों में ट्रेस कर लेगा। ख़ुदा के बन्दे! तुम काहे को पाकिस्तान चले गये। यहां किस चीज़ की कमी है। देखो! वहां तुम्हें हार्ट-अटैक हुआ। मियां तज़म्मुल हुसैन को हुआ। मुनीर अहमद का बाईपास हुआ। ज़हीर सिद्दीक़ी के पेसमेकर लगा। मंजूर आलम के दिल में छेद निकला, मगर मुझे विश्वास है पाकिस्तान में ही हुआ होगा। यहां से तो साबुत-सलामत गये थे। ख़ालिद अली लन्दन में एन्जियोग्राफ़ी के दौरान मेज़ पर ही अल्लाह को प्यारे हो गये। और तो और दुबले सींक-छुआरा भय्या अहतशाम भी लाहौर में हार्ट-अटैक में गये। सिब्तैन और इंस्पेक्टर मलिक ग़ुलाम रुसूल लंगड़याल को हार्ट-अटैक हुआ। मौलाना माहिर-उल-क़ादरी को हुआ। यूं कहो, किसको नहीं हुआ। भाई मेरे, यहां मानसिक शान्ति है, त्याग है, सब अल्लाह-भरोसे है। यहां किसी को हार्ट-अटैक नहीं होता। हिन्दुओं में अलबत्ता केसेज़ होते रहते हैं।''

यानी सारा ज़ोर किस पर हुआ? इस पर कि कानपुर में हर आदमी स्वाभाविक मौत मरता है। हार्ट-अटैक से बेमौत नहीं मरता। अरे साहब! मेरे हार्ट-अटैक को तो उन्होंने खूंटी बना लिया और जिस पर जान-पहचान के गड़े मुर्दे उखाड़-उखाड़ कर टांगते चले गये। मुझे तो सब नाम याद भी नहीं रहे। दूसरे हार्ट-अटैक के बाद मैंने दूसरों की राय से असहमत होना छोड़ दिया है। अब अपनी राय हमेशा ग़लत समझता हूं। सब ख़ुश रहते हैं, लिहाज़ा चुपका बैठा सुनता रहा और वो उन सौभाग्यवान मृतकों के नाम गिनवाते रहे जो हार्ट-अटैक में नहीं मरे, किसी और बीमारी में मरे।

''अपने मौलवी मोहतशिम टी.बी. में मरे। ख़ान बहादुर अज़मतुल्लाह ख़ां के पोते सीनियर क्लर्क हमीदुल्ला का गले के कैंसर में देहान्त हुआ। शहनाज़ के मियां, आबिद हुसैन वकील, हिन्दू-मुस्लिम दंगे में मारे गये। क़ायमगंज वाले अब्दुल वहाब ख़ां पूरे पच्चीस दिन टाइफ़ाइड से जकड़े रहे। हकीम की कोई दवा काम न आयी। पूरे होशो-हवास के साथ दम छोड़ा। मरने से दो मिनट पहले हकीम का पूरा नाम लेकर गाली दी। मुंशी फ़ैज़ मुहम्मद हैज़े में एक दिन में चटपट हो गये। हाफ़िज़ फ़ख़रुद्दीन फ़ालिज में गये, मगर अल्लाह के करम से हार्ट-अटैक किसी को नहीं हुआ। कोई भी अस्वाभाविक मौत नहीं मरा। पाकिस्तान में मेरी जान-पहचान का कोई शख़्स ऐसा नहीं जिसके दिल का बाईपास नहीं हुआ। यही हाल रहा तो वो दिन दूर नहीं जब खाते-पीते घरानों में ख़त्ने और बाईपास एक साथ होंगे।

फिर वो आवागमन और निर्वाण की फ़िलॉसफ़ी पर लैक्चर देने लगे। बीच लैक्चर में उन्हें एक और उदाहरण याद आ गया। अपनी ही बात काटते हुए और महात्मा बुद्ध को बोधिवृक्ष के नीचे अकेला ऊंघता छोड़कर कहने लगे, ''हद ये है कि ख़्वाजा फ़हीमुद्दीन का भी हार्ट फ़ेल नहीं हुआ। बीवी के मरने के बाद दोनों बेटियां ही सब कुछ थीं। उन्हीं में मगन थे। एक दिन अचानक पेशाब बन्द हो गया। डॉक्टर ने कहा कि प्रोस्टेट बढ़ गया है। फ़ौरन एमरजेन्सी में ऑप्रेशन करवाना पड़ा, जो बिगड़ गया। तीन-चार महीने में लोटपोट के ठीक हो गये।

लेकिन बड़ी बेटी ने बिना ख़बर दिये अचानक एक हिन्दू वकील और छोटी ने

एक सिख ठेकेदार से शादी कर ली तो जानो कमर टूट गयी। पुरानी चाल और पुराने विचार के आदमी हैं। अटवाटी-खटवाटी लेकर पड़ गये और उस समय तक पड़े रहे, जब तक उस क्रिश्चियन नर्स से शादी न कर ली जिसने प्रोस्टेट के ऑप्रेशन के दौरान उनका गू-मूत साफ़ किया था। वो कट्टो तो जैसे उनके इशारे के इन्तज़ार में बैठी थी। इन्हीं की तरफ़ से हिचर-मिचर थी।

बाप के सेहरे के फूल खिलने की ख़बर सुनी तो दोनों भागी हुई बेटियों ने कहला भेजा हम ऐसे बाप का मुंह देखें तो बुरे जानवर (सुअर) का मुंह देखें। वो चीख़ते ही रह गये कि कमबख़्तो! मैंने कम-से-कम ये काम शरीयत के हिसाब से तो किया है। मियां! ये सब कुछ हुआ, मगर हार्ट-अटैक ख़्वाजा फ़हीमुद्दीन को भी नहीं हुआ। तुम्हारे हार्ट-अटैक की ख़बर सुनी तो देर तक अफ़सोस करते रहे। कहने लगे, ''यहां क्यों नहीं आ जाते?'' साहब! मुझसे न रहा गया। मैंने कहा, ''प्रोस्टेट बढ़ गया तो मैं भी आ जाऊंगा।''

पिन्डोले का पियाला : लड़कपन में खाने के मामले में बड़े नफ़ासत पसंद थे। दोप्याज़ा गोश्त, लहसुन की चटनी, सिरी पाये, कलेजी, गुर्दे, ख़ीरी और मग्ज़े से उन्हें बड़ी घिन आती थी। दस्तरख़्वान पर कोई ऐसी डिश हो तो भूखे उठ जाते थे। इस विज़िट में एक जगह मेरे सम्मान में दावत हुई तो भुना हुआ मग्ज़ भी था। साहब! लहसुन का छींटा दे-देकर भूना जाये तो सारी बसांद निकल जाती है। बशर्ते कि गर्म-मसाला थोड़ा बोलता हुआ और मिर्चें भी चहका मारती हों। मुझे ये देखकर आश्चर्य हुआ कि उन्होंने खाया भी और बुरा भी न माने। मैंने पूछा, ''साहब, ये कैसी बदपरहेज़ी?'' बोले, ''जो सामने आ गया, जो कुछ हम पर उतरा, खा लिया। हम इन्कार करने, मुंह बनाने वाले कौन।''

फिर कहने लगे, ''भाई! तुमने वो भिक्षु वाला क़िस्सा नहीं सुना। भिक्षु से सात बरस भीख मंगवायी जाती थी, ताकि घमंड का फन एड़ियों तले बिलकुल कुचल जाये। इसके बग़ैर आदमी कुछ पा नहीं सकता। भिक्षा-पात्र को महात्मा बुद्ध ने सम्राट का मुकुट कहा है। भिक्षु को कोई अगर एक समय से अधिक का खाना देना भी चाहे तो भी वो स्वीकार नहीं कर सकता और जो कुछ भी उसके पात्र में डाल दिया जाये उसे बिना ना-नुकर के खाना उसका कर्तव्य है। पाली के पुराने ग्रन्थों में आया है कि पिण्डोले नाम के एक भिक्षु के पात्र में एक कोढ़ी ने रोटी का टुकड़ा डाला। डालते समय उसका कोढ़ से गला हुआ अंगूठा भी झड़ कर पात्र में गिर गया। पिन्डोले को दोनों का स्वाद एक-सा लगा, यानी कुछ नहीं।''

साहब! वो तो ये क़िस्सा सुनाकर सर झुकाये खाना खाते रहे, मगर मेरा ये हाल कि मग्ज़ तो एक तरफ़ रहा, मेज़ पर रखा सारा खाना ज़हर हो गया। साहब! अब उनका दिमाग़ भी पिन्डोले का पात्र हो गया है।

मुल्ला भिक्षु

लड़की की आत्महत्या वाली घटना 1953 की बतायी जाती है। सुना है, उस दिन के बाद अपने में सिमट आये और पढ़ाने का मेहनताना लेना छोड़ दिया। तीस साल हो गये, किसी ने कुछ खिला दिया तो खा लिया वरना तकिया पेट पर रखा और घुटने सिकोड़,

दोनों हाथ जोड़, उन्हें दायें गाल के नीचे रखकर सो जाते हैं। क्या कहते हैं इसको? जी, foetal posture! उर्दू में इसे कोख–आसन या गर्भासन कह लीजिये, मगर मैं आपकी इस फ्रायड वाली बात से बिलकुल सहमत नहीं। आप स्वयं भी तो इस तरह कुण्डली मार कर सोते हैं, मगर इसका कारण तपस्या नहीं अल्सर है।

मुल्ला आसी भिक्षु कहते हैं कि महात्मा बुद्ध भी दाहिने पांव पर बायां पांव और सर के नीचे हाथ रखकर दाहिनी करवट सोते थे। इसे सिंह शय्या कहते हैं। भोग विलासी यानी अय्याश बायीं करवट सोते हैं। इसे कामभोगी शय्या कहते हैं। ये मुझे इन्हीं से पता चला कि बदचलन आदमी केवल सोने के आसन से भी पकड़ा जा सकता है। बहरहाल, अब हाल ये है कि जो किसी ने पहना दिया, पहन लिया। जो मिल गया, खा लिया। जिससे मिला, जैसा मिला, जब मिला। जहां थक गये वहीं रात हो गयी। जहां पड़ रहे, वहीं रैन बसेरा। तन तकिया, मन विश्राम। चार–चार दिन घर नहीं आते, मगर क्या अन्तर पड़ता है।

जैसे कन्था घर रहे वैसे रहे बिदेस

ख़ुदा भला करे उनके चेलों का। वही देख–रेख करते हैं। ऐसे चाहने वाले, सेवा करने वाले शिष्य नहीं देखे।

एक दिन मुल्ला हाथ का पियाला–सा बनाकर कहने लगे, ''बस मुट्ठी भर दानों के लिये बंजारा कैसा घबराया, कैसा बौखलाया फिरता है। हर व्यक्ति पर अगर ये खुल जाये कि जीवन जीना कितना आसान है तो ये सारा कारख़ाना ठप्प हो जाये। ये सारा पाखण्ड, ये सारा आडम्बर पल–भर में खण्डित हो जाये। हर आदमी का शैतान उसके अंदर होता है और इच्छा इस शैतान का दूसरा नाम है। आदमी अपनी इच्छाओं को जितना बढ़ाता और हुशकारता जायेगा, उसका मन उतना ही कठोर और उसका जीवन उतना ही कठिन होता जायेगा। डायनासौर का बदन जब इतना बड़ा हो गया और खाने की इच्छा इतनी विकट हो गयी कि ज़िन्दा रहने के लिये उसे लगातार चौबीस घंटे चरना पड़ता था तो उसकी प्रजाति ही नष्ट हो गयी। खाना केवल इतनी मात्रा में ही उचित है कि शरीर और प्राण का संबंध बना रहे। बदन दुबला होगा तो आत्मनियन्त्रण होना सहज है। मैंने आज तक कोई पतला मौलवी नहीं देखा। भरे–पेट इबादत और ख़ाली–पेट अय्याशी नहीं हो सकती।''

ये कहते हुए वो मेज़ पर से अपने अनुवाद किये हुए बोध मन्त्रों की हस्तलिखित प्रति उठा लाये और इसकी प्रस्तावना से श्लोक पढ़ने वाली शैली में लहक–लहक कर भूमिका सुनाने लगे।

''बोधिसत्व ने भगवान सचक से कहा कि ऐ अगी वेसन! जब मैं दांतों पर दांत जमा कर और जीभ को तालु से लगाकर अपने मन–मस्तिष्क को नियन्त्रण में करने की कोशिश करता था तो मेरी बग़लों से पसीना छूटने लगता था। जिस तरह कोई बलवान आदमी किसी कमज़ोर आदमी का सर या कंधा पकड़ कर दबाता है, ठीक उसी तरह मैं अपने दिल और दिमाग़ को दबाता था। ऐ अगी वेसन! इसके बाद मैंने सांस रोककर तपस्या की। उस समय मेरे कानों से सांस निकलने की आवाज़ें आने लगीं। लोहार की

धोंकनी जैसी ये आवाज़ें बहुत तेज़ थीं। फिर ऐ अगी वेसन! मैं सांस रोककर और कानों को हाथों से दबाकर तपस्या करने लगा। ऐसा करने से मुझे यों लगा जैसे कोई तलवार की तेज़ नोक से मेरे माथे को छलनी कर रहा है, फिर भी ऐ अगी वेसन! मैंने अपनी तपस्या जारी रखी।

''ऐ अगी वेसन! तपस्या और उपवास से मेरा शरीर दिन-प्रतिदिन कमज़ोर पड़ता गया। बांस की गांठों की तरह मेरे शरीर का जोड़-जोड़ साफ़ दिखायी देता था। मेरा कूल्हा सूखकर ऊंट के पांव की तरह हो गया। मेरी रीढ़ की हड्डी सूत की तकलियों की माला की तरह दिखायी देती थी। जिस तरह गिरे हुए मकान की बल्लियां ऊपर-नीचे हो जाती हैं मेरी पसलियों की भी वही दशा हो गयी। मेरी आंखें किसी गहरे कुएं में सितारों की परछाईं की तरह अन्दर को धंस गयीं। जैसे कच्चा-कड़वा कद्दू काटकर धूप में डाल देने से सूख जाता है वैसे ही मेरे सर की चमड़ी सूख गयी। जब पेट पर हाथ फेरता था तो मेरे हाथ में रीढ़ की हड्डी आ जाती थी और जब पीठ पर हाथ फेरता तो हाथ पेट की चमड़ी तक पहुंच जाता था। इस तरह मेरी पीठ और पेट बराबर हो गये। शरीर पर हाथ फेरता तो बाल झड़ने लगते थे।''

ये पढ़ने के बाद ज़रा-सी ढील दी, आंखें मूंद लीं। मैं समझा ध्यान-ज्ञान की गोद में चले गये हैं। थोड़ी देर बाद आंखें बस इतनी खोलीं कि पलक से पलक जुदा हो जाये। जब वो ध्यान की सातवीं सीढ़ी पर झूम रहे थे, हाथ का चुल्लू बनाकर कहने लगे, ''एक प्यास वो होती है जो घूंट-दो-घूंट पानी से बुझ जाती है। एक वो होती है कि जितना पानी पियो, प्यास उतनी ही भड़कती है। हर घूंट के बाद ज़बान में कांटे पड़ते चले जाते हैं। आदमी आदमी पर निर्भर है। किसी को काया-मोह, किसी को धन-धरती की प्यास लगती है। किसी को ज्ञान और प्रसिद्धि की, किसी को ख़ुदा के बन्दों पर ख़ुदाई की और किसी को औरत की प्यास है, जो बेहताशा लगी चली जाती है, पर सबसे अधिक बेचैन करने वाली वो झूठी प्यास है, जो इंसान अपने ऊपर ओढ़ लेता है। ये प्यास नदियों, बादलों और ग्लेशियरों को निगल जाती है और बुझती नहीं है। इंसान को दरिया-दरिया बंजर-बंजर लिये फिरती है, बुझाये नहीं बुझती। आग-आग, फिर होते-होते यह अनबुझ प्यास स्वयं इन्सान को ही पिघलाकर पी जाती है।''

''*क़ुरआन* में आया है कि जब जालूत लश्कर लेकर चला, तो उसने कहा कि एक दरिया पर अल्लाह की तरफ़ से तुम्हारी परीक्षा होने वाली है। जो उसका पानी पियेगा वो मेरा साथी नहीं। मेरा साथी केवल वो है, जो इससे प्यास न बुझाये। हां! एक-आध चुल्लू कोई पी ले तो पी ले, मगर एक छोटे गिरोह के अलावा सभी ने इसका भरपूर पानी पिया। फिर जब जालूत और उसके साथी दरिया पार करके आगे बढ़े तो उन्होंने जालूत से कह दिया कि आज हममें दुश्मन और उसके लश्करों का सामना करने की ताक़त नहीं। सो इस दरिया के किनारे सबका इम्तहान होता है। जिसने उसका पानी पी लिया उसमें बुराई का मुक़ाबला करने की ताक़त नहीं रही। जीत उसकी, मुक्ति उसकी जो बीच दरिया से प्यासा लौट आये।''

देखा आपने, बस इसी कारण मुल्ला भिक्षु कहलाते हैं। बातचीत बालों से भी अधिक खिचड़ी और आस्था के नियम उनसे अधिक रंग-बिरंग। सूफ़ियों की-सी बातें करते-करते, अचानक साधुओं का-सा बाना धारण कर लेते हैं। शब्दों के सर से अनायास अमामा (अरबी पगड़ी) उतर जाता है और हर शब्द, हर अक्षर की जटायें निकल आती हैं। आबे-ज़मज़म से वज़ू करके भभूत रमा लेते हैं। अभी कुछ है, अभी कुछ। आपको ऐसा महसूस होगा कि भटक कर कहां-से-कहां जा निकले।

क़श्क़ा खेंचा, दैर में बैठा, कब का तर्क इस्लाम किया

और कभी ऐसा महसूस करा देंगे जैसे गौतम बुद्ध ने वृक्ष तले अपनी समाधि छोड़कर नमाज़ की टोपी पहन ली है। मगर कभी एक बिन्दु पर टिकते नहीं हैं। टिड्डे की तरह एक से दूसरे, दूसरे से तीसरे पर फुदकते रहते हैं। मैंने एक दिन छेड़ा, ''मौलाना, कुछ आलिमों के विचार में इस्लाम छोड़ने वाले मुरतद की सज़ा क़त्ल है।'' इशारा समझ गये, मुस्कुरा दिये। कहने लगे, ''जिसने पहले ही ख़ुदकुशी कर ली हो उसे सूली पे लटकाने से फ़ायदा''—

तमाम चेहरे हैं मेरे चेहरे
तमाम आंखें हैं मेरी आंखें

अपने तमाम प्यार और गर्मजोशी के बावजूद भी वो मुझे अच्छे-ख़ासे बेतअल्लुक़ लगे। रिश्तों में भी एक तरह की सूफ़ियों वाली तटस्थता और निस्पृहता-सी आ गयी है। एक दिन कहने लगे, ''कोई वस्तु हो या व्यक्ति उससे नाता जोड़ना ही दुख का मूल कारण है। फिर इंसान की सांस छोटी और उड़ान ओछी हो जाती है। इंसान जी कड़ा करके हर चीज़ से नाता तोड़ ले तो दुख और सुख के अन्तहीन चक्कर से बाहर निकल जाता है। फिर वो सुखी रहता है न दुखी।''

मेरी वापसी में दो दिन रह गये तो मैंने छेड़ा, ''मौलाना यहां बहुत रह लिये, जोरू न जाता, कानपुर से नाता। अब मेरे साथ पाकिस्तान चलो। सब यार-दोस्त, सारे संगी-साथी वहीं हैं।''

''पुरखों के हाड़-हड़वार (हड्डियां) तो यहीं हैं।''

''तुम कौन से इन पर फ़ातिहा पढ़ते हो या जुमेरात की जुमेरात फूलों की चादर चढ़ाते हो, जो छूटने का दुख हो।''

इतने में एक चितकबरी बिल्ली अपना बच्चा मुंह में दबाये उनके कमरे में दाख़िल हुई। नेमतख़ाने में बन्द कबूतर सहम-कर कोने में दुबक गये। बिल्ली के पीछे पड़ौसी की बच्ची मैना का पिंजरा हाथ में लटकाये और अपनी गुड़िया दूसरी बग़ल में दबाये आयी और कहने लगी कि सुब्ह से इन दोनों ने कुछ नहीं खाया। बोलते भी नहीं, दवा दे दीजिये। उन्होंने बीमार गुड़िया की नब्ज़ देखी और मैना से उसी के लहज़े में बोलने लगे तो मैना उन्हीं के लहज़े में बोलने लगी। उन्होंने एक डिब्बे में से लेमन ड्रॉप निकाल

कर बच्ची को दी। उसने उसे चूसा तो गुड़िया को आराम आ गया। वो मुस्कुरा दिये फिर बहस का सिरा वहीं से उठाया जहां से बिल्ली, बच्ची और मैना के अचानक आने से टूट गया था। मुझसे कहने लगे, ''यहां मैं सबके दुख-दर्द में साझी हूं, वहां मेरी आवश्यकता किसको होगी? वहां मुझ-सा ग़रीब कौन होगा, यहां मुझसे भी ग़रीब हैं।''

''ख़ुदा के बन्दे! एक बार चलकर तो देखो, पाकिस्तान का तुम्हारे दिमाग़ में कुछ अजीब-सा नक़्शा है। वहां भी दुखी बसते हैं। हमारी ख़ातिर ही चलो, एक हफ़्ते के लिये ही सही।''

कौन पूछेगा मुझको मेले में?

''तो फिर यूं समझो कि जहां सभी ताज पहने बैठे हों वहां नंगे सिर आदमी, धरती पे बैठा आदमी सबसे उजागर होता है।''

ख़ुदा जाने सचमुच क़ायल हुए या केवल ज़िच हो गये, कहने लगे, ''बिरादर, मैं तो तुम्हें दाना डाल रहा था। अब तुम कहते हो कि हमारी छतरी पे आन बैठो। ख़ैर, चला तो चलूं, मगर ख़ुदा जाने इन कबूतरों का क्या होगा?''

''ये ख़ुदा की नीयत पर नहीं, बिल्ली की नीयत पर है, मगर सुनो, तुम ख़ुदा के कब से क़ायल हो गये?''

''मैंने तो मुहावरा कहा था। सामने जो जामुन का पेड़ देख रहे हो, ये मेरे दादा ने लगाया था। जिस समय पौ फटती है और इस खिड़की से सुब्ह का सितारा नज़र आना बंद हो जाता है या जब दोनों समय मिलते हैं और शाम का झुटपुटा-सा होने लगता है तो इस पर अनगिनत चिड़ियां जी-जान से चहचहाती हैं कि दिल को कुछ होने-सा लगता है। इस जामुन की देखभाल कौन करेगा?''

''अव्वल तो इस बूढ़े जामुन को तुम्हारी और बुद्धिज़्म की आवश्यकता नहीं, गोबर की खाद की आवश्यकता है, दूसरे, तुम्हें भ्रम हो रहा है। महात्मा बुद्ध को निर्वाण जामुन के नीचे नहीं, पीपल-तले प्राप्त हुआ था और अगर तुम पशु, पक्षी और पेड़ की सेवा के बग़ैर ज़िन्दा नहीं रह सकते तो कराची के कमज़ोर गधों और लाहौर की अपर-मॉल की जामनों की रखवाली करके शौक़ पूरा कर लेना।''

''मैं आऊंगा, लाहौर एक दिन ज़रूर आऊंगा। मगर फिर कभी और।''

''अभी मेरे साथ चलने में क्या परेशानी है?''

''इन बच्चों का क्या होगा?''

''होगा क्या? बड़े हो जायेंगे, तुम्हें कोई मिस नहीं करेगा। आख़िर को तुम मर गये, तब क्या होगा?''

"तो क्या हुआ। ये बच्चे-इन बच्चों के बच्चे तो ज़िन्दा रहेंगे। सीनों में उजाला भर रहा हूं। मर गया तो उनके मुंह से बोलूंगा। इनकी अवतार आंखों से देखूंगा।"

बिशारत की ज़बानी कहानी यहीं ख़त्म होती है।

नेपथ्य कथा

लो वो भी हार्ट-अटैक में गये : 3 दिसम्बर, 1985 को सूरज उगने से थोड़ा पहले, जब उन्हीं के शब्दों में, जामुन पर चिड़ियां इस तरह चहचहा रही थीं, जैसे जी-जान से गुज़र जायेंगी। मुल्ला अब्दुल मन्नान आसी का हृदयगति रुक जाने से देहान्त हो गया। मुहल्ले की मस्जिद के इमाम ने कहला भेजा, "इस्लामद्रोही के जनाज़े की नमाज़ ज़ायज नहीं। जिसके अस्तित्व के ही मियां क़ायल न थे उससे बख़्शीश की दुआ का क्या मतलब।" बड़ी देर तक जनाज़ा जामुन तले रखा रहा। अन्त में उनके एक प्रिय शिष्य ने नमाज़ पढ़ायी, सैकड़ों लोग सम्मिलित हुए। दफ़्न से पहले उनके ब्लैक-बॉक्स का ताला मुहल्ले वालों के सामने खोला गया। इसमें स्कूल की कॉपी के एक पन्ने पर पेंसिल से लिखी हुई तहरीर मिली। लिखा था, 'मरने के बाद मेरी जायदाद (जिसका विस्तृत विवरण और हाल आप पिछले पृष्ठों में पढ़ चुके हैं) नीलाम करके कबूतरों का ट्रस्ट बना दिया जाये और ध्यान रखा जाये कोई गोश्त खाने वाला ट्रस्टी न बनाया जाये।' ये भी लिखा था—'मुझे कानपुर में न दफ़्न किया जाये, लाहौर में मां के क़दमों में लिटा दिया जाये।'

कार, काबुली वाला और अलादीन बेचिराग़

इक़बाल ने उन कवियों, कलाकारों और कहानीकारों पर बड़ा तरस खाया है जिनके मन-मस्तिष्क पर औरत सवार है। मगर हमारे मित्र और प्रशंसित बिशारत फ़ारूक़ी उन बदनसीबों में से थे, जिनकी बेदाग़ जवानी उस शायर की शायरी की तरह थी जिसके बारे में किसी ने कहा था कि उसका कलाम ग़लतियों और मज़े दोनों से ख़ाली है। बिशारत की ट्रेजडी कवियों, कलाकारों और कहानीकारों से कहीं अधिक घोर गम्भीर थी। इसलिए कि दुखिया के मन-मस्तिष्क पर औरत को छोड़ के हमेशा कोई-न-कोई सवार रहा। उम्र के उस दौर में जिसे अकारण ही जवानी-दीवानी से परिभाषित किया जाता है, उनकी सोच पर क्रमानुसार मुल्ला, बुज़ुर्ग, मास्टर फ़ाख़िर हुसैन, परीक्षक, मौलवी मुज़फ़्फ़र, दाग़ देहलवी, सहगल और ससुर सवार रहे। ख़ुदा-ख़ुदा करके वो इसी क्रम में उन पर से उतरे तो घोड़ा सवार हो गया। जिसका क़िस्सा हम 'स्कूल मास्टर का ख़्वाब' में बता चुके हैं। वो मनहूस-क़दम उनके सपनों, शान्ति और घरेलू बजट पर झाड़ू फेर गया। रोज़-रोज़ के चालान, जुर्माने और रिश्वत से वो इतने तंग आ चुके थे कि अक्सर कहते कि अगर मुझे च्वायस दी जाये कि तुम घोड़ा बनना पसंद करोगे या उसका मालिक या कोचवान तो मैं बिना किसी हिचकिचाहट के वो इंस्पेक्टर बनना पसंद करूंगा जो इन तीनों का चालान करता है।

संगीन ग़लती करने के पश्चात् hindsight करने वालों की भांति वो उस ज़माने में च्वायस की बात बहुत करते थे, मगर च्वायस है कहां? महात्मा बुद्ध ने तो दो टूक बात कह दी कि अगर च्वायस दी जाती तो वो पैदा होने से ही इंकार कर देते। परन्तु हम पूरे विश्वास से कह सकते हैं कि घोड़े को च्वायस दी जाये तो वो अगले जन्म में भी घोड़ा ही बनना पसंद करेगा, महात्मा बुद्ध बनना नहीं, क्योंकि वो घोड़ियों के साथ ऐसा व्यवहार नहीं कर सकता जैसे गौतम बुद्ध ने यशोधरा के साथ किया, अर्थात् उन्हें बेख़बर सोता छोड़कर जंगल को निकल जाये या किसी जॉकी के साथ भाग जाये। घोड़ा कभी अपने घोड़ेपन से शर्मिन्दा नहीं हो सकता। न कभी उस ग़रीब को आसमान वाले से शिकवा होगा, न अपने सवार से कोई शिकायत, न हर दम किसी और की तलाश में रहने वाली मादाओं की बेवफ़ाई से गिला। यह तो आदमी ही है जो हर दम अपने आदमीपन से लज्जित और परेशान रहता है और इस चिन्ता में खोया रहता है कि 'डुबोया मुझको होने ने, न होता मैं तो क्या होता।'

घोड़ा-तांगा रखने और उसे ठिकाने लगाने के बाद बिशारत में दो विपरीत परिवर्तन

दिखायी दिये। पहला तो यह कि घोड़े और उसके दूर-निकट के सारे संबंधियों से हमेशा के लिये नफ़रत हो गयी। अकेले एक लंगड़े घोड़े ने उन्हें जितना नुक़सान पहुंचाया, उतना सारे हाथियों ने मिलकर पोरस को नहीं पहुंचाया होगा। दूसरा परिवर्तन यह आया कि अब वो सवारी के बिना नहीं रह सकते थे। आदमी को एक बार सवारी की आदत पड़ जाये तो फिर अपनी टांगों से उनका स्वाभाविक काम लेने में अपमान के अतिरिक्त कमज़ोरी भी महसूस होने लगती है। उनका लकड़ी का कारोबार अब काफ़ी फैल गया था जिसे वो कभी अपनी दौड़-धूप का फल और कभी अपने पिता जी की जूतियों का कारण बताते थे। जबकि स्वयं आदरणीय इसे भागवान घोड़े के क़दमों की बरकत मानते थे। बहरहाल, ध्यान देने योग्य बात यह थी कि उनकी तरक़्क़ी का साधन और कारण कभी पैरों और जूतियों से ऊपर नहीं गया। किसी ने बल्कि स्वयं उन्होंने भी बुद्धिमानी और कुशलता को इसका क्रेडिट नहीं दिया। लकड़ी की बिक्री बढ़ी तो कार्यालयों के चक्कर भी बढ़े। उतनी ही सवारी की आवश्यकता भी बढ़ी। उस ज़माने में कम्पनियों में रिश्वत नहीं चलती थी, इसलिए काम निकालने में कहीं अधिक तिरस्कृत और अपमानित होना पड़ता था। हमारे यहां ईमानदार अफ़सर के साथ मुसीबत यह है कि जब तक अकारण सख़्ती, नुक़्ताचीनी, अड़ियल, सड़ियलपन और सबको अपनी ईमानदारी से दुःखी न कर दे वो अपनी नौकरी को पक्का और अपने-आप को सुरक्षित नहीं समझता।

बेईमान अफ़सर से बिज़नेसमैन आसानी से निपट लेता है। ईमानदार अफ़सर से उसे घबराहट होती है। स्थिति यह थी कि कम्पनी से लकड़ी और खोखों का ऑर्डर लेने के लिये पांच चक्कर लगायें तो बिल की वसूली के लिये दस चक्कर लगाने पड़ते थे। जब से कम्पनियां लीचड़ हुईं उन्होंने दस फेरों का किराया और मेहनत भी लागत में जोड़ के क़ीमतें बढ़ा दीं। उधर कम्पनियों ने उनकी नयी क़ीमतों को लुट्टस बता कर दस प्रतिशत कटौती शुरू कर दी। बात वहीं की वहीं रही। अंतर केवल इतना पड़ा कि दोनों पार्टियां एक-दूसरे को लालची, काइयां और चोर समझकर लेन-देन करने लगीं और यह चौकस और कामयाब बिज़नेस का मूलभूत नियम है।

अब सवारी के बिना गुज़ारा नहीं हो सकता था, लेकिन यह समझ में नहीं आ रहा था कि वो हो कौन-सी। उस समय टैक्सी केवल विशेष अवसरों पर प्रयोग की जाती थी। उदाहरण के तौर पर हार्ट-अटैक के मरीज़ को अस्पताल ले जाने, अपहरण करने, डाका डालने और पुलिसवालों को लिफ़्ट देने के लिये। किसी को अस्पताल ले जाते थे तो केवल यह मालूम करने के लिये ले जाते थे कि ज़िन्दा है या मर गया, क्योंकि बड़े अस्पताल में उन्हीं मरीज़ों को दाख़िला मिलता था जो पहले उसी अस्पताल के किसी डॉक्टर के प्राइवेट क्लीनिक में शुरुआती इलाज करवा के अपनी हालत इतनी ख़राब कर लें कि उसी डॉक्टर के माध्यम से अस्पताल में आख़िरी मंज़िल आसान करने के लिये दाख़िला मिल सके। वैसे तो मरने के लिये कोई भी जगह अनुचित नहीं, परन्तु प्राइवेट अस्पताल और क्लीनिक में मरने का सब से बड़ा फ़ायदा यह है कि मरने वाले की जायदाद, जमा-जत्था और बैंक-बैलेंस के बंटवारे पर मृतक के सम्बन्धियों में ख़ून-ख़राबा नहीं

होता, क्योंकि वो सब डॉक्टरों के हिस्से में आ जाता है। अफ़सोस! शाहजहां के समय प्राइवेट अस्पताल न थे। वो उनमें दाख़िल हो जाता तो आगरा क़िले में इतने लम्बे अर्से तक क़ैद रहने और एड़ियां रगड़-रगड़ कर जीने से साफ़ बच जाता और उसके चारों बेटे राजगद्दी की जंग में एक-दूसरे के सर काटने के जतन में सारे हिन्दुस्तान में आंख-मिचौली खेलते न फिरते। झगड़े की जड़ यानी राज्य और ख़ज़ाना तो बिल अदा करने में अत्यंत शान्तिपूर्ण ढंग से उचित वारिसों यानी डॉक्टरों के पास चला जाता। बल्कि सत्ता परिवर्तन के लिये पुरानी एशियाई परम्परा यानी बादशाह के मरने की भी आवश्यकता न रहती। इसलिए कि जीते-जी तो हर शासक सत्ता-परिवर्तन को अपनी निजी मृत्यु समझता है।

बिलों की वसूली के सिलसिले में वो कई बार साइकिल रिक्शे में भी गये, लेकिन हर बार तबियत भारी हुई। पैडल रिक्शा चलाने वालों को अपने से दुगनी सवारी ढोनी पड़ती थी। जबकि स्वयं सवारी को इससे भी अधिक भारी बोझ उठाना पड़ता था कि वो अपने ज़मीर से बोझों मरती थी। हमारे विचार में आदमी को आदमी ढोने की इजाज़त केवल दो सूरतों में मिलनी चाहिए। प्रथम तो उस समय जब दोनों में से एक मर चुका हो। दूसरे इस सूरत में जब दोनों में से एक उर्दू आलोचक हो, जिस पर मुर्दे ढोना फ़र्ज़ ही नहीं रोज़ी का साधन और शोहरत का कारण भी हो।

आत्महत्या, ग़रीबों की पहुंच से बाहर

एकाध बार विचार आया कि बसों में धक्के खाने और स्ट्रिपटीज़ करवाने से तो बेहतर है कि आदमी मोटरसाइकिल ख़रीद ले। मोटरसाइकिल, रिक्शे का सवाल ही पैदा नहीं होता था इसलिए कि तीन पहियों पर आत्महत्या का यह सरल और शर्तिया ढंग अभी आविष्कृत नहीं हुआ था। उस काल में आम आदमी को आत्महत्या के लिये तरह-तरह की मुसीबतें और खखेड़ उठानी पड़ती थीं। घरों का यह नक़्शा था कि एक-एक कमरे में दस-दस आदमी इस तरह ठुंसे होते कि एक-दूसरे की आंतों की आवाज़ तक सुन सकते थे। ऐसे में इतना एकांत कहां नसीब कि आदमी फांसी का फन्दा कड़े में बांध कर अकेला शान्ति से लटक सके। इसके अतिरिक्त कमरे में केवल एक ही कड़ा होता था, जिसमें पहले ही एक पंखा लटका होता था। गर्म कमरे के वासी इसकी जगह किसी और को लटकने की अनुमति नहीं दे सकते थे। रहे पिस्तौल और बन्दूक़, तो उनके लिये लाइसेंस की शर्त थी जो केवल अमीरों, वडेरों और अफ़सरों को मिलते थे। सो आत्महत्या करने वाले रेल की पटरी पर दिन-दिन भर लेटे रहते, क्योंकि ट्रेन बीस-बीस घंटे लेट होती थी। आख़िर ग़रीब मौत से निराश होकर कपड़े झाड़कर उठ खड़े होते।

मोटरसाइकिल में बिशारत को सबसे बड़ी बुराई यह दिखायी दी कि मोटरसाइकिलवाला सड़क के किसी भी हिस्से पर मोटरसाइकिल चलाये, महसूस यही होगा कि ग़लत जगह चला रहा है। ट्रैफ़िक की दुर्घटनाओं पर रिसर्च करने के बाद हम भी इसी नतीजे पर पहुंचे हैं कि हमारे यहां, पैदल चलने और मोटरसाइकिल चलाने वाले का सामान्य स्थान ट्रक और मिनी बस के नीचे है। दूसरी मुसीबत यह कि हमने आज तक कोई ऐसा व्यक्ति नहीं देखा जो

पांच साल से मोटरसाइकिल चला रहा हो और किसी दुर्घटना में हड्डी-पसली न तुड़वा चुका हो। मगर ठहरिये, ख़ूब याद आया, एक व्यक्ति बेशक ऐसा मिला जो सात साल से किसी दुर्घटना का शिकार हुए बिना मोटरसाइकिल चला रहा था। लेकिन वो केवल मौत के कुएं (well of death) में चलाता था। तीसरी समस्या उन्हें यह नज़र आयी कि मेनहोल बनाते समय म्यूनिसिपल कॉर्पोरेशन दो बातों का लिहाज़ अवश्य रखती है। पहली तो यह कि वो हमेशा खुले रहें ताकि ढकना देखकर चोरों और उचक्कों को यह जिज्ञासा न हो कि न जाने भीतर क्या है। दूसरी, मुंह इतना चौड़ा हो कि मोटरसाइकिल चलाने वाला उसमें अन्दर तक बिना किसी रुकावट के चला जाये। आसानी के साथ, तेज़ रफ़्तारी के साथ, पीछे बैठी हुई सवारी के साथ।

गधा बीती

संभवत: आपके मन में यह प्रश्न उठे कि जब हर सवारी के गुणों-अवगुणों पर बाक़ायदा ग़ौर और आप से मशवरा किया गया तो गधा और गधागाड़ी को क्यों छोड़ दिया। एक कारण तो वही है जो सहसा आपके दिमाग़ में आया। दूसरा ये कि जब से हमने गधे पर चेस्टरटन की ज़बरदस्त कविता पढ़ी, हमने इस जानवर पर हँसना और इसे तुच्छ समझना छोड़ दिया। ग्यारह वर्ष लन्दन में रहने के बाद हम पर स्पष्ट हो गया कि पश्चिम में गधे और उल्लू को गाली नहीं समझा जाता। विशेष रूप से उल्लू तो उच्च चिन्तन तथा बुद्धिमानी का प्रतीक है। सर्वप्रथम तो यहां कोई ऐसा नहीं मिलेगा जिसे सही अर्थों में उल्लू कह दिया जाये तो वो अपने जामे बल्कि अपने परों में फूला नहीं समायेगा। लन्दन के चिड़िया-घर में उल्लू के कुछ नहीं तो पन्द्रह पिंजरे ज़रूर होंगे। हर बड़े पश्चिमी देश का प्रतिनिधि उल्लू मौजूद है। हर पिंजरा इतना बड़ा, जितना अपने यहां शेर का होता है और हर उल्लू इतना बड़ा जितना अपने यहां का गधा। अपने यहां का उल्लू तो उनके सामने बिलकुल ही उल्लू लगता है। इंग्लैण्ड में चश्मे बनाने वालों की सबसे बड़ी कम्पनी Donald Aitcheson का प्रतीक चिह्न उल्लू है जो उनके साइन बोर्ड, लैटर हैड और बिलों पर बना होता है। इसी प्रकार अमरीका के एक बड़े स्टॉक ब्रोकर का लोगो उल्लू है। यह महज़ सुनी-सुनायी बात नहीं हमने स्वयं डोनाल्ड ऐचिसन का चश्मा लगा कर उसी स्टॉक ब्रोकर की सलाह तथा भविष्यवाणी के अनुसार कम्पनी शेयर्ज़ और बाण्ड्ज़ के तीन-चार 'फ़ारवर्ड' सौदे किये। जिनके बाद हमारी सूरत दोनों के प्रतीक चिह्न से मिलने लगी।

पूर्व राष्ट्रपति कार्टर की डेमोक्रेटिक पार्टी का निशान गधा था, बल्कि हमेशा से रहा है। पार्टी के झण्डे पर भी यही बना होता है। इसी झण्डे के नीचे पूरा अमरीकी राष्ट्र ईरान के विरुद्ध सीसा पिलायी दीवार की भांति खड़ा रहा। हमारा मतलब है—एकदम संवेदनहीन, जड़। पश्चिम को गधे में कोई हास्यास्पद बात नज़र नहीं आती। फ्रांसीसी चिन्तक और निबन्ध लेखक मोन्तेन तो इस जानवर के गुणों का इतना प्रशंसक था कि एक जगह लिखता है कि 'धरती पर गधे से अधिक विश्वसनीय, दृढ़-निश्चयी, गम्भीर, संसार को तुच्छ समझने वाला और अपने ही ध्यान और धुन में मग्न रहने वाला अन्य कोई प्राणी नहीं मिलेगा।' हम एशियाई दरअस्ल गधे को इसलिए ज़लील समझते हैं कि

इसमें कुछ मानवीय गुण पाये जाते हैं। मिसाल के तौर पर यह अपनी सहार और साहस से बढ़कर बोझ उठाता है और जितना अधिक पिटता तथा भूखों मरता है, उतना ही अपने मालिक का आज्ञाकारी और शुक्रगुज़ार होता है।

बेकार न रह

सवारियों के गुणों-अवगुणों पर इस बहस का उद्देश्य केवल यह दिखाना था कि बिशारत ने प्रकट यह किया कि वो बहुत सोच-विचार के बाद इस निष्कर्ष पर पहुंचे हैं कि कार ख़रीदना व्यापारी की आवश्यकता से अधिक तर्कसंगत है और अगर कार न ख़रीदी तो कारोबार ठप होगा सो होगा, तर्क का ख़ून हो जायेगा और अरस्तू की आत्मा स्वर्ग में या जहां कहीं भी है, तड़प उठेगी। जबकि वास्तविकता इसके विपरीत थी। उन्हें जीवन में जिस चीज़ की कमी प्रखरता से महसूस होने लगी थी वो वस्तुतः कार नहीं, स्टेटस-सिम्बल था। जब कोई व्यक्ति दूसरों को आश्वस्त करने के लिये ज़ोर-शोर से फ़लसफ़ा और तर्क बघारने लगे तो समझ जाइये कि अन्दर से वो बेचारा स्वयं भी ढुलमुल है और किसी ऐसे भावुक नामाक़ूल निर्णय का बौद्धिक, तार्किक कारण ढूंढ़ रहा है, जो वो बहुत पहले ले चुका है। हेनरी सप्तम् ने शादी रचाने के लिये पोप से संबंध तोड़कर एक नये मज़हब की शुरुआत कर दी। यह एक ऐतिहासिक सत्य है कि इंग्लैण्ड के मज़हब यानी चर्च ऑफ़ इंग्लैण्ड की बुनियाद एक तलाक़ पर रखी गयी थी। मिर्ज़ा कहते हैं कि आज के युग में नये धर्म की ईजाद का इससे अधिक उचित कारण और हो भी नहीं सकता।

विधवा मेम की मुस्कुराहट की क़ीमत

बिशारत काफ़ी अर्से से सैकेण्ड हैण्ड कार की तलाश में मारे-मारे फिर रहे थे कि एक दिन ख़बर मिली कि एक ब्रिटिश कम्पनी के अंग्रेज़ अफ़सर की 6 सिलिण्डर की बहुत बड़ी कार बिकाऊ है। अफ़सर का दो महीने पहले अचानक निधन हो गया था और अब उसकी जवान विधवा उसे औने-पौने ठिकाने लगाना चाहती थी। बिशारत ने विधवा को एक नज़र देखते ही निर्णय कर लिया कि वो उसकी कार को जिसे उन्होंने अभी तक दूर से भी नहीं देखा था, ख़रीद लेंगे। वो इस कम्पनी को तीन साल से चीड़ के पैकिंग केस और लकड़ी सप्लाई कर रहे थे। कम्पनी के पारसी चीफ़ एकाउंटेंट ने कहा कि आप यह कार 3483 रुपये 10 आने 11 पाई में ले जाइये। हो सकता है कि पाठकों को यह रक़म और आख़िरी आने-पाई तक की बारीकी अजीब लगे, मगर बिशारत को अजीब नहीं लगी। इसलिए कि यह वो रक़म थी, जो कम्पनी एक अर्से से इस बहाने से दबाये बैठी थी कि उन्होंने ख़राब खोखे सप्लाई किये। जिसके कारण चिन्यौट और सियालकोट में बाढ़ के दौरान कम्पनी के सारे माल की लुगदी बन गयी। बिशारत कहते थे कि मैंने बारह-बारह आने में चीड़ के खोखे सप्लाई किये थे, पनडुब्बी या नूह की नाव नहीं।

ख़ूबसूरत मेम ने जिसके विधवा होने से वो अप्रसन्न न थे, परन्तु जिसे विधवा कहते हुए उनका कलेजा मुंह को आता था, यह शर्त और लगा दी कि तीन महीने बाद

जब वो पानी के जहाज़ से लन्दन जायेगी तो उसके सामान की पैकिंग के लिये मुफ़्त क्रेट, कीलें और बढ़ई साथ में सप्लाई करने होंगे। इस शर्त को उन्होंने न केवल स्वीकार किया बल्कि अपनी ओर से यह और बढ़ा दिया कि मैं रोज़ आपके बंगले पर आकर आपकी और अपनी निगरानी में स्वयं पैकिंग कराऊंगा। बिशारत ने चीफ़ एकाउंटेंट से कहा कि कार बहुत पुरानी है, 2500 में मुझे दे दो। उसने जवाब दिया कि ठीक है, आप अपने ख़राब खोखों का बिल घटाकर 2500 कर दें। बिशारत ने मेम से गुहार लगायी कि क़ीमत बहुत अधिक है, कह सुन के कुछ कम करा दो। उसकी सहानुभूति प्राप्त करने के लिये यह वाक्य और जोड़ दिया कि ''ग़रीब आदमी हूं सात-आठ बच्चे हैं। उनके अतिरिक्त तेरह भाई-बहन मुझसे छोटे हैं।''

यह सुनते ही मेम के चेहरे पर आश्चर्य, सहानुभूति और प्रशंसा का मिला-जुला भाव आया, कहने लगी "Oh! my dear! I see what you mean. Your parents too were poor but passionate."

इस पर उन्हें बहुत क्रोध आया। उत्तर में कहना चाहते थे कि तुम मेरे बाप तक क्यों जाती हो? लेकिन इस वाक्य की अंग्रेज़ी नहीं बनी और जो अनुवाद उनकी ज़बान पर आते-आते रह गया, उस पर स्वयं उन्हें हँसी आ गयी। उन्होंने उसी समय मन-ही-मन निर्णय किया कि अब कभी अपने बच्चों और भाई-बहनों की संख्या बढ़ा-चढ़ा कर नहीं बतायेंगे। राशनकार्ड बनवाते समय की बात अलग है। इतने में मेम बोली कि ''इन दामों यह कार महंगी नहीं इससे अधिक तो मेरे पति के सागवान के ताबूत की लागत आयी थी।'' इस पर सेल्ज़मैनशिप के जोश में बिशारत के मुंह से निकल गया कि ''मैडम आप आइंदा यह चीज़ हमसे आधे दामों में ले लीजियेगा।'' मेम मुस्कुरा दी और सौदा पक्का हो गया। यानी 3483 रुपये, दस आने और ग्यारह पाई में कार उनकी हो गयी।

इस घटना का उन पर ऐसा प्रभाव पड़ा कि किसी ग्राहक के नाम का बिल बनाते तो यह लिहाज़ ज़रूर रखते कि कम-से-कम क़ीमत पर माल बेचें ताकि कम-से-कम रक़म डूबे और अगर कोई उनका बिल दिये बिना मर जाये और उसकी सुन्दर विधवा से रक़म के बदले कोई चीज़ लेनी पड़े तो कम-से-कम दामों में हाथ लग जाये।

स्वयं आयी नहीं लायी गयी हूं

बिशारत इस गुमान में थे कि उन्होंने सस्ते दामों कार ख़रीदी है, जबकि सच्चाई यह थी कि उन्होंने अपने खोखे घाटे से बेचे थे। लेकिन ख़ुशफ़हमी और धोखे से दिल ख़ुश हो जाये तो क्या हर्ज़ है। मिर्ज़ा इसी बात को अपने बुक़राती अंदाज़ में इस प्रकार कहते हैं कि हमने बावन गज़ गहरे ऐसे अंधे कुएं भी देखे हैं जो समझते हैं कि वो स्वयं को औंधा कर दें यानी सर के बल उल्टे खड़े हो जायें तो बावन गज़ की मीनार बन जायेंगे। बहरहाल, बिशारत ने beige रंग की कार ख़रीद ली। वो अत्यन्त विनम्र स्वभाव वाले व्यक्ति हैं, इसलिए दोस्तों से यह तो नहीं कहा कि हम भी कारवाले हो गये। अलबत्ता अब एक-एक से कहते फिर रहे हैं कि आपने 'बेइज रंग' देखा है। हर व्यक्ति न में गर्दन

हिलाता। फ़र्माते, ''साहब, अंग्रेज़ ने अजीब रंग ईजाद किया है। उर्दू में तो इसका कोई नाम भी नहीं। नमूना पेश करूंगा।''

कार ख़रीदते ही वो बेहद सोशल हो गये और ऐसे लोगों के घर भी बेइज रंग का नमूना दिखाने के लिये ले जाने लगे जिनसे वो ईद, बक़रईद पर भी मिलने को तैयार न थे। जो मित्र यह अजूबा देखने उनके घर आते, उन्हें मिठाई खाये बिना नहीं जाने देते थे। इसी मुबारक, सलामत में एक महीना बीत गया। एक दिन एक दोस्त के यहां कार की मुंह-दिखायी करवाने जा रहे थे कि वो आधे रास्ते में हचकोले खाने लगी, फिर उस पर काली खांसी का दौरा पड़ा। दम घुटने की वज्ह से धड़कन कभी हल्की-हल्की सुनायी देती, कभी एकदम ग़ायब, सोचा, 'शायद बहाना किये पड़ी है।' अचानक संभाल लिया, हैड लाइट में एक पल के लिये रौशनी आयी, हॉर्न ने कुछ बोलना चाहा मगर कमज़ोरी आड़े आयी। कुछ क्षणों के उपरांत धकड़-पकड़ धक-धक धूं करके जहां खड़ी थी वहीं अंजर-पंजर बिखेर के ढेर हो गयी। radiator के एक सिरे से भाप और दूसरे से तलल-तलल पानी निकलने लगा। गधा-गाड़ी से खिंचवा के घर लाये—मिस्त्री को घर बुला कर दिखाया। उसने बोनट खोलते ही तीन बार दायें हाथ से अपना माथा पीटा। बिशारत ने पूछा, ''ख़ैर तो है?'' बोला, ''बहुत देर कर दी, इसमें तो कुछ रहा नहीं, सब पुर्ज़े जवाब दे चुके हैं। आपको मुझे छः महीने पहले बुलाना चाहिए था।'' बिशारत ने जवाब दिया कि बुलाता कहां से, ख़रीदे हुए कुल एक महीना हुआ है। बोला, ''तो फिर ख़रीदते समय पूछा होता। आदमी सुराही भी ख़रीदता है तो पहले टन-टन बजाकर देख लेता है, यह तो कार है। आप अधिक ख़र्च नहीं करना चाहते तो मैं फ़िलहाल काम चलाऊ मरम्मत कर देता हूं। बुज़ुर्ग कह गये हैं कि आंखों, गोड़ों में पानी उतर आये तो माजून और चम्पी मालिश कारगर नहीं होती, फिर तो लाठी बैसाखी चाहिए या जवान जोरू।'' बिशारत को उसकी यह बेतकल्लुफ़ी बहुत बुरी लगी, मगर ग़रज़मन्द केवल आईने को मुंह चिढ़ा सकता है।

इसके बाद कार लगातार ख़राब रहने लगी। कोई पुर्ज़ा ठीक नहीं लगता था केवल rear view mirror यानी पीछे आने वाला ट्रेफ़िक दिखाने वाला आईना सही काम कर रहा था। कई बार कार की रफ़्तार गधा-गाड़ी से भी अधिक सुस्त हो जाती, जिसका कारण यह था कि वो उसी में बांध, खींच कर लायी जाती थी।

कार स्टार्ट करने से पहले वो गधा-गाड़ी का किराया और बांधने के लिये रस्सी इत्यादि अवश्य रख लेते थे। इस मशीनी जनाज़े को गलियों में खींचने की प्रक्रिया, जिसे वो tow करना कहते थे, इस हद तक दोहराया गया कि घर में किसी नेफ़े में नाड़े और चारपाई में अदवान न रही। चारपाई पर सोने वाले रात भर करवट-करवट झूला झूलने लगे। नौबत यहां तक पहुंची कि एक दिन बनारस ख़ां चौकीदार की बकरी की ज़ंजीर खोल लाये। मिर्ज़ा कहते ही रह गये कि जो ज़ंजीर बालिश्त भर की बकरी को क़ाबू में न रख सकी। तीन बार 'हरी' हो चुकी है। वो तुम्हारी कार को क्या ख़ाक बांध के रखेगी।

हरफ़न (मस्त) मौला : अलादीन बेचिराग़

ड्राइवर की समस्या अपने-आप इस प्रकार हल हो गयी कि मिर्ज़ा वहीदुज़्ज़मां बेग उर्फ़ ख़लीफ़ा ने, जो कुछ अर्सा पहले उनका तांगा चला चुका था, स्वयं को इस सेवा पर नियुक्त कर लिया। वेतन अलबत्ता दुगना मांगा, कारण यह बताया कि पहले आधे वेतन पर इसलिए काम करता था कि घोड़े का दाना-चारा स्वयं बाज़ार से लाता था। पहले-पहल कार देखी तो बहुत ख़ुश हुआ। इसलिए कि इसकी लम्बाई घोड़े से तीन हाथ अधिक थी। दूसरे इस पर सुब्ह-शाम ख़रेरा करने का झंझट नहीं था। पुश्तैनी पेशा हज्जामी था, लेकिन वो हरफ़न मौला नहीं हरफ़न-मस्त-मौला था। दुनिया का कोई काम ऐसा नहीं था जो उसने न किया हो और बिगाड़ा न हो। कहता था कि जिस ज़माने में वो बर्मा फ्रंट पर जापानियों को पराजित कर रहा था तो उनके सर कुचलने से जो समय बचता, जो कि बहुत कम बचता था, उसमें फ़ौजी ड्राइविंग किया करता था। उसकी सवारियों ने कभी उसकी ड्राइविंग पर नाक-भौंह नहीं चढ़ायी। बड़े-से-बड़ा एक्सीडेंट भी हुआ तो कभी किसी सवारी की मृत्यु नहीं हुई। जिसका कारण यह था कि वो गोरों की मुर्दागाड़ी चलाता था। जो शेख़ी भरी कहानियां वो सुनाता था उनसे ज़ाहिर होता था कि रेज़िमेंट के मरने वालों को उनकी क़ब्र तक पहुंचाने का और जो फ़िलहाल नहीं मरे थे, उनकी हजामत का कर्तव्य उसने अपनी जान पर खेल-खेल कर अंजाम दिया। इस बहादुरी के बदले में एक कांसे का मैडल मिला था जो 1947 के हंगामों में एक सरदार जी ने किरपाण दिखाकर छीन लिया।

ऐसे अभिमान-भरे ग़ुब्बारों में सूई चुभोना बिलकुल आवश्यक नहीं, हां! इतनी पुष्टि हम भी कर सकते हैं कि जब से उसने सुना कि बिशारत कार ख़रीदने वाले हैं, उसने गुल बादशाह ख़ान ट्रक ड्राइवर से कार चलाना सीख लिया। लेकिन यह ऐसा ही था जैसे कोई व्यक्ति लुहार की शागिर्दी करके सुनार का काम शुरू कर दे। ड्राइविंग टेस्ट उस ज़माने में एक एंग्लो-इंडियन सार्जेंट लिया करता था। जिसके सारे परिवार के बाल वो पांच-छ: साल से काट रहा था। ख़लीफ़ा का कहना था कि सार्जेंट ने कोर्ट के पास वाले मैदान में मेरा टेस्ट लिया। टेस्ट क्या था केवल रस्मी ख़ानापूरी कहिये। बोला, "Well! Caliph! कार से इंग्लिश का figure of 8 बना कर दिखाओ। खाली उस एरिया में जहां हम यह लाल झण्डी लिये खरा है। इस लाइन को क्रॉस नईं करना। 8 एकदम रिवर्स में बनाना मांगटा।'' यह सुनते ही मैं भौचक्का रह गया। रिवर्स मैंने सीखा ही नहीं था। गुल बादशाह ख़ान से मैंने एक बार कहा था कि उस्ताद मुझे रिवर्स में भी चलाना सिखा दो तो वो कहने लगा, ''यह मेरे उस्ताद ने नहीं सिखाया, न कभी इसकी आवश्यकता पड़ी। मेरा उस्ताद चिनार गुल ख़ान बोलता था कि शेर, हवाई जहाज़, गोली, ट्रक और पठान रिवर्स गियर में चल ही नहीं सकते।''

''मैंने अपने दिल में कहा कि चुक़न्दर की दुम! मैं अंग्रेज़ी का 8 अंक बना सकता तो तेरे जैसे भालू की हजामत काये को करता, गवर्नर की चम्पी-मालिश करता। क्या बताऊं इस गुनहगार ने कैसे-कैसे पापड़ बेले हैं...

''तो जनाबे-आली! सार्जेंट ने अपने बूट से धरती पर 8 बना कर दिखाया। मैं बेफ़िज़ूल डर गया था। अब पता लगा कि साईसी में जिसे अटेरन कहते हैं, उसे अंग्रेज़ी में

'फ़िगर ऑफ़ 8' कहते हैं। जंगली घोड़े को साधने और उसकी सारी मस्ती निकालने के लिये उसे तेज़ी से दो घड़ी फिरत चक्कर देने को अटेरन कहते हैं। तो ड्राइविंग टेस्ट का यह उद्देश्य है। पर मैं कुछ नहीं बोला, बस जल तू जलाल तू कह के रिवर्स में 8 के बजाय कसे हुए नाड़े की-सी गिरह बनाने लगा कि एकाएक पीछे से सार्जेंट के चीख़ने-चिल्लाने की आवाज़ें आयीं, 'स्टाप! स्टाप! यू इंडियन!' वो अपनी जान बचाने के लिये कार के बम्पर पे लाल झण्डी समेत चढ़ गया था। नाड़े की गिरह में लिपटते-लिपटते यानी कार के नीचे आते-आते बचा। मैंने कहा, 'सर दोबारा टेस्ट के लिये आ जाऊं?' मगर उसने दोबारा टेस्ट लेना मुनासिब न समझा। दूसरे दिन आपके ग़ुलाम को लाइसेंस मिल गया।

"आपकी जूतियों के सदक़े हर कला में निपुण हूं। मुझे क्या नहीं आता। जर्राही (शल्य चिकित्सा) भी की है। एक ऑपरेशन बिगड़ गया तो कान पकड़े। हुआ यूं कि मेरा दोस्त अल्लन अपने मामूं की बेटी पर दिलो-जान से फ़िदा था, पर वो किसी तरह शादी पर तैयार नहीं होती थी। न जाने क्यों अल्लन को यह वहम हो गया कि उसकी बायीं टांग पर जो मस्सा है, उसकी वज्ह से शादी नहीं हो रही। मैंने वो मस्सा काट दिया जो नासूर बन गया। वो लंगड़ा हो गया। वो दिन है और आज का दिन, मैंने सर्जरी नहीं की। वो लड़की आख़िरकार मेरी बीवी बनी। मेरी दायीं टांग पे मस्सा है।"

माहौल पर लाहौल और मार्कोनी की क़ब्र पर...

कार अनेक अंदरूनी तथा बाहरी गुप्त-प्रकट रोगों से पीड़ित थी। एक पुर्ज़े की मरम्मत करवाते तो दूसरा जवाब दे देता। जितना पेट्रोल जलता, उतना ही मोबिल-ऑइल और इन दोनों से दुगना उनका अपना ख़ून जलता। आज क्लच-प्लेट जल गयी तो कल डाइनेमो बैठ गया और परसों गियर-बॉक्स बदलवा कर लाये तो ऐसा महसूस हुआ जैसे कोई सीट के नीचे कुदाल चला रहा है। ख़लीफ़ा ने रोग का निदान किया। "साहब! अब यूनिवर्सल अड़ी कर रहा है।" फिर ब्रेक गड़बड़ करने लगे। मिस्त्री ने कहा, "मॉडल बहुत पुराना है, पुर्ज़े बनने बंद हो गये। आप कहते हैं तो मरम्मत कर दूंगा, मगर मरम्मत के बाद ब्रेक या तो हमेशा लगा रहेगा या खुला रहेगा। सोचकर दोनों में से चूज़ कर लीजिये।" दो सप्ताह पश्चात् ख़लीफ़ा ने सूचना दी कि कार के shock absorbers समाप्त हो गये। वो shock absorbers को shock observers कहता था और सच तो यह है कि अब वो शॉक रोकने के योग्य नहीं रहे थे। अनुभवी बड़े-बूढ़ों की भांति हो गये थे, जो किसी अन्धेरे कोने या सीढ़ियों के नीचे वाली तिकोनी में पड़े-पड़े केवल observe कर सकते हैं। जो नालायक़ दिखायें सो लाचार देखना। यह मंज़िल आत्मज्ञान की है। जब इंसान अपनी आंख से बेहूदा-से-बेहूदा हरकत और करतूत देखकर न दुःखी हो, न क्रोध में आये और न माहौल पर लानत भेजे तो इसके दो कारण हो सकते हैं। पहले हम दूसरा कारण बतायेंगे—वो यह कि वह बुज़ुर्ग अनुभवी, पारखी, गम्भीर और क्षमाशील हो गया है और पहला कारण यह कि हरकत उसकी अपनी ही है।

एक दिन ग्यारह बजे रात को कहीं से वापसी में क़ब्रिस्तान के सामने से गुज़र

रहे थे कि अचानक हॉर्न की आवाज़ में कम्पन पैदा हुआ। घुंघरू-सा बोलने लगा। स्वयं उनकी आंखों के सामने अन्धेरा छा गया कि हैड लाइट की रौशनी जा चुकी थी। ख़लीफ़ा ने कहा, "जनाबे-आली! बैटरी जवाब दे रही है।" उन्हें आश्चर्य हुआ, क्योंकि वो रोज़ अपनी लकड़ी की दुकान पर पहुंचते ही बैटरी को कार से निकाल कर आरा मशीन में जोड़ देते थे ताकि आठ घंटे तक चार्ज होती रहे। शाम को घर पहुंचते ही उसे निकालकर अपने रेडियो से जोड़ देते जो केवल कार बैटरी से चलता था। फिर रात को बारह-एक बजे जब रेडियो प्रोग्राम समाप्त हो जाते तो उसे रेडियो से अलग करके वापस कार में लगा देते। इस तरह बैटरी आठ-आठ घण्टे की—तीन शिफ़्टों में तीन अलग-अलग चीज़ों से जुड़ी रहती थी। जवाब न देती तो क्या करती। बिलकुल कन्फ़्यूज़ हो जाती थी। हमने स्वयं देखा कि उनके रेडियो से तय कार्यक्रम की बजाय अक्सर आरा मशीन की आवाज़ें प्रसारित होती रहती थीं। जिन्हें वो पक्का राग समझकर एक अर्से तक सर धुना किये। इसी प्रकार कार के इंजन से मोटर की ख़राबी की रेडियाई आवाज़ें आने लगी थीं। अजीब घपला था, रात को पिछले पहर के सन्नाटे में जब अचानक अजीब-अजीब आवाज़ें आने लगतीं तो घरवाले यह नहीं बता सकते थे कि वो रेडियो की हैं या कार की या आरा मशीन में क़व्वाल फंस गया है। उन बेचारों की मजबूरी क्षमा-योग्य थी, इसलिए कि इन आवाज़ों का स्रोत दरअस्ल वो गला था जिससे बिशारत ख़र्राटे ले रहे होते थे। एक और मुसीबत यह कि जब तक रेडियो स्टेशन बंद न हो जाता, तीन-चार पड़ोसी उनकी छाती पर सवार कार्यक्रम सुनते रहते। बिशारत इस दुःखदायी आविष्कार से सख़्त नफ़रत करने लगे थे। सम्भवतः ऐसी ही परिस्थितियों और ऐसे ही ब्लैक मूड में अंग्रेज़ी कवि फ़िलिप लोर्केन ने कहा था कि मार्कोनी की क़ब्र पर पब्लिक टॉयलट बना देना चाहिए।

सौदावी (वात-संबंधी विकार) और सूबाई (प्रान्तीय) स्वभाव के चार पहिये

कुछ रोज़ से जब गर्मी ने तेज़ी पकड़ी तो चारों पहियों का स्वभाव सौदावी और सूबाई हो गया। मतलब यह कि चारों पहिये चार अलग दिशाओं में जाना चाहते और स्टेयरिंग व्हील पहियों की इच्छानुसार घूमने लगता था। ख़लीफ़ा से पूछा, "अब यह क्या हो रहा है?" उसने बताया, "हुज़ूर! इसे वॉबलिंग (wobbling) कहते हैं।" उन्होंने इत्मीनान की लम्बी सांस ली। रोग का नाम मालूम हो जाये तो तकलीफ़ तो दूर नहीं होती, उलझन दूर हो जाती है। थोड़ा बाद यह सोच कर मुस्कुरा दिये कि कार यह चाल चले तो wobbling, राजहंस चले तो waddling, नागिन चले तो wriggling और नारी चले तो wiggling

यह किनारा चला कि नाव चली
वाह क्या बात ध्यान में आयी

इस बार वो स्वयं भी वर्कशॉप गये। मिस्त्री ने कहा, "ज़ंग से साइलेंसर भी झड़ने वाला है।" उसने सलाह दी कि "अगले महीने जब नया हॉर्न फ़िट करायें तो साइलेंसर भी बदलवा लें, इस समय तो यह अच्छा-ख़ासा हॉर्न का काम दे रहा है।" बिशारत ने झुंझलाकर पूछा, "इसका कोई पुर्ज़ा काम भी कर रहा है या नहीं?" मिस्त्री पहले तो सोच में पड़ गया, फिर जवाब दिया कि mileometer दुगनी रफ़्तार से काम कर रहा है! दरअस्ल अब कार की कार्यक्षमता बल्कि कार्य-अक्षमता Murphy's law (any thing that can go wrong will go wrong) के ठीक अनुसार हो गयी थी। इस सूरत में सरकार तो चल सकती है, कार नहीं चल सकती।

ऊंट तराना

लगातार मरम्मत के बावजूद ब्रेक दुरुस्त न हुए, लेकिन अब इनकी कमी महसूस नहीं होती थी। इसलिए कि इनके इस्तेमाल की नौबत ही नहीं आती थी। जिस जगह ब्रेक लगाना हो कार उससे एक मील पहले ही रुक जाती थी। बिशारत ने तो जब से ड्राइविंग सीखनी शुरू की, वो बिजली के खम्बों से ब्रेक का काम ले रहे थे। खम्बों के इस्तेमाल पर इनका कई कुत्तों से झगड़ा भी हुआ, मगर अब कुछ कुत्तों ने चमकती व्हील-कैप से खम्बे का काम लेना शुरू कर दिया था। वो अपने-आप को गर्दन मोड़-मोड़ कर व्हील-कैप में देखते भी जाते थे। हाल ही में बिशारत ने यह भी नोटिस किया कि कार कुछ अधिक ही संवेदनशील हो गयी है। सड़क क्रॉस करने वाले की गाली से भी रुकने लगी है। अगर गाली अंग्रेज़ी में हो वो आहिस्ता-आहिस्ता ख़ुश ख़िरामी (अच्छी रफ़्तार) से सुबुक ख़िरामी (तेज़ी की रफ़्तार) और मस्त ख़िरामी (मज़े की रफ़्तार) फिर आहिस्ता ख़िरामी (हल्की रफ़्तार) और अंत में मख़िरामी (न चलना) की मंज़िलों से गुज़र कर अब निरी नमकहरामी पर उतर आती थी। उसकी चाल अब उन अड़ियल ऊंटों से मिलने लगी जिसका चित्रण किपलिंग ने ऊंटों के marching song में किया है। जिसकी तान इस पर टूटती है :

Can't! Don't! Shan't! Won't!

निःसंदेह यह तान इस योग्य है कि तीसरी दुनिया के देश, जो किसी प्रकार आगे नहीं बढ़ना चाहते, इसे अपना राष्ट्रगान बना लें।

'स्टुपिड काउ' से संवाद

ढाई-तीन महीने तक बिशारत का सारा समय, मेहनत, कमाई, दुआयें और गालियां नाकारा कार पर ख़र्च होती रहीं। अभी बलबन का घाव पूरी तरह नहीं भरा था कि एक और आफ़त आन पड़ी। बक़ौल उस्ताद क़मर जलालवी

अभी खा के ठोकर संभलने न पाये
कि फिर खायी ठोकर संभलते-संभलते

कार अब अपनी मर्ज़ी की मालिक हो गयी थी। जहां चलना चाहिए, वहां ढिठाई से खड़ी हो जाती और जहां रुकना होता वहां ख़ामख़ा चलती रहती। मतलब यह कि चौराहे और सिपाही के ग्रीन सिग्नल पर खड़ी हो जाती परन्तु बम्पर के सामने कोई राहगीर आ जाये तो उसे इग्नोर करती हुई आगे बढ़ जाती। जिस सड़क पर निकल जाती, उसका सारा ट्रैफ़िक उसके चलने और रुकने के हिसाब से चलता-रुकता था।

थक हारकर बिशारत उसी मेम के पास गये और ख़ुशामद की कि ख़ुदा के लिये पांच सौ कम में भी यह कार वापस ले लो। वो किसी प्रकार न मानी। उन्होंने अपनी फ़र्ज़ी दरिद्रता और उसने अपने वैधव्य का वास्ता दिया। इंसाफ़ की उम्मीद न रही तो रहम की

अपील में ज़ोर पैदा करने के लिये दोनों अपने-आपको एक-दूसरे से अधिक बेचारा और बेसहारा साबित करने लगे। दोनों परेशान थे, दोनों दुखी और मुसीबत के मारे थे, लेकिन दोनों एक-दूसरे के लिये पत्थर का दिल रखते थे। बिशारत ने अपनी आवाज़ में बनावटी दर्द और जल्दी-जल्दी पलकें पटपटा कर आंखों में आंसू लाने चाहे, मगर उलटा हँसी आने लगी। मजबूरी में दो-तीन बेहद दर्दनाक, परन्तु एकदम फ़र्ज़ी दृश्य (अपने मकान और दुकान की क़ुर्क़ी और नीलामी का दृश्य, ट्रैफ़िक की दुर्घटना में अपनी असमय मृत्यु और इसकी ख़बर मिलते ही बेगम का झट से सफ़ेद मोटी मलमल का दुपट्टा ओढ़कर छन-छन चूड़ियाँ तोड़ना और रो-रो कर अपनी आंखें सुजा लेना) आंखों में भर कर रोने का प्रयास किया। लेकिन न दिल पिघला, न आंख से आंसू टपका। जीवन में पहली बार उन्हें अपने सुन्नी होने पर क्रोध आया। सहसा उन्हें अपने इन्कम-टैक्स के नोटिस का विचार आ गया और उनकी घिग्घी बंध गयी। उन्होंने गिड़गिड़ाते हुए कहा कि "मैं आप से सच कहता हूं, अगर यह कार कुछ दिन और मेरे पास रह गयी तो मैं पागल हो जाऊंगा या बेमौत मर जाऊंगा।"

यह सुनते ही मेम पिघल गयी, आंखों में दुबारा आंसू भर के बोली, "आपके बच्चों का क्या बनेगा जिनकी ठीक संख्या के बारे में भी आपको शक है कि सात हैं या आठ। सच तो यह है कि मेरे पति की हार्ट-अटैक से मौत भी इसी मनहूस कार के कारण हुई और उन्होंने इसी के स्टेयरिंग व्हील पर दम तोड़ा।"

उनके मुंह से बरबस निकला कि इससे तो बेहतर था मैं घोड़े के साथ ही गुज़ारा कर लेता। इस पर वो चौंकी और बड़ी बेसब्री से पूछने लगी—

"Your mean! a real horse?"

"Yes of course! why?"

"मेरे पहले पति की मृत्यु घोड़े से गिरने से हुई थी। वो भला-चंगा पोलो खेल रहा था कि घोड़े का हार्ट फ़ेल हो गया। घोड़ा उस पर आ गिरा। वो मुझे बड़े प्यार से stupid cow कहता था।" उसकी एंग्लो सेक्सन ब्लू ग्रे आंखों में सचमुच के आंसू तैर रहे थे।

वैसे बिशारत बड़े नर्म दिल के हैं। जवान औरत की आंखों में इस तरह आंसू देख कर उनके दिल में उसके आंसुओं को रेशमी रूमाल से पोंछने और उसकी विधवा की स्थिति तुरन्त समाप्त करने की तीव्र इच्छा जागी—

कि बने हैं दोस्त नासेह

इंसान का कोई काम बिगड़ जाये तो नाकामी से इतनी उलझन नहीं होती जितनी उन बिनमांगे मशवरों और नसीहतों से होती है, जिन्हें हर वो शख़्स देता है जिसने कभी इस काम को हाथ तक नहीं लगाया। किसी ज्ञानी ने कैसे पते की बात कही है कि कामयाबी का सबसे बड़ा फ़ायदा यह है कि आपको कोई मशवरा देने का साहस नहीं कर सकता। हम अपने छोटे मुंह से न बड़ी बात कह सकते हैं, न छोटी। इसलिए यह नहीं बता सकते कि हम कामयाब हैं या नाकाम लेकिन इतना अता-पता बताये देते हैं कि अगर हमारे स्क्रू और ढिबरियां लगी होतीं तो हमारे सारे मित्र, परिचित, शुभचिंतक, सब काम-धन्धे

छोड़-छोड़, अपने-अपने पेचकस और पाने (spanners) लेकर हम पर पिल पड़ते। एक अपने चौकोर पाने से हमारी गोल ढिबरी खोलने का प्रयास करता, दूसरा तेल देने के सूराख़ में हथौड़े से स्क्रू ठोक देता, तीसरा दिन-रात की मेहनत से हमारे तमाम स्क्रू और 'टाइट' कर देता। आख़िर में सब मिलकर हमारे सारे स्क्रू और ढिबरियां खोलकर फेंक देते, महज़ यह देखने के लिये कि हम इनके बिना भी केवल दोस्तों की इच्छा-शक्ति से चल-फिर और चर-चुग सकते हैं या नहीं। हमारी और उनकी सारी उम्र इस खुड़पेच में समाप्त हो जाती। कुछ ऐसा ही हाल मियां बिशारत का कार के हर ब्रेकडाउन के बाद होता था। उन्हें बड़ी संख्या में ऐसी नसीहतें सुननी पड़तीं जिनमें कार की ख़राबियों के बजाय उनकी अपनी कमियों की ओर ऐसे इशारे होते, जिन्हें समझने के लिये बुद्धिमान होना आवश्यक नहीं। उधर पैदल चलने वाले बिशारत को देख-देख कर शुक्र करते कि हम कितने भाग्यशाली हैं कि कार नहीं रखते।

नसीहत करने वालों में केवल हाजी अब्दुर्रहमान अली मुहम्मद बांटू वाले ने काम की बात कही। उसने नसीहत की कि कभी किसी बुज़ुर्ग की मज़ार, इन्कम टैक्स के दफ़्तर या डॉक्टर के प्राइवेट क्लीनिक में जाना हो तो कार एक मील दूर खड़ी कर दो। एक सप्ताह पहले से पान खाने के बाद दांत साफ़ करना बंद कर दो। मुंह के दोनों ओर रेखाओं में पीक के ब्रेकेट लगे रहने दो और चार दिन के पहने हुए कपड़े और इतनी ही मुद्दत की बढ़ी हुई शेव लेकर उनके सामने जाओ। अगर फ़ैक्ट्री के मालिक हो तो रेहड़ी वाले का-सा हुलिया बना लो "नईं तो साला लोग एकदम चमड़ी उतार लेंगा और कोरे बदन पे नमक-मिर्ची लगा हवा बन्दर को भेज देंगा। ऐ भाई! हम तुमारे को बोलता है, कभी इन्कम-टैक्स अफ़सर, पुलिस, जवान जोरू और पीर-फ़क़ीर के पास जाओ तो सोल्ज़र की माफ़िक़ ख़ाली हाथ हिलाते, डबल मार्च करते नईं जाओ, हमेशा कोई डाली, कुछ माल-पानी, कुछ नज़र-नज़राना ले के जाओ। नईं तो साला लोग खड़े-खड़े खाल खिंचवा के उसमें अख़बार की रद्दी भरवा देंगा। सब्ज़ा (सौ रुपये का नोट) देख के जिसकी आंख में टू हंड्रेड केंडल पॉवर का चमकारा नईं आये तो समझो, साला सोलह आने कलर ब्लाइंड है या औलिया अल्लाह बनेला है। नईं तो फिर होये न होये बैंक का गवर्नर है जो नोटों पर दस्खत करता है।"

नीम की निंदा में संवाद

कभी ऐसा भी होता कि कार की बुराइयों पर से पर्दा उठाते-उठाते ख़लीफ़ा अपनी कर्म-कुण्डली खोल के बैठ जाता और अपनी करतूतों को करिश्मों की तरह बयान करने लगता। यह तो कोई स्वभाव समझने वाला ही बता सकता था कि सच्चाई कह रहा है या अतृप्त इच्छाओं के मैदान में विचारों के घोड़े दौड़ा रहा है। एक दिन फ़क़ीर मुहम्मद रसोइये से कहने लगा, "आज तो सईद मंज़िल के सामने हमारी घोड़ी (कार) बिलकुल बावली हो गयी। हर पुर्ज़ा अपना-अपना राग अलापने लगा। पहले तो इंजन गर्म हुआ, फिर radiator, जिसके लीक को मैंने साबुन की लुगदी से बंद कर रखा था, फट गया। फिर पिछला टायर लीक करने लगा। मैंने हवा भरने के लिये कार की ही उम्र का पम्प निकाला तो मालूम है क्या हुआ!

पता चला कि पम्प से हवा लीक कर रही है। फ़ैन बेल्ट भी गर्मी से टूट गयी। अंग्रेज़ की सवारी में रहने से इसका मिज़ाज सौदावी (वात रोग संबंधी) हो गया है। हक़ीम फ़हीमुद्दीन आगरे वाले कहा करते थे कि स्त्री सौदावी स्वभाव की हो तो पुरुष आतिशी (अग्नि संबंधी) मिज़ाज का चाहिए ही चाहिए। यार! आतिशी मिज़ाज पे याद आया, अब्दुल रज्जाक़ छैला को, अबे! वही छैला, नाज़ सिनेमा का गेट कीपर, उसी को गुप्त रोग हो गया है। साला अपने अंजाम को पहुंचा। कहता है अंग्रेज़ी फ़िल्में देखने, गुड़ की गज़क खाने और नूरजहां के गानों से ख़ून गर्मी खा गया है। पुराने ज़माने में हमारे यहां यह नियम था, पता नहीं तेरी तरफ़ था कि नहीं कि तमाशबीनी के चक्कर में किसी को ऐसा रोग हो जाये तो उसे टख़नों से एक बालिश्त ऊंचा तहमद बंधवा के नीम की टहनी हाथ में थमा देते थे। जवानी में मैंने अच्छे-अच्छे शरीफ़ लोगों को मुहल्ले में हरी झण्डी लिये फिरते देखा है। मशहूर था कि नीम की टहनी से छूत की बीमारी नहीं लगती, पर मेरे विचार से तो केवल ढिंढोरा पीटने के लिये यह ढोंग रचाते थे। ख़ून और तबियत साफ़ करने के लिये मरीज़ को ऐसा कड़वा चिरायता पिलाया जाता था कि हल्क़ से एक घूंट उतरते ही पुतलियां ऊपर चढ़ जातीं। अगले वक़्तों में इलाज में सज़ा छुपी होती थी। मौलवी याक़ूबअली नक़्शबादी कहा करते थे कि इसीलिए देसी (यूनानी) इलाज को हिकमत कहते हैं!"

"यार उन दिनों साले नीम ने भी जान आफ़त में कर रखी थी। ग़रीबों को यह रईसों का रोग लग जाये या मामूली फोड़े-फुंसियां निकल आयें तो गांव क़स्बे के हकीम शुरू से आख़िर दम-तलक नीम ही से इलाज करते थे। सारी दवायें नीम से ही बनती थीं। नीम के साबुन से नहलवाते। नीम की निंबौली और छाल का लेप बताते। नीम का मरहम लगाते। नीम की सींकों और सूखे पत्तों की धूनी देते। जवान ख़ून अधिक गर्मी दिखाये तो नीम के बौर और कोंपलों का रस पिलाते। नीम के गोंद की दवा चटाते। निंबोली का पाउडर ज़ह्र-मार कराते। हर खाने से पहले नीम की दातुन करवाते ताकि हर खाने में उसी का मज़ा आये। ख़ून साफ़ करने के बहाने जोंकों को आये दिन सेरों ख़ून पिलवा देते। यहां तक कि अगला एकदम चुसा आम हो जाता और हरमज़दगी तो दूर नमाज़ भी पढ़ता तो घुटने चट-चट चटख़ने लगते। नासूर को नीम के गर्म पानी से धारते ताकि रोग के कीटाणु मर जायें और रोगी कीटाणुओं से पहले ही हकीम को प्यारा हो जाये तो घड़े में नीम के पत्ते उबाल, शव को नहला के जनाज़ा नीम के नीचे रख देते। फिर ताज़ा क़ब्र पे तीन डोल पानी छिड़क के सिरहाने नीम की टहनी गाड़ देते। दफ़्ना के घर आते तो मरने वाले की विधवा की सोने की लौंग उतरवा कर उसी नीम की सींक नाक में पहना दी जाती, जिसमें झूला डाल के वो कभी सावन में झूला करती थी। फिर उसे सफ़ेद दुपट्टा उढ़ाते और एक हाथ में सरौता और दूसरे में कव्वे उड़ाने के लिये नीम की झण्डी थमा कर नीम की छांव तले बिठा देते।"

ख़लीफ़ा की पापबीती

ख़लीफ़ा की मुसीबत यह थी कि एक बार शुरू हो जाये तो रुकने का नाम नहीं लेता था। बूढ़ा हो चला था, परन्तु उसकी डींगों से ऐसा लगता था कि बुढ़ापे ने फ़ैंटेसी को भी सच बना दिया था कि बस सब मान लेते थे और यह कोई अनोखी बात नहीं थी।

एक पुरानी कहावत है कि बुढ़ापे में मनुष्य की यौन-शक्ति ज़बान में आ जाया करती है। उसकी शेख़ी-भरी कहानी सच्ची हो या न हो, कहानी कहने का ढंग सच्चा और खरा था। उससे सीधे-सादे सुनने वाले ऐसे सम्मोहित होते थे कि ध्यान ही न आता कि सच बोल रहा है या झूठ। बस जी चाहता यूं ही बोले चला जाये। ख़लीफ़ा की कहानी उसी की ज़बानी जारी है। हमने केवल नयी हैडिंग लगा दी है।

"और यार फ़क़ीरा! गुलबिया नटनी तो जानो आग-भरी छछूंदर थी। उचटती-सी भी नज़र पड़ जाये तो झट नीम की टहनी हाथ में थमा देती थी। यार! झूठ नहीं बोलूंगा। क़यामत के दिन अल्लाह मियां के अलावा अब्बा जी को भी मुंह दिखाना है। अब तुमसे क्या पर्दा, मैं कोई पीर-पयम्बर तो हूं नहीं। गोश-पोश का इंसान हूं और जैसा कि मौलवी हशमतुल्लाह कहते हैं, 'इंसान ग़लतियों का पुतला है।' तो यार! हुआ यूं कि नीम की टहनी मुझे भी लहरानी पड़ी। मीठा बरस भी नहीं लगा था। सत्रहवां चल रहा था कि काण्ड हो गया। पर यक़ीन जानो तमीज़न एक नंबर की शरीफ़ औरत थी। ऐसी-वैसी नहीं, ब्याही-त्याही थी। पड़ोस में रहती थी। सच तो यह है कि मैंने जवानी और पड़ोसी के घर में एक साथ ही क़दम रखा। उम्र में मुझसे बीस नहीं तो पन्द्रह बरस ज़रूर बड़ी होगी पर बदन जैसे कसी-कसायी ढोलक। हवा भी छू जाये तो बजने लगे। मैं उसके मकान की छत पर पतंग उड़ाने जाया करता था। वो मुझे आते-जाते कभी गज़क तो कभी अपने हाथ का हलवा खिलाती। जाड़े के दिन थे। उसका आदमी उससे बीस नहीं तो पंद्रह बरस तो ज़रूर ही बड़ा था, औलाद का तावीज़ लेने फ़रीदाबाद गया हुआ था। खी...खी...खी...खी..., मैं चार पतंगें कटवा के चर्ख़ी बग़ल में दबाये छत पे से उतरा तो देखा वो छिदरे बानों की चारपाई की आड़ करके नहा रही है। आंखों में अब तलक बान की जालियों के पीछे का नज़ारा बसा हुआ है। मुझे आते देखकर एकदम अलिफ़ नंगी खड़ी हो गयी। यार! तुझे क्या बताऊं, मेरी रग-रग में फुलझड़ियां छूटने लगीं। घड़ी भर में उलट के रख दिया। गज़क की तासीर गर्म होती है।"

"मेरी बीमारी का भांडा फूटा तो अब्बा, अल्लाह उनको करवट-करवट जन्नत बख़्शे, आपे से बाहर हो गये। जूता तानकर खड़े हो गये। कहने लगे, "तू मेरी औलाद नहीं! मेरे सामने से हट जा, नहीं तो अभी गर्दन उड़ा दूंगा।" हालांकि तलवार तो दूर, घर में भोंटी (कुंद) छुरी तलक न थी, जिससे नकटे की नाक भी कट सके। फिर मैं उनसे क़द में डेढ़ बालिश्त बड़ा था, पर उनका इतना रुआब था कि मैं अपने रंगीन तहमद में थर-थर कांप रहा था। मां मेरे और उनके बीच ढाल बन के खड़ी हो गयी और उनका हाथ पकड़ लिया। मुझे एक-एक बात याद है। बीच-बचाव कराने में चूड़ियां टूटने से मां की कलाई से ख़ून टपकने लगा। दिन-रात मेहनत-मज़दूरी करती थी। जहां तक मेरी छुटपन की याददाश्त काम करती है। मैंने उसके चेहरे पर हमेशा झुर्रियां ही देखीं। आंसू उसकी झुर्रियों से रेख-रेख बह रहे थे। मुझे आज भी ऐसा लगता है जैसे मां के आंसू मेरे गालों पे बह रहे हैं। वो कहने लगीं, 'अल्लाह क़सम! मेरे लाल पे दुश्मनों ने झूठा इल्ज़ाम लगाया है।' मैंने अब्बाजी से बहुत कहा कि 'पुराने बाजरे की खिचड़ी और पाल के आम खाने से गर्मी चढ़ गयी है। सुनिये तो सही, काले घोड़े की नंगी पीठ पे बैठने से

मुझे यह रोग लगा है। तुखमरैयां (एक पौधे के बीज, गर्मियों में फ़ालूदे में डाल कर पीते हैं) से गर्मी निकल जायेगी।' पर वो भला मानने वाले थे! कहने लगे, 'अबे तुखमरैयां के बच्चे! मैंने गुड़िया नहीं खेली हैं। तूने नाइयों की इज़्ज़त ख़ाक में मिला दी, बुज़ुर्गों की नाक कटवा दी।' मां के अलावा किसी ने मेरी बात पर भरोसा नहीं किया। छोटे भाई रोज़ मुझसे झगड़ने लगे, इसलिए कि मां ने उनके और अब्बा के आम और घी में तरतराती बाजरे की खिचड़ी बंद कर दी थी। यार फ़क़ीरा! कभी-कभी सोचता हूं कि अल्लाह मियां को अपने बन्दों से इतनी भी मुहब्बत हुई जितनी मेरी अनपढ़ मां को मुझसे थी तो अपना बेड़ा पार जानो। हश्र के दिन सारे गुनाह माफ़ कर दिये जायेंगे और मौलवियों की खिचड़ी और आम बंद हो जायेंगे! इंशाअल्लाह!''

''ख़ैर और तो जो कुछ हुआ सो हुआ, पर मेरे फ़रिश्तों को भी पता नहीं था कि तमीज़न पर मेरे चचा जान किसी ज़माने में मेहरबान रह चुके हैं। जवानी क़सम! थोड़ा भी शक गुज़रता तो मैं अपना दिल मार के बैठ रहता। बुज़ुर्गों की शान में गुस्ताख़ी न करता। यार! जवानी में यह हालियत थी कि नब्ज़ पे उंगली रखो तो हथौड़े की तरह चोट लगती थी। शक्ल भी मेरी अच्छी थी। ताक़त का यह हाल कि किसी लड़की की कलाई पकड़ लूं तो उसका छुड़ाने को जी न चाहे। ख़ैर! वो दिन हवा हुए। मैं कह रहा था कि इलाज रोग से कहीं अधिक जानलेवा था। बाद को गर्मी छांटने के लिये मुझे दिन में तीन बार ये बड़े-बड़े पियाले ठंडाई, धनिये के अर्क़ और क़तीरा गोंद के पिलाये जाते। दोनों समय फीकी रोटी, हरे धनिये की बिना नमक-मिर्च की चटनी के साथ खिलायी जाती। अब्बा को इस घटना से बहुत दुःख पहुंचा। शक्की तो थे ही, कभी ख़बर आती कि शह्र में किसी जगह लावारिस बच्चा पड़ा मिला है तो अब्बा मुझी को आग-भभूका नज़रों से देखते। उन्हें मुहल्ले में कोई लड़की तेज़-तेज़ क़दमों से जाती नज़र आ जाये तो समझते कि हो न हो मैं पीछा कर रहा हूं। उनकी सेहत तेज़ी से गिरने लगी। दुश्मनों ने मशहूर कर दिया कि तमीज़न ने एक ही रात में दाढ़ी सफ़ेद कर दी। स्वयं उनका भी यही विचार था। उन्होंने मुझे शर्मिंदा करने के लिये रेलवाई गार्ड की झण्डी से भी अधिक लहूलुहान रंग का तहमद बंधवा दिया और टहनी के बजाय नीम का पूरा गुद्दा-मेरे क़द से भी बड़ा-मुझे थमा दिया। मैंने संक्रात के दिन उससे आठ पतंगें लूटीं। लड़कपन बादशाही का ज़माना होता है। उस ज़माने में कोई हज़रत सुलैमान का तख़्त, हुदहुद, (पक्षी जिसके सर पे ताज होता है) महारानी साब के साथ भी दे देता तो वो ख़ुशी नहीं होती जो एक पतंग लूटने से होती थी। यार! किसी दिन तले मखाने तो खिला दे। मुद्दतें हुईं मज़ा तक याद नहीं रहा। मां बड़े मज़े के बनाती थी। फ़क़ीरा मैंने अपनी मां को बड़ा दुःख दिया।'' अपनी मां को याद करके ख़लीफ़ा की आंखों में एकाएक आंसू आ गये।

बुज़ुर्गों का क़त्ले-आम

ख़लीफ़ा अपने वर्तमान पद और कर्तव्यों के लिहाज़ से कुछ भी हो, उसका दिल अभी तक घोड़े में अटका हुआ था। एक दिन वो दुकान के मैनेजर मौलाना करामत हुसैन से कहने लगा कि ''मौलाना हम तो इतना जानते हैं कि जिस बच्चे के चपत और जिस सवारी के

चाबुक़ न मार सको वो क़यामत के दिन तलक क़ाबू में नहीं आने की। नादिरशाह बादशाह तो इसीलिए हाथी के हौदे से कूद पड़ा और झुंझल में आ के क़त्ले-आम करने लगा। हमारे सारे बुज़ुर्ग क़त्ले-आम में गाजर-मूली की तरह कट गये। गोद के बच्चों तक को बल्लम से छेद के एक तरफ़ को फेंक दिया। एक मर्द ज़िन्दा नहीं छोड़ा।'' मौलाना ने नाक की नोक पर रखी हुई ऐनक के ऊपर से देखते हुए पूछा, ''ख़लीफ़ा, पिछले पांच सौ साल में कोई लड़ाई ऐसी नहीं हुई जिसमें तुम अपने बुज़ुर्गों को चुन-चुन कर न मरवा चुके हो। जब क़त्ले-आम में तुम्हारा बीज ही मारा गया, जब तुम्हारे सारे बुज़ुर्ग एक-एक करके क़त्ल कर दिये गये तो अगली पीढ़ी पैदा कैसे हुई?'' बोला, ''आप जैसे अल्लाह वाले लोगों की दुआओं से!''

बुज़ुर्गों में सर्वाधिक गर्व अपने दादा पर करता था। जिसके सारे जीवन का इकलौता कारनामा ये लगता था कि पिचासी वर्ष की उम्र में भी सूई में धागा पिरो लेता था। ख़लीफ़ा इस कारनामे से इतना संतुष्ट, बल्कि प्रभावित था कि यह तक नहीं बताता था कि सूई पिरोने के बाद दादा उससे करता क्या था।

कार की काया पलट

एक दिन राब्सन रोड के तिराहे के पास कार का ब्रेकडाउन हुआ। उसी समय उसमें गधागाड़ी जोत कर लॉरेंस रोड ले गये। इस बार मिस्त्री को भी रह्म आ गया। कहने लगा, ''आप शरीफ़ आदमी हैं, कब तक बर्बाद होते रहेंगे। ओछी पूंजी व्यापारी को और मनहूस सवारी मालिक को खा जाती है। कार के नीचे आकर आदमी मरते तो हमने भी सुने थे लेकिन यह डायन तो अंदर बैठे आदमी को खा गयी! मेरा कहना मानें, इसकी बॉडी कटवा कर ट्रक की बॉडी फ़िट करवा लें। लकड़ी लाने, ले जाने के काम आयेगी। मेरे साले ने बॉडी बनाने का कारख़ाना नया-नया खोला है। आधे दामों में आपका काम हो जायेगा। दो सौ रुपये में इंजन की reboring मैं कर दूंगा, औरों से पौने सात सौ लेता हूं। काया पलट के बाद आप पहचान नहीं सकेंगे।

यह उसने कुछ ग़लत नहीं कहा था। नयी बॉडी फ़िट होने के बाद कोई पहचान नहीं सकता था कि यह है क्या? आरोपियों को अदालत ले जाने वाली हवालाती वैगन? कुत्ते पकड़ने वाली गाड़ी? बूचड़ख़ाने से थलथलाती रासें लाने वाला ख़ूनी ट्रक? इस शक्ल की या इससे दूर-परे की समानता रखती हुई कोई चीज़ उन्होंने आज तक नहीं देखी थी। मिस्त्री ने विश्वास दिलाया कि आप इसे दो-तीन महीने सुब्ह-शाम लगातार देखते रहेंगे तो इतनी बुरी नहीं लगेगी। इस पर मिर्ज़ा बोले कि तुम भी कमाल करते हो, ये कोई बीवी थोड़ी है! पुरानी कार यानी नये ट्रक के पीछे ताज़ा पेंट किया गया निर्देश ''चल रे छकड़े तेनू रब दी आस'' पर उन्होंने उसी समय पुचारा फिरवा दिया। दूसरे फ़िक़रे पर भी उन्हें आपत्ति थी। इसमें जगत यार यानी ''पप्पू यार'' को चेतावनी दी गयी थी कि तंग न करे। चौधरी करमदीन पेंटर ने समझौते के अंदाज़ में कहा कि जनाबे-आली अगर आपको यह नाम पसंद नहीं तो बेशक अपनी तरफ़ का कोई मनपसंद नाम लिखवा लीजिये। इसी प्रकार उन्होंने इस शे'र पर भी सफ़ेदा फिरवा दिया—

मुद्दई लाख बुरा चाहे तो क्या होता है
वही होता है जो मंज़ूरे-ख़ुदा होता है

इस सुधार के बाद भी जो कुछ शेष रह गया वो ख़ुदा को मंजूर हो तो हो, उन्हें बिलकुल मंजूर नहीं था परंतु भौंडी बॉडी से अलग, रिबोरिंग के बाद जब वो चली तो सारी कुढ़न दूर हो गयी। अब वो स्टार्ट होने और चलने में ऐसी अनावश्यक फुर्ती और नुमाइशी चुस्ती दिखाने लगी जैसे रिटायर्ड लोग नौकरी में एक्सटेंशन से पहले या कुछ बुड्ढे दूसरी शादी के बाद दिखाते हैं। बाथरूम में भी जॉगिंग करते हुए जाते हैं। ज़ीने पर दो-दो सीढ़ियां फलांगते चढ़ते हैं। पहले दिन सुब्ह नौ बजे से शाम के छः बजे तक इस ट्रक-नुमा कार या कार-नुमा ट्रक से लकड़ी की डिलीवरी होती रही। कार की दिन-भर की आमदनी यानी 45 रुपये (जो आज के 450 रुपये के बराबर थे) को पहले उन्होंने 30 दिन और बाद में 12 महीने से गुणा किया तो हासिल 16200 रुपये निकला। दिल ने कहा, 'जब कार की कुल क़ीमत 3483 रुपल्ली है! पगले! इसे गुज़र प्राप्ति नहीं, जीवन प्राप्ति कहो!' वो बड़ी देर तक पछताया किये, कि कैसी मूर्खता थी, इससे बहुत पहले कार को ट्रक में क्यों न परिवर्तित करवा लिया। मगर हर मूर्खता का एक समय निश्चित है। अचानक 'वही होता है जो मंज़ूरे-ख़ुदा होता है' उनके ज़ह्न में आया और वो अनायास मुस्कुरा दिये।

मेरा भी तो है!

तीन-चार सप्ताह गाड़ी किसी तरह चली, हालांकि किराये का वो आनन्ददायक औसत न रहा। नौ-दस बार वर्कशॉप भेजनी पड़ी। मिस्त्री ने पूरे एक महीने की गारंटी दी थी। अलबत्ता गधा-गाड़ी वाला रोज़ सुब्ह पता करने आता कि आज कहां और किस समय आऊं। फिर एक दिन ऐसा हुआ कि बिशारत ने उस पर दो ग्राहकों की ख़रीदी हुई सात हज़ार रुपये की लकड़ी लदवा कर ख़लीफ़ा को दस बजे डिलीवरी के लिये रवाना कर दिया। कोई दो बजे होंगे कि वो हांफ़ता-कांपता आया। बार-बार अंगोछे से आंखें पोंछकर नाक से सुड़-सुड़ कर रहा था। कहने लगा, "सरकार! मैं लुट गया, बर्बाद हो गया, अल्लाह मुझे उठा ले।" बिशारत समझ गये कि इसकी सदा रोगी बीवी की मौत हो गई है। उसे समझाने लगे कि ख़ुदा की मर्ज़ी में किस का दख़्ल है। सब्र से काम लो। वही होता है जो...। लेकिन जब उसने कहा कि "कूक करूं तो जग हँसे, चुपके लागे घाव, सरकार मेरा दिल ख़ून के आंसू रो रहा है," तो बिशारत की चिंता कुछ कम हुई कि जो व्यक्ति अत्यन्त दुःख के अवसर पर भी शे'र और मुहावरे के साथ रोये वो आपकी सहानुभूति नहीं अपने भाषा-ज्ञान की दाद चाहता है। जब ख़लीफ़ा अंगोछा मुंह पर डालकर ज़ोर-ज़ोर से बखान करके रोने लगा तो अचानक उन्हें ख़याल आया कि नुक़सान इस हरामख़ोर का नहीं मेरा हुआ है! कहने लगे, "अबे! कुछ तो बोल, इस बार मेरा क्या नुक़सान हुआ है?" बनावटी सिसकियों के बीच बोला, "मेरा भी तो है!" फिर सारी कहानी बतायी, "गाड़ी बहुत 'ओवर लोड' थी। फ़र्स्ट गियर में भी बार-बार दम तोड़ रही थी। सड़क के मोड़ तक तो जैसे-तैसे वो लौंडों के धक्कों और नारों के ज़ोर से ले गया, लेकिन चौराहे पर स्प्रिंग जवाब देने लगे। उसने बोझ हल्का करने के लिये आधी लकड़ी उतार कर मस्जिद की सीढ़ियों के पास बड़ी अच्छी तरह लगा दी और शेष माल की डिलीवरी देने दूसरी

जगह चला गया। वहां प्लॉट पर कोई नहीं था। डिलीवरी दिये बिना वापस मस्जिद आया तो लकड़ी ग़ायब! सरकार! मैं दिनदहाड़े लुट गया! बरबाद हो गया।''

अगले वक़्तों के हैं ये लोग, इन्हें कुछ न कहो

अब उन्हें स्वयं अपनी मूर्खता पर भी अफ़सोस होने लगा कि साढ़े तीन हज़ार की खटारा कार में दुगनी मालियत यानी साढ़े सात हज़ार का माल भेजना कहां की बुद्धिमानी है। काश! चोर लकड़ी के बजाय कार ले जाता, जान छूटती। उन्हें यक़ीन था कि ख़लीफ़ा आदत से बाज़ नहीं आया होगा। भरी गाड़ी खड़ी करके कहीं हजामत बनाने, ख़त्ना करने या किसी जजमान से शादी-ब्याह की बधाई वसूल करने चला गया होगा। कई बार ऐसी हरकत कर चुका था। 'पहाड़ का टलना सम्भव है, आदत का बदलना सम्भव नहीं' वाली कहावत अचानक उन्हें याद आयी और यह भी याद आया कि यह कहावत अपने हवाले से उन्होंने पहली बार मास्टर फ़ाख़िर हुसैन से सुनी थी। क्लास में शरारत करने पर मास्टर फ़ाख़िर हुसैन ने उनको 'बूज़ना' (बन्दर) क़रार देने के बाद इस कहावत की सलीब पर उलटा लटका दिया था। बूज़ना कहने का जब उन पर कोई प्रभाव नहीं पड़ा तो मास्टर साहब ने उनसे बूज़ना का अर्थ पूछा। फिर बारी-बारी सब लड़कों से पूछा। किसी को मालूम नहीं था, इसलिए सारी क्लास को बैंच पर खड़ा करके कहने लगे, ''नालायक़ो! मेरा नाम डुबाओगे...बूज़ना बन्दर को कहते हैं समझे?'' हाय! कैसे ज़माने और कैसे उस्ताद थे। अर्थहीन बात के भी शाब्दिक अर्थ बताते थे। क्रोध में भी शिक्षा के तक़ाज़ों का लिहाज़ रखते थे। केवल गाली ही नहीं देते थे, उसका इमला और मतलब भी बताते थे।

क़ुसूर अपना निकल आया

वो सीधे पुलिस स्टेशन रपट लिखवाने गये। अफ़सर इंचार्ज ने कहा, ''यह थाना नहीं लगता। आप जहां रहते हैं उसके संबंधित थाने में एफ.आई.आर. दर्ज कराइये।'' वहां पहुंचे तो जवाब मिला कि जनाबे-आली! जुर्म की रपट आपकी रिहाइश वाले थाने में बेशक दर्ज की जा सकती है अगर जुर्म आपने किया हो। आप रपट, वारदात वाली जगह से संबंधित थाने में लिखवाइये। वहां पहुंचे तो कहा गया कि वारदात वाली जगह दो थानों के संगम पर स्थित है। मस्जिद की इमारत बेशक हमारे थाने में है, परन्तु इसकी सीढ़ियों की तलहटी के इलाक़े साथ वाले थाने में लगते हैं। साथ वाले थाने पहुंचे तो वहां किसी को न पाया। बस एक व्यक्ति था। जिसके माथे से ख़ून बह रहा था। दायें हाथ में कम्पाउण्ड फ्रेक्चर था और बायीं आंख सूज कर बंद हो चुकी थी। वो कहने लगा कि मैं दफ़ा 324 की रपट लिखवाने आया हूं। दो घण्टे से इन्तज़ार कर रहा हूं, अंधेर है। सिविल अस्पताल वाले कहते हैं कि जब तक थाने वाले एफ.आई.आर. दर्ज करके पर्चा न काट दें हम इलाज नहीं कर सकते। विजयी अंदाज़ में वो छीना हुआ हथियार यानी शाम चढ़ी लाठी पकड़े हुए था, जिससे उसका सर फाड़ा गया था। उसके साथ उसका चचा था, जो किसी दीवानी वकील का मुंशी था। वो भतीजे को दिलासा दे रहा था कि मुजरिम ने लाठी और क़ानून अपने हाथ में लेकर क़ानून और तुम्हारे सर को एक ही वार से तोड़ा है। उस हरामज़ादे को हथकड़ी न पहना दूं तो मैं अपने बाप की औलाद नहीं। उसने तो

ख़ैर संगीन जुर्म किया है, मैंने तो कइयों को बिना जुर्म के जेल की हवा खिलवा दी है! उसने बिशारत को क़ानूनी सलाह दी कि आपको दरअस्ल उस थाने से सम्पर्क करना चाहिए जिसकी सीमा में चोर का रिहाइशी मकान आता है। बिशारत उससे उलझने लगे। बहस के दौरान पता लगा कि इस समय एस.एच.ओ. की लड़की की सगाई की रस्म हो रही है। अधिकतर स्टाफ़ वहीं तैनात है। एक-डेढ़ घंटे बाद आयेंगे। असिस्टेंट सबइंस्पेक्टर दोपहर से सड़क पर सुरक्षा ड्यूटी और स्कूल की लड़कियों को इकट्ठा करके सड़क पर दोनों ओर खड़ा करने में लगा है। इसलिए कि प्रधानमंत्री एक कार्यालय से दूसरे कार्यालय जा रहा है। हैड कांस्टेबल तफ़्तीश पर निकला हुआ है।

कोई दो घण्टे के बाद एस.एच.ओ. का एक वकील की कार में आगमन हुआ। वकील का ब्रीफ़केस, जिस पर ख़ाकी ज़ीन का ग़िलाफ़ चढ़ा था, एक मुल्ज़िमनुमा मुअक्किल उठाये हुए था। वकील के हाथ में सगाई की मिठाई के डिब्बे थे, जो उसने स्टाफ़ को बांट दिये। एक डिब्बा बिशारत को भी दिया। एस.एच.ओ. ने बिशारत से सरसरी वृत्तान्त सुनकर कहा, "आप थोड़ा बाहर प्रतीक्षा कीजिये। अस्ल रिपोर्टकर्ता ड्राइवर है, उससे पूछताछ करनी है। घण्टे भर तक उससे न जाने क्या उल्टी-सीधी तफ़्तीश करता रहा। ख़लीफ़ा बाहर निकला तो उसका केवल मुंह ही लटका हुआ नहीं था, स्वयं भी सारे-का-सारा लटका हुआ दिखायी दे रहा था। इसके बाद एस.एच.ओ. ने बिशारत को अन्दर बुलाया तो उसके तेवर बिलकुल बदले हुए थे। कुर्सी पर बैठने को भी नहीं कहा, सवालों की भरमार कर दी। थोड़ी देर के लिये तो बिशारत ने सोचा कि शायद उसे धोखा हुआ है और वो उन्हें चोर समझ बैठा है। लेकिन जब उसने कुछ ऐसे चुभते हुए प्रश्न किये जो केवल इन्कम-टैक्स अफ़सर को करने चाहिए तो उनका अपना धोखा दूर हो गया। मिसाल के तौर पर "जब आपने चुरा ली जाने वाली इमारती लकड़ी बेची तो रोकड़ बही में दर्ज किया या ऊपर-ऊपर कैश डकार गये? ड्राइवर को जो वेतन देते हैं तो रसीद उतनी ही रक़म की लेते हैं या अधिक की? गोदाम से लकड़ी बिना डिलीवरी ऑर्डर के कैसे निकलती है! आप स्वयं बिना learner's licence के ट्रक कैसे चलाते हैं? लकड़ी के तख़्ते जब ट्रक में ले जाने के लिये रखे गये तो क्या नियम उन्तीस सौ कुछ के नियमानुसार पीछे लाल झण्डी लगायी थी? और हां! याद आया कि मेरा मकान नींव तक आ गया है। कितने फ़ुट लकड़ी की आवश्यकता होगी? हिसाब लगा कर बताइये। सौ गज़ का वेस्ट ओपन कॉर्नर प्लॉट है। आपके यहां जो रेडियो है उसका लाइसेंस आपने बनवाया? क्या यह सही है कि आपकी फ़र्म में आपके पिचहत्तर वर्षीय अब्बा और दूध पीता बेटा भी पार्टनर हैं? लकड़ी जब ली मार्किट से नाज़िमाबाद ले जानी थी तो रणछोड़ लाइन की परिक्रमा की आवश्यकता क्यों पड़ी? क्या यह सही है कि आप पांचों समय नमाज़ पढ़ते हैं और हार्मोनियम बजाते हैं। जवाब में बिशारत ने कहा, "नमाज़ मैं पढ़ता हूं। हार्मोनियम अब्बा बजाते हैं।" इस जवाब पर एस.एच.ओ. ने देर तक हथकड़ी बजायी और पहली बार मुस्कुराते हुए बोला, "हूं! सुनना मुंशी जी? यानी गुनाह का बखान गुनाह से अधिक मज़ेदार है? लकड़ी खुले-तौर पर ठीक मस्जिद के दरवाज़े पर रखी तो क्या इससे नमाज़ियों का इम्तहान लेना उद्देश्य था? ड्राइवर से आपका सारा टब्बर हजामत

बनवाता है। क़ोरमा पकवाता है। उसने आपके जूनियर पार्टनर के ख़त्ने भी किये। मेरा मतलब आपके छोटे साहबज़ादे से है। आपने उससे घोड़ा तांगा भी चलवाया। यही आपके घोड़े और अब्बा जी का क्रमानुसार ख़रेरा और मालिश करता था। यह लेबर लाज़ की खुली अवहेलना है। क्या यह सही है कि कुछ समय पहले एक आरा चलाने वाले की आंख में छिपटी उचट कर पड़ने से रौशनी जाती रही और आपने उसे घर भेज दिया? कोई मुआवज़ा नहीं दिया और आपने दुगनी क़ीमत पर लकड़ी कैसे बेची? अंधेर है। मुझे अपने मकान के लिये आधे दाम मिल रही है! खुले भाव!''

फ़ौजदारी से छेड़ख़ानी

जब बिशारत हर सवाल का ग़ैर तसल्ली बख़्श जवाब दे चुके तो एस.एच.ओ. ने कहा, ''मैं इसी समय मुआयना करूंगा। कल इतवार है, थाने नहीं आऊंगा। सवारी है?'' बिशारत ने कहा, ''हां!'' और उसे गाड़ी तक ले आये, ''मगर यह है क्या!'' एस.एच.ओ. ने आश्चर्य से पूछा। ''इसी में लकड़ी गयी थी।''

''मगर यह है क्या''

उसने चोरी से बच जाने वाले उन तख़्तों को छू-छू कर देखा, जो उसमें चुने हुए थे। फिर गाड़ी के गिर्द चक्कर लगाकर उनकी लम्बाई का अनुमान लगाया। इसके बाद वो एकदम बिफर गया। कैसी वारदात वाली जगह और कैसा मुआयना, उल्टे धर लिये गये। एस.एच.ओ. बकता-झकता वापस थाने में ले गया। जैसे ही वो अपने कुढब प्रश्न से उन्हें चारों-ख़ाने चित करता, वैसे ही उसका ख़ुशामदी असिस्टेंट उन्हें अपने सींगों पर उठाकर दोबारा धरती पर पटक देता। एक सवाल हो तो...पैसिंजर कार को किसकी अनुमति से ट्रक में परिवर्तित किया गया। जिस गली से इसका गुज़रना बताया जाता है, वो तो वन वे है! इसकी इंश्योरेंस पॉलिसी तो कभी की lapse हो चुकी। व्हील टैक्स एक साल से नहीं भरा गया। आपके ड्राइवर ने अभी स्वयं जुर्म स्वीकार किया है कि ब्रेक न होने के कारण गाड़ी गियर के द्वारा रोकता है। इसी कारण कुछ रोज़ पहले गार्डन ईस्ट की झुग्गियों के सामने एक मुर्ग़ी कार के नीचे आ गयी। जिसका हरजाना ख़लीफ़ा के पास नहीं था। झुग्गीवालों ने रात भर कार impound किये रखी और मुर्ग़ी के बदले ख़लीफ़ा को पकड़ लिया। हालांकि वो चीख़ता रहा कि दोष कार का नहीं, मुर्ग़ी स्वयं उड़कर इसके नीचे आयी थी। दिन निकलने के बाद ख़लीफ़ा ने हर्जाने के तौर पर मुर्ग़ी मालिक और उसके डेढ़-दो दर्जन बेटों, भतीजों, दामादों और दूर-निकट के पड़ोसियों की हजामत बनायी, तब कहीं जाकर मुक्ति मिली। एक पड़ोसी तो अपने पांच वर्षीय नंग-धड़ंग बेटे को गोटे की टोपी पहनाकर ले आया कि ज़रा इसके ख़त्ने कर दो। इस मुशक़्क़त से फ़ारिग़ होकर वो डेढ़-दो बजे आपके पास पहुंचा तो इसका बदला आपने यह दिया कि उस पर आरोप लगाया कि तुम कार के टूल-बक्स में क़ैंची-उस्तरा रखे हजामतें बनाते फिरते हो और एक दिन का वेतन काटने की धमकी दी। ख़ैर, यह एक अलग जांच-पड़ताल योग्य-समस्या है, परन्तु यह बताइये कि आपकी कार चिमनी की तरह धुआं क्यों देती है। सड़क पर हर कहीं खड़ी हो जाती है। मुंशी जी! अमां सुन रहे

हैं मुंशी जी? आम रास्ते पर रुकावट पैदा करने की सज़ा के महीने की है? महज़? या बामुशक़्क़त? और जनाबे-आला! अगर यह सही है कि यह ट्रक है तो शाम को इसमें आपका पूरा ख़ानदान कचरधान क्यों रंगा फिरता है? और मुंशी जी ज़रा इनको ओवरलोडिंग की दफ़ा तो पढ़कर सुना दीजिये।

संक्षेप में यह कि दण्ड संहिता और फ़ौजदारी अधिनियम की कोई दफ़ा ऐसी नहीं बची जिसे तोड़ कर वो उस समय रंगेहाथों न पकड़े गये हों। उनका प्रत्येक कर्म किसी-न-किसी दफ़ा की लपेट में आ रहा था और उन्हें ऐसा महसूस हुआ जैसे उनका समस्त जीवन क़ानून से छेड़ख़ानी में गुज़रा है। पहले तो उन्हें इस पर आश्चर्य हुआ कि एस.एच.ओ. को उनके तमाम क़ानून के उल्लंघनों का पता कैसे चला? फिर वो बार-बार ख़लीफ़ा को कच्चा चबा जाने वाली नज़रों से देखने लगे। जैसे ही आंखें चार होतीं, ख़लीफ़ा झट से हाथ जोड़ लेता।

इतने में एस.एच.ओ. ने आंख से कुछ इशारा किया और एक कांस्टेबल ने आगे बढ़कर ख़लीफ़ा के हथकड़ी डाल दी। हैड कांस्टेबल बिशारत के कन्धे पर हाथ रखकर उन्हें दूसरे कमरे में ले गया। "पहले आपके ख़िलाफ़ पर्चा कटेगा। चूंकि vehicle स्वयं नाजायज़ है, इसीलिए मुंशी जी! सुपुर्दनामा तैयार कीजिये। शिकायत दर्ज कराने वाले से स्वयं बहुत से अपराध हुए हैं, इसलिए..."

बिशारत को चक्कर आने लगे।

कुछ हाल हवालात का

थाने के हवालात या जेल में, आदमी चार घण्टे भी गुज़ार ले, तो ज़िन्दगी और इंसान के बारे में इतना कुछ सीख लेगा कि यूनिवर्सिटी में चालीस बरस रह कर भी नहीं सीख सकता। बिशारत पर चौदह तबक़ (सात आकाश-लोक, सात पृथ्वी-लोक) से भी बढ़कर कुछ रौशन हो गया और वो दहल गये। सबसे अधिक आश्चर्य उन्हें उस भाषा पर हुआ जो थानों में लिखी और बोली जाती है। रिपोर्ट करने वालों की हद तक तो बात समझ में आती है परन्तु मुंशी जी एक व्यक्ति को (जिस पर एक नाबालिग़ लड़की के साथ ज़बर्दस्ती निकाह पढ़वाने का आरोप था) बलपूर्वक निकाह करने वाला कह रहे थे। स्टाफ़ की आपस की बातचीत से उन्हें अनुमान हुआ कि इस थाने ने इंसानों को दो हिस्सों में बांट रखा है। एक वो जो सज़ायाफ़्ता हैं, दूसरे वो जो नहीं हैं, मगर होने चाहिए। देश में बड़ी संख्या ग़ैर-सज़ायाफ़्ता लोगों की है और यही सारे झगड़े की जड़ है। बातचीत में जिस किसी का भी ज़िक्र आया, वो कुछ-न-कुछ 'याफ़्ता' (पाने वाला) या 'शुदा' (हुआ) अवश्य था। 'मिज़ाज पुर्सी' वाले कमरे में जो व्यक्ति थोड़ी-थोड़ी देर में चीख़ें मार रहा था, वो सज़ायाफ़्ता और मुचलके-शुदा था। सरेआम आलिंगन-चुम्बन के आरोप में जिन दो महिलाओं को गिरफ़्तार किया गया था उनमें से एक को एक ए.एस.आई. शादीशुदा और दूसरी को महज़-शुदा यानी गयी-गुज़री बता रहा था। हैडकांस्टेबल, जो स्वयं इनआमयाफ़्ता था, किसी मरने वाले का अन्तिम समय दिया गया बयान पढ़ कर सुना रहा था। एक पर्चे में किसी गुण्डे के बेक़ाबू चाल-चलन का विवरण दर्ज था। एक

जगह आतिशज़दा (जले हुए) मकान के अलावा एक निवासी के बर्बादशुदा सामान और तबाहशुदा शुहरत का भी ज़िक्र था।

इस थाने में हथियार की सिर्फ़ दो क़िस्में थीं। धारदार और ग़ैर-धारदार। जिस हथियार से सरकारी गवाह के कूल्हों पर नील पड़े और सर पर गूमड़ उभरा, उसके बारे में रोज़नामचे में लिखा था कि डॉक्टरी मुआयने में ज़ाहिर होता है कि गवाह को बीच बाज़ार में ग़ैर-धारदार आले से मारा गया। इस हथियार से मुराद जूता था! रात के दस बजे 'मिज़ाज पुर्सी' वाले कमरे में एक व्यक्ति से जूते के द्वारा सच बुलवाया जा रहा था। पता चला कि जूते खाकर न किये गये जुर्म को स्वीकार करने वालों को सुल्तानी गवाह कहते हैं। वो व्यक्ति बड़ी देर से ज़ोर-ज़ोर से चीख़े जा रहा था। जिससे मालूम होता था कि अभी तक जूते खाने को झूठ बोलने से अधिक महत्त्व दे रहा है। जूते के इस extra curricular इस्तेमाल को पंजाबी में छतरोल कहते हैं। थाने में लोगों का आना-जाना कुछ कम हुआ तो तीन कांस्टेबल सुब्ह दर्ज किये गये एक बलात्कार के मामले के चश्मदीद गवाह को आठवीं बार लेकर बैठ गये जो उस समय इस घटना को इस तरह बयान कर रहा था जैसे बच्चे अपने पिता के मित्रों को इतरा-इतरा कर नर्सरी राइम सुनाते हैं। हर बार वो इस वारदात में नयी-नयी बातों से अपनी आपराधिक अतृप्त इच्छाओं का रंग भरता चला जाता—

यूं न था मैंने .फ़क़त चाहा था यूं हो जाये

तीनों कांस्टेबल सर जोड़े इसे अच्छे शे'र की तरह सुन रहे थे और बीच-बीच में आरोपी को हसरत-भरी दाद और दाद भरी गालियां देते जाते। सुब्ह जब बंद कमरे में बयान लिये जा रहे थे तो सब-के-सब, यहां तक कि हवालात में बंद आरोपियों के भी कान दीवार से लगे थे।

नौ बजे किसी शाम के अख़बार का क्राइम रिपोर्टर आया। जिसके अख़बार का सर्कुलेशन किसी तरह बढ़ के नहीं दे रहा था। ए.एस.आई. से कहने लगा, ''उस्ताद! दो सप्ताह से ख़ाली हाथ जा रहा हूं। यह थाना है या लावारिसों का क़ब्रिस्तान। तुम्हारे इलाक़े के सभी गुंडों ने या तो तौबा कर ली है या पुलिस में भर्ती हो गये हैं। यही हाल रहा तो हम दोनों के घरों में चूहे क़लाबाज़ियां खायेंगे।'' उसने जवाब दिया, ''जानेमन! बैठो तो सही। आज एक के गले में घण्टी बांध दी है। ऐसा स्कूप बरसों में नसीब होता है। बग़ल वाले कमरे में चश्मदीद गवाह दसवीं बार पाठ सुना रहा है। तुम भी जा के सुन लो और यार! चार दिन से तूने मेरे तबादले के ख़िलाफ़ एक भी लेटर टू दि एडिटर नहीं छपवाया। हमीं जब न होंगे तो तुझे कौन हथेली पे बिठायेगा? ओये बशीरे! दो चाय सुलेमानी। फ़टाफ़ट, लबालब। मलाई ऐसी दबादब डलवाइयो कि चाय में पेन्सिल खड़ी हो जाये और भाई फ़ीरोज़दीन! उस इंक़लाबिये को चुपका करो। शाम ही से साले के दर्द उठने लगा। 'इब्तिदाये-इश्क़ है रोता है।' चीख़ते-डकराते गला बैठ गया है। जनाब! मर्द के रोने से अधिक ज़लील चीज़ दुनिया में नहीं। साला स्वयं को हुसैन-नासिर से कम नहीं समझता। मैंने पांच बजे उसे आइस कोल्ड बीयर के चार मग पिला दिये। बहुत ख़ुश हुआ। तीसरे मग के बाद मुझे! जी हां मुझे! 'सुतूने-दार पे रखते चलो सरों के चिराग़' का मतलब समझाने लगा! चौथा पी चुका तो मैंने टॉयलेट जाने की मनाही कर दी। इसलिए तीन बार

खड़े-खड़े पतलून में ही चिराग़ जला चुका है जनाब! हम तो हुक्म के ग़ुलाम हैं अभी तो बड़े मेहमानख़ाने में इसकी आरती उतरेगी। वो सब कुछ क़ुबूल करा लेते हैं। इस साले की ट्रेजडी यह है कि इसके पास क़ुबूल करने को कुछ है ही नहीं, इसलिए अधिक पिटेगा।''

वारदात में शामिल

ताज़ा वारदात की सूचना पाकर रिपोर्टर की बांछें खिल गयीं। इस ख़ुशी में उसने एक सिग्रेट और दो मीठे पानों का ऑर्डर दिया। जेब से पिपरमेंट और नोटबुक निकाली। लम्बे समय बाद एक चटपटी ख़बर हाथ लगी थी। उसने फ़ैसला किया कि वो इस केस का प्लॉट अपने कहानीकार मित्र सुल्तान को दे देगा जो रोज़ रीयल लाइफ़ ड्रामे का तक़ाज़ा करता है। बलात्कार के इस केस का विवरण सुनने से पहले ही दिमाग़ में हैडिंग नसनाने लगे। अब की बार हैडिंग में ही काग़ज़ पे कलेजा निकाल के रख दूंगा। उसने दिल में निश्चय किया, 'सत्तर वर्षीय बूढ़े ने सात वर्षीय लड़की से मुंह काला किया।' यह हैडिंग्स ज़माने के लिये पिछले साल उसे लड़की की उम्र से दस साल निकाल कर बूढ़े की उम्र में जोड़ने पड़े थे ताकि उसी अनुपात से जुर्म की संगीनी और पाठक की रुचि बढ़ जाये। मिर्ज़ा अब्दुल वुदूद बेग कहते हैं कि यह कैसी बदनसीबी है कि सीधे-सादे और सपाट शब्द रेप के जितने विकल्प हमारे यहां प्रचलित हैं, उनमें एक भी ऐसा नहीं जिसमें स्वत: आनंद न आता हो। कोई हैडिंग, कोई-सा वाक्य उठाकर देख लीजिये। यौनानंद के रस में डूबा नज़र आयेगा। 'सत्तर वर्षीय बूढ़ा रात के अंधेरे में मुंह काला करते हुए रंगेहाथों पकड़ा गया।' या 'पैंसठ साला बूढ़ा रात भर कमसिन युवती की इज़्ज़त से खेलता रहा।' जैसे कि अस्ल एतराज़ पैंसठ बरस पर है जिसमें अपराधी का कोई दोष नहीं (दरअस्ल इस हैडिंग में नैतिकता, आश्चर्य, कुरेद और जलन समानुपात में मिले हुए हैं अर्थात् नैतिकता केवल नाम की)। 'चारों आरोपियों ने नवयुवती को अपनी हवस का निशाना बनाया। हैवान बार-बार पिस्तौल दिखा कर आबरू पर डाका डालता रहा। पुलिस के आने तक धमकियों का सिलसिला बराबर जारी रहा।' यह हैडिंग और वाक्य हमने अख़बारों में से हू-ब-हू नक़्ल किये हैं। कुछ टर्म्ज़ और पूरे-के-पूरे वाक्य ऐसे हैं जिन्हें हम नक़्ल नहीं कर सकते। जिनसे लगता है कि बयान करने वाला voyeur मन के साथ वारदात में शामिल होना चाहता है। नतीजा यह कि पढ़ने वाले की क़ानूनी हमदर्दियां युवती के साथ, परन्तु दिल आरोपी के साथ होता है।

समझो वहीं हमें भी दिल हो जहां हमारा

कोयले की इस खान से और नमूने बरामद करना आवश्यक नहीं है कि हाथ काले करने के लिये यही काफ़ी है। संक्षेप में इतना बता दें कि थोड़ा खुरचिये तो आपको यौन अपराध से सम्बन्धित कोई वाक्य आनन्द से ख़ाली नहीं मिलेगा। हर शब्द सिसकी और हर वाक्य चुस्की लेता दिखायी देगा।

कुत्ता क्यों काटता है?

काफ़ी देर तक तो बिशारत को विश्वास नहीं आया कि ये सब कुछ सच हो सकता है, परंतु जब रात के नौ बज गये तो मामला सचमुच गम्भीर नज़र आने लगा। ए.एस.आई. ने कहा, ''आज की रात, कल का दिन और रात आपको हवालात में गुज़ारने पड़ेंगे।

कल इतवार पड़ गया। परसों से पहले आपकी ज़मानत नहीं हो सकती।'' उन्होंने पूछा, ''किस बात की ज़मानत?'' उन्हें फ़ोन भी नहीं करने दिया। उधर हवालात की कोठरी में जिसके जंगले से पेशाब की खरांद भक-भक आ रही थी, ख़लीफ़ा थोड़ी-थोड़ी देर बाद हथकड़ी वाला हाथ आसमान की ओर उठाता और ही-ही-ही-ही करके इस तरह रोता कि लगता हँस रहा है। बिशारत का क्रोध अब एक अपंग और गूंगे का क्रोध था। इतने में थाने के मुंशी जी इशा (रात) की नमाज़ से फ़ारिग़ होकर उनके पास आये। सूखकर बिलकुल टिड्डा हो गये थे, मगर ऐनक के पीछे आंखों में बला की चमक थी। स्वर में ममता और मिठास घुली हुई थी। एक बोतल लेमोनेड की अपने हाथ से गिलास में उंडे़ल कर पिलायी। इसके बाद दोनों ने एक-दूसरे को अपनी डिबिया से पान निकाल कर खिलाया।

मुंशी जी बड़ी विनम्रता से कहने लगे कि हमारे एस.एच.ओ. बड़े भले आदमी हैं। शरीफ़ों के साथ शरीफ़ और बदमाशों के हक़ में हलाकू। यह मेरी गारंटी है कि आपका चोरी हुआ माल तीन दिन में बरामद करा दिया जायेगा। सरकार! अंतड़ियों में से खींचकर निकाल लाते हैं। इलाक़े के हिस्ट्री शीटर उनके नाम से थर-थर कांपते हैं। वो रेडियोग्राम, ज़ेवरात और साड़ियां जो उस कमरे में आपने देखीं, आज सुब्ह ही बरामद की गयी हैं। कहने का उद्देश्य यह है कि हुज़ूर की गाड़ी में जो लकड़ी पड़ी है, वो सरकार के प्लॉट पर डलवा दीजिये। आपकी इसी मालियत की चोरीशुदा लकड़ी सरकार! तीन दिन में बरामद करवा देंगे, यानी आपकी जेब से तो कुछ नहीं गया। मैंने इसकी उनसे बात नहीं की, हो सकता है सुनकर ख़फ़ा हो जायें। बस यूं ही आपकी राय ले रहा हूं। सरकार की साहबज़ादी का रिश्ता ख़ुदा-ख़ुदा करके तय हुआ है। बिटिया तीस बरस की हो गयी है। बड़ी नेक और सुशील है। आंख में मामूली-सा टेढ़ापन है। लड़केवाले दहेज़ में फ़र्नीचर, रेडियोग्राम और वैस्ट ओपन प्लॉट में बंगला मांगते हैं। खिड़की-दरवाज़े उम्दा लकड़ी के हों। अगर चूक जायें तो फिर यह सब कुछ भोगना-भुगतना पड़ता है, वरना हमारे सरकार इस क़िस्म के आदमी नहीं। आजकल बहुत परेशान और चिड़चिड़े हो रहे हैं। यह तो सब देखते हैं कि बावला कुत्ता हरेक को काटता फिरता है। यह कोई नहीं देखता कि वो अपनी मर्ज़ी से बावला थोड़े ही हुआ है। आपने उनकी बातों से स्वयं स्वभाव का अनुमान लगा लिया होगा। तीन बरस पहले तक शे'र कहते थे। शाम को थाने में शायरों की ऐसी भीड़ होती थी कि कभी-कभी तो हवालात में कुर्सियां डलवानी पड़ती थीं। एक शाम, बल्कि रात का ज़िक्र है। घमासान का मुशायरा हो रहा था। सरकार तरन्नुम से ताज़ा ग़ज़ल पढ़ रहे थे। सारा स्टाफ़ दाद देने में जुटा हुआ था। मक़ते (ग़ज़ल का आख़िरी शे'र) पर पहुंचे तो संतरी ज़रदार खां ने थ्री नॉट थ्री राइफ़ल चला दी। उपस्थितगण समझे, शायद क़बाइली तरीक़े से दाद दे रहा है, परन्तु जब वो शोर मचाने लगा तो पता चला कि ग़ज़ल के दौरान जब मुशायरा अपनी ऊंचाई पर पहुंचा तो डकैती केस में शामिल एक आरोपी, जो हवालात का जंगला बजा-बजा के दाद दे रहा था, भाग गया। शायरों ने उसका पीछा किया। मगर उसे तो क्या पकड़ के लाते, स्वयं भी नहीं लौटे। ख़ुदा जाने, कांस्टेबलों ने पकड़ने में काहिली बरती या उसने पकड़ाई नहीं दी, मगर, सरकार ने हिम्मत नहीं हारी। रातोंरात उसी नाम के एक छंटे हुए बदमाश को पकड़ के हवालात में बंद कर

दिया। काग़ज़ों में फ़रार आरोपी के पिता का नाम बदल दिया लेकिन उसके बाद शे'र नहीं कहा। तीन बरस से सरकार की तरक़्क़ी और शे'र की आमद बंद है। अदम साहब से यारी है। पिछले बरस अपने मासूम बच्चों के हल्क़ पे छुरी फेरकर ऊपर के अफ़सरों को डेढ़ लाख की भेंट चढ़ायी तो लाइन हाज़िरी से छुटकारा मिला और इस थाने में तैनाती मिली। अब सरकार कोई वली-औलिया तो हैं नहीं कि सलाम फेरकर नमाज़ की चटाई का कोना उलटकर देखें तो डेढ़ लाख के नोट आसमान से धरे मिलें। दूध तो आख़िर थनों से ही निकालना पड़ता है। भैंस न मिले तो कभी-कभी चुहिया ही को पकड़ के दुहना पड़ता है।

बिशारत को अस्ल नुक़सान से अधिक इस अपमान भरे उदाहरण पर क्रोध आया। बकरी भी कह देता तो चल जाता (वैसे छोटी है ज़ात बकरी की) लेकिन स्थिति कुछ-कुछ समझ में आने लगी। उन्होंने कहा कि मैं अपनी रपट वापस लेता हूं। ए.एस.आई. ने उत्तर दिया कि दिनदहाड़े चोरी ऐसा अपराध है कि जिस पर राज़ीनामा नहीं हो सकता यानी पुलिस का हस्तक्षेप आवश्यक हो जाता है। रपट वापस लेने वाले आप कौन होते हैं? अगर आपने वापस लेने पर ज़ोर दिया तो झूठी रपट कराने पर आपका यहीं 'ऑन दि स्पॉट' चालान कर दूंगा। इज़्ज़त के लाले पड़ जायेंगे। आपका वकील बहुत योग्य हुआ तो तीन महीने की होगी। एस.एच.ओ. साहब सोमवार को निर्णय लेंगे कि आप किस-किस दफ़ा के तहत शामिल पाये गये हैं।

उन्हें ऐसा लगा जैसे उनका प्रत्येक कर्म, उनका सारा जीवन पुलिस-हस्तक्षेप के योग्य रहा है और यह सरासर पुलिस की ग़फ़लत का नतीजा था कि वो अब तक ज़िन्दगी इज़्ज़त-आबरू से बसर कर रहे थे।

उन्होंने तैश में आकर धमकी दी कि मुझे फ़िज़ूल में क़ैद किया गया है, यह ग़ैर क़ानूनी हिरासत है। मैं हाईकोर्ट में Habeas Corpus petition पेश करूंगा। ए.एस.आई. बोला, "आप पिटीशन क्या पेश करेंगे। हम स्वयं आपको हथेली पर धर के अदालत में पेश कर देंगे। धड़ल्ले से दस दिन का जिस्मानी रिमाण्ड लेंगे, देखते जाइये।"

आपबीती लिखने की ख़ातिर जेल जाने वाले

ए.एस.आई. यह धमकी देकर चला गया। कुछ मिनट बाद उसका बॉस एस.एच.ओ. भी अपना डण्डा बग़ल में दबाये अहम-ओहम-आहम, खांसता-खंखारता अपने घर चला गया। ठीक उसी समय मिठाईवाला वकील न जाने कहां से दोबारा आन टपका। रात के ग्यारह बजे भी उसने काला कोट और सफ़ेद पतलून पहन रखी थी। वकीलों का विशेष क़लफ़दार सफ़ेद कॉलर भी लगाये हुए था। कहने लगा, "भाई! बेशक मेरा इस मुक़दमे से कोई संबंध नहीं, महज़ इंसानी हमदर्दी की बिना पर कह रहा हूं कि आप अनेक अपराधों में फंसाये जा सकते हैं। ख़ुदा न करे अभी दफ़ा 164 फ़ौजदारी अधिनियम के तहत आपके ड्राइवर का इक़बाले-जुर्म लिखा जाये तो लेने-के-देने पड़ जायेंगे। आप सूरत से बाल-बच्चेदार आदमी मालूम होते हैं। लीडर तो हैं नहीं जो राजनैतिक कैरियर बनाने और आत्मकथा लिखने के लालच में जेल जायेंगे। विभाजन से पहले बात और थी। लीडर इंक़लाबी भाषा देकर जेल

जाते तो सारा देश इंतज़ार में रहता कि दो-तीन बरस बाद छूटेंगे तो कोई व्याख्यान, कोई आपबीती, कोई रचना पूरी करके निकलेंगे। बहरहाल वो समय और था। आजकल वाला हाल नहीं था कि भाषण देने से पहले ही धर लिये गये और छूटे तो जेल के दरवाज़े पर कोई फूलमाला पहनाने वाला तक नहीं। विश्वास कीजिये, मैं यह सजेस्ट नहीं कर रहा कि आप मुझे वकील कर लें, हालांकि मैं आपको मना भी नहीं कर सकता। केवल आपके भले के लिये कह रहा हूं। मुझे प्रेक्टिस करते पच्चीस बरस एक महीना बीता, मैंने आज तक कोई क़ानूनी गुत्थी ऐसी नहीं देखी जिसे नावां रुपया न सुलझा सके। सारे सिम-सिम इसी से खुलते हैं। आगे जैसी आपकी मर्ज़ी अलबत्ता इतना फ़ूड फ़ॉर थॉट रात बिताने के लिये छोड़े जाता हूं कि इस समय रात के साढ़े ग्यारह बज रहे हैं। आपने इन आठ घंटों में पुलिस का क्या बिगाड़ लिया जो आगे आठ घंटों में पुलिस का बिगाड़ लेंगे। कल इतवार है। आप इसी तरह हवालात में उकड़ूं बैठे अपने संवैधानिक अधिकारों और फ़ौजदारी अधिनियम के हवाले देते रहेंगे। अदालत अधिक-से-अधिक यही तो तीर मार लेगी कि आपको सोमवार के दिन रिहा कर देगी। सो हम तो सोमवार से पहले ही आपको इस चूहेदान से बाहर देखना चाहते हैं। आप हिरासत में हैं। अच्छा बहुत रात हो गयी। मैं चलता हूं मुंशी जी को मेरे घर का फ़ोन नंबर मालूम है।''

वकील के जाने के बाद हैड कांस्टेबल एक चटाई, एल्यूमीनियम का लोटा और ख़जूर का हाथ का पंखा ले आया और खुली वाली हवालात की ओर इशारा करके बिशारत से कहने लगा, ''दिन भर बैठे-बैठे आपकी कमर तख़्ता हो गयी होगी। अब आप यह बिछाकर वहां लेट जाइये, मुझे जंगले में ताला लगाना है। मच्छर बहुत हैं, यह कम्बल ओढ़ लीजियेगा। अधिक गर्मी लगे तो यह पंखा है। बाथरूम की आवश्यकता हो तो बेशक वहीं...बारह बजे के बाद हवालात का ताला नहीं खोला जा सकता।'' उसने बत्तियां बुझानी शुरू कर दीं।

मगर क़ारूरा (पेशाब) कुछ और कहता है

बत्तियां बुझने लगीं तो ख़लीफ़ा ज़ोर-ज़ोर से ''सरकार! सरकार!'' करके रोने लगा। हवालात की दीवारों पर खटमलों की क़तारें रेंगने लगीं और चेहरे के चारों ओर ख़ून के प्यासे मच्छरों का दायरा घूमने लगा। इस मोड़ पर मुंशी जी अचानक फिर प्रकट हुए और मलबारी होटल से मंगवाया हुआ क़ीमा जिसमें पड़ी हुई हरी मिर्चों और हरे धनिये की अलग से ख़ुशबू आ रही थी और तंदूर से उतरी नान बिशारत के सामने रखी। गर्म नान से भूख को बावला कर देने वाली वो लपट आ रही थी जो हज़ारों वर्ष पूर्व मनुष्य को आग की खोज करने के बाद गेहूं से आयी होगी। इसे खाने से इंकार करने के लिये बिशारत ने कुछ कहना चाहा तो कह न सके कि भूख से बुरा हाल था और सारा मुंह लार से भर गया था। हाथ के एक लिजलिजे से इशारे से इंकार किया और नाक दूसरी ओर फेर कर बैठ गये। इस पर मुंशी जी बोले, ''क़सम ख़ुदा की! मैं भी नहीं खाऊंगा। इसका अज़ाब (ईश्वरीय दण्ड) आपकी गर्दन पर। तीन बजे एक 'बन' चाय में डुबो के खाया था बस! डॉक्टर आंतों की टी.बी. बताता है, परन्तु हकीम साहब को दिखाया तो वो कहने लगे कि

ये बीमारी ज़ियादा खाना खाने से होती है। लो और सुनो! मैंने कहा कि हकीम साहब, मेरा यह शरीर, क़द-काठी तो देखिये। बोले, 'मगर क़ारूरा कुछ और कहता है।' ''

एकाएक मुंशी जी ने बात का रुख़ मोड़ा। बिशारत के घुटने छूकर कहने लगे, ''मैं आपके पैरों की ख़ाक हूं, पर दुनिया देखी है। आप इज़्ज़तदार आदमी हैं, परन्तु मामले की नज़ाकत को नहीं समझ रहे कि क़ारूरा क्या कह रहा है। मैं आपके ससुर का मुहल्लेदार रह चुका हूं। देखिये! मान-सम्मान माल से बढ़ कर नहीं होता, लकड़ी दे-दिला के रफ़ा-दफ़ा कीजिये। कुछ दो-तीन हज़ार की दूसरी लाट मिल जायेगी। फिर झगड़ा किस बात का! सरकार शेर के मुंह से शिकार ही नहीं छीनते, उसके दांत भी उखाड़ लाते हैं। इलाक़े में कहीं कोई वारदात हो, सरकार को मानो पूर्वाभास हो जाता है कि किसका काम है। किसी-किसी को तो महज़ अनुमान पर ही धर लेते हैं, जैसा कि माफ़ कीजिये! हुज़ूर के साथ हुआ। पिछले साल इन्हीं दिनों की बात है, सरकार ने एक व्यक्ति को गाली-गलौज से आम रास्ते पर रुकावट पैदा करने पर गिरफ़्तार किया। देखने में तो यह ज़रा-सी बात थी, मगर क़ारूरा कुछ और कह रहा था। सबको आश्चर्य हुआ, परन्तु दो घंटे बाद सरकार ने उसके घर से व्हाइट हार्स व्हिस्की की तीन सौ बोतलें, दो घोड़ा बोस्की के थान, चोरी के गहने, दर्जनों रेडियोग्राम और दुनिया-भर का चोरी का माल बरामद कर लिया। घर में हर चीज़ चोरी की थी। बाप के अलावा एक चीज़ भी अपनी नहीं निकली। जिसने कहा कि मैं इस नालायक़ का त्याग करता हूं। परन्तु हमारे सरकार दिल के बहुत अच्छे हैं। पिछले वर्ष इसी ज़माने में मेरी बेटी की शादी हुई, सारा ख़र्च सरकार ने स्वयं उठाया। इन्हीं में से एक रेडियोग्राम भी दहेज़ में दिया। मैं इसकी गारंटी देता हूं कि चोरी हुई लकड़ी और ट्रक की रजिस्ट्रेशन बुक आपको तीन दिन के अंदर-अंदर दुकान पर ही डिलीवर हो जायेगी। मेरी मान जाइये, वैसे भी बेटी की शादी के लिये रिश्वत लेने और देने की गिनती नेग-न्योते में करनी चाहिए। आप समझ रहे हैं?''

रोटी मेरी काठ दी, लावण मेरी भुक्ख

अब प्याज़ से सब छिलके एक-एक करके उतर चुके थे। बस आंखों में हल्की-हल्की जलन शेष रह गयी थी। अपमान का अस्ल कारण समझ में आ जाये तो झुंझलाहट जाती रहती है। फिर इंसान को चुप लग जाती है। मुंशी जी अब उन्हें अपने ही आदमी लगने लगे।

''मुंशी जी! यहां सभी?''

''हुज़ूर! सभी।''

''वकील साहब भी?''

'मुंशी जी! फिर आप... ?''

''हुज़ूर! मेरे सात बच्चे हैं। बड़ा बेटा इंटर में है। पत्नी को भी टी.बी. बतायी है। दिन में दो-तीन बार ख़ून डालती है। इलाज में अच्छा खाना भी शामिल है। वेतन इस साल की तरक़्क़ी मिलाकर अट्ठाइस रुपये पांच आने बनता है।''

बिशारत ने ट्रक में लदी हुई लकड़ी एस.एच.ओ. को भेंट करने की स्वीकृति दे दी। आधी रात इधर, आधी रात उधर, बारह बजे ख़लीफ़ा की हथकड़ी खुली तो वहीं यानी मोरी के मुहाने के बीच सिजदे में चला गया। शुक्राने के सजदे से अभी पूरी तरह नहीं उठा था कि हाथ फैलाकर हैड कांस्टेबल से बीड़ी मांग ली। इधर बिशारत को भी कमरे से बाहर निकलने की अनुमति मिली। मुंशी जी ने मुबारकबाद दी। अपनी पीतल की डिबिया से निकाल कर दुबारा पान की क़तरन यह कहकर पेश की कि यह गिलोरियां आपकी भाभी ने ख़ासतौर पर बनायी थीं। हैड कांस्टेबल ने बिशारत को अलग ले जाकर मुबारकबाद देते हुए कहा, ''ख़ुशी का मौक़ा है, मुंशी जी को पच्चीस रुपये दे दीजिये। ग़रीब, बाल-बच्चेदार, ईमानदार आदमी है और जनाबे-आली! अब हम सबका मुंह मीठा कराइये। ऐसे ख़ुशी के मौक़े बार-बार थोड़े ही आते हैं। आप बेशक घर फ़ोन कर लें। घरवाले परेशान होंगे कि सरकार अब तक क्यों नहीं लौटे। एक्सीडेंट तो नहीं हो गया। ढुंढैया मच रही होगी। अस्पतालों के केजुअल्टी वार्ड में हर मुर्दे की चादर हटा-हटा के देख रहे होंगे और निराश लौट रहे होंगे।'' बिशारत ने सौ रुपये जेब से निकालकर मिठाई के लिये दिये। थोड़ी देर बाद एस.एच.ओ. के कमरे से वही वकील साहब मिठाई के वैसे ही चार डिब्बों का मीनार गोद में उठाये और ठुड्डी के ठोंगे से उसे संतुलित करते हुए प्रकट हुए। उन्होंने भी बड़ी गर्मजोशी से मुबारकबाद दी और उनकी समझदारी को सराहा। तीन डिब्बे स्टाफ़ को बांटे और चौथा बिशारत की ओर बढ़ाते हुए बोले, ''यह हमारी तरफ़ से भाभी साहिबा और बच्चों को दे दीजियेगा।'' डिब्बा हवाले करने के बाद उन्होंने अपना क़लफ़दार कॉलर उतार दिया और काला कोट उतार कर हाथ पर लटका लिया।

भिखारी कौन?

वकील साहब ने सलाह दी कि लगे-हाथों लकड़ी एस.एच.ओ. साहब के प्लॉट पर डालते जाइये। नेक काम में देर नहीं करनी चाहिए। गाड़ी में एक कांस्टेबल राइफ़ल संभाले ख़लीफ़ा के पहलू में बैठ गया। ख़लीफ़ा ने इस बार ''पिदर सोख़्ता'' कह कर एक ही गाली से गाड़ी स्टार्ट कर दी। कोई बहुत पढ़ा-लिखा या प्रतिष्ठित आदमी पास बैठा हो तो वो गाड़ी को फ़ारसी में गाली देता था। गाली देते समय उसके चेहरे पर ऐसा भाव आता कि गाली का अर्थ चित्रित होकर सामने आ जाता था। थानेवालों ने एक गैस की लालटेन साथ कर दी ताकि अंधेरे में प्लॉट पर माल उतरवाने में आसानी रहे। गाड़ी के पिछले हिस्से में लकड़ी के तख़्तों पर लालटेन हाथ में लिये बिशारत बैठ गये। झटकों से मेंटल झड़ जाने के डर से उन्होंने लालटेन हाथ में उठा रखी थी। ख़लीफ़ा ऐसा बन रहा था जैसे गाड़ी हमेशा ही आहिस्ता चलाता है। कांस्टेबल ने झुंझलाते हुए उसे दो बार डांटा, ''अबे ट्रक चला रहा है या अपनी बीवी के जनाज़े का जुलूस निकाल रहा है!'' बिशारत की आंखें नींद से बंद हो चली थीं, मगर शह्‌र की सड़कें जाग रही थीं। सिनेमा का अन्तिम शो अभी समाप्त हुआ ही था। पैलेस सिनेमा के पास बिजली के खम्बे के नीचे एक जवान अर्धनग्न पागल स्त्री अपने बच्चे को दूध पिला रही थी। बच्चे की आंखें दुखने आयी हुई थीं और सूजन और चीपड़ों से बिलकुल बंद हो चुकी थीं। नंगी छातियों पर बच्चे ने दूध डाल दिया था जिस पर मक्खियों ने छावनी छा रखी थी। हर गुज़रने वाला उन हिस्सों को जो मक्खियों

से बच रहे थे न केवल ग़ौर से देखता बल्कि मुड़-मुड़ के ऐसी नज़रों से घूरता चला जाता कि यह फ़ैसला करना कठिन था कि दरअस्ल भिखारी कौन है? पास ही एल्यूमीनियम के बिना धुले पियाले में मुंह डाले एक कुत्ता उसे ज़बान से चाट-चाट कर साफ़ कर रहा था। उससे थोड़ा दूर एक सात-आठ साल का लड़का अभी तक मोतिया के गजरे बेच रहा था। उन्होंने तरस खाकर एक गजरा ख़रीद लिया और कांस्टेबल को दे दिया। उसने उसे राइफ़ल की नाल पर लपेट लिया। बिशारत सर झुकाये, विचारों में खोये प्लॉट पर पहुंचे तो एक बजा होगा। उन्होंने लालटेन गाड़ी के बोनट पर रख दी और उसकी रौशनी में वो लकड़ी, जो चोरों से बच गयी थी, अपने हाथों से थानेदार के प्लॉट पर डाल आये।

तोते की भविष्यवाणी

ढाई बजे रात को जब वो घर पहुंचे तो निर्णय ले चुके थे कि इस ऑटोमेटिक छकड़े को औने-पौने ठिकाने लगा देंगे। घर, घोड़े, घरवाली, सवारी और अंगूठी के पत्थर के सिलसिले में वो शुभ और अशुभ के क़ायल थे। उन्हें याद आया कि 1953 में मोटरसाइकिल-रिक्शे की दुर्घटना में घायल होने के पश्चात् जब वो नगर-पालिका के सामने बैठने वाले एक ज्योतिषी के पास गये तो उसने अपने सधाये हुए तोते से एक लिफ़ाफ़ा निकलवा कर भविष्यवाणी की थी कि तुम्हारे भाग्य में एक पत्नी और तीन हज हैं। 'संख्या क्रम इसके विपरीत होता तो क्या ही अच्छा होता,' उन्होंने दिल में कहा। वैसे भी हज जीवन में एक ही बार अनिवार्य है। पुण्य लूटने के मामले में वो लालची बिलकुल नहीं थे। ज्योतिषी ने कुण्डली बनाकर और हाथ की लकीरें मैग्निफ़ाइंग ग्लास से देखकर कहा कि दो, तीन और चार पहियों वाली गाड़ियां तुम्हारे लिये अशुभ रहेंगी। यह बात वो कुण्डली और मैग्निफ़ाइंग ग्लास के बिना केवल उनके हाथ और गर्दन पर बंधी हुई पट्टियां देख कर भी कह सकता था। बहरहाल, अब वो इस नतीजे पर पहुंचे कि जब तक एक या पांच पहिये की गाड़ी का आविष्कार न हो, उन्हें अपनी टांगों पर ही गुज़ारा करना पड़ेगा। ऐसा लगता था कि इस गाड़ी को ख़रीदने का उद्देश्य लकड़ी को चोरों और एस.एच.ओ. तक सुरक्षापूर्वक पहुंचाना था जो ख़ुदा के करम से बिना देरी और रुकावट के पूरा हो चुका था।

बंगाल टाइगर गया, बब्बर शेर आ गया

सुब्ह जब उन्होंने ख़लीफ़ा को सूचित किया कि अब वो उसकी सेवाओं से लाभान्वित होने योग्य नहीं रहे तो वो बहुत रोया गाया। पहले तो कहा कि मैं गाड़ी को अकेला छोड़ कर कैसे जाऊं? फिर कहने लगा, "कहां जाऊं?" बाद में उसने मालिक और नौकर के अटूट रिश्ते और नमक खाने के नतीजों पर भाषण दिया। जिसका सार यह था कि उसे अपनी ग़लती का अहसास है और जो भारी नुक़सान उनको पहुंचा है, उसकी भरपाई वो इस तरह करना चाहेगा कि साल भर में उनकी हजामत की जो रक़म बनती है, उसमें से वो लकड़ी की रक़म काट लें। इस पर वो चीख़े, "ख़लीफ़े! तू समझता है कि मैं साढ़े-तीन हज़ार सालाना की हजामत बनवाता हूं?" ख़लीफ़ा ने दोबारा अपनी ग़लती को खुले दिल से स्वीकार किया और साथ ही गाड़ी को मोबाइल हेयर कटिंग सैलून बनाने का मूर्खतापूर्ण प्रस्ताव पेश किया, जो उतने ही अपमान के साथ रद्द कर दिया गया। तंग आकर उसने

यहां तक कहा कि वो तमाम उम्र–यानी गाड़ी की या उसकी अपनी स्वाभाविक उम्र तक, जो भी पहले दग़ा दे जाये, बिलकुल मुफ़्त ड्राइवरी करने के लिये तैयार है। अर्थात् जो नुक़सान पहले वेतन लेकर पहुंचाता था वो अब बिना वेतन लिये पहुंचायेगा। ग़रज कि ख़लीफ़ा देर तक इसी प्रकार के प्रस्तावों से उनके जख़्मों पर फ़िटकरी छिड़कता रहा।

वो किसी तरह न माने तो ख़लीफ़ा ने हथियार डाल दिये, मगर उस्तरा उठा लिया। मतलब यह कि अन्तिम इच्छा यह प्रकट की कि इस संबंध–विच्छेद के बावजूद, उसे कम–से–कम हजामत के लिये तो आने की इजाज़त दी जाये जो बिशारत ने केवल इस शर्त पर दी कि अगर मैं आइंदा कोई सवारी, किसी भी प्रकार की सवारी रखूं तो हरामख़ोर उसे तुम नहीं चलाओगे।

कुछ दिन बाद ख़लीफ़ा यह ख़बर देने आया कि साहब जी! यूं ही मेरे दिल में उचंग हुई कि ज़रा थानेदार साहब बहादुर के प्लॉट की ओर होता चलूं। मैं तो देख के भौंचक्का रह गया। क्या देखता हूं कि अपनी रिश्वत में दी हुई लकड़ी के पास अपनी चोरीशुदा लकड़ी पड़ी है! हमारा माल एक शेर दूसरे शेर के मुंह में से निकाल कर डकार गया। हमें क्या अन्तर पड़ता है कि धारीदार शेर (Bengal tiger) चला गया और बब्बर शेर आ गया। मेरा विश्वास नहीं तो स्वयं जा के देख लीजिये।

ख़लीफ़ा हँसने लगा। उसे अपनी ही बात पर बेमौक़ा, बेअख़्तियार और लगातार हँसने की बुरी आदत थी। सांस टूट जाती तो थोड़ा दम लेके फिर से हँसना शुरू कर देता। वो हँसी अलापता था। दम लेने के अन्तराल में आंख मारता जाता। सामने का एक दांत टूटा हुआ था। इस समय वो अपनी हँसी को रोकने की कोशिश कर रहा था और बिलकुल क्लाउन मालूम हो रहा था।

यह ट्रक बिकाऊ है

गाड़ी एक महीने तक बेकार खड़ी रही। किसी ने झूठों भी दाम न लगाये। उपहास और अपमान के पहलू से बचने की ख़ातिर हमने उसे गाड़ी कहा है। बिशारत बेहद भावुक हो गये थे। कोई इसे कार कहता तो उन्हें लगता कि व्यंग्य कर रहा है और ट्रक कहता तो उसमें अपमान का पहलू नज़र आता। वो स्वयं vehicle कहने लगे थे। वो मायूस हो गये थे कि अचानक एक–एक दिन के गैप से इकट्ठी तीन 'ऑफ़र्स' आ गईं। पड़ोस में सीमेंट डिपो के मालिक ने उस तिरपाल के, जो कभी गाड़ी पर चढ़ा रहता था, तेरह रुपये लगाये। जबकि एक गधा गाड़ीवाले ने बारह रुपये के बदले चारों पहिये निकाल कर ले जाने की ऑफ़र दी। उन्होंने उस जाहिल को बुरी तरह लताड़ा कि यह भी एक ही रही। तेरा विचार है कि यह गाड़ी पहियों के बिना भी चल सकती है! उसने जवाब दिया, "साईं! यह पहियों के होते हुए कौन–सी चल रही है!" रक़म के लिहाज़ से तीसरी ऑफ़र सब से अच्छी थी। यह एक ऐसे व्यक्ति ने दी जो हुलिये के लिहाज़ से स्मगलर लगता था। उसने गाड़ी की नंबर प्लेट के दो सौ रुपये लगाये।

इन अपमानजनक आफ़र्स के बाद बिशारत ने गाड़ी पर तिरपाल चढ़ा दिया और

तौबा की कि आइंदा कभी कार नहीं ख़रीदेंगे। आगे चलकर आर्थिक स्थिति और तबीयत का चुलबुलापन वापस लौटा तो इस तौबा में इतना संशोधन कर लिया कि आगे किसी स्वर्गवासी गोरे की गाड़ी नहीं ख़रीदेंगे, चाहे उसकी विधवा मेम कितनी ही ख़ूबसूरत क्यों न हो। मिर्ज़ा ने सलाह दी कि अगर तुम्हारी किसी से दुश्मनी है तो गाड़ी उसे उपहार में दे दो। बिशारत ने कहा, ''पेश है'' कुछ रोज़ बाद उन्होंने तिरपाल उतार दिया और एक गत्ते पर 'बिक्री के लिये' लिखकर गाड़ी पर टांग दिया। दो-तीन दिन में गाड़ी और गत्ते पर गर्द और आरा मशीन से उड़ते हुए बुरादे की मोटी परतें चढ़ गयीं। मौलाना करामत हुसैन ने, जो अब फ़र्म के मैनेजर कहलाते थे, विंड स्क्रीन की गर्द पर उंगली से 'स्वागत' और 'यह ट्रक बिकाऊ है' लिख दिया, जो दूर से नज़र आता था। रोज़ दोपहर की नमाज़ को जाते तो वज़ू के बाद अक्षरों पर गीली उंगली फेर कर उन्हें रोशन कर देते। नमाज़ के बाद मस्जिद से आकर गाड़ी पर फूंक मारते। कहते थे कि ऐसा जलाली वज़ीफ़ा पढ़ रहा हूं कि जिस चीज़ पर भी फूंक मार दी जाये वो या तो चालीस दिन के अंदर-अंदर बिक जायेगी, वरना वज़ीफ़ा पढ़ने वाला स्वयं अंधा हो जायेगा। दिन में तीन-चार बार अपनी आंखों के सामने हाथ की कभी दो, कभी तीन या चार उंगलियां दायें-बायें घुमाते, यह देखने के लिये कि रौशनी जाती तो नहीं रही। वज़ीफ़े के बाद मस्जिद से दुकान तक रास्ते भर जलाली फूंक को अपने मुंह में बड़ी सावधानी से क़ैद रखते कि 'लीक' होकर ग़लती से किसी और चीज़ पर न पड़ जाये।

हाजी औरंगज़ेब ख़ान इमारती लकड़ी के सौदागर और आढ़ती

पतला शोरबा और सूजी का हलवा

अभी मौलाना करामत हुसैन के वज़ीफ़े को चालीस दिन भी नहीं हुए थे कि बिशारत एक और समस्या में उलझ गये जो कुछ इस तरह थी कि हाजी औरंगज़ेब ख़ान, इमारती लकड़ी के सौदागर और आढ़ती-पेशावर वाले उनसे रक़म वसूल करने आ धमके। उन्होंने कोई एक साल पहले बढ़िया क़िस्म की लकड़ी पंजाब के एक आढ़ती की मार्फ़त बिशारत को सप्लाई की थी। वह दाग़दार निकली। जब यह साल भर तक नहीं बिकी तो बिशारत ने घाटे से सात हज़ार में बेच दी। यह वही लकड़ी थी जिसकी चोरी, दोबारा-प्राप्ति और ख़राबी का हाल हम पिछले पृष्ठों में बयान कर चुके हैं। बिशारत का कहना था कि मैंने यह लकड़ी सात हज़ार में घाटे से बेची। ख़ान साहब कहते थे कि आपकी आधी लकड़ी तो चोर ले गये आधी पुलिसवाले ने हथिया ली। आप इसे बेचना कहते हैं। इसके लिये तो पश्तो में बहुत बुरा शब्द है।

बिशारत के अनुमानानुसार लकड़ी की मालियत किसी प्रकार सात हज़ार से अधिक नहीं थी। उधर हाजी औरंगज़ेब ख़ां उसूली तौर पर एक पाई भी छोड़ने के लिये तैयार न थे। जिसका मतलब यह था कि बिशारत शेष रक़म, यानी 2573 रुपये 9 आने और 3 पाई अपनी जेब से भरें (यह रक़म आज के दो लाख रुपये के बराबर थी)। ख़ान साहब कहते थे कि आपने माल बेचने में शैतानी जल्दी दिखायी। जल्दी का काम शैतान का। सेठ! यह लकड़ी थी, बालिग़ लड़की तो नहीं, जिसकी जल्द-से-जल्द विदाई पुण्य कार्य हो।

एक मुद्दत से इस रक़म के बारे में पत्र-व्यवहार चल रहा था। एक दिन ख़ान साहब के दिल में न जाने क्या आयी कि क़ानूनी नोटिस की रजिस्ट्री करायी। पेशावर जनरल पोस्ट ऑफ़िस से सीधे घर आये। सामान बांधा और नोटिस से पहले स्वयं पहुंच गये। नोटिस उनके आने के तीन दिन बाद उनकी उपस्थिति में इस प्रकार प्राप्त हुआ कि रजिस्ट्री स्वयं उन्होंने डाकिये के हाथ से छीनकर खोली। नोटिस निकालकर फाड़ दिया और लिफ़ाफ़ा बिशारत को थमा दिया। ठहरे भी उन्हीं के घर पर। उस समय में नियम था कि आढ़ती या थोक व्यापारी आये तो उसे घर पर ही ठहराया जाता था। यूं भी बिशारत की ख़ान साहब से ख़ूब बनती थी। बिशारत ख़ान साहब की मुहब्बत और आवभगत पर जान छिड़कते थे और ख़ान साहब उनकी लच्छेदार बातों पर फ़िदा थे।

दिन भर एक-दूसरे के साथ झांय-झांय करने के बाद शाम को ख़ान साहब बिशारत के साथ उनके घर चले जाते। यहां उनकी इस तरह ख़ातिर होती जैसे दिन में कुछ हुआ ही नहीं। घरवाले उनकी आवभगत करते-करते तंग आ चुके थे। इसके बावजूद ख़ान साहब को शिकायत थी कि यहां पतले शोरबे का सालन खा-खा कर मेरी नज़र कमज़ोर हो गयी है। थोड़ा लंगड़ा के चलने लगे थे। कहते थे, ''घुटनों में शोरबा उतर आया है।'' रात के खाने के बाद सूजी का हलवा ज़रूर मांगते। कहते थे, ''हलवा न खाऊं तो बुज़ुर्गों की आत्मायें सपने में आ-आ कर डांटती हैं।'' प्रायः उन पूरी रानों को याद करके आहें भरते जो उनके दस्तरख़्वान की शोभा हुआ करती थीं। उनका पेट ऊंची नस्ल के बकरों, मेढ़ों का क़ब्रिस्तान था। जिसके वो मुज़ाविर (झाड़ू देने वाला) थे। बिशारत ने दोपहर को उनके लिये फ्रंटियर होटल से रान और चिपली कबाब मंगवाने शुरू किये। मिर्ज़ा ने कई बार कहा कि इससे तो बेहतर है कि 2573 रुपये 9 आने और 3 पाई देकर अपना पिंड छुड़ाओ। यह फिर भी सस्ता पड़ेगा। मगर बिशारत कहते थे कि सवाल रुपये का नहीं उसूल का है। ख़ान साहब भी इसे अपने स्वाभिमान और उसूल की समस्या बनाये हुए थे।

पीर-फ़क़ीर जिस एकाग्रता से ध्यान और साधना करते हैं। ख़ान साहब इससे अधिक एकाग्रता और तन्मयता भोजन में दिखाते थे। अक्सर कहते थे कि नमाज़, नींद, खाने और गाली देने के बीच कोई दख़्ल दे तो उसे गोली मार दूंगा। किसी अजनबी या दुश्मन या अविश्वसनीय मित्र से मिलने जाते तो गले में 38 बोर का रिवॉल्वर डाल लेते। मशहूर था कि हज के समय काबे की परिक्रमा के दौरान भी रिवॉल्वर अहराम (उस समय पहने जाने वाली चादर) में छुपा रखा था। ख़ुदा ही बेहतर जानता है, हमें तो पता नहीं। दस सेर सूजी बतौर उपहार साथ लाये थे। उसी का हलवा बनवा-बनवा कर खा रहे थे। बिशारत रोज़ सूजी की बोरी देखते और दहल जाते। इसलिए कि अभी तो इसके समाप्त होने में बहुत देर थी। ख़ान साहब कहते थे कि अगली बार मर्दान शुगर मिल्ज़ से ताज़ा गुड़ की बोरी लाऊंगा। सफ़ेद चीनी खाने से ख़ून पतला पड़ जाता है। एक दिन बिशारत ने घबरा के बातों-बातों में टोह लेनी चाही। पूछा, ''ख़ान साहब! गुड़ से क्या-क्या बनता है?'' सूजी के हलवे का गोला हल्क़ में फिसलाते हुए बोले, ''भाभी से पूछ लेना। इस समय दिमाग़ हाज़िर नहीं। बात यह है कि घाटे, झगड़े और गुड़ से-और रोज़े

से भी हमारे दिमाग़ को एकदम गर्मी चढ़ जाता है। हम रमज़ान में केवल हाथापाई करता है, क्योंकि रोज़े में गाली देना मना है।''

टांगें और पाये

ख़ान साहब के अपने दस्तरख़्वान और आवभगत का क्या कहना। बिशारत को पेशावर में उनके यहां मेहमान रहने का मौक़ा मिला था। हर खाने पर बकरी या दुंबे की पूरी रान सामने रख देते। नाश्ते और चाय पर अलबत्ता मुर्ग़ी की टांग से गुज़ारा करते। उनके दस्तरख़्वान पर रान और टांग के सिवा किसी और हिस्से का गोश्त नहीं देखा। न कभी सब्ज़ी या मछली देखी। इसका कारण यही समझ में आता था कि बैंगन और मछली की टांगें नहीं होतीं। यह कहना तो मुश्किल है कि पेरिस के नाइट-क्लब की कोरस गर्ल्ज़ की उघड़ी टाँगों को देखकर ख़ान साहब पश्तो में क्या फ़र्माते, लेकिन इतना हम विश्वास से कह सकते हैं कि उन्हें ऐसी टांगों में कोई दिलचस्पी नहीं थी, जिन्हें रोस्ट करके वो खा और खिला न सकें।

टांग का गोश्त रुचिकर होने के बावजूद ख़ान साहब को बोंग की नहारी और शिरी पायों से सख़्त चिढ़ थी। एक बार कहने लगे, ''मुझसे तो जानवरों के गन्दे, गोबर में बसे हुए खुरों का शोरबा नहीं खाया जाता। हमारे फ्रंटियर में तो कोई बुड्ढा किसी कच्ची उम्र की कुंवारी से शादी कर ले तो हकीम और पड़ौसी उसे ऐसा ही गर्म पदार्थ खिलाते हैं। इससे वो आंतों की बीमारी का शिकार होकर मृत्यु को प्राप्त हो जाता है। सुना है विलायत में तो खुरों से सालन के बजाय सरेश बनाते हैं। आप भी कमाल करते हैं! बकरी के पाये, भेड़ के पाये, दुंबे के पाये, भैंस के पाये, मेरे विचार में तो चारपाई के पाये आप महज़ इसलिए छोड़ देते हैं कि वो साफ़ होते हैं।''

पिछली शताब्दी का स्टैच्यू

ख़ान साहब सुन्दर और भारी भरकम आदमी थे। उनकी बेकार बात में भी वज़्न महसूस होता था। क़द लगभग साढ़े छः फ़ुट, जिसे टोपी और पगड़ी से साढ़े सात फ़ुट बना रखा था। मगर आठ फ़ुट के लगते थे और यही समझ कर बात करते थे। स्वास्थ्य और काठी इतनी अच्छी कि उम्र कुछ भी हो सकती थी। शरीर का अनुमान इस बात से लगाया जा सकता है कि हत्थेवाली कुर्सी पर जैसे-तैसे ठुंस कर बैठ तो जाते, लेकिन जब उठते तो कुर्सी भी साथ उठती। सुनहरी मूंछें और हल्की-भूरी आंखें, बायें गाल पर घाव का निशान, जो अगर न होता तो चेहरा अधूरा दिखायी देता। तर्जनी दूसरे पोर से कटी हुई, किसी को चेतावनी देनी हो या आसमान को किसी समस्या में गवाह बनाना हो (जिसकी आवश्यकता दिन में कई बार पड़ती थी) तो ये अधकटी उंगली उठा कर बात करते। उनकी कटी उंगली भी हमारी पूरी उंगली से बड़ी थी। पास और दूर की नज़र काफ़ी कमज़ोर थी, परन्तु जहां तक सम्भव हो चश्मा लगाने से बचते थे। केवल चेक पर दस्तख़त करने और गाली देने के बाद, जिसे गाली दी उसके चेहरे के इम्प्रेशन देखने के लिये पास का चश्मा लगा लेते और उतारने से पहले जल्दी-जल्दी दूर की चीज़ें देखने की कोशिश करते। यह मालूमात उनकी दिन-भर

की आवश्यकताओं के लिये काफ़ी होती थी। आंखों में शरारत चमकती थी। खुलकर हँसते तो चेहरा अनारदाना हो जाता। चेहरे पर हँसी समाप्त होने के बाद उसकी अंदरूनी लहरों से पेट देर तक हिचकोले खाता रहता। ज़री की टोपी पर पगड़ी का हाथ-भर ऊंचा क़लफ़दार तुर्रा घायल अंगूठे की तरह सदा खड़ा ही रहता था। गहरा ब्राउन तुर्की कोट, 'तिल्ले' की पेशावरी चप्पल जिसमें हमारे दोनों पैर आगे-पीछे आ जायें। बेतहाशा घेर की सफ़ेद शलवार। ख़ान साहब एक बेहद रोबीले पिछली शताब्दी के आदमी दिखायी देते थे। क़सीदे (प्रशंसा में लिखी गयी कविता) और स्टैच्यू के लिये यह आवश्यक है कि कम-से -कम डेढ़ गुना हो, लाइफ़ साइज़ न हो। ख़ान साहब अपना स्टैच्यू आप थे।

वास्कट की जेब में जो सोने की घड़ी रखते थे उसकी ज़ंजीर दो फ़ुट लम्बी अवश्य होगी। इसलिए कि वास्कट की एक जेब से दूसरी जेब की दूरी इतनी ही थी। जितनी देर में ख़ान साहब की शलवार में नाड़ा डलता उतनी देर में आदमी आराम से टहल कर वापस आ सकता था। नर्वस सिस्टम बेहद शक्तिशाली था। मामूली तकलीफ़ और असुविधा का उनको अहसास ही नहीं होता था। एक बार धोबी ने उनकी मैली शलवार के नेफ़े से पेन्सिल के टुकड़े बरामद किये। ख़ूब खाते थे और खाने के दौरान बातचीत से परहेज़ करते और पानी नहीं पीते थे कि ख़्वामख़ाह जगह घेरता है। दाल को हिन्दुवाना बुराई और सब्ज़ी खाने को मवेशियों का अधिकार छीनने में गिनते थे। कड़ाही गोश्त का अर्थ केवल यही नहीं होता था कि वो कड़ाही का गोश्त खायेंगे, बल्कि कड़ाही भर के खायेंगे। ख़ैरियत गुज़री कि उस ज़माने में बाल्टी गोश्त का रिवाज़ नहीं था वरना वो यक़ीनी तौर पर बाल्टी को कड़ाही से बेहतर समझते। तीतर, बटेर की हड्डियों, अंगूर, माल्टे और तरबूज़ के बीज थूकने को ज़नानी हरकतों में गिनते थे। अपनी शारीरिक स्थिति से स्वयं परेशान थे। घूमने-फिरने और चहलक़दमी के शौक़ीन मगर इस शर्त पर कि हर चालीस क़दम चलने के पश्चात् सुस्ताने और कुछ पेट में डालने के लिये थोड़ा रुकेंगे ताकि ताज़ादम होकर आगे बढ़ें, यानी अगले चालीस क़दम। माना कि ख़ान साहब में इतनी फुर्ती और चलत-फिरत नहीं थी कि बढ़कर शत्रु पर आक्रमण कर सकें, मगर लड़ाई के दौरान अगर वो उस पर केवल गिर पड़ते तो वो पानी न मांगता। हाथ-पांव मारे बिना वहीं दम घुट के ढेर हो जाता। यहां उगाही के लिये आते तो कारतूसों की पेटी नहीं बांधते थे। कहते थे कि इसके बिना ही काम चल जाता है। सीने और पेट पर पेटी के निशान से एक लकीर बन गयी थी जो धड़ को दो समानांतर त्रिकोणों में आड़ा विभाजित करती थी। कहते थे कि जहां पहाड़ी हवायें और बन्दूक़ की आवाज़ न आये वहां मर्दों को नींद नहीं आती।

उनकी कटी हुई तर्जनी का क़िस्सा यह है कि उनका लड़कपन था। लड़कों में लेमोनेड की गोली वाली बोतल को उंगली से खोलने का मुक़ाबला हो रहा था। ख़ान साहब ने उसकी गोली पर उंगली रखकर दूसरे हाथ से पूरी ताक़त से मुक्का मारा, जिससे फ़ौरन बोतल और हड्डी टूट गयी। बोतल की गर्दन उनकी उंगली में सगाई की अंगूठी की तरह फंसकर रह गयी, दो सप्ताह बाद कटवानी पड़ी। क्लोरोफ़ार्म सूंघने को वो मर्दों की शान के ख़िलाफ़ समझते थे। इसलिए बिना क्लोरोफ़ार्म के ऑपरेशन कराया। ऑपरेशन

से पहले कहा कि मेरे मुंह पर कस के ढाटा बांध दो। अपने विचार में कोई बहुत ही बुद्धिमानी की बात करनी हो तो बात में वज़्न पैदा करने के उद्देश्य से पहले अपनी ठुड्डी पर इस तरह हाथ फेरते मानो वहां टैगोर जैसी दाढ़ी है, जो उलझी हुई है और कंघे की मुहताज है। फिर कटी हुई तर्जनी आकाश की ओर उठाते और पढ़ने का चश्मा लगाकर बोलना शुरू करते। लेकिन गम्भीर और पेचीदा वाक्य के बीच कोई शोख़ बात या चंचल फ़िक़रा अचानक जह्न में कौंध जाता तो उसे अदा करने से पहले आंख मारते और आंख मारने से पहले चश्मा उतार लेते, ताकि देखने वालों को साफ़ नज़र आये।

उनकी हँसी की तस्वीर खींचना बहुत मुश्किल है। यूं लगता था जैसे वो बड़े ज़ोर से एक लम्बा क़हक़हा लगाना चाहते हैं, मगर किसी कारणवश उसे रोकने की कोशिश कर रहे हैं। परिणामस्वरूप उनके मुंह से बड़ी देर तक ऐसी आवाज़ें निकलती रहतीं जैसी बैटरी ख़लास होने के बाद कार को बार-बार स्टार्ट करने से निकलती हैं। हँसने से पहले आमतौर पर अपनी वास्कट के बटन खोल देते थे। कहते थे, ''परदेस में रोज़-रोज़ किस से बटन टंकवाऊं।''

शादी एक ही की। एक जगह लगकर काम करते रहने के क़ायल थे। पत्नी ने तंग आकर कई बार उनसे कहा कि दूसरी कर लो ताकि औरों को भी तो चांस मिले।

लंगड़े कॉकरोच से शेख़ शादी तक

आप चाहें तो ख़ान साहब को अनपढ़ कह सकते हैं, मगर जाहिल बिलकुल नहीं। रची-बसी तबियत, बला की सूझ-बूझ और नज़र रखते थे, जो तुरंत बात की तह तक पहुंच जाती थी। सही अर्थों में सभ्य थे कि उन्होंने इंसान और ज़िन्दगी को बरता था। किताब के distorting mirror और आर्ट के सजावटी फ्रेम में नहीं देखा था। स्वयं ज़िन्दगी जो कुछ दिखाती, सिखाती और पढ़ाती है वो सीधा दिल पर अंकित होता है।

'नज़ीर' सीखे से इल्मे-रस्मी बशर की होती है चार आंखें
पढ़े से जिसके हो लाख आंखें वो इल्म दिल की किताब में है

ख़ान साहब बरसों चैक पर अंगूठा लगाते रहे जिस दिन उनका बैंक बैलेंस एक लाख हो गया उन्होंने उर्दू में दस्तख़त करने सीख लिये। कहते थे, ''अंगूठा लगा-लगा कर सूदख़ोर बैंकों से ओवर ड्राफ़्ट लेने में तो कोई हरज नहीं, पर हलाल की कमाई की रक़म सोच-समझ कर निकालनी चाहिए।'' दस्तख़त क्या थे, लगता था कोई लंगड़ा कॉकरोच दवात में नहा कर काग़ज पर से गुज़र गया है। दस्तख़त के दौरान उनका हाथ ऐसी तोड़ा-मरोड़ी से गुज़रता और हर छोटा-बड़ा वृत्त बनाते समय उनके खुले हुए मुंह की गोलाई इस प्रकार घटती-बढ़ती कि एक ही दस्तख़त के बाद उनके हाथ और देखने वाले की आंख में ऐंठन पड़ जाती। उस ज़माने में ख़ान साहब का एकाउण्ट मुस्लिम कमर्शियल बैंक में था, जहां उर्दू में दस्तख़त करने वालों को स्टाम्प पेपर पर यह अपमानजनक ज़मानत देनी पड़ती थी कि अगर उनके एकाउण्ट में जाली दस्तख़तों के कारण कोई फ्रॉड हो जाये तो बैंक ज़िम्मेदार न होगा, बल्कि यदि इसके नतीजे में बैंक को प्रत्यक्ष या परोक्ष रूप में कोई हानि पहुंची तो उसे भी वही भरेंगे। ख़ान साहब को जब इसका मलतब पश्तो में

समझाया गया तो क्रोधित हो उठे। उर्दू बोलने वाले एकाउण्टेंट से कहने लगे कि ऐसी बेहूदा शर्त मानने वाले के लिये पश्तो में बहुत बुरा शब्द है। हमारा दिल बहुत ख़फ़ा है। बकते-झकते बैंक के अंग्रेज़ मैनेजर मिस्टर ए. मैक्लीन के पास विरोध करने गये। कहने लगे कि मेरे दस्तख़्त इतने ख़राब हैं कि कोई पढ़ा-लिखा आदमी बना ही नहीं सकता। जब मैं स्वयं अपने दस्तख़त इतनी मुसीबत से करता हूं तो दूसरा कैसे बना सकता है? आपके स्टाफ़ में दो दर्जन आदमी तो होंगे। सब-के-सब शक्ल से चोर, उचक्के और जुआरी लगते हैं। अगर इनमें से कोई मेरे दस्तख़त बनाकर दिखा दे तो तुरन्त एक हज़ार इनाम दूंगा, फिर गोली से उड़ा दूंगा। मिस्टर मैक्लीन ने कहा कि मैं बैंक के नियम नहीं बदल सकता। ग्रैण्डलेज बैंक में भी यही नियम हैं। हमने सारे फ़ार्म उसी से नक़्ल किये हैं। नक़्ल क्या, मक्खी पे मक्खी मारी है। बल्कि इस फ़ार्म पर तो प्रिंटर की लापरवाही से नाम भी ग्रैण्डलेज बैंक का ही छपा है। ख़ान! तुम वर्नाक्युलर की बजाय अंग्रेज़ी में दस्तख़त करना सीख लो तो इस झमेले से अपने-आप मुक्ति मिल जायेगी। उसने अपने हुक्म में प्रार्थना का रंग भरने के लिये ख़ान साहब की चाय और पेस्ट्री से ख़ातिरदारी भी की। इस आदेश के पालन के लिये ख़ान साहब दो महीने तक अंग्रेज़ी दस्तख़तों का अभ्यास करते रहे। जब हाथ रवां और पक्का हो गया तो चिक़ उठाकर सीधे मिस्टर मैक्लीन के कमरे में प्रवेश किया और रू-ब-रू दस्तख़त करके दिखाये। वो इस तरह कि पहले हाथ ऊंचा करके चार-पांच बार हवा में दस्तख़त किये और फिर एकदम क़लम काग़ज पर रखकर फ़र्राटे से दस्तख़त कर दिये। उसने तुरन्त एक स्लिप पर एकाउण्टेंट को आदेश दिया कि उनकी इंडेम्निटी रद्द समझी जाये। मैं उनके अंग्रेज़ी दस्तख़त की, जो उन्होंने मेरी उपस्थिति में इस कार्ड पर किये हैं, पुष्टि करता हूं।

हुआ केवल इतना था कि ख़ान साहब ने इन दो महीनों में उर्दू दस्तख़त को दायें से बायें करने के बजाय बायें से दायें करने का अभ्यास किया और निपुणता प्राप्त कर ली। इस दौरान नुक्ते और मर्कज ग़ायब हो गये। मिस्टर मैक्लीन के सामने उन्होंने यही दस्तख़त बायें से दायें किये और सारी उम्र इसी अंग्रेज़ी शैली पर चलते रहे। चैक और कारोबारी काग़ज़ों पर इसी प्रकार दस्तख़त करते परन्तु यदि किसी दोस्त-रिश्तेदार को चिट्ठी लिखवाते या कोई हलफ़नामा दाख़िल करते, जिसमें सच बोलना आवश्यक हो, तो अन्त में उर्दू में दस्तख़त करते। मतलब यह कि क़लम दायें से बायें चलता। ख़ान साहब दस्तख़त करने की कला में अब इतनी निपुणता प्राप्त कर चुके थे कि अगर जापानी में दस्तख़त करने के लिये कहा जाता तो वो इसी लेटे हुए कॉकरोच को मूंछें पकड़ के सर के बल खड़ा कर देते।

ख़ान साहब को कभी बहस जल्दी निपटानी होती या विरोधी और सम्बोधित को महज़ बोझों मारना होता तो कहते, "शेख़ सादी ने फ़रमाया है कि..." उन्होंने अपने समस्त स्वर्णिम तथा अस्वर्णिम वचन शेख़ सादी के पक्ष में त्याग दिये थे। हमें विश्वास है कि शेख़ सादी भी यदि इन वचनों को सुन लेते तो वो स्वयं भी त्याग देते।

बात कितनी ही असंबद्ध और छोटी-सी हो, ख़ान साहब उसके पक्ष में बड़े-से-बड़ा नुक़्सान उठाने के लिये तैयार रहते थे। नज़रअंदाज़ करने और समझौते को उन्होंने हमेशा

मर्दानगी के विरुद्ध समझा। अक्सर कहते कि जो व्यक्ति ख़ून-ख़राबा होने से पहले ही समझौता कर ले, उसके लिये पश्तो में बहुत बुरा शब्द है। इस समस्या के बाद बिशारत को एक बार बन्नू में उनके पुश्तैनी मकान में ठहरने का संयोग हुआ। देखा कि ख़ान साहब किसी घमासान की बहस में जीत जाते या किसी प्रिय घटना पर बहुत ख़ुश होते तो तुरन्त बाहर जाकर घोड़े पर चढ़ जाते और अपने किसी दुश्मन के घर का चक्कर लगाकर वापस आ जाते। फिर नौकर से अपने सर पर एक लोटा ठण्डे पानी का डलवाते कि अहंकार अल्लाह को पसन्द नहीं।

ख़ान साहब ने अपने हाल पर मगरमच्छ के आंसू बहाये

ख़ान साहब दिन में दो-तीन बार बिशारत को यह धमकी ज़रूर देते कि ''एक पाई भी नहीं छोड़ूंगा, चाहे मुझे एक साल तुम्हारे यहां मेहमान रहना पड़े।'' अक्सर यह भी कान में डालते रहते कि क़बाइली शिष्टाचार में अतिथि सत्कार के तक़ाज़े कुछ और हैं। अगर आप अतिथि से यह पूछ बैठें कि तुम कब जाओगे और इस पर वो आपका ख़ून न कर दे तो उसकी शराफ़त, ग़ैरत और वल्दियत में संदेह होगा।

सुब्ह से शाम तक दोनों बारहसिंघे आपस में सींग फंसाये फुंकार मारते। अच्छे संबंधों का वास्ता, व्यापार की रीत-रस्म, रहम की अपील और एक-दूसरे से जुल्म और धांधली से बाज़ रहने की वार्निंग के अतिरिक्त कोई ओछा हथियार न था जो इस झगड़े में खुलकर इस्तेमाल न किया गया हो। उदाहरण के तौर पर ख़ान साहब अपने अनपढ़ होने की दुहाई देते। उत्तर में बिशारत स्वयं को सीख लेने वाली दृष्टि से दिखाते कि शाइर हूं, बी.ए. हूं, फ़ारसी पढ़ी है और लकड़ी बेच रहा हूं! ख़ान साहब अपने बिज़नेस में घाटे की बात करते, तो बिशारत कहते, ''अरे साहब! यहां तो सिरे से बिज़नेस है ही नहीं, गिरह का खा रहे हैं।'' बिशारत तो ख़ैर विधवा मेम के साथ अपनी फ़र्ज़ी दरिद्रता और बहुसंतान की रिहर्सल कर चुके थे। लेकिन ख़ान साहब भी आवश्यकता पड़ने पर अपने हाल पर मगरमच्छ के आंसू बहा सकते थे। एक दिन तो उनकी अदाकारी इतनी सम्पूर्ण थी कि सीधी आंख से एक सचमुच का आंसू श्रीलंका के नक़्शे की भांति लटक रहा था। साइज़ भी वही। एक बार ख़ान साहब ने अपनी फ़र्ज़ी बेचारगी का तुरुप फेंका कि मेरे हिस्से की ज़मीनों पर चचा ने चौथाई शताब्दी से क़ब्ज़ा कर रखा है। बिशारत ने इसको इस प्रकार काटा कि अपने पेट के अल्सर पर हाथ रखकर कहा कि वो इतनी ही मुद्दत से पेट की बीमारी से पीड़ित हैं। खाना नहीं पचता, पेट में दवा और हवा तक नहीं ठहरती। ख़ान साहब बोले, ''ओ हो। पच्चीस बरस से पेट ख़राब है, आप तो पोतड़ों के मरीज़ निकले।'' वैसे इन चोंचों में आमतौर पर बिशारत ही का पल्ला भारी रहता, लेकिन एक दिन जब ख़ान साहब ने आधी आंसू-भरी आंख (आधी इसलिए कि दूसरी आंख मुस्कुरा रही थी) से यह कहा कि मेरे तो पिता का भी देहांत हो चुका है तो बिशारत को अपने आदरणीय पर बहुत क्रोध आया कि उन्हें भी इसी समय जीना था।

शब्दों के युद्ध में विजय किसी की भी
हो, शहीद केवल सच्चाई होती है

ख़ान साहब किसी प्रकार रक़म छोड़ने के लिये तैयार न थे। बिशारत ने तंग आकर यहां तक कहा कि कौन सही है, कौन ग़लत, इसे भूल जाइये। यह देखिये कि आपका हमारा व्यापार, व्यवहार आगे भी रहेगा। फिर कभी क़सर निकाल लीजियेगा। ख़ुदा न करे, यह आख़िरी सौदा तो है नहीं। इस पर ख़ान साहब बोले कि ख़ान संग मर्जान ख़ान ने मुझे नसीहत दी थी कि दोस्त से मिलो तो ऐसे मिलो जैसे आख़िरी मुलाक़ात है। अब के बिछड़े फिर नहीं मिलेंगे और किसी से सौदा करो तो यह समझ के करो कि आख़िरी सौदा है, दोबारा यह 'दल्ला' नहीं आने का। शेख़ सादी कहते हैं कि बावले से बावला कुत्ता भी यह उम्मीद नहीं रख सकता कि जिसे उसने काटा है वो स्वयं को फिर कटवाने के लिये दोबारा-तिबारा आयेगा।

एक बार बिशारत का स्वर कुछ कटु हो गया और उन्होंने बार-बार "ख़ान साहब! ख़ान साहब" कहकर ताना दिया तो कहने लगे, "देखो सेठ। गाली-गुफ़्तार करनी है तो मुझे 'ख़ान साहब' मत कहो, 'हाजी साहब' कहके गाली दो ताकि मुझे और तुम्हें दोनों को कुछ तो शर्म आये।"

बिशारत ने उनके गले में बांहें डाल कर माथा चूम लिया।

अरबपति और कराची की पांच सौग़ातें

डूबी हुई रक़मों की वसूली के सिलसिले में कराची के फेरों ने ख़ान साहब को बहुभाषी बना दिया था। हमारा मतलब है—उर्दू, फ़ारसी और गुजराती के अलावा चारों क्षेत्रीय भाषाओं में रवानी से गाली दे सकते थे। गाली की हद तक अपने शिकार का सम्मान उसकी मातृ-भाषा में बढ़ाते थे। अगर कहीं तंगी या झोल महसूस करते या सम्बोधन अधिक ही बेशर्म होता तो अन्त में उसके ताबूत में पश्तो की ऐसी कील ठोकते कि कई पुश्तों के आर-पार हो जाती। इसमें शक नहीं कि जैसी कोक शास्त्रीय गालियां हमारे यहां प्रचलित हैं, उनके सामने अंग्रेज़ी और अन्य भाषाओं की गालियां फूलों की छड़ियां और बच्चों की गांउ-गांउ प्रतीत होती हैं। जिनसे कच्चे दूध की गंध आती है। आर.के. नारायण के नॉवल इंग्लैण्ड और अमरीका के पाठकों के लिये जो विशेष आकर्षण रखते हैं उसमें उन देसी गालियों का भी योगदान है, जिनका वो अंग्रेज़ी में शाब्दिक अनुवाद करके संवाद में बारूदी सुरंगें बिछाता चला जाता है। हमारी गालियों में जो अनोखापन, ज़ोर आज़माइश, भौगोलिक-चित्रण, कामेच्छा कूट-कूट कर बल्कि साबुत-सम्पूर्ण भरी है, उसका सही-सही अनुमान हमें 1975 में दुबई में हुआ। वहां के गलादरी बन्धुओं की गिनती अरब-अमीरात और मध्य-पूर्व के अरबपतियों में होती थी। बल्कि यह कहना चाहिए कि अत्यन्त अमीर अरबपतियों में होती थी, क्योंकि अरबपति तो वहां सभी होते हैं। अब्दुल वहाब गल्लादारी और अब्दुल लतीफ़ गलादरी जो अरब हैं और जिनकी मातृभाषा अरबी है, बेहतर शिक्षा और बदतर प्रशिक्षण के सिलसिले में कुछ अर्सा कराची रह चुके हैं। हमारे आश्चर्य की सीमा न रही जब हमने देखा कि वो किसी से ख़फ़ा होते हैं या किसी अरब से उनका झगड़ा होता है और कोई अरब ऐसा नहीं, जिससे उनका झगड़ा न हुआ हो तो अरबी बोलते-बोलते उर्दू में गाली देने लगते हैं। जो अरबी के

पवित्र प्रकरण में और भी ग़लीज़ लगती है। अब्दुल लतीफ़ गलादरी का कहना है कि कराची की पांच चीज़ों का कम-से-कम इस दुनिया में तो जवाब नहीं। जड़ाऊ ज़ेवरात, क़व्वाली, बिरयानी, गाली और इत्र। 1983 में जब उनके बैंक और बिज़नेस का दीवाला निकला तो ज़ेवर, क़व्वाली, बिरयानी और इत्र तो दुश्मनों के हिस्से में आ गये, अब केवल पांचवीं चीज़ पर गुज़ारा है और यह दौलत समाप्त होने वाली नहीं। जितनी देते हैं, लोग उसकी सात-गुनी लौटा देते हैं।

कबाब परांठे और बड़ा शत्रु-वर्ग

ख़ान साहब छल-कपट से दूर, मिलनसार और मुहब्बत वाले आदमी थे। बहस में कितनी ही गर्मा-गर्मी हो जाये, दिल में ज़रा मैल नहीं रखते थे। मज़ाक़-मज़ाक़ में दोस्तों को छेड़ने और क्रोध दिलाने में उन्हें बड़ा मज़ा आता। नाश्ते में तीन तरतराते परांठे और शामी कबाब खाने और लस्सी के दो गिलास पीने के बाद दिन-भर तन्द्रा की स्थिति में अधखुली आंखों से दुनिया और दुनिया वालों को देखते रहते। यह कहना ग़लत न होगा कि पलकों को महज़ आंखें ढंकने के लिये इस्तेमाल करते और कठहुज्जती का जवाब जम्हाई और डकार से देते। ऐसे बेहोशी लाने वाले नाश्ते के बाद आदमी एब्स्ट्रेक्ट पेंटिंग कर सकता है, 'स्ट्रीम ऑफ़ कान्शियसनेस' वाला नॉवल लिख सकता है, सरकार की पंचवर्षीय योजना बना सकता है परन्तु दिमाग़ी काम नहीं कर सकता। न ढंग से बहसा-बहसी कर सकता है। ख़ान साहब को दूसरे दिन यह याद नहीं रहता था कि कल क्या कहा था, इसलिए नये सिरे से हुज्जत आरम्भ करते, जैसे इससे पहले इस समस्या पर कभी बात नहीं हुई। फ़ैज़ के मिसरे में 'उल्फ़त' के बजाय हुज्जत जड़ दें तो उनके वारदात करने के ढंग पर एकदम पूरा उतरता है।

वो जब मिले हैं तो उनसे हर बार की है 'हुज्जत' नये सिरे से

किसी से अधिक देर ख़फ़ा नहीं रह सकते थे। शायरी से नफ़रत के बावजूद अक्सर यह शे'र पढ़ते परन्तु कुछ शब्दों को इतना खींच या सिकोड़ कर पढ़ते कि मिसरा वज़्न और बह्र से ख़ारिज (बाहर) होकर गद्य बन जाता :

इंसान को इंसान से कीना नहीं अच्छा
जिस सीने में कीना हो वो सीना नहीं अच्छा

और इस पर फ़र्माते कि मुसलमान से कीना (द्वेष)रखना उस पर ज़ुल्म है। इससे तो बेहतर है कि उसे क़त्ल कर दिया जाये। यह भी गर्व से फ़र्माते कि हम तो आज़ाद क़बाइली आदमी हैं। उर्दू तो हमने डूबी हुईं 'रक़मों' की वसूली के लिये व्यापारियों से लड़ाई-दंगे के दौरान सीख ली। नतीजा यह कि उनका सारा शब्दकोष शांति की स्थिति में बिलकुल निकम्मा और नाकारा हो जाता था। राणा सांगा के शरीर की भांति उनकी लड़ाका उर्दू पर भी 72 घावों के चिह्न थे। उनकी उर्दू का विश्लेषण करने से पता चलता था कि कहां-कहां के और किस-किस राज्य के आदमी ने रक़म दबायी है। उनकी ज़बान से गुजराती, हैदराबादी और दिल्ली की करख़ंदारी ज़बान के ठेठ शब्द सुन कर अनुमान होता था कि उनकी बहस और झगड़े के डांडे कहां-कहां मिलते हैं।

लोक लहज़ा

ख़ान साहब की बातचीत और झगड़े की भाषा पर तो ख़ैर रुपया लेकर न देने वालों की छाप थी लेकिन बोलते अपने ही खरे-खनकते पश्तून स्वर में थे जो कानों को भला लगता था। इसके मुक़ाबले में बिशारत को अपना स्वर बिलकुल सपाट और बेनमक लगता। पश्तून उर्दू स्वर में एक नर्म-सा संकोच और तेज़ो-ताज़ा महक है जो किसी भारी-भरकम और द्विअर्थी बात को स्वीकार नहीं करती। यह कौंधता-ललकारता स्वर संदेहास्पद कानाफूँसियों का लहज़ा नहीं हो सकता। इसी तरह पंजाबी उर्दू में एक खुलापन, गर्मजोशी और घुलावट की अनुभूति होती है। उसमें मैदानी दरियाओं का पाट, धीरज और दिल-दरिया का गमक है और सहज-सहज रास्ता बनाने के लिये अपनी लहरी कगार काट पर पूरा विश्वास। बिलूच स्वर में एक हूक-सी, एक हुमकती पहाड़ी गूंज और दिल को खींचने वाली सख़्त कैफ़ियत के अतिरिक्त एक चौकन्नापन भी है। जो कठोर पहाड़ और जलहीन रेगिस्तान अपने आज़ादों को बख़्श देते हैं। सिन्धी उर्दू-स्वर लहकता, लहराता, lyrical स्वर है। एक ललक, एक मेहराब लहर जो अपने-आपको चूम-चूम कर आगे बढ़ती है। उर्दू के क्षेत्रीय स्वरों में वो लोक-ठाठ, मिठास और रस-जस है, जिसका हमारे घिसे-पिटे टकसाली और शह्री स्वर में दूर-दूर पता नहीं मिलता। लोक-स्वर के समावेश से जो नया उर्दू स्वर उभरा है उसमें बड़ी ताज़गी, लोच और समाई है।

"भरे हैं यहां चार सिम्तों से दरिया"

बहस और तकरार के मध्यान्तर में ख़ान साहब पैदल सैर को निकल जाते। कोहाट और बन्नू के दस-पन्द्रह भक्त जो सारा दिन वास्कटों में पिस्तौल रखे, बाहर प्रतीक्षा में बैठे होते, उनकी अर्दली में चलते। ये उनके कमांडोज़ थे जो उनकी कटी हुई उंगली के आधे इशारे पर अपनी कमर से बारूद बांध कर किसी भी प्रकार का ख़तरा मोल लेने को तत्पर रहते थे। ख़ान साहब ने उनके लेटने, बैठने और ख़ातिरदारी के लिये बाहर तीन चारपाइयां और काबुली समोवार रखवा दिया था। उसमें दिन-भर चाय उबलती रहती। जिसके निकास के लिये बिशारत को टीन की नालीदार चादरों का एक अस्थाई टॉयलेट बनवाना पड़ा। इसमें वो यूज़्ड ब्लाटिंग पेपर रखवा देते थे। लोगों ने कच्ची रौशनाई की शिकायत की तो उन्होंने पिछले दिन का अख़बार रखवाना शुरू कर दिया, जो हर सरकार का तरफ़दार रहा था। अब यह टॉयलेट पेपर के तौर पर उपयोग किया जाने लगा। इसमें कम-से-कम अख़बार के साथ ज़ियादती नहीं थी। दिन भर ग़प्पें, चुहलें और वज़्न उठाने के मुक़ाबले होते रहते। जवान अपने रोज़गार, खेलकूद, महंगाई, सिनेमा, खाने-पीने और निशानेबाज़ी की बातें करते, जबकि अधेड़ उम्र वाले अधिक चीनी की चाय और गन्दे लतीफ़ों से स्वयं को रीचार्ज करते रहते। दोनों की गर्मी से घड़ी-भर के लिये गुलाबी बुढ़ापे की ठरक दूर हो जाती तो ठरक सर पे चढ़ के ऐसी दीवानी बातें करने लगती कि जवान सुन के शर्मा जाते। जिसकी मूंछ में जितने अधिक सफ़ेद बाल होते या कमर जितनी अधिक झुकी होती, उसका लतीफ़ा उतना ही दूर-मार और नशीला होता।

ख़ान साहब को कभी कोई अधिक ही मज़ेदार क़िस्सा सुनाना होता तो कल्ले में

गुड़ या मिश्री की डली दबाकर सी-सी-सी करते हुए चाय पीते जाते। झूमते हुए कहते, ''यारा जी! समरक़न्द और फ़र्ग़ाना में इसी तरह पी जाती है।''

फ़ुर्सत का सारा समय ख़ान साहब कराची और कराची वालों को देखने और जो कुछ देखते उस पर लानत भेजने और भिजवाने में गुज़ारते। कहते थे, ''कराची में सांस लेने के लिये भी स्वयं कोशिश करनी पड़ती है। क़बाइली इलाक़े की हवा हल्की और साफ़ होती है। अपने-आप गोली की तरह अन्दर दाख़िल हो जाती है, ख़ासतौर पर जाड़े में। सुब्ह रेडियो कह रहा कि हवा में नमी का प्रतिशत 90 है। इसका मतलब तो यह हुआ कि कराची में दूधवाले हवा में केवल दस प्रतिशत मिलाकर दूध बना लेते हैं। आप जिन अवसरों पर नारे, शे'र और वजीफ़े पढ़ने लगते हैं, वहां हम ठांय से गोली मार देते हैं। मैं इतने दिन से यहां हूं, शह्र के एक आदमी के हाथ में बंदूक़ नहीं देखी। हमारे यहां तो निकाह के समय भी पिस्तौल साथ रखते हैं कि पता नहीं मेहर पर गोली की नौबत कब आ जाये। किसी-किसी दुल्हन का बाप और रिश्तेदार एकदम ख़बीस, कंजूस, वाहियात और बेहूदा निकलता है। मैं तो एहतियात के तौर पर छोटी मशीनगन ले गया था। उससे मेरे मामू ने 1937 में ख़ैसूरा के पास कतूरी ख़ैल इलाक़े में एक पहाड़ी खोह से तीन गोरे मार गिराये थे। जिनमें एक कप्तान था। उसकी सूरत बुलडॉग जैसी थी। उस सुअर के बच्चे ने फ़क़ीर ऐपी के अनगिनत मुरीद (भक्त) शहीद किये थे। मामू ने उसके कान और नाक काट कर चील कौओं को खिला दिये। दूसरे गोरे की जेब से, जो मामूली सिपाही था, उसकी झुकी हुई कमर वाली बूढ़ी मां और एक साल की बड़ी प्यारी-सी बच्ची के फ़ोटो निकले। बच्ची के हाथ में गुड़िया थी। फ़ोटो देखकर मेरा मामू बहुत रोया। लाश के हाथ पर से जो सोने की घड़ी उसने उतार ली थी, वो वापस बांध दी। लाश को छांव में रखकर वापस जा रहा था कि थोड़ी ही दूर चलकर कुछ विचार आया। वो पलटा और अपनी चादर उतार के उस पर डाल दी।

''तो मैं यह कह रहा था कि मैं मामू की मशीनगन से लैस होकर गया था। बच्चों, क़ाज़ी और नाई के अलावा कोई और निहत्था नहीं था। ठीक निकाह के समय लड़कीवाले पसर गये। कहने लगे कि मेहर एक लाख का होगा। इस पर मामू झगड़ा करने लगा, वो शरई (धार्मिक क़ानून के अनुसार) मेहर यानी पौने तीन रुपये भर चांदी पर अड़ा था। जिसकी क़ीमत उस समय तेरह रुपये साढ़े पांच आने थी। क़बीले के एक बुद्धिमान बुज़ुर्ग ने सुझाव पेश किया कि कुछ लड़कीवाले कम करें, कुछ लड़केवाले मेहर बढ़ायें। दोनों पार्टियां औसत रक़म पर समझौता कर लें। इस पर एक और बुद्धिमान बोला, 'सरदार! होश करो, तेरह रुपये साढ़े पांच आने और एक लाख के बीच कोई औसत रक़म नहीं होती। ऐसे में औसत तलवार से निकलता है।'

''राड़-रौला बढ़ा तो मैंने सेहरा हटाकर ज़ोर से कहा, 'मैं तो पांच लाख का मेहर बांधूंगा। इससे कम में मेरे ख़ानदान की बेइज़्ज़ती होगी।' ये सुनकर मामू सन्नाटे में आ गया। मेरे कान में कहने लगा, 'क्या तू आज पोस्त पी के आया है? पांच लाख में तो कलकत्ते की गौहर जान और एक सौ एक रंडियों का नाच हो सकता है।' मैंने कहा, 'मामू! तू बीच में मत बोल! तूने ज़िंदगी में बायीं आंख मींच कर दायीं आंख से राइफ़ल का निशाना बांध

कर केवल अपने दुश्मन को देखा है या फिर कलदार रुपयों पर क्वीन विक्टोरिया का चेहरा देखा है। तूने दुनिया नहीं देखी, न तुझे मर्दों की आन का कुछ ख़याल है। अगर मुझे देना ही नहीं है तो बड़ी रक़म मारूंगा। छोटी रक़म मारना ज़लीलों और दय्यूसों का काम है।'

"मुझे आये इतने दिन हो गये। कराची में एक भी दंगा फ़साद नहीं हुआ। क्या यहां रिश्तेदार नहीं रहते? क्या यहां सब एक-दूसरे को अनाथ, लावारिस समझ के माफ़ कर देते हैं? परसों की बात है मैं एक दोस्त से मिलने लांडी गया था। बस-कन्डक्टर ने मेरी रेज़गारी नहीं लौटायी। मैंने उतरते समय गाली दी तो सुनी-अनसुनी कर गया। मैंने दिल में कहा, 'बदबख़्ता! मैंने गाली दी है। नसीहत तो नहीं की, जो यूं एक कान से सुनकर दूसरे कान से निकाल दी।"

इस लतीफ़े के बाद बड़ी देर तक उनके हल्क़ से कमज़ोर बैट्री वाली कार को बार-बार स्टार्ट करने की आवाज़ें निकलती रहीं और शरीर जैली की तरह थुलथुलाता रहा।

परन्तु इसका अर्थ यह नहीं कि ख़ान साहब को कराची बिलकुल पसन्द नहीं आया। कहते थे कि कराची में अगर कराची वाले नहीं हों और समुद्र डेढ़ दो सौ मील परे हट जाये तो ट्रक और घोड़े दौड़ाने के लिये शह्र बुरा नहीं। कराची के कुछ हिस्से उन्हें बेहद पसंद आये। ये कच्ची बस्तियों के वो इलाके थे, जो तहसील कोहाट जैसे लगते थे और जहां एक ज़माने में उनकी जवानी ने, उनके कहे अनुसार पूरी तहसील को अपनी लपेट में ले लिया था।

यार ज़िंदा, फ़ज़ीहत शेष

बिशारत और ख़ान साहब के बीच हुज्जत और तक़रार केवल दफ़्तरी समय यानी 9 से 5 के बीच होती, जो हार-जीत का फ़ैसला हुए बिना कल तक के लिये टल जाती, ताकि ताज़ा-दम होकर झगड़ सकें।

सुल्ह है इक मुहलते-सामाने-जंग
करते हैं भरने का यां ख़ाली तुफ़ंग

सुना है पुराने समय में पड़ोसनें इसी तरह लड़ती थीं। लड़ते-लड़ते गला बैठ जाता और शाम पड़ते ही वो मर्द घर लौटने लगते जिन पर गालियां पड़ती रहीं, तो दोनों मकानों की सरहद अर्थात् सांझी दीवार पर एक हांडी उलटी करके रख दी जाती थी। जिसका मतलब यह होता था कि अंधेरे के कारण अस्थायी गाली-बांदी हो गयी है। कल फिर होगी। बात यह कि जब तक दूसरे पक्ष का चेहरा दिखायी न पड़े, गाली में third dimension पैदा नहीं होती। जिस दुकान में हर समय झगड़े और दंगल का माहौल हो और बाहर एक पक्ष के दस-पन्द्रह हिमायती मुस्टंडे समोवार के गिर्द पड़ाव डालें हों, उसके ग्राहक बिदकें नहीं तो और क्या करें। बक़ौल हमारे पहले उस्ताद मौलवी मुहम्मद इस्माईल मेरठी के, जिनकी 'रीडर' से हमने बचाव और फ़रार का पहला पाठ पढ़ा—

जबकि दो मूज़ियों में हो खट-पट
अपने बचने की फ़िक्र कर झट-पट

कोई ग्राहक मारे-बांधे ठहर भी जाता तो ख़ान साहब उसके सामने अपनी डूबी हुई रक़म को इस तरह याद करते कि वो क्षमतानुसार डर कर या रुआंसा होकर भाग जाता।

बहसा-बहसी का प्रभाव ख़ान साहब की सेहत पर अत्यन्त रोचक सिद्ध हुआ। उनकी जुबान और भूख दिन-प्रतिदिन खुलती जा रही थीं। वो किसी तौर लकड़ी की क़ीमत कम करने को तैयार नहीं थे, इसलिए कि घर में उन्हें इतने ही की पड़ी थी। उधर बिशारत बार-बार कहते, "पहले तो लकड़ी दाग़ी और गुट्ठल थी, उस पर तेज़ से तेज़ आरी खुट्टल हो गयी। दूसरे, सीज़न भी नहीं हुई थी। कई तख़्तों में बल आ गया था। कोई बेदाग़ नहीं निकला। तीसरे, छिजत (काट-छांट या लादने-उतारने से माल में आयी कमी) बहुत हुई। चौथे, जगह-जगह कीड़ा लगा हुआ था।"

ख़ान साहब ने लुक़्मा दिया, "पांचवें, यह लकड़ी चोरी हो गयी। यह भी मेरा ही क़ुसूर है। छठे, यह कि हमने आपको लकड़ी दी थी, लड़की तो नहीं दी कि आप उसके दहेज़ में हज़ार कीड़े निकालने बैठ जायें। आप तो पान खा-खा के बिलकुल ज़नानियों की तरह लड़ने लगते हैं।"

बिशारत ने 'ज़नानों' सुना और समझा। तड़ से जवाब दिया, "आप भी तो काबुली वाला से कम नहीं।"

"यह क्या होता है सैब?"

बिशारत ने 'काबुली वाला' का मतलब बताया तो वो आग-बगूला हो गये। कहने लगे, "हमारे क़बीले में आज तक किसी ने ब्याज लिया, न ब्याज दिया। सुअर बराबर समझते हैं, जबकि आप खुलेआम ब्याज देते भी हैं और खाते भी हैं। आपके घर का तो शोरबा (सालन का रसा) भी हराम है। उसमें आधा पानी, आधी मिर्चें और आधा ब्याज होता है। अगर आइन्दा यह शब्द मुंह से निकाला तो ठीक न होगा।"

यह कहकर उन्होंने क्रोध से मेज़ पर इतने ज़ोर से मुक्का मारा कि उस पर रखे हुए कप, चम्मच, पिन और तले हुए मटर हवा में एक-एक बालिश्त ऊंचे उछले और मेज़ पर रखे हुए टाइम पीस का अलार्म बजने लगा। फिर उन्होंने मुंह से तो कुछ नहीं कहा, अपने टर्किश कोट की जेब से भरा हुआ रिवॉल्वर निकाल कर मेज़ पर रख दिया। मगर थोड़ी देर बाद नाल का मुंह फेरकर अपनी ओर कर लिया।

बिशारत सहम गये। उनकी समझ में नहीं आ रहा था कि ज़ह्र में बुझे हुए इस तीर को जो न केवल कमान से निकल चुका था बल्कि प्यारे मेहमान के सीने में उतर चुका था, अब कैसे वापस लायें। ख़ान साहब ने उसी समय अपने एक कमांडो को हुक्म दिया कि तुरन्त जाकर पेशावर का टिकट लाओ। दोपहर का खाना भी नहीं खाया। बिशारत मिन्नतें करते रहे। ख़ान साहब बार-बार बिफर कर दफ़्तर से बाहर जाते, मगर इस अंदाज़ से कि हर क़दम पर—

मुड़ के तकते थे कि अब कोई मना कर ले जाय

बिशारत ने चार बजे उनके पैर पकड़ लिये तो वो घर चलने के लिये इस शर्त पर राज़ी हुए कि पहले अपने हाथ से मुझे पान खिलाओ लेकिन इसके बाद ख़ान साहब के रवैये में

एक अच्छा बदलाव आ गया। बिशारत तो ख़ैर अपने कहे पर लज्जित थे बल्कि अंग्रेज़ी मुहावरे के अनुसार अपने ही पानी में डूबे जा रहे थे, परन्तु ख़ान साहब भी अपनी तीव्र प्रतिक्रिया पर कुछ कम लज्जित न थे। तरह-तरह से भरपाई करने का प्रयास करते। मिसाल के तौर पर बिशारत कभी उदास या बुझे नज़र आते या घमासान की बहस में अचानक मैदान छोड़कर भाग जाते कि ख़ान साहब डान क्योटे की तरह अकेले हवा में तलवार चलाते रह जाते, तो ऐसे अवसर पर वो एक अजीब दिलकश अदा से कहते, "हुज़ूरे-आला! काबुली वाला को तलब हो रही है। पान खिलाइये।" उन्होंने इससे पहले पान कभी चखा तक नहीं था। बिशारत शर्म से धरती में गड़ जाते। कभी कुछ खिसियाने, कभी mock-serious अंदाज़ से हाथ जोड़ कर खड़े हो जाते, कभी घुटने छूते और कभी यूं भी होता कि ख़ान साहब उनके हाथ चूमकर आंखों से लगा लेते।

पलंग ज़ेब ख़ान

शाम को वो खुले आंगन में पलंग बिछाकर उस पर मच्छरदानी लगवाते। कुछ दिनों से कुर्सी पर बैठना छोड़ दिया था। बिशारत से कहते थे कि तुमने मेहमान की शलवार के लिये कीलों को नंगा छोड़ रखा है। अपने पलंग से कुछ फ़ासले पर मिलने आने वालों के बैठने के लिये चार चारपाइयां मच्छरदानी के साथ बिछवाते। कहते थे कि अगर फ्रंटियर के बिच्छुओं के पर लग जायें तो कराची के मच्छर बन जायेंगे। सारी बहस बैठे-बैठे होती। हां, किसी को तक़रीर के दौरान जोश आ जाता तो वो मच्छरदानी इस तरह हटाता जैसे दूल्हा निकाह के बाद सेहरा उलट देता है। कराची की दूर-दराज़ बस्तियों से उनके पठान दोस्तों और भक्तों के समूह मिलने आते। उनकी आवभगत ऐसे करते, मानो यह सब अपने ही घर में हो रहा है। देर रात तक तामचीनी की नीली छींट वाली प्लेटें और हुक़्क़े घूमते रहते। चाय के रसिया उबलती चूरा चाय में मर्दान के गुड़ के अतिरिक्त ख़शख़श का बूरा भी डलवाते। जो भी आता ख़ान साहब के लिये कुछ-न-कुछ भेंट अवश्य लाता। अख़रोट, चिलग़ोज़े, पेशावर के काले गुलाब-जामुन, शहद के छत्ते और डेरा इस्माईल ख़ान का सफ़ेद तम्बाकू, क़राकुली और जवान असील मुर्ग़ जिन्हें ख़ान साहब बड़े शौक़ से खाते थे। दिन भर घर में दर्ज़नों असील मुर्ग़े छूटे फिरते। सुर्ख़ सीमेंट के फ़र्श पर हरी बीट और भी खलती थी। (इसे 'खिलती' पढ़ें तब भी मज़ा देगी।) जो मुर्ग़ बेवक़्त या अधिक ज़ोर से अज़ान देता, उसे ख़ान साहब सबसे पहले ज़िबह करते। एक दिन एक नौजवान ग़लती से मुर्ग़ी दे गया, सुब्ह सारे मुर्ग़े आपस में बड़ी ख़ूंखारी से लड़े। यह पहला अवसर था कि मुर्ग़े किसी स्पष्ट और उचित उद्देश्य के लिये लड़े वरना रोज़ अकारण ही एक-दूसरे बल्कि तीसरे पर भी झपटते और कटते-मरते रहते। कोई उन्हें लड़ने से दूर रखने की कोशिश नहीं करता था, इसलिए कि जब वो आपस में नहीं लड़ते थे तो घर वालों को काटने लगते। इकलौती मुर्ग़ी पर लड़कर वो ऐसे लहूलुहान हुए कि सुब्ह अज़ान देने के लायक़ भी न रहे। दड़बे में चुपके पड़े, मुल्ला की अज़ान सुनते रहे।

ख़ान साहब इतवार को सारा दिन पलंग पर आधे लेटकर क़बाइली झगड़ों और बन्नू तथा कोहाट की ज़मीनों के फ़ैसले करते। अब वो औरंगज़ेब ख़ान की बजाय पलंगज़ेब ख़ान अधिक लगते थे। हां, रात को फ़र्श पर सोते। कहते थे कि इससे अहंकार और कमर

का दर्द दूर होता है। हमारे फ्रंटियर में जाड़े में शौक़ीन लोग पयाल (बारीक सूखी घास) पर सोते हैं। पयाल से जंगलों और पहाड़ों की ख़ुशबू आती रहती है। जिस आदमी को जंगल की ख़ुशबू आती और भाती रहे वो कभी भी किसी की ग़ुलामी स्वीकार नहीं करेगा।

एक दिन यानी इतवार को लंच के बाद नमाज़ अदा करते। अगर खाना बदमज़ा होता या मिर्चें अधिक होतीं तो मूड बिगड़ जाता। नमाज़ छोड़ देते। कहते कि दिल का हाल जानने वाले के सामने मुझसे तो झूठ नहीं बोला जाता। किस दिल से बारह बार "अल्हम्दुलिल्लाह" (अल्लाह तेरा शुक्र है) कहूं? कमरे में बहस और ग़ीबत (पीठ पीछे बुराई करना) की महफ़िल उसी तरह गर्म रहती और वो अकेले एक कोने में जानमाज़ बिछाकर नमाज़ के लिये खड़े हो जाते मगर कान इसी तरफ़ लगे रहते। नमाज़ के बीच भी कोई व्यक्ति आपस में ऐसी बात कह देता जो ख़ान साहब के स्वभाव या उद्देश्य के विरुद्ध होती तो तुरन्त सिजदे की हालत में हों तब भी, नमाज़ तोड़ कर उसे पश्तो में गाली देते और फिर से उसी तरफ़ कान लगाकर नमाज़ पढ़ने लगते।

नमाज़ के बाद कुर्ता उतार कर पसरा करते। अधिकतर बनियानों में बड़े-बड़े छेद हो गये थे। कहते थे कि क्या करूं, मेरे साइज़ का बनियान केवल रूस से स्मगल होकर आता है। कभी-कभार लण्डी कोतल में मिल जाता है तो ऐश आ जाते हैं। कोई-कोई बनियान तो इतना ख़ूबसूरत होता है कि कुर्ते के ऊपर पहनने को जी चाहता है। ख़ान साहब गहरी सांस लेते या हँसी का दौरा पड़ता तो चवन्नी बराबर सूराख़ फ़ैलकर पिंग-पोंग की गेंद के बराबर हो जाते। इन फैलती-सुकड़ती झांकियों में से बदन घटते-बढ़ते फोड़ों की तरह उबला पड़ता था। कैसी भी गर्मी हो, कुर्ता उतारने के बाद भी कुलाह नहीं उतारते थे। कहते थे, "जब तक कुलाह सर पर है, बंदा स्वयं को नंगा और बेहया महसूस नहीं करता। अंग्रेज़ इसीलिए तो औरतों को देखते ही हैट उतार देते हैं।"

एक रात उपस्थित-गणों की चारपाई ओवर-लोडिंग के कारण दस-बारह सवारियों समेत बैठ गयी। पांच-छः मिनट तक वो मच्छरदानियों और बानों के जाल से स्वयं को आज़ाद न करा सके। उसके अन्दर ही मछलियों की तरह एक-दूसरे पर छलकते, फुदकते, कुलबुलाते रहे। चारपाई का एक पाया, पट्टी और एक कोहाटी ख़ान की कलाई टूट गयी। जैसे ही यह मालूम हुआ कि कलाई टूट गयी है उस कोहाटी ख़ान ने शुक्र अदा किया कि ख़ुदा ने बड़ी ख़ैर की, घड़ी बच गयी। दूसरे दिन औरंगज़ेब ख़ान ने अपने कमरे में चांदनी बिछवा दी और अपने बिस्तर को गोल करके गाव-तकिया बना लिया। यह चांदनी (चादर) उन मुशायरों के लिये आरक्षित थी जो बिशारत के यहां हर इतवार के इतवार बड़ी पाबंदी से होते थे। ख़ान साहब भी दो मुशायरों में शरीक हुए। शे'र में थोड़ा भी ऐंच-पेंच होता तो पास बैठने वाले से पूछते कि ये कहना क्या चाहता है? वो फुसफुसा कर मतलब बयान कर देता तो ज़ोर से कहते, "लाहौल विला क़ुव्वत।"

फटी चांदनी और इज़ाफ़त-ख़ोर शायर

(इज़ाफ़त का शाब्दिक अर्थ है संबंध, फ़ारसी में दो शब्दों को मिलाने वाला चिन्ह जैसे शामे-ग़म इसमें 'ए' इज़ाफ़त है)

दूसरे मुशायरे के बाद ख़ान साहब ने बड़ी हैरत से पूछा, ''क्या यहां हर बार यही होता है?'' जवाब मिला, ''और क्या!'' बोले, ''ख़ुदा की क़सम! इस चांदनी पर इतना झूठ बोला गया है कि इस पर नमाज़ उचित नहीं! ऐसे झूठे शायर की मैयत (शव) को तो हुक़्क़े के पानी से नहलाना चाहिए ताकि क़ब्र में कम-से-कम तीन दिन तक तो पूछताछ करने वाले फ़रिश्ते न आयें। चांदनी पर जहां-जहां शायरों ने सिग्रेट बुझाये थे, वहां-वहां छोटे-छोटे सूराख़ हो गये थे, जिन्हें बाद में शे'र कहने और दाद देने के दौरान उंगली डाल-डाल कर बड़ा किया गया था। चांदनी कई जगह से फट भी गयी थी। ख़ान साहब के लिये शायरों का इतनी बड़ी संख्या में इकट्ठा होना एक अजूबे से कम न था। कहने लगे, ''अगर क़बाइली इलाक़े में किसी आदमी के घर के सामने ऐसा जमघट लगे तो इसके दो कारण होते हैं, या तो उसके चाल-चलन पर जिरगा बैठा है या उसका बाप मर गया है।''

कभी कोई शे'र पसंद आ जाये, हालांकि ऐसा कभी-कभार ही होता था, तो 'वई!' कह कर आनन्द से आंखें बंद कर लेते और झूमने लगते। शायर वो शे'र दोबारा पढ़ने लगता तो उसे हाथ के इशारे से रोक देते कि इससे उनके आनन्द में बाधा पड़ती थी।

एक दिन एक नौजवान शायर ने दूसरे से पूछा कि तुमने मेरी ज़मीन में ग़ज़ल क्यों कही? उसने कहा, ''सौदा की ज़मीन है, तुम्हारे बाप की नहीं।'' उस शायर ने यह आरोप भी लगाया कि वो इज़ाफ़त बहुत खाता है। इस पर दोनों में बहस हो गयी। शुरू में तो ख़ान साहब की समझ में ही न आया कि झगड़ा किस बात का है। अगर खेत, मकान का झगड़ा है तो ज़बानी क्यों लड़ रहे हैं। हमने जब रदीफ़, क़ाफ़िये और इज़ाफ़त का मतलब समझाया तो ख़ान साहब दंग रह गये। कहने लगे, ''लाहौल विला मैं तो जाहिल आदमी हूं। मैं समझा, इज़ाफ़तख़ोर शायद रिश्वत या सुअर खाने वाले को कहते हैं। फिर सोचा, 'नहीं! बाप को गाली दी है, इस पर लड़ रहे हैं।' फ़र्ज़ी ज़मीनों पर जूतम-पैज़ार होते हमने आज ही देखी। क्या ये अपनी औलाद के लिये यही ज़मीनें विरासत में छोड़ के मरेंगे कि बर्ख़ुरदारो! हम तो चले, अब तुम इन पुश्तैनी ज़मीनों की चौकीदारी करना। इनमें क़ाफ़ियों की पनीरी लगाना और इज़ाफ़तों का मुरब्बा बना के खाना। पश्तो में इसके लिये बहुत बुरा शब्द है।''

न हुई ग़ालिब अगर उम्र तबीई न सही

उन्हें ख़ुशी के आलम में बार-बार गाते, गुनगुनाते भी देखा। लहराती, गटकरी लेती आवाज़ में तंबूरे के तार का-सा खरज का एक अचल सुर भी था, जो कानों को अच्छा लगता था। अपने ज़माने में राग-रंग के रसिया रह चुके थे अर्थात संगीत का इस हद तक ज्ञान था कि यह अच्छी तरह जानते थे कि स्वयं बेसुरा गाते हैं। अक्सर कहते कि हमारे यहां सुशील, सज्जन व्यक्तियों में अच्छा गाने को ऐब समझा जाता है। मैं बिगाड़ के गाता हूं। शुद्ध गायकी को केवल गायकों, तवायफ़ों, मीरासियों और नाचने वाले सुन्दर लड़कों के केस में क्षमायोग्य समझते थे। उन्हें अनगिनत टप्पे याद थे मगर एक पश्तो गीत उनका फ़ेवरेट था। उसका मुखड़ा कुछ इस तरह था कि देख दिलदारा! मैंने तेरी मुहब्बत में प्रतिद्वन्द्वी को नंगी तलवार से क़त्ल कर डाला। कानों पे हाथ रख कर ''या क़ुर्बान!'' अलाप के बाद जिस अंदाज़ से वो गाते थे, उससे तो यही टपकता था कि उन्हें जो आनन्द

क़त्ल में प्राप्त हुआ, मिलन में उसका अंश मात्र भी न मिला। इस बोल की आदायगी वो ऐसे पहलवानी जोश और अंधाधुन्ध ढंग से करते कि शलवार में हवा भर-भर जाती।

कहते थे कि दुश्मनी और बदले के बिना मर्द का जीवन निरुद्देश्य और फ़िजूल होकर रह जाता है।

एक न एक दुश्मन अवश्य होना चाहिए। इसलिए कि दुश्मन न होगा तो बदला किससे लेंगे? फिर बरसों मुंह अंधेरे कसरत करने, बाल्टियों दूध पीने और तकिये के नीचे पिस्तौल रख कर सोने से क्या लाभ? सारे पुश्तैनी और क़ीमती हथियार बेकार हो जायेंगे। नतीजा यह कि शे'र-दिल लोग सम्मानजनक मृत्यु को प्राप्त होने की बजाय दमे और उल्टी-दस्त से मरने लगेंगे। स्वाभाविक उम्र तक तो केवल कव्वे, कछुए, गिद्ध, गधे और वो जानवर पहुंचते हैं, जिनको खाना धार्मिक-नियमानुसार हराम है। ख़ान साहब यह भी कहते थे कि जब तक आपका कोई बुज़ुर्ग बेदर्दी से क़त्ल न हो, आप बदले के आनन्द से परिचित नहीं हो सकते। केवल मंगतों (भिखारियों) मुल्लाओं, जनानों, मीरासियों, बिना बाप के आदमी और शायरों को कोई क़त्ल नहीं करता। अगर आपका दुश्मन आपको क़त्ल योग्य नहीं समझता तो इससे अधिक अपमान की बात नहीं हो सकती। इस पर तो ख़ून हो जाते हैं। ईमान से! ऐसे बेग़ैरत आदमी के लिये पश्तो में बहुत बुरा शब्द है।

घोड़ा, ग़ुलेल और विनम्रता

"यूं मेरा दादा बड़े उग्र स्वभाव का था। उसने छः ख़ून किये और छः ही हज किये। फिर क़त्ल से तौबा कर ली। कहता था अब मैं बूढ़ा हो गया। अब मुझसे बार-बार हज नहीं होता। वो पिचानवे साल की उम्र में अपनी मर्ज़ी और इच्छानुसार मरा! जब तक आख़िरी दुश्मन मर नहीं गया, उसने अपने आपको मरने नहीं दिया। कहता था कि मैं किसी दुश्मन को अपने जनाज़े को कन्धा नहीं देने दूंगा, न ही मैं अपने पत्नी का सुहाग लुटते देख सकता हूं। दादा सचमुच बड़े डील-डौल और रोब-दाब का आदमी था। पैदल भी चलता तो यूं लगता जैसे घोड़े पर आ रहा है। वो बड़ा बुद्धिमान और समझदार व्यक्ति था। इस समय मुझे घोड़े के ज़िक्र पर याद आया, वो कहता था कि सबसे बेहतरीन सवारी अपनी टांगें हैं। घोड़ों की टांगों का इस्तेमाल केवल दो सूरतों में उचित है। एक मैदाने-जंग में दुश्मन पर तेज़-रफ़्तार से हमला करने के लिये, दूसरे हमला नाकाम हो तो मैदाने-जंग से दुगनी तेज़-रफ़्तार से भागने के लिये। मजाक़ अपनी जगह, मेरा दादा क़ज़ाक़िस्तानी घुड़सवारों की तरह तेज़ दौड़ते हुए घोड़े की ज़ीन को छोड़ कर उसके पेट के गिर्द चक्कर लगाता हुआ दूसरी तरफ से दोबारा ज़ीन पर बैठ जाता था। मेरे पास उसकी तलवार और जड़ाऊ छोटी कटार है। इनमें उसी फौलाद का उपयोग हुआ है, जिससे नादिर शाह की तलवार ढाली गयी थी। हमारे ख़ानदान में सौ साल के अरसे में मैं पहला आदमी हूं जिसने क़त्ल नहीं किया, कम-से-कम अब तक। मेरे ताया ने भी क़त्ल नहीं किया, इसलिए कि वो जवानी में ही क़त्ल कर दिया गया।"

ख़ान साहब को घोड़े से बहुत दिलचस्पी थी। काला घोड़ा उनकी कमज़ोरी था।

बन्नू में पांच-छ: घोड़े अस्तबल में बेकार खड़े खाते थे, सब काले। किसी का उपहार में दिया हुआ एक ऊंची नस्ल का बादामी रंग का घोड़ा भी था। जिसकी दुम और रानें काली थीं लेकिन उसे केवल दुम और रानों की हद तक पसंद की दृष्टि से देखते थे। अक्सर कहते, हमारे क़बीले में जिस मर्द का निशाना चूकता हो, जिसकी वंशावली में लोग केवल क़त्ल हुए हों या जिसको घोड़ा बार-बार धरती पर पटख़ देता हो, उससे निकाह उचित नहीं। घोड़ा मैंने हमेशा रखा। उस ज़माने में भी जब बेहद तंगी थी और मैं बिना ब्रेक की साइकिल पर आता-जाता था। बाहर एक मुश्की (काला घोड़ा) खड़ा हिनहिनाता रहता था। किसी ने पूछा इसमें कौन-सी तुक थी, ख़ान साहब? बोले, अव्वल तो अपने गांव में घोड़े पर टंगे-टंगे फिरना अहंकार की निशानी समझी जाती थी। दूसरे, घोड़ा बूढ़ा था-अब्बा की आख़िरी निशानी। मुझे मेरे दादा ने पाला। वो अभिमान और दुष्टता के एकदम विरुद्ध था। कहता था, हमेशा गर्दन झुका कर चलो, यही खरे पख़्तूनों का तरीक़ा है। मेरी उठती जवानी, गर्म ख़ून था। एक दिन मैं सीना ताने और गर्दन को इतना अकड़ाये कि केवल आसमान नज़र आता था, उसके सामने से गुजरा तो उसने मुझे रोक लिया। मेरे भाई के हाथ से ग़ुलेल छीन कर उसके दो शाख़े को मेरी गुद्दी में पीछे से फंसा कर गर्दन को इतना झुकाया कि मुझे अपनी ऐड़ी नज़र आने लगी। मैंने क़सम खायी कि आइंदा कभी गर्दन अकड़ा के नहीं चलूंगा। फिर ग़ुलेल गर्दन से अलग करके भाई को वापस करना चाहा तो दादा ने सख़्ती से मना कर दिया। कहने लगा, इसे सम्भाल के रख ले, काम आयेगी। बुढ़ापे में इसे दूसरी तरफ़ से इस्तेमाल करना। ठोड़ी के नीचे लगा कर गर्दन खड़ी कर लेना।

अहले-ख़ानाबदोश

ख़ान साहब अपने किसी साथी के साथ जब कच्ची आबादियों और पठान बस्तियों का दौरा करते और रास्ते में कोई भारी पत्थर पड़ा नज़र आता तो खिल उठते। वहीं रुक जाते, जवानों को इशारा करते कि इसे उठा कर दिखाओ तो जानें। अगर किसी से न उठता तो आस्तीन चढ़ा कर आगे बढ़ते और या अली! कह कर सर से ऊंचा उठा कर दिखाते। राह चलते लोग और मुहल्ले के बच्चे तमाशा देखने खड़े हो जाते। कभी कराची की ख़ुशहाल और साफ़-सुथरी बस्तियों से गुज़रते तो अफ़सोस करते कि ख़ान! यह कैसी झाड़ू-फिरी ख़ाना-ख़राब बस्ती है कि एक पत्थर पड़ा नज़र नहीं आता, जिसे कोई मर्द बच्चा उठा सके। मेरे बचपन में गांव में जगह-जगह बड़े-बड़े पत्थर और चट्टानें पड़ी होती थीं। जिन पर खड़े होकर आप दुश्मन को गाली दे सकते थे। टेक लगा कर सुस्ता सकते थे। इन्हीं पत्थरों पर जाड़े में बड़े-बूढ़े स्लेटी रंग का कम्बल इस तरह ओढ़ के बैठते थे कि केवल दो आंखें दिखायी देती थीं। धूप सेंकने के बहाने वो इन आंखों से नौजवानों के चाल-चलन पर नज़र रखते थे। उधर जब कुंवारी लड़कियां, जिनके सफ़ेद बाज़ू उथले पानी की मछलियों की भांति किसी प्रकार पकड़ में नहीं आते, पनघट से अपने सरों पर घड़े उठाये गुज़रतीं तो इन्हीं पत्थरों पर बैठे गबरू जवान अपनी नज़रें उठाये बिना, केवल चाल से बता देते थे कि किसका घड़ा लबालब भरा है और किसका आधा ख़ाली और कौन घूंघट में मुस्करा रही है। कोई लड़की मोटी चादर के नीचे फंसा-फंसा कुर्ता पहन कर या दांतों पर अख़रोट का ताज़ा दंदासा लगा कर आती, तब भी चाल में फ़र्क़ आ जाता था। जवान

लड़की की एड़ी में भी आंखें होती हैं। वो चलती है तो उसे पता होता है कि पीछे कौन, कैसी नज़रों से देख रहा है। गांव की सरहद पर मलिक जहांगीर ख़ान की बुर्जी के पास एक तिकोना-सा पत्थर आधा धरती में धंसा, आधा राक्षस के पंजे की तरह बाहर निकला हुआ था। उस पर अभी तक उन गोलियों के निशान हैं जो पचास बरस पहले ईद के दिन मैंने निशानेबाज़ी के दौरान चलायी थीं। एक गोली का टुकड़ा पत्थर से टकरा कर उचटता हुआ नसीर गुल की रान में घुस गया। वो कच्ची उम्र का सुन्दर लड़का था। लोगों ने तरह-तरह की बातें बनायी। उसका बाप कहने लगा कि मनहूस के बच्चे! मैं तेरी दोनों जांघों में गोली से ऐसा दर्रा खोलूंगा कि एक लिहाफ़ की रूई से भी मूसलाधार ख़ून बंद नहीं होगा। गांव में कभी सन्नाटे में फ़ायर होता तो उसकी प्रतिध्वनि को दूर-निकट के पहाड़, अपनी गरज में शामिल करके, बारी-बारी लौटाते तो धरती देर तक कांपती रहती और दिल दहल जाते। औरतें अपने-अपने मर्द के लिये दुआयें करतीं कि ख़ुदा ख़ैर से लौटाये।

मुहब्बत और नफ़रत दोनों ख़ान साहब 'वेट लिफ़्टिंग' से व्यक्त करते। मतलब यह कि बहस में हार जायें तो प्रतियोगी को उठा कर धरती पर पटख़ देते और अगर मुद्दत के बिछड़े दोस्त मिल जायें या हम जैसे क़द-काठी वाले भक्तगण सलाम करें तो गले मिलने के दौरान हमें इस तरह हिलाते, झंझोड़ते जैसे फलदार वृक्ष की शाख़ को झड़झड़ाते हैं। फिर जोशे-मुहब्बत से हमें धरती से अधर उठा लेते, हमारे माथे को अपनी lip level तक लाते और चूम कर वहीं हवा में न्यूटन के सेब की भांति गिरने के लिये छोड़ देते।

इसी प्रकार उनके एक पसंदीदा टप्पे से, जो वो अक्सर गाते और गुनगुनाते थे, यह ज़ाहिर होता था कि महबूब भी उन्हें केवल इसलिए भाता है कि उसे दोनों हाथों में उठा कर घड़े की तरह सर पर रखा जा सकता है। उस टप्पे का अर्थ था कि जानां आ! मेरे पहलू का घड़ा बन जा कि तुझे सीने के रास्ते से सर पर चढ़ा लूं। गाने में कटी उंगली से अपने सीने पर ग़ुदाज़ घड़े के सफ़र का ऐसा नक़्शा खींचते कि—

मैंने ये जाना कि गोया ये भी मेरे सर पे है।

महबूब का, वज़्न के अतिरिक्त रूप-रंग में भी घड़े के सदृश होना हालांकि अनिवार्य शर्त नहीं, लेकिन एक्स्ट्रा क्वालिफ़िकेशन अवश्य प्रतीत होती थी। घड़े को अपने शर्माये हुए पहलू से जुदा करके सर पर रख लेने से शायद पवित्र निगाह और निकाह का यह पहलू दिखाना था कि सुन्दर घड़े को सारा समय सर पर उठाये फिरने वाला ख़ानाबदोश स्वयं कभी इसका पानी नहीं पी सकता। उस दुखिया की सारी उम्र घड़े को सर पर संतुलित करने और लौंडों की ग़ुलेल से बचाने में ही गुज़रेगी।

सचार

सच बात कहने में ख़ान साहब उतने ही बेबस थे जितने हम आप छींक के मामले में। मुंह पर आयी हुई बात और डकार को बिलकुल नहीं रोकते थे। अगर उनकी किसी बात से दूसरा आहत या क्रोधित हो जाये तो उन्हें पूरी तरह इत्मीनान हो जाता था कि उन्होंने सच बोला है। उन्हें सच इस तरह लगता था जैसे सामान्य आदमी को हिचकी या शायरों

को ताजा ग़ज़ल लगती है। इतरा-इतरा कर लिखने वाले को लिखार और खुलकर खेलने वाले को खिलाड़ कहते हैं, बिलकुल इसी तरह बात-बेबात सच बोलने वाले को सिंधी में 'सचार' कहते हैं। ख़ान साहब का संबंध इसी क़बीले से था। मिसाल के तौर पर एक बार एक साहब से उनका परिचय कराया गया। छूटते ही पूछने लगे, "ऐसी मूंछें रख कर आप क्या साबित करना चाहते हैं?" वो साहब बुरा मान गये तो कहने लगे, "माफ़ करना! मैं जाहिल आदमी हूं, यूं ही अपना ज्ञान बढ़ाने के लिये पूछ लिया। ख़लील अहमद ख़ां 'रिन्द' से पूछा, "माफ़ करना आपकी सेहत पैदाइशी ख़राब है या स्वयं ख़राब की है? क्या आप के वालिद भी नाम के आगे ख़ान लिखते थे।" वो साहब रुहेलखण्ड के अक्खड़ पठान थे, सचमुच बिगड़ गये। कहने लगे, "क्या मतलब?" वो बोले, "हमने तो वैसे ही पूछ लिया। क्योंकि बारासिंघा मां के पेट से सींगों के झाड़ समेत पैदा नहीं होता।" एक बार बिशारत से पूछा, "आप रेशमी नाड़े इस्तेमाल करते हैं, खुल-खुल जाने के अतिरिक्त इसके और क्या लाभ हैं?" एक और अवसर पर तीन-चार दोस्तों की उपस्थिति में बिशारत को बड़ी सख़्ती से टोका, "यारा जी! माफ़ करना मैं तो जाहिल आदमी हूं। मगर यह आप दिन भर आदाब अर्ज़! आदाब अर्ज़! तस्लीमात अर्ज़! तस्लीमात अर्ज़! क्या करते रहते हैं, क्या अस्सलाम अलैकुम कहने से लोग बुरा मान जायेंगे?"

इससे पहले बिशारत ने इस पहलू पर कभी ग़ौर ही नहीं किया था। सच तो यह है कि इधर हमारा भी विचार नहीं गया था। बिशारत ने अपने पिता को हमेशा 'आदाब-तस्लीमात' ही कहते सुना था और इसमें उन्हें बड़ी विनम्रता और सौन्दर्य प्रतीत होता था। ख़ान साहब ने दूसरी बार भरी महफ़िल में टोका तो वो सोच में पड़ गये। अब जो पलट कर पीछे देखा तो नज़रों के सामने एक दृश्य के बाद दूसरा दृश्य आता चला गया—

1. क्या देखते हैं कि मुग़ल बादशाहों ने अपने पारम्परिक राजसी वस्त्र उतार फेंके और राजपूती खिड़कीदार पगड़ियां पहन लीं। शहंशाह माथे पे तिलक लगाये फ़त्हपुर सीकरी के इबादतख़ाने में बैठे फ़ैज़ी से फ़ारसी रामायण का पाठ सुन रहे हैं। थोड़ी देर बाद पंडितों और मुल्लाओं के शास्त्रार्थ में वो शोर और हंगामा हुआ कि यूं लगता था जैसे मस्त ख़च्चर भिड़ों के छत्ते बचा रहे हैं। सम्राट अकबर ने धर्म ईजाद कर डाला। वो अपनी हिन्दू जनता को जल्दी-से-जल्दी ख़ुश करने के उद्देश्य से भी अपने पुश्तैनी दीन से बेज़ारी और असंबद्धता दर्शाना चाहता था। सच्चाई यह है कि इतने बड़े साम्राज्य के बावजूद वो शरीअत (इस्लामी धार्मिक क़ानून) से परेशान, मुल्लाओं से निराश और अपनी प्रजा के बहुसंख्यकों से भयभीत था। आहिस्ता-आहिस्ता उसने अपनी पैग़म्बरी का दावा कर दिया। जिस पर उसकी महारानी जोधाबाई और मुल्ला-दो-प्याजा तक ईमान न लाये। उसने सब को ख़ुश करने के लिये सब धर्मों का एक कॉकटेल बनाया जिसे सबने इसी आधार पर ठुकरा दिया।

2. फिर देखा कि काले घोड़े की नंगी पीठ पर रातोंरात मंज़िलें तय करने वाले और देश-देश झण्डा गाड़ने वाले मुग़ल योद्धा अब जमना-किनारे राजपूती तर्ज़ के दर्शनी झरोखे और लाल झूल और पचरंगी मस्तक वाले हाथी पर विराजे नज़र आ रहे हैं। लू के थपेड़ों ने उनकी वेषभूषा बदल डाली, मलमल के हवादार अंगरखों ने

ज़िरह बख़्तर (कवच) की जगह ले ली, आहिस्ता- आहिस्ता विजयी होने वालों ने अपनी मातृभाषायें अरबी, तुर्की और फ़ारसी छोड़ कर एक नयी भाषा उर्दू बनायी। जो आरम्भ में उनके लिये भी इतनी ही विदेशी और अजनबी थी, जितनी हिन्दुओं के लिये तुर्की या फ़ारसी। मुकम्मल सैनिक-विजय के पश्चात् हुक्मरानों ने अपनी अस्ल भाषा त्याग कर ख़ुशी से एक प्रकार की सांस्कृतिक पराजय स्वीकार कर ली, ताकि हारने वाले यह न समझें कि वो अपने सिक्के के साथ अपनी मातृभाषा भी प्रचलित करना चाहते हैं। मस्जिदों और ख़ानक़ाहों के दरवाज़ों, महराबों पर हिन्दुओं के पवित्र फूल कमल की नक़्क़ाशी होने लगी। शूरवीरों की सभाओं में ताज़िक़िस्तानी नृत्य का जोश और समरक़ंद और बुख़ारा के नग़मे फिर कभी सुनायी न दिये कि समय ने लय ही नहीं, नय (बांसुरी) और नग़मा भी बदल के रख दिये। हिंद पार के फ़नकार, अपने वाद्य बग़लों में दबाये, मुद्दतें गुज़रीं, विदा हो गये। उनके जाने पर न आसमान रोया, न हिमालय की छाती फटी कि उनके प्रशंसकों ने अब सितार, सारंगी और मृदंग पर हिंदुस्तानी राग-रागिनियों से दिलों को गर्माना सीख लिया था।

गंगा जमनी काम

3. लिखने वाली उंगली जो लिखती चली जाती है। सांस्कृतिक समझौते के चित्रों का एक और पृष्ठ पलट कर दिखाती है। गोमती नदी के रूप-किनारे रास का रसिया, अवध का आख़िरी ताजदार, पैरों में घुंघरू बांधे स्टेज पर अपनी ही बनायी हुई हिन्दी धुन पर नृत्य-भाव बता रहा है। एक पृष्ठ और पलटिये तो जमना-किनारे एक ही दृश्य नज़र के सामने आता है। कुछ दाढ़ी वाले परहेज़गार बुज़ुर्ग मसनद की टेक लगाये धर्म के पतन के कारणों, धर्म के पुनरुत्थान और जिहाद की आवश्यकता पर अरबी और फ़ारसी में पत्रिकायें निकाल रहे हैं, लेकिन जब सलाम करना हो तो दोहरे हो कर एक-दूसरे को आदाब, तस्लीमात, बंदगी और मुजरा बजा लाते हैं। अस्सलाम-अलैकुम कहने से बचते हैं कि यह रिवाज़ (जो बारह सौ वर्ष से मुसलमानों की पहचान रहा था, जैसे 'श्लूम' मूसा को मानने वालों की या 'जयराम जी की' और 'नमस्कार' हिन्दुओं की पहचान रही है) अब बिलकुल समाप्त हो चुका था। नौबत यहां तक आ पहुंची कि हज़रत शाह वली उल्लाह के ख़ानदान के लोग भी जब सलाम करते तो कहते थे अब्दुल क़ादिर तस्लीमात अर्ज़ करता है।

बिशारत अक्सर कहते हैं कि मैं यह कभी नहीं भूलूंगा कि पेशावर के एक अनपढ़ पठान के ताने ने चार पीढ़ियों का पाला-पोसा आदाब अर्ज़ छुड़वा दिया।

कराची वाले किसी चूज़े को मुर्ग़ा नहीं बनने देते

ख़ान साहब बहस के दौरान हर बात और हर सूरत-हाल के आमतौर पर दो कारण बताते थे। जिनमें से एक की हैसियत केवल पख़ की होती थी। मिसाल के तौर पर बिशारत ने एक दिन शिकायत की, "कराची की सुब्ह कैसी गंदली-गंदली और थमी-थमी-सी होती है। जैसे कि सूरज को निकलने में आलस आता है। सुब्ह उठने को जी नहीं चाहता। बदन ऐसा दुखता है जैसे किसी बॉक्सर ने रात भर इस पर प्रैक्टिस की हो। मैं कानपुर में

मुर्ग़े की पहली आवाज़ पर ऐसे उठ बैठता था जैसे किसी ने स्प्रिंग लगा दिया हो।" ख़ान साहब अपनी कटी तर्जनी उनके घुटने की ओर उठाते हुए बोले कि "इसके दो कारण हैं। पहला तो यह कि कराची वाले किसी चूज़े को मुर्ग़ा नहीं बनने देते। अज़ान देने से पहले ही उसका क़िस्सा तमाम कर देते हैं। दूसरा यह कि आपके स्प्रिंग को गठिया हो गया है। चालीस दिन तक मेथी दाने की भुजिया खाओ और बूढ़े घुटने पर पनघट के पौधे का लेप लगाओ। हमारा पश्तो शायर कह गया है कि पनघट का हर पौधा दवा होता है, क्योंकि कुंवारियों के पल्लू उसे छूते रहते हैं। मैं तो जब भी कराची आता हूं, हैरान-परेशान रहता हूं। जिससे मिलो, जिससे बोलो, कराची से कुछ-न-कुछ शिकायत ज़रूर रखता है। एक भी व्यक्ति ऐसा नहीं मिला जो अपने शह्र पर गर्व करता हो। इसके दो कारण हैं। पहला तो यह कि यहां गर्व करने लायक़ कोई चीज़ नहीं, दूसरा यह कि..."

दूसरा कारण बताने के लिये उन्होंने अपनी तर्जनी आकाश की ओर की ही थी कि मिर्ज़ा अब्दुल वुदूद बेग बीच में कूद पड़े। कहने लगे—साहब! दूसरा कारण यह कि शरणार्थी, पंजाबी, सिंधी, बिलोच, पठान-सब अपने रब का फ़ज़्ल तलाश करने के लिये यहां आ-आ कर आबाद हुए। कड़ी धूप पड़ रही थी। सबके सरों पर कराची ने करुणामयी मां की भांति अपनी फटी-पुरानी चादर की छत तान दी। उन पर भी जो बसर करने के लिये केवल ठिया-ठिकाना मांगते थे, फिर पसरते चले गये लेकिन सबको शिकायत, सब बेचैन, बिखरे, उदास परेशान। शरणार्थियों को ही लीजे, दिल्ली, लखनऊ, बम्बई, बाराबंकी, जूनागढ़—हद यह कि उजाड़! झुंझनूं (जयपुर-लेखक की ओर संकेत) को याद करके आहें भरता है। उसे यह अहसास नहीं कि जिन्हें याद कर-करके वो स्वयं पर रोना तारी किये रहता है, वो छोड़ा हुआ शह्र नहीं, बल्कि उसकी रूठी हुई जवानी है जो लौट कर नहीं आ सकती। अरे साहब! अस्ल रौला भूगोल का नहीं, जवानी और बीते समय का है। जो वर्तमान के अमृत में विष घोल देता है। पंजाबी, जिन्हें सबसे पहले सर सैयद अहमद ख़ां ने "ज़िंदादिलाने-पंजाब" का ख़िताब दिया था, जन्नत में पहुंच कर भी "लहोर-लहोर ए।" पुकारेंगे। उन्हें कराची थोड़ा नहीं भाता। वो सिंध के चित्तीदार केले, चीकू और पपीते में मुल्तान के आम और मौन्टगुमरी के माल्टे का मज़ा न पा कर सचमुच उदास हो जाते हैं। फ्रंटियर का गुल ज़मान ख़ान चौकीदार शेरशाह-कॉलोनी की झुग्गी झोपड़ी में अपने वतन के जंगल, पहाड़ और दरिया मांगता है।

कोई नहीं जो उठा लाये घर में सहरा को

वो सुब्ह दिल्ली की नहारी खाता है। तीसरे पहर को सेठ की कोठी के एक ओझल कोने में अपने मकई के बेमौसम पौधे को बड़े लाड़ से पानी देता है। वो दिन-भर पश्तो अंदाज़ में बम्बइया उर्दू बोलने के बाद शाम को ट्रांजिस्टर पर पश्तो गानों से दिल बहलाता है और रात पेशावर रेलवे स्टेशन को आंखों में भर के सड़क के किनारे झुग्गी में सो जाता है। सड़क पर रात-भर पटाख़े छोड़ती मोटरसाइकिल, रिक्शा और धड़धड़ाते ट्रक गुज़रते रहते हैं, पर उसे सपने में ढोल, सुरना, रबाब और घड़े पर टप्पे सुनायी देते हैं।

उधर कोयटा से आया हुआ बिलोच कराची का नीला समुद्र देखता है और

बिलोचिस्तान के चटियल पहाड़ों और उन तगड़े दुम्बों को याद करके रोता है, जिनके वो बड़े ख़स्ता कबाब बना सकता था। अब रहा पुराना सिंधी, तो वो ग़रीब उस ज़माने को याद करके आहें भरता है जब यह चारों हजरात कराची नहीं पधारे थे।

इस विषय में अन्तिम कील ख़ान साहब ने ही ठोकी। कहने लगे, ''ख़ां! इसके दो कारण हैं। पहला यह, शेख़ सादी कह गये हैं कि जिस गांव का हर वासी उठते-बैठते, सोते-जागते किसी दूसरे गांव की याद में तड़पता रहे, वो गांव चौपट होवे ही होवे। हमारे 'मुलुक' में अगर कोई औरत दूसरी शादी के बाद अपने पहले पति को इसी तरह याद करे तो दूसरा पति दोनों की नाक काट कर एक-दूसरे की हथेली पर रख देगा। मुल्ला करम अली कहता था-जो औरत अपने पहले पति को बहुत याद करे उसे अरबी में हिनाना (छिनाल) कहते हैं। ऐसी औरत के दूसरे पति के लिये पशतो में बहुत बुरा शब्द है।

ख़ान साहब कठिन समस्याओं और जीवन की गुत्थियों को कभी-कभी अपनी अपढ़ सूझ-बूझ से इस तरह पानी-पानी कर देते थे।

कि किताब अक़्ल की ताक़ में
जूं धरी थी तूं ही धरी रही

दोनों पक्षों का झगड़ा अब इतना तूल खींच गया था कि दोनों एक-दूसरे को अपनी दलीलें तक सुनाते हुए कभी-कभी मुस्करा देते थे। अब यह कोई मामूली कारोबारी झगड़ा नहीं रहा था। दोनों पक्ष अपने-अपने उसूलों को तर्क के पाले में मुर्ग़ों की तरह लड़ा रहे थे। वो भी इस शर्त पर कि जिसका मुर्ग़ा जीत जायेगा उसे ज़िब्ह करके दोनों मिल के खायेंगे। यह हम इसलिए कह रहे हैं कि ख़ान साहब अक्सर फ़र्माते थे कि हारा हुआ मुर्ग़ा खाने से आदमी इतना बोदा हो जाता है कि हुकूमत की हर बात ठीक लगने लगती है। कभी-कभी तो ऐसा लगता था कि ख़ान साहब केवल दिल बहलाने के लिये मामले को खींच रहे हैं वरना वो बड़े दिल के और खुले हाथ वाले आदमी थे, यारों के यार थे। बिशारत को भी यह बात अच्छी तरह मालूम थी और यह भी कि ख़ान साहब उन्हें जी-जान से चाहते हैं। उनकी हाज़िर-जवाबी से आनन्दित होते हैं। दो बरस पहले भी वो बिशारत से पेशावर में कह चुके थे कि मेरा जी चाहता है, आपको सामने बिठा कर इसी प्रकार महीनों आपकी बातें सुनता रहूं। बिशारत स्वयं भी ख़ान साहब पर फ़िदा थे। दहकते सुर्ख़ अंगारा फ़ौलाद से चिंगारियां उड़ती देखने में उन्हें बहुत मज़ा आता था।

एक ओर तो ख़ान साहब के लेन-देन की यह चरम सीमा कि एक पाई छोड़ने में उनकी शान घटती थी। दूसरी ओर मुहब्बत और लिहाज़दारी का यह हाल कि जहां बिशारत का पसीना गिरे, वहां उनके दुश्मन का ख़ून बहाने के लिये तैयार। बिशारत की दुकान से एक एक्साइज़ इंस्पेक्टर चार बरस पहले दस हज़ार रुपये की लकड़ी उधार ले गया और अभी तक रक़म दबाये बैठा था। तीन साल हुए प्रोनोट लिख दिया था, मगर अब कहता था कि जाओ! नहीं देते, नालिश करके देख लो। प्रोनोट की समय सीमा कब की समाप्त हो चुकी थी। बिशारत ने अपनी अन्य परेशानियों के साथ इस नुक़सान का भी ज़िक्र किया। दूसरे दिन शाम को ख़ान साहब अपनी पच्चीस-तीस कमांडोज़ की टुकड़ी लेकर उसके घर पहुंच गये। दरवाज़ा खटखटाया, इंस्पेक्टर ने खोला और आने

का कारण पूछा तो ख़ान साहब ने कहा कि हम वो खिड़की दरवाज़े उखाड़ कर ले जाने के लिये आये हैं, जिनमें हमारे भाई बिशारत की लकड़ी का उपयोग हुआ है। यह कह कर उन्होंने एक ही झटके से दरवाज़े को क़ब्जे, स्क्रू और हैंडल समेत उखाड़ कर इस प्रकार बग़ल में दबा लिया जैसे स्कूल के भगोड़े लड़के तख़्ती बग़ल में दबाये फिरते हैं। दीवार पर से इंस्पेक्टर के स्वर्गवासी दादा का फ़ोटो जिसके बारे में उन्हें सन्देह हुआ कि इसके फ्रेम में वही लकड़ी उपयोग हुई है, कील समेत नोच कर अपने एक कमांडो को थमा दिया। इंस्पेक्टर एक ही घाघ था, मौक़े की नज़ाकत समझ गया। कहने लगा, ''ख़ान साहब! मेरी एक अर्ज़ सुन लीजिये।'' ख़ान साहब बोले, ''छोड़ो भी यार! गोली मारो, अब अर्ज़-वर्ज़ किसी और को सुनाना, होश में आओ, रक़म निकालो।''

रात के बारह बजने में अभी चार-पांच मिनट शेष थे कि ख़ान साहब ने दस हज़ार के नये नोटों की दस गड्डियां ला कर बिशारत के हवाले कर दीं। इनमें से सात पर बिलैका टेक्सटाइल मिल्ज़ की मुहर थी। जो उस इंस्पेक्टर के रिश्वत क्षेत्र में आता था। यही नहीं उन्होंने उससे अपने पहलवान कमांडो के रिक्शों का किराया और दूध के पैसे भी एक सेर प्रति व्यक्ति के हिसाब से वसूल कर लिये।

ख़ान साहब घर वालों में ऐसे घुल-मिल गये कि अक्सर शाम को बच्चों के लिये, जो उन्हें चचा कहने लगे थे, मिठाई, कपड़े और खिलौने लेकर जाते। सबसे छोटे बच्चे को बहलाने के लिये पलंग पर चित लेट जाते और पेट को धोंकनी की तरह फुला और पिचका कर उस पर बच्चे को उछालते। पड़ोस के बच्चे उन्हें देखते ही उनके पेट के लिये मचलने लगते और मांओं के सर हो जाते। ख़ान साहब ने अब बिशारत के साथ उनके रिश्तेदारों की शादी-ब्याह, ग़मी और सालगिरह के आयोजनों में भी जाना शुरू कर दिया परन्तु बिशारत ने कुछ समय बाद इस सिलसिले को एकाएकी बन्द कर दिया क्योंकि उन्हें कुछ बाहरी सूत्रों से पता चला कि उनके (बिशारत के) रिश्तेदारों की सारी हमदर्दी ख़ान साहब के साथ है और एक दिन तो यह सुन कर वो भौचक्के रह गये कि एक ऐसे शरारती रिश्तेदार ने ख़ान साहब को अलग से आमंत्रित किया है, जिससे बिशारत के संबंध एक अर्से से ख़राब, बल्कि टूटे हुए थे।

बिशारत को किसी मुख़बिर ने यह भी ख़बर दी कि ख़ान साहब दो-तीन बार चोरी-छुपे थाने भी जा चुके हैं और एस.एच.ओ. को क़राक़ुली टोपी, एक बोरी अख़रोट, अस्ली शहद और दर्रे के बने हुए बिना लाइसेंस के रिवाल्वर का तोहफ़ा भी दे आये हैं! वो घबराये, अब यह कोई नया फड्डा है। इसके भी दो कारण हो सकते हैं, उन्होंने सोचा।

रोटी तो किसी तौर कमा खाये मछन्दर

ख़ान साहब ने अब स्वयं शेव करना और शलवार में नाड़े डालना भी छोड़ दिया था। रोज़ ख़लीफ़ा नियमित रूप से आता था। जैसा कि हम पहले बता चुके हैं, ख़लीफ़ा को साईसी, कोचवानी, ड्राइवरी, खाना पकाना, बैरागीरी, हजामत, बाग़बानी, प्लम्बिंग-यह कहिये क्या नहीं आता था। उस काम में भी निपुण था जो इन सबसे अधिक लाभदायक है—चापलूसी और ख़ुशामद। जब सब धंधे ठप हो जाते तो ख़लीफ़ा अपने बुनियादी पेशे की ओर पलटता।

अपने बेटे को, जो पुरखों के पेशे से घृणित एवं लज्जित था, अक्सर नसीहत करता कि बेटा! हज्जाम कभी बेरोज़गार नहीं रह सकता। हज्जाम की आवश्यकता सारी दुनिया को रहेगी, जब तक कि सारी दुनिया सिख-धर्म न अपना ले! और सिख यह कभी होने नहीं देंगे। ख़लीफ़ा दिन-रात ख़ान साहब की सेवा में जुटा रहता। शाम को उनके दोस्तों का झुंड डेरे डालता तो लपक-झपक अंदर से क़हवा और चिलम भर-भर लाता। एक बार अपने घर से चार असील मुर्ग़ों की, जिन्होंने अजान देनी नयी-नयी सीखी थी, बिरयानी बना कर लाया। इनके बारे में उसका दावा था कि जब ये जवान पट्ठे सुब्ह-सुब्ह गर्दन फुला-फुला कर अजान देते तो सारे मुहल्ले के मुल्ला और मुर्ग़ियां बेक़रार हो के बाहर निकल पड़ते थे। एक दिन कोहाट की धरती का एक झगड़ा तय होने की ख़ुशी में वो दोनों पक्षों के लिये मुसल्लम भेड़ रोस्ट करके लाया। सुबूत में एक बकरे की कटी हुई दुम भी उठा लाया ताकि ख़ान साहब को यह शक न हो कि बकरे की बजाय सस्ती भेड़ भून के भेड़ दी। ख़ान साहब उसे देखते ही बोले इतनी छोटी रान वाले बकरे की दुम इतनी बड़ी हो ही नहीं सकती। दुम के इस पहलू पर ख़लीफ़ा की नज़र नहीं गयी थी। हाथ जोड़ के खड़ा हो गया। फिर ख़ान साहब के घुटने पकड़े और झूम-झूम कर टांग दबाने लगा। उन्होंने यह कह कर छुड़ायी कि बदबख़्ता! घुटना पकड़ते-पकड़ते अब मेरी रान किस लिये टटोल रहा है?

ख़ान साहब को ख़लीफ़ा के पकाये हुए खानों से अधिक उसकी लच्छेदार बातों में मज़ा आता था। कहते थे, जिस बात को कहने वाला और सुनने वाला दोनों ही झूठ समझें, उसका गुनाह नहीं होता। वो उसकी शेख़ी को बढ़ावा देते। वो हर दूसरे-तीसरे दिन उनके तलवों पर रोग़न-बादाम की मालिश करता। कहता था, इससे दिमाग़ को तरावट पहुंचती है। एक दिन अचानक ख़ान साहब को कुछ सूझा। कहने लगे, तेरे विचार से मेरा दिमाग़ मेरे तलवों में उतर आया है? लेकिन ख़लीफ़ा ठीक ही कहता था, इसलिए कि सात-आठ मिनट बाद ही ख़ान साहब रिवाल्वर तकिये के नीचे रखे, ज़ोर-ज़ोर से ख़र्राटे लेने लगते। हर तीन-चार मिनट के बाद चौंकते और खर्राटों में नया सुर लगा कर फिर से सो जाते। एक दिन वो बड़े ऊंचे सुरों में ख़र्राटे ले रहे थे कि पैर दबाते-दबाते ख़लीफा का हाथ न जाने क्यों उनकी वास्कट की जेब पर पड़ गया। आंखें खोले बग़ैर कहने लगे, "बदबख़्ता! नक़दी तो मेरे कोट की जेब में है!"

दरअस्ल वो उनके मुंह लग गया था। ख़िदमतगार, चिलम भरने वाला, हज्जाम, दास्तानगो, ख़ानसामां, अर्दली, गाइड, मुख़बिर, सलाहकार—वो उनका सभी कुछ था। तीन-चार दिन से आपस में न जाने क्या मिस्कौट हो रही थी। रोज़ाना शाम को भी किसी-न-किसी बहाने बिशारत के यहां आ जाता। उनकी बेगम ने दो-तीन बार कहा कि इसका आना भेद और मनहूसियत से ख़ाली नहीं।

आदमख़ोर शेर को पहचानने की आसान तरकीब

एक दिन सुब्ह उठते ही ख़ान साहब ने अचानक यह सुझाव पेश किया कि अब तक जो रक़म आपने दी है उसे घटाने के बाद जो रक़म देने वाली बनती है, उसके बदले यह गाड़ी जो अर्से से बेकार खड़ी है, मुझे दे दीजिये। बिशारत ने कहा लकड़ी की अस्ल मालियत

किसी तरह सात हज़ार से अधिक नहीं जबकि इस गाड़ी की क़ीमत नयी बॉडी और नये पुर्ज़ों के साथ किसी तरह नौ हज़ार से कम नहीं, फिर जिस अंग्रेज़ की सवारी में यह रहती थी उसे सर का ख़िताब मिलने वाला था। ख़ान साहब ने जवाब दिया, आपकी गाड़ी बहुत-से-बहुत पांच हज़ार की होगी, जबकि मेरी लकड़ी नौ हज़ार की थी। आपने तो पेट्रोल और पंक्चर जोड़ने का सारा ख़र्चा, ख़लीफ़ा का वेतन और उसकी पत्नी का मेहर भी कार की क़ीमत में जोड़ दिया। बहुत कुछ बहसा-बहसी और घुड़-सौदेबाज़ी के बाद अदा की जाने वाली रक़म का अंतर घट कर वही आया गया, जहां से झगड़ा शुरू हुआ था। यानी 2513 रुपये 9 आने और 3 पाई। अब ख़ान साहब इस क्लेम के बदले यह गाड़ी चाहते थे।

"ख़ान साहब! आप बिज़नेस कर रहे हैं या अदला-बदली?" बिशारत ने झुंझला कर पूछा।

"यह क्या होता है सैब?"

"वही जो आप करना चाहते हैं।"

"पश्तो में इसके लिये बहुत बुरा शब्द है।"

वो जब पश्तो का हवाला दे दें तो फिर किसी की हिम्मत नहीं होती थी कि अस्ल या अनुवाद की मांग करे। अक्सर कहते कि पश्तो गिड़गिड़ाने और रोने-पीटने की ज़ुबान नहीं, नर आदमी की ललकार है। मतलब उनका यह था कि डंके की चोट पर बात करने, कछार में बेख़बर सोते हुए शेर की मूंछें पकड़ कर जगाने और फिर उससे डायलाग बोलने की ज़ुबान है। मिर्ज़ा उस ज़माने में कहते थे कि ख़ान साहब उन लोगों में से हैं जो शे'र की मूंछें उखाड़ने पर ही बस नहीं करते, बल्कि उसके मुंह में अपना सर दे कर यह रिसर्च करना चाहते हैं कि वैजिटेरियन है या नरभक्षी!

"बट्टा-सट्टा"

बिशारत ने ख़ान साहब की आसानी के लिये बार्टर को वस्तु-विनिमय कहना शुरू कर दिया, फिर इसका अर्थ समझाया। लम्बी-चौड़ी व्याख्या सुन कर बोले, "यारा जी! तो फिर सीधा-सीधा बट्टा-सट्टा क्यों नहीं कहते, जिसमें हर पक्ष यही समझता है कि वो घाटे में रहा।"

और इसी भौंडे उदाहरण पर फ़ैसला हो गया। ख़ान साहब ने बड़ी ख़ुशी और गर्व से ऐलान किया कि वो 'वस्तु विनिमय' के लिये तैयार हैं। दोनों ने एक-दूसरे को मुबारकबाद दी और इस तरह गले मिले, जिस तरह वो दुखियारे मिलते हैं जो एक-दूसरे के बहनोई भी होते हैं और साले भी।

लेकिन बिशारत दिल-ही-दिल में ख़ुश थे कि खटारा गाड़ी सात हज़ार में बिक गयी। ख़ान साहब उनसे भी अधिक ख़ुश थे कि दलिद्दर लकड़ी के बदले नौ हज़ार की कार हथिया ली। दोनों पक्ष इस स्थिति को सत्य की विजय समझ रहे थे। हालांकि हम से दिल की बात पूछें तो झूठ ने झूठ को पछाड़ा था और कूड़ा-करकट का हस्तानांतरण कूड़ा-करकट से हुआ था। ख़ान साहब कार को चमकाते हुए कहने लगे, "हम इसको

लण्डी कोतल का सैर करायेगा। अख़रोट के पेड़ की छांव में खड़ा करेगा। इसमें काबुल से क़राक़ुली, क़ालीन और चिलग़ोज़े भर कर लायेगा। काबुल के उत्तर के चिलग़ोज़े में, ईमान से निकाह के दस छुहारों के बराबर ताक़त होता है।

फ़ैसला होते ही ख़ान साहब ने नयी-नयी सीखी हुई लखनवी उर्दू और कानपुरी लहजे के शिकंजे से स्वयं को एक ही झटके में आज़ाद कर लिया। वाक-चातुर्य में निपुण शत्रु पर विजय पाने के बाद कैमोफ़्लाज की आवश्यकता न रही।

कहने का उद्देश्य केवल यह है कि ख़ान साहब के नज़दीक मुश्की से बेहतर दुनिया में कोई सवारी हो ही नहीं सकती थी। वो उस कार को, जो अब इनकी हो चुकी थी, मुश्की कहने लगे।

बालू-शाही का इतिहास

बिशारत ने चोरी-छुपे शुक्राने की नमाज़ अदा की मगर ख़ान साहब से अपनी ख़ुशी छुपाये नहीं छुप रही थी। वो हरचंद राय रोड पर से गुज़रते हुए तांगों के घोड़ों को ललचायी हुई नज़रों से देख रहे थे कि यह पल विजय-प्राप्ति का था। दुश्मन के घर के चारों ओर शाही अंदाज़ में निकलने की घड़ी थी। बर्दाश्त न हो सका तो फ़िलहाल मुश्की की रान यानी कार के मडगार्ड को थपथपा कर दिल के हौसले निकाले। इंजन की थूथनी पर हाथ रख कर शाबाशी दी। उनका बस चलता तो उसे घास-दाना खिला कर अपने हाथ से ख़रेरा करते। कुछ देर बाद जैसे ही एक तांगे वाले ने स्पेंसर आयी हास्पिटल के सामने पेड़ की छांव में घोड़ा खोला। वो लपक कर उस पर जा चढ़े और बिशारत की दुकान के दो चक्कर लगाये। फिर बिशारत ही से जग में ठंडा पानी मंगवाया और सर पर उसके तरेड़ों के बाद सात सेर बालूशाही मंगवा कर बांटी। बिशारत के तीन रिश्तेदारों के हिस्से लगा कर स्वयं पहुंचाये। बिशारत दंग रह गये। हद हो गयी। सख़्त नाराज़गी के आलम में भी उन्हें कभी इन तीनों पर शक नहीं हुआ था कि यह ऐसे फ़सादी और दोग़ले निकलेंगे। भीतर-ही-भीतर ख़ान साहब से मिल जायेंगे। बहरहाल, बालूशाही द्वारा दोग़लेपन का भांडा फूटने का इतिहास में यह पहला उदाहरण था। हमारा मतलब है बालूशाहियों के इतिहास में।

बन्नूं के भक्तों ने रायफ़लें चला-चला कर सुल्ह का ऐलान किया। एक पड़ोसी दुकानदार दौड़ा-दौड़ा बिशारत को मुबारकबाद देने आया। वो यह समझा कि उनके यहां बेटा पैदा हुआ है।

एक ट्रक ड्राइवर से, जो दुकान पर पड़तल लकड़ी की डिलीवरी देने आया था, ख़ान साहब ने इच्छा व्यक्त की कि थोड़ा हमें हमारी कार में गोवर्धन दास मार्किट तक सैर तो करा दो। तुम्हारे चाय-पानी का बंदोबस्त हो जायेगा। कुछ देर बाद लौटे तो कार की परफ़ार्मेंस से बेहद ख़ुश थे। कहने लगे, ख़ुदा की क़सम! बिलकुल अब्बा जान की मुश्की की तरह है।

एक पेंटर को बुला कर रातों-रात कार पर काला स्प्रे पेंट करवाया ताकि आदतों के अलावा रूप-रंग में मुश्की जैसी लगे।

'Et, tu, Brute!' (तुम भी!)

दूसरे दिन बिशारत दुकान के शटर बंद करवा रहे थे कि सामने एक ट्रक आकर रुका जिसमें ड्राइवर के पहलू में थाने के मुंशी जी बैठे थे और पीछे उनकी चोरी हो गयी लकड़ी भी थी। तख़्तों पर राइफ़ल उठाये वही कांस्टेबल टंगा था। ख़ान साहब ने एक डी.एस.पी. के माध्यम से, जो बन्नूं का रहने वाला उनका गिराईं था, न केवल सारा माल शेर के मुंह से निकलवा लिया था, बल्कि उसके दांत भी प्रसाद के तौर पर निकाल लाये थे। ट्रक के पीछे-पीछे एक टैक्सी में (जो आम रास्ते पर अपने पीछे से निश्चित मात्रा से अधिक धुआं निकालने के कारण अभी-अभी पकड़ी गयी थी) वकील साहब पहुंचे, ताकि आपस में सुल्ह-सफ़ाई हो जाये और मामला रफ़ा-दफ़ा हो। उनसे कुछ क़दम के फ़ासले पर वही मुल्ज़िम-नुमा मुवक्किल एक हाथ में उनका ब्रीफ़केस थामे और दूसरे में क़ानून की किताबें उठाये पीछे चल रहा था। वकील साहब के हाथ में मिठाई के दो डिब्बे थे। एक ख़ान साहब को पेश किया और दूसरे के बारे में बिशारत से कहा, कि हमारी ओर से भाभी साहिबा और बच्चों को दे दीजियेगा।

थाने के मुंशी जी ने पूछा, ''हमारा ख़लीफ़ा कहां है?'' बिशारत को यह जानकर बड़ा शॉक लगा कि पुलिस लॉक-आप में रात गुज़ारने के बाद से ख़लीफ़ा महीने में दो बार थाने जाता रहा है और एस.एच.ओ. से लेकर हिरासती मुल्जिमों तक की हजामत बनाता रहा है! थाने के स्टाफ़ में या किसी हवालाती मुल्जिम के यहां निकट या दूर भविष्य में बच्चा पैदा होने वाला हो या थाने के आस-पास के इलाक़े की झुग्गियों में कोई स्त्री भारी क़दमों से चलती नज़र आ जाये तो उससे पक्का वादा लेता कि अगर लड़का हुआ तो ख़त्ने मैं कंरूगा। उसके स्वर्गवासी पिता की वसीयत थी कि बेटा! अगर तुम बादशाह भी बन जाओ तो अपने पुरखों के पेशे को न छोड़ना। दूसरे, जिस किसी से मिलो उसको हमेशा के लिये अपना कर रखो या उसके हो रहो। सो वो ग़रीब सबका हो रहा।

ख़ान साहब रात दो बजे तक क़र्जों और 'पूला' तोड़ कर खेतों को पानी देने के सरसरी मुक़द्दमों को, जिनमें गाली गलौज के समावेश से पेचीदगियां पैदा हो गयीं थीं, निपटाते रहे। मुक़द्दमों की सुनवायी और फ़ैसले के दौरान, लोगों के झुण्ड उनको ख़ुदा हाफ़िज़ कहने आते रहे। अदालत हरेक की चाय, चिलम, चिल्ग़ोज़े और बालूशाही से ख़ातिर करती रही। सुब्ह चार बजे से ख़ान साहब ने अपना सामान बांधना शुरू कर दिया। सुब्ह की अज़ान के बाद एक असील मुर्ग़ की क़ुर्बानी की। उसका सर बिल्ली को और शेष भाग घर वालों को नाश्ते पर खिलाया। दिल स्वयं चबाया। नाश्ते पर ही ऐलान किया कि मुश्की मालगाड़ी से नहीं जायेगी। बल्कि मैं इसे पंजाब की सैर कराता, दरियाओं का पानी पिलाता ''बाई रोड'' ले जाऊंगा। बच्चे उनके जाने से बहुत उदास थे। उन्होंने स्वयं भी इक़रार किया कि मेरा भी जाने को जी नहीं चाहता, मगर क्या करूँ लकड़ी का कारोबार वहीं है। अगर यहां जंगल होते तो ख़ुदा की क़सम तुम लोगों को छोड़ कर बिलकुल न जाता। फिर उन्होंने तसल्ली दी कि इंशाल्लाह दो महीने बाद फिर आऊंगा। एक बोहरी सेठ से वसूली करनी है। अकेला आदमी हूं। बूढ़ा हो गया हूं। एक समय एक ही बेईमान से निपट सकता हूं।

बिशारत को मुस्कुराता देख कर स्वयं भी मुस्कुरा दिये। कहने लगे, यहां उधार पर बिज़नेस करना ऐसा ही है जैसे गन्ने के खेत में कबड्डी खेलना! जितना बड़ा शह्र होगा, उतना ही बड़ा घपला और फड्डा होगा। जिसकी छत अधिक बड़ी है, उस पर बर्फ़ भी अधिक गिरेगी।

फिर सबसे छोटे बच्चे को बहलाने के लिये चारपाई पर लेट गये।

चलते समय उन्होंने बिशारत की बेटी मुनीजा को, जो उनकी चहेती हो गयी थी, पांच सौ रुपये दिये। यह उसकी पांचवीं सालगिरह का तोहफ़ा था, जो आठ दिन बाद मनायी जाने वाली थी।

73 रुपये 6 आने और 3 पाई नौकरों को बांटे। इससे पहले पिछली रात वो एक पठान नौजवान गुल दाऊद ख़ान को दो हज़ार रुपये दे चुके थे, ताकि वो अपने चचा पर, जिसने उसकी ज़मीनों पर ज़बर्दस्ती क़ब्ज़ा कर रखा है, फ़ौजदारी मुक़द्दमा दायर करे और उस दल्ले को यतीमों की जायदाद पर क़ब्ज़ा करने की ऐसी सज़ा दिलवाये कि सब चचाओं को सीख मिले। इन तीनों रक़मों का कुल जोड़ 2573 रुपये 6 आने और 3 पाई बनता है और यही वो रक़म थी जिसका सारा झगड़ा था और जिसकी वसूली के लिये उन्होंने अपने कमांडोज़ के साथ धावा बोला था। बल्कि मिर्ज़ा के अनुसार, प्रतिद्वंद्वी के क़िले के बीच में तंबू तान कर भंगड़ा डाल रखा था।

इस क़िस्से को तीस साल होने को आये। हमारी सारी उम्र हिसाब-किताब ही में बीती है, मगर हम आज भी यह नहीं बता सकते कि वास्तव में किसकी किस पर कितनी रक़म निकलती थी और आख़िर में जीत किस की रही। हमारी ही समझ का क़ुसूर था, जिन्हें हम दुश्मन समझे, वो दोस्त निकले और...।

ख़ान साहब नौकरों को दे दिला कर बिशारत के वालिद को ख़ुदा हाफ़िज कह रहे थे कि बिशारत क्या देखते हैं कि ठीक नौ बजे एक व्यक्ति चला आ रहा है, जिसकी केवल शक्ल ख़लीफ़ा से मिलती है। तंग मोहरी के पाजामे, मलमल के कुर्ते और मख़मल की टोपी के बजाय मलेशिया की शलवार और कुर्ता, सर पर ज़री की कुलाह पर मशहदी पगड़ी, कामदार वास्कट, पैर में टायर के तले वाली पेशावरी चप्पल। वास्कट और कुलाह क्रमानुसार तीन साइज़ बड़ी और छोटी थी। कोट की आस्तीन पर इमाम ज़ामिन (सुरक्षा के लिये तावीज़) हाथ में बलबन (घोड़ा) की लगाम। ख़ान साहब ने सूचित किया कि बलबन भी एक ट्रक में बन्नूं जा रहा है। उनके अस्तबल में जहां पांच घोड़े, बेकार खड़े हिनहिना रहे हैं, वहां एक और सही। प्रत्येक प्राणी अपने भाग्य का अन्न साथ लाता है।

ख़ान साहब ने घोषणा की कि मुश्की को ख़लीफ़ा ड्राइव करके पेशावर ले जायेगा और क़यामत तक वापस नहीं आयेगा। इसके दो कारण हैं। पहला तो यह कि उसके पुरखे क़ंधार से पेशावर के रास्ते से हिन्दुस्तान आये थे। यात्रा के सामान में नंगी तलवार के अतिरिक्त कुछ न था। यह भी अधिकाधिक उपयोग से घिस-घिसा कर उस्तरा बन गयी। दूसरा यह कि उन्होंने इस नमक-हलाल को मुलाज़िम रख लिया।

बिशारत का मुंह फटा-का-फटा रह गया।

"ख़लीफ़ा! तुम...!"

"सरकार!-" उसने इस अंदाज़ से हाथ जोड़ कर घिघियाते हुए कहा कि किसी स्पष्टीकरण की आवश्यकता न रही। इसमें लज्जा भी थी, विनती भी और हर हाल में रोटी कमाने-खाने का हौसला भी।

जब उम्र की नक़दी समाप्त हुई

ख़ान साहब के जाने के कोई छः-सात सप्ताह बाद उनका लिखवाया हुआ एक ख़त मिला। लिखा था, "ख़ुदा का शुक्र है, यहां हर तरह से ख़ैरियत है, बाक़ी यह कि मैंने अपने वहां रहने के दौरान आपको बताना ठीक न समझा, क्योंकि आप ख़्वामख़्वाह चिंता करते और सोहबत का सारा मज़ा किरकिरा हो जाता। पेशावर से चलने के तीन सप्ताह पूर्व डॉक्टरों ने मुझे जिगर का सिरोसिस बताया था। दूसरी स्टेज में, जिसका कोई इलाज नहीं। जिनाह अस्पताल वालों ने भी यही बताया। डॉक्टरों ने सलाह दी कि हर समय अपना दिल ख़ुश रखो। स्वयं को ख़ुश रखो, और ऐसे ख़ुशबाश लोगों के साथ अधिक-से-अधिक समय बिताओ जिनकी संगत तुम्हें ख़ुश रखे। बस यह तुम्हारा इलाज और अच्छी ज़िंदगी का नुस्ख़ा है। यारा जी! मैं बच्चा नहीं हूं। जो उन्होंने कहा वो मैं समझ गया और जो नहीं कहा वो भी अच्छी तरह समझ गया। यह सलाह तो मुझे कोई तबला बजाने वाला भी मुफ़्त दे सकता था। इसके लिये एफ़.ओ.सी.जी. और एफ़.आर.सी.एस. होने और जगह-बेजगह टोंटी लगा कर देखने की आवश्यकता नहीं।"

मैंने लांडी कोतल से लांडी तक निगाह डाली। आपसे अधिक मुहब्बत करने वाला, स्वयं ख़ुश रहने और दूसरों का मन प्रसन्न करने वाला कोई बंदा नज़र नहीं आया सो मैं टिकट लेकर आपके पास आ गया। बाक़ी जो कुछ हुआ वो तबीयत का ज़ंग उतारने का बहाना था। जितने दिन आपके साथ गुज़रे, उतने दिनों मेरी ज़िंदगी बढ़ गयी। ख़ुदा आपको इसी तरह ख़ुश और मुझ पर मेहरबान रखे। आपको मेरे कारण तकलीफ़ हुई उसकी माफ़ी मांगना लखनवी तकल्लुफ़ में गिना जायेगा जो मुझ जैसे जाहिल के बस का काम नहीं। मगर दोस्ती में तो यही कुछ होता है- मेरा दादा कहता कि फ़ारसी में एक कहावत है—या तो हाथी-बानों से दोस्ती मत करो और अगर कर ली है तो फिर अपना मकान ऐसा बनाओ जो हाथियों की टक्कर सह सके।

एक ट्रकवाले के हाथ मरदान का दस सेर ताज़ा गुड़ जिसमें नयी फ़स्ल के अख़रोट डले हुए हैं। सोवात के शहद के तीन छत्ते क़ुदरती हालत में, अस्ली मोम और मुर्दा मक्खियों समेत और एक सुराहीदार गर्दन वाली टोकरी में बीस फ़स्ली बटेरें भेज रहा हूं। यूसुफ़ी साहब के लिये उनका पसंदीदा पेशावर केंट वाली दुकान का सेर भर ताज़ा पनीर और पिंडी का हलवा एक नाजुक-सी हवादार टोकरी में है। चलते समय उन्होंने गंधार आर्ट के दो-तीन नमूनों की फ़रमाइश की थी। कुछ तो रवानगी की अफ़रा-तफ़री,

फिर मैं जाहिल आदमी। यहां अपने ही जैसे दो-तीन दोस्तों से पूछा। उन्होंने मुझे गंधार मोटरपार्ट के दफ़्तर भेज दिया। वो बोले हम तो ट्रक और उसके पार्ट्स बेचते हैं। तुम्हें किसका नमूना चाहिए। सोमवार को एक ठेकेदार का मुंशी चार काले पत्थर की मूर्तियां खुदाई से चादर में छुपा कर लाया था मगर एक जानने वाले ने, जो आदमक़द से भी बड़ी मूर्तियां स्मग्ल करके अमेरिका भेजता रहता है, मुझे बताया कि यह बुद्ध की नहीं हैं बल्कि उसके चपड़क़नात चेले-चांटों की हैं। पश्तों में उसके चेलों के लिये बहुत बुरा शब्द है। बुद्ध इतना तगड़ा कभी था ही नहीं। सुना है, निर्वाण के बाद बुद्ध की सेहत और पसलियां यूसुफ़ी साहब जैसी हो गयी थीं। बहरहाल, तलाश जारी है। बाद सलाम उनसे अर्ज़ कीजिये कि इससे तो बेहतर होगा कि दीवार पर काबुली वाला का फोटो टांग लें।

इस बीमारी का ख़ाना ख़राब हो। उम्र का पैमाना पूरा होने से पहले ही छलका जा रहा है। ख़त लिखवाने में भी सांस उखड़ जाती है। डर के मारे ठीक से खांस भी नहीं सकता। आपकी भाभी रोने लगती हैं, मुझसे छुप कर थोड़ी-थोड़ी देर के बाद गरज-चमक के साथ रोती हैं। बहुत समझाता हूं कि बख़्तावर! जब तक बिलकुल बेहोश न हो जाऊं, मैं बीमारी से हार मानने वाला आदमी नहीं। बिशारत भाई! ऐसे आदमी के लिये पश्तो में बहुत बुरा शब्द है। पिछले हफ़्ते से यूनिवर्सिटी रोड पर एक नया मकान बनवाना शुरू कर दिया है। दालान में पेशावर के पचास या कराची के सौ शायरों के पाल्थी मार कर बैठने की गुंजाइश होगी।

शेष सब ख़ैरियत है। ख़लीफ़ा सलाम अर्ज़ करता है। मैंने उसे बैंक में चपरासी लगवा दिया है। रोज़ शाम को और छुट्टी के दिन मुश्की वही चलाता है। बहुत चंगा है, मुश्की को पश्तो में रवानी से गाली देने लगा है, मगर अभी पश्तो की तमीज़ पैदा नहीं हुई। सुनने वाले ठट्ठे लगाते हैं। कल ही मैंने उसे गुर बताया है कि जिसे तू हमेशा पुल्लिंग समझता आया, अब उसे स्त्रीलिंग कर दे, फिर तुझे पश्तो आ जायेगी। सबको सलाम, दुआ, प्यार और डांट-डपट।

आपका चाहने वाला काबुली वाला।

एक बात और यहां आ कर पुराना हिसाब देखा तो पता चला कि अभी कुछ लेना-देना बाक़ी है। मुझे सफ़र मना है। आप किसी तरह फ़ुर्सत निकाल कर यहां जल्दी आ जायें तो हिसाब पूरा हो जाये और आपके काबुली वाला को थोड़ी-सी जिंदगी और उधार मिल जाये।

दूसरे, अब नये मकान और दालान का इंतज़ार कौन करे। मैंने आपके लिये फ़िलहाल एक बेछेद चांदनी और पांच शायरों का इंतज़ाम कर लिया है। वस्सलाम।

बिशारत पहली ट्रेन से पेशावर रवाना हो गये।

❑❑❑

स्थापित 1912
100 वर्षों की
श्रेष्ठ प्रकाशन परम्परा
राजपाल

राजपाल एण्ड सन्ज़ की स्थापना एक शताब्दी पूर्व 1912 में लाहौर में हुई थी। आरम्भिक दिनों में अधिकतर धार्मिक, सामाजिक और देश-प्रेम की पुस्तकें प्रकाशित होती थीं और हिन्दी के अतिरिक्त अंग्रेज़ी, उर्दू व पंजाबी भाषा में भी पुस्तकें प्रकाशित की जाती थीं।

1947 में भारत-विभाजन के बाद राजपाल एण्ड सन्ज़ को नए सिरे से दिल्ली में स्थापित किया गया और साहित्यिक पुस्तकों के प्रकाशन का आरम्भ हुआ। रामधारी सिंह दिनकर, महादेवी वर्मा, बच्चन, अज्ञेय, शिवानी, आचार्य चतुरसेन, विष्णु प्रभाकर, राजेन्द्र यादव, मोहन राकेश, रांगेय राघव, कमलेश्वर और अन्य साहित्यिक लेखकों की कृतियाँ यहाँ से प्रकाशित होने लगीं। राजपाल एण्ड सन्ज़ से प्रकाशित *मधुशाला, कुरुक्षेत्र, मानस का हंस, आवारा मसीहा, कितने पाकिस्तान, आषाढ़ का एक दिन* जैसी पुस्तकें हिन्दी साहित्य की 'क्लासिक पुस्तकें' मानी जाती हैं और आज भी लोकप्रियता के शिखर पर हैं। भारत के राष्ट्रपतियों और प्रधानमंत्रियों की पुस्तकें प्रकाशित करने का गौरव भी राजपाल एण्ड सन्ज़ को प्राप्त है। नोबेल पुरस्कार से सम्मानित अर्थशास्त्री डॉ. अमर्त्य सेन की सभी पुस्तकों के हिन्दी अनुवाद यहाँ से प्रकाशित हैं। अन्तरराष्ट्रीय चर्चित पुस्तकों के अनुवाद, विश्वविख्यात कोशकार डॉ. हरदेव बाहरी द्वारा सम्पादित 'राजपाल' शब्दकोशों की शृंखला और किशोरों के लिए सैकड़ों पुस्तकें राजपाल एण्ड सन्ज़ से प्रकाशित हुई हैं।

पाठकों के स्वस्थ और सुरुचिपूर्ण मनोरंजन और ज्ञानवर्धन के लिए समर्पित राजपाल एण्ड सन्ज़ से हिन्दी और अंग्रेज़ी में पुस्तकें प्रकाशित होती हैं जो देश के सभी बड़े पुस्तक-विक्रेताओं और विश्व भर के ऑनलाइन विक्रेताओं के यहाँ उपलब्ध हैं।

राजपाल एण्ड सन्ज़

1590 मदरसा रोड, कश्मीरी गेट, दिल्ली-6, फोन: 011-23869812, 23865483
email: sales@rajpalpublishing.com, facebook: facebook.com/rajpalandsons
website: www.rajpalpublishing.com